Eine Arbeitsgemeinschaft der Verlage

Wilhelm Fink Verlag München
Gustav Fischer Verlag Jena und Stuttgart
Francke Verlag Tübingen und Basel
Paul Haupt Verlag Bern · Stuttgart · Wien
Hüthig Verlagsgemeinschaft
Decker & Müller GmbH Heidelberg
Leske Verlag + Budrich GmbH Opladen
J. C. B. Mohr (Paul Siebeck) Tübingen
Quelle & Meyer Heidelberg · Wiesbaden
Ernst Reinhardt Verlag München und Basel
Schäffer-Poeschel Verlag · Stuttgart
Ferdinand Schöningh Verlag Paderborn · München · Wien · Zürich
Eugen Ulmer Verlag Stuttgart
Vandenhoeck & Ruprecht in Göttingen und Zürich

wichtig.
132 Sehen (Imp.) ↔ erzähle

Gérard Genette

Die Erzählung

Wilhelm Fink Verlag · München

Die Deutsche Bibliothek - CIP-Einheitsaufnahme

Genette, Gérard:
Die Erzählung. Aus dem Französischen von Andreas Knop,
mit einem Vorwort herausgegeben von Jürgen Vogt. - München: Fink, 1994
(UTB für Wissenschaft)
ISBN 3-7705-2923-5 (Fink)
ISBN 3-8252-8083-7 (UTB)

© 1994 Wilhelm Fink Verlag GmbH & Co. KG
Ohmstraße 5, 80802 München
ISBN 3-7705-2923-5

Das Werk, einschließlich all seiner Teile, ist urheberrechtlich geschützt. Jede Verwertung außerhalb der engen Grenzen des Urheberrechtsgesetzes ist ohne Zustimmung des Verlages unzulässig und strafbar. Das gilt insbesondere für Vervielfältigungen, Übersetzungen, Mikroverfilmungen und die Einspeicherung und Verarbeitung in elektronischen Systemen.

Printed in Germany

UTB-Bestellnummer: ISBN 3-8252-8083-7

Inhaltsverzeichnis

I. *Diskurs der Erzählung*
Ein methodologischer Versuch

Vorwort 11

Einleitung 15

1. Ordnung 21
Zeit der Erzählung 21
Anachronien 22
Reichweite, Umfang 31
Analepsen 32
Prolepsen 45
An der Grenze zur Achronie 54

2. Dauer 61
Anisochronien 61
Summary 68
Pause 71
Ellipse 76
Szene 78

3. Frequenz 81
Singulativ/iterativ 81
Determination, Spezifikation, Extension 91
Interne und externe Diachronie 100
Alternanz, Übergänge 103
Das Spiel mit der Zeit 110

4. Modus 115
Modi der Erzählung 115
Distanz 116
Erzählung von Ereignissen 117
Erzählung von Worten 120

Perspektive 132
Fokalisierungen 134
Alterationen 138
Polymodalität 141

5. Stimme 151
Die narrative Instanz 151
Zeit der Narration 153
Narrative Ebenen 162
Die metadiegetische Erzählung 165
Metalepsen 167
Der Triumph des Pseudo-Diegetischen 170
Person 174
Held/Erzähler 181
Funktionen des Erzählers 183
Der narrative Adressat 186

Nachwort 189

II. *Neuer Diskurs der Erzählung*

1. Vorbemerkung 195

2. Vorwort 197

3. Einleitung 199

4. Ordnung 205

5. Geschwindigkeit 213

6. Frequenz 217

7. Modus 219

8. Distanz 221

9. Erzählung von Worten 225

10. Erzählung von Gedanken 231

11. Perspektive 235

12. Fokalisierungen 241

13. Stimme 245

14. Ebene 249

15. Person 257

16. Person (Fortsetzung) 265

17. Erzählsituationen 269

18. Der narrative Adressat 279

19. Implizierter Autor, implizierter Leser? 283

20. Nachwort 297

Nachwort des Herausgebers 299

Anhang

Bibliographie 305

Sachregister 313

Personenregister 317

I. Diskurs der Erzählung

Ein methodologischer Versuch

Vorwort

Der spezifische Gegenstand dieser Untersuchung ist die Erzählung in *A la recherche du temps perdu*. Diese nähere Bestimmung verlangt sogleich zwei Bemerkungen unterschiedlichen Gewichts. Die erste betrifft die Definition des Corpus: Jeder weiß heute, daß die *Recherche*, als deren kanonischer Text seit 1954 die Ausgabe Clarac-Ferré gilt[1], nur der letzte Zustand eines Werks ist, an dem Proust sozusagen sein Leben lang gearbeitet hat und dessen frühere Fassungen sich im wesentlichen verteilen auf *Les plaisirs et les jours* (1896), *Pastiches et mélanges* (1919), die verschiedenen posthumen Sammlungen oder Inedita mit den Titeln *Chroniques* (1927), *Jean Santeuil* (1952) und *Contre Sainte-Beuve* (1954)[2] sowie die etwa 80 *Cahiers*, die sich seit 1962 in der Handschriftenabteilung der Bibliothèque nationale befinden. Aus diesem Grund, zu dem die endgültige Unterbrechung vom 18. November 1922 hinzukommt, kann die *Recherche* weniger als jeder andere Text als ein *abgeschlossenes* Werk betrachtet werden, und es ist daher stets legitim und manchmal notwendig, den "definitiven" Text mit dieser oder jener seiner Varianten zu vergleichen. Das betrifft auch die Beschaffenheit der Erzählung, denn man kann nicht leugnen, daß etwa der *Jean Santeuil*, ein "in der dritten Person" geschriebener Text, ein neues Licht auf das narrative System wirft, das in der *Recherche* zur Anwendung kommt.

Unsere Arbeit bezieht sich also hauptsächlich auf die *Recherche*, berücksichtigt aber mitunter deren Vorläufer, nicht um ihrer selbst willen, was kaum sinnvoll wäre, wohl aber um neue Perspektiven zu gewinnen. Die zweite Bemerkung betrifft die Methode oder eher das hier verfolgte Vorgehen. Dem einen oder anderen ist vielleicht schon aufgefallen, daß weder im Titel noch im Untertitel dieser Untersuchung das erwähnt wird, was ich soeben als ihren spezifischen Gegenstand bezeichnet habe. Das geschieht aber nicht aus Koketterie oder weil dieses Thema schon so überaus häufig behandelt worden ist, sondern deshalb, weil - in einer für manch

---

[1] *A.d.Ü.*: Mittlerweile abgelöst durch die neue Pléiadeausgabe in 4 Bänden, Paris 1987-1989. Zitiert wird aber hier, wie im Original, nach der Ausgabe Clarac-Ferré.

[2] Die angegebenen Daten sind die der Erstveröffentlichungen, aber wir zitieren natürlich nach der zweibändigen Ausgabe Clarac-Sandre *(Jean Santeuil* précédé de *Les plaisirs et les jours; Contre Sainte-Beuve* précédé de *Pastiches et mélanges* et suivi de *Essais et articles)*, Paris 1971, die zahlreiche Inedita enthält. Solange eine kritische Edition der *Recherche* noch aussteht, muß mitunter noch auf die Ausgabe Fallois des *Contre Sainte-Beuve* zurückgegriffen werden, da dort einige Seiten aus den *Cahiers* abgedruckt sind. [*A.d.Ü.*: Benutzte Übersetzungen, die bei Bedarf modifiziert wurden: Für die *Recherche*: *Auf der Suche nach der verlorenen Zeit*, dt. von Eva Rechel-Mertens, Frankfurt a. M. 1967. Die Bandeinteilung dieser dreibändigen Ausgabe entspricht derjenigen der von Genette benutzten Ausgabe Clarac-Ferré: Bd. 1, *In Swanns Welt, Im Schatten junger Mädchenblüte*, Bd. 2, *Die Welt der Guermantes, Sodom und Gomorra*, Bd. 3, *Die Gefangene, Die Entflohene, Die wiedergefundene Zeit;* für die übrigen Texte: *Freuden und Tage und andere Erzählungen und Skizzen aus den Jahren 1892-1896*, dt. von Luzius Keller und (für "Der Gleichgültige") von Elisabeth Borchers, Frankfurt a. M. 1988; *Nachgeahmtes und Vermischtes*, dt. von Henriette Beese, Ludwig Harig und Helmut Scheffel, Frankfurt a. M. 1989; *Jean Santeuil*, dt. von Eva-Rechel Mertens, revidiert und ergänzt von Luzius Keller, Frankfurt a. M. 1992; *Gegen Sainte-Beuve*, dt. von Helmut Scheffel, Frankfurt a. M. 1962; *Essays, Chroniken und andere Schriften*, dt. von Henriette Beese, Luzius Keller und Helmut Scheffel, Frankfurt a. M. 1992.]

einen vielleicht schon ärgerlichen Weise - die Proustsche Erzählung hier oft hinter Betrachtungen allgemeinerer Natur zu verschwinden scheint: oder, wie man heute sagt, die Kritik wird von der "Literaturtheorie" überlagert und in diesem Fall speziell von der Theorie der Erzählung oder der *Narratologie.* Ich könnte diese Ambiguität meiner Arbeit auf zwei sehr unterschiedliche Weisen rechtfertigen bzw. auflösen: sei es, indem ich klar und deutlich, wie es auch schon andere getan haben, den besonderen Gegenstand in den Dienst des allgemeinen Ziels stelle und die kritische Analyse in den Dienst der Theorie: die *Recherche* wäre dann nicht mehr als ein Vorwand, aus ihr würden Beispiele und Illustrationen geschöpft für eine narrative Poetik, in der sich ihre spezifischen Merkmale in den höheren "Gesetzen der Gattung" verlören; oder sei es, indem ich im Gegenteil die Poetik der Kritik unterordne und die hier vorgeschlagenen Begriffe, Klassifikationen und Vorgehensweisen zu *ad hoc* geschaffenen Werkzeugen erkläre, die es nur erlauben sollen, die Proustsche Erzählung in ihrer Singularität exakter zu beschreiben, so daß der "theoretische" Umweg jeweils nur die Folge notwendiger methodologischer Klärungen wäre.

Ich muß zugeben, daß ich zwischen diesen beiden offensichtlich unvereinbaren Verteidigungsystemen weder wählen will noch kann. Es scheint mir unmöglich zu sein, die *Recherche* einfach als Beispiel zu behandeln, sei es für die Erzählung im allgemeinen, für die im Roman, für die in autobiographischer Form oder für welche andere Klasse oder Spielart von Erzählung auch immer: Die Spezifität der Proustschen Narration im ganzen ist *irreduzibel,* und jede Extrapolation wäre hier ein methodischer Fehler; die *Recherche* illustriert nur sich selber. Aber andererseits ist diese Spezifität nicht *unzerlegbar,* und jedes Einzelmerkmal, das die Analyse freilegt, eignet sich zu Vergleichen oder Perspektivierungen. Wie jedes Werk oder jeder Organismus besteht die *Recherche* aus universellen oder zumindest transindividuellen Elementen, die sie spezifisch synthetisiert und zu einer singulären Totalität zusammenfügt. Sie zu analysieren, heißt daher nicht vom Allgemeinen zum Besonderen schreiten, sondern gerade vom Besonderen zum Allgemeinen: von diesem unvergleichlichen Wesen, das die *Recherche* ist, zu diesen sehr allgemeinen Elementen, den handelsüblichen Figuren und Verfahren von öffentlichem Nutzen, die ich Anachronien, iterative Erzählung, Fokalisierungen, Paralepsen usw. nenne. Was ich hier vorlege, ist im wesentlichen eine Analysemethode: Ich muß also wohl oder übel eingestehen, daß ich auf der Suche nach dem Spezifischen beim Universellen lande und daß ich bei dem Versuch, die Theorie in den Dienst der Kritik zu stellen, ungewollt die Kritik in den Dienst der Theorie stelle. Dieses Paradox betrifft jede Poetik, ja überhaupt jede Erkenntnistätigkeit, die sich stets hin- und hergezogen sieht zwischen den zwei unumgänglichen Gemeinplätzen, wonach es Gegenstände nur als singuläre gibt, Wissenschaft aber nur vom Allgemeinen; tröstlich und gleichsam stimulierend mag für sie aber jene etwas weniger weit verbreitete Wahrheit sein, wonach das Allgemeine im Herzen des Singulären wohnt und folglich - entgegen dem üblichen Vorurteil - das Erkennbare im Herzen des Mysteriums.

Aber eine methodologische Sehschwäche oder Ohnmacht zur höheren Wissenschaftlichkeit zu erklären, grenzt vielleicht an Betrug. Ich verteidige dieselbe Sache also noch anders und einfacher: Vielleicht besteht hier das richtige Verhältnis zwischen "theoretischer" Trockenheit und kritischer Minutiösität gerade im erfrischenden Wechsel, in der Abwechslung. Möge auch der Leser in ihr eine Art periodische Zerstreuung finden, wie der Schlaflose, wenn er sich von einer Seite auf die andere wälzt: *amant alterna Camenae.*

Einleitung

Wir benutzen das Wort *Erzählung* normalerweise ohne uns um seine Zweideutigkeit zu kümmern, manchmal ohne sie zu bemerken, und bestimmte Schwierigkeiten der Narratologie haben ihren Ursprung vielleicht in dieser Konfusion. Um hier klarer zu sehen, muß man, wie mir scheint, drei Begriffe deutlich unterscheiden, die alle von diesem einen Ausdruck abgedeckt werden.

In einem ersten Sinn - der heute im gewöhnlichen Gebrauch am evidentesten und zentralsten ist - bezeichnet *Erzählung* die narrative Aussage, den mündlichen oder schriftlichen Diskurs [discours], der von einem Ereignis oder einer Reihe von Ereignissen berichtet: so wird man als *Erzählung des Odysseus* jene Rede[1] bezeichnen, die der Held im IX. bis XII. Gesang der *Odyssee* vor den Phaiaken hält, und somit diese vier Gesänge selber, d. h. jenen Teil des Homerischen Textes, der vorgibt, diese Rede getreu wiederzugeben.

In einem zweiten, weniger verbreiteten Sinn, der heute aber bei den Analytikern und Theoretikern des narrativen Inhalts üblich geworden ist, bezeichnet *Erzählung* die Abfolge der realen oder fiktiven Ereignisse, die den Gegenstand dieser Rede ausmachen, und ihre unterschiedlichen Beziehungen zueinander - solche des Zusammenhangs, des Gegensatzes, der Wiederholung usw. "Analyse der Erzählung" bedeutet dann, daß man einen Komplex von Handlungen und Situationen untersucht, die für sich selbst betrachtet werden, ohne Rücksicht auf das sprachliche oder sonstige Medium, das uns über sie unterrichtet: ein Beispiel wären etwa die Abenteuer, die Odysseus zwischen dem Fall von Troja und seiner Ankunft bei Kalypso erlebt.

In einem dritten Sinn, der wahrscheinlich der älteste ist, bezeichnet *Erzählung* noch ein anderes Ereignis: diesmal nicht mehr das, von dem erzählt wird, sondern das, das darin besteht, daß jemand etwas erzählt: den Akt der Narration selber. Man kann dann sagen, daß die Gesänge IX bis XII der *Odyssee* der "Erzählung des Odysseus" genau in jenem Sinne gewidmet sind wie der XXII. Gesang der "Ermordung der Freier": seine Abenteuer zu erzählen oder die Freier seiner Frau zu ermorden, beides sind Handlungen, und wenn es sich auch von selbst versteht, daß die Existenz dieser Abenteuer (vorausgesetzt, man hält sie, wie Odysseus, für real) in keiner Weise von dieser Erzählhandlung abhängt, so ist es doch nicht minder evident, daß der narrative Diskurs (Erzählung des Odysseus im 1. Sinn) absolut auf ihr beruht, da er ihr *Produkt* ist, so wie jede Aussage Produkt eines Aussageakts ist. Hält man Odysseus hingegen für einen Lügner und die Abenteuer, die er erzählt, für fiktiv, so nimmt dadurch die Bedeutung des narrativen Akts nur noch zu, da von ihm jetzt nicht mehr bloß die Existenz des Diskurses abhängt, sondern auch die

---

[1] *A.d.Ü.*: Im Orginal ebenfalls *discours*. Hier sei darauf hingewiesen, daß "Diskurs der Erzählung" oder "narrativer Diskurs" schlicht die "Erzählrede" meint, wobei allerdings Genettes Titel *Discours du récit* doppeldeutig ist und außerdem - man denke an Descartes' *Discours de la méthode* - "Abhandlung über die Erzählung" bedeutet.

fiktionale Existenz der Handlungen, von denen er "berichtet". Offensichtlich gilt für den narrativen Akt Homers selber, wo immer er unmittelbar von den Abenteuern des Odysseus berichtet, dasselbe. Ohne narrativen Akt gibt es folglich keine narrative Aussage und mitunter nicht einmal einen narrativen Inhalt. Hier überrascht es nun, daß sich die Erzähltheorie bislang recht wenig um Probleme des narrativen Aussagevorgangs gekümmert hat und ihre Aufmerksamkeit fast allein auf die Aussage und ihren Inhalt konzentriert hat, so als wäre es völlig nebensächlich, um ein Beispiel zu nennen, daß die Abenteuer des Odysseus teils von Homer erzählt werden, teils von Odysseus selber. Man weiß jedoch, und wir werden später darauf zurückkommen, daß einst Platon dieses Thema seiner Aufmerksamkeit durchaus für würdig befand.

Wie ihr Titel schon andeuten sollte, bezieht sich unsere Untersuchung im wesentlichen auf die Erzählung im geläufigsten Sinn, d. h. auf den narrativen Diskurs, bei dem es sich in der Literatur und damit in dem Fall, der uns hier interessiert, um einen narrativen *Text* handelt. Doch wie sich zeigen wird, impliziert die Analyse des narrativen Diskurses, so wie ich ihn verstehe, ständig die Untersuchung der Beziehungen einerseits zwischen diesem Diskurs und den Ereignissen, von denen er berichtet (Erzählung im 2. Sinn), andererseits zwischen eben diesem Diskurs und dem Akt, der ihn real (Homer) oder fiktiv (Odysseus) produziert: Erzählung im 3. Sinn. Um jede Verwechslung und sprachliche Umständlichkeit zu vermeiden, müssen wir also von jetzt an jeden der drei Aspekte des Narrativen mit einem eindeutigen Terminus bezeichnen. Ich schlage vor, ohne weiter auf den im übrigen evidenten Gründen für diese Wahl zu insistieren, das Signifikat oder den narrativen Inhalt *Geschichte* zu nennen (auch wenn dieser Inhalt nur von schwacher dramatischer Intensität und ereignisarm sein sollte), den Signifikanten, die Aussage, den narrativen Text oder Diskurs *Erzählung* im eigentlichen Sinne, während *Narration* dem produzierenden narrativen Akt sowie im weiteren Sinne der realen oder fiktiven Situation vorbehalten sein soll, in der er erfolgt.[2]

Unser Gegenstand hier ist also die *Erzählung* in dem engeren Sinn, den wir diesem Ausdruck von nun an geben wollen. Es ist deutlich genug, denke ich, daß der narrative Diskurs die einzige der drei soeben unterschiedenen Ebenen ist, die sich direkt einer textuellen Analyse unterziehen läßt, die selbst wiederum das einzige Untersuchungsinstrument ist, über das wir im Feld der literarischen und speziell der Fiktionserzählung verfügen. Wollten wir etwa um ihrer selbst willen die Ereignisse untersuchen, von denen Michelet in seiner *Histoire de France* erzählt, könnten wir immerhin außer auf dieses Werk auf alle möglichen Dokumente zurückgreifen, die die Geschichte Frankreichs betreffen; und wollten wir um ihrer selbst willen die Abfassung dieses Werks untersuchen, könnten wir andere Dokumente verwenden, die dem Text Michelets gleichfalls äußerlich wären und die sein Leben und seine Arbeit in jenen Jahren beträfen, als er an diesem Buch geschrieben hat. Solche

---

[2] *Erzählung* und *Narration* bedürfen keiner Rechtfertigung. Was das unleugbar äquivoke Wort *Geschichte* betrifft, so berufe ich mich auf den üblichen Gebrauch ("eine Geschichte erzählen") sowie auf einen, sicherlich enger gefaßten, technischen Gebrauch, der sich aber recht gut eingebürgert hat, seit Tzvetan Todorov vorgeschlagen hat, zwischen der "Erzählung als Diskurs" (1. Sinn) und der "Erzählung als Geschichte" (2. Sinn) zu unterscheiden. Als eine Art Synonym werde ich auch den Ausdruck *Diegese* benutzen, in dem Sinne wie er von den Theoretikern der kinematographischen Erzählung verwendet wird.

Quellen aber fehlen dem, der sich zum einen für die Ereignisse interessiert, von denen in jener Erzählung berichtet wird, die *A la Recherche du temps perdu* heißt, und zum anderen für den narrativen Akt, aus dem sie hervorgegangen ist: Kein der *Recherche* äußerliches Dokument und vor allem keine noch so gute Biographie Marcel Prousts, wenn es denn eine gäbe[3], könnte ihn über diese Ereignisse oder diesen Akt aufklären, einfach weil beide fiktiv sind und nicht auf Marcel Proust bezogen sind, sondern auf den Helden und wohl auch Erzähler seines Romans. Natürlich steht der narrative Inhalt der *Recherche* für mich nicht völlig beziehungslos neben dem Leben ihres Autors: nur ist die Beziehung eben nicht von der Art, daß man letzteres für eine strenge Analyse der ersteren benutzen kann (oder umgekehrt). Was die narrative Produktion dieser Erzählung betrifft, den Akt Marcels[4], der sein früheres Leben erzählt, so wird man sich künftig hüten, ihn mit dem Akt Prousts zu verwechseln, der die *Recherche du temps perdu* schreibt; wir kommen später auf dieses Thema zurück, fürs erste mag es genügen, daran zu erinnern, daß die 521 Seiten von *Du côté de chez Swann,* die im November 1913 bei Grasset erschienen sind, und die Proust naturgemäß in der Zeit vor diesem Datum verfaßt hat, von dem Erzähler (hält man sich an die fiktionale Welt der *Recherche* im ganzen) erst geraume Zeit nach dem Krieg geschrieben worden können. Es ist also ganz allein die Erzählung, die uns hier zum einen über die Ereignisse informiert, von denen sie berichtet, und zum anderen über die Tätigkeit, der sie sich verdanken soll: anders gesagt, unsere Kenntnis von diesen beiden Dingen ist immer nur indirekt, zwangsläufig vermittelt durch den Diskurs der Erzählung, sofern die Ereignisse der Gegenstand dieses Diskurses sind und die genannte Tätigkeit darin Spuren, Kennzeichen oder Indizien hinterläßt, die erkennbar und interpretierbar sind, wie etwa das Vorkommen eines Personalpronomens in der ersten Person, das die Identität von Figur und Erzähler bezeichnet, oder das eines Verbs in Vergangenheitsform, das die Vorzeitigkeit der erzählten Handlung gegenüber der Erzählhandlung bezeichnet, wobei freilich auch direktere und explizitere Hinweise möglich sind.

Geschichte und Narration existieren für uns also nur vermittelt durch die Erzählung. Umgekehrt aber ist der narrative Diskurs oder die Erzählung nur was sie ist, sofern sie eine Geschichte erzählt, da sie sonst nicht narrativ wäre (man denke etwa an die *Ethik* Spinozas), und sofern sie eben von jemandem erzählt wird, denn sonst wäre sie (wie etwa eine Sammlung archäologischer Dokumente) überhaupt kein Diskurs. Narrativ ist die Erzählung durch den Bezug auf die Geschichte, und ein Diskurs ist sie durch den Bezug auf die Narration.

Die Analyse des narrativen Diskurses ist für uns also im wesentlichen die Untersuchung der Beziehungen zwischen Erzählung und Geschichte, zwischen Erzählung und Narration sowie (sofern beide in den Diskurs der Erzählung eingeschrieben sind) zwischen Geschichte und Narration. Infolge dieser Position möchte ich eine neue Unterteilung des Untersuchungsfelds vorschlagen, wobei ich mich

---

[3] Die schlechten richten weiter keinen Schaden an, da ihr Hauptfehler darin liegt, einfach auf Proust zu übertragen, was Proust über Marcel sagt, auf Illiers, was er über Combray sagt, auf Cabourg, was er über Balbec sagt, usw.: ein in sich zwar sehr bedenkliches Verfahren, für uns aber gefahrlos: bis auf die Namen wird die *Recherche* nicht verlassen.

[4] Dieser nicht unstrittige Vorname wird hier beibehalten, um sowohl den Helden wie den Erzähler der *Recherche* zu bezeichnen. Die Erklärung dafür gebe ich im letzten Kapitel.

zunächst an der Aufteilung orientiere, die Tzvetan Todorov 1966 vorgenommen hat[5], und die die Probleme der Erzählung in drei Kategorien unterteilt hat: In die der *Zeit,* "wo das Verhältnis zwischen der Zeit der Geschichte und der des Diskurses in Frage steht"; in die des *Aspekts* "oder der Weise, wie der Erzähler die Geschichte wahrnimmt"; und in die des *Modus,* d. h. "des Diskurstyps, den der Erzähler verwendet". Die erste Kategorie übernehme ich unverändert in der eben zitierten Form; Todorov hat sie veranschaulicht durch Bemerkungen über die "temporalen Deformationen", d. h. die Verstöße gegen die chronologische Abfolge der Ereignisse, und solche über die Beziehungen (des Ineinandergreifens, des Wechsels, der "Verschachtelung") zwischen den verschiedenen Handlungssträngen, die für die Geschichte konstitutiv sind; aber er fügte auch Betrachtungen über die "Zeit des narrativen Aussageakts" und die der "narrativen Wahrnehmung" (von ihm gleichgesetzt mit der Zeit des *Schreibens* und der des *Lesens)* hinzu, die mir die Grenzen seiner eigenen Definition zu überschreiten scheinen, und die ich in einem anderen Rahmen anstellen möchte, da diese Probleme ganz offensichtlich die Beziehungen zwischen Erzählung und Narration betreffen. Die Kategorie des Aspekts[6] deckte bei Todorov im wesentlichen die Fragen des narrativen *point of view* ab, und die Kategorie des Modus[7] war zuständig für die Probleme der "Distanz" - die die amerikanische Kritik Jamesscher Provenienz im allgemeinen mit Hilfe des Gegensatzpaares von *showing* ("Darstellung" bei Todorov) und *telling* ("Narration") behandelt, worin die Platonischen Kategorien der *Mimesis* (reine Nachahmung) und der *Diegesis*[8] (reine Erzählung) wiederaufleben -, für die verschiedenen Darstellungsweisen der Personenrede, aber auch für die Modi der impliziten oder expliziten Anwesenheit des Erzählers oder Lesers in der Erzählung. Wie eben schon bei der "Zeit des Aussageakts" halte ich es für nötig, die letzte Problemgruppe getrennt zu behandeln, da hier der Akt der Narration und dessen Protagonisten mit ins Spiel kommen; hingegen muß man alles übrige, das Todorov auf Aspekt und Modus verteilt hat, unter einer einzigen großen Kategorie zusammenfassen, die, vorläufig gesagt, die der Darstellungsweisen oder Mimesisstufen ist. Diese Neuverteilung führt also zu einem Kategorisierungssystem, das sich deutlich von dem unterscheidet, das ursprünglich den Anstoß gab. Ich werde es jetzt für sich selbst beschreiben und greife dabei in der Wahl der Termini auf eine Art linguistische Metapher zurück, die man bitte nicht allzu buchstäblich nehmen möge.

Da jede Erzählung - und sei sie so umfangreich und komplex wie die *Recherche du temps perdu*[9] - ein sprachliches Produkt ist, das von einem oder mehreren Ereignissen berichtet, ist es vielleicht legitim, sie als eine, wenn auch noch so gewaltige, Erweiterung eines Verbs im grammatischen Sinne zu betrachten. *Ich gehe, Pier-*

---

[5] "Les catégories du récit littéraire",*Communications* 8.
[6] Die in *Littérature et Signification* (1967) und in "Poetik" (in: *Qu'est-ce que le structuralisme?* Paris 1968, dt. von Eva Moldenhauer: in *Einführung in den Strukturalismus,* Frankfurt a. M. 1973) in "Vision" umgetauft wurde.
[7] Die 1967 und 1968 in "Register" umgetauft wurde.
[8] *A.d.Ü.:* Nicht zu verwechseln mit der "Diegese"; vgl. unten S. 201
[9] Muß man noch eigens betonen, daß dieses Werk, wenn es hier als Erzählung behandelt wird, deshalb keineswegs auf diesen Aspekt reduziert werden soll? Ein Aspekt allerdings, den die Kritik allzuoft vernachlässigt, den Proust selber aber nie aus den Augen verloren hat. So spricht er von "der unsichtbaren Berufung, deren *Geschichte* dies Werk hier ist" *(Recherche,* II, S. 397, dt. S. 1782, von mir hervorgehoben).

re ist gekommen, sind für mich Minimalformen der Erzählung, und umgekehrt werden Aussagen wie *Odysseus kehrt nach Ithaka zurück* oder *Marcel wird Schriftsteller* von der *Odyssee* und der *Recherche* in gewisser Weise nur amplifiziert (im rhetorischen Sinne des Worts). Das berechtigt uns vielleicht dazu, die Probleme der Analyse des narrativen Diskurses nach Kategorien zu ordnen, die der Grammatik des Verbs entlehnt werden und die sich hier auf drei fundamentale Klassen von Bestimmungen reduzieren: da sind 1. die Probleme, die zu den temporalen Beziehungen zwischen Erzählung und Diegese gehören, und die wir unter der Kategorie des Tempus oder der *Zeit* einordnen; 2. die, die zu den Weisen (Formen und Stufen) der narrativen "Darstellung" gehören, also zu den *Modi*[10] der Erzählung; 3. schließlich die, die die Art und Weise betreffen, wie in der Erzählung oder dem narrativen Diskurs die Narration selber impliziert ist, so wie wir sie definiert haben, d. h. die narrative Situation oder Instanz[11] und mit ihr ihre beiden Protagonisten: der Erzähler und sein realer oder virtueller Adressat; man könnte versucht sein, diese dritte Kategorie "Person" zu nennen, aber aus Gründen, die später noch deutlich werden, ziehe ich einen Ausdruck vor, der nicht so stark (aber leider immer noch stark genug!) von psychologischen Konnotationen geprägt ist, und dem wir einen sehr viel größeren Begriffsumfang geben werden, so daß "Person" (wobei vor allem an den traditionellen Gegensatz zwischen Erzählungen "in der ersten" und solchen "in der dritten Person" gedacht wird) nur noch ein Aspekt unter anderen sein wird: ich meine den Ausdruck *Stimme,* dessen grammatische Bedeutung Vendryès etwa wie folgt definiert hat: "Handlungsart des Verbs in Beziehung zum Subjekt [...]"[12] Selbstverständlich ist das hier gemeinte Subjekt das der Aussage, während *Stimme* für uns eine Beziehung zum Subjekt (oder allgemeiner zur Instanz) des Aussagevorgangs bezeichnen wird: noch einmal, es handelt sich hier um terminologische Anleihen, die nicht für sich beanspruchen, auf exakten Homologien zu basieren.[13]

Wie man sieht, decken sich die drei hier vorgeschlagenen Klassen, die Untersuchungsfelder abstecken und für die Anordnung der folgenden Kapitel verantwortlich sind[14], nicht mit den drei weiter oben definierten Kategorien, mit denen drei verschiedene Bedeutungen des Worts "Erzählung" auseinandergehalten werden sollten, sondern überschneiden sich mit ihnen auf komplexe Weise: Die *Zeit* und der *Modus* spielen beide auf der Ebene der Beziehungen zwischen *Geschichte* und *Erzählung*,

---

[10] Ein Ausdruck, der hier fast dieselbe Bedeutung wie in der Linguistik hat, wenn man etwa die folgende Definition aus dem *Littré* zugrunde legt: "Ein Name für die verschiedenen Verbformen, die man benutzt, um die jeweils fragliche Sache mehr oder minder stark zu behaupten, und [...] um die verschiedenen Gesichtspunkte auszudrücken, von denen aus man diese Sache oder Handlung betrachtet."
[11] In dem Sinne wie Benveniste von der "Diskursinstanz" spricht *(Problèmes de linguistique générale,* 5. Teil, dt. *Probleme der allgemeinen Sprachwissenschaft,* München 1974). [A.d.Ü.: Die *situation narrative* entspricht der "Erzählsituation" Franz K. Stanzels und wird im folgenden meist auch so übersetzt.]
[12] Zitiert nach dem *Petit Robert,* s.v. *Voix.* [A.d.Ü.: *Voix* bezeichnet in der Grammatik das "Genus verbi"; *voix active* - "Aktiv", *voix passive* - "Passiv".]
[13] Eine andere und rein proustologische Rechtfertigung für die Verwendung dieses Ausdrucks ist die Existenz des wertvollen Buchs von Marcel Muller, das den Titel trägt *Les voix narratives dans "A la recherche du temps perdu"* (Genf 1965).
[14] Die drei ersten *(Ordnung, Dauer, Frequenz)* handeln von der Zeit, das vierte vom Modus, das fünfte und letzte von der Stimme.

während die *Stimme* sowohl die Beziehungen zwischen *Narration* und *Erzählung* wie die zwischen *Narration* und *Geschichte* umfaßt. Dennoch sollte man sich hüten, diese Termini zu hypostasieren, denn es geht eben jeweils um Relationen und nicht um Substanzen.

1. Ordnung

Zeit der Erzählung?

"Zur Erzählung gehört eine doppelte temporale Sequenz [...]: es gibt die Zeit des Erzählten und die Zeit der Erzählung (Zeit des Signifikats und Zeit des Signifikanten). Diese Dualität macht nicht nur all die Zeitverzerrungen möglich, die man in Erzählungen so leicht ausfindig macht (drei Jahre aus dem Leben des Helden werden im Roman in zwei Sätzen oder im Film in einer kurzen Bildsequenz zusammengefaßt usw.); grundsätzlicher lädt sie uns zu der Feststellung ein, daß eine der Funktionen der Erzählung darin besteht, eine Zeit in eine andere Zeit umzumünzen".[1]

Die hier so nachdrücklich akzentuierte Zeitdualität, die die deutschen Theoretiker mit dem Gegensatz zwischen *erzählter Zeit** (Zeit der Geschichte) und *Erzählzeit** (Zeit der Erzählung) bezeichnen[2], ist ein charakteristisches Merkmal nicht der kinematographischen Erzählung, sondern auch der oralen, wie stark diese auch ästhetisch durchgestaltet sein mag, also bis hin zur völlig "literarischen" Ebene epischer Rezitation oder dramatischer Narration (Erzählung des Theramenes ...). Nicht ganz so bedeutend ist sie vielleicht für andere narrative Ausdrucksformen wie den "Photoroman" oder den Comic strip (oder für piktorale Formen wie die Predella von Urbino, oder gestickte wie den Wandteppich der Königin Mathilde), die zwar auch eine Bildsequenz darstellen und somit eine sukzessive oder diachronische Lektüre erfordern, sich aber auch zu einer Art globaler und synchronischer Betrachtung eignen, ja regelrecht dazu einladen, zumindest aber zu einer Betrachtung, die nicht mehr streng der vorgegebenen Abfolge der Bilder gehorcht. Die schriftliche literarische Erzählung hat in dieser Hinsicht einen noch viel schwieriger zu bestimmenden Status. Wie die mündliche oder filmische Erzählung kann sie nur in einer Zeit "konsumiert", das heißt aktualisiert werden, nämlich in der der Lektüre; deren Sukzessionsordnung kann zwar von einer sprunghaften, repetitiven oder selektiven Lektüre außer Kraft gesetzt werden, aber das führt nie bis zur völligen Analexie: Man kann sich einen Film Bild für Bild von hinten nach vorn ansehen, man kann aber nicht einen Text Buchstaben für Buchstaben falsch herum lesen, nicht einmal Wort für Wort oder Satz für Satz. Das Buch gehorcht denn doch etwas mehr, als man heute oft sagt, der berühmten *Linearität* des sprachlichen Signifikanten, die sich leichter in der Theorie negieren als faktisch aufheben läßt. Dennoch soll hier nicht der Status der (literarischen oder sonstigen) schriftlichen Erzählung mit dem der mündlichen gleichgesetzt werden: ihre Zeitlichkeit ist gewissermaßen bedingt oder instrumentell; wie jeder Gegenstand in der Zeit produziert, existiert die

---

[1] Christian Metz, *Essais sur la signification au cinéma*, Paris 1968, S. 27.
[2] Vgl. Günther Müller, "Erzählzeit und erzählte Zeit", in: *Festschrift für Paul Kluckhohn und Herman Schneider*, Tübingen 1948, wiederabgedruckt in *Morphologische Poetik*, Darmstadt 1968. [*A.d.Ü.*: Mit einem Sternchen (*) werden hier und im folgenden Begriffsworte kenntlich gemacht, die im Original auf deutsch vorkommen.]

schriftliche Erzählung im Raum und als Raum, und die Zeit, die man braucht, um sie zu "konsumieren", ist die, die man braucht, um sie zu *durchlaufen* oder zu *durchmessen* - wie eine Straße oder ein Feld. Der narrative Text hat, wie jeder andere Text, keine andere Zeitlichkeit als die, die er metonymisch von seiner Lektüre empfängt.

Dieser Umstand ist, wie wir später sehen werden, nicht immer folgenlos für unser Vorhaben, und manchmal muß man die Auswirkungen der metonymischen Verschiebung korrigieren oder zu korrigieren suchen; aber da diese Verschiebung nun einmal zum narrativen Spiel gehört, müssen wir uns mit ihr und folglich auch mit der Quasi-Fiktion der *Erzählzeit** abfinden, mit dieser falschen Zeit, die einer echten so ähnlich sieht, und die wir, reserviert und billigend zugleich, als *Pseudo-Zeit* behandeln werden.

Nachdem diese Vorsichtsmaßregeln getroffen sind, werden wir nun die Beziehungen zwischen der Zeit der Geschichte und der (Pseudo-)Zeit der Erzählung anhand ihrer drei wichtigsten Bestimmungen untersuchen. Dies sind meiner Meinung nach: 1. die Verhältnisse zwischen der temporalen *Ordnung* oder Reihenfolge der Ereignisse in der Diegese und der pseudo-temporalen Ordnung ihrer Darstellung in der Erzählung, Verhältnisse, die den Gegenstand dieses ersten Kapitels bilden; 2. die Verhältnisse zwischen der jeweiligen *Dauer* dieser Ereignisse oder diegetischen Segmente und der Pseudo-Dauer (faktisch der Textlänge), die ihr Bericht in der Erzählung beansprucht: Verhältnisse der Geschwindigkeit also, die Gegenstand des zweiten Kapitels sind; und 3. schließlich die Verhältnisse der Dichte oder *Frequenz*, das heißt, um hier nur eine Näherungsformel zu gebrauchen, die Beziehungen zwischen den Wiederholungskapazitäten der Geschichte und denen der Erzählung: ihnen ist das dritte Kapitel gewidmet.

Anachronien

Die temporale Ordnung einer Erzählung zu studieren, heißt die Anordnung der Ereignisse oder zeitlichen Segmente im narrativen Diskurs mit der Abfolge derselben Ereignisse oder zeitlichen Segmente in der Geschichte zu vergleichen, sofern sie sich explizit an der Erzählung ablesen oder durch den einen oder anderen indirekten Hinweis erschließen läßt. Natürlich ist eine solche Rekonstruktion nicht immer möglich, und es wäre müßig, sich an ihr in Grenzfällen wie den Romanen von Robbe-Grillet zu versuchen, in denen der Zeitbezug absichtlich untergraben wird. In der klassischen Erzählung hingegen ist sie in den meisten Fällen nicht bloß möglich, da hier der narrative Diskurs die Ereignisfolge nie umkehrt, ohne es zu sagen, sondern auch notwendig, und zwar aus demselben Grund: wenn ein narratives Segment mit einem Hinweis beginnt wie: "Drei Monate früher usw.", muß man sowohl berücksichtigen, daß diese Szene in der Erzählung *nachher* kommt, als auch, daß sie in der Diegese *vorher* kommen soll: Beides oder besser gesagt der (kontrastive oder dissonante) Bezug zwischen beidem ist wesentlich für den narrativen Text, und diesen Bezug zu beseitigen, indem man eines seiner Glieder eliminiert, heißt den Text nicht ernst nehmen und ihn zerstören.

Das Erkennen und das Messen dieser narrativen *Anachronien* (wie ich die verschiedenen Formen von Dissonanz zwischen der Ordnung der Geschichte und der der Erzählung nennen möchte) setzt implizit die Existenz einer Art von einem Nullpunkt voraus, wo Erzählung und Geschichte in ihrem zeitlichen Verlauf vollständig koinzidieren würden. Dieser Referenzpunkt ist eher hypothetisch als real. Die volkstümliche Erzählung scheint sich zwar für gewöhnlich, wenigstens in ihrer Grobgliederung, an die chronologische Reihenfolge zu halten, unsere (westliche) literarische Tradition jedoch hebt im Gegenteil mit einem betonten Anachronieeffekt an, denn bereits im achten Vers der *Ilias* blickt der Erzähler - nachdem er den Streit zwischen Achilleus und Agamemnon erwähnt hat, d. h. den erklärten Ausgangspunkt seiner Erzählung *(ex hou de ta prôta)* - gut zehn Tage zurück, um dessen Ursachen in etwa 140 retrospektiven Versen darzulegen (die Beleidigung des Chryses - der Zorn Apollons - die Pest). Man weiß, daß dieser *in medias res*-Beginn, gefolgt von einem erläuternden Schritt zurück, einer der formalen *topoi* der epischen Gattung geworden ist, und man weiß auch, wie sehr der Roman in diesem Punkt seinem fernen Vorfahren treu geblieben ist[3] und das bis mitten ins "realistische" 19. Jahrhundert hinein: Man denke nur, um sich davon zu überzeugen, an bestimmte Balzacsche Romananfänge wie die von *César Birotteau* oder *La duchesse de Langeais*. D'Arthez macht daraus einen Grundsatz, den er Lucien de Rubempré anempfiehlt[4], und Balzac selbst wird Stendhal vorwerfen, daß er die *Chartreuse* nicht mit der Episode von Waterloo hat beginnen lassen, "um so aus allem, was sich zuvor begab, etwas zu machen, das Fabrice erzählt oder das über ihn erzählt wird, während er in dem Dorf in Flandern liegt, wo er verwundet wurde".[5] Man wird also nicht auf die lächerliche Idee verfallen, die Anachronie als etwas Seltenes oder als eine moderne Erfindung hinzustellen: sie ist im Gegenteil eines der traditionellen Mittel der literarischen Narration.

Im übrigen ist, schaut man nur etwas näher hin, der zeitliche Ablauf in den ersten Versen der *Ilias* sogar noch komplexer, als ich soeben sagte. Lesen wir sie hier in der Übersetzung von Wolfgang Schadewaldt[6]:

Den Zorn singe, Göttin, des Peleus-Sohns Achilleus, den verderblichen, der zehntausend Schmerzen über die Achaier brachte und viele kraftvolle Seelen dem Hades vorwarf von Helden, sie selbst aber zur Beute schuf den Hunden und den Vögeln zum Mahl, und es erfüllte sich des Zeus Ratschluß - von da beginnend, wo sich zuerst im Streit entzweiten der Atreus-Sohn, der Herr der Männer, und der göttliche Achilleus. Wer von den Göttern brachte sie aneinander, im Streit zu kämpfen? Der Sohn der Leto und des Zeus. Denn der, dem Könige zürnend, erregte eine Krankheit im Heer, eine schlimme, und es starben die Völker, weil den Chryses, den Priester, mißachtet hatte der Atreus-Sohn.[7]

---

[3] A contrario wird dies belegt durch das Urteil, das Huet über die *Babylonica* des Jamblich gefällt hat: "Der Aufbau des Ganzen ist nicht besonders kunstvoll. Jamblich ist einfach der Zeitordnung gefolgt und hat den Leser nicht zunächst, nach dem Beispiel des Homer, mitten ins Thema geführt" *(Traité de l'origine des romans*, 1670, S. 157).
[4] "Beginnen Sie sofort mit der Handlung. Fassen Sie einen Gegenstand ruhig bald in der Mitte, bald am Ende an, kurzum, bringen Sie Abwechslung und bleiben Sie nicht immer bei derselben Manier" *(Illusions perdues*, Ed. Garnier, S. 230).
[5] *Études sur M. Beyle*, Skira, Genf 1943, S. 69.
[6] *A.d.Ü*: Und nicht, wie im französischen Original, in der von Paul Mazon.
[7] *Ilias*, Frankfurt a. M. 1975, S. 7.

Das erste narrative Objekt Homers ist demnach der *Zorn des Achilleus;* das zweite die *Leiden der Achaier,* die daraus folgen; das dritte aber der *Streit zwischen Achilleus und Agamemnon,* der die unmittelbare Ursache des Zorns ist und diesem folglich vorhergeht; danach dann, weiter von Ursache zu Ursache zurückgehend: die *Pest,* Ursache des Streits, und schließlich die *Mißachtung des Chryses,* Ursache der Pest. Den fünf Bestandteilen dieses Anfangs, die ich nach der Reihenfolge ihres Erscheinens in der Erzählung A, B, C, D und E nenne, entsprechen in der Geschichte die Zeitpositionen 4, 5, 3, 2 und 1: Daraus ergibt sich die nachstehende Formel, die die Abfolgeverhältnisse einigermaßen klar zusammenfaßt: A4-B5-C3-D2-E1. Also eine fast regelmäßige retrograde Bewegung.[8]

Um die Anachronien jetzt detaillierter zu untersuchen, entnehme ich dem *Jean Santeuil* ein recht typisches Beispiel. Die hier vorliegende Situation kommt in verschiedenen Formen auch in der *Recherche* wieder vor: Die Zukunft ist zur Gegenwart geworden und gleicht nicht mehr der Vorstellung, die man sich in der Vergangenheit von ihr gemacht hat. Jean sieht nach Jahren wieder das Haus, in dem Marie Kossichef wohnt, die er früher einmal geliebt hat, und vergleicht seine Empfindungen von heute mit denen, von denen er einst dachte, daß er sie heute haben müßte:

Manchmal, wenn er an dem Kossichefschen Haus vorbeikam, erinnerte er sich an die Regentage, an denen er seine Kinderfrau veranlaßt hatte, mit ihm dorthin zu pilgern. Doch er dachte an jene Zeit ohne die Melancholie, die er einst geglaubt hatte eines Tages in dem Gefühl verspüren zu müssen, daß er Marie nicht mehr liebte. Denn diese Melancholie, ja, alles, was er im voraus hineinprojiziert hatte in seine künftige Gleichgültigkeit, war nur seine Liebe gewesen. Diese Liebe jedoch existierte nicht mehr.[9]

Die temporale Analyse eines solchen Textes besteht zunächst darin, die Segmente gemäß ihrer jeweiligen Position in der Zeit der Geschichte aufzuzählen. Man kommt dann auf neun Segmente, die sich auf zwei Zeitpositionen verteilen, die wir durch 2 *(jetzt)* und 1 *(früher)* bezeichnen, wobei wir hier von ihrem iterativen Charakter ("manchmal") absehen wollen, so daß sich folgendes ergibt: Segment A auf Position 2 ("Manchmal, wenn er an dem Kossichefschen Haus vorbeikam, erinnerte er sich"), B auf Position 1 ("an die Regentage, an denen er seine Kinderfrau veranlaßt hatte, mit ihm dorthin zu pilgern"), C auf 2 ("Doch er dachte an jene Zeit ohne"), D auf 1 ("die Melancholie, die er einst geglaubt hatte"), E auf 2 ("eines Tages in dem Gefühl verspüren zu müssen, daß er Marie nicht mehr liebte"), F auf 1 ("Denn diese Melancholie, ja, alles, was er im voraus hineinprojiziert hatte"), G auf 2 ("in seine künftige Gleichgültigkeit"), H auf 1 ("war nur seine Liebe gewesen"), I auf 2 ("Diese Liebe jedoch existierte nicht mehr"). Die Formel für die Zeitpositionen lautet hier also:

A2-B1-C2-D1-E2-F1-G2-H1-I2,

---

[8] Und das gilt noch mehr, wenn man das, allerdings nicht narrative, erste Segment berücksichtigt, das im Präsens die narrative Instanz anruft und damit diegetisch ganz am Ende steht: "Singe, Göttin".
[9] Pléiade, S. 674, dt. *Jean Santeuil,* a.a.O., S. 755 f.

d. h. ein perfekter Zickzacklauf. Nebenbei sei bemerkt, daß die Schwierigkeit, die dieser Text beim ersten Lesen bereitet, daher rührt, daß Proust scheinbar systematisch die elementarsten zeitlichen Anhaltspunkte (früher, jetzt) beseitigt, so daß der Leser sie sich hinzudenken muß, um sich zurechtzufinden. Doch das bloße Verzeichnen der Positionen reicht für die temporale Analyse, auch wenn sie sich auf Fragen der Ordnung beschränkt, nicht aus und erlaubt es nicht, den Status der Anachronien zu bestimmen: Zu definieren sind noch die Relationen, in denen die Segmente zueinander stehen.

Betrachtet man das Segment A als narrativen Ausgangspunkt, der mithin eine autonome Position einnimmt, so ist das Segment B offensichtlich als ein *retrospektives* definiert: eine Retrospektion, die man subjektiv nennen kann, sofern sie die Romanperson selber vornimmt und die Erzählung nur von deren gegenwärtigen Gedanken berichtet ("er erinnerte sich ..."); B ist A also zeitlich untergeordnet: es ist *gegenüber* A als retrospektiv definiert. In C haben wir es mit einer einfachen Rückkehr zur Ausgangsposition zu tun, ohne Unterordnung. In D liegt wieder eine Retrospektion vor, die diesmal aber direkt von der Erzählung vorgenommen wird: es ist offensichtlich der Erzähler, der die Abwesenheit von Melancholie erwähnt, selbst wenn der Held sie verspürt. E führt uns in die Gegenwart zurück, aber ganz anders als C, denn diesmal wird die Gegenwart von der Vergangenheit und vom *point of view* dieser Vergangenheit aus betrachtet: es ist keine einfache Rückkehr zur Gegenwart, sondern eine (offenkundig subjektive) *Antizipation* der Gegenwart in der Vergangenheit; E ist also D untergeordnet wie D dem Segment C, während sich C als ebenso autonom wie A erwies. F führt uns über die Antizipation E zurück zur Position 1 (die Vergangenheit): erneut eine einfache Rückkehr, aber Rückkehr zu 1, d. h. zu einer untergeordneten Position. G ist erneut eine Antizipation, aber diesmal eine objektive, denn der Jean von einst sah das künfige Ende seiner Liebe ja gerade nicht als Gleichgültigkeit voraus, sondern als Melancholie des Nichtmehrliebens. H ist wie F eine einfache Rückkehr zu 1. I schließlich ist (wie C) eine einfache Rückkehr zu 2, d. h. zum Ausgangspunkt.

Dieses kurze Fragment bietet also im kleinen ein sehr variationsreiches Muster der verschiedenen möglichen Temporalbeziehungen: subjektive und objektive Retrospektionen, subjektive und objektive Antizipationen, einfache Rückkehr zu der einen oder anderen der beiden Positionen. Da die Unterscheidung zwischen subjektiven und objektiven Anachronien nicht zur Zeitordnung gehört, sondern zu anderen Kategorien, die im Kapitel "Modus" behandelt werden, werden wir sie vorerst ausschalten; um andererseits die psychologischen Konnotationen zu vermeiden, die mit dem Gebrauch von Ausdrücken wie "Antizipation" und "Retrospektion" verknüpft sind, die ganz von selbst subjektive Phänomene evozieren, werden wir sie so oft wie möglich durch neutralere Ausdrücke ersetzen: Mit *Prolepse* bezeichnen wir jedes narrative Manöver, das darin besteht, ein späteres Ereignis im voraus zu erzählen oder zu evozieren, und mit *Analepse* jede nachträgliche Erwähnung eines Ereignisses, das innerhalb der Geschichte zu einem früheren Zeitpunkt stattgefunden hat als dem, den die Erzählung bereits erreicht hat; der allgemeine Ausdruck *Anachronie* hingegen soll uns weiterhin dazu dienen, sämtliche Formen von Disso-

26 *Diskurs der Erzählung*

nanz zwischen den beiden Zeitordnungen zu bezeichnen, Dissonanzen, die sich, wie wir sehen werden, nicht gänzlich auf Analepsen und Prolepsen reduzieren lassen.[10]

Die Analyse der syntaktischen Beziehungen (Subordination und Koordination) zwischen den Segmenten erlaubt es uns nun, unsere erste Formel, die nur die Positionen berücksichtigte, durch eine zweite zu ersetzen, die die Beziehungen und Schachtelungsstufen sichtbar macht:

$$A2 \ [B1] \ C2 \ [D1 \ (E2) \ F1 \ (G2) \ H1] \ I2$$

Man erkennt hier deutlich den Statusunterschied zwischen den Segmenten A, C und I einerseits und E und G andererseits, die alle dieselbe Zeitposition haben, aber nicht auf derselben Hierarchieebene. Man sieht auch, daß die dynamischen Beziehungen (Analepsen und Prolepsen) dort angesiedelt sind, wo sich die Klammern öffnen, während das Schließen der Klammern jeweils mit einer einfachen Rückkehr einhergeht. Und schließlich fällt auf, daß das hier untersuchte Fragment aufs schönste in sich geschlossen ist, auf jeder Ebene wird sorgfältig darauf geachtet, daß am Ende wieder die Ausgangsposition erreicht wird: Wir werden sehen, daß das nicht immer der Fall ist. Die numerischen Relationen erlauben es natürlich schon hier, Prolepsen und Analepsen auseinanderzuhalten, aber man kann die Formel noch expliziter fassen, etwa so:

$$A2 \overset{A}{\begin{bmatrix} B1 \end{bmatrix}} C2 \overset{A}{\begin{bmatrix} D1 \underset{P}{(E2)} \ F1 \underset{P}{(G2)} \ H1 \end{bmatrix}} I2$$

Dieses Fragment hat natürlich den (didaktischen) Vorzug, daß seine Zeitstruktur sich auf zwei Positionen reduziert: Ein ziemlich seltener Fall, und bevor wir das mikro-narrative Niveau verlassen, wollen wir uns ein Textstück aus *Sodome et Gomorrhe*[11] ansehen, das sehr viel komplexer ist (selbst wenn man es - wie wir - auf seine augenfälligsten Zeitpositionen reduziert und einige Nuancen übergeht) und gut die temporale Ubiquität oder Allgegenwart illustriert, die für die Proustsche Erzählung so typisch ist. Wir sind bei der Soiree des Prinzen von Guermantes, und Swann hat Marcel soeben berichtet, daß der Prinz ins Lager der Dreyfusards übergetreten ist, worin er mit naiver Voreingenommenheit ein Zeichen von Intelligenz erblickt. Hier nun die unmittelbare Fortsetzung von Marcels Erzählung (ich markiere den Anfang jedes einzelnen Segments mit einem Buchstaben):

---

[10] Hier beginnen die Schwierigkeiten (und Unschönheiten) der Terminologie. *Prolepse* und *Analepse* haben den Vorzug, durch ihren Stamm zu einer grammatisch-rhetorischen Familie zu gehören, die noch ein paar weitere Mitglieder hat, auf die wir später zurückgreifen werden. Zudem werden wir uns auch wortspielerisch den Gegensatz des Stammes *-lepse* zum Stamm *-lipse* zunutze machen: *-lepse* bedeutet im Griechischen, daß man etwas nimmt, narrativ gesehen, daß man etwas aufnimmt oder übernimmt (Prolepse: vorwegnehmen, Analepse: nachträglich nehmen); *-lipse* hingegen bedeutet, daß man etwas läßt, ausläßt, schweigend übergeht. Doch kein griechisches Präfix erlaubt uns bei *-lepse*, den Gegensatz von *pro/ana* in einer höheren Einheit aufzuheben. Deshalb der Rückgriff auf *Anachronie*, ein in sich völlig klares Wort, das aber aus dem System herausfällt und dessen Präfix sich, ein ärgerlicher, vielleicht aber auch bedeutsamer Umstand, mit dem von *Analepse* überschneidet.
[11] II, S. 712 f., dt. S. 2198 f.

(A) Swann fand jetzt alle diejenigen, die seiner Meinung waren, ohne Unterschied klug: seinen alten Freund, den Prinzen von Guermantes, sowie meinen Kameraden Bloch, (B) den er bis dahin von sich ferngehalten hatte, (C) nun aber zu sich zum Mittagessen einlud. (D) Bei Bloch fand er lebhaftes Interesse, als er ihm sagte, daß der Prinz von Guermantes für Dreyfus eingenommen sei. "Man müßte ihn bitten, unsere Liste zugunsten von Picquart zu unterzeichnen; mit einem Namen wie dem seinigen würde das fabelhaft wirken." Aber Swann, der die glühende Überzeugung des Israeliten mit der diplomatischen Mäßigung des Weltmannes verband, (E) dessen Gewohnheiten er zu sehr angenommen hatte, (F) um sie so spät im Leben wieder abzulegen, weigerte sich, Bloch zu autorisieren, dem Prinzen auch nur so, als tue er es von sich aus, das bewußte Zirkular zur Unterschrift zuzusenden. "Er kann das nicht tun, man darf nicht das Unmögliche verlangen", wiederholte Swann. "Er ist ein reizender Mensch, der tausend Meilen zurückgelegt hat, um zu uns zu kommen, er kann uns noch sehr nützlich sein. Wenn er Ihre Liste unterschriebe, würde er sich nur ganz einfach bei seinen Leuten unmöglich machen, hätte unseretwegen Ungelegenheiten, er würde vielleicht bereuen, sich überhaupt so offen geäußert zu haben, und es nie wieder tun." Ja mehr noch, Swann lehnte auch ab, seinen eigenen Namen auf die Liste zu setzen. Er fand ihn zu hebräisch, als daß er nicht einen schlechten Effekt machen würde. Wenn er außerdem alles billigte, was mit der Revision zu tun hatte, so wollte er doch in keiner Weise sich auf die antimilitaristische Kampagne einlassen. Er trug, (G) was er bis dahin niemals getan hatte, die Auszeichnung, (H) die er als junger Mobilgardist im Jahre siebzig erhalten hatte, (I) und fügte seinem Testament ein Kodizill hinzu, in dem er verlangte, daß - (J) entgegen seinen früheren Dispositionen - (K) seinem Grad als Ritter der Ehrenlegion militärische Ehren erwiesen würden. Daraufhin versammelte sich rings um die Kirche von Combray eine Schwadron (L) jener Reiter, über deren Zukunft früher Françoise Tränen vergossen hatte, als sie für sie (M) die Möglichkeit eines Krieges voraussah. (N) Kurz, Swann lehnte ab, Blochs Zirkular zu unterzeichnen, so daß, wenn er auch in den Augen von vielen als enragierter Dreyfusard galt, mein Kamerad ihn lau, von Nationalismus infiziert und militärfromm fand. (O) Swann verließ mich, ohne mir die Hand zu drücken, damit er nicht in diesem Saal, in dem er so viele Freunde hatte, sich allgemein verabschieden müsse usw.

Hier habe ich also (sehr im groben und nur zu demonstrativen Zwecken) fünfzehn narrative Segmente unterschieden, die sich auf neun verschiedene Zeitpositionen verteilen. Diese Positionen sind in chronologischer Reihenfolge: 1. der Krieg von 1870; 2. Marcels Kindheit in Combray; 3. die Zeit vor der Soiree Guermantes; 4. diese Soiree selbst, die 1898 stattgefunden haben dürfte; 5. die Einladung Blochs (die nach dieser Soiree erfolgt sein muß, an der Bloch nicht teilnahm); 6. das gemeinsame Mittagessen von Swann und Bloch; 7. die Abfassung des Kodizills; 8. das Leichenbegängnis Swanns; 9. der Krieg, "dessen Möglichkeit Françoise voraussieht" und der streng genommen keine genau definierte Position hat, da er rein hypothetisch ist, den man aber, um ihn zeitlich zu situieren und die Dinge zu vereinfachen, mit dem Krieg von 1914-18 identifizieren kann. Die Formel für die Zeitstellen wäre also:

A4-B3-C5-D6-E3-F6-G3-H1-I7-J3-K8-L2-M9-N6-O4

Vergleicht man die Zeitstruktur dieses Fragments mit der des vorigen, stellt man fest, daß abgesehen von der höheren Zahl der Positionen eine viel komplexere hierarchische Verschachtelung der Segmente vorliegt, da zum Beispiel M von L abhängt, das von K abhängt, das von I abhängt, das seinerseits von der großen Prolepse D-N abhängt. Zum anderen stehen gewisse Anachronien wie B und C nebeneinander, ohne daß explizit zur Ausgangsposition zurückgekehrt würde: sie befinden sich also auf derselben subordinierten Ebene und sind nur untereinander koordiniert. Schließlich ist der Übergang von C5 zu D6 keine wirkliche Prolepse, da nie zur Position 5 zurückgekehrt wird: er stellt also eine einfache Ellipse jener Zeit dar, die zwischen 5 (der Einladung) und 6 (dem Mittagessen) verflossen ist; die Ellipse oder der rückkehrlose Sprung nach vorn ist natürlich keine Anachronie, sondern eine einfache Beschleunigung der Erzählung, die wir im Kapitel über die Dauer untersuchen werden: sie betrifft zwar die *Zeit*, aber nicht unter dem Gesichtspunkt der *Ordnung*, der uns hier allein interessiert; wir markieren diesen Übergang von C zu D daher nicht durch eine Klammer, sondern durch einen Gedankenstrich, der das bloße Nacheinander andeuten soll. Hier also die vollständige Formel:

A4[B3][C5-D6(E3)F6(G3)(H1)(I7<J3><K8(L2<M9>)>)N6]O4

Wir verlassen jetzt das mikro-narrative Niveau, um die Zeitstruktur der *Recherche* im großen zu betrachten. Natürlich kann eine Analyse auf diesem Niveau nicht Details berücksichtigen, die ganz einfach zu einem anderen Maßstab gehören, und sie beruht folglich auf einer sehr groben Simplifizierung: Statt der Mikro- nun also die Makrostruktur. Das erste Zeitsegment der *Recherche*, dem die ersten sechs Seiten (S. 3-9, dt. S. 9-16) gewidmet sind, evoziert einen Moment, der sich unmöglich genau datieren läßt, aber in einen ziemlich späten Lebensabschnitt des Helden fällt[12], als er, der damals früh zu Bett ging und unter Schlaflosigkeit litt, einen Großteil seiner Nächte damit zubrachte, sich seine Vergangenheit ins Gedächtnis zu rufen. Dieser erste Zeitabschnitt in der narrativen Ordnung ist also weit davon entfernt, auch der erste in der diegetischen zu sein. Vorgreifend auf die folgende Analyse, können wir ihm schon jetzt die Position 5 in der Geschichte zuweisen. Also: A 5.

Das zweite Segment (S. 9-43, dt. S. 16-61) ist der Bericht des Erzählers - der dabei aber offensichtlich auf die Erinnerungen des schlaflosen Helden zurückgreift (der hier eine Funktion erfüllt, die Marcel Muller[13] als die des *intermediären Subjekts* bezeichnet) - über eine eng umgrenzte, aber sehr wichtige Episode seiner Kindheit in Combray: Ich meine die berühmte Szene, die er "das Drama [seines] Zubettgehens" nennt, und in deren Verlauf seine Mutter, durch Swanns Besuch daran gehindert, ihm den rituellen Gutenachtkuß zu geben, schließlich doch nachgibt - erstes entscheidendes "Zugeständnis" - und die Nacht bei ihm verbringt: B2.

Das dritte Segment (S. 43-44, dt. S. 61-63) führt uns ganz kurz zur Position 5 zurück, zu der der Schlaflosigkeit: C 5. Das vierte ist höchstwahrscheinlich irgendwo innerhalb dieser Periode situiert, da sich mit ihm der Inhalt der schlaflosen

---

[12] Eines der Zimmer, die erwähnt werden, ist immerhin das von Tansonville, in dem Marcel erst während jenes Aufenthalts geschlafen hat, von dem am Ende von *La fugitive* und zu Beginn des *Temps retrouvé* erzählt wird. Die Periode der Schlaflosigkeit, die notwendigerweise nach diesem Aufenthalt anzusetzen ist, könnte also mit der einen und/oder der anderen der beiden Kuren im Sanatorium zusammenfallen, die die Episode umrahmen, die Paris im Krieg (1916) schildert.
[13] *Les voix narratives*, Erster Teil, Kap. II, und *passim*. Auf die Unterscheidung zwischen Held und Erzähler komme ich im letzten Kapitel zurück.

Nächte ändert[14]: es ist die Episode mit der Madeleine (S. 44-48, dt. S. 63-67), in der dem Helden eine ganze Schicht seiner Kindheit wiedergegeben wird ("alles von Combray, was nicht der Schauplatz und das Drama meines Zubettgehens war"), die bis dahin in einem scheinbaren Vergessen begraben (und bewahrt) lag: D5'. Darauf folgt als fünftes Segment die zweite Rückkehr nach Combray, die aber der zeitlichen Erstreckung nach viel umfangreicher ausfällt als die erste, weil sie diesmal (wenn auch nicht ohne Ellipsen) die *ganze* Combrayer Kindheit abdeckt. *Combray II* (S. 48-186, dt. S. 68-247) ist für uns also E2', zeitgleich mit B2, aber viel weiter ausgreifend, so wie C5 weiter ausgreift als D5' und es in sich einschließt.

Das sechste Segment (S. 186-187, dt. S. 247-248) kehrt zur Position 5 (schlaflose Nächte) zurück: F5 also, ein Segment, das als Absprungbrett für eine neue Erinnerungsanalepse dient, deren Zeitposition die früheste von allen ist, da sie noch vor der Geburt des Helden liegt: *Un amour de Swann* (S. 188-382, dt. S. 249-503), das siebte Segment: G1.

Wie das sechste kehrt auch das achte Segment (S. 383, dt. S. 507) ganz kurz zur Position der schlaflosen Nächte zurück: H5 also. Erneut hebt eine Analepse an, und obwohl sie diesmal sofort abgebrochen wird, ist ihre Vorausdeutungsfunktion für den aufmerksamen Leser doch klar erkennbar: auf einer halben Seite (immer noch S. 383) wird Marcels Zimmer in Balbec evoziert: dies das neunte Segment, I4, dem unmittelbar - und diesmal ohne erkennbare Rückkehr zur Schaltstelle der schlaflosen Nächte - der (gegenüber dem Ausgangspunkt ebenfalls retrospektive) Bericht über die Reisen koordiniert wird, von denen der Held in Paris träumt, mehrere Jahre vor seinem ersten wirklichen Aufenthalt in Balbec; als zehntes Segment haben wir also J3: Pariser Jugend, Liebe zu Gilberte, Besuche bei Madame Swann, dann - nach einer Ellipse - erster Aufenthalt in Balbec, Rückkehr nach Paris, Eintritt ins Milieu der Guermantes usw.: Von nun an steht die Bewegungsrichtung fest, und die Erzählung nimmt ihrer groben Gliederung nach einen Verlauf, der der chronologischen Abfolge der Ereignisse entspricht - so sehr, daß man auf dem Analyseniveau, auf dem wir uns hier befinden, sagen kann, daß zum Segment J3 der ganze Rest (und der Schluß) der *Recherche* gehören.

Die Formel dieses Anfangs ist also, nach unseren früheren Konventionen:

A5[B2]C5[D5'(E2')]F5[G1]H5[I4][J3...

Die *Recherche du temps perdu* beginnt also mit einer weit ausschwingenden Bewegung, in deren Zentrum als strategische Schlüsselposition die Position 5 (schlaflose Nächte) steht, zusammen mit ihrer Variante 5' (die Madeleine), beides Positionen des schlaflosen bzw. vom unwillkürlichen Gedächtnis übermannten "intermediären Subjekts", dessen Erinnerungen für die Gesamtheit der Erzählung bestimmend sind, was dem Punkt 5-5' die Funktion einer Art notwendigen Schaltstelle verleiht oder, wenn ich so sagen darf, die eines narrativen *Dispatchers*: Um von *Combray I* zu *Combray II* zu kommen, von *Combray II* zu *Un amour de Swann*, von *Un amour de Swann* zu *Balbec*, muß man immer wieder zu dieser zentralen, wenn auch gleichzeitig exzentrischen Position zurückkehren (denn chronologisch kommt sie ja spä-

---

[14] Nach der Madeleine taucht in den Erinnerungen des Schlaflosen "Combray als Ganzes" auf.

ter), deren fester Griff sich erst beim Übergang von Balbec nach Paris lockert, obwohl dieses letztere Segment (J3), sofern es dem vorigen koordiniert ist, ebenfalls der Gedächtnisaktivität des intermediären Subjekts subordiniert und mithin analeptisch ist. Der - gewiß entscheidende - Unterschied zwischen dieser Analepse und allen früheren liegt darin, daß diese *offen* bleibt und von ihrem Umfang her fast die gesamte *Recherche* abdeckt: was unter anderem bedeutet, daß sie - ohne es zu sagen und so, als merkte sie es nicht - ihren eigenen Ausstrahlungspunkt im Gedächtnis erreicht und diesen, der scheinbar in einer ihrer Ellipsen versunken ist, sogar überschreitet. Wir werden später auf diese Merkwürdigkeit zurückkommen. Halten wir fürs erste nur diese Zickzackbewegung fest, dieses anfängliche, fast einer Captatio benevolentiae gleichende Stottern: 5-2-5-5'-2'-5-1-5-4-3 ..., das selbst, wie alles übrige, bereits in der Keimzelle der ersten sechs Seiten enthalten ist, die uns von Zimmer zu Zimmer und von Lebensalter zu Lebensalter führen, von Paris nach Combray, von Doncières nach Balbec, von Venedig nach Tansonville. Ein trotz seines ständigen Zurückkehrens nicht bewegungsloses Auf-der-Stelle-treten, denn dank dieses Zickzacks folgt auf das punktuelle *Combray I* ein ausgedehnteres *Combray II*, ein früherer, doch in seiner Bewegungsrichtung bereits unumkehrbarer *Amour de Swann*, schließlich die *Noms de pays: le nom,* von wo ab die Erzählung definitiv ihren festen und systematischen Gang findet.

Diese komplex strukturierten Ouvertüren, die die unvermeidliche *Schwierigkeit des Anfangs* nachzuahmen scheinen, um sie desto besser zu exorzieren, stehen offenbar in der ältesten und beständigsten narrativen Tradition: Wir haben bereits auf den Krebsgangbeginn der *Ilias* hingewiesen, und hier ist daran zu erinnern, daß der konventionelle *in medias res*-Anfang während der gesamten klassischen Epoche ergänzt oder überlagert wurde durch den der narrativen Verschachtelungen (X erzählt, daß Y erzählt, daß...), der noch, wir werden später darauf zurückkommen, in *Jean Santeuil* Verwendung findet und dem Erzähler Zeit läßt, *seine Stimme zu plazieren*. Die Besonderheit des Exordiums der *Recherche* besteht natürlich in der Vervielfältigung der Gedächtnisinstanzen und folglich in der *Vervielfältigung der Anfänge,* von denen jeder (außer dem letzten) nachträglich als ein einleitender Prolog gelesen werden kann. Erster (absoluter) Anfang (S. 3, dt. S. 9): "Lange Zeit bin ich früh schlafen gegangen [...]" Zweiter Anfang (mit dem scheinbar die Autobiographie beginnt), sechs Seiten weiter (S. 9, dt. S. 16): "In Combray wurde täglich schon am späteren Nachmittag [...]" Dritter Anfang (Auftritt des unwillkürlichen Gedächtnisses), vierunddreißig Seiten weiter (S.43, dt. S. 61): "So kam es, daß ich lange Zeit hindurch, wenn ich nachts aufwachte und an Combray dachte [...]" Vierter Anfang (eine Art post-madeleinesche Reprise, der wirkliche Anfang der Autobiographie), fünf Seiten weiter (S. 48, dt. S. 68): "Von weitem war Combray, aus einer Entfernung von zehn Meilen in der Runde [...]" Fünfter Anfang, hundervierzig Seiten weiter (S. 188, dt. S. 251): die *ab ovo* erzählte Liebe von Swann (eine überaus *exemplarische* Erzählung [nouvelle], Archetyp für alle Proustschen Liebesgeschichten), mit der (jeweils im dunkeln bleibenden) Geburt von Marcel und Gilberte ("Wir gestehen", würde hier Stendhal sagen, "daß wir dem Beispiel vieler bedeutender Autoren folgend, mit der Geschichte unseres Helden ein Jahr vor seiner Geburt begonnen haben" - und ist Swann für Marcel nicht *mutatis mutandis* und, wie ich hoffe, ohne ihm zu nahe zu treten [15], das, was der Leutnant Robert für Fabrice del Dongo ist?) Der fünfte Anfang also: "Für die Zugehörigkeit zu dem "kleinen Kreis", der "kleinen Gruppe", dem "kleinen Clan" der Verdurins [...]" Sechster Anfang, hundertfünfundneunzig Seiten weiter (S. 383, dt. S. 507): "Unter den Zimmern, die ich am häufigsten in schlaflosen Nächten heraufbeschwor [...]", auf den unmittelbar ein siebter und daher, wie es sich gehört, letzter Anfang folgt: "Aber nichts glich auch weniger jenem wirklichen Balbec als das, von dem ich oft geträumt hatte [...]" Damit hat die Bewegung endlich ihre Bahn gefunden, auf der sie kein Neuanfang mehr unterbricht.

Reichweite, Umfang

Wenn sich nun auch, wie bereits gesagt, die ganze übrige *Recherche* ihrer Grobgliederung nach an die chronologische Reihenfolge hält, schließt dies doch nicht aus, daß es im Detail eine große Zahl von Anachronien gibt: Analepsen und Prolepsen, aber auch komplexere und subtilere Formen, die für die Proustsche Erzählung vielleicht besonders charakteristisch sind, sich aber auf jeden Fall sowohl von der "tatsächlichen" Chronologie wie auch von der klassischen narrativen Zeitlichkeit weit entfernen. Bevor wir diese Anachronien analysieren, sei noch einmal betont, daß es sich dabei nur um eine zeitliche Analyse handelt, die sich zudem nur mit Fragen der Ordnung befaßt und fürs erste von der Geschwindigkeit und der Frequenz absieht und a fortiori von den Merkmalen des Modus und der Stimme, die die Anachronien ebensogut wie alle andersartigen narrativen Segmente betreffen können. Insbesondere wird hier die wichtige Unterscheidung vernachlässigt zwischen jenen Anachronien oder Zeitsprüngen, die direkt von der Erzählung selbst vorgenommen werden und die daher keinen Wechsel der narrativen Ebene implizieren (Beispiele: die Verse 7 bis 12 der *Ilias* und das zweite Kapitel von *César Birotteau*), und jenen, die eine der Figuren der ersten Erzählung vornimmt, so daß diese Anachronien auf einer zweiten narrativen Ebene spielen (Beispiele: die Gesänge IX bis XII der *Odyssee* (Erzählung des Odysseus) und die Autobiographie von Raphaël de Valentin im zweiten Teil von *La peau de chagrin*). Wir werden dieser Frage, die vorrangig, aber nicht nur die Anachronien betrifft, natürlich in dem Kapitel über die narrative Stimme wiederbegegnen.

Eine Anachronie kann sich, in Richtung Vergangenheit oder Zukunft, mehr oder weniger weit vom "gegenwärtigen" Augenblick entfernen, d. h. von dem Augenblick der Geschichte, wo die Erzählung unterbrochen wird, um ihr Platz zu machen: Wir werden diese zeitliche Distanz die *Reichweite* der Anachronie nennen. Diese kann wiederum eine mehr oder weniger lange Dauer der Geschichte abdecken: was wir ihren *Umfang* nennen werden. Wenn Homer etwa im XIX. Gesang der *Odyssee* an die Umstände erinnert, unter denen der jugendliche Odysseus einst die Wunde

---

[15] Doch ist Swanns Rolle in der Zubettgehszene nicht andererseits eine typische *Vaterrolle?* Letztlich ist er es ja, der dem Kind die Gegenwart der Mutter raubt. Der gesetzliche Vater hingegen legt hier eine geradezu schuldhafte Laxheit, eine fast spöttische und verdächtige Nachgiebigkeit an den Tag: "So geh schon mit dem Kleinen." Was soll man von dieser Konstellation halten?

empfing, deren Narbe er auch jetzt noch trägt, da ihm Eurykleia die Füße waschen soll, so hat diese Analepse, die die Verse 394 bis 466 einnimmt, eine Reichweite von mehreren Jahrzehnten und einen Umfang von einigen Tagen. So definiert, scheint es sich beim Status der Anachronien nur um eine Frage des Mehr oder Weniger zu handeln, um eine jeweils einzelne Zeitmessung, die theoretisch nicht weiter von Interesse ist. Es ist gleichwohl möglich (und, wie ich meine, nützlich), die Anachronien in bezug auf gewisse wichtige Momente der Erzählung gemäß den Merkmalen "Reichweite" und "Umfang" zu klassifizieren. Diese Klassifikation ist natürlich sowohl für Analepsen wie Prolepsen gültig, aber um die Darstellung zu vereinfachen und die Gefahr einer allzugroßen Abstraktheit zu vermeiden, wollen wir uns zuerst nur mit den Analepsen beschäftigen, um dann das Verfahren zu verallgemeinern.

Analepsen

Jede Anachronie stellt gegenüber der Erzählung, in die sie sich einfügt- der sie sich aufpfropft -, zeitlich gesehen eine zweite Erzählung dar, die der ersten gemäß jener Art von narrativer Syntax subordiniert ist, der wir weiter oben erstmals in der Analyse eines sehr kurzen Fragments aus *Jean Santeuil* begegnet sind. Erste oder "Basiserzählung" [récit premier][16] wollen wir fortan jene temporale Erzählebene nennen, in bezug auf die sich eine Anachronie als solche definiert. Natürlich - und wir haben es bereits gesehen - können die Verschachtelungen komplexer sein, und eine Anachronie kann in bezug auf eine andere, die von ihr getragen wird, selbst als Basiserzählung fungieren. Prinzipiell und in einem allgemeineren Sinn kann der gesamte Kontext einer Anachronie als Basiserzählung betrachtet werden.

Die Erzählung von der Verwundung des Odysseus bezieht sich eindeutig auf eine Episode, die dem zeitlichen Ausgangspunkt der "Basiserzählung" der *Odyssee* vorausliegt, selbst wenn man, dem genannten Prinzip zufolge, zu ihr die retrospektive Erzählung des Odysseus am Hofe der Phaiaken hinzurechnet, die bis zum Fall von Troja zurückreicht. Wir können daher diese Analepse, die ihrem ganzen Umfang nach der Basiserzählung äußerlich bleibt, als *extern* bezeichnen. Entsprechendes läßt sich zum Beispiel über das zweite Kapitel von *César Birotteau* sagen, dessen Geschichte, wie sein Titel deutlich signalisiert ("Das frühere Leben von César Birotteau" ["Les antécédents de César Birotteau"]), dem Drama vorhergeht, das mit der nächtlichen Szene des ersten Kapitels beginnt. Umgekehrt werden wir das sechste Kapitel von *Madame Bovary* als *interne* Analepse bezeichnen, da es Emmas Jahren in der Klosterschule gewidmet ist, die offensichtlich in eine spätere Zeit fallen als Charles' Eintritt ins Gymnasium, der den Ausgangspunkt des Romans bildet; oder auch, ein anderes Beispiel, den Anfang der "Souffrances de l'inventeur"[17], der, nachdem zuvor die Pariser Abenteuer von Lucien de Rubempré erzählt worden sind, den Leser über das Leben informiert, das David Séchard zur gleichen Zeit in Angoulême führte. Auch *gemischte* Analepsen sind vorstellbar - mitunter

---
[16] *A.d.Ü:* Zum *récit premier* vgl. unten.
[17] *Illusions perdues*, Garnier, S. 550-643.

begegnet man ihnen sogar -, deren Reichweitepunkt vor und deren Umfangsendpunkt hinter dem Ausgangspunkt der Basiserzählung liegt: das trifft etwa auf die Geschichte von des Grieux in *Manon Lescaut* zu, die bereits mehrere Jahre vor der ersten Begegnung mit dem Homme de Qualité beginnt und sich danach bis zum Moment ihrer zweiten Begegnung erstreckt, der zugleich der der Narration ist.

Diese Unterscheidung ist nicht so überflüssig, wie sie auf den ersten Blick erscheinen mag. Die externen und die internen (bzw., soweit es ihren internen Anteil betrifft, die gemischten) Analepsen unterscheiden sich nämlich im Lichte der narrativen Analyse recht stark, zumindest in einem Punkt, der mir entscheidend zu sein scheint. Die externen Analepsen, einfach deshalb, weil sie extern sind, laufen nie Gefahr, sich mit der Basiserzählung zu überschneiden, und ihre Aufgabe besteht nur darin, diese zu ergänzen, um den Leser über das eine oder andere "frühere Ereignis" zu unterrichten: Ein ganz typisches Beispiel, neben den bereits zitierten, wäre hier *Un amour de Swann* in der *Recherche du temps perdu*. Anders verhält es sich mit den internen Analepsen, deren Zeitfeld in das der Basiserzählung fällt, und die leicht Gefahr laufen, redundant zu sein oder mit bereits Erzähltem zu kollidieren. Wir müssen diese Überschneidungsprobleme daher etwas genauer betrachten.

Zunächst einmal kann man jene internen Analepsen beiseite lassen, die ich *heterodiegetische*[18] nenne, d. h. solche, die einen Strang der Geschichte bzw. einen diegetischen Inhalt betreffen, der sich von dem (oder denen) der Basiserzählung unterscheidet: also etwa, sehr klassisch, eine neu eingeführte Person, deren "Vorgeschichte" der Erzähler aufhellen möchte, wie es Flaubert in dem bereits erwähnten sechsten Kapitel für Emma tut; oder eine Person, die man eine Zeitlang aus den Augen verloren hat, und über deren jüngste Vergangenheit man sich ein Bild machen will, wie es etwa für David am Anfang der *Souffrances de l'inventeur* gilt. Das sind vielleicht die traditionellsten Funktionen der Analepse, und es leuchtet ein, daß die zeitliche Koinzidenz hier keine wirkliche narrative Überschneidung nach sich zieht: so etwa, wenn beim Eintritt des Fürsten von Faffenheim in den Salon von Madame de Villeparisis eine retrospektive Abschweifung von ein paar Seiten[19] uns über die Gründe dieser Anwesenheit aufklärt, d. h. über die wechselvolle Kandidatur des Fürsten an der Académie des Sciences morales; oder wenn Marcel, der die zu Mademoiselle de Forcheville gewordene Gilberte Swann wiedertrifft, sich die Gründe für diese Namensänderung erklären läßt.[20] Die Heirat Swanns, die Saint-Loups und die des "jungen Marquis de Cambremer", wie auch der Tod Bergottes[21] finden auf diese Weise nachträglich zum Hauptstrang der Geschichte, d. h. zu Marcels Autobiographie zurück, ohne das Privileg der Basiserzählung irgendwie zu erschüttern.

Ganz anders verhält es sich mit den *homodiegetischen* internen Analepsen, d. h. mit denen, die den Handlungsstrang der Basiserzählung betreffen. Hier liegt die Gefahr der Überschneidung auf der Hand, ist scheinbar sogar unvermeidlich. An dieser Stelle müssen wir noch einmal zwei Kategorien unterscheiden.

---

[18] *Figures II*, S. 202.
[19] II, S. 257-263, dt. S. 1595-1604.
[20] III, S. 574-582, dt. S. 3535-3547.
[21] I, S. 467-471, dt. S. 617-622; III, S. 664-673, dt. S. 3660-3672; III, S. 182-188, dt. S. 3002-3010.

Die erste, die ich *kompletive* Analepsen oder "Rückblenden" [renvois] nenne, umfaßt jene retrospektiven Segmente, die nachträglich eine frühere Lücke der Erzählung füllen, die demnach mit provisorischen Auslassungen arbeitet, die früher oder später ergänzt werden, einer narrativen Logik folgend, die vom Zeitverlauf partiell unabhängig ist. Diese früheren Lücken können schlicht und einfach Ellipsen sein, d. h. Risse im Zeitkontinuum. So füllt Marcels Pariser Aufenthalt von 1914, von dem anläßlich eines anderen Aufenthalts (dem von 1916) erzählt wird, partiell die Ellipse mehrerer "langer Jahre" aus, die der Held in einem Sanatorium verbracht hat[22]; die Begegnung mit der "Dame in Rosa" in der Wohnung von Onkel Adolphe[23] öffnet in der Combray-Erzählung ein Türchen zur Pariser Seite der Kindheit Marcels, die mit dieser einen Ausnahme bis zum dritten Teil von *Swann* völlig im dunkeln bleibt. Ganz offensichtlich sind es Zeitlücken dieser Art, in denen man (hypothetisch) gewisse Ereignisse aus Marcels Leben unterbringen muß, die uns nur durch kurze retrospektive Anspielungen bekannt sind: eine Reise nach Deutschland mit seiner Großmutter, noch vor der ersten Reise nach Balbec, ein Aufenthalt in den Alpen vor der Doncières-Episode, eine Reise nach Holland vor dem Diner Guermantes, oder auch - sichtlich schwieriger zu situieren, angesichts der Dienstdauer zu jener Zeit - die Militärjahre, auf die beim letzten Spaziergang mit Charlus ganz nebenbei angesprochen wird.[24] Aber ist gibt auch andere Lücken, die nicht so sehr zeitlicher Natur sind und nicht mehr in der Elision eines diachronischen Segments bestehen, sondern in der Auslassung eines für die Situation wichtigen Elements, innerhalb eines Zeitraums, der von der Erzählung prinzipiell abgedeckt wird: so etwa wenn von der Kindheit erzählt wird und systematisch die Existenz eines der Familienmitglieder ausgeblendet wird (hielte man die *Recherche* für eine echte Autobiographie, wäre in diesem Zusammenhang Prousts Bruder Robert zu nennen). Hier springt die Erzählung nicht wie bei einer Ellipse über einen Moment hinweg, sondern läßt ein Faktum *beiseite*. Diese Art Lateralellipse wollen wir in Übereinstimmung mit der Etymologie und ohne den rhetorischen Gebrauch des Wortes allzusehr zu verzerren eine *Paralipse* nennen.[25] Wie die zeitliche Ellipse eignet sich auch die Paralipse sehr gut zur retrospektiven Ausfüllung. So wurde von Swanns Tod oder besser gesagt von dessen Wirkung auf Marcel (denn diesen Tod selber könnte man für etwas halten, das der Autobiographie des Helden äußerlich ist, also hier für heterodiegetisch) nicht zu seiner Zeit erzählt, und doch gibt es eigentlich keinen Platz für eine zeitliche Ellipse zwischen dem letzten Erscheinen Swanns (auf der Soiree Guermantes) und dem Tag des Konzerts Charlus-Verdurin, wo der retrospektive Bericht von seinem Tod eingefügt wird[26]: Man muß also annehmen, daß

---

[22] III, S. 737-755, dt. S. 3761-3786, vgl. S. 723, dt. S. 3742.
[23] I, S. 72-80, dt. S. 100-110.
[24] I, S. 718, dt. S. 945; II, S. 83, dt. S. 1361; II, S. 523, dt. S. 1946; III, S. 808, dt. S. 3862. Vorausgesetzt natürlich, daß man diese retrospektiven Informationen allesamt ernst nimmt, und das ist das Gesetz der narrativen Analyse. Der Kritiker hingegen kann solche Anspielungen ebensogut als Schnitzer des Autors betrachten, als Stellen vielleicht, an denen Marcels Biographie kurzzeitig von derjenigen Prousts überlagert wurde.
[25] Die Paralipse der Rhetoriker ist eher eine falsche Auslassung, ein versehentliches Übergehen. Hier ist die Paralipse als narrative Figur der Ellipse entgegengesetzt wie das *Beiseitelasssen* dem *Liegenlassen* [laisser sur place]. Wir werden der Paralipse im Kapitel "Modus" wiederbegegnen.
[26] III, S. 199-201, dt. S. 3025-3028; es sei denn, man betrachtet die iterative Behandlung der ersten Monate des Zusammenlebens mit Albertine zu Beginn der *Prisonnière* als eine Ellipse.

dieses Ereignis, das für das affektive Leben Marcels doch sehr wichtig ist ("Swanns Tod hatte mich zu seiner Zeit sehr aus dem Gleichgewicht gebracht") lateral ausgelassen wurde, in Form einer Paralipse. Ein noch deutlicheres Beispiel: Das Ende von Marcels Leidenschaft für die Herzogin von Guermantes, dank des fast schon wundertätigen Eingreifens seiner Mutter, ist Gegenstand einer undatierten retrospektiven Erzählung[27] ("An einem gewissen Tage [...]"); da aber im Verlauf dieser Szene von der kranken Großmutter die Rede ist, muß man sie offensichtlich vor dem zweiten Kapitel von *Guermantes II* (S. 345, dt. S. 1714) ansiedeln; doch andererseits natürlich auch nach der S. 204 (dt. S. 1524), wo man sieht, daß Oriane ihm noch keineswegs "gleichgültig geworden" ist. Hier ist keine zeitliche Ellipse erkennbar; Marcel hat uns also nicht - zu seiner Zeit - von diesem für sein inneres Leben doch so wichtigen Aspekt berichtet. Aber der bemerkenswerteste Fall, obwohl von den Kritikern nur selten erwähnt, vielleicht weil sie sich weigern, sie ernst zu nehmen, ist der der geheimnisvollen "kleinen Cousine", über die wir erfahren - in dem Moment, wo Marcel einer Kupplerin das Kanapee von Tante Léonie schenkt[28] -, daß er mit ihr auf diesem selben Kanapee "zum ersten Male die Freuden der Liebe" kennengelernt hat; und das nirgendwo anders als in Combray und zwar recht früh, da präzisiert wird, daß die "Einweihungs"[29]-Szene zu einer Stunde stattfand, "als meine Tante Léonie aufgestanden war", und man aus anderen Stellen weiß, daß Léonie in ihren letzten Jahren das Zimmer nicht mehr verließ.[30] Welchen thematischen Wert diese späte vertrauliche Mitteilung auch haben mag und selbst wenn wir einmal annehmen wollen, daß sich die Auslassung dieser Begebenheit in der *Combray*-Erzählung einer reinen Temporalellipse verdankt: Die Auslassung der *Person* in der Familientafel kann nur als Paralipse begriffen werden, was den Zensurcharakter noch betont. Diese kleine Cousine auf dem Kanapee ist für uns also - jedes Alter hat seine eigenen Freuden -: Analepse auf der Paralipse.

Wir haben die (retroaktive) Lokalisierung der Analepsen bislang so betrachtet, als handelte es sich stets darum, ein einziges Ereignis an einem einzigen Punkt der vergangenen Geschichte - und eventuell der früheren Erzählung - unterzubringen. Tatsächlich aber können bestimmte Retrospektionen, auch wenn sie einzelnen Ereignissen gelten, auf iterative Ellipsen zurückverweisen[31], d. h. sie betreffen nicht nur ein einziges Stück der verflossenen Zeit, sondern mehrere Stücke, die als ähnliche und gewissermaßen repetitive betrachtet werden: so kann die Begegnung mit der Dame in Rosa auf irgendeinen jener Wintertage zurückverweisen, als Marcel und seine Eltern in Paris lebten, in irgendeinem Jahr vor dem Bruch mit Onkel

---

[27] II, S. 371, dt. S. 1748.
[28] I, S. 578, dt. S. 760 f.
[29] "Cousine (une petite). Mon initiatrice: I, S. 578", vermerkt trocken und präzis das Personenregister von Clarac und Ferré.
[30] Zwar hat sie zwei benachbarte Zimmer und geht in das eine, während man das andere lüftet (I, S. 49, dt. S. 69). In diesem Fall wäre die Szene aber doch sehr gewagt. Andererseits ist die Beziehung unklar, in der dieses "Kanapee" zu dem S. 50 (dt. S. 71) beschriebenen Bett steht, mit der geblümten Bettdecke "mit dem vermittelnden, weichen, faden, unassimilierbaren und fruchtigen Geruch", nach dem der junge Marcel "mit uneingestandener Begehrlichkeit" immer wieder suchte. Überlassen wir dies Problem den Spezialisten und erinnern wir nur daran, daß die "Einweihung" in der "Confession d'une jeune fille" der vierzehnjährigen Heldin durch einen fünfzehnjährigen "kleinen Cousin" zuteil wird, "der schon sehr verdorben war" *(Les plaisirs et les jours*, a.a.O., S. 87, dt. *Freuden und Tage*, a.a.O. S. 120).
[31] Auf den Iterativ im allgemeinen kommen wir in Kapitel III zurück.

Adolphe: Ein singuläres Ereignis, gewiß, daß sich aber nur der Art oder Klasse nach (ein Winter) lokalisieren läßt und nicht individuell (jener Winter). Dem ist a fortiori so, wenn das analeptisch erzählte Ereignis selbst iterativer Natur ist. So endet in *A l'ombre des jeunes filles en fleurs* der Tag, an dem die "kleine Bande" zum ersten Mal auftaucht, mit einem Diner in Rivebelle, das nicht das erste ist; dieses Diner ist für den Erzähler Anlaß zu einem gleichsam seriellen Erinnerungsbericht, der hauptsächlich im Imparfait der Wiederholung abgefaßt ist und von allen früheren Diners gleichzeitig erzählt[32]: es ist klar, daß die durch diese Retrospektion ausgefüllte Ellipse selbst iterativer Natur sein muß. Desgleichen bezieht sich die Analepse am Schluß der *Jeunes filles* - ein letzter Blick zurück auf Balbec, nach der Rückkehr nach Paris[33] - in synthetischer Weise auf die ganze Reihe der Mittagsruhen, die Marcel während seines Aufenthalts auf Anraten des Arztes täglich pflegen mußte, während seine jungen Freundinnen auf der sonnenbeschienenen Mole spazierengingen und unter seinen Fenstern das Kurkonzert ertönte: Auch hier wieder füllt eine iterative Analepse eine iterative Ellipse - und erlaubt es diesem Teil der *Recherche*, nicht mit dem Grau in Grau einer tristen Heimreise zu enden, sondern mit einem glanzvollen Orgelpunkt, dem Gold einer ungetrübten Sommersonne.

Mit dem zweiten Typ von homodiegetischen (internen) Analepsen, die wir des näheren *repetitive* Analepsen oder Rückgriffe [rappels][34] nennen werden, wird die Redundanz unumgänglich, da die Erzählung dabei, und zum Teil explizit, ihren eigenen Spuren folgt. Diese zurückgreifenden Analepsen sind vom Textumfang her natürlich meist klein: es sind eher Anspielungen der Erzählung auf ihre eigene Vergangenheit, etwas, was Lämmert *Rückgriffe** nennt. Doch ihre Bedeutung für die Erzählökonomie, vor allem bei Proust, übertrifft bei weitem ihre geringe narrative Ausdehnung.

Ein gutes Beispiel für solche Rückgriffe sind die drei Reminiszenzen, die im Verlauf der Matinee Guermantes dem unwillkürlichen Gedächtnis entspringen und die (anders als die Madeleine-Reminiszenz) alle auf einen früheren Moment der Erzählung zurückverweisen: auf den Aufenthalt in Venedig, auf das Anhalten eines Zugs vor einer Baumreihe, auf den ersten Vormittag am Meer in Balbec.[35] Hier haben wir Rückgriffe im Reinzustand, willkürlich ausgewählt oder erfunden wegen ihres zufälligen und banalen Charakters; gleichzeitig ist in ihnen ein Vergleich der Gegenwart mit der Vergangenheit angelegt: Für dieses Mal ein tröstlicher Vergleich, weil der Moment der Reminiszenz stets euphorisch ist, selbst wenn er eine Vergangenheit wiederaufleben läßt, die für sich genommen deprimierend war: "Ich erkannte, daß das, was mir derart angenehm schien, die gleichen Baumreihen waren, deren Boabachtung und Beschreibung ich so langweilig gefunden hatte".[36] Der

---

[32] I, S. 808-823, dt. S. 1062-1082.
[33] I, S. 953-955, dt. S. 1251-1253.
[34] *A.d.Ü*: Genette vergleicht die repetitiven Analepsen im nächsten Satz selber mit den "Rückgriffen" Lämmerts (vgl. *Bauformen des Erzählens*, Stuttgart 1955, 2. Teil), weshalb *rappel* hier mit "Rückgriff" wiedergegeben wird.
[35] III, S. 866-869, dt. S. 3944-3948; vgl. III, S. 623-655, dt. S. 3603-3647, III, S. 855, dt. S. 3928 und I, S. 672-674, dt. S. 884-887.
[36] Erinnern wir daran, daß die Langeweile, der Ennui, den Marcel beim Anblick der Baumreihe empfand, für ihn das Zeichen dafür war, daß er nicht zum Dichter berufen, sein Leben also gescheitert war.

Vergleich zweier Situationen, die sowohl ähnlich als auch verschieden sind, motiviert oft aber auch Rückgriffe, für die das unwillkürliche Gedächtnis keine Rolle spielt: so etwa, wenn die Worte des Herzogs von Guermantes über die angeblichen Gefühle der Prinzessin von Parma, "Sie ist entzückt von Ihnen", den Helden an die identischen Worte von Madame de Villeparisis über die "Gefühle" einer anderen "Hoheit", der Prinzessin von Luxemburg erinnern (was wiederum dem Erzähler Gelegenheit gibt, uns daran zu erinnern).[37] Der Akzent liegt hier auf der Analogie; auf dem Gegensatz hingegen liegt er, wenn Saint-Loup Marcel seine Muse Rachel vorstellt, und dieser in ihr sofort die kleine Prostituierte von einst wiedererkennt, "dieselbe, die vor einigen Jahren noch [...] bei der Kupplerin sagte: 'Also wenn Sie mich morgen für jemanden brauchen, lassen Sie mich holen'"[38] – ein Satz, der fast wörtlich denjenigen reproduziert, den "Rachel, als Gott dich einst" in den *Jeunes filles en fleurs* tatsächlich sprach: "Also abgemacht, morgen bin ich frei; wenn Sie jemand haben, denken Sie an mich und lassen Sie mich holen"[39], wobei die Variante aus *Guermantes* gewissermaßen bereits vorausgesehen wurde: "Sie sagte nur das eine Mal: 'Wenn Sie mich brauchen' und das andere: 'Wenn Sie jemand brauchen'". Der Rückgriff ist hier von wahrhaft obsessiver Präzision und stellt eine unmittelbare Verbindung zwischen den beiden Segmenten her: Der Abschnitt über das frühere Verhalten Rachels wird einfach ins zweite Segment interpoliert, fast als hätte man ihn aus dem Text des ersten herausgerissen. Ein augenfälliges Beispiel für narrative Migration oder, wenn man so will, Dissemination.

Ein weiterer Vergleich, in *La prisonnière*, stellt die gegenwärtige Feigheit Marcels bei Albertine dem Mut gegenüber, den er einst bei Gilberte besaß, als er noch "genügend Kraft hatte, auf sie zu verzichten"[40]: Dadurch wird der vergangenen Episode rückwirkend ein Sinn verliehen, den sie zu ihrer Zeit noch nicht hatte. Tatsächlich besteht die vorrangige Funktion der Rückgriffe in der *Recherche* darin, nachträglich die Bedeutung vergangener Ereignisse zu modifizieren, indem entweder bislang Unbedeutendes bedeutsam gemacht wird oder eine erste Deutung verworfen und durch eine neue ersetzt wird.

Die erste Modifikationsart wird vom Erzähler selbst sehr genau beschrieben, wenn er den Zwischenfall mit dem Jasmin wie folgt kommentiert: "In diesem Augenblick selbst fand ich in alledem nichts, was nicht ganz natürlich, höchstens ein wenig verworren, aber auf alle Fälle *bedeutungslos* gewesen wäre"[41], und weiter: "ein kleiner Zwischenfall, dessen grausame *Bedeutung* mir damals vollkommen entging, da ich sie erst viel später begriff". Diese Bedeutung enthüllt ihm Andrée nach Albertines Tod[42], und dieser Fall einer aufgeschobenen Interpretation ist für uns ein geradezu perfektes Beispiel für eine doppelte Erzählung, zuerst vom (naiven) Standpunkt Marcels, dann vom (wissenden) Standpunkt Andrées und Albertines aus, in der der schließlich gelieferte Schlüssel jegliche "Verworrenheit" auflöst. In

---

[37] II, S. 425, dt. S. 1819; vgl. I, S. 700, dt. S. 921.
[38] II, S. 158, dt. S. 1461.
[39] I, S. 577, dt. S. 759.
[40] III, S. 343, dt. S. 3224.
[41] III, S. 54 f., dt. S. 2831 f.: Als er mit dem Jasmin nach Hause kommt, begegnet er Andrée, die ihn, unter dem Vorwand irgendeiner Allergie Albertines, daran hindert, sofort einzutreten. Tatsächlich hatte ihn Albertine an diesem Tag mit Andrée betrogen.
[42] III, S. 600 f., dt. S. 3570 f.

viel größerem Maßstab ist die späte Begegnung mit Mademoiselle de Saint-Loup[43], der Tochter von Gilberte und Robert, für Marcel Anlaß zu einer allgemeinen "Reprise" der wichtigsten Episoden seines Daseins, die bislang der Bedeutungslosigkeit der Dispersion anheimgegeben waren und nun plötzlich vereint und dadurch bedeutsam werden, daß sie alle untereinander verbunden sind, weil sie alle verbunden sind mit der Existenz dieses Kindes aus der Swannschen und Guermantesschen Linie, Enkelin der Dame in Rosa, Großnichte von Charlus, die gleichzeitig die "beiden Welten" von Combray heraufbeschwört, aber auch die von Balbec, der Champs-Elysées, von La Raspelière, die Welt Orianes, Legrandins, Morels, Jupiens ...: Zufall, Kontingenz und Willkür sind plötzlich beseitigt, und die Biographie wird plötzlich sinnvoll in einem engmaschigen und kohärenten Netz von Bezügen.

Dieses Prinzip der aufgeschobenen oder suspendierten Bedeutung[44] ist letztlich natürlich nichts anderes als der Mechanismus des *Rätsels*, wie Roland Barthes ihn in *S/Z* analysiert hat, und wovon ein so ausgefeiltes Werk wie die *Recherche* einen Gebrauch macht, der vielleicht einige überraschen mag, für die dieses Werk das absolute Gegenteil zum Unterhaltungsroman darstellt - was ja auf seine Bedeutung und seinen ästhetischen Wert zweifelsohne zutrifft, nicht immer jedoch auf seine Verfahrensweisen. Es gibt ein "es war Milady" in der *Recherche,* wenn auch in der humoristischen Form des "es war mein Kamerad Bloch" aus den *Jeunes filles en fleurs,* wenn der eifernde Antisemit aus seinem Zelt tritt.[45] Der Leser muß, wenn er es nicht selbst zuvor errät, mehr als tausend Seiten lang warten, ehe er erfährt, zur selben Zeit wie der Held[46], um wen es sich bei der Dame in Rosa eigentlich handelt. Nach der Veröffentlichung seines Artikels im *Figaro* erhält Marcel einen mit Sanilon unterzeichneten Glückwunschbrief, geschrieben in einem volkstümlichen und netten Stil: "Ich war sehr bekümmert, daß ich nicht herausbekam, wer ihn geschrieben hatte"; er wird später - und wir mit ihm - erfahren, daß es sich um Theodore handelte, den ehemaligen Ladenjungen und Chorknaben aus Combray.[47] Beim Betreten der Bibliothek des Herzogs von Guermantes begegnet er einem schüchternen und armselig gekleideten Kleinbürger aus der Provinz: es war der Herzog von Bouillon![48] Eine hochgewachsene Frau macht ihm auf der Straße Avancen: es ist, wie sich später zeigt, Madame d'Orvillers![49] In der Kleinbahn von La Raspelière liest eine beleibte vulgäre Dame mit dem Aussehen einer Puffmutter die *Revue des deux mondes:* es ist die Fürsten Sherbatoff![50] Kurze Zeit nach dem Tod Albertines wirft ihm eine junge blonde Frau, die ihm erst im Bois de Boulogne, dann auf der Straße aufgefallen ist, einen Blick zu, der ihn entflammt: Im Salon Guermantes trifft er sie wieder, es ist Gilberte![51] Das Verfahren ist so häufig, bildet so deutlich den Rahmen und die Norm, daß manchmal kontrastiv oder abweichend seine außergewöhnliche Abwesenheit oder Nullstufe eingesetzt wird: In die Kleinbahn von La

---

[43] III, S. 1029 f., dt. S. 4169 f.
[44] Vgl. Jean-Yves Tadié, *Proust et le roman*, Paris 1971, S. 124.
[45] I, S. 738, dt. S. 971.
[46] II, S. 267, dt. S. 1608.
[47] III, S. 591 und 701, dt. S. 3558 und 3711.
[48] II, S. 573 und 681, dt. S. 2012 und 2156.
[49] II, S. 373 und 721, dt. S. 1750 und 2210.
[50] II, S. 858 und 892, dt. S. 2394 und 2440.
[51] III, S. 563 und 574, dt. S. 3518 und 3535.

Raspelière steigt ein wundervolles junges Mädchen mit schwarzen Augen und magnolienhaftem Teint, unbefangen und mit einer munteren, frischen, vergnügten Stimme: "'Ich möchte ihr so gern wiederbegegnen!' rief ich aus. - 'Beruhige dich, man begegnet sich immer wieder', antwortete Albertine mir. In diesem besonderen Fall aber täuschte sie sich; ich habe niemals das schöne junge Mädchen mit der Zigarette wieder getroffen oder erfahren, wer sie eigentlich war".[52]

Doch der weitaus typischere Gebrauch des Rückgriffs bei Proust besteht zweifellos darin, daß ein Ereignis, das bereits zu seiner Zeit eine Bedeutung besaß, nachträglich eine zweite (wenn auch nicht unbedingt bessere) Interpretation erfährt. Dieses Verfahren ist eines der wirksamsten Mittel für die Zirkulation des Sinns im Roman und für jenes ständige "Umschlagen des Für ins Wider", das die Proustsche Wahrheitssuche charakterisiert. Saint-Loup, der Marcel in Doncières auf der Straße begegnet, scheint diesen nicht zu erkennen und grüßt ihn so kalt, wie er einen ihm fremden Soldaten gegrüßt haben würde: Später erfahren wir, daß er ihn erkannt hat, aber nicht anhalten wollte.[53] Die Großmutter beharrt in Balbec mit einer irritierenden Unsinnigkeit darauf, daß Saint-Loup sie mit ihrem schönen Hut ablichtet: Sie wußte, daß sie nicht mehr lange zu leben hatte und wollte ihrem Enkel ein Erinnerungsphoto hinterlassen, auf dem man nicht erkennen sollte, wie schlecht sie bereits aussah.[54] Die Freundin von Mademoiselle Vinteuil, die in Montjouvain das Bild profaniert hat, war zur selben Zeit damit beschäftigt, andächtig die unentzifferbaren Entwürfe zum Septett Note für Note zu rekonstruieren[55] usw. Bekannt ist die lange Reihe von Enthüllungen und Geständnissen, mit denen sich das retrospektive, wenn nicht posthume Bild von Odette, Gilberte, Albertine oder Saint-Loup zersetzt und neu zusammensetzt: so war der junge Mann, der Gilberte eines Abends auf den Champs-Elysées begleitete, "die als Mann verkleidete Léa gewesen"[56]; bereits seit dem Tag des Ausflugs in die Banlieue und der Ohrfeige für den Journalisten war Rachel für Saint-Loup nur eine "Kulisse", ein Feigenblatt, und bereits in Balbec schloß er sich mit dem Liftboy des Grand Hotel ein[57]; am "Cattleya"-Abend kam Odette gerade von Forcheville[58]; und man denke auch an all die späteren Richtigstellungen, die Albertines Beziehungen zu Andrée, zu Morel und zu verschiedenen jungen Mädchen aus Balbec oder anderer Provenienz betreffen[59]; hingegen - aber mit noch grausamerer Ironie - war die Liaison zwischen Albertine und der Freundin von Mademoiselle Vinteuil, deren freiwilliges Geständnis Marcel das tiefste Leiden verursacht hat, reine Erfindung: "Ich wollte mich in deinen Augen durch die vorgebliche Tatsache interessant machen, ich hätte diese beiden Mädchen gut gekannt".[60] Das Ziel wird ja auch erreicht, aber auf einem anderen Wege (über die Eifersucht und nicht über den Künstlersnobismus) und mit dem bekannten Ausgang.

---

[52] II, S. 883, dt. S. 2428.
[53] II, S. 138 und 176, dt. S. 1435 und 1486.
[54] I, S. 786, dt. S. 1034, und II, S. 776, dt. S. 2283 f.
[55] I, S. 160-165, dt. S. 214-220, und III, S. 261, dt. S. 3110 f.
[56] I, S. 623, dt. S. 819, und III, S. 695, dt. S. 3705.
[57] II, S. 155-180, dt. S. 1457-1492, und III, S. 681, dt. S. 3683 f.
[58] I, S. 231 und 371, dt. S. 307 und 488 f.
[59] III, S. 515, 525, 599-601, dt. S. 3452, 3466, 3569-3573.
[60] II, S. 1114, dt. S. 2739, und III, S. 336, dt. S. 3214.

Diese Enthüllungen, die die erotischen Gepflogenheiten des Freundes oder der Geliebten betreffen, sind ganz sicher von kapitaler Bedeutung. Noch kapitaler - "capitalissime", um Proustisch zu sprechen - dürfte aber eine Reihe von Neuinterpretationen sein, die durch den späten Aufenthalt in Tansonville veranlaßt werden und als deren unbewußtes Medium Gilberte und Saint-Loup fungieren. Sie nämlich berühren die Grundlagen der *Weltanschauung** des Helden (das Universum von Combray, den Gegensatz der beiden Welten, "tiefe Schichtungen meines geistigen Heimatbodens").[61] Ich habe anderswo bereits zu zeigen versucht[62], welche Wichtigkeit - auf verschiedenen Ebenen - der "Berichtigung"[63], die in Wahrheit eine Widerlegung ist, zukommt, der Gilberte Marcels Gedankensystem unterzieht, indem sie ihm nicht nur offenbart, daß die Quellen der Vivonne, die er sich "als etwas ebenso Unirdisches vorstellte wie den Eingang zur Unterwelt", "nur eine viereckige, waschschüsselförmige Vertiefung waren, aus der Blasen aufstiegen", sondern auch, daß Guermantes und Méséglise nicht so weit voneinander entfernt, nicht so "unvereinbar" sind, wie er gedacht hatte, da man sich auf einem einzigen Spaziergang "über Méséglise nach Guermantes begeben" kann.[64] Die andere Seite dieser "neuen Enthüllungen über das Sein" ist die verblüffende Mitteilung, daß Gilberte damals im Hohlweg von Tansonville, zur Zeit des blühenden Weißdorns, in ihn verliebt war, und daß ihre etwas unverschämte Geste in Wirklichkeit nur ein allzu deutlicher Annäherungsversuch war.[65] Marcel begreift jetzt, daß er noch nichts begriffen hatte und - höchste Wahrheit -, "daß die wahre Gilberte, die wahre Albertine vielleicht diejenigen waren, die sich im ersten Moment in ihren Blicken preisgegeben hatten, die eine vor der rosigen Weißdornhecke, die andere am Meeresstrand", und daß er bei ihnen durch seine Begriffsstutzigkeit - durch ein Zuviel an Reflexion - gleich im ersten Moment "verspielt" hatte.

Mit der falsch interpretierten Geste Gilbertes wird noch einmal die ganze tiefgründige Geographie Combrays neu aufgerollt: Gilberte wollte damals, daß Marcel mit ihr (und anderen kleinen Freunden aus der Umgebung, wie Théodore und seiner Schwester - dem künftigen Kammermädchen der Baronin Putbus und Symbol der erotischen Faszination -) in den Ruinen des Schloßturms von Roussainville spielte: derselbe phallische Turm also, der am Horizont stehende vertikale "Vertraute" der einsamen Freuden Marcels in dem irisduftenden Kabinett, von wo er seine Blicke fieberhaft über die Landschaft von Méséglise wandern ließ[66], der Turm, von dem er damals nicht ahnte, daß er mehr war als nur das: nämlich der reale, offene und zugängliche, aber verkannte Ort der verbotenen Freuden, "in Wahrheit so ganz dicht neben mir".[67] Roussainville und, metonymisch, die ganze Welt von Méséglise[68] sind bereits die Städte der Ebene, "das gelobte [und] unheilige

---

[61] I, S. 184, dt. S. 245.
[62] *Figures*, S. 60 und *Figures II*, S. 242.
[63] III, S. 691, dt. S. 3697.
[64] III, S. 693, dt. S. 3699.
[65] III, S. 694, dt. S. 3700.
[66] I, S. 12 und 158, dt. S. 21 und 211.
[67] III, S. 697, dt. S. 3705.
[68] Daß die Seite von Méséglise die Sexualität verkörpert, zeigt deutlich der folgende Satz: "Was ich damals so fieberhaft wünschte, hätte sie mich um ein Haar - hätte ich es nur zu begreifen und wiederzufinden gewußt - in

Land".⁶⁹ "Roussainville, in dessen Mauern ich niemals eingedrungen bin": welch eine verpaßte Gelegenheit, welch ein Bedauern! Oder welch ein Leugnen? Wie auch immer, die scheinbar so unschuldige Geographie Combrays ist, wie Bardèche sagt⁷⁰, "eine Landschaft, die, wie so viele andere auch, entschlüsselt werden muß". Aber mit dieser Entschlüsselung, wie auch mit einigen anderen, wird in *Le temps retrouvé* bereits begonnen, und sie arbeitet mit einer subtilen Dialektik zwischen der "unschuldigen" Erzählung und ihrer retrospektiven "Berichtigung": darin besteht, zu einem Teil wenigstens, die Funktion und Bedeutung der Proustschen Analepsen.

Wir sahen, daß das Merkmal der *Reichweite* es erlaubt, die Analepsen in zwei Klassen - externe und interne - zu unterteilen, je nachdem, ob der Punkt, bis zu dem sie zurückreichen, außerhalb oder innerhalb des Zeitfelds der Basiserzählung liegt. Die Klasse der gemischten Analepsen, die übrigens nicht sehr häufig vorkommen, ist faktisch durch ein *Umfangs*merkmal bestimmt, da es sich um externe Analepsen handelt, die fortgesetzt werden, bis sie den Ausgangspunkt der Basiserzählung wieder erreicht und überschritten haben. Mit dem Umfang hat auch eine andere Unterscheidung zu tun, die wir jetzt durch einen Vergleich zweier bereits erwähnter Beispielanalepsen aus der *Odyssee* verdeutlichen wollen.

Die erste ist die Episode über die Verwundung des Odysseus. Wie bereits gesagt, ist der Umfang dieser Episode sehr viel geringer als ihre Reichweite, ja sehr viel geringer als die Distanz, die den Moment der Verwundung vom Ausgangspunkt der *Odyssee* (dem Fall Trojas) trennt: Nachdem von der Jagd auf dem Parnaß, dem Kampf gegen den Eber, der Verwundung, der Heilung und der Rückkehr nach Ithaka berichtet worden ist, unterbricht die Erzählung ruckartig ihre retrospektive Abschweifung⁷¹ und kehrt, indem sie einige Jahrzehnte überspringt, zur gegenwärtigen Szene zurück. Auf die "Rückwendung" [retour en arrière] folgt also ein Sprung nach vorn, d. h. eine Ellipse, die einen großen Abschnitt im Leben des Helden im dunklen läßt: Die Analepse ist hier gewissermaßen punktuell, sie erzählt von einem Moment der Vergangenheit, der einsam in der Vorzeit liegt, und versucht erst gar nicht, ihn an den gegenwärtigen Augenblick zurückzubinden, da sie dann ein für das Epos unwichtiges Zwischenstück abdecken müßte, ist doch das Thema der *Odyssee*, worauf bereits Aristoteles hingewiesen hat, nicht das Leben des Odys-

---

meiner frühen Jugend schon genießen lassen. Noch vollkommener, als ich geglaubt hatte, gehörte Gilberte in jener Zeit zu allem, was die Seite von Méséglise damals für mich bedeutete" (III, S. 697, dt. S. 3705).
⁶⁹ Roussainville im Gewitter (wie später Paris unter dem Feuer des Feindes) ist ganz offensichtlich Sodom und Gomorra, auf die Gottes Strafgericht niedergeht: "Vor uns in der Ferne lag Roussainville, das gelobte oder unheilige Land, in dessen Mauern ich niemals eingedrungen bin; Roussainville wurde manchmal, wenn der Regen bei uns schon aufgehört hatte, noch weiter gezüchtigt wie ein biblischer Ort, die goldenen Lanzen des Unwetters drangen schräg ein [flagellaient obliquement] auf die Behausungen seiner Bewohner, oder aber es ward ihm von Gottvater verziehen, der dann - ähnlich den Strahlen, die auf dem Altar das Ciborium umgeben - die ungleichmäßig langen ausgefransten goldenen Pfeile der wiedererschienenen Sonne um das Dorf aufleuchten ließ" (I, S. 152, dt. S. 203). Man achte hier auf das Verb *flageller*, dessen Anwesenheit unauffällig das Band verstärkt, das diese Szene - im vorhinein - mit der Episode von *Monsieur Charlus während des Krieges* vereint, wo die Geißelung gleichzeitig als "Laster" ("Sünde") und Züchtigung fungiert.
⁷⁰ *Marcel Proust romancier*, Paris 1971, S. 269.
⁷¹ Erinnern wir daran, daß diese Seite, deren Authentizität ohne große Beweise und entgegen dem Zeugnis von Platon *(Politeia* I, 334 b) bestritten wurde, Gegenstand eines Kommentars von Auerbach war *(Mimesis*, Kap. 1).

seus, sondern nur seine Heimkehr von Troja. Ich werde diesen Typ von Retrospektionen, die elliptisch enden, ohne die Basiserzählung wieder zu erreichen, *partielle* Analepsen nennen.

Die zweite Beispielanalepse ist die Erzählung des Odysseus am Hofe der Phaiaken. Diesmal führt Odysseus, nachdem er bis zu dem Punkt zurückgegangen ist, wo ihn die Fama gleichsam aus den Augen verlor, d. h. bis zum Fall von Troja, seine Erzählung so weit aus, daß sie die Basiserzählung wieder erreicht, und deckt so die ganze Dauer ab, die sich vom Fall Trojas bis zur Ankunft bei Kalypso erstreckt: Hier liegt also eine *komplette* Analepse vor, die ohne Kontinuitätsbruch zwischen den beiden Segmenten der Geschichte an die Basiserzählung zurückgebunden wird.

Es ist überflüssig, sich hier länger mit den evidenten Funktionsunterschieden zwischen diesen beiden Analepsearten aufzuhalten: Die erste hat nur den Zweck, dem Leser eine einzelne Information zu verschaffen, die nötig ist, um ein bestimmtes Element der Handlung zu verstehen, die zweite, eng verknüpft mit der Praxis des *in medias res*-Anfangs, zielt darauf, die gesamte narrative "Vorgeschichte" aufzuhellen; sie stellt im allgemeinen einen wichtigen Teil der Erzählung dar, mitunter sogar, wie in *La duchesse de Langeais* oder in *Der Tod des Iwan Iljitsch,* deren Hauptteil, während die Basiserzählung als antizipierte Auflösung figuriert.

Bisher haben wir unter diesem Blickwinkel nur externe Analepsen betrachtet, die dann komplett sind, wenn sie wieder den zeitlichen Ausgangspunkt der Basiserzählung erreichen. Doch eine "gemischte" Analepse wie die Erzählung von des Grieux kann in einem ganz anderen Sinne komplett genannt werden, da sie, wie wir bereits erwähnten, an die Basiserzählung nicht in ihrem Anfangspunkt wieder anschließt, sondern exakt an dem Punkt (der Begegnung in Calais), wo diese unterbrochen wurde, um der Analepse Platz zu machen: deren Umfang entspricht also haargenau ihrer Reichweite, und der Kreis der narrativen Bewegung schließt sich. In demselben Sinne kann man auch von kompletten internen Analepsen sprechen, wie in *Les souffrances de l'inventeur,* wo die retrospektive Erzählung bis zu dem Moment fortgeführt wird, wo sich die Schicksale von David und Lucien erneut kreuzen.

Per definitionem werfen die partiellen Analepsen kein Problem einer narrativen Zusammenfügung oder Rückbindung auf: Die analeptische Erzählung endet einfach mit einer Ellipse, und die Basiserzählung macht da weiter, wo sie aufgehört hatte, sei es implizit und als hätte es nie eine Unterbrechung gegeben, wie in der *Odyssee* ("In diese [die Narbe] griff die Alte mit den nach unten gewandten Händen, erkannte sie, als sie darüberstrich [...]", XIX, 467), oder explizit, indem die Unterbrechung eigens vermerkt wird und, wie Balzac es gerne tut, die explikative Funktion noch einmal betont wird, die bereits zu Beginn der Analepse mit dem berühmten "und hier die Erklärung warum" ["voici pourquoi"] oder einer seiner Varianten herausgestellt wurde. Die große Rückwendung in *La duchesse de Langeais,* die mit der besonders deutlichen Formel eingeleitet wird: "Hier nun die Geschichte, die die jeweilige Situation herbeigeführt hatte, in der die beiden Personen dieser Szene sich damals befanden", endet auf ebenso klare Weise: "Die Gefühle, die die beiden Liebenden beseelten, als sie sich in Anwesenheit der Äbtissin am Gitter des Karmeliterinnenklosters wiederbegegneten, dürfte man jetzt ihrem ganzen Umfang nach ermessen, und ihre Gewalt wird einem die Auflösung der Geschichte gewiß erklärlich machen."[72] Auch Proust, der sich über das Balzacsche "und hier die Erklärung warum" in *Contre Sainte-Beuve* lustig macht, es aber nicht verschmäht hat, ihn wenigstens einmal in der *Recherche* zu imitieren[73], ist ebenfalls zu derartigen Reprisen imstande, wie zu dieser drastischen hier, nach dem Bericht über die Akademiemauscheleien zwischen Faffenheim und Norpois: "Das war für den Fürsten von Faffenheim der Anlaß gewesen, bei Madame de Villeparisis zu erscheinen"[74], oder zumindest doch zu solchen, die explizit genug sind, um den Übergang zur Basiserzählung sofort sichtbar zu machen: "Jetzt nun, bei meiner zweiten Rückkehr nach Paris [...]" oder: "Während ich mich in dieser Weise an den Besuch Saint-Loups erinnerte [...]"[75] Doch meistens ist die Wiederaufnahme der Basiserzählung bei ihm viel unauffälliger: Die Gedanken an Swanns Heirat, heraufbeschworen durch Bemerkungen Norpois' während eines Diners, werden brüsk unterbrochen durch eine Rückkehr zum aktuellen Gespräch: "Ich kam auf den Grafen von Paris zu sprechen [...]"), ebenso wie später die an den Tod desselben Swann, die übergangslos zwischen zwei Sätze Brichots eingefügt werden: "Aber nicht doch, fiel Brichot ein [reprit Brichot], [...]"[76] Manchmal ist sie so elliptisch, daß es beim ersten Lesen schwerfällt, den Punkt auszumachen, wo der Zeitsprung erfolgt: Als die Aufführung der Sonate von Vinteuil bei den Verdurins Swann an eine frühere Aufführung erinnert, endet diese Analepse, die so lautstark eingeleitet wurde (es ist die soeben genannte mit dem Balzacschen "Voici pourquoi"), gleichsam sang- und klanglos, und die Rückkehr wird nur durch einen neuen Absatz markiert: "Dann schließlich dachte er nicht mehr daran. / Als aber nun der junge Pianist bei Madame Verdurin kaum ein paar Minuten zu spielen begonnen hatte [...]" Und als die Ankunft von Madame Swann (während der Matinee Villeparisis) Marcel an einen kürzlichen Besuch von Morel erinnert, knüpft die Basiserzählung ebenfalls auf bemerkenswert ungezwungene Weise an die Analepse an: "Ich hingegen dachte, als ich [Morel] die Hand drückte, an Madame Swann und suchte mir mit Staunen - so weit waren sie in meiner Erinnerung verschieden und entfernt voneinander - klarzumachen, daß ich fortan die 'Dame in Rosa' mit ihr zu identifizieren hätte. / Monsieur de Charlus war schnell an Madame Swanns Seite [...]"[77]

Wie man sieht, unterstreicht der elliptisch-asyndetische Charakter dieser Wiederaufnahmen am Ende einer partiellen Analepse für den aufmerksamen Leser nur noch einmal den zeitlichen Bruch. Gerade umgekehrt liegt die Schwierigkeit bei den kompletten Analepsen: Hier kommt es nicht darauf an, die Kontinuität zu unterbrechen, sondern im Gegenteil darauf, die analeptische Erzählung mit der Basiserzählung zu verbinden, eine Verbindung, die sich ohne gewisse Überschneidungen kaum herstellen läßt und somit leicht ein wenig unbeholfen wirkt, es sei denn, der Erzähler ist geschickt genug, diesen Mißstand spielerisch zur Erheiterung

---

[72] Garnier, S. 214 und 341.
[73] *Contre Sainte-Beuve*, Pléiade, S. 271, dt. *Gegen Sainte-Beuve*, a. a. O., S. 117; *Recherche*, I, S. 208, dt. S. 277.
[74] II, S. 263, dt. S. 1603.
[75] III, S. 755 und S. 762, dt. S. 3786 und S. 3796.
[76] I, S. 471 und III, S. 201, dt. S. 622 und S. 3028.
[77] I, S. 211 und II, S. 267, dt. S. 281 und S. 1608 f.

einzusetzen. Hier aus *César Birotteau* ein Beispiel für eine Überschneidung, die der Romancier nicht bewußt bewirkt, vielleicht gar nicht einmal bemerkt hat. Das zweite (analeptische) Kapitel endet so: "Kurz darauf lagen Constance und César in friedlichem Schlummer"; das dritte Kapitel beginnt mit den Worten: "Beim Einschlafen fürchtete César, seine Frau könnte ihm morgen Vorwürfe machen, und nahm sich vor, früh aufzustehen, um alles in Ordnung zu bringen": Man sieht, daß die Wiederaufnahme hier mit einem Hauch von Inkohärenz einhergeht. Die Rückbindung der "Souffrances de l'inventeur" in den *Illusions perdues* ist gelungener, weil der Weber hier geschickt genug war, die Schwierigkeit in ein dekoratives Element umzuwandeln. Die Analepse hebt wie folgt an: "Während der ehrwürdige Geistliche in Angoulême die Stufen emporsteigt, dürfte es nicht verkehrt sein, ein Wort über das Interessengeflecht zu verlieren, in das er den Fuß setzen sollte. Nach der Abreise von Lucien befand sich David Séchard [...]" Und so wird, mehr als hundert Seiten weiter, die Basiserzählung wiederaufgenommen: "In dem Moment, als der alte Curé de Marsac in Angoulême die Stufen emporstieg, um Eve über die Lage aufzuklären, in der ihr Bruder sich befand, hielt sich David seit elf Tagen zwei Türen weit von der entfernt versteckt, die der Priester soeben durchschritten hatte."[78] Dieses Spiel zwischen der Zeit der Geschichte und der der Narration (Davids Mißgeschicke erzählen, "während" der Curé de Marsac die Treppe hinaufgeht) werden wir in dem Kapitel über die Stimme noch ausführlich behandeln; man sieht, wie es eine Notwendigkeit anmutig in einen Scherz verwandelt.

Die typische Haltung der Proustschen Erzählung scheint hier ganz im Gegenteil darin zu bestehen, die Rückbindung zu *umgehen*, sei es, daß sich das Ende der Analepse in der zersplitterten Zeit der iterativen Erzählung verliert (wie in zwei auf Gilberte bezüglichen Retrospektionen in *La fugitive*, wo es in der einen um ihre Adoption durch Forcheville geht, in der anderen um ihre Heirat mit Saint-Loup[79]), sei es, daß so getan wird, als wüßte man nicht, daß der Punkt der Geschichte, an dem die Analepse aufhört, von der Erzählung schon erreicht worden ist: so erwähnt Marcel in *Combray* "die Unterbrechung und den Kommentar, mit dem Swann einmal bei einem Besuch meine Lektüre versah, als ich gerade das Buch eines mir damals noch ganz neuen Autors, Bergotte, las", und blickt dann zurück, um zu erzählen, wie er diesen Autor entdeckt hat; sieben Seiten weiter nimmt er den Faden seiner Erzählung wieder auf und zwar - als hätte er Swann und seinen Besuch noch gar nicht erwähnt - mit folgenden Worten: "Eines Sonntags wurde ich bei meiner Lektüre im Garten von Swann gestört, der meine Eltern besuchen kam. - Was liest du denn da, darf man sehen? Sieh da, Bergotte [...]"[80] Ob List, Unaufmerksamkeit oder Unbekümmertheit, der Erzählung gelingt es so, sich selbst aus dem Weg zu gehen. Doch das gewagteste Umgehungs- oder Ausweichmanöver (selbst wenn das Wagnis hier nichts anderes als pure Nachlässigkeit ist) besteht darin, den analeptischen Charakter des narrativen Segments, in dem man sich befindet, einfach zu vergessen und dieses Segment gleichsam unbegrenzt fortzusetzen, ohne sich um den Punkt zu kümmern, wo die Basiserzählung wieder erreicht wird. Das geschieht in der aus anderen Gründen berühmten Episode vom Tod der Großmutter, die mit

---

[78] Garnier, S. 550 und 643.
[79] III, S. 582 und 676, dt. S. 3537 und 3677.
[80] I, S. 90 und 97, dt. S. 123 und 132.

einem deutlichen Hinweis auf ihren analeptischen Status beginnt: "Ich stieg zu unserer Wohnung hinauf und fand meine Großmutter leidender als zuvor. Seit einiger Zeit klagte sie, ohne recht zu wissen, was ihr eigentlich fehlte, über ihre Gesundheit [...]"; danach aber wird die so im retrospektiven Modus eingeleitete Erzählung kontinuierlich bis zum Tod fortgeführt, ohne daß je der Moment erkennbar würde (der doch inzwischen notwendigerweise wieder erreicht und überschritten wurde), wo der von Madame de Villeparisis heimkehrende Marcel seine Großmutter "leidender" fand: Wir können also weder den Tod der Großmutter in bezug auf die Matinee Villeparisis exakt datieren noch feststellen, wo die Analepse endet und die Basiserzählung wieder beginnt.[81] Ebenso, aber in weitaus größerem Maßstab, verhält es sich offensichtlich mit der Analepse, die mit *Noms de pays: le pays* einsetzt, und von der wir bereits sahen, daß sie sich bis zur letzten Zeile der *Recherche* fortschreibt, ohne unterwegs des Moments der schlaflosen Nächte zu gedenken, der doch ihr Quellpunkt im Gedächtnis und gleichsam ihre narrative Matrix war: Noch eine über-komplette Retrospektion also, deren Umfang ihre Reichweite bei weitem übertrifft, und die an einem unbestimmten Punkt ihres Verlaufs unbemerkt in Antizipation umschlägt. Auf seine Weise - d. h. ohne es zu verkünden, wahrscheinlich ohne es überhaupt gewollt oder bemerkt zu haben - erschüttert Proust hier die fundamentalsten Normen der Narration und antizipiert die verwirrendsten Verfahren des modernen Romans.

Prolepsen

Die Antizipation oder zeitliche Prolepse ist offenkundig sehr viel seltener als die umgekehrte Figur, jedenfalls in der abendländischen narrativen Tradition, wenngleich die drei großen alten Epen, die *Ilias,* die *Odyssee* und die *Aeneis,* jeweils mit einer Art antizipierter Zusammenfassung beginnen, was in gewissem Maße das Wort von den "vorherbestimmten Verwicklungen" [intrigue de prédestination] rechtfertigt, das Todorov auf die homerische Erzählung angewendet hat.[82] Die Sorge um narrative Unbestimmtheit [suspens], die für die klassische Konzeption des Romans typisch ist ("klassisch" in einem weiten Sinne des Wortes, der auch und vor allem das 19. Jahrhundert mit abdeckt), ist mit einer solchen Praxis nur schwer vereinbar, und dasselbe gilt für die traditionelle Fiktion eines Erzählers, der die Geschichte, die er erzählt, angeblich zur selben Zeit erlebt. So findet man denn auch bei Balzac, Dickens oder Tolstoi nur sehr wenige Prolepsen, selbst wenn die geläufige Praxis des Anfangs *in medias res* (wenn nicht gar, wenn man so sagen darf, *in ultimas res*) mitunter den gegenteiligen Eindruck erweckt: Es versteht sich von selbst, daß in *Manon Lescaut* ein Großteil der Erzählung "vorherbestimmt" ist (bevor des Grieux mit seiner Geschichte überhaupt anfängt, wissen wir schon, daß sie mit seiner Deportierung endet), und das gilt a fortiori für *Der Tod des Iwan Iljitsch,* wo der Epilog am Anfang steht.

---

[81] II, S. 298-345, dt. S. 1649-1713.
[82] *Poétique de la prose*, Paris 1971, S. 77, dt. *Poetik der Prosa*, Frankfurt a. M. 1972, S. 76.

Besser als jede andere Erzählung eignet sich die "in der ersten Person" zur Antizipation, schon allein wegen ihres deutlich retrospektiven Charakters, der den Erzähler zu Anspielungen auf die Zukunft und insbesondere zu solchen auf seine derzeitige Situation berechtigt, Anspielungen, die gewissermaßen Teil seiner Rolle sind. Robinson Crusoe kann uns gleich eingangs mitteilen, daß die Rede seines Vaters, mit der er ihn von Seefahrerabenteuern abhalten wollte, "wahrhaft prophetisch" war, obwohl er doch damals nichts davon ahnen konnte, und Rousseau versäumt es nicht, schon in der Prügelepisode nicht bloß sein unschuldiges Verhalten in der Vergangenheit zu beteuern, sondern auch auf das Ausmaß seiner retrospektiven Entrüstung hinzuweisen: "Während ich dieses niederschreibe, fühle ich, wie mein Puls noch jetzt schneller zu schlagen beginnt".[83] Gleichwohl macht die *Recherche du temps perdu* von der Prolepse einen Gebrauch, der in der gesamten Geschichte der Erzählung, auch unter Einschluß ihrer autobiographischen Form, wohl beispiellos dasteht[84], so daß sie folglich einen vorzüglichen Boden bietet, um diesen Typ narrativer Anachronien zu untersuchen.

Auch hier lassen sich wieder ohne Mühe *interne* von *externen* Prolepsen unterscheiden. Die Grenze des Zeitfeldes der Basiserzählung wird deutlich durch die letzte nicht-proleptische Szene markiert, in der *Recherche* also (wenn man jene gewaltige Anachronie mit zur Basiserzählung rechnet, die auf den Champs-Elysée beginnt und nicht mehr enden wird) ganz eindeutig durch die Matinee Guermantes. Es ist jedoch bekannt, daß eine gewisse Anzahl von Episoden der *Recherche* zu einem Zeitpunkt der Geschichte spielen, der auf diese Matinee erst folgt[85] (von den meisten wird gerade im Verlauf dieser Szene in Abschweifungen berichtet): dies sind für uns also externe Prolepsen. Sie haben zumeist eine Epilogfunktion und dienen dazu, diesen oder jenen Handlungsstrang zu Ende zu führen, selbst wenn dieses Ende erst nach dem Tag erreicht wird, an dem sich der Held entschließt, die Welt zu verlassen und sich ganz auf sein Werk zu konzentrieren: eine kurze Anspielung auf den Tod von Charlus, eine weitere, aber ihres hohen Symbolwerts wegen ausführlichere Anspielung auf die Heirat von Mademoiselle Saint-Loup: "diese Tochter, deren Namen und Vermögen in ihrer Mutter die Hoffnung wecken konnten, sie werde einen königlichen Prinzen heiraten und damit das Aufstiegswerk Swanns und seiner Frau krönen, wählte zum Gatten später einen unbekannten Literaten, denn sie war von allem Snobismus frei, und führte so die Familie wieder hinab, und zwar unter das Niveau, aus dem sie emporgestiegen war"[86]; ein letztes Auftauchen Odettes, "etwas schwach im Kopf", fast drei Jahre nach der Matinee Guermantes[87]; ein Vorblick auf das künftige Dasein Marcels als Schriftsteller, mit seiner Angst vor dem Tod, den Beeinträchtigungen, die vom gesellschaftlichen Leben ausgehen, den ersten Reaktionen von Lesern, den ersten Mißverständnissen

---

[83] *Confessions*, Pléiade, Paris 1959, S. 20, dt. *Bekenntnisse*, Frankfurt a. M. 1971, S. 56.
[84] Die *Recherche* enthält mehr als zwanzig proleptische Segmente von einigem narrativen Umfang, die bloßen Anspielungen im Verlauf eines Satzes nicht mitgerechnet. Die entsprechenden Analepsen sind nicht zahlreicher, es stimmt allerdings, daß sie ihres enormen Umfangs wegen fast den ganzen Text ausfüllen und eine erste retrospektive Schicht bilden, auf der Analepsen und Prolepsen zweiten Grades aufruhen.
[85] Vgl. Tadié, *Proust et le roman*, S. 376.
[86] III, S. 804 und 1028, dt. S. 3855 f. und 4168 f.
[87] III, S. 951 f., dt. S. 4061 f.

usw.[88] Die späteste dieser Antizipationen ist die 1913 speziell zu diesem Zweck verfaßte, mit der *Du côté de chez Swann* endet: In dieser Schilderung, die dem "heutigen" Bois de Boulogne und nicht mehr dem der Jugendjahre gilt, fällt der Moment der Diegese fast mit dem der Narration zusammen, da dieser letzte Spaziergang, wie Marcel sagt, "in diesem Jahre" stattfand, "an einem der ersten Vormittage im November", so daß höchstens knappe zwei Monate die beiden Momente voneinander trennen.[89]

Einen Schritt weiter also, und wir haben die Gegenwart des Erzählers erreicht. Die Prolepsen dieser Art, die in der *Recherche* sehr häufig sind, haben fast alle dieselbe Funktion wie das oben erwähnte Rousseausche Vorbild: es sind Zeugnisse für die Intensität der aktuellen Erinnerung, die die Erzählung der Vergangenheit gewissermaßen beglaubigen sollen. Zum Beispiel im Blick auf Albertine: "So, im Gehen innehaltend, mit blitzenden Augen unter der Polomütze, sehe ich sie noch jetzt als Silhouette vor dem Hintergrund des Meeres [...]"; im Blick auf die Kirche von Combray: "Und heute noch, wenn mir in einer großen Provinzstadt oder in einem Stadtviertel von Paris, das ich weniger kenne, ein Vorübergehender, der 'mir den rechten Weg weist', in der Ferne als Orientierungspunkt den Turm eines Spitals oder Klosters bezeichnet [...]"; auf das Baptisterium von San Marco: "Für mich ist der Moment gekommen, da es mir, wenn ich mich daran erinnere, wie ich damals im Baptisterium [...]"; auf das Ende der Soiree Guermantes: "Ich sehe diesen ganzen Aufbruch wieder vor mir. Ich sehe vor allem wieder, wenn ich ihn nicht fälschlich auf diese Treppe versetze, den Prinzen von Sagan [...]"[90] Und vor allem natürlich im Blick auf die Zubettgehszene, mit ihrer geradezu erschütternden Authentifizierung, die bereits in *Mimesis* kommentiert wurde, und die wir hier nicht vollständig zitieren können - ein perfektes Beispiel für das, was Auerbach die "symbolische Jederzeitlichkeit des im erinnernden Bewußtsein fixierten Ereignisses" nennt, aber auch ein perfektes Beispiel für eine ans Wunderbare grenzende Verschmelzung des erzählten Ereignisses mit der narrativen Instanz, die später (zuallerletzt) angesiedelt und zugleich "allzeitlich" ist:

Alles das liegt jetzt Jahre zurück. Die Wand des Treppenhauses, auf der ich den Schein seiner Kerze immer näher rücken sah, existiert längst nicht mehr. Auch in mir sind viele Dinge zerstört, von denen ich geglaubt hatte, sie würden ewig währen, und andere sind entstanden, die neue Freuden und Leiden heraufbeschworen haben, von denen ich damals noch nichts wissen konnte, so wie mir die damaligen schwer zu begreifen sind. Es ist jetzt sehr lange her, daß mein Vater nicht mehr zu Mama sagen kann: "Geh doch mit dem Kleinen." Solche Stunden können nie wiederkehren für mich. Aber seit kurzem fange ich an, wenn ich genau hinhöre, sehr wohl das Schluchzen zu vernehmen, das ich vor meinem Vater mit aller Macht unterdrückte und das erst ausbrach, als ich wieder mit meiner Mutter allein war. In Wirklichkeit hat es niemals aufgehört; nur weil das Leben um mich jetzt stiller ist,

---

[88] III, S. 1039-1043, dt. S. 4183-4189.
[89] I, S. 421-427, dt. S. 556-564. Ich werde weiter unten auf diese Seiten zurückkommen, die 1913 geschrieben wurden, aber fiktiv (diegetisch) aus der Zeit der abschließenden Narration stammen, d. h. aus der Zeit nach dem Krieg.
[90] I, S.829, dt. S. 1090 f.; I, S. 67, dt. S. 92 f.; III, S. 646, dt. S. 3635; II, S. 720, dt. S. 2208; vgl. I, S. 165, dt. S. 221 (in bezug auf das Dorf Combray), I, S. 185, dt. S. 246 (auf die Gegend von Guermantes), I, S. 186, dt. S. 246 (auf die "beiden Seiten"), I, S. 641, dt. S. 842 (auf Madame Swann), II, S. 883, dt. S. 2428 (auf das Mädchen im Zug von La Raspelière), III, S. 625, dt. S. 3606 (auf Venedig), usw.

höre ich es von neuem, wie jene Klosterglocken, die den ganzen Tag über vom Geräusch der Stadt überdeckt werden, so daß man meint, sie schweigen, aber in der Stille des Abends fangen sie wieder zu läuten an.[91]

Sofern sie unmittelbar die narrative Instanz mit ins Spiel bringen, stellen diese Gegenwarts-Antizipationen nicht nur ein Faktum der narrativen Zeitlichkeit, sondern auch eines der *Stimme* dar: Wir werden ihnen in dieser Eigenschaft weiter unten wiederbegegnen.

Die *internen* Prolepsen bringen dasselbe Problem mit sich wie die entsprechenden Analepsen: das der Interferenz, einer möglichen Überschneidung von Basiserzählung und proleptischem Erzählsegment. Wir lassen hier also erneut die heterodiegetischen Prolepsen beiseite, wo diese Gefahr nicht besteht, sei die Antizipation nun intern oder extern[92], und unterteilen die übrigen wieder in kompletive und repetitive: erstere füllen im voraus eine spätere Lücke aus, während letztere, ebenfalls im voraus, ein künftiges narratives Segment, wenn auch in noch so geringem Maße, verdoppeln.

Kompletive Prolepsen sind, zum Beispiel, der kurze Hinweis in *Combray* auf die späteren Schuljahre Marcels; die letzte Szene zwischen dem Vater und Legrandin; der Vorblick, anäßlich der Cattleyaszene, auf den weiteren Verlauf der erotischen Beziehungen zwischen Swann und Odette; die antizipierten Beschreibungen des wechselvollen Anblicks des Meeres bei Balbec; der Vorgriff, während des ersten Diners bei den Guermantes, auf die lange Reihe ähnlicher Diners usw.[93] All diese Antizipationen kompensieren zukünftige Ellipsen oder Paralipsen. Verwickelter ist die Lage bei der letzten Szene aus *Guermantes* (Swanns und Marcels Besuch bei der Herzogin), die gewissermaßen mit der ersten aus *Sodome* ("Verbindung" Charlus-Jupien) den Platz getauscht hat, so daß man also erstere als eine Prolepse betrachten

---

[91] I, S. 37, dt. S. 53. Auerbachs Kommentar in *Mimesis*, Bern 1946, 8. Aufl. 1988, S. 506. Unweigerlich denkt man hier an Rousseaus: "Fast dreißig Jahre sind seit meinem Fortgang von Bossey verflossen, ohne daß ich mir jemals durch einigermaßen zusammenhängende Erinnerungen den Aufenthalt dort freundlich ins Gedächtnis zurückgerufen hätte; aber seit ich das Mannesalter überschritten habe und dem Greisenalter zuneige, fühle ich, wie jene Erinnerungen wieder aufleben (während die anderen sich verwischen) und sich mit Zügen in mein Gedächtnis graben, deren Kraft und Zauber von Tag zu Tag zunimmt, als ob ich, bereits das Entfliehen des Lebens fühlend, mich seiner durch seine Anfänge noch einmal bemächtigen wollte" *(Confessions*, Pléiade, S. 21, dt. *Bekenntnisse*, a.a.O., S. 57 f.).
[92] Hier die Liste der wichtigsten, in der Reihenfolge ihres Auftretens im Text: II, S. 630, dt. S. 2085, wo während der Begegnug Jupien-Charlus von dem weiteren Verlauf der Beziehungen zwischen den beiden Männern berichtet wird, von den Vorteilen, die Jupien aus der Gunst von Charlus einbringt, sowie von der hohen Meinung, die Françoise von den moralischen Qualitäten der beiden Invertierten hat; II, S. 739-741, dt. S. 2234-2236, wo auf dem Heimweg nach der Soiree Guermantes von der späteren Bekehrung des Herzogs zum Dreyfusianismus berichtet wird; III, S. 214-216, dt. S. 3046-3048, wo vor dem Konzert bei den Verdurins davon berichtet wird, wie Charlus später Morels spezielle Beziehungen zu Léa entdeckt; III, S. 322-324, dt. S. 3195-3198, wo am Ende des Konzerts Charlus' Krankheit und das Vergessen seines Grolls gegen die Verdurins geschildert wird; III, S. 779-781, dt. S. 3821-3823, wo während des Spaziergangs mit Charlus der weitere Verlauf seiner Beziehungen zu Morel geschildert wird, der sich in eine Frau verliebt. Man sieht, daß ihre Funktion durchgängig darin besteht, eine paradoxe Entwicklung zu antizipieren, einen dieser unerwarteten Umschläge, an denen die Proustsche Erzählung ihre höchste Freude hat.
[93] I, S. 74, dt. S. 102; I, S. 129-133, dt. S. 173-178; I, S. 233 f., dt. S. 311 f.; I, S. 673 und S. 802-896, dt. S. 885 und S. 1056-1176; II, S. 512-514, dt. S. 1932-1935; vgl. II, S. 82 f., dt. S. 1359 f. (das Zimmer in Doncières), III, S. 804, dt. S. 3855 (Begegnung mit Morel, zwei Jahre nach dem Spaziergang mit Charlus), III, S. 703 f., dt. S. 3713 f. (Marcel begegnet Saint-Loup in der Gesellschaft) ...

kann, die antizipativ die Ellipse füllt, die sich zwischen *Sodome I* und *Sodome II* auftut[94], und letztere als eine Analepse[95], die nachträglich die Ellipse füllt, die sich in *Guermantes* auftut: Ein Überkreuzspiel [chassé-croisé] von Einschüben, das augenscheinlich auf den Wunsch des Erzählers zurückgeht, zunächst seine Schilderung des eigentlich mondänen Aspekts der "Welt der Guermantes" zu beenden, bevor er sich dem zuwendet, was er die "psychologische Landschaft" von Sodom und Gomorra nennt.

Man wird hier vielleicht die Anwesenheit iterativer Prolepsen bemerkt haben, die uns, ganz wie die entsprechenden Analepsen, vor die Frage nach der narrativen *Frequenz* stellen. Ohne diese Frage hier ausführlich zu behandeln, möchte ich nur auf die charakteristische Haltung hinweisen, die darin besteht, anläßlich eines *ersten Mals* (erster Kuß von Swann und Odette, erster Blick aufs Meer in Balbec, erster Abend im Hotel in Doncières, erstes Diner bei den Guermantes) im voraus die ganze Reihe "späterer Male" ins Auge zu fassen, die damit eingeleitet wird. Im folgenden Kapitel werden wir sehen, daß die meisten der typischen großen Szenen der *Recherche* ein derartiges Initiationserlebnis betreffen (Swanns "erster Auftritt" bei den Verdurins, Marcels "erster Auftritt" bei Madame de Villeparisis, bei der Herzogin, bei der Prinzessin), da die erste Begegnung - als Paradigma aller folgenden - offensichtlich den besten Anlaß und die beste Gelegenheit bietet, ein Schauspiel oder Milieu zu beschreiben. Die generalisierenden Prolepsen machen diese paradigmatische Funktion gewissermaßen explizit, indem sie einen Ausblick auf die spätere Reihe gewähren: "Durch dieses Fenster sollte ich fortan jeden Morgen spähen [...]"[96] Sie sind also, wie jede Antizipation, ein Zeichen narrativer Ungeduld. Sie konnotieren aber auch, wie mir scheint, ein entgegengesetztes Gefühl, das für Proust vielleicht kennzeichnender ist, ein eher nostalgisches Gefühl, hervorgerufen von dem, was Vladimir Jankélévitch einmal die "Primultimität" des ersten Mals genannt hat, womit die Tatsache gemeint ist, daß das erste Mal, gerade in dem Maße, wie man intensiv das Neue verspürt, das mit ihm anhebt, gleichzeitig (schon) ein letztes Mal ist - und sei es nur, weil es für immer das letzte gewesen sein wird, das das erste war, und weil nach ihm unvermeidlich die Herrschaft der Wiederholung und Gewohnheit beginnt. Bevor er Odette zum ersten Mal küßt, hält Swann ihr Gesicht "zwischen beiden Händen von sich ab": und zwar, sagt der Erzähler, um sich Zeit zu lassen, den Traum, dem er so lange nachgehangen hatte, wiederzuerkennen und seine Verwirklichung bewußt mitzuerleben. Aber es gibt noch einen anderen Grund: "Vielleicht auch heftete Swann auf dies Antlitz einer Odette, die ihm noch nicht gehört, die er noch nicht einmal geküßt hatte und die er *zum*

---

[94] "Dies Warten auf der Treppe aber sollte für mich so bedeutende Folgen haben und mir eine freilich nicht Turnersche, wohl aber eine wichtige psychologische Landschaft eröffnen, daß es besser ist, den Bericht darüber noch kurze Zeit aufzuschieben und denjenigen über meinen Besuch bei den Guermantes, nachdem ich wußte, sie seien wieder zu Hause, ihm voranzustellen" (II, S. 573, dt. S. 2011).
[95] "Wie erwähnt, hatte ich, bevor ich an jenem Tage [dem der Soiree bei der Prinzession von Guermantes] dem Herzog und der Herzogin den Besuch abstattete, von welchem ich berichtet habe, die Rückkehr der beiden beobachten wollen und, während ich auf der Lauer lag, eine Entdeckung gemacht; diese Entdeckung, die ganz speziell Monsieur de Charlus betraf, war dennoch so wichtig an und für sich, daß ich den Bericht darüber bis jetzt, wo ich ihm den wünschenswerten Platz und Umfang geben kann, aufgeschoben habe" (II, S. 601, dt. S. 2045).
[96] I, S. 673, dt. S. 885.

letzten Male in dieser Weise sah, jenen Blick, mit dem man am Tage der Abreise eine Landschaft mit sich forttragen möchte, die man für immer verläßt."[97] Odette zum ersten Mal besitzen, Albertine zum ersten Mal küssen, heißt zum letzten Mal die noch nicht besessene Odette, die noch nicht geküßte Albertine sehen: so sehr trifft es zu, daß das Ereignis - jedes Ereignis - bei Proust nur der flüchtige und unersetzliche *[irréparable* (au sens virgilien)] Übergang von einer Gewohnheit zur anderen ist.

Wie die entsprechenden Analepsen und aus ebenso evidenten Gründen kommen die repetitiven Prolepsen fast immer nur als kurze Anspielungen vor: sie nehmen im voraus auf ein Ereignis Bezug, das zu seiner Zeit in aller Breite erzählt werden wird. Wie die repetitiven Analepsen gegenüber dem Adressaten der Erzählung die Funktion eines Rückgriffs [rappel] erfüllen, so spielen die repetitiven Prolepsen die Rolle eines *Vorgriffs* [annonce][98] und ich werde sie abwechslungshalber auch mit diesem Audruck bezeichnen. Die kanonische Formel ist im allgemeinen ein "wir werden sehen" oder "man wird später sehen", und ihr Paradigma oder Prototyp ist die folgende Vorausdeutung, die die Sakrilegszene von Montjouvain begleitet: "Später wird man sehen, daß aus ganz anderen Gründen die Erinnerung an diesen Eindruck in meinem Leben eine wichtige Rolle spielen sollte." Natürlich eine Anspielung auf die Eifersucht, die Albertines (falsche) Enthüllung ihrer Beziehungen zu Mademoiselle Vinteuil in Marcel hervorrufen wird.[99] Die Rolle dieser Vorgriffe für den Aufbau der Erzählung, für das, was Barthes ihr "Flechtwerk" [tressage] nennt, liegt auf der Hand, sie rufen im Geist des Lesers eine Erwartung hervor. Eine Erwartung, die sehr schnell wieder aufgelöst wird, wenn es sich um Vorgriffe von sehr kurzer Reichweite handelt, die etwa am Ende eines Kapitels dazu dienen, durch kurzes Anreißen auf das Thema des folgenden Kapitels hinzuweisen, wie es häufig in *Madame Bovary* geschieht.[100] Die kontinuierlichere Struktur der *Recherche* schließt solche Effekte im Grunde aus, aber wer sich an das Ende von Kapitel II-4 von *Madame Bovary* erinnert ("Sie bedachte nicht, daß auch harmloses Regenwasser, wenn es sich auf dem Dach ansammelt, weil die Rinnen verstopft sind, Unheil anrichten kann, und sie wäre in dem Zustand trügerischer Sicherheit verblieben, wenn sie nicht eines Tages plötzlich einen Riß in der Mauer bemerkt hätte"), dem wird es nicht schwerfallen, dieses Modell einer metaphorischen Präsentation im Anfangssatz der letzten Szene des *Temps retrouvé* wiederzuerkennen: "In dem Augenblick aber, in dem uns alles verloren scheint, erreicht uns zuweilen die Stimme, die uns retten kann; man hat an alle Pforten geklopft, die auf gar nichts führen, vor der einzigen aber, durch die man eintreten kann, und die man vergeblich hundert Jahre lang hätte suchen können, steht man, ohne es zu wissen, und sie

---

[97] I, S. 233, dt. S. 310.
[98] *A.d.Ü:* In den deutschen Worten "Rückgriff" und "Vorgriff" fehlt leider der Bezug auf den Adressaten.
[99] I, S. 159, dt. S. 212, und II, S. 1114, dt. S. 2738 f. Man muß aber daran erinnern, daß Proust, als er - vor 1913 -diesen Satz schrieb, die Person Albertine noch nicht "erfunden" hatte, die erst zwischen 1914 und 1917 geschaffen wird. Ganz offensichtlich hatte er aber für die Montjouvainszene eine "Folgegestalt" [retombée] dieser Art im Blick, die später nur deutlichere Konturen gewann: mithin ein doppelt prophetischer *Vorgriff*.
[100] Kap. I-3, II-4, II-5, II-10, II-13, III-2.

tut sich auf".[101] Meist jedoch ist der Vorgriff von viel längerer Reichweite. Man weiß, wieviel Wert Proust auf den Zusammenhalt und die Architektur seines Werks legte und wie sehr er darunter litt, daß die fernen Symmetrien und "teleskopischen" Korrespondenzen oft gar nicht wahrgenommen wurden. Die separate Veröffentlichung der verschiedenen Bände mußte das Mißverständnis noch verstärken, und gewiß sollten weit in die Zukunft ausholende Vorgriffe, wie der in der Montjouvainszene, dazu dienen, es zu verringern, indem sie Episoden, die sonst versprengt und zufällig wirken konnten, eine vorläufige Rechtfertigung gaben. Hier noch ein paar weitere Beispiele, in der Reihenfolge ihres Auftretens: "Was Doktor Cottard anbelangt, so *werden wir ihm sehr viel später ausgiebig* bei der Schloßherrin von La Raspelière *wiederbegegnen*" [on le reverra longuement]; "*Man wird sehen,* wie gerade die Verwirklichung dieses einzigen gesellschaftlichen Ehrgeizes, den [Swann] für seine Frau und seine Tochter hegte, ihm nicht zuteil werden sollte, und zwar auf Grund eines so unbedingten Vetos, daß Swann starb, ohne auch nur den geringsten Anlaß zu der Hoffnung zu haben, die Herzogin werde je die beiden kennenlernen. *Doch wird man auch sehen,* daß umgekehrt die Herzogin von Guermantes sich nach Swanns Tod mit Odette und Gilberte auf das engste verband"; "Einen Schmerz, der ebenso tief war wie der meiner Mutter, sollte ich eines Tages kennenlernen, *wie man* im weiteren Verlauf dieser Erzählung *sehen wird*" (gemeint ist offensichtlich der Schmerz, den die Flucht und der Tod Albertines hervorrufen werden); "[Charlus] hatte sich wieder erholt, bevor er später in jenen Zustand fiel, in dem *wir ihn* eines Tages bei einer Matinee der Prinzessin von Guermantes *antreffen werden* [nous le verrons]".[102]

Man wird diese Vorgriffe, die per definitionem explizit sind, nicht mit dem verwechseln, was man lieber *Vorhalte* [amorces][103] nennen sollte, die ohne etwas zu antizipieren, sei es auch nur allusiv, bloß eine Erwartung wecken sollen. Sie finden ihre Bedeutung erst später und gehören zu der durch und durch klassischen Kunst der "Vorbereitung" (man läßt zum Beispiel gleich zu Anfang eine Person auftreten, die erst später wichtig wird, wie der Marquis de la Môle im dritten Kapitel von *Le rouge et le noir*). Als solche Vorhalte kann man betrachten: das erste Erscheinen von Charlus und Gilberte in Tansonville, von Odette als Dame in Rosa, die erste Erwähnung von Madame de Villeparisis bereits auf Seite zwanzig von *Swann* sowie die Beschreibung des Hügels von Montjouvain, "genau auf der Höhe des Salons im zweiten Stock, etwa fünfzig Zentimeter *(sic)* vom Fenster entfernt", die auf Marcels privilegierten Beobachterposten in der Profanationsszene vorbereitet[104]; oder auch, mit einer ironischeren Wendung, der von Marcel mehrmals unterdrückte Gedanke,

---

[101] III, S. 866, dt. S. 3944. Vgl., diesmal ohne Metapher, die antizipierten Resümees des Diner Verdurin (I, S. 251, dt. S. 332 f.) und der Soiree Saint-Euverte (I, S. 322, dt. S. 425).
[102] I, S. 433 und II, S. 866 ff., dt. S. 571 und S. 2404 ff.; I, S. 471 und III, S. 575 ff., dt. S. 621 und 3536 ff.; II, S. 768 und III, S. 415 ff., dt. S. 2273 und S. 3318 ff.; III, S. 805 und 859, dt. S. 3857 und 3934. (Hervorhebungen von mir.)
[103] Vgl. Raymonde Debray-Genette, "Les figures du récit dans *Un cœur simple*", Poétique 3. [A.d.Ü: amorce, eigentlich der "Köder" - und zwar der Naturköder im Gegensatz zum künstlichen *(leurre)* -, bedeutet im weiteren Sinne soviel wie "Verlockung", in einem noch weiteren "Anhaltspunkt, erster Ansatz". Der musiktechnische Ausdruck "Vorhalt" - ein dissonierender Ton oder Akkord, der auf seine Auflösung wartet - wurde gewählt, weil darin die Präparationsnuance und das Wecken von Erwartungen mitschwingt, die Genette zufolge für die *amorce* kennzeichend sind.]
[104] I, S. 141, dt. S. 189; I, S. 76, dt. S. 105; I, S. 20, dt. S.. 31; I, S. 113 und 159, dt. S. 152 und 212.

Monsieur de Crécy gegenüber einen Namen fallenzulassen, den er für den ehemaligen "nom de guerre" Odettes hält, was die spätere Enthüllung (durch Charlus) vorbereitet, daß der Name echt und die beiden Personen wirklich einmal verbunden, nämlich verheiratet waren.[105] Der Unterschied zwischen Vorgriff und Vorhalt wird deutlich sichtbar in der Art, wie Proust in mehreren Etappen den Auftritt Albertines vorbereitet. Erste Erwähnung, im Verlauf eines Gesprächs bei den Swanns: Albertine wird als Nichte der Bontemps vorgestellt, und Gilbertes Ansicht nach "führt sie sich ziemlich komisch auf": ein einfacher Vorhalt; zweite Erwähnung, ein zweiter Vorhalt, durch Madame Bontemps selbst, der zufolge ihre Nichte "nicht auf den Mund gefallen ist" und "eine kleine Krabbe ist [...], sie ist schlau wie etwas": sie hat die Frau eines Unterstaatssekretärs vor allen Leuten daran erinnert, daß ihr Vater Koch war; an dieses Porträt wird sehr viel später ausdrücklich erinnert, nach dem Tode Albertines, und es wird als ein "unbedeutender Keim" bezeichnet, "der sich entwickeln und eines Tages mein ganzes Leben überwuchern sollte"; dritte Erwähnung, diesmal ein echter Vorgriff: "Zu Hause gab es eine Szene, weil ich meinen Vater nicht zu einem offiziellen Diner begleitete, bei dem die Bontemps und ihre Nichte Albertine, damals noch ein ganz junges Mädchen, beinahe noch ein Kind, auch zugegen sein sollten. So sind die verschiedenen Epochen unseres Lebens miteinander verschränkt. Man lehnt um dessentwillen, was man liebt und was einem eines Tages gleichgültig sein wird, verachtungsvoll ab, das zu sehen, was einem heute noch gleichgültig ist und was man morgen liebt, und, hätte man sich schon früher zu einer Begegnung bereit gefunden, auch früher schon hätte lieben können, wodurch man die gegenwärtigen Leiden abgekürzt hätte, freilich nur um sie durch andere zu ersetzen".[106] Im Unterschied zum Vorgriff ist der Vorhalt also im Prinzip, an seiner Stelle im Text, nur ein "unbedeutender Keim", den man kaum wahrnimmt und der als Keim erst später, und zwar retrospektiv, erkennbar wird.[107] Berücksichtigen muß man dabei freilich noch die - aus der Gewohnheit erwachsende - eventuelle (oder besser gesagt variable) narrative *Kompetenz* des Lesers, die es ihm erlaubt, den allgemeinen oder den für eine bestimmte Gattung, ein bestimmtes Werk spezifischen narrativen Code immer schneller zu entschlüsseln und die "Keime" bereits bei ihrem Erscheinen zu identifizieren. So wird kein Leser des *Iwan Iljitsch* (dem die Antizipation der Auflösung im prologartig vorweggenommenen Epilog sowie der Titel selber dabei allerdings sehr behilflich sind) es verfehlen, den Sturz von der Leiter als Werkzeug des Schicksals zu identifizieren, als Vorhalt des Todeskampfs. Eben diese Kompetenz kann sich der Autor zunutze machen, wenn er den Leser täuschen will: Er ködert ihn einfach mit falschen Vorhalten oder "falschen Spuren" ["leurres"][108] - wie sie den Liebhabern von Kriminalromanen bestens bekannt sind -, um ihm dann, wenn der Leser sich einmal zur Kompetenz zweiten Grades aufgeschwungen hat und die falschen Spuren erkennt und sich von ihnen nicht mehr verlocken läßt, mit *falschen falschen Spuren* [faux

---

[105] II, S. 1085 und III, S. 301, dt. S. 2701 und 3165.
[106] I, S. 512, dt. S. 675; I, S. 598, vgl. III, S. 904, dt. S. 786, vgl. S. 3997; I, S. 626, dt. S. 823.
[107] "Die Seele jeder Funktion ist, wenn man so sagen darf, ihr Keim, das, was es ihr erlaubt, in die Erzählung ein Element einzustreuen, das erst später zur Reife kommt" (Roland Barthes, "Introduction à l'analyse structurale des récits", *Communications* 8, S. 7).
[108] Siehe Roland Barthes, *S/Z*, S. 39, dt. Frankfurt a. M. 1976, S. 43.

leurres] zu ködern (die echte Vorhalte sind) usw. Es ist bekannt, wie sehr die Proustsche Wahr-Scheinlichkeit - die nach Jean-Pierre Richard auf der "Logik der Inkonsequenz" beruht[109] - insbesondere in Fragen der Homosexualität (und ihrer subtilen Variante: der Heterosexualität) mit diesem komplexen System arbeitet, das sich aus enttäuschten Erwartungen, abwegigen Vermutungen und erwarteten Überraschungen zusammensetzt, wobei letztere am Ende um so überraschender sind, als sie erwartet werden und dann trotzdem eintreten - kraft jenes Allzweckprinzips, daß "das Wirken der Kausalität schließlich fast alle möglichen Effekte hervorbringt und infolgedessen auch die, von denen man es am wenigsten denkt"[110]: ein Wink für die Liebhaber "psychologischer Gesetze" und realistischer *Motivierungen*.

Bevor wir nun die Prolepsen verlassen, müssen wir noch ein Wort über ihren Umfang sagen und über die auch hier mögliche Unterscheidung zwischen partiellen und kompletten Prolepsen, sofern man einmal als komplett die bezeichnet, die sich in der Zeit der Geschichte bis zur "Auflösung" fortsetzen (falls es um interne Prolepsen geht) oder bis zum narrativen Moment selber (falls es um externe oder gemischte Prolepsen geht): für sie finde ich kaum Beispiele, und es sieht so aus, als seien alle Prolepsen faktisch solche vom *partiellen* Typ, die oft ebenso klar aufhören, wie sie eingeführt werden. Zeichen für den Prolepsenbeginn: *"Ich greife dabei vor* [pour anticiper], da ich ja eben erst meinen Brief an Gilberte beendet habe [...]"; *"wobei wir* um ein paar Wochen unserer Erzählung *vorgreifen* [pour anticiper], wir setzen sie aber gleich nach dieser *Parenthese* wieder fort [...]"; *"um etwas vorzugreifen* [pour anticiper un peu], da ich mich jetzt ja noch in Tansonville befinde [...]"; *"bereits am folgenden Tage, wie hier vorgreifend gesagt sei* [disons-le pour anticiper] [...]"; *"ich greife* viele Jahre *vor* [j'anticipe]".[111] Zeichen für das Prolepsenende und die Rückkehr zur Basiserzählung: *"Um nun aber wieder* auf diese erste Soiree bei der Prinzessin von Guermantes *zurückzukommen* [pour revenir en arrière] [...]"; *"aber es ist Zeit,* den Baron *wieder einzuholen* [de rattraper], der mit mir und Brichot seine Schritte zur Tür der Verdurins lenkt [...]"; *"um wieder* auf die Soiree bei den Verdurins *zurückzukommen* [pour revenir en arrière] [...]"; "aber ich muß *noch einmal zurückgreifen* [revenir en arrière] [...]"; *"doch nach diesen, den Tatsachen vorauseilenden Bemerkungen wollen wir wieder um drei Jahre rückwärtsschreiten* [mais après cette anticipation, revenons trois ans en arrière], d. h. zu der Matinee der Prinzessin von Guermantes zurückkehren, auf der wir uns befinden [...]"[112] Man sieht, Proust schreckt nicht immer davor zurück, explizit zu werden.

Die wichtige Rolle der "anachronistischen" Erzählung in der *Recherche du temps perdu* hängt offensichtlich mit dem retrospektiv-synthetischen Charakter der Proustschen Erzählung zusammen, die sich selbst jeden Augenblick als ganze im Geist des Erzählers präsent ist, der - seit dem Tag, an dem er in einer Ekstase ihre sie vereinheitlichende Bedeutung geschaut hat - unablässig alle ihre Fäden zugleich in der Hand hält, all ihre Orte und Augenblicke zugleich überschaut, zwischen

---

[109] *Proust et le monde sensible*, S. 153.
[110] I, S. 471, dt. S. 621.
[111] II, S. 739, dt. S. 2234; III, S. 214, 703, 779, 803, dt. S. 3046, 3713 f., 3821, 3855. (Von mir hervorgehoben.)
[112] II, S. 716, dt. S. 2203; III, S. 216, 324, 806, 952, dt. S. 3049, 3198, 3859, 4063.

denen er ständig eine Vielzahl "teleskopischer" Beziehungen herzustellen imstande ist: räumliche, aber auch zeitliche Ubiquität, eine "Allzeitlichkeit", die sich aufs schönste auf einer Seite des *Temps retrouvé* illustriert findet, wo der Held, als er an Mademoiselle de Saint-Loup denkt, in Windeseile das enggeflochtene "Netz von Erinnerungen" rekonstruiert, zu dem sein Leben geworden ist, und das nun zum Gewebe seines Werks werden wird.[113]

Doch die Begriffe "Retrospektion" und "Antizipation", die den narrativen Kategorien der Analepse und Prolepse "psychologisch" zugrunde liegen, setzen ein völlig klares Zeitbewußtsein und unzweideutige Beziehungen zwischen Gegenwart, Vergangenheit und Zukunft voraus. Nur um die Darlegung zu vereinfachen und um den Preis einer überzogenen Schematisierung bin ich bislang davon ausgegangen, daß dem tatsächlich so ist. Aber allein die Häufigkeit der Einschübe und ihr wechselseitiges Verflochtensein komplizieren und verdunkeln die Sache häufig in einem Maße, daß der "einfache" Leser, aber auch der resoluteste Analytiker bisweilen ratlos davorsteht. Um dieses Kapitel abzuschließen, werden wir einige dieser zweideutigen Strukturen betrachten, die uns an die Schwelle einer puren *Achronie* führen.

An der Grenze zur Achronie

Bereits in unseren ersten Mikroanalysen trafen wir auf Beispiele für komplexe Anachronien: Prolepsen zweiten Grades in einem Segment aus *Sodome et Gomorrhe* (der in der Antizipation seines Mittagessens mit Bloch antizipierte Tod Swanns), aber auch Analepsen in Prolepsen (Françoises Retrospektion in Combray innerhalb derselben Antizipation der Beerdigung Swanns) oder umgekehrt Prolepsen in Analepsen (zweimal in dem Textstück aus *Jean Santeuil*, Rückgriffe auf vergangene Vorhaben). Solche Zeitsprünge zweiter oder dritter Stufe sind in der *Recherche* jedoch auch auf der Ebene der großen oder mittelgroßen narrativen Strukturen häufig anzutreffen, selbst wenn man jene erste Anachroniestufe unberücksichtigt läßt, auf der fast die gesamte Erzählung spielt.

Die in unserem Fragment aus *Jean Santeuil* evozierte typische Situation (Erinnerungen an Antizipationen) hat sich in der *Recherche* auf die beiden Personen verteilt, die durch Zellteilung aus dem ursprünglichen Helden hervorgegangen sind, auf Swann und Marcel also. Die Rückwendung auf die Heirat Swanns in den *Jeunes filles* evoziert retrospektiv dessen prospektiven gesellschaftlichen Ehrgeiz in bezug auf seine Tochter und seine (künftige) Frau: "Wenn aber Swann in Stunden der Träumerei sich Odette als seine Frau vorstellte, so schwebte ihm stets und immer der Augenblick vor, da er sie und zumal seine Tochter zur Prinzessin des Laumes führen würde, die inzwischen durch den Tod ihres Schwiegervaters Herzogin von Guermantes geworden war. [...] er war ganz gerührt, wenn er sich ausmalte (und selbst die Worte dazu erfand), was die Herzogin über ihn zu Odette, und was diese zu Madame de Guermantes sagen werde [...]. Er spielte sich diese Vorstellungsszene mit der gleichen Genauigkeit in den rein fiktiven Einzelheiten vor, mit

---

[113] III, S. 1030, dt. S. 4171.

der andere Leute überlegen, wie sie den willkürlich festgesetzten Betrag verwenden werden, den sie auf ein Lotterielos zu gewinnen hoffen".[114] Dieser "Tagtraum" ist proleptisch als Phantasievorstellung, der Swann vor seiner Heirat nachhängt, und analeptisch, sofern Marcel von ihm nach dieser Heirat berichtet, zwei Bewegungen, die sich durch ihren Zusammenschluß aufheben, weil dadurch die Phantasievorstellung direkt neben die bittere Wirklichkeit gestellt wird, in der Swann schon seit mehreren Jahren mit Odette verheiratet, diese aber im Salon Guermantes immer noch unerwünscht ist. Allerdings hat er selber Odette erst geheiratet, als er sie schon nicht mehr liebte und "als das Ich, das in ihm so heftig danach verlangt hatte, mit Odette das ganze Leben zu verbringen und doch so sehr daran verzweifelte, schon gestorben war". Ein Umstand, der dazu führt, daß die alten Entschlüsse und die präsenten Realitäten rückblickend in einem ironischen Widerspruch zueinander stehen: An die Stelle des Entschlusses, eines Tages die geheimnisvollen Beziehungen zwischen Odette und Forcheville aufzuklären, ist völliges Desinteresse getreten: "Früher, als er noch so sehr unter dem allen litt, hatte er sich geschworen, er werde sich, sobald er Odette nicht mehr liebte und nicht mehr Angst davor hatte, sie zu erzürnen oder ihr eine allzu große Vorstellung von seiner Liebe zu geben, die Genugtuung verschaffen, aus einfacher Liebe zur Wahrheit und gleichsam wie ein Historiker klarzustellen, ob Forcheville an jenem Tage mit ihr im Bett gewesen sei, als er geschellt und ans Fenster geklopft hatte, ohne daß sie ihn einließ, und als sie Forcheville geschrieben hatte, ihr Onkel sei gekommen. Doch dies so ungemein spannende Problem, für dessen Aufklärung er nur das Ende seiner Eifersucht abgewartet hatte, verlor jedes Interesse in Swanns Augen, als er aufgehört hatte, eifersüchtig zu sein." An die Stelle des Entschlusses, eines Tages seine künftige Gleichgültigkeit zur Schau zu tragen, ist die Verheimlichung der wirklichen Gleichgültigkeit getreten: "Aber während er sich früher geschworen hatte, er werde, wenn er jemals diejenige zu lieben aufgehört hätte, von der er noch nicht wußte, daß sie eines Tages seine Frau sein werde, ihr rücksichtslos seine endlich echte Gleichgültigkeit zu verstehen geben, um seinem so lange gedemütigten Stolz Genugtuung zu verschaffen, legte er auf diese Repressalien, die er jetzt unbesorgt ausüben konnte [...], keinen Wert mehr; mit der Liebe war auch sein Verlangen geschwunden, zu zeigen, daß keine Liebe mehr in ihm war." Dieselbe retrospektive Widersprüchlichkeit zwischen ausgemalter und wirklicher Gegenwart bei dem endlich von seiner Leidenschaft für Gilberte "geheilten" Marcel: "Ich hatte keine Lust mehr, sie zu sehen, aber auch nicht einmal mehr, ihr ausdrücklich darzutun, daß sie zu sehen mir nicht mehr wichtig sei, was ich mir doch vorgenommen hatte, als ich sie noch liebte, ihr täglich zu verstehen zu geben, sobald ich sie einmal nicht mehr lieben würde"; oder auch, mit einer etwas anderen psychologischen Bedeutung, wenn derselbe Marcel - nachdem er bei Gilberte zum "großen 'crack'" und in Swanns Eßzimmer zum vertrauten Gast avanciert ist - die eingetretene Veränderung ermessen will, sich aber vergeblich bemüht, das Gefühl wiederzuerwecken, das ihm die Unerreichbarkeit dieser "unerhörten Stätte" einst bereitete - nicht ohne Swann ähnliche Gedanken über sein Leben mit Odette beizulegen, ist für diesen doch das "Paradies", wie er nicht zu hoffen wagte und an das er nicht ohne Rührung denken konnte,

---

[114] I, S. 470, dt. S. 620 f.

greifbare und völlig entzauberte Wirklichkeit geworden.[115] Das, was man dachte und wollte, tritt nicht ein, das, was man nicht zu hoffen wagte, wird Wirklichkeit, aber erst, als man es schon nicht mehr will: In beiden Fällen überlagert die Gegenwart die frühere Zukunft, an deren Stelle sie getreten ist, und widerlegt retrospektiv eine irrige Antizipation.

Die umgekehrte Bewegung, ein antizipierter Rückgriff, ein Umweg nicht mehr über die Vergangenheit, sondern über die Zukunft, liegt immer dann vor, wenn der Erzähler im voraus berichtet, wie er später über ein aktuelles Ereignis (oder dessen Bedeutung) nachträglich informiert werden wird: so wenn er nach seiner Schilderung einer Szene zwischen Monsieur und Madame Verdurin anmerkt, daß er von der Sache "einige Jahre später" durch Cottard gehört habe. Das Vor-und-Zurück wird schneller bei einer Zeitangabe in *Combray:* "Erst nach Jahren brachten wir heraus, daß wir in jenem Sommer nur deswegen fast täglich Spargel gegessen hatten, weil das mit ihrem Putzen betraute Küchenmädchen so heftige Asthmaanfälle davon bekam, daß es schließlich ging".[116] Fast instantan wird es im folgenden Satz aus *La prisonnière:* "J'appris que ce jour-là avait eu lieu une mort que me fit beaucoup de peine, celle de Bergotte", so elliptisch und so verborgen regelwidrig, daß der Leser erst zu lesen meint "j'appris ce jour-là qu'avait eu lieu ..."[117] Dasselbe Vor-und-Zurück im Zickzack, wenn der Erzähler ein gegenwärtiges oder gar vergangenes Ereignis über die antizipierte Erinnerung einführt, die er später davon hat, wie wir es bereits am Beispiel der letzten Seiten der *Jeunes filles en fleurs* sahen, die uns auf dem Umweg über die künftigen Pariser Erinnerungen Marcels in die ersten Wochen in Balbec zurückversetzen; ebenso erfahren wir, als Marcel Tante Léonies Kanapee verkauft, daß er sich erst "viel später" daran erinnern wird, daß er - viel früher - dieses Kanapee mit der ominösen Cousine benutzt hat, die uns mittlerweile bekannt ist: Analepse auf der Paralipse, sagten wir, aber diese Formel muß nun vervollständigt werden durch den Zusatz: via *Prolepse.* Diese narrativen Verrenkungen sind gewiß Anlaß genug, daß der Hermeneutiker die hypothetische junge Person bei allem Wohlwollen mit einem gewissen Mißtrauen betrachten wird.

Eine andere Folge solcher doppelstufigen Strukturen besteht darin, daß eine erste Anachronie das Verhältnis zwischen einer zweiten Anachronie und der Ereignisabfolge im Text umkehren kann, ja zwangsläufig umkehrt. So bewirkt der analeptische Status von *Un amour de Swann,* daß eine Antizipation (in der Zeit der Geschichte) darin auf ein Ereignis verweisen kann, das von der Erzählung schon abgedeckt worden ist: Wenn der Erzähler Swanns abendliche Ängste, von Odette getrennt zu sein, mit denen vergleicht, die er "ein paar Jahre später" an Tagen aussteht, wo derselbe Swann in Combray zum Abendessen kommt, so ist dieser diegetische *Vorgriff* für den Leser gleichzeitig ein narrativer *Rückgriff,* weil er die Erzählung dieser Szene etwa zweihundertfünfzig Seiten "früher" bereits gelesen hat; um-

---

[115] I, S. 471, 523, 525; dt. S. 622, 690, 692; II, 713, dt. S. 2199; I, S. 537 f., dt. S. 707 ff.
[116] III, S. 326, dt. S. 3200; I, S. 124, dt. S. 166.
[117] III, S. 182, dt. S. 3002. Die Inhaltsübersicht von Clarac und Ferré (III, S. 1155) gibt die Stelle so wieder: "An jenem Tag erfuhr ich von Bergottes Tod". *[A.d.Ü:* Auch die deutsche Übersetzung ist dieser übereilten Lesart gefolgt: "Ich hörte an jenem Tage von einem Todesfall, der mir großen Kummer bereitete, es war der Tod Bergottes". Richtiger müßte es lauten: "Ich hörte [später], daß es an diesem Tag einen Todesfall gegeben hatte ..."]

gekehrt und aus demselben Grund ist die Bezugnahme auf Swanns vergangene Ängste in der *Combray*-Erzählung für den Leser ein Vorgriff auf die künftige Erzählung *Un amour de Swann*.[118] Die explizite Formel für solche doppelten Anachronien sähe also etwa so aus: "Er wird, wie wir bereits gesehen haben, später kommen ...", oder: "Er war, wie wir später sehen werden, bereits gekommen...". Retrospektive Vorgriffe? Antizipierte Rückgriffe? Wenn das Heck vorne und der Bug hinten ist, wird es schwierig, die Bewegungsrichtung festzustellen.

Diese komplexen Anachronien, proleptische Analepsen und analeptische Prolepsen, bringen die festen Begriffe "Retrospektion" und "Antizipation" bereits ein wenig durcheinander. Zudem sei an die Existenz jener offenen Analepsen erinnert, deren Endpunkt nicht lokalisierbar ist, was unvermeidlich die Existenz zeitlich nicht genau bestimmter narrativer Segmente nach sich zieht. Doch man findet in der *Recherche* auch einige Ereignisse, die jeder Zeitbestimmung entbehren und sich in bezug auf die sie umgebenden Ereignisse in keiner Weise situieren lassen: Zu diesem Zweck genügt es, daß sie nicht an ein anderes Ereignis zurückgebunden werden (denn dann müßte die Erzählung sie als früher oder später definieren), sondern an den (unzeitlichen) Kommentar, der sie begleitet - und der bekanntlich in diesem Werk einen breiten Raum einnimmt. Während des Diners Guermantes beharrt Madame de Varambon eigensinnig darauf, Marcel zu einem Verwandten des Admirals Jurien de la Gravière zu machen, ein - wie kommentiert wird - Sonderfall jener Irrtümer, die in der Gesellschaft so häufig begangen werden. Bei dieser Gelegenheit kommt der Erzähler auf den Irrtum eines Freundes der Guermantes zu sprechen, "der den lebhaften Wunsch geäußert hatte, meine Bekanntschaft zu machen, und mir als Grund dafür angab, ich sei so gut mit seiner Cousine Madame de Chaussegros bekannt", eine Person, die dem Erzähler völlig unbekannt ist: Man wird annehmen dürfen, daß diese Anekdote, die voraussetzt, daß Marcel schon die höheren Stufen der "Gesellschaft" erklommen hat, in der Zeit nach dem Diner Guermantes spielt, aber beweisen läßt es sich nicht. Nach der Szene mit Elstir in den *Jeunes filles en fleurs,* wo er es knapp verpaßt hat, Albertine vorgestellt zu werden, beginnt der Erzähler über die Subjektivität der Liebe nachzudenken und veranschaulicht seine Theorie dann am Beispiel eines alten Zeichenlehrers seiner Großmutter, der nie erfahren hat, welche Haarfarbe seine Geliebte hatte - "Ich habe sie nie ohne Hut gesehen" -, eine Geliebte, von der er immerhin eine Tochter hatte.[119] Hier helfen dem Analytiker keine inhaltlichen Folgerungen, um den Zeitpunkt einer Anachronie zu bestimmen, die eben aller Zeitbezüge entbehrt, und die wir folglich als ein Ereignis ohne Alter und Jahr hinnehmen müssen: als eine Achronie.

Aber nicht nur solche isolierten Ereignisse künden von der Macht der Erzählung, sich von den Zwängen der chronologischen Reihenfolge der erzählten Geschichte vollständig zu befreien. An zwei Stellen wenigstens weist die *Recherche* regelrechte *achronische Strukturen* auf. Am Ende von *Sodome* sind die Streckenführung des "Transatlantik" und die Abfolge seiner Haltestellen (Doncières, Maineville, Grattevast, Hermenonville) für eine kurze narrative Sequenz bestimmend[120], deren Sukzessionsordnung (Mißgeschicke Morels im Bordell von Mai-

---

[118] I, S. 297 und S. 30 f., dt. S. 393 und S. 44 f.
[119] II, S. 498, dt. S. 1912 f.; I, S. 858 f., dt. S. 1128 f.
[120] II, S. 1075-1086, dt. S. 2688-2702.

neville - Zusammentreffen mit Monsieur de Crécy in Grattevast) nicht auf der zeitlichen Beziehung zwischen den beiden Ereignissen basiert, aus denen sie sich zusammensetzt, sondern allein auf der Tatsache (die selbst freilich diachronisch ist, aber von einer anderen Diachronie als der der erzählten Ereignisse), daß die Kleinbahn erst durch Maineville, dann durch Grattevast kommt und daß diese Stationen, und zwar in dieser Reihenfolge, den Erzähler an Zwischenfälle erinnern, die mit ihnen zusammenhängen.[121] Wie jedoch J. P. Houston in seiner Studie über die zeitlichen Strukturen der *Recherche*[122] richtig bemerkt hat, wiederholt und verdeutlicht diese "geographische" Anordnung nur die zwar implizitere, aber in jeder Hinsicht wichtigere der fünfzig letzten Seiten von *Combray*, wo die Sequenz durch den Gegensatz Côté de Méséglise/Côté de Guermantes bestimmt wird und durch die wachsende Entfernung der Orte vom Familienhaus während eines zeitlosen und synthetischen Spaziergangs.[123] Hier die Sukzessionsordnung: erstes Erscheinen Gilbertes - Abschied vom Weißdorn - Begegnung mit Swann und Vinteuil - Tod Tante Léonies - Profanationsszene im Haus Vinteuil - Erscheinen der Herzogin - Anblick der Kirchtürme von Martinville. Diese Sukzession hat keinerlei Bezug zu der Zeitfolge der Ereignisse, aus denen sie sich zusammensetzt, oder doch nur einen Bezug partieller Übereinstimmung. Sie beruht vielmehr im wesentlichen auf der Lage der Orte (Tansonville - Ebene von Méséglise - Montjouvain - Rückkehr nach Combray - Seite von Guermantes) und infolgedessen auf einer ganz anderen Zeitlichkeit: auf dem Gegensatz zwischen den Tagen, an denen man auf der Seite von Méséglise spazierenging, und denen, da man in Richtung Guermantes ging, und innerhalb der beiden Reihen auf der ungefähren Abfolge der "Stationen" des Spaziergangs. Man muß schon naiv die syntagmatische Ordnung der Erzählung mit der zeitlichen Ordnung der Geschichte verwechseln, um, wie zu hastige Leser es tun, auf den Gedanken zu verfallen, daß die Begegnung mit der Herzogin oder die Kirchturmepisode nach der Montjouvainszene stattfindet. In Wahrheit hatte der Erzähler höchst einsichtige Gründe, um unter Mißachtung aller Chronologie die Ereignisse nach ganz anderen Maßstäben zu gruppieren: nach Maßgabe der räumlichen Nachbarschaft oder klimatischen Identität (die Spaziergänge nach Méséglise finden immer bei schlechtem Wetter [temps] statt, die nach Guermantes bei schönem) und nach Maßgabe einer thematischen Verwandtschaft (die Gegend von Méséglise repräsentiert die erotisch-affektive Seite der Welt der Kindheit, die von Guermantes ihre ästhetische Seite). Auf dieser Weise macht er eindringlich und besser als irgend jemand vor ihm deutlich, daß die Erzählung über eine *temporale Autonomie* verfügt.[124]

---

[121] "Ich begnüge mich hier, während die 'Blindschleiche' hält und der Schaffner Doncières, Grattevast, Maineville ausruft, niederzuschreiben, was diese kleinen Küstenorte oder jene Garnison mir in Erinnerung rufen" (II, S. 1076, dt. S. 2689).
[122] "Temporal patterns in *A la recherche ...*", French Studies, Januar 1962.
[123] Der Hauptteil dieser Sequenz gehört daher in den Bereich des Iterativen. Ich vernachlässige vorerst diesen Aspekt und betrachte nur die Sukzessionsordnung der einzelnen Ereignisse.
[124] Da wir die retrospektiven und antizipativen Anachronien *Analepsen* und *Prolepsen* getauft haben, könnte man diese anachronistischen Gruppierungen, die irgendeiner räumlichen, thematischen oder sonstigen Verwandtschaft gehorchen, *zeitliche Syllepsen* nennen (sofern sie eben zusammen-fassen). Die geographische Syllepse ist zum Beispiel das Grundmuster für anekdotenreiche Reiseerzählungen wie Stendhals *Mémoires d'un touriste* oder Edgar Quinets *Le rhin*. Die thematische Syllepse sorgt im klassischen Schubladenroman [roman à tiroirs] für zahlreiche Einfügungen von "Geschichten", die allein durch Analogie- oder Kontrastbe-

Es wäre jedoch müßig, allein aus der Analyse der Anachronien definitive Schlußfolgerungen ziehen zu wollen, da diese Anachronien nur eines der Merkmale darstellen, die für die narrative Zeitlichkeit konstitutiv sind. Es liegt zum Beispiel auf
der Hand, daß die Verzerrungen der Dauer ebensosehr zur Emanzipation dieser
Zeitlichkeit beitragen wie die Verstöße gegen die chronologische Ordnung. Mit
diesen Verzerrungen wollen wir uns jetzt befassen.

---

ziehungen gerechtfertigt werden. Wir werden dem Begriff "Syllepse" anläßlich der iterativen Erzählung
wiederbegegnen, die eine andere Spielart von ihm darstellt.

2. Dauer

Anisochronien

Zu Anfang des vorigen Kapitels habe ich daran erinnert, welche Schwierigkeiten einem der Begriff "Zeit der Erzählung" in der Literatur, d. h. auf Schriftebene bereitet. Wirklich bemerkbar machen sich diese Schwierigkeiten allerdings erst, wenn es um die Dauer geht, denn die Tatsachen der Ordnung oder der Frequenz lassen sich problemlos von der zeitlichen Ebene der Geschichte auf die räumliche Ebene des Textes übertragen: Wenn man sagt, daß eine Episode A im syntagmatischen Aufbau eines narrativen Textes "nach" einer Episode B kommt oder daß ein Ereignis C darin "zweimal" erzählt wird, so sind dies Sätze, deren Sinn auf der Hand liegt, und denen man ohne weiteres andere Behauptungen gegenüberstellen kann wie etwa die, daß "das Ereignis A in der Zeit der Geschichte vor dem Ereignis B kommt" oder daß "das Ereignis C nur einmal stattfindet". Der Vergleich zwischen den beiden Ebenen ist hier also legitim und aussagekräftig. Hingegen ist es schon etwas heikler, die "Dauer" einer Erzählung mit der der von ihr erzählten Geschichte zu vergleichen, einfach deshalb, weil niemand die Dauer einer Erzählung messen kann. Das, was man gemeinhin so nennt, kann nur, wie wir bereits sagten, die Zeit sein, die man braucht, um sie zu lesen, doch es ist nur allzu klar, daß die Lektürezeiten von Fall zu Fall variieren und daß sich, anders als im Kino oder in der Musik, keine "normale" Aufführungsgeschwindigkeit festlegen läßt.

Der Referenz- oder Nullpunkt, der für die Zeitordnung die genaue Übereinstimmung von diegetischer und narrativer Abfolge war und der hier die strenge Isochronie von Erzählung und Geschichte wäre, fehlt uns jetzt also, wenn es auch stimmt, wie Jean Ricardou anmerkt, daß in den Dialogszenen (vorausgesetzt, diese sind frei von allen Erzählereinschüben, aber auch von allen Ellipsen) *"eine Art Gleichheit zwischen narrativem und fiktivem Segment"*[1] vorliegt. Ich habe "eine Art" hervorgehoben, um den nicht strengen und vor allem nicht streng temporalen Charakter dieser Gleichheit zu betonen: alles, was man über ein solches narratives (oder dramatisches) Segment behaupten kann, ist, daß es alles, was wirklich oder fiktiv gesagt wurde, wiedergibt, ohne irgend etwas hinzuzufügen; es gibt aber nicht die Geschwindigkeit wieder, mit der diese Worte gesprochen wurden, und ebensowenig die etwaigen Gesprächspausen. Es kann also nicht die Rolle eines Zeitanzeigers spielen, zumindest läßt sich mit seinen Angaben nicht die "Erzähldauer" anderer Segmente messen, die sich im Tempo von ihm unterscheiden. In der Dialogszene liegt demnach nur eine Art *konventionelle* Gleichheit zwischen Zeit der Erzählung und Zeit der Geschichte vor, und in dieser Eigenschaft wird sie uns wei-

---

[1] *Problèmes du nouveau roman*, Paris 1967, S. 164. Bekanntlich setzt Ricardou die *Narration* der *Fiktion* so entgegen, wie ich hier die *Erzählung* (und zuweilen die *Narration*) der *Geschichte* (oder *Diegese*) entgegensetze: "die Narration ist die Erzählweise, die Fiktion das, was erzählt wird" (ebd., S.11)

ter unten in einer Typologie der traditionellen Formen narrativer Dauer auch von Nutzen sein, sie kann uns aber nicht als Referenzpunkt für einen strengen Vergleich wirklicher Zeitspannen [durées] dienen.

Man muß also darauf verzichten, die Variationen der Dauer auf der Basis einer unerreichbaren, weil nicht zu verifizierenden, Zeitspannengleichheit zwischen Erzählung und Geschichte zu messen. Aber der Isochronismus einer Erzählung muß nicht unbedingt relativ, d. h. durch einen Vergleich ihrer Dauer mit der der von ihr erzählten Geschichte definiert werden, er läßt sich auch, wie etwa der eines Pendels, gewissermaßen absolut und autonom definieren, und zwar als *Konstanz der Geschwindigkeit*. Unter Geschwindigkeit allgemein versteht man das Verhältnis zwischen einem Zeit- und einem Raummaß (soviel Meter je Sekunde, soviel Sekunden pro Meter): Die Geschwindigkeit der Erzählung definiert sich dann durch das Verhältnis zwischen einer Dauer, der der Geschichte, die in Sekunden, Minuten, Stunden, Tagen, Monaten und Jahren gemessen wird, und einer Länge, der des Textes, die in Zeilen und Seiten gemessen wird.[2] Die isochrone Erzählung, unser hypothetischer Skalennullpunkt, wäre hier also eine Geschichte mit gleichmäßiger Geschwindigkeit, ohne Beschleunigungen oder Verzögerungen, in der das Verhältnis Dauer der Geschichte/Länge der Erzählung immer konstant bliebe. Überflüssig zu erwähnen, daß es eine solche Erzählung nicht gibt und höchstens als Laborexperiment geben kann: auf welchem ästhetischen Niveau auch immer, man kann sich nur schwer eine Erzählung vorstellen, die keinerlei Änderung der Geschwindigkeit zuließe, und diese banale Feststellung ist bereits von einiger Wichtigkeit: Eine Erzählung kann auf Anachronien verzichten, ohne *Anisochronien* aber oder - wenn einem das lieber ist (und das ist es wahrscheinlich) - ohne *Rhythmus*effekte kommt sie nicht aus.

Eine detaillierte Analyse dieser Effekte wäre zermürbend und obendrein fehlte es ihr an jeder echten Strenge, da die diegetische Zeit fast nie mit der Genauigkeit, die hierzu vonnöten wäre, angegeben (oder erschließbar) ist. Aussagekräftig wird die Untersuchung hier nur auf der makroskopischen Ebene, der der großen narrativen Einheiten[3], wobei natürlich klar ist, daß die Messung für jede Einheit immer nur einen statistischen Näherungswert erreichen kann.

Will man ein Tableau dieser Geschwindigkeitsänderungen für die *Recherche* erstellen, muß man zuerst festlegen, was man als große narrative Blöcke betrachtet, muß dann aber auch - denn nur so läßt sich die von ihnen jeweils abgedeckte Zeit der Geschichte messen - über eine annähernd klare und kohärente innere Chronologie verfügen. Läßt sich die erste Aufgabe relativ leicht bewältigen, sieht es mit der zweiten schon anders aus.

Was die narrativen Blöcke angeht, muß man sich zunächst klarmachen, daß sie nicht mit den augenfälligen Einteilungen des Werks in betitelte bzw. numerierte

---

[2] Ein Verfahren, das von G. Müller in "Erzählzeit und erzählte Zeit" (1948), a.a.O., vorgeschlagen wurde sowie von R. Barthes in "Le discours de l'histoire", in: *Information sur les sciences sociales*, August 1967.
[3] Ch. Metz (a.a.O., S. 122 f.) spricht von der "großen [narrativen] Syntagmatik".

Teile und Kapitel übereinstimmen.[4] Erhebt man wichtige zeitliche und/oder räumliche Brüche zum Abgrenzungsmerkmal, so kommt man gleichwohl ohne großes Schwanken zu der folgenden Unterteilung (einigen dieser Einheiten gebe ich zur besseren Handhabbarkeit selbstgewählte Titel):

(1) I, S. 3-186, dt. S. 9-247. Unter Vernachlässigung der im vorigen Kapitel untersuchten Gedächtnisanalepsen handelt es sich um die Einheit, die der Kindheit in Combray gewidmet ist, und die wir natürlich, wie Proust selbst, *Combray* nennen werden.

(2) Nach einem zeitlichen und räumlichen Bruch dann *Un amour de Swann*, I, S. 188-382, dt. S. 251-503.

(3) Nach einem zeitlichen Bruch die Einheit über die Pariser Jugend, die beherrscht wird von der Liebe zu Gilberte und der Entdeckung des Milieus der Swanns, eine Einheit, die den dritten Teil von *Du côté de chez Swann* ("Noms de pays: le nom") einnimmt und den ersten der *Jeunes filles en fleurs* ("Autour de Madame Swann"), I, S. 383-641, dt. S. 507-842: Wir werden sie *Gilberte* nennen.

(4) Nach einem zeitlichen Bruch (zwei Jahre) und einem räumlichen (Wechsel von Paris nach Balbec) die Episode des ersten Aufenthalts in Balbec, die mit dem zweiten Teil der *Jeunes filles en fleurs* ("Noms de pays: le pays") zusammenfällt, I, S. 642-955, dt. S. 845-1253: *Balbec I*.

(5) Nach einem räumlichen Bruch (Rückkehr nach Paris) werden wir alles, was die beiden Aufenthalte in Balbec voneinander trennt, als eine einzige Einheit auffassen, die sich fast gänzlich in Paris abspielt (abgesehen von dem kurzen Aufenthalt in Doncières), im Milieu der Guermantes, also *Le côté des Guermantes* im ganzen und den Anfang von *Sodome et Gomorrhe*, d. h. den Band II bis zur Seite 751, dt. S. 2249: *Guermantes*.

(6) Der zweite Aufenthalt in Balbec, nach einem erneuten räumlichen Bruch, d. h. das ganze Ende von *Sodome et Gomorrhe* und damit des II. Bandes (bis S. 1131, dt. S. 2760); wir taufen diese Einheit *Balbec II*.

(7) Nach einem erneuten Ortswechsel (Rückkehr nach Paris) die Geschichte der Einsperrung, der Flucht und des Todes von Albertine, bis zur Seite 623 des III. Bandes, dt. S. 3603, d. h. die ganze *Prisonnière* und der größte Teil von *La fugitive*, bis zur Abreise nach Venedig: *Albertine*.

(8) S. 623-675, dt. S. 3603-3676, der Aufenthalt in Venedig und die Rückreise: *Venedig*.

(9) S. 675-723, dt. S. 3676-3742, ein Stück der *Fugitive* und ein Stück des *Temps retrouvé* einnehmend, der Aufenthalt in *Tansonville*.

(10) Nach einem zeitlichen Bruch (Aufenthalt im Sanatorium) und einem räumlichen (Rückkehr nach Paris), S. 723-854, dt. S. 3742-3927: *Der Krieg*.

---

[4] Man weiß im übrigen, daß sich der jetzige Schnitt zwischen *Swann* und den *Jeunes filles en fleurs* ausschließlich äußeren Zwängen verdankt. Den Beziehungen zwischen äußerlichen Einteilungen (Teilen, Kapiteln usw.) und inneren narrativen Blöcken wurde meines Wissens bislang noch nicht die Aufmerksamkeit geschenkt, die sie verdienen. Trotzdem bestimmen diese Beziehungen ganz wesentlich den Rhythmus einer Erzählung.

(11) Nach einem letzten zeitlichen Bruch (erneuter Aufenthalt im Sanatorium) ist die letzte narrative Einheit, S. 854-1048, dt. S. 3927-4195, die der *Matinee Guermantes*.[5]

Sehr viel heikler wird die Sache, wenn es um die Chronologie geht, da die der *Recherche* im Detail weder klar noch kohärent ist. Wir wollen uns hier nicht an einer schon alten und offenbar endlosen Debatte beteiligen, deren Kernstücke drei Aufsätze von Willy Hachez, das Buch von Hans Robert Jauß und das von Georges Daniel sind, auf die ich für nähere Einzelheiten verweise.[6] Erinnern wir nur an die beiden Hauptschwierigkeiten: Da ist zum einen die Unmöglichkeit, die äußere Chronologie von *Un amour de Swann* (Bezugnahmen auf historische Ereignisse, die einen dazu zwingen, die Episode ungefähr auf die Jahre 1882-1884 zu datieren) mit der allgemeinen Chronologie der *Recherche* in Einklang zu bringen (die dieselbe Episode in die Jahre 1877-1878 verlegt)[7], und zum anderen die Unstimmigkeit zwischen der äußeren Chronologie der Episoden *Balbec II* und *Albertine* (Bezugnahmen auf historische Ereignisse aus den Jahren 1906-1913) und der allgemeinen inneren Chronologie, wonach sie zwischen 1900 und 1902 spielen.[8] Eine annähernd kohärente Chronologie läßt sich also nur erstellen, wenn man diese beiden äußeren Zeitreihen ausschaltet und sich ausschließlich an die Hauptreihe hält, für die wir über zwei entscheidende Anhaltspunkte verfügen: Herbst 1897-Frühjahr 1899 für *Guermantes* (aufgrund der Dreyfus-Affäre) und natürlich 1916 für *Der Krieg*. Auf der Basis dieser beiden Datierungen läßt sich eine einigermaßen homogene Zeitreihe bilden, allerdings mit einigen dunklen Stellen, die sich insbesondere ergeben: a) aus dem verschwommenen Charakter der Chronologie von *Combray* und ihres schlecht definierten Verhältnisses zu der von *Gilberte*, b) aus der Dunkelheit derjenigen von *Gilberte*, die es nicht erlaubt zu sagen, ob zwischen den beiden erwähnten "Neujahrstagen"[9] ein oder zwei Jahre verstrichen sind, und c) aus der unbestimmten Dauer der beiden Aufenthalte im Sanatorium.[10] Ich werde über diese

---

[5] Man sieht, daß die narrativen Blöcke nur zweimal mit Prousts äußeren Einteilungen überstimmen, nämlich jeweils am Ende der beiden Balbecaufenthalte (Ende der *Jeunes filles en fleurs* und Ende von *Sodome)*; hinzufügen könnte man die Übereinstimmungen von Blöcken und Unter-Einteilungen: am Ende von "Combray", am Ende von "Un amour de Swann", am Ende von "Autour de Madame Swann". Sonst kommt es immer zu Überschneidungen. Aber natürlich ist meine Aufteilung nicht über jede Diskussion erhaben und versteht sich auch nur als Arbeitshypothese.

[6] W. Hachez, "La chronologie et l'âge des personnages de A.L.R.T.P.", *Bulletin de la société des amis de Marcel Proust, 6, 1956*; "Retouches à une chronologie", ebd., 11, 1961; "Fiches biographiques de personnages de Proust", ebd., 15, 1965. H. R. Jauß, *Zeit und Erinnerung in Marcel Prousts A.L.R.T.P.*, Heidelberg 1955, Neuauflage Frankfurt a. M. 1986. G. Daniel, *Temps et mystification dans A.L.R.T.P.*, Paris 1963.

[7] Zu dieser chronologischen Unstimmigkeit kommt eine andere hinzu: In *Un amour de Swann* wird Gilbertes Geburt nirgends erwähnt (auch nicht angedeutet), obwohl sie der allgemeinen Chronologie zufolge genau in diese Zeit fallen muß.

[8] Diese beiden Widersprüche gehen, wie man weiß, auf äußere Umstände zurück: *Un amour de Swann* wurde zunächst separat verfaßt und erst nachträglich dem Ganzen eingegliedert, und auf die Figur Albertine wurden später Ereignisse projiziert, die mit den Beziehungen zwischen Proust und Alfred Agostinelli zusammenhängen.

[9] I, S. 486 und 608, dt. S. 641 und 799.

[10] Die Dauer des ersten, zwischen *Tansonville* und *Der Krieg* (III, S. 723, dt. S. 3742), wird im Text nicht genau angegeben ("die *langen Jahre*, die ich fern von Paris in einem Sanatorium verbrachte, bis dieses zu Beginn des Jahres 1916 kein Pflegepersonal mehr finden konnte"), aber sie ist durch den Kontext ziemlich

Ungewißheiten hinwegsehen, um eine rein behelfsmäßige Chronologie zu erstellen, da es uns hier nur darum geht, einen Gesamteindruck von den großen Rhythmen der Proustschen Erzählung zu gewinnen. Unsere chronologische *Hypothese*, in den so festgelegten Grenzen ihrer Verwendbarkeit, ist also folgende:

- *Un amour de Swann:* 1877-1878.
- (Geburt von Marcel und Gilberte: 1878)
- *Combray:* 1883-1892.
- *Gilberte:* 1893-Frühling 1895.
- *Balbec I:* Sommer 1897.
- *Guermantes:* Herbst 1897-Sommer 1899.
- *Balbec II:* Sommer 1900.
- *Albertine:* Herbst 1900-Anfang 1902.
- *Venedig:* Frühling 1902.
- *Tansonville:* 1903?
- *Der Krieg:* 1914 und 1916.
- *Matinee Guermantes:* um 1925.

Gemäß dieser Hypothese und unter Berücksichtigung einiger anderer detaillierterer Zeitangaben sehen die großen Geschwindigkeitsänderungen der Erzählung in etwa so aus:

- *Combray:* 180 Seiten für ungefähr 10 Jahre.
- *Un amour de Swann:* 200 Seiten für etwa 2 Jahre.
- *Gilberte:* 160 Seiten für ungefähr 2 Jahre.
- (Hier eine Ellipse von zwei Jahren.)
- *Balbec I:* 300 Seiten für 3 oder 4 Monate.
- *Guermantes:* 750 Seiten für 2½ Jahre. Man muß allerdings bedenken, daß innerhalb dieser Sequenz die Geschwindigkeit sehr stark schwankt, da auf 110 Seiten der Empfang bei Madame de Villeparisis geschildert wird, der 2 oder 3 Stunden gedauert haben dürfte, auf 150 Seiten das Diner, von fast gleicher Dauer, bei der Herzogin von Guermantes und auf 100 Seiten die Soiree bei der Prinzessin: macht fast die Hälfte der Sequenz für weniger als 10 Stunden gesellschaftlicher Empfänge.

---

genau festgelegt, da der *terminus ante* 1902 oder 1903 ist und der *terminus ad* das ausdrückliche Datum 1916, wobei die zweimonatige Reise nach Paris im Jahre 1914 (S. 737-762, dt. S. 3761-3796) nur eine kurze Unterbrechung dieses Aufenthalts darstellt. Die Dauer des zweiten (zwischen *Der Krieg* und *Matinee Guermantes*, III, S. 854, dt. S. 3927), der bereits 1916 beginnen kann, ist ebenfalls unbestimmt, aber die Formulierung "viele Jahre vergingen, bevor ich es wieder verließ" deutet darauf hin, daß er nicht viel kürzer als der erste gewesen sein dürfte, so daß man die zweite Rückkehr und folglich die Matinee Guermantes (und a fortiori den Augenblick der Narration, der mindestens drei Jahre nach ihr anzusiedeln ist) *nach 1922* (das Todesjahr Prousts) legen muß: was weiter nicht schlimm ist, solange man nicht darauf beharrt, den Helden mit dem Autor zu identifizieren. Dieser Wille ist es offenbar, der W. Hachez (1965, S. 290) dazu veranlaßt, den zweiten Aufenthalt unter Mißachtung des Textes um gut drei Jahre zu verkürzen.

- *Balbec II:* 380 Seiten für ungefähr 6 Monate, davon 125 für eine Soiree in La Raspelière.
- *Albertine:* 630 Seiten für etwa 18 Monate, davon 300 für nur zwei Tage, davon wiederum 135 allein für die musikalische Soiree Charlus-Verdurin.
- *Venedig:* 35 Seiten für ein paar Wochen.
- (Unbestimmte Ellipse von wenigstens ein paar Wochen.)
- *Tansonville:* 40 Seiten für "ein paar Tage".
- (Ellipse von ungefähr 12 Jahren.)
- *Der Krieg:* 130 Seiten für ein paar Wochen, der Hauptteil davon für einen einzigen Abend (Spaziergang durch Paris und Aufenthalt in der "maison Jupien").
- (Ellipse von "vielen Jahren".)
- *Matinee Guermantes:* 190 Seiten für 2 oder 3 Stunden.

Es scheint mir, daß sich aus dieser sehr summarischen Übersicht wenigstens zwei Schlußfolgerungen ziehen lassen. Da ist zunächst einmal das Geschwindigkeitsspektrum, das von 190 Seiten für drei Stunden bis zu 3 Zeilen für 12 Jahre reicht, also (sehr grob geschätzt) von einer Seite für eine Minute bis zu einer Seite für ein Jahrhundert. Und sodann die innere Entwicklung der Erzählung, je mehr sie sich ihrem Ende nähert, eine Entwicklung, die sich summarisch so beschreiben läßt, daß die Erzählung einerseits allmählich immer langsamer wird, infolge der zunehmend wichtiger werdenden sehr langen Szenen, die eine sehr kurze Dauer der Geschichte abdecken; und daß andererseits, um dieses Langsamerwerden gewissermaßen zu kompensieren, immer umfangreichere Ellipsen auftreten: zwei Aspekte, die sich bequem zusammenfassen lassen als *wachsende Diskontinuität* der Erzählung. Mit ihren riesenhaft ausgedehnten Szenen, die durch gewaltige Lücken voneinander getrennt sind, tendiert die Proustsche Erzählung dazu, immer diskontinuierlicher, synkopierter zu werden, d. h. sie entfernt sich immer mehr von der hypothetischen "Norm" einer narrativen Isochronie. Erinnern wir daran, daß es sich hierbei keineswegs um eine Entwicklung handelt, die sich mit der Zeit so ergeben hätte, sich also durch einen Sinneswandel des Autors erklären ließe, da die *Recherche* ja keineswegs in der Reihenfolge geschrieben wurde, wie sie uns heute vorliegt. Wahr ist allerdings, daß Proust, der bekanntlich dazu neigte, den Text durch Zusätze immer weiter aufzublähen, bei den letzten Bänden mehr Zeit für solche Ergänzungen hatte als bei den ersten; die schwerere Gangart der letzten Szenen ist also mit eine der Folgen jenes bekannten Ungleichgewichts, das die durch den Krieg erzwungene Publikationsverzögerung der *Recherche* aufgeprägt hat. Aber wenn solche äußeren Umstände auch für das "Ausufernde" einzelner Stellen verantwortlich sind, die Komposition im ganzen erklären sie nicht. Vielmehr scheint Proust dieser immer abgehacktere Rhythmus von Anfang an vor Augen gestanden zu haben, von einer Beethovenschen Massigkeit und Wucht, die aufs lebhafteste kontrastiert mit dem leichtfüßigen und fast ungreifbaren Dahinfließen der ersten Teile, so als wollte er die zeitliche Textur der frühesten Ereignisse deutlich von der der jüngsten Ereignisse abgrenzen, und als würde das Gedächtnis des Erzählers, das, je näher die Begebenheiten rücken, geradezu ins Unermeßliche anschwillt, notgedrungen immer selektiver.

Richtig definieren und interpretieren läßt sich dieser Rhythmuswechsel zwar erst, wenn man ihn mit anderen Aspekten des Umgangs mit der Zeit in Beziehung setzt, die wir im nächsten Kapitel untersuchen werden. Aber wir können und müssen bereits jetzt näher betrachten, wie sich die prinzipiell unendliche Vielfalt narrativer Geschwindigkeiten de facto unterteilt und organisiert.

Theoretisch nämlich existiert eine kontinuierliche Abstufung, die mit der unendlichen Geschwindigkeit der Ellipse beginnt, wo ein Nullsegment der Erzählung einer beliebig langen Dauer der Geschichte entspricht, und mit jener absoluten Langsamkeit der deskriptiven Pause endet, wo ein beliebig großes Segment des narrativen Diskurses einer diegetischen Dauer "Null" entspricht.[11] De facto aber hat die narrative Tradition, insbesondere die des Romans, diese Freiheit eingeschränkt, oder wenigstens in geordnete Bahnen gelenkt, indem sie aus sämtlichen Möglichkeiten vier Grundverhältnisse ausgewählt hat, die im Verlauf einer Entwicklung, deren Untersuchung einst Aufgabe der (erst noch zu begründenden) *Geschichte der Literatur* sein wird, zu den kanonischen Formen des *Tempos* im Roman geworden sind: ähnlich wie die Tradition der klassischen Musik aus einer Unendlichkeit möglicher Vortragsgeschwindigkeiten einige kanonische Tempi herausgehoben hat - *andante, allegro, presto* usw. -, deren Nacheinander oder Wechsel etwa zwei Jahrhunderte lang für Strukturen wie die der Sonate, der Symphonie oder des Konzerts bestimmend war. Diese vier Grundformen des narrativen Tempos, die wir fortan die narrativen *Tempi* nennen wollen, sind die beiden von mir bereits erwähnten Extreme (*Ellipse* und deskriptive *Pause*) sowie zwei mittlere Geschwindigkeiten: die *Szene*, meist in Form eines Dialogs, in der, wie wir sahen, eine konventionelle Gleichheit von Erzählzeit und erzählter Zeit vorliegt, und das, was die englischsprachige Kritik das *"summary"* nennt, ein Ausdruck, den wir entweder durch *summarische Erzählung* wiedergeben oder einfach übernehmen[12]: eine Form mit veränderlichem Tempo (während das der drei anderen ein festes ist, wenigstens im Prinzip), die dank ihrer großen Geschmeidigkeit das ganze Feld zwischen der Szene und der Ellipse abdeckt. Man kann die Zeitparameter dieser vier Tempi recht gut durch die folgenden Formeln schematisieren, in denen ZG die Zeit der Geschichte bezeichnet und ZE die auf Konvention beruhende Pseudozeit der Erzählung:

---

[11] Diese Formulierung könnte zwei Mißverständnisse verursachen, die ich gleich ausräumen will: 1) Die Tatsache, daß ein Diskurssegment einer Dauer "Null" der Geschichte entspricht, ist nicht nur für die Deskription oder Beschreibung charakteristisch, sondern ebenso für jene kommentierenden Exkurse im Präsens, die man seit Blin und Brombert *Einschübe* oder *Einmischungen des Autors* nennt, und denen wir im letzten Kapitel wiederbegegnen werden. Doch diese Exkurse zeichnen sich dadurch aus, daß sie nicht im eigentlichen Sinne narrativ sind. Die Beschreibungen hingegen sind *diegetisch*, denn sie sind ja für das raumzeitliche Universum der Geschichte konstitutiv, so daß sie also fraglos zum *narrativen* Diskurs gehören. 2) Nicht jede Beschreibung stellt notwendigerweise eine Erzählpause dar, wie wir bei Proust selber feststellen werden: doch es geht ja auch gar nicht um die Beschreibung als solche, sondern um die *deskriptive Pause*, die also weder mit der Beschreibung schlechthin noch mit der Pause schlechthin zu verwechseln ist.

[12] *A.d.Ü.*: Jedenfalls in dieser Übersetzung. Im Original heißt es: "terme qui n'a pas d'équivalent en français et que nous traduirons par *récit sommaire* ou, par abréviation, *sommaire*".

Pause : ZE=n, ZG=0. Also: ZE ∞ > ZG[13]
Szene : ZE=ZG
Summary : ZE<ZG
Ellipse : ZE=0, ZG=n. Also: ZE < ∞ ZG.

Schaut man sich diese Tabelle an, bemerkt man sogleich eine Asymmetrie, da es in ihr keine Form mit variablem Tempo gibt, die als Gegenstück zum Summary die Formel ZE>ZG hätte: dies wäre offenbar eine Art verlangsamte oder Zeitlupenszene, und man denkt unwillkürlich an die langen Szenen bei Proust, wo die Lektürezeit die darin abgedeckte diegetische Zeit oft weit zu übertreffen scheint. Doch die großen Romanszenen, und insbesondere bei Proust, werden, wir kommen darauf noch zurück, im wesentlichen durch extra-narrative Elemente verlängert bzw. von deskriptiven Pausen unterbrochen, nicht aber im eigentlichen Sinne verlangsamt. Es versteht sich im übrigen von selbst, daß der reine Dialog nicht verlangsamt werden kann. Möglich bleibt natürlich eine detaillierte Schilderung von Handlungen oder Ereignissen, die viel langsamer erzählt werden, als sie vollzogen oder erlebt wurden: so etwas läßt sich zweifellos als bewußtes Experiment durchführen[14], aber es handelt sich dabei nicht um eine kanonische Form und in der literarischen Tradition ist dergleichen nie wirklich durchgeführt worden: Die kanonischen Formen reduzieren sich de facto auf die vier aufgezählten Tempi.

Summary

Betrachtet man indes unter diesem Gesichtspunkt das narrative System der *Recherche,* so fällt als erstes auf, daß das Summary in seiner hergebrachten Form fast völlig darin fehlt. In der gesamten früheren Geschichte des Romans nämlich bestand es in der Schilderung mehrerer Tage, Monate oder Jahre in einigen Absätzen oder auf ein paar Seiten, d. h. ohne daß bei den Handlungen oder Reden ins Detail gegangen würde. Borges zitiert ein Beispiel aus *Don Quijote,* das mir ziemlich charakteristisch zu sein scheint:

Nun aber bedünkte es Lotario unerläßlich, solange noch Anselmos Abwesenheit ihm Zeit und Gelegenheit vergönne, die Belagerung dieser Feste mit größerem Nachdruck zu betreiben, und so eröffnete er mit Lobreden auf ihre Schönheit seinen Angriff auf ihre Eigenliebe. Denn es gibt nichts auf Erden, was die umschanzten Türme weiblicher Eitelkeit rascher überwältigt und beseitigt als diese Eitelkeit selbst, wenn sie sich auf die Sprache der Schmeichelei stützt. Kurz, Lotario untergrub mit aller Kunst und Unermüdlichkeit den Fels ihrer keuschen Tugend mittels solcher Minierarbeiten, daß Camila, wäre sie auch ganz von Erz gewesen, hätte fallen müssen. Er weinte, flehte, verhieß, schmeichelte, drängte beharrlich und log

---

[13] Die Zeichen ∞ > (unendlich größer) und < ∞ (unendlich kleiner) sind, wie man einwenden könnte, mathematisch nicht korrekt. Ich behalte sie dennoch bei, da sie in diesem Kontext und für den wohlmeinenden Leser recht präzis einen Gedanken bezeichnen, der mathematisch in sich schon suspekt, hier aber sehr klar ist.

[14] Das trifft ein wenig auf *L'agrandissement* (1963) von Claude Mauriac zu, wo gut 200 Seiten für eine Zeitspanne von zwei Minuten verwendet werden. Aber auch hier beruht die Verlängerung des Textes nicht auf einer wirklichen Zeitdehnung, sondern auf diversen Einschüben (Gedächtnisanalepsen usw.).

mit so heißem Gefühl, mit so viel Zeichen der Aufrichtigkeit, daß er Camilas Sittsamkeit zum Scheitern brachte und endlich einen Triumph errang, den er am wenigsten erhofft und am meisten ersehnt hatte.[15]

"Stellen wie [diese]", kommentiert Borges, " bilden die weitverbreitete Majorität der Weltliteratur, und zwar nicht ihres wertlosesten Teils." Er bezieht sich hier freilich weniger auf die Geschwindigkeitsverhältnisse im eigentlichen Sinne als vielmehr auf den Gegensatz zwischen der klassischen *Abstraktion* (die hier trotz oder vielleicht auch aufgrund der Metaphern vorliegt) und der "modernen" *Expressivität*. Wenn man indes vorrangig den Gegensatz zwischen Szene und Summary ins Auge faßt[16], kann man wohl kaum behaupten, daß diese Art von Texten "die weitverbreitete Majorität der Weltliteratur bilden", schon allein deshalb, weil die spezifische Kürze des Summarys dafür sorgt, daß es den deskriptiven und dramatischen Abschnitten quantitativ nachsteht, so daß das Summary im Ganzen des narrativen Corpus, auch des klassischen, ganz offenkundig einen eher engen Raum einnimmt. Hingegen ist es klar, daß das Summary bis zum Ende des 19. Jahrhunderts den normalen Übergang zwischen zwei Szenen bildete, den "Hintergrund", vor dem sie sich abheben, und mithin das Bindegewebe par excellence der Romanerzählung, deren Grundrhythmus durch den Wechsel von Summary und Szene definiert ist. Hinzufügen muß man, daß die meisten retrospektiven Segmente, vor allem solche in den von uns *komplett* genannten Analepsen, zu diesem summarischen Erzähltyp gehören, was das zweite Kapitel von *Birotteau* auf ebenso typische wie großartige Weise exemplifiziert:

Ein Landarbeiter aus der Umgebung von Chinon, namens Jacques Birotteau, heiratete das Kammermädchen der Dame, in deren Weinberg er arbeitete; er hatte drei Söhne, aber bei der Geburt des jüngsten starb die Frau und der arme Mann überlebte sie nicht lange. Die Herrin, die an ihrem Kammermädchen sehr gehangen hatte, ließ François, den ältesten Sohn des Arbeiters, mit ihren Söhnen zusammen erziehen und brachte ihn dann in einem Seminar unter. Zum Priester geweiht, mußte sich François Birotteau während der Revolution versteckt halten und das Leben der herumirrenden Priester, die den Eid nicht leisten wollten, führen, auf die man wie auf wilde Tiere Jagd machte und die um der geringsten Sache willen hingerichtet wurden [...][17]

---

[15] *Don Quijote*, I, Kap. 34 (hier in der Übersetzung von Ludwig Braunfels, München 1973), zitiert in *Diskussionen*, S. 70 (in: *Gesammelte Werke*, Bd. 5/I, München Wien 1981). Hier drängt sich der Vergleich mit einem Summary von Fielding auf, der ein ähnliches Thema auf nonchalantere Weise abhakt (diese Nonchalance allerdings auch begründet): "Um den Leser nicht damit zu ermüden, daß ich ihn durch jede Szene dieser Liebeswerbung führe (mag sie auch nach Meinung eines großen Autors der angenehmste Auftritt des Lebens für den Akteur sein, so ist sie für das Publikum vielleicht so stumpfsinnig und langweilig wie irgendeine): Der Hauptmann attackierte in aller Form, die Zitadelle verteidigte sich in aller Form, um schließlich in aller Form bedingungslos zu kapitulieren" *(Tom Jones*, I, 1. Buch, 11. Kapitel, Übersetzung Horst Höckendorf, Berlin und Weimar 1986).
[16] Siehe Percy Lubbock, *The Craft of Fiction*, London 1921.
[17] Garnier, S. 30, Übersetzung Hugo Kaatz, Zürich 1977, S. 34.. Im Anschluß an Lubbock hat Phyllis Bentley die funktionale Beziehung zwischen Summary und Analepse klar herausgestellt: "Eine der wichtigsten und häufigsten Funktionen des Summarys besteht darin, schnell über eine Periode der *Vergangenheit* zu berichten. Der Romancier, nachdem er uns durch die Darstellung einer Szene für seine Figuren interessiert hat, macht plötzlich einen Schritt zurück, dann wieder nach vorn, um uns eine kurze Zusammenfassung ihrer vergange-

Nichts dergleichen bei Proust. Die Reduktion der Erzählung verdankt sich bei ihm nie derartigen Zeitraffungen [accélérations], nicht einmal in den Anachronien, die in der *Recherche* fast immer richtige - frühere oder spätere - diegetische Szenen sind und keine perspektivisch verkürzten Ansichten der Vergangenheit oder Zukunft: sie basiert entweder auf einem ganz anderen Typ von Zusammenfassung, den wir im folgenden Kapitel unter der Bezeichnung "iterative Erzählung"[18] näher untersuchen werden, oder treibt die Raffung gleich bis zu dem Punkt, wo das Summary in die pure Ellipse umschlägt: so etwa, wenn die Jahre der Abgeschiedenheit resümiert werden, die nur von Marcels kurzer Rückkehr nach Paris während des Krieges unterbrochen werden.[19] Wie eng die Raffung (oder Beschleunigung) und die Ellipse für Proust beieinanderliegen, wird deutlich in seinem berühmten Kommentar zu einer Stelle aus der *Éducation sentimentale*: "Hierauf folgt eine Auslassung [blanc], eine riesige Auslassung[20], und ohne die Spur eines Übergangs[21] werden nun statt der Viertelstunden Jahre, Jahrzehnte zum Zeitmaß [...] ein ungeheurer *Wechsel der Geschwindigkeit* ohne jede Vorbereitung."[22] Doch Proust hat diese Stelle soeben mit den Worten präsentiert: "Nach meiner Meinung ist das Schönste an der *Éducation sentimentale* nicht ein Satz, sondern eine *Auslassung*", um dann fortzufahren: "Aber [bei Balzac] haben diese *Zeitwechsel* einen aktiven oder dokumentarischen Charakter [...]". Man weiß also nicht, ob das Bewundernswerte für ihn hier die *Auslassung* ist, d. h. die Ellipse, die die beiden Kapitel trennt, oder der *Wechsel der Geschwindigkeit*, d. h. die summarische Erzählung in den ersten Zeilen des 6. Kapitels: Zweifellos kommt es ihm auf diese Unterscheidung in Wahrheit wenig an, so sehr hat er sich einem narrativen "alles oder nichts" verschrieben. Er selber kann, seinem eigenen Ausdruck zufolge, nur *"wie wahnsinnig [follement]"*[23] beschleunigen, auch auf die Gefahr hin, daß ihm das Ganze (widmen wir diese mechanische Metapher den Manen des unglücklichen Agostinelli) *aus*

---

nen Geschichte zu geben, ein retrospektives Summary" ("Use of summary", in *Some observations on the art of narrative,* 1947, wiederabgedruckt in Ph. Stevick, Hrsg., *The Theory of the Novel,* New York 1967).
[18] Die der klassischen Erzählung durchaus nicht unbekannt war, wenn ihr aber dem Summary integriert wurde; vgl. zum Beispiel *Birotteau,* S. 31 f., dt. S. 36: "Am Abend weinte er, wenn er an die Touraine dachte, wo der Bauer in Ruhe arbeitet, wo der Maurer den Stein erst zwölfmal herumdreht, bevor er ihn einsetzt, und wo die Faulheit so verständig mit dem Glück verwoben ist; aber er schlief ein, ohne Zeit zu haben, an ein Weglaufen zu denken, denn am nächsten Morgen hatte er schon wieder Gänge zu besorgen, und er tat seine Pflicht mit dem Gehorsam eines Wachhundes."
[19] III, S. 723, dt. S. 3742: "Diese Ideen, von denen die einen die Tendenz hatten, mein Bedauern darüber zu vermindern, daß ich keine Begabung für die Literatur besaß, während die anderen jenes Bedauern eher verstärken konnten, traten mir während langer Jahre, in denen ich im übrigen auf die Absicht zu schreiben verzichtet hatte und die ich fern von Paris in einem Sanatorium verbrachte, bis dieses zu Beginn des Jahres 1916 kein Pflegepersonal mehr finden konnte, nicht mehr vor das geistige Auge", und S. 854, dt. S. 3927 f.: "Das neue Sanatorium, in das ich mich zurückzog, brachte mir ebensowenig Heilung wie das frühere; viele Jahre aber vergingen, bevor ich es verließ."
[20] Gemeint ist der Kapitelwechsel zwischen "[...] et Frédéric, béant, reconnut Sénécal" ("Und Frédéric erkannte staunend Sénécal", III, Kap. 5) und "Il voyagea [...]" ("Er reiste", III, Kap. 6).
[21] Als ob der Kapitelwechsel nicht gerade der Übergang wäre. Aber wahrscheinlich hat Proust, der aus dem Gedächtnis zitiert, dieses Detail vergessen.
[22] Pléiade, *Contre Sainte-Beuve,* S. 595, dt. "Über den 'Stil' Flauberts", in: *Essays,* a.a.O., S. 403.
[23] "Um uns [den Flug der Zeit] bewußt zu machen, haben es die Romanschriftsteller nötig, den Lauf des Zeigers stark zu beschleunigen [accélérer follement] und den Leser zehn, zwanzig, dreißig Jahre in zwei Minuten durchmessen zu lassen" (I, S. 482, dt. S. 636).

dem Leim geht ["décoller" bezeichnet im Sinne von "sich vom Boden lösen" auch das Starten und Abheben von Flugzeugen].[24]

Pause

Ein zweiter negativer Befund ergibt sich für die deskriptiven Pausen. Proust gilt gewöhnlich als ein Romancier, der sich in Beschreibungen nur so ergeht. Diesen Ruf verdankt er zweifellos einer eher anthologischen Kenntnis seines Werks, wo dann offenkundige Exkurse wie der Weißdorn von Tansonville, die Seestücke von Elstir, der Springbrunnen der Prinzessin usw. unvermeidlich isoliert dastehen. Tatsächlich jedoch sind die ausgesprochen deskriptiven Passagen bezogen auf den Gesamtumfang des Werks nicht sehr zahlreich (kaum mehr als dreißig) und auch nicht sehr lang (meist nicht länger als vier Seiten): Wahrscheinlich nehmen die Beschreibungen in einigen Romanen Balzacs proportional mehr Raum ein. Zum anderen ist ein Großteil dieser Beschreibungen (gewiß mehr als ein Drittel[25]) iterativer Natur, d. h. sie beziehen sich nicht auf einen Augenblick der Geschichte, sondern auf eine Reihe sich ähnelnder Augenblicke, und bewirken infolgedessen keineswegs ein Langsamerwerden der Erzählung, ganz im Gegenteil: das Zimmer von Tante Léonie, die Kirche von Combray, die "Blicke aufs Meer" in Balbec, das Hotelrestaurant in Doncières, das Stadtbild von Venedig[26] - alles Seiten, auf denen in einem einzigen deskriptiven Segment mehrere Ausprägungen desselben Schauspiels oder Anblicks zusammengefaßt werden. Am wichtigsten aber ist dies: Selbst wenn einem der beschriebene Gegenstand nur einmal vor Augen trat (wie die drei Bäume von Hudimesnil[27]) oder die Beschreibung nur einer einzigen seiner Erscheinungen gilt (im allgemeinen dem ersten Erscheinen, wie bei der Kirche von Balbec, dem Springbrunnen der Guermantes, dem Meer in La Raspelière[28]), hat diese Beschreibung doch nie den Stellenwert einer Erzählpause, einer Unterbrechung der Geschichte oder, traditionell gesprochen, der "Handlung": Denn sobald die Proustsche Erzählung bei einem Gegenstand oder Anblick verweilt, entspricht dieses Haltmachen stets einem kontemplativen Verweilen des Helden selber (Swanns in *Un amour de Swann*, Marcels in der ganzen übrigen *Recherche*), d. h. nie fällt der deskripive Abschnitt aus der Zeitlichkeit der Geschichte heraus.

---

[24] In *Contre Sainte-Beuve* findet man folgende, wenn auch nur leicht angedeutete Kritik an der Balzacschen Praxis des Summary: "So gibt es bei ihm auch Zusammenfassungen, in denen er alles, was wir wissen müssen, darlegt, ohne Luft hereinzulassen, ohne Platz zu lassen" (Pléiade, S. 271, dt. *Gegen Sainte-Beuve*, a. a. O., S. 117).
[25] Diese Angaben mögen ungenau erscheinen: Aber es wäre absurd, auf einem Gebiet Genauigkeit anzustreben, wo die Grenzen selber sehr unbestimmt sind, da es hier weder eine reine (narrationsfreie) Deskription noch eine reine (deskriptionsfreie) Narration gibt und die Aufzählung "deskriptiver Stellen" zwangsläufig Tausende von deskriptiven Sätzen, Halbsätzen oder Worten vernachlässigen müßte, die über im Kern narrative Szenen verstreut sind. Vgl. zu dieser Frage *Figures II*, S. 56-61.
[26] I, S. 49 f., 59-67, 672 f. und 802-806, dt. S. 69 f., 82-93, 885 f., 1056-1060; II, S. 98 f., dt. S. 1381 f.; III, S. 623-625, dt. S. 3603-3607.
[27] I, S. 717-719, dt. S. 943-946.
[28] I, S. 658-660, dt. S. 866-869; II, S. 656 f., 897, dt. S. 2122 f., 2447.

Natürlich ist eine solche Behandlung der Beschreibung an sich nichts Neues. Wenn etwa in der *Astrée*[29] von Honoré d'Urfé die Erzählung ausführlich die Bilder beschreibt, die in Céladons Zimmer im Château d'Isoure hängen, so begleitet diese Beschreibung gewissermaßen Céladons Blick, der beim Erwachen auf diese Bilder trifft. Hingegen hat der Balzacsche Roman bekanntlich einen Kanon außerzeitlicher Deskription aufgestellt (der übrigens besser dem Modell der epischen *ekphrasis*[30] entspricht), wo es der Erzähler, die Geschichte unterbrechend (oder auch bevor er sich ihr überhaupt zuwendet, wie in *Le père Goriot* oder *La recherche de l'absolu*), in seinem eigenen Namen und nur, um den Leser zu informieren, übernimmt, etwas zu beschreiben, was an diesem Punkt der Geschichte eigentlich niemand erblickt oder betrifft [qu'à proprement parler personne ne regarde]: Wie etwa der Satz schön zeigt, mit dem in *La vielle fille* die Schilderung des Hôtel Cormon anhebt: "Jetzt müssen wir bei der alten Jungfer eintreten, die der Mittelpunkt so vieler Interessen war, und bei der sich die Akteure dieser Geschichte nach an demselben Abend treffen sollten [...]"[31] Dieses "Eintreten" betrifft offenkundig nur den Erzähler und die Leser, die durch das Haus und den Garten schlendern, während die wirklichen "Akteure dieser Szene" anderswo ihren Beschäftigungen nachgehen oder besser gesagt darauf warten, sie wiederaufzunehmen, wenn denn die Erzählung geruht, auf sie zurückzukommen und sie dem Leben zurückzugeben.[32]

Bekanntlich hat sich Stendhal diesem Kanon stets entzogen, indem er die Beschreibungen auf ein Minimum reduziert hat, das er dann fast systematisch in die Handlungs- oder Traumperspektive seiner Personen eingearbeitet hat; doch Stendhals Position bleibt hier, wie oft, marginal und ohne unmittelbaren Einfluß. Sucht man im modernen Roman nach einem Vorbild oder Vorläufer der Proustschen Beschreibung, so muß man wohl eher an Flaubert denken. Nicht daß diesem der Balzacsche Typus völlig fremd wäre: Man vergleiche die Schilderung Yonvilles, mit der der zweite Teil von *Madame Bovary* beginnt; doch meist, und selbst an deskriptiven Seiten von einigem Umfang, folgt die allgemeine Bewegung des Textes[33] dem Weg oder dem Blick einer (oder mehrerer) Person(en) und hält sich genau an die Dauer dieses Gangs (Emmas Entdeckung des Hauses in Tostes, Frédérics und Rosanettes Spaziergang im Wald[34]) oder dieser immobilen Betrachtung [contemplation]

---

[29] Ed. Vaganay, I, S. 40-43.
[30] Mit der einen Ausnahme des Schilds des Achilleus *(Ilias,* XVIII), ein Schild, der bekanntlich während seiner Herstellung durch Hephaistos beschrieben wird.
[31] Garnier, S. 67.
[32] Gautier bedient sich dieses Verfahrens mit einer Ungezwungenheit, die es, wie die Formalisten sagten, "bloßlegt": "Die Marquise bewohnte eine Etage, die der Marquis niemals betrat, ohne sich anmelden zu lassen. Wir aber begehen dieselbe Taktlosigkeit, die die Autoren schon immer gern begangen haben, und werden, ohne dem Diener oder der Zofe Bescheid zu sagen, ins Schlafzimmer eindringen, in der Gewißheit, niemanden zu stören. Denn der Schriftsteller, der einen Roman schreibt, trägt wie Gyges einen Ring am Finger, der ihn unsichtbar macht" *(Le capitaine Fracasse,* Garnier, S. 103). Wir werden weiter unten dieser Figur der *Metalepse* wiederbegegnen, mit deren Hilfe der Erzähler fingiert, er könne (mit oder ohne seinen Leser) ins diegetische Universum eindringen.
[33] Abgesehen von gewissen deskriptiven Einmischungen oder "Ausrutschern" des Erzählers, die meist im Präsens stehen und sehr kurz sind: vgl. *Figures,* S. 223-243.
[34] *Bovary,* Garnier (Ed. Gothot-Mersch), S. 32-34; *L'éducation,* Ed. Dumesnil, II, S. 154-160.

(die Gartenszene in Tostes, der Pavillon mit den farbigen Gläsern in La Vaubeyessard, die Ansicht von Rouen[35]).

Die Proustsche Erzählung scheint sich dieses Prinzip einer zeitlichen Kongruenz zur Regel gemacht zu haben. Es ist bekannt, auf welche charakteristische Gewohnheit des Autors selber die Fähigkeit des Helden zurückweist, minutenlang regungslos vor einem Gegenstand zu verharren (man denke an den Weißdorn von Tansonville, den Teich von Montjouvain, die Bäume von Hudimesnil, die blühenden Apfelbäume, die Ansichten des Meeres usw.), dessen Faszinationskraft auf der Gegenwart eines noch ungelüfteten Geheimnisses beruht, auf einer noch unentzifferbaren, aber um so wichtigeren Botschaft, die dunkel die schließliche Offenbarung ankündigt und verspricht. Diese kontemplativen Pausen sind im allgemeinen von einer Dauer, die von der (auch noch so langsamen) Lektüre des entsprechenden Textabschnitts nicht überschritten zu werden droht: so nimmt die Beschreibung jener Bilder von Elstir, die sich im Besitz des Herzogs von Guermantes befinden, nicht einmal vier Seiten ein[36], und doch stellt Marcel nachträglich fest, daß er eine dreiviertel Stunde vor ihnen verbracht hat, währendessen der Herzog, der vor Hunger fast umkam, einige hochrangige Gäste, darunter die Prinzessin von Parma, beschwichtigen mußte. Tatsächlich ist die Proustsche "Deskription" weniger eine Beschreibung des betrachteten Gegenstands als vielmehr eine Erzählung und Analyse der Wahrnehmungstätigkeit des Betrachters, seiner Impressionen, allmählichen Entdeckungen, Distanz- und Perspektivwechsel, Irrtümer und Berichtigungen, Begeisterungen und Enttäuschungen, usw. Eine in Wahrheit sehr aktive Betrachtung, die "eine ganze Geschiche" enthält. Und diese Geschichte erzählt die Proustsche Beschreibung. Man lese unter diesem Blickwinkel etwa die Seiten über Elstirs Seestücke in Balbec[37]: Man wird feststellen, daß sich darin Ausdrücke häufen, die nicht beschreiben wollen, *was die Malerei Elstirs ist*, sondern auf die "optischen Täuschungen" zielen, die diese hervorruft, auf die trügerischen Eindrücke, die sie abwechselnd erweckt und auflöst: *sembler, apparaître, avoir l'air, comme si, on sentait, on aurait dit, on pensait, on comprenait, on voyait reparaître, on courait parmi les champs ensoleillés* usw.: Die ästhetische Aktivität ist hier durchaus kein ruhiges Verweilen, was aber nicht bloß an der "metaphorischen" Trompe-l'œil-Malerei des Impressionisten Elstir liegt. Auch ganz normale Gegenstände können diese *Arbeit* der Wahrnehmung provozieren, diesen Kampf oder dieses Spiel mit den Erscheinungen. Hier der noch (sehr) junge Marcel, wie er geistig mit einer Handvoll Lindenblütentee seiner Tante Léonie ringt[38]: "*als habe ein Maler* sie so angeordnet, [...] *glichen die Blätter jetzt den unterschiedlichsten Dingen* [...]. Aber in tausend Einzelheiten [...] *erkannte ich mit Vergnügen wieder, daß es wirkliche kleine Lindenstengel waren* [...], *der rosige Schimmer zeigte mir, daß diese Blütenblätter wirklich die gleichen waren wie die* [...]": Eine regelrechte Früherziehung in der Kunst des Sehens, darin, den falschen Schein zu durchbrechen und die wahre Identität zu erkennen, eine Früherziehung, die dieser (übrigens iterativen) Be-

---

[35] *Bovary*, Ed. Pommier-Leleu, S. 196 f. und 216; Garnier, S. 268 f. Die letztgenannte ist übrigens iterativ.
[36] II, S. 419-422, dt. S. 1811-1815.
[37] I, S. 836-840, dt. S. 1099-1104.
[38] I, S. 51, dt. S. 72.

schreibung eine wohlausgefüllte diegetische Dauer verleiht. Dieselbe Erkennungsarbeit wird auch auf den Springbrunnen von Hubert Robert angewandt, dessen Beschreibung ich hier vollständig wiedergebe, wobei ich nur die Ausdrücke hervorhebe, die die Dauer der Betrachtung und die Aktivität des Helden markieren, welch letztere sich hier hinter einem fälschlich verallgemeinernden unpersönlichen Pronomen versteckt (das ein wenig an das "man" von Brichot erinnert), wodurch sie aber nur vervielfältigt, nicht jedoch beseitigt wird:

In einer Lichtung zwischen schönen Bäumen, von denen mehrere ebenso alt waren wie er selbst, abseits angelegt, *sah man ihn von fern* schlank, unbeweglich, erstarrt, so daß die Brise nur den leichten Überfall seines blassen bebenden Wedels leicht in Bewegung setzte. Das 18. Jahrhundert hatte die Eleganz seiner Linienführung abgeklärt, aber offenbar, als es den Stil des Strahles ein für allemal bestimmte, sein Leben *gleichsam* zum Stillstand gebracht; *aus dieser Entfernung gesehen, rief er mehr einen Eindruck* von Kunst *als die Empfindung* von Wasser *hervor*. Die feuchte Wolke sogar, die sich *unaufhörlich* über seiner Spitze erhob, bewahrte den Charakter der Epoche, wie die am Himmel sich bildenden Wolken rings um die Schloßbauten von Versailles. Aber *in größerer Nähe wurde man sich klar*, daß, obwohl sie wie die Steine eines antiken Palastes der vorher festgelegten Zeichnung folgten, es doch *immer wieder neue Wasser* waren, die, wenn sie bei ihrem Aufsprühen den alten Anordnungen des Architekten folgen wollten, sie einzig dadurch genau erfüllen konnten, daß sie *scheinbar* dagegen verstießen, da nur tausend Einzelbewegungen *auf die Entfernung den Eindruck* eines einzigen Schwungs *zu geben* vermöchten. Dieser war in Wirklichkeit ebenso *oft* unterbrochen wie das Niederfallen der Strahlen, während er mir *von weitem* unbeugsam, lückenlos, dicht *erschienen* war. *Trat man näher heran, so sah man*, daß die *scheinbar* rein lineare Kontinuität des aufsteigenden Strahls überall da, wo er sich etwa hätte brechen können, durch das Hinzutreten, das seitliche Einmünden eines parallelen Strahls gesichert war, der noch höher stieg als der erste, aber seinerseits wieder in einer weiteren Höhe, die *nun auch* für ihn ermüdend war, von einem dritten abgelöst wurde. *Von nahem gesehen* fielen kraftlose Tropfen unaufhörlich von der Wassersäule nieder, begegneten auf ihren Wegen aufsteigenden Tropfengeschwistern und zerstäubten *manchmal* schon, von der heranbrandenden, durch das *unermüdliche* Aufsprühen bewegten Luft erfaßt, *bevor* sie schaukelnd im Becken landeten. Mit ihrem *zögernden* Fall, ihrem *Weg* in umgekehrter Richtung stumpften sie in weichem Dunst den kerzengerade gereckten Aufstieg der Säule ab, die auf ihrer Höhe eine längliche Wolke trug, welche zwar aus tausend Tröpfchen gebildet, *anscheinend* aber in dunklem Goldton unbeweglich aufgemalt war und ungebrochen, reglos, schlank und schnell zu den Wolken des Himmels entschwebte. Leider genügte ein Windstoß, um diese Säule schräg über den Boden hinfegen zu lassen; *manchmal* brach ein einzelner Strahl ungehorsam in einer anderen Richtung aus und hätte dann die in ihrer Bewunderung unvorsichtige Menge, wenn sie sich nicht in respektvoller Entfernung hielt, bis aufs Mark durchweicht.[39]

Mit derselben Situation, nur viel breiter angelegt, hat man es auch im Verlauf der Matinee Guermantes zu tun. Zumindest deren erste dreißig Seiten[40] beruhen auf dieser Wiedererkennungs- und Identifizierungstätigkeit, zu der den Helden das

---

[39] II, S. 656 f., dt. S. 2122 f.
[40] Und zwar die ersten dreißig Seiten des eigentlichen Empfangs (S. 920-952, dt. S. 4019-4063), wo Marcel, nach der Meditation in der Bibliothek, den Salon betreten hat (S. 866-920, dt. S. 3944-4019).

Altern einer ganzen "Gesellschaft" zwingt. Auf den ersten Blick sind diese dreißig Seiten rein deskriptiv: eine Beschreibung des Salons der Guermantes nach zehnjähriger Abwesenheit. In Wirklichkeit jedoch handelt es sich eher um eine Erzählung: Erzählt wird, wie der Held, vom einen zum anderen (oder von den einen zu den anderen) übergehend, sich jeweils - zum Teil fruchtlos - bemühen muß, den Herzog von Châtelleraut in diesem kleinen Alten wiederzuerkennen, Monsieur d'Argencourt unter seinem Bart, den Fürsten von Agrigent, dessen Züge das Alter veredelt hat, den jungen Graf X ... als alten Oberst, Bloch als Vater Bloch usw., so daß bei jeder Begegnung "das geistige Bemühen auf [seinem] Gesicht sich zeigte, mit dem [er sich] zwischen drei oder vier Personen zu entscheiden versuchte"[41], sowie jenes noch verstörendere "geistige Bemühen", das die Identifizierung selber darstellt: "Jemanden 'wiederzuerkennen' und mehr noch, ihn, den man nicht wiedererkennen kann, dennoch zu identifizieren, bedeutet, unter einer gleichen Benennung zwei konträre Dinge zu denken, oder zuzugestehen, daß das, was vorher an dieser Stelle war - das Wesen, an das man sich erinnert -, nicht mehr vorhanden, das hingegen, welches man vor sich hat, ein uns bislang nicht bekanntes Wesen ist; es bedeutet, daß man an ein fast ebenso verstörendes Geheimnis wie das des Todes denken muß, für das es im übrigen etwas wie eine Vorrede und eine Ankündigung ist".[42] Ein schmerzliches Ersetzenmüssen des Imaginären durch das Reale, wie es ihm auch schon der Anblick der Kirche von Balbec abverlangte: "Mein Geist [...] wurde von Staunen erfaßt, als er die Statue, die er tausendmal in sich nachgeschaffen hatte, auf ihre Erscheinung in Stein beschränkt sah [...]; das unsterbliche Kunstwerk, nach dessen Anblick ich so lange gelechzt, war so wie auch die ganze Kirche selbst zu einer kleinen steinernen Alten geworden, deren Höhe ich messen und deren Furchen ich einzeln abtasten konnte".[43] Möglich ist umgekehrt aber auch die euphorische Überlagerung von Erinnerungen (an Combray) und Impressionen (von Venedig), Impressionen oder "Eindrücke, welche ganz denen, die ich früher oft in Combray gehabt hatte, verwandt, doch hier in etwas ganz anderes, Reicheres, umgesetzt waren".[44] Und möglich ist schließlich auch das diffizile, fast schon akrobatische Zusammenfügen von Ausschnitten einer "Landschaft bei Sonnenaufgang", die abwechselnd durch zwei gegenüberliegende Fenster im Eisenbahnwaggon auf der Strecke Paris-Balbec wahrgenommen wird, und das den Helden dazu zwingt, "von einer Seite zur anderen zu eilen, um die lückenhaft und in entgegengesetzter Sicht auftauchenden Teile meines schönen scharlachfarbenen, launenhaft flüchtigen Morgenhimmels mir zusammenzusetzen und auf eine gleiche Fläche aufzutragen, um eine Totalansicht und ein fortlaufendes Bild davon erlangen zu können".[45]

Wie man sieht, ist die Betrachtung [contemplation] bei Proust weder ein momentanes Aufblitzen (wie die Reminiszenz) noch ein Augenblick ruhiger und passiver Ekstase: es ist eine intensive geistige und oft auch körperliche Tätigkeit, deren Schilderung alles in allem eine Erzählung ist wie jede andere auch. Folgende

---

[41] III, S. 937, dt. S. 4041.
[42] III, S. 939, dt. S. 4044.
[43] I, S. 659 f., dt. S. 868 f.
[44] III, S. 623, dt. S. 3604.
[45] I, S. 654 f., dt. S. 861 f.

Schlußfolgerung drängt sich also auf: Die Beschreibung löst sich bei Proust völlig in Narration auf, und das zweite kanonische Tempo - das der deskriptiven Pause - gibt es hier nicht, einfach weil die Beschreibung hier alles mögliche ist, aber keinesfalls eine Pause im Erzählen.

Ellipse

Da die summarische Erzählung und die deskriptive Pause fehlen, bleiben für die Tabelle der Proustschen Erzählung also nur zwei der traditionellen Tempi übrig: die Szene und die Ellipse. Bevor wir das temporale System und die Funktion der Proustschen Szene betrachten, noch ein Wort zur Ellipse. Hier handelt es sich natürlich nur um die Ellipse im eigentlichen Sinne, d. h. um die *zeitliche* Ellipse. Die Lateralauslassungen, denen wir den Namen *Paralipse* vorbehalten haben, lassen wir beiseite.

Vom zeitlichen Gesichtspunkt aus läuft die Analyse der Ellipsen auf eine Betrachtung der ausgesparten Zeit der Geschichte hinaus, und die erste Frage, die sich hier stellt, ist, ob diese Zeitspanne angegeben wird *(bestimmte* Ellipsen) oder nicht *(unbestimmte* Ellipsen). So liegt zwischen dem Ende von *Gilberte* und dem Anfang von *Balbec* eine klar bestimmte Ellipse von zwei Jahren: "Ich hatte es zu fast vollkommener Gleichgültigkeit im Hinblick auf Gilberte gebracht, als ich *zwei Jahre später* mit meiner Großmutter nach Balbec fuhr"[46]; die beiden Ellipsen hingegen, die die Aufenthalte des Helden im Sanatorium betreffen, sind, wie man sich erinnern wird, gleichermaßen - fast gleichermaßen - unbestimmt ("lange Jahre", "viele Jahre"), und der Analytiker sieht sich dadurch zu mitunter schwierigen Schlußfolgerungen gezwungen.

Vom formalen Gesichtspunkt aus lassen sich unterscheiden:
a) Die *expliziten* Ellipsen, d. h. solche, wie ich sie soeben zitiert habe, und die entweder den von ihnen ausgesparten Zeitraum (auf bestimmte oder unbestimmte Weise) sofort angeben, was sie in die Nähe stark raffender Summarys rückt, vom Typ "einige Jahre vergingen": und dann existiert diese Ellipse kraft dieser Angabe als ein Segment des Textes; oder aber eine reine Aussparung vornehmen (der textuelle Nullpunkt der Ellipse), und die Angabe der verflossenen Zeit bei der Wiederaufnahme der Erzählung nachreichen, nach Art des soeben zitierten "zwei Jahre später": diese Form ist sicherlich in einem strengeren Sinne elliptisch, obwohl auch sie explizit ist und nicht unbedingt kürzer; doch das Gefühl der narrativen Leerstelle oder Lücke wird hier auf eine stärker analogistische oder - im Sinne von Peirce und Jakobson[47] - "ikonische" Weise vom Text nachgeahmt. Sowohl die eine wie die andere dieser Formen kann die reine Zeitangabe im übrigen durch eine Information über den diegetischen Inhalt bereichern, der Art: "einige *glückliche* Jahre vergingen", oder: "nach einigen *glücklichen* Jahren". Diese *gekennzeichneten* Ellipsen

---

[46] I, S. 642, dt. S. 845.
[47] Siehe R. Jakobson, "A la recherche de l'essence du langage", in *Problèmes du langage, (Diogène* 51), Paris 1965.

sind eines der bewährten Hilfsmittel der romanesken Narration: In der *Chartreuse* gibt uns Stendhal dafür ein in seiner naiven Widersprüchlichkeit denkwürdiges Beispiel, nach den nächtlichen Wiederbegegnungen von Fabrice und Clélia: "Hier bitten wir um Erlaubnis, einen Zeitraum von drei Jahren überspringen zu dürfen, *ohne ein Wort darüber zu verlieren* [...] Nach diesen drei Jahren *göttlichen Glücks* [...]"[48] Fügen wir hinzu, daß auch die negative Kennzeichnung eine Kennzeichnung ist: so wenn Fielding, der sich - mit einiger Übertreibung - schmeichelt, als erster den Rhythmus der Erzählung zu variieren und Leerzeiten der Handlung[49] auszusparen, zwölf Jahre im Leben von Tom Jones mit der Behauptung überspringt, daß "sich in diesem Zeitraum nichts ereignete, was einen Platz in unserer Geschichte verdiente"[50]; man weiß, wie sehr Stendhal diese Nonchalance bewunderte und imitierte. Die beiden Ellipsen, die in der *Recherche* die Kriegsepisode umrahmen, sind ganz offensichtlich gekennzeichnete Ellipsen, da wir erfahren, daß Marcel diese Jahre im Sanatorium verbrachte, um sich pflegen zu lassen, ohne jedoch gesund zu werden und ohne zu schreiben. Das gilt aber auch, wenngleich es hier retrospektiv geschieht, für die Ellipse, mit der *Balbec I* beginnt, denn: "ich hatte es zu fast vollkommener Gleichgültigkeit im Hinblick auf Gilberte gebracht, als ich zwei Jahre später [...]", heißt ja mit anderen Worten: "während der folgenden zwei Jahre löste ich mich nach und nach von Gilberte".

b) Die *impliziten* Ellipsen, d. h. solche, auf deren Vorhandensein der Text überhaupt nicht hinweist, und die der Leser nur aus einer chronologischen Lücke oder aus Unterbrechungen der narrativen Kontinuität erschließen kann. So verhält es sich etwa mit der unbestimmten Zeit, die zwischen dem Ende der *Jeunes filles en fleurs* und dem Anfang von *Guermantes* verstreicht: Wir wissen, daß Marcel nach Paris zurückgekehrt war, wo er wieder in seinem "alten Zimmer schlief, das ziemlich niedrig war"[51]; wir treffen ihn dann in einer neuen Wohnung wieder, gelegen im Seitenflügel des Hôtel des Guermantes, was eine Ellipse von zumindest ein paar Tagen, wenn nicht eine weitaus längere voraussetzt. So verhält es sich auch, auf noch dunklere Weise, mit den immerhin einigen Monaten, die auf den Tod der Großmutter folgen.[52] Diese Ellipse ist völlig stumm: Wir haben die Großmutter auf ihrem Totenbett zurückgelassen, höchstwahrscheinlich zu Beginn des Sommers; und die Erzählung wird wiederaufgenommen mit den Worten: "Obwohl es ein Herbstsonntag war [...]" Dank dieser Zeitangabe ist sie offenbar bestimmt, aber sehr

---

[48] Garnier (Ed. Martineau), S. 474.
[49] Vgl. das 1. Kapitel des zweiten Buchs von *Tom Jones,* wo er sich mit den geistlosen Historikern anlegt, die "ebensoviel Papier mit der umständlichen Darstellung von Monaten und Jahren füllen, in denen nichts Bemerkenswertes geschah, wie sie für die denkwürdigen Epochen aufwenden, in denen sich die größten Ereignisse abspielten", und deren Bücher er "mit einer Postkutsche [vergleicht], die immer dieselbe Strecke fährt, ob leer oder voll". Gegenüber dieser - wohl etwas aus den Fingern gesogenen - Tradition rühmt er sich "ein völlig entgegengesetzes System" begründet zu haben, das an den wesentlichen Stellen nichts unterschlägt, um so ein "völlig getreues Bild" der außerordentlichen Situationen zu geben, hingegen die "langweiligen Zeitabschnitte" schweigend übergeht - "wie die sinnigen Einnehmer" der Lotterie von London, die nur die Losnummern publik machen, die gewonnen haben, nicht aber die vielen Nieten.
[50] I, 3. Buch, 1. Kapitel.
[51] I, S. 953, dt. S. 1251.
[52] Zwischen den Kapiteln I und II von *Guermantes II,* II, S. 345, dt. S. 1714.

ungenau, und in der Folge wird es noch verwirrender[53] ; jedenfalls aber ist sie nicht gekennzeichnet: über das Leben des Helden in diesen Monaten erfahren wir nichts, auch nicht retrospektiv. Hier haben wir vielleicht das undurchdringlichste Schweigen der ganzen *Recherche* vor uns, und daß der Erzähler an dieser Stelle so reserviert ist, ist sicher nicht bedeutungslos, wenn man sich daran erinnert, daß der Tod der Großmutter in weiten Teilen die literarische Umsetzung des Tods der Mutter des Autors ist.[54]

c) Schließlich gibt es als impliziteste Form der Ellipse noch die rein *hypothetische* Ellipse, die sich nicht genau lokalisieren, manchmal auch überhaupt nicht unterbringen läßt, und auf die erst nachträglich eine Analepse aufmerksam macht (wir sind derartigen Analepsen bereits im vorigen Kapitel begegnet[55] : man denke an die Reisen nach Deutschland, in die Alpen und nach Holland, sowie an die Zeit beim Militär). Hier haben wir offensichtlich die Grenzen der Kohärenz der Erzählung erreicht, und zugleich die der Gültigkeit einer temporalen Analyse. Doch die *Feststellung ihrer Grenzen* ist wahrhaftig nicht die überflüssigste Aufgabe einer Analysemethode; und die Untersuchung eines Werks wie *A la recherche du temps perdu* anhand der Kriterien der traditionellen Erzählung findet, nebenbei gesagt, ihre tiefste Rechtfertigung vielleicht gerade darin, daß sie es erlaubt, mit Bestimmtheit die Punkte zu fixieren, an denen ein solches Werk solche Kriterien bewußt oder unbewußt hinter sich läßt.

Szene

Bedenkt man den Umstand, daß die Ellipsen, wie hoch ihre Zahl und ihre Aussparungspotenz auch sein mögen, einen Teil des Textes ausmachen, der praktisch gleich null ist, kommt man unweigerlich zu dem Schluß, daß der Proustsche narrative Text im ganzen als *Szene* definiert werden kann, in dem zeitlichen Sinne, in dem wir diesen Ausdruck hier definieren, und wobei vom iterativen Charakter einiger dieser Szenen fürs erste abgesehen werden soll.[56] Mit dem traditionellen Wechsel von Summary und Szene ist also Schluß, und wir werden weiter unten sehen, daß eine andere Alternanz an seine Stelle tritt. Doch bereits jetzt muß auf einen Funktionswandel hingewiesen werden, der die strukturelle Rolle der Szene vollständig modifiziert. In der romanesken Erzählung, wie man sie aus der Zeit vor der *Recherche* kennt, verwies der Tempogegensatz zwischen detaillierter Szene und

---

[53] "Zuerst ist es ein unbestimmter Herbstsonntag (S. 345, dt. S. 1714) und bald danach das Ende des Herbstes (S. 385, dt. S. 1767). Doch kurz darauf wieder sagt Françoise: 'Wir haben schon Ende September [...]' (S. 392, dt. S. 1776). Auf jeden Fall ist das Restaurant, in dem der Erzähler am Vorabend seiner ersten Einladung bei der Herzogin von Guermantes zu Abend ißt, nicht in eine Septemberatmosphäre getaucht, sondern eher in eine des Novembers, wenn nicht gar des Dezembers. Und als der Erzähler den Empfang bei der Herzogin verläßt, verlangt er seine *snowboots* [...]" (G. Daniel, *Temps et mystification,* S. 92 f.).
[54] Erinnern wir daran, daß für Marcel gewisse Worte nur durch "ein plötzliches Schweigen eine Deutung erfuhren" (III, S. 88, dt. S. 1876). Auch die Hermeneutik der Erzählung muß auf diese Formen des plötzlichen Schweigens achten, unter Berücksichtigung ihrer "Dauer", ihrer Intensität und natürlich ihrer*Stelle*.
[55] S. ###.
[56] Zur Dominanz der Szene vgl. Tadié,*Proust et le roman,* S. 387 ff.

summarischer Erzählung fast immer auf einen inhaltlichen Gegensatz zwischen dramatischen und undramatischen Teilen, wobei die wichtigen Zeiten der Handlung mit den intensivsten Momenten der Erzählung zusammenfielen, während die unwichtigen Zeiten in groben Zügen und gleichsam mit großem Abstand resümiert wurden, gemäß dem von Fielding aufgestellten Grundsatz. Der wahre Rhythmus des romanesken Kanons, wie er auch in *Madame Bovary* noch gut erkennbar ist, ist also der Wechsel von undramatischen Summarys, die Erwartungen wecken und Verbindungen herstellen, und dramatischen Szenen, deren Rolle für die Handlung entscheidend ist.[57]

Einen solchen Status haben auch noch einige Szenen der *Recherche*, die jeweils unumkehrbare Schritte in der Erfüllung eines Schicksals darstellen: so das "Drama des Zubettgehens", die Profanation von Montjouvain, der Cattleya-Abend, Charlus' großer Zorn auf Marcel, der Tod der Großmutter, der Ausschluß von Charlus und natürlich (obwohl es sich dabei um eine vollkommen innerliche "Handlung" handelt) die abschließende Offenbarung.[58] Doch ganz offensichtlich ist dies nicht die Funktion der längeren und für Proust besonders typischen Szenen, ich denke an die fünf gewaltigen Szenen, die für sich allein etwa sechshundert Seiten ausfüllen: die Matinee Villeparisis, das Diner Guermantes, die Soiree bei der Prinzessin, die Soiree in La Raspelière, die Matinee Guermantes.[59] Wie wir bereits bemerkt haben, hat jede von ihnen die Bedeutung einer Initiation: sie markiert den Eintritt des Helden in eine neue Welt und steht stellvertretend für die ganze Reihe entsprechender späterer Szenen, von denen nicht eigens berichtet wird: weitere Empfänge bei Madame de Villeparisis und im Milieu Guermantes, weitere Diners bei Oriane, weitere Empfänge bei der Prinzessin, weitere Soirees in La Raspelière. Keines dieser mondänen Ereignisse verdient an sich mehr Aufmerksamkeit als all die ähnlichen, die auf es folgen und die von ihm repräsentiert werden, es sei denn aufgrund der Tatsache, daß es das erste in seiner Reihe ist und deshalb eine Neugier weckt, die infolge einsetzender Gewohnheit bald darauf wieder erlahmt.[60] Es handelt sich hier also nicht um dramatische, sondern eher um *typische* oder exemplarische Szenen, in denen die Handlung (selbst in dem sehr weiten Sinne, den man diesem Ausdruck im Proustschen Universum geben muß) stark in den Hintergrund tritt und der psychologischen und gesellschaftlichen Charakterisierung das Feld überläßt.[61]

---

[57] Diese Behauptung ist natürlich cum grano salis zu verstehen: So sind in *Souffrances de l'inventeur* die dramatischsten Seiten vielleicht die, wo Balzac mit der Trockenheit eines Militärhistorikers die David Séchart gelieferten Prozeßschlachten resümiert.
[58] I, S. 21-48, 159-165, 226-233, dt. S. 32-68, 212-221, 301-310; II, S. 552-565, 335-345, dt. S. 1983-2001, 1699-1713; III, S. 226-324, 865-869, dt. S. 3062-3198, 3942-3948.
[59] II, S. 183-284, 416-547, 633-722, 866-979, dt. S. 1496-1632, 1807-1977, 2091-2212, 2404-2557; III, S. 866-1048, dt. S. 3943-4195.
[60] Der Status der letzten Szene (Matinee Guermantes) ist komplexer, weil es sich nicht nur um eine Initiation handelt, sondern ebensosehr (ja noch mehr) um einen Abschied von der Gesellschaft. Das Thema der *Entdeckung* ist aber gleichwohl präsent, und zwar, wie man weiß, in Gestalt einer Wiederentdeckung, eines schwierigen Wiedererkennens durch die Masken des Alters und der Veränderung hindurch: ein ebenso mächtiges, wenn nicht noch mächtigeres Neugiermotiv wie das, das die früheren Szenen des Eintritts in die Gesellschaft beseelte.
[61] B. G. Rodgers *(Proust's narrative techniques,* Genf 1965, S. 143 ff.) will beobachtet haben, daß in den ersten Teilen der *Recherche* noch relativ häufig dramatische Szenen vorkommen, die später immer seltener

Dieser Funktionswandel führt zu einer sehr spürbaren Modifikation in der temporalen Textur: im Gegensatz zur früheren Tradition, die aus der Szene einen Ort der dramatischen Konzentration machte, fast völlig frei von allem deskriptiven oder diskursiven Beiwerk und erst recht von anachronistischen Einschüben, spielt die Proustsche Szene - wie J. P. Houstion sehr richtig bemerkt hat[62] - im Roman die Rolle eines "zeitlichen Fokus" oder Magnetpols für alle möglichen Informationen oder erläuternden Zusätze: fast immer ist sie angefüllt, ja überfüllt mit Abschweifungen aller Art, mit Retrospektionen, Antizipationen, iterativen und deskriptiven Parenthesen, didaktischen Exkursen des Erzählers usw., die das gesellschaftliche Ereignis, das sozusagen als Vorwand dient, in Form einer Syllepse mit einem ganzen Hof von sonstigen Ereignissen und Betrachtungen umgeben, die imstande sind, ihm einen hohen paradigmatischen Wert zu verleihen. Eine grobe Überschlagsrechnung für die fünf großen Szenen, um die es hier geht, zeigt recht gut das relative Gewicht dieser Elemente, die dem gesellschaftlichen Ereignis, von dem berichtet wird, zwar äußerlich sind, dafür aber thematisch wichtig für das, was Proust dessen "surnourriture" nennt: in der Matinee Villeparisis sind es 34 Seiten von 100; im Diner Guermantes 63 von 130; in der Soiree Guermantes 25 von 90; in der letzten Matinee Guermantes schließlich, deren erste 55 Seiten eine fast ununterscheidbare Mischung aus innerem Monolog des Helden und theoretischem Diskurs des Erzählers ausfüllt und deren Rest (wie wir weiter unten sehen werden) im wesentlichen iterativ behandelt wird, kehrt das Verhältnis sich um, und es sind jetzt die im eigentlichen Sinne narrativen Elemente (kaum 50 von 180 Seiten), die dann und wann aus einer Art deskriptiv-diskursivem Magma auftauchen, das sich weit entfernt hat von den üblichen Kriterien der "szenischen" Zeitlichkeit, ja von jeder narrativen Zeitlichkeit überhaupt - narrative Elemente, die den Melodiesplittern gleichen, die man in den ersten Takten von *La valse* wahrnimmt, hinter einer Nebelwand aus Rhythmus und Harmonie. Doch hier ist der Nebel nicht der des Anfangs wie bei Ravel oder auch auf den ersten Seiten von *Swann,* im Gegenteil: Scheinbar will sich die Erzählung in dieser letzten Szene, um zum Ende zu kommen, selbst auflösen und ein vorsätzlich verworrenes und subtil chaotisches Bild ihres eigenen Verschwindens vor Augen führen.

Man sieht also, daß die Proustsche Erzählung keine der traditionellen narrativen Tempi unangetastet läßt und daß das gesamte rhythmische System der romanesken Narration dadurch tiefgreifend verändert wird. Doch wir werden noch eine letzte - und zweifellos die entscheidendste - Modifikation kennenlernen, deren Auftauchen und verallgemeinerte Anwendung der narrativen Zeitlichkeit der *Recherche* einen ganz neuen und im wahrsten Sinne des Wortes unerhörten Rhythmus gibt.

---

werden und schließlich verschwinden. Sein Hauptargument ist, daß nicht einmal der Tod Albertines szenisch gestaltet wird. Eine wenig überzeugende Begründung: Die Proportionen verändern sich kaum im Verlauf des Werks, und das entscheidende Charakteristikum liegt eher in dem ständigen Übergewicht undramatischer Szenen.
[62] "Temporal Patterns", S. 33 f.

3. Frequenz

Singulativ/iterativ

Was ich die *narrative Frequenz* nenne, d. h. die Frequenz- oder einfacher die Wiederholungsbeziehungen zwischen Erzählung und Diegese, wurde von den Kritikern und Theoretikern des Romans bislang nur wenig untersucht. Gleichwohl handelt es sich hierbei um einen der wesentlichen Aspekte der narrativen Zeitlichkeit, der auf der Ebene der Sprache als solcher den Grammatikern übrigens durchaus geläufig ist, und zwar eben unter der Kategorie des *Aspekts*.

Ein Ereignis kann nicht nur eintreten, es kann erneut oder wiederholt eintreten: Die Sonne geht jeden Tag aufs neue auf. Natürlich kann man bestreiten, daß diese vielen Einzelfälle im strengen Sinne identisch sind: "die Sonne", die jeden Morgen "aufgeht", ist nicht von Tag zu Tag exakt dieselbe - sowenig wie der "20 h 45 Zug Genf-Paris", der Ferdinand de Saussure so teuer ist, allabendlich aus denselben Waggons hinter derselben Lokomotive besteht.[1] In Wirklichkeit ist die "Wiederholung" ein Konstrukt des Geistes, der aus jedem Einzelfall alles Individuelle eliminiert und nur das zurückbehält, was allen Fällen einer Klasse gemeinsam ist, ein Abstraktum also: "die Sonne", "der Morgen", "aufgehen". Das ist wohlbekannt, und ich erinnere nur daran, um ein für allemal klarzustellen, daß es sich bei dem, was ich hier "identische Ereignisse" oder "Wiederkehr desselben Ereignisses" nenne, um eine Reihe ähnlicher Ereignisse handelt, *die allein unter dem Blickwinkel ihrer Ähnlichkeit betrachtet werden.*

Entsprechend wird eine narrative Aussage nicht bloß produziert, sie kann auch reproduziert, ein oder mehrere Male im selben Text wiederholt werden. Nichts hindert mich daran zu sagen oder zu schreiben: "Pierre ist gestern abend gekommen. Pierre ist gestern abend gekommen. Pierre ist gestern abend gekommen." Auch hier wieder sind die Identität und mithin die Wiederholung Resultat einer Abstraktion, da keiner der Fälle materiell (phonisch oder graphisch) völlig identisch mit den übrigen ist, ja nicht einmal ideell (linguistisch), allein schon wegen ihres gemeinsamen Vorkommens und ihrer Aufeinanderfolge, die diese drei Aussagen zu einer ersten, einer folgenden und einer letzten macht. Auch hier kann man wieder auf die berühmten Seiten des *Cours de linguistique générale* über das "Problem der Identitäten" verweisen. Es gilt also erneut zu abstrahieren, und wir werden es tun.

Zwischen diesen "Wiederholungskapazitäten" der erzählten Ereignisse (der Geschichte) und der narrativen Aussagen (der Erzählung) existiert ein System von Beziehungen, die man a priori auf vier virtuelle Typen zurückführen kann, eine einfache Folge der beiden Möglichkeiten, die es auf beiden Seiten gibt: wiederholtes oder nicht wiederholtes Ereignis, wiederholte oder nicht wiederholte Aussage. Sehr

---

[1] *Cours de linguistique générale*, S. 151, dt. *Grundfragen der allgemeinen Sprachwissenschaft*, übers. von Herman Lommel, 2. Aufl., Berlin: De Gruyter 1967, S. 129.

schematisch läßt sich sagen, daß eine Erzählung *einmal* erzählen kann, was sich *einmal* zugetragen hat, *n-mal*, was sich *n-mal* zugetragen hat, *n-mal*, was sich einmal zugetragen hat, einmal, was sich *n-mal* zugetragen hat. Gehen wir etwas näher auf diese vier Typen von Frequenzbeziehungen ein.

Einmal erzählen, was einmal passiert ist (oder, mit einer kurzen pseudo-mathematischen Formel: 1E/1G). Nehmen wir eine Aussage wie: "Gestern bin ich früh schlafen gegangen". Diese Erzählform, in der die Singularität der narrativen Aussage der Singularität des erzählten Ereignisses entspricht, ist offensichtlich die bei weitem geläufigste. So geläufig und scheinbar so "normal", daß sie keinen eigenen Namen hat, jedenfalls nicht in unserer Sprache. Um dennoch deutlich zu machen, daß es sich dabei nur um eine Möglichkeit unter anderen handelt, schlage ich vor, ihr einen zu geben: Ich werde sie fortan *singulative* Erzählung nennen - ein, wie ich hoffe, unproblematischer Neologismus. Um die Schwerfälligkeit etwas zu mildern, gebrauchen wir im selben technischen Sinn das Adjektiv "singulär": also singulative oder singuläre Szene.

N-mal erzählen, was n-mal passiert ist (nE/nG). Nehmen wir die Aussage: "Montag bin ich früh schlafen gegangen, dienstag bin ich früh schlafen gegangen, mittwoch bin ich früh schlafen gegangen usw." Unter dem Gesichtspunkt, der uns hier interessiert, d. h. unter dem der Frequenzbeziehungen zwischen Erzählung und Geschichte, bleibt dieser anaphorische Typus de facto singulativ und läßt sich also auf den vorigen zurückführen, da die Wiederholungen der Erzählung darin - im Zuge einer Korrespondenz, die Jakobson "ikonisch" nennen würde - einfach den Wiederholungen der Geschichte entsprechen. Der Singulativ definiert sich also, unabhängig von der absoluten Zahl der Fälle auf der einen wie der anderen Seite, allein durch die Gleichheit dieser Zahl.[2]

N-mal erzählen, was einmal passiert ist (nE/1G). Nehmen wir folgende Aussage: "Gestern bin ich früh schlafen gegangen, gestern bin ich früh schlafen gegangen, gestern bin ich früh schlafen gegangen, usw."[3] Diese Form mag einem rein hypothetisch vorkommen, ein mißratener Sprößling des kombinatorischen Geistes, literarisch völlig bedeutungslos. Erinnern wir indes daran, daß gewisse moderne Texte gerade auf dieser Wiederholungskapazität der Erzählung beruhen: Man denke etwa an eine wiederkehrende Episode wie den Tod des Tausendfüßlers in *La jalousie*. Zum anderen kann dasselbe Ereignis nicht nur mehrmals mit stilistischen Varianten erzählt werden, wie es im allgemeinen bei Robbe-Grillet geschieht, sondern auch mit Variationen des *point of view* oder des "Erzählwinkels" wie in *Rashomon* oder *The Sound and the Fury*.[4] Bereits dem Briefroman des 18. Jahrhunderts waren solche Mehrfachschilderungen bekannt, und natürlich gehören auch die "repetitiven" Anachronien, denen wir im ersten Kapitel begegnet sind *(Vorgriffe*

---

[2] Die Formel nE/nG definiert also nicht nur den zweiten, sondern auch den ersten Typ - als den mit n=1 häufigsten Sonderfall. Allerdings läßt dieses Raster eine fünfte mögliche Beziehung unberücksichtigt (für die es meines Wissens aber auch kein Beispiel gibt), wo man mehrmals erzählte, was mehrmals passiert ist, aber mit einer unterschiedlichen (höheren oder niedrigeren) Anzahl von Malen: nE/mG.

[3] Ob ohne stilistische Varianten oder mit, wie: "Gestern bin ich früh schlafen gegangen, gestern bin ich zeitig schlafen gegangen, gestern bin ich früh zu Bett gegangen, usw."

[4] Wir kommen auf diese Frage im folgenden Kapitel zurück.

und *Rückgriffe),* zu diesem narrativen Typus, den sie mehr oder minder beiläufig verwirklichen. Denken wir auch daran (was der literarischen Funktion nicht so fernsteht, wie man meinen könnte), daß Kinder es lieben, wenn man ihnen mehrmals - ja mehrmals hintereinander - dieselbe Geschichte erzählt oder dasselbe Buch vorliest, und daß diese Vorliebe nicht nur das Vorrecht der Kindheit ist: weiter unten werden wir ziemlich detailliert die Szene des "samstäglichen Mittagessens in Combray" betrachten, die mit einem typischen Beispiel für die rituelle Erzählung endet. Ich nenne diesen Typ von Erzählung, in dem der Wiederkehr der Aussage kein wiederholtes Geschehen zugrunde liegt, die *repetitive* Erzählung.

Schließlich, *einmal* (oder besser: *ein einziges Mal*) *erzählen, was n-mal passiert ist* (1E/nG). Kehren wir zu unserem zweiten Typ, dem anaphorischen Singulativ zurück: "Montag bin ich früh schlafen gegangen, dienstag usw." Wenn in der Geschichte solche Wiederholungsphänomenen auftreten, ist die Erzählung natürlich keineswegs dazu verurteilt, sie in ihrem Diskurs zu reproduzieren, als wäre sie gänzlich außerstande, zu abstrahieren oder zusammenzufassen: de facto, es sei denn, eine bewußte stilistische Entscheidung steht dagegen, wird auch noch die plumpeste Erzählung in diesem Fall auf eine sylleptische[5] Formulierung zurückgreifen wie: "täglich", "die ganze Woche lang" oder "an allen Tagen der Woche bin ich früh schlafen gegangen". Jeder weiß natürlich, mit welcher Variante die *Recherche* beginnt. Diesen Typ von Erzählung, wo eine einzige narrative Aussage mehrere Fälle desselben Ereignisses zusammenfaßt[6] (d. h., um es noch einmal zu sagen, mehrere Ereignisse, die nur nach Maßgabe ihrer Ähnlichkeit betrachtet werden), nennen wir die *iterative* Erzählung. Es handelt sich dabei um ein sehr geläufiges, wahrscheinlich universelles oder doch quasi-universelles sprachliches Verfahren, das den Grammatikern, die ihm seinen Namen gaben[7], in seinen verschiedenen Abwandlungen gut bekannt ist.[8] In der Literaturwissenschaft scheint es dagegen bislang nur wenig Aufmerksamkeit gefunden zu haben.[9] Und doch handelt es sich um eine durch und durch traditionelle Form, für die man schon im Homerischen Epos Beispiele finden kann, aber auch in der gesamten Geschichte des klassischen und modernen Romans.

Doch in der klassischen Erzählung und noch bis hin zu Balzac sind die iterativen Segmente fast immer den singulativen Szenen funktionell untergeordnet, denen sie eine Art Rahmen oder informativen Hintergrund geben, auf eine Weise, die etwa in *Eugénie Grandet* sehr schön durch die vorgeschaltete Schilderung des Alltagslebens der Familie Grandet veranschaulicht wird, die den Beginn der eigentlichen Erzählung bloß vorbereitet: "Im Jahr 1819 machte, als der Abend einbrach - es war

---

[5] In dem Sinne, wie wir oben (S. 58) die narrative Syllepse definiert haben.
[6] Wichtig ist, daß die Fälle tatsächlich *zusammen,* synthetisch erfaßt werden. Wenn nur ein einziger erzählt wird, der alle anderen vertritt, handelt es sich um einen *paradigmatischen* Gebrauch der singulativen Erzählung: "Ich schildere [raconte] eine dieser Mahlzeiten, die gleichzeitig eine Vorstellung von den übrigen vermitteln mag" (II, S. 1006, dt. S. 2594).
[7] In Konkurrenz mit der Bezeichnung "frequentativ".
[8] Etwa als "iterative" oder "frequentative" Form des englischen Verbs oder im Französischen als Imperfekt der Wiederholung.
[9] Verwiesen sei jedoch auf den bereits erwähnten Aufsatz von J. P. Houston sowie auf den von Wolfgang Raible, "Linguistik und Literaturkritik", in: *Linguistik und Didaktik* 8, 1971.

Mitte November -, die lange Nanon zum erstenmal Feuer an [...]"[10] Die klassische Funktion der iterativen Erzählung ähnelt also stark derjenigen der Beschreibung, mit der sie übrigens in einem engen Zusammenhang steht: das psychologische "Porträt" etwa, eine Spielart der deskriptiven Gattung, arbeitet sehr oft (siehe La Bruyère) mit einer Anhäufung iterativer Merkmale. Wie die Beschreibung steht die iterative Erzählung im traditionellen Roman *im Dienst* der "eigentlichen", d. h. der singulativen Erzählung. Der erste Romancier, der versucht hat, sie aus dieser funktionellen Abhängigkeit zu befreien, ist offensichtlich Flaubert in *Madame Bovary*, wo Seiten wie die, die das Leben Emmas im Kloster, in Tostes vor und nach dem Ball im Schloß Vaubyessard oder ihre Donnerstage in Rouen mit Léon erzählen[11], einen Umfang und eine Autonomie bekommen, die völlig ungewohnt sind. Doch kein Roman hat vom Iterativ je einen Gebrauch gemacht, der - dem Textumfang, der thematischen Bedeutung und der technischen Ausgefeiltheit nach - mit dem vergleichbar wäre, den Proust davon in der *Recherche du temps perdu* gemacht hat.

Die drei ersten großen Abschnitte der *Recherche*, d. h. *Combray, Un amour de Swann,* und *"Gilberte" (Noms de pays: le nom* und *Autour de Madame Swann)* können ohne Übertreibung als in der Hauptsache iterative betrachtet werden. Mit Ausnahme von ein paar singulativen Szenen, die dramatisch allerdings sehr wichtig sind - der Besuch Swanns, die Begegnung mit der Dame in Rosa, die Legrandin-Episoden, die Profanation von Montjouvain, das Erscheinen der Herzogin in der Kirche und die Spazierfahrt mit den Kirchtürmen von Martinville -, erzählt der Text von *Combray* im Imperfekt der Wiederholung nicht was einmal *passiert ist,* sondern was in Combray immer wieder *passierte,* regelmäßig, rituell, täglich oder jeden Sonntag, jeden Samstag usw. Auch die Erzählung der Liebe von Swann und Odette steht noch größtenteils im Zeichen der Gewohnheit und der Wiederholung (wichtige Ausnahmen: die beiden Soirees bei den Verdurins, die Cattleya-Szene, das Konzert Saint-Euverte), ebenso wie die der Liebe von Marcel und Gilberte (bemerkenswerte singulative Szenen hier: die Berma, das Abendessen mit Bergotte). Eine grobe Aufstellung (Präzision ist hier nicht nötig) ergibt, daß in *Combray* 115 iterative Seiten auf 70 singulative kommen, in *Un amour de Swann* 91 auf 103, in *Gilberte* 145 auf 113, macht für alle drei Abschnitte zusammen ungefähr 350 iterative gegenüber 285 singulativen Seiten. Erst mit Beginn des ersten Aufenthalts in Balbec kommt es (oder *kommt es wieder,* denkt man an das Verhältnis in der traditionellen Erzählung[12]) zur Vorherrschaft des Singulativen. Aber immer noch findet man bis zum Schluß zahlreiche iterative Segmente, wie die Spazierfahrten mit Madame de Villeparisis in den *Jeunes filles en fleurs,* die Tricks des Helden, zu Beginn von *Guermantes,* um jeden Vormittag der Herzogin zu begegnen, die "Bilder" von

---

[10] Garnier, S. 34.
[11] I-6, I-7, III-5.
[12] Exakt läßt sich dieses Verhältnis ohne eine umfangreiche Statistik natürlich nicht bestimmen, aber der Anteil des Iterativs dürfte keinesfalls mehr als 10 % betragen.

Doncières, die Fahrten in der Kleinbahn von La Raspelière, das Leben mit Albertine in Paris, die Spaziergänge in Venedig.[13]

Beachtenswert ist zudem die Tatsache, daß auch innerhalb singulärer Szenen iterative Passagen vorkommen: so zu Beginn des Diners bei der Herzogin die lange Parenthese über den Geist der Guermantes.[14] In diesem Fall ragt das vom iterativen Segment abgedeckte Zeitfeld ganz offenkundig weit hinaus über das der Szene, in die es sich einfügt: Der Iterativ öffnet gewissermaßen ein Fenster zur äußeren Dauer. Wir bezeichnen diesen Typ von Parenthese denn auch als *generalisierende* oder *externe Iteration*. Ein anderer, bei weitem nicht so klassischer Typ des Übergangs zum Iterativ im Verlauf einer singulären Szene besteht darin, die Dauer dieser Szene selber zum Teil iterativ zu behandeln, indem die Ereignisse, aus denen sie sich zusammensetzt, zu Klassen zusammengefaßt werden. Ein sehr deutliches Beispiel für eine solche Behandlung ist - auch wenn die von ihr betroffene Dauer natürlich sehr kurz ist - die Stelle, wo Charlus und Jupien sich begegnen und der Baron "mitunter" [par moments] die Lider hebt und einen gespannten Blick auf den Westenmacher wirft: "*Jedesmal* jedoch, wenn Monsieur de Charlus Jupien anblickte, richtete er es so ein, daß sein Blick ausdrücklich etwas besagte [...]. So schien *immer wieder* [toutes les deux minutes] das gleiche dringliche Heischen in den Blicken zu liegen, die Monsieur de Charlus Jupien zuwarf". Der iterative Charakter der Handlung wird hier durch die geradezu hyperbolisch genaue Angabe der Frequenz bekräftigt.[15] Demselben Verfahren begegnet man auch, nur in viel größerem Maßstab, in der letzten Szene des *Temps retrouvé,* die fast durchgängig auf iterative Weise behandelt wird: Nicht die Abfolge der Ereignisse, also nicht der diachronische Ablauf des Empfangs bei der Prinzessin, beherrscht die Komposition des Textes, sondern eher die Aufzählung einer gewissen Anzahl von Ereignisklassen, von denen jede mehrere Ereignisse zusammenfaßt, die in Wirklichkeit über die ganze "Matinee" verstreut sind: "In mehreren Personen schließlich erkannte ich [...] Dennoch erlebte ich im völligen Gegensatz dazu die Überraschung, mit Männern und Frauen zu sprechen [...] Manche von den Männer hinkten [...] Gewisse Gestalten [...] schienen die Sterbegebete zu murmeln [...] Die Weiße des Haares machte mir bei den Frauen besonders starken Eindruck [...] Was die Greise betraf [...] Es gab Männer, von denen ich wußte, daß sie mit anderen verwandt waren [...] Zu schöne Frauen [...] Zu häßliche [...] Gewisse Männer, gewisse Frauen [...] Selbst bei den Männern [...] Mehr als eine der Personen [...] Manchmal erschien das Wesen [...] Was aber manche anderen Menschen anging [...]", usw.[16] Ich werde diesen zweiten Typ *interne* oder *zusammenfassende Iteration* nennen, da die iterative Syllepse hier nicht eine ausgedehntere äußere Dauer, sondern die innere Dauer der Szene selber zum Gegenstand hat.

---

[13] I, S. 704-723, dt. S. 926-951; II, S. 58-69, 96-100, 1034-1112, dt. S. 1328-1342, 1378-1383, 2632-2736; III, S. 9-81, 623-630, dt. S. 2769-2866, 3603-3613.
[14] II, S. 438-483, dt. S. 1836-1894.
[15] II, S. 605, dt. S. 2050 f. Zwar ohne Frequenzangabe, aber ebenso hyperbolisch, vgl. II, S. 157, dt. S. 1460: Während Saint-Loup Rachel holt, macht Marcel "ein paar Schritte" an den Gärtchen vorbei; in diesen wenigen Minuten "sah ich *manchmal*, wenn ich den Kopf hob, junge Mädchen an den Fenstern".
[16] III, S. 936-976, dt. S. 4040-4096.

Im übrigen kann ein und dieselbe Szene beide Syllepsetypen enthalten. Im Laufe derselben Matinee Guermantes erinnert Marcel im Zuge einer externen Iteration an die amourösen Beziehungen zwischen dem Herzog und Odette: "Er war immer bei ihr [...] Er verbrachte seine Tage und Abende bei ihr [...] Er ließ sie bei sich ihre Freunde empfangen [...] Hin und wieder [par moments] fiel dem Herzog [...] die Dame in Rosa mit ihrem Geschwätz ins Wort [...] Übrigens betrog Odette Monsieur de Guermantes [...]"[17]: es ist klar, daß hier der Iterativ mehrere Monate oder gar Jahre der Beziehungen zwischen Odette und Basin zusammenfaßt und folglich eine viel größere Dauer abdeckt als die der Matinee Guermantes. Aber manchmal werden die beiden Iterationstypen auch so sehr vermengt, daß der Leser sie nicht mehr auseinanderhalten kann. So stoßen wir in der Szene des Diners bei den Guermantes oben auf der Seite 534 (dt. S. 1959) auf eine eindeutig interne Iteration: "Ich kann gar nicht sagen, wie oft ich an diesem Abend die Worte Vetter und Kusine hörte." Doch der immer noch iterative nächste Satz kann sich schon auf eine ausgedehntere Dauer beziehen: "Einerseits rief Monsieur de Guermantes [im Laufe dieses Diners, gewiß, vielleicht aber auch sonst] fast bei jedem Namen, der ausgesprochen wurde, aus: 'Aber das ist ja ein Vetter von Oriane!'" Ein dritter Satz dann geleitet uns scheinbar zur szenischen Dauer zurück: "Andererseits wurden die Worte Vetter und Kusine in ganz anderer Absicht [...] von der Frau des türkischen Gesandten gebraucht, die nach dem Essen gekommen war." Doch was folgt ist ein Iterativ, der der Szene ganz offensichtlich äußerlich ist, da er sofort in eine Art allgemeines Porträt der Frau des Gesandten übergeht: "Von gesellschaftlichem Ehrgeiz verzehrt und mit einer außerordentlich anpassungsfähigen Intelligenz begabt, eignete sie sich mit der gleichen Leichtigkeit die Geschichte vom Zug der Zehntausend oder Kenntnisse über die sexuelle Entartung in der Vogelwelt an [...] Es war im übrigen gefährlich, dieser Frau zuzuhören [...] Sie wurde zu jener Zeit wenig eingeladen [...]", so daß am Ende, wenn die Erzählung wieder zum Gespräch zwischen ihr und dem Herzog zurückkehrt, unklar ist, ob es sich um *dieses* Gespräch (während *dieses* Diners) handelt oder um irgendein anderes: "Sie hoffte ganz und gar wie eine Angehörige der großen Gesellschaft zu wirken, wenn sie die hervorragenden Namen von Leuten zitierte, die wenig in den ersten Salons verkehrten, mit denen sie aber befreundet war. Monsieur de Guermantes nahm dann zunächst an, es handle sich um Bekannte, die häufig bei ihnen speisten, und verspürte freudig erregt festen Boden unter den Füßen, stieß auch sogleich sein Feldgeschrei aus: 'Aber das ist ja ein Vetter von Oriane!'" Ebenso verhält es sich, eine Seite weiter, mit der iterativen Behandlung, die Proust den genealogischen Gesprächen zwischen dem Herzog und Monsieur de Beauserfeuil angedeihen läßt. Solche Iterative verwischen alle Grenzen zwischen dem ersten Diner bei den Guermantes, das Gegenstand dieser Szene ist, und der ganzen übrigen Reihe, die mit ihm anhebt.

Sogar die an sich singulative Szene ist also bei Proust nicht vor einer Kontamination mit dem Iterativ geschützt. Die Wichtigkeit dieses narrativen Modus oder besser gesagt *Aspekts* wird noch unterstrichen durch die sehr charakteristische Anwesenheit dessen, was ich den *Pseudo-Iterativ* nennen möchte, d. h. von Szenen, die

---

[17] III, S. 1015-1020, dt. S. 4150-4157.

- insbesondere durch ihre Abfassung im Imperfekt - als iterative präsentiert werden, obwohl wegen des Reichtums an äußerst genauen Details kein Leser ernsthaft meinen wird, daß sie sich mehrmals ohne jede Variation so und nicht anders ereignet haben[18] : so zum Beispiel gewisse lange Gespräche zwischen Léonie und Françoise (an jedem Sonntag in Combray!), zwischen Swann und Odette, mit Madame de Villeparisis in Balbec, mit Madame Swann in Paris, zwischen Françoise und "ihrem" Kammerdiener während der Arbeit oder auch die Szene mit Orianes Wortspiel "Ta(r)quinius Superbus".[19] In all diesen Fällen und noch in einigen anderen wurde derart eine singuläre Szene fast willkürlich und ohne irgendeine Änderung, außer im Gebrauch der Tempora, in eine iterative Szene verwandelt. Hier liegt natürlich eine literarische Konvention vor, lieber noch möchte ich sagen eine *narrative Freiheit*, wie man von dichterischer Freiheit spricht, die beim Leser ein großes Entgegenkommen voraussetzt oder, wie Coleridge sagt, "a willing suspension of disbelief". Diese Konvention ist übrigens sehr alt. Ein Beispiel dafür findet man etwa in *Eugénie Grandet* (Dialog zwischen Madame Grandet und ihrem Mann, Garnier, S. 205 f.) und ein anderes in *Lucien Leuwen* (Gespräch zwischen Leuwen und Gauthier im VII. Kapitel des ersten Teils), aber bereits bei Cervantes wird man fündig: Man denke an das Selbstgespräch des alten Carrizales in "Der Eifersüchtige von Estremadura" (in: *Exemplarische Novellen),* über das Cervantes uns sagt, daß es "nicht einmal, sondern hundertmal" geführt wurde, was natürlich jeder Leser als Hyperbel begreift, nicht nur wegen der Zahlenangabe, sondern auch weil behauptet wird, all die mehr oder minder ähnlichen Monologe, die dieser hier exemplifiziert, seien strikt identisch gewesen; kurz, der Pseudo-Iterativ stellt in der klassischen Erzählung für gewöhnlich eine *Figur* der narrativen Rhetorik dar, die nicht buchstäblich genommen werden will, im Gegenteil: Die Erzählung behauptet dem Buchstaben nach "dies geschah alle Tage", um figürlich zu verstehen zu geben: "dergleichen geschah alle Tage, wofür dies hier ein Fall unter anderen ist".

Man könnte natürlich die Beispiele für Pseudo-Iteration, die sich bei Proust finden, auf diese klassisch-figurale Weise interpretieren.[20] Es scheint mir jedoch, daß ihr Umfang - vor allem wenn man an die bereits erwähnte Bedeutung des Iterativs im allgemeinen denkt -, eine solche Reduktion verbietet. Die Konvention des Pseudo-Iterativs bei Proust ist eine andere als in der klassischen Erzählung, weder wird er vorsätzlich gebraucht noch ist er rein figurativ: In der Proustschen Erzählung gibt es einfach eine klare und stark ausgeprägte Tendenz zum Inflationärwerden des Iterativs, der hier stets in seiner unmöglichen Literalität aufzufassen ist.

Den besten (wenngleich paradoxen) Beweis dafür liefern vielleicht die drei oder vier "schwachen Momente", in denen Proust inmitten einer iterativ gestalteten Szene ein Passé simple unter die Feder kommt, das notwendigerweise singulativ ist: "'Und dann wird es gerade in meine Essenszeit fallen!' *fügte sie [ajouta-t-elle]* halblaut im Selbstgespräch *hinzu* [...] Beim Namen Vigny *fing* sie [Madame de Villeparisis] zu lachen *an* [elle se *mit* à rire] [...] Die Herzogin muß ja mit denen

---

[18] Vgl. J. P. Houston, a.a.O., S. 39.
[19] I, S. 100-109, 243, 721-723, 596-599, dt. S. 137-147, 322 f., 948-952, 785-788; II, S. 22-26, 464-467, dt. S. 1280-1286, 1869-1874.
[20] Vgl. Pierre Guiraud, *Essais de stylistique,* Paris 1971, S. 142.

allen 'verschwiegert' sein, *sagte [dit]* Françoise [...]"[21] - oder wo er einer iterativen Szene ein per definitionem singuläres Ereignis einfügt, wie auf jener Seite in den *Jeunes filles en fleurs,* wo man aus dem Mund von Madame Cottard erfährt, daß der Held auf *jeder* "Mittwochsgesellschaft" Odettes "sofort, beim ersten Anlauf sozusagen, Madame Verdurin für [sich] eingenommen habe"[22], was diesem Vorgang ein Wiederholungs- und Erneuerungsvermögen unterstellt, das seinem Wesen völlig zuwiderläuft. Man kann diese scheinbaren Nachlässigkeiten natürlich als Spuren einer ersten singulativen Redaktion auffassen, so daß Proust also nur vergessen hätte, einigen Verben die richtige Zeitform zu geben, aber angemessener scheint es mir zu sein, diese Schnitzer als ebensoviele Zeichen dafür anzusehen, daß der Schriftsteller mitunter solche Szenen am Ende mit einer Intensität "erlebt", die ihn die Unterscheidung der Aspekte vergessen läßt - und daher für ihn das vorsätzliche Verhalten des traditionellen Romanciers ausschließt, der völlig bewußt eine rein konventionelle Figur einsetzt. Diese Vermengungen deuten bei Proust, wie mir scheint, eher auf eine Art *Trunkenheit der Iteration* hin.

Es ist verlockend, diese "Trunkenheit" psychologisch zu erklären, nämlich durch Prousts sehr ausgeprägten Sinn für die Gewohnheit und die Wiederholung, der ihn die Ähnlichkeit zwischen den Momenten spüren läßt. Der iterative Charakter der Erzählung basiert nicht immer, wie es in *Combray* der Fall ist, auf einer in der Tat repetitiven Einförmigkeit eines kleinbürgerlichen Lebens, wie es Tante Léonie in der Provinz führt: Diese Begründung wird hinfällig, sobald es um das Pariser Milieu oder die Aufenthalte in Balbec und Venedig geht. Entscheidend hingegen ist, daß Proust, im Gegensatz zu dem, was man oft zu glauben geneigt ist, weniger ein Gespür für die Individualität der Momente, sondern sehr viel mehr eines für die der Orte hat. Die Augenblicke haben bei ihm eine starke Tendenz, sich zu gleichen und durcheinanderzugeraten, und das ist ja auch ganz offenbar die Bedingung für die Erfahrung des "unwillkürlichen Gedächtnisses". Dieser Gegensatz zwischen dem "Singularismus" der Raumempfindung und dem *Iteratismus* der Zeitempfindung wird beispielsweise in einem Satz aus *Swann* recht deutlich, wo die Gegend von Guermantes geschildert wird, eine Gegend, "deren *Individualität* mich *manchmal* des Nachts in meinen Träumen phantastisch machtvoll umfängt"[23]: Individualität des Orts, unbestimmte, gleichsam in Schüben ("manchmal") erfolgende Wiederkehr des Augenblicks. So auch in der folgenden Stelle aus *La prisonnière,* wo der reale singuläre Vormittag ganz hinter dem "idealen Vormittag" zurücktritt, den er evoziert und repräsentiert: "[...] dafür, daß ich es abgelehnt hatte, mit meinen Sinnen diesen Vormittag in mich aufzunehmen, genoß ich in der Einbildung alle gleichen

---

[21] I, S. 57, 722, dt. S. 79, 950; II, S. 22, dt. S. 1281. Ein anderes dissonantes Passé simple ("Ich bin sicher [...], *sagte [dit]* meine Tante mit etwas leidender Stimme") findet sich sowohl in der Ausgabe Clarac-Ferré (I, S. 104, dt. S. 141) als auch in der Ausgabe NRF von 1919, doch in der Erstausgabe (Grasset 1913, S. 128) stand die "korrekte" Form: *"disait".* Diese Variante scheint Clarac-Ferré entgangen zu sein, die nicht auf sie hinweisen. Die Korrektur von 1919 ist schwer erklärlich, aber der Grundsatz der *lectio difficilior* besagt, daß gerade ihrer Unwahrscheinlichkeit wegen Proust selber sie vorgenommen hat.
[22] I, S. 608, dt. S. 799.
[23] I, S. 185, dt. S. 246. (Von mir hervorgehoben.)

vergangenen oder auch nur möglichen Vormittage, genauer gesagt einen gewissen Typus von Vormittagen, von welchen alle diese der gleichen Art angehörigen nur eine zeitweise wieder auftauchende Erscheinungsform waren, und den ich rasch erkannte; denn die frische Luft wendete ganz von sich aus die nötigen Seiten um, und schon fand ich, wohlbezeichnet für mich, damit ich ihm von meinem Bett aus folgen könne, das Evangelium des betreffenden Tages aufgeschlagen vor. Dieser ideale Vormittag erfüllte meinen Geist mit ständiger Gegenwart, da er identisch mit allen ähnlichen Vormittagen war, und teilte mir eine Beschwingtheit mit [...]"[24]

Aber die bloße Tatsache der Wiederkehr definiert nicht die Iteration in ihrer strengsten Form. Und vor allem nicht in der Form, die den Geist bzw. die Proustsche Sensibilität am meisten befriedigt: Die Wiederholung muß auch noch regelmäßig sein, sie muß einem Frequenzgesetz gehorchen, und dieses Gesetz muß erkennbar und formulierbar sein, d. h. in seinen Auswirkungen vorhersehbar sein. Während des ersten Aufenthalts in Balbec, zu einem Zeitpunkt, wo er noch nicht zum vertrauten Freund der "kleinen Bande" geworden ist, vergleicht Marcel diese jungen Mädchen, deren Gewohnheiten ihm unbekannt sind, kontrastiv mit den kleinen Strandverkäuferinnen, die er bereits gut genug kennt, um zu wissen, "wo sie zu welchen Stunden anzutreffen sind". Die jungen Mädchen hingegen lassen sich "an gewissen Tagen", die scheinbar nicht näher zu bestimmen sind, nicht blicken:

Ich versuchte, da ich über den Grund ihres Fernbleibens nichts wußte, zu ermitteln, ob ein *System* [quelque chose de *fixe*] darin sei, ob man sie etwa nur *jeden zweiten Tag [tous les deux jours]* sehen könne oder nur, *wenn das Wetter danach war [quand il faisait tel temps]*, oder ob es *Tage* gab, *an denen sie niemals erschienen*. Ich malte mir, die Zukunft vorwegnehmend, aus, wie ich, einmal ihr Freund geworden, sagen würde: "Ja, waren Sie denn an jenem Tage nicht da?" und sie dann antworteten: "Nein, natürlich nicht, es war ja ein Samstag, und *samstags* kommen wir *niemals*, weil ..." Ja, wenn es so einfach gewesen wäre, daß man genau gewußt hätte, man brauche sich an diesem traurigen Samstag gar nicht erst auf eine Begegnung zu versteifen, man könne den Strand nach allen Richtungen durchmessen, unter dem Vorwand, man wolle einen Mokkaéclair verzehren, sich vor der Auslage des Konditors niederlassen, den Kuriositätenladen aufsuchen, die Stunde des Bades, das Konzert, die Flut, den Sonnenuntergang, die Nacht abwarten und doch sicher sein, die ersehnte Schar nirgendwo zu erblicken. Aber diesr *Schicksalstag* war vielleicht nicht *allwöchentlich der gleiche*. Er brauchte ja auch nicht unbedingt auf den Samstag zu fallen. Vielleicht hatten bestimmte *Wetterverhältnisse* Einfluß darauf, oder sie hatten nicht das geringste damit zu tun. Wieviel geduldige, aber keineswegs heiter gelassene Beobachtung muß man auf die scheinbar unregelmäßigen Sternenbahnen solcher unbekannten Welten verwenden, bis man sicher sein kann, daß man sich von einem zufälligen Zusammentreffen nicht hat täuschen lassen, daß die Berechnungen stimmen werden, bis man endlich die um den Preis grausa-

---

[24] III, S. 26, dt. S. 2791. Daß diese *identischen* Vormittage ein Konstrukt des Geistes sind, entgeht Proust natürlich nicht, der etwas weiter unten (S. 82, dt. S. 2866 f.) schreibt: "Jeder Tag aber war für mich wieder ein anderes Land [un pays *différent]"*, und zuvor bereits über das Meer bei Balbec (I, S. 705, dt. S. 927): "Denn keines dieser Meere blieb länger als einen Tag. Am nächsten schon war ein anderes da, das manchmal dem vorigen glich. *Nie aber habe ich zweimal dasselbe gesehen*", wobei "zweimal" hier allerdings vielleicht bedeutet "zweimal unmittelbar hintereinander".

merrfahrungen erlernten *Gesetzmäßigkeiten [lois certaines]* dieser Astronomie der Leidenschaft beherrscht.[25]

Ich habe die auffälligsten Markierungen dieser ängstlichen Suche nach einem Gesetz der Wiederkehr unterstrichen. Einige davon, *une fois par semaine, tous les deux jours, quand il faisait tel temps,* werden uns weiter unten wieder begegnen. Halten wir fürs erste die stärkste und scheinbar auch arbiträrste fest: *samstags.* Sie verweist uns sofort zurück auf eine Seite aus *Swann*[26], wo sich der spezifische Charakter des Samstags bereits bemerkbar macht. In Combray ist es der Tag, an dem das Mittagessen um eine Stunde vorverlegt wird, damit Françoise nachmittags nach Roussainville zum Markt gehen kann: eine "allwöchentliche Abweichung" vom Gewohnten, die selbst wieder eine Gewohnheit zweiter Stufe bildet, eine "von den regelmäßig wiederkehrenden Abweichungen, die innerhalb der bestehenden Einförmigkeit nur eine zweite Art von Einförmigkeit etablierten", auf die Tante Léonie und mit ihr der ganze Hausstand "ebensoviel Wert legen wie auf die anderen Gewohnheiten" - um so mehr, als diese regelmäßige "Regelwidrigkeit" des Samstags im Unterschied zu der des Sonntags ausschließlich für die Familie des Helden typisch ist, und allen anderen fast unverständlich. Daher der "staatliche", "nationale", "patriotische", "chauvinistische" Charakter des Ereignisses und das Klima des Rituellen, das es umgibt. Aber das Bezeichnendste an diesem Text ist vielleicht der (vom Erzähler vorgetragene) Gedanke, daß diese Gewohnheit, die "zum Lieblingsthema der Unterhaltungen, humorvoller Anspielungen und scherzhaft übertriebener Erzählungen" geworden ist, "das zentrale Thema eines Epenzyklus hätte abgeben können, hätte einer von uns über wirkliches Erzählergenie verfügt": ein geradezu klassischer Übergang vom Ritus zum explikativen oder illustrativen Mythos. Der Leser der *Recherche* weiß natürlich, wer in dieser Familie über das "Erzählergenie" verfügt und eines Tages den "Epenzyklus" schreiben wird, aber wesentlich ist hier die spontan hergestellte Verbindung zwischen der narrativen Inspiration und dem sich wiederholenden Ereignis, was ja in gewisser Hinsicht auf Ereignislosigkeit hinausläuft. Wir wohnen gleichsam der Geburt einer Berufung bei, einer Berufung zur iterativen Erzählung. Aber das ist nicht alles: Das Ritual wurde einmal (vielleicht auch mehrmals, aber jedenfalls nicht oft, nicht jeden Samstag) leicht verletzt (und damit bestätigt) durch den Besuch eines "Barbaren", der, ganz überrascht, die Familie so früh bei Tisch vorzufinden, vom Familienvater, dem Hüter der Tradition, den Bescheid erhielt: "Aber natürlich, es ist doch heute Samstag!" Dieses regelwidrige, vielleicht singuläre Ereignis wird sofort der Gewohnheit integriert, in Gestalt einer Erzählung von Françoise, die fortan jeden Samstag zur allgemeinen Erbauung fromm wiederholt wird: "[...] und um das Vergnügen noch zu steigern, erfand sie zwecks Ausspinnung des Dialogs eine weitere Replik des Besuchers, für den dieser 'Samstag' als Erklärung ja überhaupt nichts besagte. Wir dachten nicht daran, uns über diese Ausschmückung zu beklagen, sie genügte uns nicht einmal, und wir behaupteten: 'Aber ich meine, er hat noch etwas anderes ge-

---

[25] I, S. 831, dt. S. 1092 f.
[26] I, S. 110 f., dt. S. 148 ff.

sagt. Das erste Mal ist die Geschichte doch noch länger gewesen. 'Meine Großtante sogar ließ ihre Handarbeit ruhen, hob den Kopf und schaute interessiert über ihr Lorgnon." Hier bekundet sich faktisch zum ersten Mal das "epische" Genie. Der Erzähler muß nun nur noch dieses Element des samstäglichen Rituals so wie alle anderen behandeln, d. h. auf iterative Weise, um selbst das abweichende Ereignis, wenn ich so sagen darf, zu iterativisieren, wobei er folgendes unfehlbare Verfahren anwendet: singuläres Ereignis - wiederholte Narration - iterative Erzählung (dieser Narration). Marcel erzählt ein (einziges) Mal, wie Françoise des öfteren erzählte, was sich nur einmal ereignet hat - oder: wie man ein einzigartiges Ereignis zum Gegenstand einer iterativen Erzählung macht.[27]

Determination, Spezifikation, Extension

Jede iterative Erzählung faßt Ereignisse zusammen, die sich wiederholt im Laufe einer iterativen *Reihe* ereignet haben, die sich aus einer gewissen Anzahl singulärer *Einheiten* zusammensetzt. Nehmen wir die Reihe: Sonntage des Sommers 1890. Sie besteht aus dreizehn solchen realen Einheiten. Die Reihe ist erstens durch ihre diachronischen Grenzen definiert (Ende Juni bis Ende September 1890) und zweitens durch die rhythmische Wiederkehr ihrer konstitutiven Einheiten: jeder siebte Tag. Das erste Unterscheidungsmerkmal nennen wir *Determination*, das zweite *Spezifikation*. Schließlich nennen wir den diachronischen Umfang jeder realen Einheit und folglich auch den der idealen oder synthetischen Einheit[28] *Extension:* so kann sich die Erzählung eines Sommersonntags auf eine synthetisch-ideale Dauer von vierundzwanzig Stunden beziehen, aber auch (wie in *Combray)* auf eine von nur zehn Stunden: vom Aufstehen bis zum Schlafengehen.

Determination. Die Angabe der diachronischen Grenzen einer Reihe kann implizit bleiben, vor allem wenn es sich um eine Wiederkehr handelt, die man in der Praxis als endlos ansehen mag: Wenn ich sage "jeden Morgen geht die Sonne auf", wäre es lächerlich, genau sagen zu wollen, wann dies zum ersten Mal geschah und wann es zum letzten Mal geschehen wird. Die Ereignisse, von denen im Roman erzählt wird, sind natürlich nicht so zeitenüberdauernd, und die Reihen werden im allgemeinen durch die Angabe ihres Anfangs und ihres Endes determiniert. Doch diese Determination kann durchaus *unbestimmt* bleiben, so etwa wenn Proust schreibt: "Von *einem gewissen Jahre* an traf man sie [Mademoiselle Vinteuil] nicht mehr allein".[29] Eine exakte Determination wiederum kann entweder durch ein absolutes Datum erfolgen: "Wenn *der Frühling* nahte [...] empfing [Madame Swann] mich

---

[27] In einer früheren Fassung *(Contre Sainte-Beuve,* Ed. Fallois, Paris 1954, S. 106 f.) - eine Fassung, die, weisen wir nebenbei darauf hin, in Paris spielt, und in der der Grund für die samstägliche Regelwidrigkeit nicht der Markt von Roussainville ist, sondern eine Vorlesung, die der Vater des Helden am frühen Nachmittag halten muß - wird des Zwischenfalls nicht nur narrativ, sondern mimetisch-rituell gedacht: "die Szene wird provoziert" (d. h. wiederholt), indem man "absichtlich Barbaren einlädt".
[28] *A.d.Ü.: unité synthétique,* zu verstehen im Sinne von "Einheit, die zusammenfaßt", oder "Zusammenfassungs-Einheit".
[29] I, S. 147, dt. S. 196.

häufig in Pelze gewickelt"[30], oder (was öfter vorkommt) durch Bezugnahme auf ein singuläres Ereignis. So beendet der Bruch zwischen Swann und den Verdurins eine Reihe (die der Begegnungen von Swann und Odette bei den Verdurins) und begründet zugleich eine andere (die der Hindernisse, die die Verdurins der Liebe von Swann und Odette in den Weg legen): "Von nun wurde dieser Salon, in dem Swann und Odette sich vordem getroffen hatten, ihren Begegnungen hinderlich. Sie sagte nicht mehr zu ihm wie in der ersten Zeit ihrer Liebe [...]"[31]

Spezifikation. Auch sie kann unbestimmt sein, also nur durch ein Adverb angedeutet werden wie: *manchmal, an gewissen Tagen, oft* usw. Sie kann hingegen auch exakter bestimmt sein, sei es auf absolute Weise (das ist die *Frequenz* im eigentlichen Sinne): *jeden Tag, jeden Sonntag* usw., sei es auf eine mehr relative und unregelmäßige Weise, die gleichwohl ein sehr strenges Gesetz temporaler Koexistenz ausdrückt, wie das, das über die Wahl der Spaziergänge in Combray waltet: in Richtung Méséglise bei *unsicherem Wetter,* in Richtung Guermantes *bei schönem Wetter.*[32] Dies sind, ob exakt bestimmt oder nicht, alles einfache Spezifikationen. Es gibt jedoch auch komplexe Spezifikationen, in denen sich zwei (oder mehrere) Gesetze der Wiederkehr überlagern, wozu es immer dann kommt, wenn verschiedene iterative Einheiten ineinandergeschachtelt werden: Man nehme die einfache Spezifikation *immer im Mai* sowie die einfache Spezifikation *jeden Samstag,* die zusammen die komplexe Spezifikation ergeben: *jeden Samstag im Mai.*[33] Und bekanntlich werden alle iterativen Spezifikationen in *Combray* (jeden Tag, jeden Samstag, jeden Sonntag, jeden Tag bei gutem oder bei schlechtem Wetter) sowohl überspezifiziert als auch determiniert: *jedes Jahr zwischen Ostern und Oktober während meiner Kindheit.* Man kann natürlich noch viel komplexere Gebilde schaffen, etwa von folgender Art: "jeden Sonntagnachmittag im Sommer, wenn es nicht regnete, zwischen meinem fünften und fünfzehnten Lebensjahr". Das ist in etwa das Rekurrenzgesetz, dem der Abschnitt gehorcht, der vom Verstreichen der Stunden beim Lesen im Garten berichtet.[34]

Extension. Eine iterative Einheit kann von so geringer Dauer sein, daß sie sich narrativ nicht weiter entwickeln läßt. Nehmen wir eine Aussage wie "jeden Abend gehe ich früh schlafen" oder "jeden Morgen um sieben klingelt mein Wecker". Hier handelt es sich gewissermaßen um *punktuelle* Iterationen. Hingegen besitzen iterative Einheiten wie *schlaflose Nacht* oder *Sonntag in Combray* einen Umfang, der ausreicht, um sie zu Gegenständen einer ausführlichen Erzählung zu machen (die im Text der *Recherche* sechs bzw. sechzig Seiten beansprucht). Hier also tauchen die spezifischen Probleme der iterativen Erzählung auf. Denn wollte man in einer solchen Erzählung nur die invarianten Merkmale festhalten, die allen Einheiten der Reihe gemeinsam sind, verurteilte man sich zu einer höchst trockenen Schilderung einer schematischen Zeiteinteilung der Art: "um neun Uhr zu Bett, eine Stunde lang gelesen, mehrere Stunden lang schlaflos, erst bei Tagesanbruch eingeschlafen" oder

---

[30] I, S. 634, dt. S. 833 f.
[31] I, S. 289, dt. S. 382.
[32] I, S. 150 und 165, dt. S. 200 und 220.
[33] I, S. 112, dt. S. 151.
[34] I, S. 87 f., dt. S. 120 f.

"um neun Uhr augestanden, Frühstück um halb zehn, um elf in die Messe, Mittag um eins, von zwei bis fünf gelesen usw.": eine Abstraktion, die den synthetischen Charakter des Iterativs offensichtlich beherzigt, aber weder den Erzähler noch den Leser zu befriedigen vermag. Um die Erzählung zu "konkretisieren", kommen hier nun jene Diversifikations- oder Variationsmittel zum Einsatz, die einem die *internen Determinationen und Spezifikationen* der iterativen Reihe bieten.

Tatsächlich, wie wir schon flüchtig sahen, markiert die Determination ja nicht nur die äußeren Grenzen einer iterativen Reihe: sie kann ebensogut innere Abschnitte skandieren und sie in Unterreihen aufteilen. So habe ich gesagt, daß der Bruch zwischen Swann und den Verdurins eine Reihe beendete und eine andere begründete; aber indem man zur nächsthöheren Einheit übergeht, könnte man ebensogut sagen, daß dieses singuläre Ereignis in der Reihe "Begegnungen von Swann und Odette" zwei Unterreihen determiniert: vor dem Bruch/nach dem Bruch, die jeweils eine *Variante* der synthetischen Einheit bilden: Begegnungen bei den Verdurins/Begegnungen anderswo. Eine noch deutlichere interne Determination - in der Reihe der Sonntagnachmittage in Combray - stellt das Zwischenspiel der Begegnung mit der Dame in Rosa bei Onkel Adolphe dar[35], eine Begegnung, in deren Folge es zum Zerwürfnis zwischen den Eltern und dem Onkel kommt, so daß Marcel dessen "Ruhegemach" fortan verschlossen bleibt. Es ergibt sich so eine einfache Variation: Vor der Dame in Rosa verbringt Marcel einen Teil seiner Zeit im Zimmer des Onkels, nach der Dame in Rosa verschwindet dieser Ritus und der Junge geht direkt in sein Zimmer hinauf.[36] Ebenso determiniert ein Besuch Swanns[37] einen Wechsel im Objekt (oder wenigstens im Dekor) der amourösen Träumereien Marcels: Vor diesem Besuch und unter dem Einfluß einer früheren Lektüre spielten sie vor dem Hintergrund einer Fluß- und Uferlandschaft mit üppiger Vegetation, nach diesem Besuch und Swanns Bemerkung, Gilberte und Bergotte seien freundschaftlich verbunden, heben sie sich ab "vor einem ganz anderen Hintergrund, dem Portal einer gotischen Kathedrale" (denn Gilberte und Bergotte besichtigen zusammen gotische Kathedralen). Doch zuvor waren diese Phantasien bereits durch eine Bemerkung des Doktor Percepied modifiziert worden, der ihm von den Blumen und Wasserspielen im Park der Guermantes erzählt hatte[38]: die Flußregion der Erotik war daraufhin mit Guermantes identifiziert worden, und die Frau seiner Träume nahm die Züge der Herzogin an. Wir haben hier also eine iterative Reihe *amouröser Träumereien*, die von drei singulären Ereignissen (Lektüre, Percepieds Mitteilung, Swanns Mitteilung) in vier determinierte Segmente unterteilt wird: vor der Lektüre, zwischen der Lektüre und Percepied, zwischen Percepied und Swann, nach Swann, die ebensoviele Varianten bilden: Träumereien ohne besonderen Hintergrund / vor dem Hintergrund einer Flußlandschaft / vor demselben Hintergrund, der aber mit Guermantes identifiziert wird, und mit der Herzogin / vor einem gotischen Hintergrund mit Gilberte und Bergotte. Aber diese Reihe wird im

---

[35] I, S. 72-80, dt. S. 100-111.
[36] I, S. 80, dt. S. 110 f.
[37] I, 90-100, dt. S. 123-136.
[38] I, 172, dt. S. 229 f.

Text von *Combray* durch das System der Anachronien disloziert: Das dritte Segment, dessen Zeitstelle doch evident ist, wird erst achtzig Seiten später erwähnt, wo von den Spaziergängen in Richtung Guermantes berichtet wird. Die Analyse muß sie hier also gegen den Widerstand der tatsächlichen Anordnung des Textes rekonstruieren, als eine unterschwellige und verborgene Struktur.[39]

Dennoch darf man aus diesem Begriff einer internen Determination nicht übereilt folgern, daß das Zwischenspiel eines singulären Ereignisses immer darauf hinausläuft, die iterative Reihe zu determinieren. Wie wir weiter unten sehen werden, kann das Ereignis eine bloße Illustration sein - oder im Gegenteil eine Ausnahme, die folgenlos bleibt, also keine Modifikation bewirkt: so die Episode mit den Kirchtürmen von Martinville, nach der der Held, als wäre nichts geschehen ("Ich dachte niemals an diese Zeilen zurück"[40]), einfach an seiner alten Gewohnheit festhält, sorglos und (scheinbar) ohne geistigen Gewinn zu promenieren. Unter den singulativen Episoden, die in ein iteratives Segment eingefügt sind, hat man also zu unterscheiden zwischen solchen, die eine determinative Funktion haben, und solchen, die sie nicht haben.

Neben diesen bestimmten internen Determinationen findet man auch unbestimmte vom - uns bereits bekannten - Typ: "Von einem gewissen Jahr an [...]" Ein bemerkenswertes Beispiel hierfür ist, wegen der scheinbar konfusen und doch konzisen sprachlichen Formulierung die Schilderung der Spaziergänge in Richtung Guermantes: "Manchmal ging ich in der Gegend von Guermantes an Gärtchen vorbei *[Puis il arriva que* sur le côté de Guermantes *je passai parfois* devant de petits enclos], an deren niederen feuchten Mauern Trauben dunkler Blüten emporkletterten. Ich blieb dann stehen [Je m'arrêtais] und glaubte einen kostbaren Begriffszuwachs zu erfahren, denn ich meinte [...]"[41] Es handelt sich durchaus um eine interne Determination: Von einem gewissen Zeitpunkt ab sind die Spaziergänge am Ufer der Vivonne um dieses Element, das ihnen bisher fehlte, reicher. Die Schwierigkeit des Texts beruht zum Teil auf der paradoxen Gegenwart eines Iterativs im Passé simple ("je passai parfois"): paradox, aber grammatisch völlig richtig, ganz wie das iterative Passé composé des Eingangssatzes der *Recherche*, der übrigens auch im Passé simple stehen könnte ("Longtemps je me couchai de bonne heure"), nicht aber im Imperfekt, das nicht über genügend syntaktische Autonomie verfügt, um eine Iteration *einzuleiten*. Auf dieselbe sprachliche Wendung stößt man übrigens auch im Rahmen einer bestimmten Determination: *"Seitdem wir* diese alte Straße *kannten [Une fois que nous connûmes ...],* kehrten wir wohl auch zur Abwechslung, wofern wir sie nicht schon beim Hinweg benutzt hatten, auf einer andern *zurück [revînmes],* die durch die Wälder von Chantereine und von Canteloup führte".[42]

---

[39] Eine andere, übrigens sehr eng verwandte Reihe - die der Träumereien über seine literarische Zukunft - erfährt nach dem Auftauchen der Herzogin in der Kirche eine ähnliche Modifikation: "Wieviel betrübender als zuvor erschien es mir seit jenem Tage auf meinen Spaziergängen in die Gegend von Guermantes, daß ich keine Begabung fürs Schreiben besaß" (I, S. 178, dt. S. 237).
[40] I, S. 182, dt. S. 242.
[41] I, S. 172, dt. S. 229.
[42] I, S. 720, dt. S. 947.

Die aus der internen Determination resultierenden Varianten sind natürlich immer noch, wie ich betonen möchte, iterativer Natur: Es gibt mehrere Träumereien vor einem gotischem Hintergrund, wie es auch mehrere vor einem Flußuferhintergrund gibt. Doch die Beziehung der Varianten untereinander ist diachronischer und damit singulativer Natur, genauso wie das je einzigartige Ereignis, das sie voneinander trennt: Eine Unterreihe kommt *nach* der anderen. Die interne Determination arbeitet also mit singulativen Einschnitten in einer iterativen Reihe. Die *interne Spezifikation* hingegen ist ein Verfahren rein iterativer Diversifizierung, denn sie unterteilt die Wiederkehr so, daß zwei alternierende Varianten entstehen, deren Alternanz selbst notwendigerweise iterativ ist. So kann die Spezifikation *jeden Tag* in zwei Hälften geteilt werden, die nicht mehr aufeinander folgen (wie in *jeden Tag vor/nach jenem Ereignis),* sondern sich abwechseln (wie in der Subspezifikation *jeden zweiten Tag dies/jeden zweiten Tag das).* Einer ersten, wenn auch nicht besonders strengen Form dieses Prinzips sind wir bereits begegnet: nämlich dem Gegensatz *schönes Wetter/schlechtes Wetter,* der die Wiederkehrregel für die Spaziergänge in Combray subspezifiziert (die offenbar besagt: *jeden Nachmittag außer sonntags).* Bekanntlich ist ein Großteil des Textes von Combray nach Maßgabe dieser internen Spezifikation komponiert, die den Wechsel bestimmt zwischen den Spaziergängen in Richtung Méséglise und denen in Richtung Guermantes: "wir hatten die Gewohnheit, niemals am gleichen Tage auf einem einzigen Spaziergang nach beiden Seiten zu gehen, sondern vielmehr *einmal* nach Méséglise zu und *einmal* in Richtung Guermantes".[43] Eine Alternanz in der Zeitlichkeit der Geschichte, die sich in der Anordnung der Erzählung, wie wir bereits sahen[44], keineswegs widerspiegelt: Sie widmet vielmehr einen Abschnitt (S. 135 bis 165, dt. S. 181 bis 220) der Seite von Méséglise, danach einen anderen (S. 165 bis 183, dt. S. 220 bis 243) der Seite von Guermantes.[45] Ja, letztlich ist ganz Combray II (der Teil nach der Madeleine) gemäß folgenden iterativen Spezifikationen komponiert: *1) jeden Sonntag,* S. 48-134, dt. S. 68-165 (mit der Parenthese *jeden Samstag,* S. 110-115, dt. S. 148-155); *2) jeden (Wochen-) Tag bei unbeständigem Wetter,* S. 135-165, dt. S. 181-220; *3) jeden Tag bei schönem Wetter,* S. 165-183, dt. S. 220-243.[46]

Hierbei handelt es sich jeweils um bestimmte Spezifikationen. Dieses Verfahren der Subspezifikation kommt auch an anderen Stellen der *Recherche* zur Anwendung, wird aber nie so systematisch ausgebeutet.[47] Meist jedoch wird die iterative

---

[43] I, S. 135, dt. S. 181. Wenn wir von Wechsel oder Alternanz sprechen oder Proust sagt: *einmal* in Richtung Méséglise, *einmal* in Richtung Guermantes, darf man deshalb nicht an eine allzu regelmäßige Sukzession denken, was ja voraussetzte, daß es in Combray genau an jedem zweiten Tag schön gewesen wäre; tatsächlich scheinen die Spaziergänge in Richtung Guermantes viel seltener gewesen zu sein (vgl. I,S. 133, dt. S.179).
[44] S. 58
[45] In Wahrheit handelt es sich um eine dreigliedrige Spezifikation (schönes/trübes/schlechtes Wetter), deren drittes Glied aber nicht narrativ weiterentwickelt wird: "Wenn das Wetter von morgens an schlecht war, verzichteten meine Eltern auf den Spaziergang,und auch ich ging dann meist nicht aus" (I, S. 153, dt. S. 204).
[46] Die Komposition von *Combray I* gehorcht, läßt man einmal die Ouvertüre (S. 3-9, dt. S. 9-16) und den Übergang (die Madeleine, S. 43-48, dt. S. 61-67) außer acht, dem Nacheinander eines iterativen *(jeden Abend,* S. 9-21, dt. S. 16-32) und eines singulativen Segments *(der Abend von Swanns Besuch,* S. 21-43, dt. S. 32-61).
[47] So die sonntäglichen Besuche Eulalies, bald mit, bald ohne den Pfarrer von Combray (I, S. 108, dt. S. 146).

Erzählung durch unbestimmte Spezifikationen vom Typ *bald/bald* gegliedert, was ein sehr geschmeidiges System von Variationen und eine sehr weitreichende Diversifizierung ermöglicht, ohne daß man je den iterativen Modus verlassen müßte. So verteilen sich die literarischen Ängste des Helden während seiner Spaziergänge nach Guermantes auf zwei Klassen (*manchmal .../andere Male aber ...*), je nachdem, ob er sich eine gesicherte Zukunft ausmalt, weil das wundertätige Eingreifen seines Vaters es schon richten wird, oder ob er sich einsam und verzweifelt der "Nichtigkeit seines Denkens" ausgesetzt sieht.[48] Und die Variationen der Spaziergänge nach Méséglise, die sich am Grad des "schlechten Wetters" bemessen, nehmen einen Text von drei Seiten[49] ein oder besser: bringen ihn hervor, dessen Komposition folgendem System gehorcht: *oft* (bedeckter Himmel)/*zu anderen Malen* (Regenschauer während des Spaziergangs, Flucht in den Wald von Roussainville)/*oft auch* (Flucht unter das Portal von Saint-André-des-Champs) /*manchmal* (ein so endgültig schlechtes Wetter, daß man heimkehrt). Ein System, das übrigens noch etwas komplexer ist, als es diese dem Textverlauf folgende Aufzählung nahelegt, denn die Varianten 2 und 3 sind in Wahrheit Unterklassen der einen Klasse "Regenschauer". Die wirkliche Struktur sieht also so aus:

- 1. Bedeckter Himmel, aber kein Schauer.
- 2. Schauer: a) Flucht in den Wald,
  b) Flucht unter das Portal.
- 3. Endgültig schlechtes Wetter.[50]

Aber das charakteristischste Beispiel für den Aufbau eines Textes allein mit den Mitteln der internen Spezifikation ist zweifellos das Porträt Albertines am Ende der *Jeunes filles en fleurs*. Thema ist hier, wie man weiß, die innere Vielfalt des Gesichts Albertines, die den beweglichen und ungreifbaren Charakter des jungen Mädchens, des "flüchtigen Wesens" par excellence symbolisiert. Aber so vielfältig dieses Mädchen auch ist, und obwohl Proust den Ausdruck "jede dieser Albertinen" gebraucht, die Beschreibung behandelt "jede" dieser Varianten nicht als ein Individuum, sondern als einen Typus, als eine Klasse von zusammengehörigen Einzelfällen: *An manchen Tagen / an anderen Tagen, zu anderen Malen / manchmal / oft / sehr häufig / es kam vor / manchmal sogar ...* Dieses Porträt ist also nicht nur eine Sammlung von Gesichtern, sondern ebensosehr ein Verzeichnis frequentativer Redewendungen:

---

[48] I, S. 173 f., dt. S. 230 f.
[49] I, S. 150-153, dt. S. 200-203.
[50] Ein anderes komplexes System interner Spezifikationen stellen die Begegnungen (oder Nicht-Begegnungen) mit Gilberte auf den Champs-Élysées dar, die sich wie folgt gliedern (I, S. 395 f, dt. S. 522 f.):
1) Tage, an denen Gilberte da ist
2) Tage, an denen sie nicht da ist
a) und dies vorher angekündigt hat
- weil sie Unterricht nimmt
- oder mit ihrer Mutter ausgeht
b) ohne Ankündigung
c) ohne Ankündigung, aber vorhersehbar (schlechtes Wetter).

Es war mit Albertine wie mit ihren Freundinnen. *An manchen Tagen* glanzlos, mit grauer Gesichtsfarbe, trüber Miene, einem schräg durch die Augenlider laufenden durchsichtig-violetten Schein, wie man ihn *manchmal* unter der Flut des Meeres sieht, wirkte sie dann traurig wie eine Verbannte, *an anderen Tagen* hielt ihr glattes Gesicht auf seiner strahlenden Fläche alle Wünsche meiner Begierde auf und hinderte sie, tiefer einzudringen - *außer* ich sah sie dann plötzlich von der Seite her; denn ihre Wangen, die obenauf matt getönt waren wie weißes Wachs, schimmerten rosig durch, was eine unbändige Lust in mir weckte, sie zu küssen und an jene tiefer liegende andere zu rühren, die sich dahinter verbarg. *Zu anderen Malen* waren ihre Wangen durch innere Beglücktheit von einer beweglichen Helligkeit getränkt, welche die wie flüssig und durchsichtig gewordene Haut gleich darunter liegenden Blicken, die aus anderer Farbe, doch nicht aus anderem Stoff beständen als die Augen, durchschimmern zu lassen schien. *Manchmal*, wenn man gedankenlos ihr mit braunen Pünktchen übersätes Gesicht betrachtete, in dem nur zwei blauere Flecken schwammen, so sah man es wie das Ei eines Distelfinken an, *oft* aber auch wie einen opalfarbenen, nur an zwei Stellen bearbeiteten und polierten Achat, in dem innerhalb des braunen Steins gleich den durchsichtigen Flügeln eines leuchtendblauen Schmetterlings Augen schimmerten, in denen die Körpersubstanz zum Spiegel wird und uns die Illusion gibt, als könne man hier mehr denn an anderen Stellen des Körpers bis zur Seele vordringen. *Sehr häufig* aber war dies Antlitz noch viel farbiger und dadurch lebendiger; *zuweilen* war in dem sonst weißen Gesicht rosig nur die Nasenspitze, die so fein geformt war wie die einer undurchdringlich blickenden kleinen Katze, die zum Spielen verlockt; *manchmal* waren die Wangen wie poliert, so daß der Blick über ihr rosiges Email hinglitt wie über das einer Miniatur, wobei der halbgeöffnet darüber gelegte Deckel des schwarzen Haarschopfes es noch zarter und geheimnisvoller erscheinen ließ; *es kam vor*, daß die Farbe der Wangen den ins Violette spielenden rosa Ton von Zyklamen hatte, und *manchmal*, wenn sie überstark durchblutet und wie fiebrig die Vorstellung von einer kranken Gesichtshaut weckten, durch die mein Verlangen in eine sinnliche Sphäre heruntergedrückt wurde, ihrem Blick aber etwas Verderbtes und Ungesundes gaben, *sogar* den düsteren Purpurton gewisser Rosensorten, ein fast schwarzes Rot; *jede dieser Albertinen* aber war wieder anders wie jeder neue Auftritt einer Tänzerin, bei dem Farbe, Form, Charakter, je nach dem unaufhörlich wechselnden Spiel der Scheinwerfer, völlig andere sind.[51]

Natürlich können die beiden Mittel "interne Determination" und "interne Spezifikation" auch im selben Segment zusammen eingesetzt werden. Auf sehr klare und schöne Weise geschieht dies in dem Absatz, der den Abschnitt von *Combray*, der die "beiden Seiten" behandelt, dadurch einleitet, daß er antzipativ die Heimkehr nach den Spaziergängen evoziert:

Wir kehrten *immer* frühzeitig genug von unsern Spaziergängen heim, um meiner Tante Léonie vor dem Abendessen noch einen Besuch zu machen. *Zu Beginn der Jahreszeit*, wo die Tage früh zu Ende gehen, lag, wenn wir in der Rue du Saint-Esprit ankamen, stets ein Widerschein der Abendröte auf den Fenstern des Hauses und ein Purpurstreifen am Fuße der Wälder vor dem Kalvarienberg, der sich weiter fort im Teiche spiegelte, eine Röte, die, *oft* von ziemlich lebhafter Kälte begleitet, in meinem Geiste mit der Röte des Feuers eine Verbindung einging, über dem das Hähnchen briet, das für mich nach dem poetischen Vergnügen der Wanderung die Freuden der Tafel, der Wärme und Ruhe einleitete. *Im Sommer hingegen* ging die Sonne bei unserem Heimkommen noch nicht unter; erst während des

---

[51] I, S. 946 f., dt. S. 1242 f.

Besuches, den wir bei Tante Léonie machten, senkte sich ihr Schein, traf das Fenster, wurde zwischen den dicken Vorhängen und ihren Haltern zerstreut, abgezweigt, gefiltert und versah wie in jener zarten Abwandlung, die er im Dickicht des Waldes erfährt, das Zitronenholz der Kommode mit feinen Goldintarsien. Aber *an gewissen, freilich seltenen Tagen* hatte, wenn wir ins Haus zurückkehrten, die Kommode seit langem diesen so kurzlebigen Intarsienschmuck verloren, und wenn wir in die Rue du Saint-Esprit einbogen, lag kein Widerschein des Abendrots auf den Scheiben; der Teich zu Füßen des Kalvarienberges hatte seine Röte eingebüßt, war *manchmal* schon in Opalfarbe übergegangen, und eine lange Mondbahn, die immer breiter wurde und sich in den Wellenringen des Wassers brach, zog sich über die ganze Oberfläche hin.[52]

Der erste Satz hier formuliert eine absolute iterative Regel: "Wir kehrten *immer* frühzeitig heim", die in den beiden folgenden Sätzen durch interne Determination jahreszeitlich diversifiziert wird: *Frühling/Sommer*[53]; abschließend wird durch eine interne Spezifikation, die sowohl den Frühling wie den Sommer zu betreffen scheint, eine dritte, außergewöhnliche (aber nicht singulative) Variante eingeführt: *an gewissen, freilich seltenen Tagen* (gemeint sind offenbar die Tage, an denen man in Richtung Guermantes spazierengegangen ist). Das komplette iterative System gliedert sich also im Sinne des folgenden Schemas, das unter der scheinbaren Homogeneität des fortlaufenden Textes eine hierarische Struktur sichtbar macht, die weitaus komplexer und verflochtener ist:

HEIMKEHR *immer* frühzeitig	*für gewöhnlich* recht früh	*Frühling:* Dämmerung	(leer)
		Sommer: Sonne	*oft:* kalt
	selten etwas später: bereits dunkel		(leer)
			manchmal: opal

(Zu recht mag man einwenden, daß ein solches Schema die "Schönheit" dieser Seite nicht wiedergibt: aber das soll es auch gar nicht. Die Analyse operiert hier nicht auf der Ebene dessen, was man mit Chomsky die "Oberflächenstrukturen", mit Hjelmslev oder Greimas die stilistische "Manifestation" nennen würde, sondern auf der der "immanenten" Zeitstrukturen, die dem Text sein Gerüst und Fundament geben - und ohne die es ihn nicht gäbe (denn ohne das hier rekonstruierte System von Determinationen und Spezifikationen bliebe von ihm im vorliegenden Fall nicht mehr als sein erster Satz übrig). Und wie üblich enthüllt die Analyse der tieferen Schichten unter der ruhigen Horizontalität aneinandergereihter Syntagmen das zerklüftete System von Entscheidungen und paradigmatischen Beziehungen. Wenn ihr Ziel also darin besteht, die Existenz- oder Produktionsbedingungen des Textes aufzuklä-

---

[52] I, S. 133, dt. S. 178 f.
[53] Eine selbst iterative Determination, weil sie sich alljährlich wiederholt. Der Gegensatz *Frühling/Sommer*, der im Maßstab eines einzigen Jahres eine reine Determination darstellt, wird also auf der Ebene der Combrayer Zeit im ganzen zu einem Mixtum aus Determination und Spezifikation.

ren, so tut sie dies nicht, wie oft gesagt wird, indem sie das Komplexe aufs Einfache reduziert, sondern im Gegenteil dadurch, daß sie die verborgene Komplexität sichtbar macht, die das *Geheimnis* der Einfachheit ist.)

Dieses "impressionistische" Thema des nach Moment und Jahreszeit variierenden Lichts, das der Gegend ein immer wieder neues Aussehen gibt[54], - ein Thema, das Proust auch die "von den Stunden zerklüftete Landschaft" nennt - ist auch für die iterativen Beschreibungen des Meeres bei Balbec bestimmend und insbesondere für diejenige auf den Seiten 802 bis 806 (dt. S. 1056 bis 1060) der *Jeunes filles en fleurs:* "Mit der fortschreitenden Jahreszeit wandelte sich das Bild, das ich dort vor meinem Fenster fand. *Zunächst* war es jetzt sehr hell [...] *Bald* nahmen die Tage ab [...] *Ein paar Wochen später* war, wenn ich abends heraufkam, die Sonne schon untergegangen. Genau wie in Combray über dem Kalvarienberg, wenn ich vom Spaziergang zurückkehrend mich anschickte, vor dem Abendessen noch einmal in die Küche zu gehen, machte hier ein roter Himmelsstreifen [...]" Auf diese erste Reihe von Variationen durch Determination folgt eine zweite durch Spezifikation: "Ich war von allen Seiten von Meeresbildern umwogt. Aber *sehr oft* waren es eben tatsächlich nur Bilder [...] *Das eine Mal* war es eine Ausstellung japanischer Holzschnitte [...] Ein größeres Vergnügen empfand ich *an den Abenden, da* ein Schiff [...] *Manchmal* füllte die See [...] *An anderen Tagen* bildete das Meer [...] *Und manchmal* [...]" Dasselbe Motiv zwei Seiten weiter (I, S. 808, dt. S. 1062), anläßlich der Fahrten nach Rivebelle und der Combrayer Version noch ähnlicher, auch wenn diesmal nicht eigens an sie erinnert wird: *"In der ersten Zeit* war immer, wenn wir ankamen, die Sonne gerade untergegangen, aber es war doch noch hell [...] *Bald aber* war es dann schon Nacht, wenn wir aus dem Wagen stiegen [...]" Später in Paris, in *La prisonnière*[55], ist die Art der Variation nicht mehr optischer, sondern auditiver Natur: Die morgendlichen Nuancen im Ton der Glocken oder in den Geräuschen der Straße sagen Marcel, der noch im Bett liegt, *wie das Wetter ist [le temps qu'il fait].* Was sich aber durchgängig erhält, ist die außerordentlich sensible Reaktion auf Klimaveränderungen, die fast manische Aufmerksamkeit (die Marcel metaphorisch von seinem Vater geerbt hat) auf Bewegungen des inneren Barometers und, für uns hier besonders wichtig, die so charakteristische und fruchtbare Verbindung des Zeitlichen mit dem Meteorologischen, die die Zweideutigkeit des *temps français,* d. h. des französischen Worts "temps" *(Zeit/Wetter)* bis in ihre extremsten Konsequenzen entwickelt: eine Zweideutigkeit, die bereits der wunderbar prophetische Titel eines Abschnitts aus *Les plaisirs et les jours* ausbeutete: "Rêveries *couleur du temps".*[56] Die *Wiederkehr* der Stunden, Tage und Jahreszeiten, die Kreisförmigkeit der kosmischen Bewegung, ist zugleich das durchgängigste Motiv und das beste Symbol für das, was ich den Proustschen *Iteratismus* nennen möchte.

Dies also sind die Werkzeuge der im eigentlichen Sinne iterativen Diversifizierung (interne Determination und interne Spezifikation). Sind sie erschöpft, bleiben

---

[54] "Die Verschiedenheit der Beleuchtung verändert nicht minder die landschaftliche Orientierung [...] als ein auf einer Reise tatsächlich durchmessener Weg" (I, S. 673, dt. S. 886).
[55] III, S. 9, 82, 116, dt. S. 2769, 2866, 2913.
[56] "Die Klagen, Träumereien in zeitfarbener Tönung", in:*Freuden und Tage,* a.a.O., S. 143-198.

noch zwei Mittel übrig, denen gemeinsam ist, daß sie den Singulativ in den Dienst des Iterativs stellen. Das erste ist uns schon bekannt, es ist die Konvention des Pseudo-Iterativs. Das zweite hingegen ist nicht figürlich, sondern besteht darin, ein ausdrücklich singuläres Ereignis in seiner Buchstäblichkeit heranzuziehen, sei es um eine iterative Reihe zu illustrieren und zu bestätigen *(so geschah es eines Tages ...)*, sei es im Gegenteil als Ausnahme von der Regel, die man soeben aufgestellt hat *(eines Tages jedoch ...)*. Ein Beispiel für die erste Funktion ist der folgende Passus aus den *Jeunes filles en fleurs:* "Manchmal [dies das iterative Gesetz] weckte eine nette Aufmerksamkeit der einen oder anderen von ihnen in mir starke Schwingungen, die eine Zeitlang das Verlangen nach den anderen mehr in die Ferne rückten. *So hatte Albertine eines Tages gesagt [...]* [dies die singuläre Illustration]".[57] Ein Beispiel für die zweite ist die Episode mit den Kirchtürmen von Martinville, die deutlich als eine Abweichung vom Gewohnten präsentiert wird: Normalerweise vergaß Marcel nach den Spaziergängen seine Eindrücke gleich wieder und unternahm keinen Versuch, ihre Bedeutung zu entschlüsseln: "eines Tages jedoch"[58] ist er unnachgiebig, setzt ihnen nach und verfaßt auf der Stelle die kleine Beschreibung, die sein erstes Werk und das Zeichen seiner Berufung ist. Noch viel deutlicher allerdings ist der Ausnahmecharakter bei dem Zwischenfall mit dem Jasmin in *La prisonnière:* "Ich möchte unter diesen Tagen, an denen ich mich bei Madame de Guermantes verspätete, *einen herausheben,* der durch einen kleinen Zwischenfall gekennzeichnet war [...]", worauf die iterative Erzählung mit den Worten wiederaufgenommen wird: "*Abgesehen von diesem einzigen Zwischenfall* vollzog sich alles in normaler Weise, wenn ich von der Herzogin wieder heraufkam".[59] Derart wird der Singulativ als solcher durch das Spiel der "einmal", der "eines Tages" usw. gewissermaßen in den Iterativ *integriert,* darauf reduziert, ihm zu dienen oder ihn zu illustrieren, sei es positiv, indem er dessen Code respektiert, sei es negativ, indem er ihn verletzt, was nur eine andere Weise ist, ihn zu bestätigen.

Interne und externe Diachronie

Bislang haben wir die iterative Einheit so betrachtet, als verharre sie isoliert und ohne jede Überschneidung in ihrer eigenen synthetisch-idealen Zeit. Die (per definitionem singulative) reale Diachronie trat eigentlich nur hinzu, um die Grenzen der konstitutiven Reihe abzustecken (durch Determination) oder um den Inhalt der konstituierten Einheit zu diversifizieren (durch interne Determinationen). Sie prägte dieser Einheit aber nie wirklich das Vergehen der Zeit auf, ließ sie nicht wirklich

---

[57] I, S. 911, dt. S. 1196. Die drei Episoden, die die "Fortschritte" illustrieren, die Marcel bei Gilberte macht ("eines Tages" bekommt er von ihr die Achatkugel geschenkt, "ein andermal" die Schrift Bergottes, dann "kommt der Tag", an dem sie zu ihm sagt: "Du kannst mich ruhig Gilberte nennen", I, S. 402 f., dt. S. 531-533.), würde ich allerdings nicht ohne weiteres als Illustration einer iterativen Reihe auffassen, weil diese drei "Beispiele" die Reihe vielleicht erschöpfen, etwa so wie nach dem Tode Albertines die "drei Etappen" die Fortschritte im Vergessen markieren (III, S. 559-623, dt. S. 3513-3603). Hierbei handelt es sich vielmehr um einen anaphorischen Singulativ.
[58] I, S. 179 f., dt. S. 239 f.
[59] III, S. 54 f., dt. S. 2830-2832.

altern, weshalb das *Vorher* und *Nachher* für uns gewissermaßen nur zwei Varianten desselben Themas waren. Und tatsächlich kann ja eine iterative Einheit wie *schlaflose Nacht*, gebildet auf der Basis einer Reihe, die sich über mehrere Jahre erstreckt, ausschließlich im Rahmen ihrer eigenen Abfolge, die vom Abend bis zum Morgen reicht, erzählt werden, ohne daß der Ablauf der "externen" Dauer, d. h. der Tage und Jahre, die die erste schlaflose Nacht von der letzten trennen, irgendwie ins Spiel käme: Die typische Nacht bleibt sich vom Anfang bis zum Ende der Reihe gleich, *variierend*, ohne daß sie sich *entwickelte*. Genau das geschieht auf den ersten Seiten von *Swann*, wo die einzigen Zeitangaben entweder vom alternierend-iterativen Typ sind (interne Spezifikationen): *manchmal, oder aber, mitunter, oft, mal ... mal*, oder aber der internen Dauer der synthetisch-idealen Nacht gewidmet sind, deren Ablauf den Fortgang des Textes bestimmt: *kaum war die Kerze ausgelöscht ... eine halbe Stunde später ... dann ... gleichzeitig ... nach und nach ... dann ...*, ohne daß irgend etwas darauf hindeutete, daß das Verstreichen der Jahre diesen Ablauf irgendwie verändert hätte.

Aber durch das Spiel der internen Determinationen ist es der iterativen Erzählung ebensogut möglich, die reale Diachronie zu berücksichtigen und sie ihrer eigenen zeitlichen Abfolge zu integrieren: Sie kann zum Beispiel eine Einheit wie *Sonntag in Combray* oder *Spaziergänge in der Umgebung von Combray* schildern und dabei auf jene Veränderungen hinweisen, die im Laufe der etwa zehn Jahre eingetreten sind, über die sich die reale Reihe der in Combray verbrachten Wochen erstreckte: Veränderungen, die nicht mehr auswechselbare Variationen darstellen, sondern umumkehrbare Transformationen: Todesfälle (Tante Léonie und Vinteuil), Zerwürfnisse (Onkel Adolphe), Heranwachsen und Älterwerden des Helden: neue Interessen (Bergotte), neue Bekanntschaften (Bloch, Gilberte, die Herzogin von Guermantes), entscheidende Erfahrungen (Entdeckung der Sexualität), traumatische Augenblicke (das "erste Nachgeben" der Eltern, die Profanationsszene in Montjouvain). Hier stellt sich unausweichlich die Frage nach den Beziehungen und etwaigen Überschneidungen zwischen der internen Diachronie (der synthetisch-idealen Einheit) und der externen Diachronie (der realen Reihe). Zu genau solchen Überschneidungen kommt es in *Combray II*, und J. P. Houston konnte die Behauptung aufstellen, daß sich die Erzählung darin simultan auf den drei Zeitebenen des Tages, der Jahreszeit und der Jahre bewegt.[60] Ganz so klar und systematisch sind die Dinge zwar nicht, doch es stimmt, daß in dem Abschnitt über den Sonntag der Vormittag zu Ostern gehört, der Nachmittag und Abend zu Himmelfahrt, und daß Marcels Beschäftigungen vormittags die eines Kindes, nachmittags die eines Jugendlichen zu sein scheinen. In noch deutlicherer Weise berücksichtigen die beiden Spaziergänge, und insbesondere der Spaziergang nach Méséglise zu, im Nacheinander ihrer singulären oder habituellen Episoden den Ablauf der Monate im Jahr (blühender Flieder und Weißdorn in Tansonville, Herbstregen in Roussainville) und den der Jahre im Leben des Helden, der in Tansonville noch ein kleines Kind ist und in Méséglise dann mit der Begierde zu kämpfen hat, wobei die letzte Szene

---

[60] A.a.O., S. 38.

("Montjouvain") ausdrücklich noch später angesiedelt ist.[61] Und wir haben bereits auf den diachronischen Schnitt hingewiesen, den das Erscheinen der Herzogin in der Kirche bewirkt und der die Spaziergänge nach Guermantes in zwei Hälften teilt. In all diesen Fällen gelingt es Proust dank einer geschickten Anordnung der Episoden, die internen und externen Diachronien auf annähernd parallele Weise zu behandeln, ohne offen die frequentative Zeit zu verlassen, die er zur Grundlage seines Erzählens gemacht hat. Desgleichen entwickeln sich die Romanzen zwischen Swann und Odette und Marcel und Gilberte gewissermaßen in iterativen Etappen, jeweils eingeleitet durch einen sehr charakteristischen Gebrauch jener *nunmehr, seitdem, jetzt*[62], die die Geschichte im ganzen nicht als eine Kette kausal verknüpfter Ereignisse behandeln, sondern als ein *Nacheinander von Zuständen*, die sich ablösen, ohne im geringsten miteinander zu kommunizieren. Der Iterativ ist hier also nicht nur einer der Gewohnheit, sondern vor allem der zeitliche Modus (oder Aspekt) eines ständigen Vergessens, d. h. jenes tiefen Unvermögens des Proustschen Helden (das Swann nie, Marcel erst in der Offenbarung in der Bibliothek überwindet), die Kontinuität seines Lebens zu erkennen und damit die Beziehung einer "Zeit" zu einer anderen. Als Gilberte, deren "großer Favorit" und unzertrennlicher Freund er mittlerweile geworden ist, ihm zeigt, welche Fortschritte ihre Freundschaft seit der Zeit des Barlaufs auf den Champs-Élysées gemacht hat, gelingt es Marcel nicht, diese jetzt vergangene und dadurch nichtig gewordene Situation nachzuvollziehen. Sowenig wie er später imstande sein wird, sich vorzustellen, daß er Gilberte einst geliebt hat, zu einer Zeit, die doch so ganz anders war als die Zeit, in der er sie nicht mehr liebt, so unmöglich ist es ihm auch jetzt, diesen Zeitenabstand zu überbrücken: "Sie sprach von einem Wandel der Dinge, den ich zwar äußerlich feststellte, aber im Innern nicht mitvollzog, denn er setzte sich aus zwei Zuständen zusammen, die ich nicht, ohne daß die Trennungslinien sich verwischten, gleichzeitig denken konnte".[63] Zwei Augenblicke zugleich zu denken, heißt für den Proustschen Menschen fast immer, sie miteinander zu identifizieren oder zu vermengen: und genau das ist das Gesetz des Iterativs.

---

[61] "Einige Jahre später" (I, S. 159, dt. S. 212).
[62] *"Jetzt* mußte er jeden Abend [...]" (I, S. 234, dt. S. 311); "So wurde es *jetzt* ein feststehender Zug bei Swann [...]" (S. 235, dt. S. 312); *"Jetzt* hatte [seine Eifersucht] Nahrung bekommen, und Swann würde nun anfangen, sich jeden Tag wegen der Besuche zu beunruhigen [...]" (S. 283, dt. S. 374); "Wenn ich *jetzt*, nachdem mich Gilbertes Eltern so lange daran gehindert hatten, sie zu sehen [...]" (S. 503, dt. S. 664); *"Jetzt* bezog ich mich jedesmal, wenn ich an Gilberte schrieb [...]" (S. 633, dt. S. 832). Überlassen wir es dem Computer, die vollständige Liste für die ganze *Recherche* zu erstellen; hier noch drei dicht gedrängt auftretende Fälle: "Es war *jetzt* schon dunkel, wenn ich die Hitze des Hotels [...] mit dem Eisenbahnwagen vertauschte, in den Albertine und ich uns begaben [...]" (II, S. 1036, dt. S. 2635); "Unter der Zahl der Gewohnheitsgäste von Madame Verdurin [...] war *jetzt* seit einigen Monaten Monsieur de Charlus" (S. 1037, dt. S. 2636); *"Jetzt* fand man ihn geradezu - ohne sich darüber klar zu sein - wegen dieses Lasters bedeutender als die anderen" (S. 1041, dt. S. 2641).
[63] I, S. 538, dt. S. 709.

Frequenz 103

Alternanz, Übergänge

Allem Anschein nach hat Proust die synthetische Erzählform des klassischen Romans, das Summary (das, wie man sich erinnert, in der *Recherche* nicht vorkommt), durch die synthetische Form des Iterativs ersetzt: also keine beschleunigende oder raffende Zusammenfasssung mehr, sondern eine assimilierende und abstrahierende. So beruht denn auch der Rhythmus der Erzählung in der *Recherche* im wesentlichen nicht mehr wie in der klassischen Erzählung auf der Alternanz von Summary und Szene, sondern auf einer anderen Alternanz, auf dem Wechsel von Iterativ und Singulativ.

In den meisten Fällen verbirgt sich unter dieser Alternanz ein System von funktionalen Abhängigkeiten, die die Analyse aufdecken kann und muß. Den beiden grundlegenden Typen solcher Unterordungsverhältnisse sind wir bereits begegnet: Zum einen gibt es das deskriptiv oder explikativ fungierende iterative Segment, das einer singulativen Szene untergeordnet und im allgemeinen in sie eingefügt ist (Beispiel: der *Geist der Guermantes* in dem Diner bei Oriane), zum anderen die illustrativ fungierende singulative Szene, die einer iterativen Entwicklung untergeordnet ist (Beispiel: die *Türme von Martinville* in der Reihe der Spaziergänge nach Guermantes). Doch es gibt auch komplexere Strukturen, so etwa wenn eine singuläre Anekdote eine iterative Entwicklung illustrieren soll, die selbst wiederum einer singulativen Szene untergeordnet ist (Beispiel: die "Matinee zu Ehren der Prinzessin Mathilde"[64], die den *Geist der Guermantes* illustriert); oder umgekehrt, wenn eine singulative Szene, die einem iterativen Segment untergeordnet ist, ihrerseits eine iterative Parenthese nach sich zieht: ein Beispiel hierfür ist die (singulative) Episode der Begegnung mit der Dame in Rosa, die, wie wir sahen, wegen ihrer indirekten Auswirkungen auf die (iterativen) Sonntage des Helden erzählt wird, in einer Klammer aber (iterativ) von der jugendlichen Begeisterung Marcels für das Theater und die Schauspielerinnen berichtet, Ausführungen, die nötig sind, um seinen überraschenden Besuch bei Onkel Adolphe zu erklären.[65]

Manchmal kommt es auch vor, daß das Verhältnis sich jeder Analyse und Definition entzieht, da die Erzählung vom einen zum anderen Aspekt wechselt, ohne sich um deren jeweilige Funktionen zu kümmern, ja scheinbar ohne sie überhaupt wahrzunehmen. Robert Vigneron[66] ist im dritten Teil von *Swann* auf solche dunklen Alternanzen gestoßen, für ihn ein "heilloses Durcheinander", das er meinte auf eine hastige Überarbeitung zurückführen zu können, zu der Proust die separate Veröffentlichung des ersten Bandes der Grasset-Ausgabe gezwungen habe: Um am Ende dieses Bandes (und damit an dem von *Du côté de chez Swann*) das brillante Stück über den "heutigen" Bois de Boulogne unterbringen und es so einigermaßen nahtlos an das Vorhergehende anschließen zu können, habe Proust die Reihenfolge der verschiedenen Episoden auf den Seiten 482 bis 511 der Grassetausgabe[67] stark modifizieren müssen. Diese Eingriffe in den Text aber hätten diverse chronologi-

---

[64] II, S. 468 f., dt. S. 1875 f.
[65] I, S. 72-75, dt. S. 100-104.
[66] "Structure de *Swann:* prétentions et défaillances", in:*Modern Philology,* August 1946.
[67] Pléiadeausgabe: I, S. 394-417, dt. S. 521-551.

sche Schwierigkeiten mit sich gebracht, deren Proust angeblich nur um den Preis einer temporalen "Camouflage" Herr geworden sei, deren grobes und unbeholfenes Mittel das (iterative) Imperfekt gewesen sei: "Um dieses chronologische und psychologische Durcheinander zu verbergen, bemüht sich der Autor, einmalige Handlungen als wiederholte Handlungen zu camouflieren, und überpinselt seine Verben schnell mit der Tünche des Imperfekts. Doch leider macht nicht nur die Singularität gewisser Handlungen deren habituelle Wiederholung unwahrscheinlich, sondern überdies ist das eine oder andere hartnäckige Passé défini der Tünche entgangen und macht den Kunstgriff offenkundig". Mit dieser Erklärung gewappnet, hat sich Vigneron dazu verstiegen, hypothetisch die "ursprüngliche Anordnung" dieses so ärgerlich durcheinandergebrachten Textes zu rekonstruieren. Eine mehr als gewagte Rekonstruktion und eine mehr als fragile Erklärung: Wir sind bereits mehrfach derartigen Pseudo-Iterativen (denn genau darum handelt es sich) wie auch solchen von der Norm abweichenden Passés simples begegnet und das in Teilen der *Recherche,* die in keiner Weise unter der vorgeblichen Zurechtstutzung von 1913 gelitten haben, und man muß sogar sagen, daß die Beispiele am Ende von *Swann* keineswegs die frappierendsten sind.

Betrachten wir eine der von Vigneron inkriminierten Stellen etwas näher: die Seiten 486 bis 489 der Grassetausgabe.[68] Es geht um einen jener Wintertage, an denen die Champs-Élysées unter einer Schneedecke liegen, wo aber unerwarteter Sonnenschein Marcel und Françoise zu einem improvisierten Spaziergang aufbrechen läßt, ohne daß irgendeine Hoffnung bestände, Gilberte zu treffen. Wie Vigneron in anderer Terminologie bemerkt, ist der erste Absatz ("Und bis in jene Tage hinein [...]") iterativ, seine Verben stehen im Imperfekt der Wiederholung. "Im folgenden Absatz" ("Françoise fror zu sehr [...]"), schreibt Vigneron, "folgen die Imperfekte und Passés simples ohne ersichtlichen Grund aufeinander, als hätte der Autor - unfähig, einen der beiden Gesichtspunkte definitiv zu übernehmen - seine temporalen Transpositionen unvollendet gelassen". Um dem Leser ein Urteil zu erlauben, zitiere ich hier diesen Absatz im Wortlaut der Ausgabe von 1913:

Françoise fror zu sehr *[avait trop froid]*, um auf Bewegung verzichten zu können, und so gingen wir [nous *allâmes]* zur Place de la Concorde, um die Seine zu sehen, die zugefroren war und der nun alle, selbst die Kinder, sich furchtlos näherten *[s'approchaient]* wie einem riesigen gestrandeten Wal, der wehrlos seiner Zerteilung entgegensieht [qu'on *allait* dépecer]. Wir kehrten zu den Champs-Élysées zurück [nous *revenions];* ich verging *[languissais]* vor Sehnsucht zwischen den still stehenden Holzpferden des Karussells und der weißen Rasenfläche im schwarzen Netz der Alleen, von denen der Schnee fortgekehrt worden war [dont on *avait* enlevé le neige]; die Statue am andern Ende trug jetzt auf der Hand *[avait* à la main] einen Eisklumpen, der ihre Gebärde zu motivieren schien *[semblait].* Die alte Dame faltete ihre *Débats* zusammen und fragte *[demanda]* ein vorübergehendes Kindermädchen [à une bonne d'enfants qui *passait]* nach der Zeit und dankte *[remercia]* ihr mit den Worten. "Sehr liebenswürdig von Ihnen!" Dann bat sie den Parkwächter, ihre Enkelkinder zu holen, da sie fröre [qu'elle *avait* froid], und setzte hinzu *[ajouta]:* "Es wäre sehr, sehr gütig, wenn Sie es täten. Ich weiß gar nicht, wie ich Ihnen danken soll." Plötzlich

---

[68] Pléiadeausgabe: I, S. 397-399, dt. S. 524-528.

lichtete sich das Dunkel [l'air se *déchirait*]: Zwischen dem Kasperletheater und dem Zirkus, am hellerwerdenden Horizont, vor dem sich öffnenden Himmel, erkannte ich [je *venais* d'apercevoir] wie ein Wunderzeichen Mademoiselles blaue Feder. Und schon lief *[courait]* auch Gilberte in Windeseile auf mich zu, strahlend und gerötet unter ihrer Polenmütze aus Pelz, von Kälte, von Wartenmüssen und vom Bedürfnis nach dem gewohnten Spiel animiert; kurz ehe sie bei mir anlangte, schlitterte sie auf dem Eis [elle se *laissa* glisser sur la glace], und sei es, um besser das Gleichgewicht zu bewahren, sei es, daß sie es anmutiger fand *[trouvait]* oder eine echte Schlittschuhläuferinhaltung einnehmen wollte, jedenfalls kam sie lächelnd und mit weitgeöffneten Armen auf mich zu [elle *avançait*], als wolle sie mich an ihr Herz ziehen. "Bravo! Bravo! so ist es recht; ich würde sagen, es ist schick, oder es ist tipp-topp, wenn ich nicht aus einer andern Zeit stammte, noch aus der des Ancien Régime", rief *[s'écria]* die alten Dame gleichsam im Namen der schweigenden Champs-Élysées aus, um Gilberte zu danken, daß sie gekommen war und sich durch das schlechte Wetter nicht hatte abschrecken lassen. "Du bist wie ich, nichts hält uns fern von unsern alten Champs-Élysées; wir sind zwei Unentwegte. Ich muß dir sogar gestehen, ich liebe sie auch so. Du wirst lachen, aber dieser Schnee erinnert mich immer an Hermelin." Die alte Dame kicherte [se *mit* à rire].

Zugegeben, der Text in diesem "Zustand" entspricht recht gut der strengen Beschreibung Vignerons: Iterative und singulative Formen sind darin auf eine Weise verflochten, die den Aspekt des Verbs völlig unentschieden läßt. Doch diese Zweideutigkeit rechtfertigt noch keineswegs die Erklärungshypothese "einer unvollendeten temporalen Transposition". Eher das Gegenteil ist der Fall, wie wir gleich sehen werden.

Denn betrachtet man die hier kursivierten Verbformen etwas genauer, stellt man fest, daß sich - mit einer Ausnahme - alle Imperfekte als Imperfekte der Gleichzeitigkeit [imparfaits de concomitance] interpretieren lassen, so daß man den Abschnitt im ganzen also als singulativen auffassen kann, stehen doch die Verben, die das eigentliche Geschehen schildern, alle, mit einer Ausnahme, im Passé simple: nous *allâmes*, la vielle dame *demanda, remercia, ajouta*, Gilberte se *laissa* glisser, la vielle dame *s'écria*, se *mit* à rire. "Mit einer Ausnahme", sagte ich, die in die Augen springt: "Tout à coup l'air se *déchirait*"; schon die Anwesenheit des Adverbs *plötzlich* macht es unmöglich, dieses Imperfekt als Durativ zu lesen, und zwingt einen folglich dazu, es als Iterativ zu deuten. Es allein[69] weicht im Ton irreduzibel von dem als Singulativ zu deutenden Kontext ab, d. h. nur es führt zu dem "heillosen Durcheinander" im Text, von dem Vigneron spricht. Nun wurde diese Form aber in der Ausgabe von 1917 korrigiert, wo man die zu erwartende Form findet: "l'air se *déchira*". Diese Korrektur genügt, wie mir scheint, um das "Durcheinander" dieses Absatzes zu entwirren und ihm im ganzen den Zeitaspekt eines Singulativs zu geben. Vignerons Beschreibung trifft also auf den definitiven Text von *Swann*, d. h. auf den letzten zu Lebzeiten des Autors erschienenen nicht zu; und was die Erklärung durch eine "unvollendete Transposition" des Singulativen ins Iterative betrifft, so sieht man, daß diese einzige Korrektur genau in die umgekehrte Richtung zielt:

---

[69] Schwanken mag man allerdings auch bei "nous *revenions* aux Champs-Élysées", das sich nicht ohne weiteres auf ein Imperfekt der Gleichzeitigkeit [imparfait de concomitance] reduzieren läßt, da die "gleichzeitigen" Ereignisse, die davon begleitet werden sollen, erst etwas später stattfinden ("la vielle dame demanda l'heure, etc."). Aber hier mag die vom Kontext ausgehende Ansteckung ausreichen, um seine Anwesenheit zu erklären.

Statt 1917 einen Text "vollends" mit Imperfekten zu "übertünchen", in dem er 1913 aus Unachtsamkeit allzu viele Passés simples hätte stehen lassen, verwandelt Proust[70] im Gegenteil die einzige unleugbar iterative Form dieser Seite in einen Singulativ. Vignerons in sich schon fragile Interpretation wird damit völlig unhaltbar.

Damit dürfte sich die rein faktizistische Erklärung Vignerons für das Durcheinander am Ende von *Swann* erledigt haben, eine Erklärung, die im übrigen den Eindruck erwecken könnte, als sei der ganze Rest der Proustschen Erzählung ein Musterbeispiel an Kohärenz und Klarheit. Derselbe Kritiker hat jedoch an anderer Stelle[71] zu Recht darauf hingewiesen, daß Proust den unterschiedlichsten Materialien erst sehr spät eine retrospektive Einheit übergestülpt hat, und er nennt die *Recherche* im ganzen einen "Harlekinsmantel, dessen verschiedene Stücke, so reich und edel ihr Stoff auch sein mag, so geschickt sie auch umgearbeitet, zurechgeschnitten und zusammengenäht sein mögen, durch Differenzen in Textur und Farbe immer noch ihren unterschiedlichen Ursprung durchscheinen lassen".[72] Das ist unleugbar, und die spätere Veröffentlichung der diversen "Erstfassungen" hat diesen Eindruck nur bestätigt (und wird es wahrscheinlich auch weiterhin tun). Die *Recherche* gleicht einer "Collage" oder besser einem "Patchwork", und ihre Einheit als Erzählung ist - wie Proust zufolge die der *Comédie humaine* oder des Wagnerschen *Rings* - eine *nachträgliche* Einheit, auf der um so stärker insistiert wird, gerade weil sie so spät kommt und nach Zeit und Herkunft so breit gestreute Materialien vereinen muß. Bekanntlich hat Proust diesen Typ von Einheit durchaus nicht als "illusorisch" (Vigneron) betrachtet, im Gegenteil: "Nicht künstlich, vielleicht sogar um so wirklicher, als sie nachträglich erst ihr Entstehen einem entflammten Augenblick verdankt, angesichts von Teilen entdeckt worden ist, die nur noch zu einem Ganzen zusammenschießen mußten; eine Einheit, die nichts von sich wußte, also lebendig und nicht logisch bedingt ist, die Mannigfaltigkeit nicht verpönt, die Ausführung nicht erkältend beeinflußt hat".[73] Man muß ihm im wesentlichen wohl rechtgeben, aber vielleicht ergänzen, daß er hier die Schwiergkeit unterschätzt, die es den "Teilen" mitunter bereitet, "zu einem Ganzen zusammenzuschießen". Und zweifellos trägt auch die (nach den Normen der klassischen Narration) chaotische Episode der Champs-Élysées, die wir eben behandelt haben, eher die Male dieser

---

[70] Oder vielleicht jemand anders? Unter Berufung auf einen Brief aus dem Jahre 1919 schreiben Clarac und Ferré: "Scheinbar hat Proust also die 1917 erschienene Neuausgabe von *Swann* nicht überwacht" (I, S. XXI). Doch diese Ungewißheit nimmt der Korrektur nicht alle Autorität; Clarac und Ferré selber haben sie im übrigen übernommen. Zudem kann Proust an den Varianten von 1917 unmöglich völlig unbeteiligt gewesen sein: Wer, wenn nicht er, sollte für jene Korrekturen verantwortlich sein, die Combray aus den bekannten Gründen aus der Beauce in die Champagne verlegen?
[71] "Structure de *Swann*: Combray ou le cercle parfait", *Modern Philology*, August 1947.
[72] "Structure de *Swann*: Balzac, Wagner et Proust", *The French Review*, Mai 1946.
[73] III, S. 161, dt. S. 2973 f. Vgl. *Contre Sainte-Beuve*, Pléiade, S. 274, dt. *Gegen Sainte-Beuve*, a. a. O., S. 129: "Ein Teil seiner großen Zyklen [die Rede ist von Balzac] ist erst nachträglich mit dem Übrigen verbunden worden. Doch was bedeutet das! Der *Karfreitagszauber* wurde von Wagner geschrieben, noch ehe er daran dachte, den *Parsifal* zu schaffen und wurde später in ihn eingefügt. Doch sind nicht die Verbindungsstücke, diese miteinander in Verbindung tretenden Schönheiten, die plötzlich von dem Genie erkannten neuen Beziehungen zwischen getrennten Teilen seines Werkes, die sich miteinander vereinen, sind das nicht seine schönsten Intuitionen?"

Schwierigkeit als die einer überstürzten Veröffentlichung. Davon kann man sich leicht überzeugen, indem man den hier fraglichen Passus mit zwei früheren Fassungen derselben Stelle vergleicht: mit der aus *Jean Santeuil*, die rein singulativ ist, und der aus *Contre Sainte-Beuve*, die gänzlich iterativ ist.[74] Vielleicht konnte sich Proust beim Erstellen bzw. Zusammenstellen der letzten Fassung nicht recht entscheiden und hat sich schließlich, bewußt oder unbewußt, zur Unentschiedenheit entschlossen.

Wie auch immer, die stichhaltigste Interpretationshypothese scheint mir die zu sein, daß der Passus sich aus einem iterativen Anfang (der erste Absatz) und einer singulativen Fortsetzung zusammensetzt (der zweite Absatz, den wir vorhin untersucht haben, und der dritte, dessen Zeitaspekt völlig eindeutig ist): Eine Erklärung, die auf der Hand läge, wenn der Zeitstatus dieses Singulativs gegenüber dem Iterativ, der ihm vorhergeht, irgendwie angegeben wäre, sei es auch nur durch ein "einmal", das ihn aus der iterativen Reihe herausheben würde.[75] Doch dem ist nicht so: Die Erzählung geht ohne jede Vorwarnung von einer Gewohnheit zu einem singulären Ereignis über, so als fände das Ereignis nicht im Gewohnheitsmäßigen oder in Abhebung von ihm statt, sondern als könnte die Gewohnheit selber ein singuläres Ereignis werden, ja *es gleichzeitig sein* - was völlig undenkbar ist und im Proustschen Text, *so wie er vorliegt*, eine Stelle irreduziblen Irrealismus' markiert. Es gibt andere derselben Art. So am Ende von *Sodome et Gomorrhe*, wo der Bericht über die Reisen von Monsieur de Charlus in der Kleinbahn von La Raspelière und über seine Beziehungen zu den anderen Getreuen mit einem sehr genau spezifizierten Iterativ beginnt: "Regelmäßig dreimal in der Woche [...]", der dann durch interne Determination eingeschränkt wird: "die ersten Male [...]", um schließlich über drei Seiten unbestimmt singulativ fortzufahren: "[Cottard] sagte *[dit]* aus Bosheit [...]"[76] Man sieht, daß man hier nur den iterativen Plural "die ersten Male" zu einem Singular korrigieren müßte ("das erste Mal"), damit alles wieder seine Ordnung hätte. Doch wer sich auf diesen Weg begeben wollte, hätte schon mehr Schwierigkeiten mit "Taquinius Superbus", dem Iterativ auf den Seiten 464-466 (dt. S. 1869-1872), der mittendrin plötzlich zu einem Singulativ wird und bis ans Ende der Episode auch bleibt. Und noch mehr mit der Erzählung vom Diner in Rivebelle in den *Jeunes filles en fleurs*[77], das unentwirrbar zugleich ein synthetisch-ideales Abendessen ist, von dem im Imperfekt erzählt wird ("In der ersten Zeit war immer, wenn wir ankamen [Les premiers temps, quand nous y *arrivions*] [...]"), und ein singuläres Abendessen, erzählt im Passé défini ("ich bemerkte *[remarquai]* einen Servierkellner [...] eine junge Blonde sah mich an [me *regarda*]" usw.), das wir ziemlich genau datieren können, da es sich um den Abend des ersten Erscheinens der jungen Mädchen handelt, das aber durch keine Zeitangabe eine feste Stelle in

---

[74] *J. S.*, Pléiade, S. 250-252, dt. a.a.O., Bd. 1, S. 111-115; *C. S.-B.*, Ed. Fallois, S. 111.
[75] Im dritten Absatz findet sich eine derartige Angabe: "Der erste dieser Tage [...]" (eine Angabe, die Vigneron als "gekünstelten Übergang" bezeichnet, der bei Proust aber oft vorkommt: so anläßlich des Hotelrestaurants in Doncières, II, S. 98, dt. S. 1381, wo mit der Wendung "am ersten Tage" einer kurzen iterativen Schilderung eine singulative Illustration angehängt wird). Doch diese Angabe kann hier nicht rückwirkend für den zweiten Absatz gelten, dessen Unbestimmtheit sie kontrastiv nur um so stärker betont.
[76] II, S. 1037-1040, dt. S. 2636-2640.
[77] I, S. 808-822, dt. S. 1062-1082.

der Reihe bekommt, zu der es gehört und in der es auf verwirrende Weise zu *flottieren* scheint.

In den meisten Fällen jedoch werden diese zeitlich nicht genau festlegbaren Berührungspunkte zwischen iterativer und singulativer Erzählung bewußt oder unbewußt durch die Einschaltung *neutraler* Segmente unbestimmten Aspekts verdeckt, deren Funktion, wie Houston sagt, darin besteht, den Leser daran zu hindern, den Aspektwechsel zu bemerken.[78] Drei Arten solcher neutraler Segmente lassen sich unterscheiden: Da gibt es zunächst die diskursiven Exkurse im Präsens: einen recht langen findet man zum Beispiel an der Übergangsstelle zwischen dem iterativen Anfang und der singulativen Fortsetzung von *La prisonnière*[79] ; doch dieses Mittel ist offensichtlich nicht narrativer Natur. Anders verhält es sich mit dem von Houston gut beobachteten zweiten Typ, dem *Dialog* (der sich eventuell auf eine einzige Replik beschränkt) *ohne deklaratives Verb*[80] ; Houston zitiert als Beispiel das Gespräch zwischen Marcel und der Herzogin über das Kleid, das diese beim Diner Saint-Euverte trug.[81] Dem abrupt einsetzenden Dialog fehlt per definitionem jede Aspektbestimmung, da es keine entsprechenden Verben gibt. Der dritte Typ ist subtiler, denn das neutrale Segment ist hier de facto ein gemischtes oder genauer gesagt zweideutiges Segment: Zwischen den iterativen und den singulativen Teil werden Imperfekte eingeschaltet, deren Aspekt unbestimmt bleibt. Hier ein Beispiel dafür aus *Un amour de Swann*: Wir bewegen uns zunächst im Singulativ; Odette bittet Swann eines Tages um Geld, um - ohne ihn - mit den Verdurins nach Bayreuth zu fahren, "De lui elle ne *disait* pas un mot, il *était* sous-entendu que leur présence *excluait* la sienne [singulative deskriptive Imperfekte]. Alors cette terrible réponse dont il *avait arrêté* chaque mot la veille sans oser espérer qu'elle pourrait servir jamais [zweideutiges Plusquamperfekt], il *avait* la joie de la lui faire porter [iteratives Imperfekt]".[82] Noch effizienter und geballter wird dieses Mittel zweideutiger Imperfekte bei der Rückkehr zum Iterativ eingesetzt, die auf die singulative Episode mit den Bäumen von Hudimesnil in den *Jeunes filles en fleurs* folgt: "Quand, la voiture ayant bifurqué, je leur tournai le dos et cessai de les voir, tandis que Madame de Villeparisis me *demandait* pourquoi j'*avais* l'air rêveur, j'*étais* triste comme si je *venais* de perdre un ami, de mourir à moi-même, de renier un mort ou de méconnaître un dieu [singulative Imperfekte]. Il *fallait* songer au retour [zweideutiges Imperfekt]. Madame de Villeparisis [...] *disait* au cocher de prendre la

---

[78] A.a.O., S. 35.
[79] III, S. 82 f., dt. S. 2868 f.
[80] Was Fontanier *abrupten Wechsel (abruption)* nennt: "Eine Figur, wo man die gebräuchlichen Übergänge zwischen den Teilen eines Dialogs oder vor einer direkten Rede wegläßt, um so die Darstellung lebhafter und interessanter zu machen" *(Les figures du discours,* S. 342 f.).
[81] III, S. 37, dt. S. 2807. Das hier eingefügte singulative Segment wird etwas weiter unten (S. 43, dt. S. 2814) mit einem neuen abrupt einsetzenden Dialog beendet.
[82] I, S. 301, dt. S. 398: "Ihn selbst erwähnte sie mit keinem Wort, sie betrachtete es als selbstverständlich, daß die Gegenwart der anderen die seine ausschließen würde. Da hatte er nun also Gelegenheit, die schreckliche Antwort, von der er am Abend zuvor jedes Wort festgelegt hatte, ohne daß er zu hoffen wagte, er werde sie jemals verwenden können, ihr überbringen zu lassen."

vielle route de Balbec [iteratives Imperfekt]".[83] Langsamer hingegen, aber ungemein geschickt in seiner Unentschiedenheit, die über zwanzig Zeilen hin bewahrt wird, der folgende Übergang aus *Un amour de Swann*[84]:

Sie aber sah *[vit]*, daß seine Blicke auf die Dinge geheftet blieben *[restaient* fixés], die er nicht wußte, und auf die Vergangenheit ihrer Liebe, die in seiner Erinnerung einförmig und freundlich dagelegen hatte, weil sie unbestimmt war *[était* vague], und die jetzt von jener Minute im Bois beim Mondschein, nach dem Abendessen bei der Prinzessin des Laumes, wie eine Wunde aufgerissen wurde *[déchirait]*. Aber er hatte sich so sehr daran gewöhnt *[avait* tellement *pris* l'habitude], das Leben interessant zu finden - die kuriosen Entdeckungen zu bestaunen, die man darin machte -, daß er noch, als er in einem Maße litt, daß er glaubte, er könne nicht lange mehr solchen Schmerz ertragen, sich sagte *[disait]*: "Das Leben ist wirklich erstaunlich und hält immer Überraschungen bereit; das Laster ist offenbar viel verbreiteter, als man meint. Da ist nun hier diese Frau, zu der ich Vertrauen hatte, die so schlicht und so redlich wirkt, selbst wenn sie leichtfertig ist, die einem so normal und gesund in ihren Neigungen vorkommt: auf eine ganz unwahrscheinliche Verleumdung hin frage ich sie, und das wenige, was sie mir gesteht, ist schon viel mehr, als ich vermuten konnte." Aber es gelang ihm doch nicht, sich auf solche selbstlosen Betrachtungen zu beschränken [ne *pouvait* pas se borner]. Er versuchte *[cherchait]*, genau die Bedeutung dessen abzuschätzen, was sie ihm erzählte *[avait raconté]*, um daraus schließen zu können [afin de savoir s'il *devait* conclure], ob sie diese Dinge häufig getan *[avait faites]* und ob sie sie wieder tun könnte [qu'elles se *renouvelleraient]*. Er wiederholte *[répétait]* sich die Worte, die sie gebraucht hatte *[avait dits]:* "Ich merkte, worauf sie hinauswollte." - "Zwei- oder dreimal." - "Alles Bluff!" aber sie hatten in Swanns Bewußtsein nichts von ihrer Schärfe verloren [ils ne *reparaissaient* pas désarmés], jede dieser Wendungen gab ihm einen Stich [chacun d'eux *tenait* son couteau et lui en *portait* un nouveau coup]. Lange Zeit hindurch *[pendant bien longtemps]* verhielt er sich wie ein Kranker, der es nicht lassen kann, jede Minute die Bewegung zu machen, die für ihn schmerzhaft ist, und sagte sich unaufhörlich vor [se *redisait* ces mots]: [...]

Man sieht, daß der Wechsel erst mit dem "pendant bien longtemps" unzweideutig vollzogen ist, das dem Imperfekt "il se redisait ces mots" einen deutlich iterativen Aspekt verleiht, der nun für alles Folgende bestimmend ist. Anläßlich eines ähnlichen, aber sich über mehr als sechs Seiten erstreckenden Übergangs[85], der in *La prisonnière* den Bericht über einen "idealen" Pariser Tag von dem über einen bestimmten realen Tag im Februar trennt und sie zugleich verbindet[86], erinnert J. P. Houston zu Recht an "jene Wagnerschen Partituren, in denen ohne jede Änderung im Notenschlüssel die Tonart ständig wechselt".[87] In der Tat hat Proust mit einem

---

[83] I, S. 719, dt. S. 946: "Und als ich nach der Wendung des Wagens ihnen [den Bäumen] den Rücken kehrte und sie nicht mehr sah, war ich, während Madame de Villeparisis mich fragte, weshalb ich so nachdenklich sei, von Trauer erfüllt wie nach dem Verlust eines Freundes, als sei ich mir selber gestorben, als habe ich einen Toten verleugnet, einen Gott nicht erkannt. Wir mußten an die Heimfahrt denken. Madame de Villeparisis [...] hieß den Kutscher die früher übliche Staße nach Balbec nehmen".
[84] I, S. 366 f., dt. S. 483 f.
[85] Er weist allerdings mehrere Absätze mit Reflexionen des Erzählers im Präsens auf sowie einen kurzen inneren Monolog des Helden, verkörpert den dritten Typ also nicht in völliger Reinheit.
[86] III, S. 81-88, dt. S. 2866-2876.
[87] A.a.O., S. 37.

feinen harmonischen Gespür die *Modulations*möglichkeiten ausgeschöpft, die die Zweideutigkeit des französischen Imperfekts bietet, so als wollte er der Chromatik des *Tristan*, bevor er sie im Blick auf Vinteuil ausdrücklich zitiert, ein poetisches Äquivalent an die Seite stellen.

All das kann, wie man leicht sieht, nicht allein aus den Zufälligkeiten des Materials resultieren. Selbst wenn man (in hohem Maße) äußerliche Umstände berücksichtigen muß, läßt sich doch nicht leugnen, daß bei Proust, wie wir schon an verschiedenen Stellen sehen konnten, ein stummer, vielleicht kaum bewußter Wille dahintersteht, die Formen der narrativen Zeitlichkeit von ihrer dramatischen Funktion zu befreien, sie für sich allein spielen zu lassen und sie, wie er im Blick auf Flaubert sagt, *in Musik zu setzen*.[88]

Das Spiel mit der Zeit

Abschließend noch ein Wort zur Kategorie der narrativen Zeitlichkeit als solcher, und zwar sowohl was die allgemeine temporale Struktur der *Recherche* betrifft als auch im Blick auf die Stelle, die dieses Werk in der Entwicklung der Romanform einnimmt. Denn mehr als einmal konnten wir ja beobachten, wie eng diverse Phänomene in Wahrheit miteinander verbunden waren, die wir aus Gründen der Darstellung auseinanderhalten mußten. So nimmt die (zur *Ordnung* gehörende) Analepse in der klassischen Erzählung meist die Form eines (zur *Dauer* oder Geschwindigkeit gehörenden) Summarys an, das wiederum gern auf die Dienste des (zur *Frequenz* gehörenden) Iterativs zurückgreift; die Beschreibung ist fast immer zugleich punktuell, durativ und iterativ, ohne sich deshalb je Ansätze zu diachronischer Bewegtheit zu versagen; und wir sahen, daß diese Tendenz bei Proust so weit führt, daß das Deskriptive im Narrativen aufgeht; es gibt frequentative Formen der Ellipse (in der Combrayer Zeit verbringt Marcel den Winter jedes Jahr in Paris); die iterative Syllepse gehört nicht nur zur *Frequenz:* sie betrifft auch die *Ordnung* (denn indem sie "ähnliche" Ereignisse zusammenfaßt, hebt sie deren Sukzession auf) und die *Dauer* (da sie zugleich die Zeitabstände zwischen ihnen eliminiert); und man könnte diese Liste noch verlängern. Der zeitliche Gehalt einer Erzählung läßt sich also nur charakterisieren, wenn man wirklich alle Beziehungen zugleich berücksichtigt, die sie zwischen ihrer eigenen Zeitlichkeit und der der von ihr erzählten Geschichte herstellt.

In dem Kapitel über die Ordnung konnten wir beobachten, daß die großen Anachronien der *Recherche* fast alle am Anfang des Werks zu finden sind, vor allem in *Du côté de chez Swann*, wo die Erzählung nur zögernd und fast schleppend einsetzt, immer wieder unterbrochen durch den ständigen Wechsel zwischen der Gedächtnisposition des "intermediären Subjekts" und den verschiedenen, manchmal doppelt vorkommenden diegetischen Positionen *(Combray I, Combray II)*, ehe sie in *Balbec*

---

[88] "Bei [Balzac] haben diese Zeitwechsel einen aktiven oder dokumentarischen Charakter. Flaubert ist der erste, der sie von der Schmarotzerei des Anekdotischen und den Schlacken der Geschichte befreit, der erste, der sie in Musik setzt" *(Chroniques,* Pléiade, S. 595, dt. in: *Essays,* a.a.O., S. 404).

eine Art allgemeines Übereinkommen mit der chronologischen Reihenfolge trifft. Dieser Eigentümlichkeit im Bereich der Ordnung entspricht eine nicht minder große Eigentümlichkeit auf seiten der Frequenz, nämlich die Vorherrschaft des Iterativs im selben Textabschnitt. Die großen narrativen Segmente sind anfangs im wesentlichen iterative Etappen: Kindheit in Combray, Liebe von Swann, Gilberte, Etappen, die für das intermediäre Subjekt - und dadurch vermittelt für den Erzähler - ebensoviele fast bewegungslose Momente darstellen, in denen das Vergehen der Zeit vom Schein der Wiederholung überdeckt wird. Der Anachronismus der - willkürlichen oder unwillkürlichen - Erinnerungen und deren statischer Charakter sind offenkundig aufs engste miteinander verknüpft, sofern das Gedächtnis zum einen die (diachronen) Perioden in (synchrone) Epochen und die Ereignisse in Tableaus verwandelt - und zum anderen dann diese Epochen und Tableaus in eine ihnen fremde, gänzlich neue Ordnung bringt. Die Gedächtnistätigkeit des intermediären Subjekts ist somit ein Faktor oder Mittel für die Emanzipation der Erzählung von der diegetischen Zeitlichkeit, auf den beiden zusammengehörigen Ebenen des einfachen Anachronismus und der Iteration, die einen komplexeren Anachronismus darstellt. Von *Balbec* und vor allem von *Guermantes* an hingegen kommt es zu einer Wiederherstellung sowohl der chronologischen Ordnung wie auch der Vorherrschaft des Singulativs, die deutlich einhergeht mit einem allmählichen Zurückweichen der Gedächtnisinstanz und folglich mit einer Emanzipation der Geschichte, die der Erzählung wieder das Zepter entreißt.[89] Diese Wiederherstellung [restauration] führt uns offenbar in völlig traditionelle Bahnen zurück, und man mag das subtile zeitliche "Durcheinander" von *Swann* der altersweisen Anordnung der Reihe *Balbec-Guermantes-Sodome* vorziehen. Dafür kommt es hier nun aber zu Verzerrungen der Dauer: Eine scheinbar wieder in ihre Rechte eingesetzte "normale" Zeitlichkeit wird durch gewaltige Ellipsen und monströse Szenen deformiert, diesmal aber nicht vom intermediären Subjekt, sondern unmittelbar vom Erzähler, der mit wachsender Angst und Ungeduld seine letzten Szenen wie Noah seine Arche bis an den Rand der Belastbarkeit füllen will, aber gleichzeitig darauf erpicht ist, endlich zur Auflösung zu kommen (denn es gibt eine), die ihm die Existenz schenken und seinen Diskurs legitimieren wird. Wir rühren hier also an eine andere Zeitlichkeit, die nicht mehr die der Erzählung ist, sie aber in letzter Instanz beherrscht: an die der Narration selber. Wir kommen später darauf zurück.[90]

Diese zeitlichen Einschübe, Verzerrungen und Verdichtungen[91] werden von Proust, jedenfalls wenn sie ihm bewußt werden (er scheint zum Beispiel nie bemerkt zu

---

[89] Allem Anschein nach also hat die Erzählung - angesiedelt zwischen der erzählten Geschichte und der Narration als dem Erzählvorgang (der sich hier am Gedächtnis orientiert) - keine andere Wahl als die zwischen der Vorherrschaft der ersten (dies die klassische Erzählung) und der der zweiten (dies die moderne Erzählung, wie sie mit Proust beginnt); doch wir werden auf diesen Punkt weiter unten in dem Kapitel über die *Stimme* zurückkommen.
[90] In Kapitel V. Man mag bedauern, daß die Probleme der narrativen Zeitlichkeit derart auseinandergerissen werden, aber jede andere Aufteilung führte dazu, die Bedeutung und Spezifität der narrativen Instanz zu unterschätzen. In Fragen der "Komposition" bleibt einem nur der Weg des kleineren Übels.
[91] Diese drei Ausdrücke bezeichnen hier natürlich die drei großen Typen der Zeit-"Deformation", je nachdem, ob diese Deformation die Ordnung, die Dauer oder die Frequenz betrifft. Die iterative Syllepse verdichtet

haben, wie wichtig die iterative Erzählung bei ihm ist), ständig gerechtfertigt, und zwar unter Berufung auf eine schon alte Tradition, die auch nach ihm fortleben wird: Er will realistisch sein, die Dinge so wiedergeben, wie sie zu ihrer Zeit "erlebt" wurden, dann aber auch so, wie man sich nachträglich an sie erinnert. So ist der Anachronismus bald der des Daseins selber[92], bald der der Erinnerung, die anderen Gesetzen als denen der Zeit gehorcht.[93] Desgleichen verdanken sich die Tempowechsel mal dem "Leben"[94], dann wieder dem Gedächtnis oder besser dem Vergessen.[95]

Diese doch recht widersprüchlichen Rechtfertigungen sollten uns, wo nötig, davon abhalten, solchen retrospektiven Rationalisierungen, mit denen die großen Künstler nie geizen, allzuviel Vertrauen zu schenken, und daß um so weniger, je größer ihr *Genie* ist, d. h. der Vorsprung ihrer Praxis gegenüber jeder Theorie, einschließlich der eigenen. Der Analytiker darf sich mit ihnen nicht zufriedengeben, ohne sie deshalb allerdings zu ignorieren. Statt dessen sollte er, nachdem das Verfahren einmal "bloßgelegt" ist, lieber untersuchen, wie die Begründungsinstanz, auf

---

mehrere Ereignisse zu einer einzigen Erzählung; die Alternanz von Szenen und Ellipsen verzerrt die Dauer; und die Anachronien, die er bei Balzac so bewunderte, hat Proust selber "Einschübe" [interpolations] genannt: "Für Balzac deutlich [...] die Interpolation der Zeiten [zeigen] *(La duchesse de Langeais, Sarrazine)*, wie auf einem Gelände, wo die Lava aus verschiedenen Epochen gemischt ist" *(Contre Sainte-Beuve,* Pléiade, S. 289, dt. *Gegen Sainte-Beuve,* a. a. O., S. 127).

[92] "Denn oft verirrt sich in die eine [Jahreszeit] ein Tag aus einer anderen, in die er uns dann hineinversetzt [...]; früher oder später, als es eigentlich an der Reihe ist, schiebt er dies kleine lose Blatt aus einem andern Kapitel in den an solchen Einfügungen reichen Glückskalender ein" (I, S. 386 f., dt. S. 511); "so sind die verschiedenen Epochen unseres Lebens miteinander verschränkt" (I, S. 626, dt. S. 823); "oft, da ja unser Leben so wenig chronologisch verläuft, vielmehr so manchen Abstecher in der Zeit in unsere Tage einzuschieben weiß [interférant tant d'anachronismes dans la suite des jours]" (I, S. 642, dt. S. 845).

[93] "[...] da unser Gedächtnis uns gewöhnlich nicht unsere Erinnerungen in ihrem zeitlichen Ablauf ins Bewußtsein bringt, sondern gleichsam spiegelverkehrt" (I, S. 578, dt. S. 760).

[94] "Die Tage in unserem Leben sind nicht alle gleich. Nervöse Naturen, gleich der meinen, verfügen für ihre Bewältigung wie die Automobile über verschiedene 'Gänge' [vitesses]. Es gibt schwer überwindbare, unbequeme Tage, die man unendlich langsam erklimmt, und andere, abwärtsgleitende, die man mit einem Lied auf den Lippen durcheilt" (I, S. 390 f., dt. S. 516 f.); "Die Zeit, über die wir jeden Tag verfügen, ist elastisch; unsere Leidenschaften dehnen sie für uns aus, die Gefühle, die wir anderen einflößen, engen sie im Gegenteil ein, und die Gewohnheit deckt sich gerade mit ihr" (I, S. 612, dt. S. 804).

[95] "Das Vergessen wirkt nachhaltig auf die Zeitvorstellung ein. Es gibt optische Täuschungen in der Zeit ebensogut wie im Raum [...] Das Vergessen so vieler Dinge [...], diese fragmentarische, regellose Interpolation innerhalb meines Gedächtnisses [...], war für mich das Element, das mein Gefühl für Entfernungen in der Zeit verschob und deren Beziehungen untereinander veränderte, so daß diese sich an dem einen Punkte verkürzt, an einem anderen weit auseinandergezogen zeigten und mir zum Anlaß wurden, mich den Dingen teils viel ferner, teils bedeutend näher zu fühlen, als ich es in Wirklichkeit war" (III, S. 593 f., dt. S. 3562). Hier geht es natürlich um die Zeit, wie sie "subjektiv" erlebt oder erinnert wird, mit den "optischen Täuschungen, die unser ursprüngliches Sehen ausmachen" (I, S. 838, dt. S. 1102), und deren getreuer Interpret, ganz wie Elstir, Proust sein möchte. Doch seine Ellipsen zum Beispiel rechtfertigt er auch dadurch, daß er dem Leser den Flug der Zeit sichtbar machen will, über den uns das "Leben" gewöhnlich hinwegtäuscht, und den wir nur aus den Büchern kennen: "Theoretisch weiß man, daß die Erde sich dreht, in Wirklichkeit aber merkt man es nicht; der Boden, auf dem man schreitet, scheint sich nicht zu rühren, und so lebt man ruhig dahin. Ebenso aber ist es im Leben mit der Zeit. Um ihren Flug sichtbar zu machen, haben die Romanschriftsteller es nötig, den Lauf des Zeigers stark zu beschleunigen und den Leser zehn, zwanzig, dreißig Jahre in zwei Minuten durchmessen zu lassen" (I, S. 482, dt. S. 636). Man sieht, daß sich der Wunsch, realistisch zu sein, sowohl mit dem Subjektivismus wie mit der wissenschaftlichen Objektivität verträgt: mal deformiere ich, um die Dinge so zu zeigen, wie sie in der Täuschung erlebt werden, dann wieder deformiere ich, um die Dinge so zu zeigen, wie sie - unverdeckt von unserem Erleben - wirklich sind.

die der Autor sich beruft, im Werk ästhetisch wirksam wird. Man könnte dann etwa, im Sinne des frühen Shlovskij, sagen, daß bei Proust die "Erinnerung" im Dienst der Metapher steht und nicht umgekehrt; daß die selektive Amnesie des intermediären Subjekts es der Kindheitserzählung erlaubt, mit dem "Drama des Zubettgehens" zu beginnen; daß der "train-train", der tägliche Trott von Combray die Aufgabe hat, das *rollende Trottoir* der iterativen Imperfekte in Gang zu setzen; daß der Held zweimal für lange Zeit ins Sanatorium muß, um dem Erzähler Raum für zwei schöne Ellipsen zu geben; daß die kleine Madeleine einen breiten Rücken hat, worauf Proust selbst wenigstens einmal deutlich hingewiesen hat: "Ohne nun im Augenblick von dem Wert zu sprechen, den ich solchen unbewußten Wiedererinnerungen beimesse, auf die ich im letzten [...] Band meines Werkes meine ganze Kunsttheorie stütze, und wenn ich mich einmal nur an den Gesichtspunkt der Komposition halte, so habe ich lediglich, um von einer Ebene auf die andere überzuwechseln, nicht eine Tatsache benutzt, sondern etwas, was ich als Verbindung reiner und kostbarer gefunden hatte, nämlich ein Phänomen des Gedächtnisses. Schlagen Sie die *Mémoires d'outre-tombe* oder die *Filles du feu* von Gérard de Nerval auf, und Sie werden sehen, daß diese beiden großen Schriftsteller, die man gern - insbesondere den zweiten - durch eine rein formale Interpretation ärmer und dürftiger macht, dieses Verfahren des plötzlichen Übergangs vollkommen beherrschen".[96] Das unwillkürliche Gedächtnis - eine Ekstase der Zeitlosigkeit, eine Schau der Ewigkeit? Vielleicht. Aber auch, hält man sich "an den Gesichtspunkt der Komposition", eine *kostbare Verbindung* und ein *Verfahren des Übergangs*. Und lassen wir uns nebenbei auch, in diesem Bekenntnis des Schaffenden[97], das merkwürdige Mitgefühl mit jenen Schriftstellern auf der Zunge zergehen, "die man gern durch eine rein formale Interpretation ärmer und dürftiger macht". Ein Vorwurf, der auf ihn selbst zurückfällt, wobei freilich undeutlich bleibt, inwiefern die "rein formale" Interpretation ärmer und dürftiger machen soll. Schließlich hat doch Proust selbst das Gegenteil bewiesen, indem er etwa am Beispiel Flauberts gezeigt hat, wie ein bestimmter Gebrauch "des Passé défini, des Passé indéfini, des Präsenspartizips sowie mancher Pronomen und Präpositionen unsere Ansicht von den Dingen fast im gleichen Maße erneuert hat wie Kant durch seine Kategorien die Theorien über die Erkenntnis und die Realität der Außenwelt".[98] Anders gesagt, und um seine eigene Formel zu parodieren, die *Ansicht von der Welt kann auch eine Frage des Stils und der Technik sein.*

Es ist bekannt, mit welcher - scheinbar unhaltbaren - Ambiguität der Proustsche Held zugleich nach dem "Außerzeitlichen" und der "Zeit im Reinzustand" sucht; wie sehr er und mit ihm sein künftiges Werk sowohl "außerhalb der Zeit" als auch "in der ZEIT" sein will. Was auch immer der Schlüssel zu diesem ontologischen Mysterium sein mag, wir sehen jetzt vielleicht besser, wie diese widersprüchliche Absicht in das Werk von Proust eingeht und sich darin auswirkt: Mit seinen Einschüben, Verzerrungen und Verdichtungen ist der Proustsche Roman, wie er selbst

---

[96] *Contre Sainte-Beuve*, Pléiade, S. 599, dt. in: *Essays*, a.a.O., S. 409.
[97] In bezug auf Wagner spricht Proust von der "Beschwingtheit des Schaffenden" (III, S. 161, dt. S. 2974).
[98] *Contre Sainte-Beuve*, Pléiade, S. 586, dt. in: *Essays*, a.a.O., S. 390.

laut verkündet, sicherlich ein Roman der verlorenen und wiedergefundenen ZEIT, aber er ist auch, vielleicht etwas leiser, ein Roman der beherrschten, gefangenen, verhexten, heimlich subvertierten oder besser *pervertierten* ZEIT. Müssen wir über diesen Roman nicht sagen, was sein Autor, vielleicht nicht ganz ohne den Hintergedanken eines Vergleichs, über den Traum sagt: er spielt mit der Zeit, macht sie zu einem Spiel?[99]

---

[99] "Vielleicht auch durch das grandiose Spiel mit der Zeit hatte der Traum mich fasziniert [c'était peut-être aussi par le jeu formidable qu'il fait avec le Temps que le Rêve m'avait fasciné]" (III, S. 912, dt. S. 4007). Betonen wir im Vorbeigehen das hier verwendete Verb: *"faire* (und nicht: *jouer)* un jeu avec le Temps", was nicht nur heißt, mit ihr spielen, sondern auch, ein Spiel aus ihr machen, *en faire un jeu.* Und zwar ein "formidables", also furchterregendes und nicht ungefährliches Spiel.

4. Modus

Modi der Erzählung?

Während sich die grammatische Kategorie der Zeit, das Tempus, ohne weiteres auf den narrativen Diskurs übertragen läßt, scheint die des Modus hier a priori fehl am Platze zu sein: Die Erzählung hat ja nicht die Funktion, einen Befehl zu erteilen, einen Wunsch zu formulieren, eine Bedingung anzugeben usw., sondern bloß die, eine Geschichte zu erzählen, d. h. über (wirkliche oder fiktive) Tatsachen zu "berichten", so daß ihr einziger, jedenfalls ihr charakteristischer Modus streng genommen nur der Indikativ sein kann. Damit wäre auch schon alles zu diesem Thema gesagt, es sei denn, man wollte einen übertrieben dehnbaren Gebrauch von der linguistischen Metapher machen.

Ohne nun die metaphorische Ausweitung (und damit Verzerrung) leugnen zu wollen, kann man diesem Einwand entgegenhalten, daß es nicht nur einen Unterschied zwischen behaupten, befehlen, wünschen usw. gibt, sondern auch graduelle Unterschiede in der Behauptung, und daß diese Unterschiede ihren Ausdruck für gewöhnlich in modalen Variationen finden: man denke an den Infinitiv und den Konjunktiv der indirekten Rede im Lateinischen oder an den Konditional im Französischen, der die unbestätigte Information kennzeichnet ["il aurait démissioné" - "dem Vernehmen nach soll er zurückgetreten sein"]. An diese Gradualisierung denkt offensichtlich auch der *Littré*, wenn er die grammatische Bedeutung von Modus wie folgt definiert: "Bezeichnung für die verschiedenen Verbformen, die benutzt werden, um eine Sache mehr oder weniger nachdrücklich zu behaupten und um auf die verschiedenen Blickwinkel [points de vue] hinzuweisen, unter denen sie betrachtet werden". Diese weitherzige Definition ist uns hier sehr willkommen. In der Tat kann man das, was man erzählt, *mehr oder weniger* nachdrücklich erzählen, und es *unter diesem oder jenem Blickwinkel* erzählen; und genau auf dieses Vermögen und die Weisen, es auszuüben, zielt unsere Kategorie des *narrativen Modus*: Die "Repräsentation" oder genauer gesagt die narrative Information hat verschiedene Grade; die Erzählung kann den Leser auf mehr oder weniger direkte Weise mehr oder weniger detailliert informieren und so (um eine geläufige und bequeme räumliche Metapher aufzugreifen, die man aber nicht buchstäblich nehmen sollte) eine mehr oder weniger große *Distanz* zu dem, was sie erzählt, zu nehmen scheinen; sie kann den Informationsfluß aber auch anders regulieren: nicht durch diesen etwas einförmig-quantitativen Filter, sondern so, daß sie sich die eine oder andere in die Geschichte involvierte Figur (oder Figurengruppe) mit ihren je spezifischen Erkenntnisvermögen herausgreift und deren "Sicht" oder "Blickwinkel" übernimmt oder zu übernehmen vorgibt, womit sie (noch eine räumliche Metapher) diese oder jene *Perspektive* gegenüber der Geschichte einzunehmen scheint. "Distanz" und "Perspektive", hier vorläufig so benannt und definiert, sind die beiden wesentlichen Weisen jener *Regulierung der narrativen Information,* die der Modus darstellt, - so wie meine Wahrnehmung eines Gemäldes hinsichtlich ihrer Schärfe von der Distanz zu ihm abhängt, und hinsichtlich ihrer Weite davon, welche partiellen Hindernisse je nach Standort meinen Blick verstellen.

Distanz

Erstmals wurde dieses Problem, wie es scheint, von Platon im 3. Buch des *Staats*[1] behandelt. Bekanntlich unterscheidet Platon dort zwei narrative Modi, je nachdem, ob der Dichter "selbst redet und auch gar nicht den Eindruck erwecken will, ein anderer als er sei der Redende" (was er die *reine Erzählung*[2] nennt), oder ob er im Gegenteil "versucht, die Illusion zu erzeugen, nicht er sei es, der redet", sondern diese oder jene Figur, wenn es sich um gesprochene Worte handelt: und genau das nennt Platon die Nachahmung oder *mimêsis*. Und um den Unterschied klarzumachen, gibt er das Ende der Szene zwischen Chryses und den Achaiern, das Homer durch direkte Rede nach Art des Dramas mimetisch gestaltet hat, im Modus der *diêgêsis* wieder. Aus der unmittelbaren Dialogszene wird so eine durch den Erzähler vermittelte Schilderung, in der das, was die einzelnen Figuren sagen, zusammenfließt und zu indirekter Rede verdichtet wird. Diesen beiden Merkmalen, Indirektheit und Verdichtung, die die "reine Erzählung" von der dem Theater entlehnten "mimetischen" Darstellung unterscheiden, werden wir weiter unten wiederbegegnen. Der Gegensatz von *diêgêsis* und *mimêsis* läuft also, um unser vorläufiges Vokabular zu benutzen, darauf hinaus, daß die "reine Erzählung" *distanzierter* ist als die "Nachahmung": sie sagt es knapper und auf mittelbarere Weise.

Nachdem dieser Gegensatz von Aristoteles ein wenig abgeschwächt worden war (er machte aus der reinen Erzählung und der direkten Darstellung zwei Spielarten der Mimesis[3]), wurde er (vielleicht deshalb?) von der klassischen Tradition, die den Problemen des narrativen Diskurses ohnehin wenig Aufmerksamkeit geschenkt hat, vollends vernachlässigt, um dann, wie man weiß, am Ende des 19. und Anfang des 20. Jahrhunderts in den USA und England schlagartig wiederaufzutauchen, und zwar bei Henry James und seinen Schülern, unter den kaum veränderten Namen *showing* (zeigen) vs. *telling* (erzählen), die in der angelsächsischen Orthodoxie schnell zum Ormuzd und Ahriman der Romanästhetik avancierten.[4] Unter diesem normativen Blickwinkel hat Wayne Booth in seiner *Rhetoric of Fiction* diese neoaristotelische Valorisierung des Mimetischen eindringlich kritisiert.[5] Vom rein analytischen Standpunkt aus, der hier der unsrige ist, muß man hinzufügen (was in Booths Darlegungen allerdings auch zuweilen aufscheint), daß bereits der Begriff

---

[1] *Politeia*, 392 c bis 395. Vgl. *Figures II*, S. 50-56.
[2] Die übliche Übersetzung von *haplê diêgêsis* durch "einfache Erzählung" scheint mir die Sache nicht ganz zu treffen. *Haplê diêgêsis* ist die unvermischte Erzählung (vgl. 397 a, wo Platon sagt: *akraton*), frei von allen mimetischen Elementen und folglich *rein*.
[3] *Poetik*, 1448 a.
[4] Vgl. insbesondere Percy Lubbock, *The Craft of Fiction*. Für Lubbock "beginnt die Erzählkunst erst dort, wo der Romancier seine Geschichte als einen zu zeigenden Gegenstand begreift: Sie muß sich selbst erzählen".
[5] Wayne C. Booth, *The Rhetoric of Fiction*, Chicago 1961, 2., um ein Nachwort erweiterte Ausgabe 1983; dt. *Die Rhetorik der Erzählkunst*, Heidelberg 1974. Paradoxerweise gehört Booth selber zur neoaristotelischen Schule der "Chicago critics".

des *showing* - wie der der narrativen Darstellung oder Nachahmung und wegen seines naiv visuellen Charakters sogar mehr noch als dieser - völlig illusorisch ist: Im Gegensatz zur dramatischen Darstellung kann keine Erzählung ihre Geschichte "zeigen" oder "nachahmen". Sie kann sie nur möglichst detailliert, präzis oder "lebendig" erzählen und dadurch eine *Mimesis-Illusion* hervorrufen, die die einzige Form narrativer Mimesis ist, aus dem einzigen, aber hinreichenden Grund, weil alle Narration, mündliche sowohl wie schriftliche, sprachlicher Natur ist und weil die Sprache bezeichnet ohne nachzuahmen.

Es sei denn, der bezeichnete (erzählte) Gegenstand gehört selbst zur Sprache. Vielleicht ist ja dem einen oder anderen vorhin, als wir an die Platonische Definition der Mimesis erinnerten, die scheinbar nichtssagende Klausel aufgefallen: "wenn es sich um gesprochene Worte handelt". Was aber geschieht, wenn es sich um etwas anderes handelt, nicht um Worte, sondern um stumme Ereignisse oder Handlungen? Wie funktioniert dann die Mimesis und wie erzeugt der Erzähler "die Illusion, nicht er sei es, der redet"? (Ich sage nicht der Dichter oder der Autor: Ob man die Erzählung jedoch Homer oder dem Odysseus zuschreibt, ändert nichts am Problem.) Wie soll man im buchstäblichen Sinne Lubbocks Forderung erfüllen, d. h. wie soll man es fertigbringen, daß der narrative Gegenstand "sich selbst erzählt", ohne daß jemand für ihn das Wort ergreift? Platon hütet sich wohlweislich, diese Frage zu beantworten, ja sie überhaupt zu stellen, so als bezöge sich seine a-mimetische Wiedergabe nur auf Worte und als wäre der Gegensatz von Diegesis und Mimesis nur einer zwischen Dialogen in indirekter Rede und solchen in direkter Rede. Dies aber deshalb, weil Mimesis auf der Ebene der Sprache immer nur Mimesis von Sprachlichem sein kann. Die Darstellung alles übrigen reduziert sich zwangsläufig auf verschiedene Grade der Diegesis. Wir müssen hier also unterscheiden zwischen einer Erzählung von Ereignissen und einer "Erzählung von Worten".

Erzählung von Ereignissen

Homers "Nachahmung", die Platon in eine "reine Erzählung" übersetzt, weist nur ein kurzes dialogfreies Segment auf. Dieses lautet bei Homer: "So sprach er [Agamemnon]. Da fürchtete sich der Greis und gehorchte dem Wort und schritt hin, schweigend, das Ufer entlang des vieltosenden Meeres. Und betete dann viel, als er abseits war, der Alte, zu Apollon, dem Herrn, den geboren hatte die schönhaarige Leto".[6] Und in Platons Wiedergabe: "Der Alte, als er dies vernommen, fürchtete sich und ging schweigend fort. Als er aber das Lager hinter sich hatte, betete er vieles zum Apollon".[7]

Der deutlichste Unterschied betrifft natürlich die Länge (18 statt 30 Worte im griechischen Text, 25 statt 42 in den deutschen Übersetzungen [25 statt 43 in den französischen]): Diese Verdichtung erzielt Platon, indem er zum einen redundante Informationen wegläßt ("so sprach er", "gehorchte", "den geboren hatte die [...] Leto") und zum anderen auf "pittoreskes" Beiwerk verzichtet: auf das "schönhaarig"

---

[6] *Ilias*, I, V. 34-36, Übersetzung von Schadewaldt.
[7] *Politeia*, III, 394 a, Übersetzung von Schleiermacher.

und vor allem auf das "Ufer des vieltosenden Meeres". Dieses *Ufer des vieltosenden Meeres,* ein Detail, das in der Geschichte keine Funktion erfüllt, ist trotz des stereotypen Charakters der Formulierung (die in der *Ilias* und der *Odyssee* mehrmals wiederauftaucht) und ungeachtet der gewaltigen *écriture*-Unterschiede zwischen dem homerischen Epos und dem realistischen Roman ein typisches Beispiel für das, was Barthes einen *Wirklichkeitseffekt* nennt.[8] Das tosende Ufer dient zu nichts, die Erzählung erwähnt es scheinbar nur, weil *es da ist;* damit gibt sie allerdings zu verstehen, daß der Erzähler - der hier darauf verzichtet, auszuwählen und der Erzählung ihren Gang vorzuschreiben - sich von der "Wirklichkeit" leiten läßt, von der Gegenwart dessen, was einfach da ist und "gezeigt" werden will. Als überflüssiges und kontingentes Detail ist es das Medium par excellence der referentiellen Illusion und damit des Mimesiseffekts: es *konnotiert Mimesis.* Und mit untrüglichem Gespür läßt Platon es in seiner "Übersetzung" weg: es ist mit der reinen Erzählung unvereinbar.

Aber trotz solcher Wirklichkeitseffekte ist die Erzählung von Ereignissen, in welchem Modus auch immer, stets Erzählung, d. h. Umsetzung von Nichtsprachlichem in Sprachliches: Ihre Mimesis ist also immer nur eine Mimesis-Illusion, die wie jede Illusion von einer höchst variablen Beziehung zwischen Sender und Empfänger abhängt. Es versteht sich zum Beispiel von selbst, das ein und derselbe Text auf den einen Leser eminent mimetisch wirken kann, während er einem anderen eher ausdrucksschwach vorkommt. Hierbei spielt die historische Entwicklung eine entscheidende Rolle, und es ist anzunehmen, daß das Publikum der Klassiker, das so empfänglich war für die Racinesche "Figuration", in der Erzählweise eines d'Urfé oder Fénelon mehr Mimesis wahrnahm als wir; in den so detailreichen und ausführlichen Beschreibungen des naturalistischen Romans hingegen hätte es nur ein dunkles Gewühl und wirres Wuchern erblickt und folglich deren mimetische Funktion nicht erkannt. Diese nach Individuen, Gruppen und Epochen variable Beziehung, die also nicht nur vom narrativen Text abhängt, muß stets berücksichtigt werden.

Die rein textuellen Faktoren der Mimesis lassen sich, wie mir scheint, auf zwei Gegebenheiten zurückführen, auf die bereits Platon implizit hingewiesen hat: zum einen auf die Quantität der narrativen Information (möglichst ausführliche oder *detaillierte* Erzählung), zum anderen auf die Abwesenheit (oder höchst schwache Anwesenheit) des Informanten, d. h. des Erzählers. "Zeigen" kann am Ende nur eine *Weise des Erzählens* sein, und diese Weise besteht darin, möglichst wenig zu *sprechen* und doch zugleich möglichst viel zu *sagen:* "Man muß so tun", sagt Platon, "als sei es nicht der Dichter, der redet" - d. h. man muß darüber hinwegtäuschen, daß es der Erzähler ist, der erzählt. Daraus erklären sich beiden Hauptrezepte fürs *showing:* Die jamessche Vorherrschaft der *Szene* (detaillierte Erzählung) und das (pseudo-) flaubertsche Zurücktreten des Erzählers (kanonisches Beispiel: Hemingway, *The Killers* oder *Hills Like White Elephants).* Zwei Rezepte, die aufs engste zusammenhängen: Wer vorgibt zu zeigen, gibt vor zu schweigen, und man könnte den Gegensatz zwischen dem Mimetischen und dem Diegetischen ja vielleicht durch die Formel veranschaulichen: *Information + Informant = K(onstant),*

---

[8] "L'effet de réel", *Communications* 11, S. 84-89.

aus der folgt, daß sich Informationsquantum und Anwesenheit des Informanten umgekehrt proportional zueinander verhalten, wobei die Mimesis durch ein Informationsmaximum und ein Informantenminimum, die Diegesis durch das umgekehrte Verhältnis definiert ist.

Wie man jedoch leicht sieht, verweist uns diese Definition einerseits auf eine Zeitbestimmung zurück: auf die narrative Geschwindigkeit nämlich, da es sich von selbst versteht, daß das Informationsquantum umgekehrt proportional zur Erzählgeschwindigkeit ist; und andererseits auf einen Aspekt der Stimme: auf den Anwesenheitsgrad der narrativen Instanz. Der Modus zerfällt hier also in nicht-modale Komponenten, so daß wir uns an dieser Stelle nicht länger damit aufhalten müssen - es sei denn, um gleich festzuhalten, daß die *Recherche du temps perdu* ein Paradox oder Dementi darstellt, das sich der mimetischen "Norm" strikt verweigert, deren implizite Formel wir soeben angegeben haben. Denn einerseits, wie wir in Kapitel II gesehen haben, besteht die Proustsche Erzählung fast ausschließlich aus singulativen oder iterativen "Szenen", basiert also auf einer narrativen Form, die den reichsten Informationsgehalt bietet und folglich die "mimetischste" ist; doch andererseits, wie wir des näheren im nächsten Kapitel sehen werden (was aber auch die unschuldigste Lektüre sicher gern bestätigen wird), ist der Erzähler darin allgegenwärtig, und zwar mit einer Intensität, die mit der "flaubertschen" Regel beim besten Willen nicht vereinbar ist. Der Erzähler ist anwesend als Quelle, Garant und Organisator der Erzählung, als ihr Analytiker und Kommentator, als Stilist (oder "écrivain", wie Marcel Muller sagen würde) und vor allem als Produzent von "Metaphern". Proust verkörpert demnach - wie übrigens auch Balzac, Dickens oder Dostojewski, aber auf noch ausgeprägtere, also paradoxere Weise - sowohl das Extrem des *showing* wie das des *telling* (und manchmal geht sein Diskurs mit der zu erzählenden Geschichte so unbekümmert um, daß man eher noch, das *telling* überbietend, von einem *talking* sprechen sollte). Dies ist freilich wohlbekannt, beweisen ließe es sich aber nur durch eine erschöpfende Analyse des Textes. Hier mag es genügen, zu Illustrationszwecken noch einmal an die Szene des Zubettgehens in Combray zu erinnern, die bereits in Kapitel I zitiert wurde.[9] Nichts ist intensiver als dieser Anblick des Vaters, "mit seiner großen Gestalt in dem weißen Schlafrock und dem rosa und violetten Kaschmirschal, den er sich [...] um den Kopf zu binden pflegte", mit der Kerze in der Hand, die ihren gespenstischen Schein an die Wand des Treppenhauses wirft, nichts "präsenter" als dieses lange zurückgehaltene Schluchzen des Kindes, das erst ausbricht, als es mit seiner Mutter allein zurückbleibt. Gleichzeitig aber wird all dies mittelbar gemacht und explizit als *Erinnerung* dargeboten, als eine sehr alte und zugleich sehr frische Erinnerung, die nach Jahren des Vergessens wiederaufgestiegen ist, jetzt, da "das Leben stiller wird" um einen Erzähler, der an der Schwelle des Todes steht. Man wird kaum sagen können, daß der Erzähler seine Geschichte sich hier selbst erzählen läßt, und erst recht erzählt er sie nicht in dem Bemühen, selbst unsichtbar zu werden und vor ihr zurückzutreten: es geht gar nicht um sie, sondern um ihr "Bild", ihre *Spur* im Gedächtnis. Doch diese so ferne und indirekte Spur ist zugleich die Präsenz selber. In dieser *Intensität der Mittelbarkeit* liegt ein Paradox, aber offensichtlich nur dann, wenn man die

---

[9] S. 47

Normen der mimetischen Theorie zugrunde legt: Sie überschreitet definitiv den altehrwürdigen Gegensatz von *diêgêsis* und *mimêsis*, verweigert sich ihm in Gedanke und Tat.

Man weiß, daß für die post-jamesschen Anhänger des mimetischen Romans (und für James selber) die beste narrative Form die ist, die Norman Friedman "die von einer Figur, aber in der dritten Person erzählte Geschichte" nennt (eine etwas ungeschickte Formulierung, mit der offensichtlich die fokalisierte Erzählung gemeint ist, die von einem Erzähler erzählt wird, der zwar nicht eine der Figuren ist, sich aber deren *point of view* zu eigen macht). Auf diese Weise, fährt Friedman fort, der hier Lubbock resümiert, "nimmt der Leser die Handlung gefiltert durch das Bewußtsein einer der Figuren wahr, aber er nimmt sie *unmittelbar* so wahr, wie sie dieses Bewußtsein affiziert, d. h. ohne die Distanz, die die retrospektive Narration in der ersten Person zwangsläufig mit sich bringt".[10] Die *Recherche du temps perdu*, eine doppelt, zuweilen dreifach retrospektive Narration, beseitigt diese Distanz bekanntlich nicht; im Gegenteil, sie hält sie aufrecht und kultiviert sie. Aber das Wunder der Proustschen Erzählung (wie das der *Confessions* Rousseaus, mit denen wir sie auch hier wieder vergleichen müssen) besteht darin, daß diese *zeitliche Distanz* zwischen der Geschichte und der narrativen Instanz keine *modale Distanz* zwischen der Geschichte und der Erzählung nach sich zieht: keinen Verlust, keine Abschwächung der mimetischen Illusion. Extreme Mittelbarkeit und gleichzeitig Fülle und Gipfel des Unmittelbaren. Auch hierfür ist die Ekstase der plötzlich aufsteigenden Erinnerung vielleicht Symbol.

Erzählung von Worten

Während die sprachliche "Nachahmung" nichtsprachlicher Ereignisse nur eine Utopie oder Illusion ist, scheint die "Erzählung von Worten" im Gegenteil a priori zu jener absoluten Nachahmung verurteilt zu sein, von der Sokrates dem Kratylos nachweist, daß sie, sollten die Worte tatsächlich durch sie erschaffen worden sein, aus der Sprache eine Verdoppelung der Welt machen würde: "Alles nämlich würde zwiefach dasein, und man würde von keinem von beiden mehr angeben können, welches das Ding selbst wäre und welches das Wort" (*Kratylos,* 432 d). Wenn Marcel auf der letzten Seite von *Sodome et Gomorrhe* zu seiner Mutter sagt: "Ich muß Albertine unbedingt heiraten", gibt es zwischen der Aussage im Text und dem Satz,

---

[10] "Point of View in Fiction" *(PMLA* 1955), wiederabgedruckt in: Ph. Stevick, Hrsg., *The Theory of the Novel,* New York 1967, S. 113. Diese angebliche Schwäche der autobiographischen Erzählung wird präziser von A. A. Mendilow beschrieben: "Im Gegensatz zu dem, was man erwarten könnte, gelingt es dem Roman in der ersten Person nur selten, die Illusion von Präsenz und Unmittelbarkeit zu erzeugen. Weit davon entfernt, die Identifikation des Lesers mit dem Helden zu erleichtern, wird diese durch den Vergangenheitsindex des Geschehens unmöglich gemacht. Ein solcher Roman ist dem Wesen nach retrospektiv, er stellt eine spürbare zeitliche Distanz her zwischen der Zeit der Geschichte (in der die Ereignisse stattgefunden haben) und der realen Zeit des Erzählers, wo er von diesen Ereignissen erzählt. Es gibt einen bedeutenden Unterschied zwischen einer Erzählung, die von Vergangenem her auf die Zukunft gerichtet ist, wie im Roman in der dritten Person, und einer Erzählung, die von der Gegenwart auf Vergangenes zurückblickt, wie im Roman in der ersten Person. Im ersten Fall wird die Illusion erweckt, daß die Handlung vor unseren Augen stattfindet; im zweiten Fall wird sie als etwas wahrgenommen, was bereits stattgefunden hat" *(Time and the Novel,* London 1952, S. 106 f.).

den der Held ausgesprochen haben soll, keine anderen Unterschiede als die, die mit dem Übergang vom Mündlichen zum Schriftlichen zusammenhängen. Der Erzähler erzählt den Satz des Helden nicht, und auch daß er ihn nachahmt, ist eigentlich zuviel gesagt: er *kopiert* ihn einfach, und insofern kann man hier nicht von Erzählung sprechen.

Platon tut dies gleichwohl, wenn er überlegt, was aus dem Dialog zwischen Chryses und Agamemnon würde, wenn Homer ihn nicht so berichtete, "als wäre er jetzt Chryses [und Agamemnon], sondern so weiterredete, als wäre er immer noch Homer", denn er fügt sofort hinzu: "Es wäre dann keine Nachahmung mehr, sondern reine Erzählung". Es lohnt die Mühe, noch einmal auf dieses merkwürdige *rewriting* zurückzukommen, selbst wenn in der Übersetzung einige Nuancen verlorengehen. Begnügen wir uns mit einem einzigen Fragment, mit der Antwort des Agamemnon auf das Flehen des Chryses. Diese Rede lautet in der *Ilias:* "Daß ich dich, Alter! nicht hier bei den hohlen Schiffen treffe: Nicht daß du jetzt verweilst noch auch später wiederkehrst! Kaum werden dir sonst Stab und Binde des Gottes helfen! Die aber [deine Tochter Chryseis] gebe ich nicht frei: erst soll über sie noch das Alter kommen in unserem Haus in Argos, fern dem väterlichen Lande, am Webstuhl einhergehend und mein Lager teilend. Doch geh! reize mich nicht! damit du heil nach Haus kommst!"[11] Bei Platon wird daraus: "Agamemnon aber ergrimmte und befahl ihm [Chryses], jetzt fortzugehen und auch nie wiederzukehren, damit ihm dann nicht auch der Stab und der Lorbeer des Gottes unnütz wären. Ehe aber seine Tochter loskäme, sagte er, solle sie bei ihm in Argos alt werden. Und gehen hieß er ihn und ihn nicht reizen, damit er wohlbehalten heimkehren möge".[12]

Hier haben wir also, unmittelbar nebeneinander, zwei mögliche Formen der Personenrede, die sich vorläufig wie folgt beschreiben und benennen lassen: bei Homer eine "nachgeahmte" oder fiktiv *berichtete* Rede, die die "reale" Rede der Person unverändert wiedergeben soll, bei Platon eine *narrativisierte* Rede, die vom Erzähler selber vorgetragen und wie irgendein sonstiges Ereignis behandelt wird. Diese Gleichsetzung der Rede mit einer Handlung bewirkt, daß man bei Platon äußerlich nicht mehr unterscheiden kann zwischen dem, was bei Homer wörtliche Rede Agamemnons war ("er befahl ihm fortzugehen"), und dem, was aus den vorangehenden narrativen Versen übernommen wurde ("er ergrimmte"): anders gesagt, es ist äußerlich nicht mehr erkennbar, was im Original gesprochenes Wort war und was Geste, Verhaltensweise oder Gemütszustand. Man kann die Reduktion der Rede auf das Ereignis natürlich noch weiter treiben, indem man zum Beispiel kurz und bündig schreibt: "Agamemnon lehnte ab und schickte Chryses fort". Hier hätten wir die reine Form der narrativisierten Rede. Da Platon aber ein paar Details mehr bewahren wollte, hat er diese Reinheit in seinem Text etwas getrübt, indem er Elemente hineinnahm, die zu einer Form der Rede gehören, die zwischen der wörtlichen und der narrativisierten liegt und sich äußerlich als eine mehr oder minder augenfällige Form der indirekten Rede zu erkennen gibt ("ehe aber seine Tochter loskäme, sagte er", "damit ihm dann nicht auch der Stab und der Lorbeer des Gottes unnütz wä-

---

[11] I, V. 26-32.
[12] 393 e - 394 a.

ren"). Wir wollen dies die *transponierte* Rede nennen. Diese Dreiteilung gilt nicht nur für das tatsächlich gesprochene Wort, sondern ebensosehr für die "innere Rede", eine Unterscheidung, die im übrigen zur Bedeutungslosigkeit herabsinkt, wenn es sich um ein Selbstgespräch handelt: Man denke etwa an den - inneren oder äußeren? - Monolog Julien Sorels nach der Liebeserklärung Mathildes, unterbrochen von diversen "sagte sich Julien", "rief er aus", "fügte er hinzu", bei denen es müßig wäre, sich zu fragen, ob man sie zum Nennwert nehmen soll oder nicht[13]; die Konvention im Roman besagt, und im vorliegenden Fall vielleicht nicht zu Unrecht, daß die Gedanken und Gefühle nichts anderes sind als Reden, es sei denn, der Erzähler unternimmt es, sie in Ereignisse zu verwandeln und sie als solche zu schildern.

Im Blick auf unseren derzeitigen Gegenstand, die narrative "Distanz", unterscheiden wir also drei Formen der (gesprochenen oder "inneren") Personenrede.

1. Die *narrativisierte* oder *erzählte* Rede ist offensichtlich die distanzierteste und, wie wir gerade sahen, im allgemeinen auch die am stärksten reduzierende Form: Den eingangs erwähnten Dialog des Helden mit der Mutter am Ende von *Sodome* würde der Erzähler dann, statt ihn wörtlich zu reproduzieren, etwa so wiedergeben: "Ich teilte meiner Mutter meine Entscheidung mit, Albertine zu heiraten". Und handelte es sich nicht um Worte, sondern um "Gedanken" des Helden, ließe sich die Aussage noch stärker verkürzen, und das Ausgesagte gliche vollends einem reinen Ereignis: "Ich entschloß mich, Albertine zu heiraten". Dafür kann sich jedoch die Erzählung der inneren Auseinandersetzung, die zu dieser Entscheidung geführt hat, und die der Erzähler in seinem eigenen Namen vorträgt, sehr lang hinziehen - in einer Form, die traditionell *Analyse* genannt wird, und die man als eine Erzählung von Gedanken oder als narrativisierte innere Rede auffassen kann.

2. Die *transponierte* Rede [discours], die als indirekte Rede [style indirect] auftritt: "Ich sagte meiner Mutter, daß ich Albertine unbedingt heiraten müßte" (gesprochene Rede); "Ich dachte, daß ich Albertine unbedingt heiraten müßte" (innere Rede). Obgleich ein bißchen mimetischer als die erzählte Rede und prinzipiell durchaus imstande, alles Gesagte wiederzugeben, fehlt dieser Form doch die Buchstäblichkeit, d. h. der Leser weiß nie, wie die "wirklich" gesprochenen Worte aussahen: Die Anwesenheit des Erzählers ist bereits auf der Ebene der Syntax des Satzes so stark, daß die Rede nie die dokumentarische Autonomie eines Zitats erlangt. Man geht eigentlich immer davon aus, daß der Erzähler diese Sätze nicht bloß in Nebensätze umwandelt, sondern die fremde Rede zugleich verdichtet und seiner eigenen Rede integriert, sie also seinem eigenen Stil gemäß *interpretiert*.[14]

Nicht ganz so verhält es sich mit jener Variante, die unter dem Namen "erlebte Rede" [style indirect libre] bekannt ist. Hier entfällt der Zwang, die Rede [discours] auf Nebensätze zu verteilen, so daß sie sich, trotz der temporalen Verschiebungen,

---

[13] Garnier, S. 301. Auch die in Gedanken versunkene Mathilde *"rief* begeistert *aus..."* (S. 355). Bei Julien führt dies so weit, daß er sogar beim "Nachdenken" einen gaskognischen Akzent hat: "Il y va de l'*honur, se dit-il*" (S. 333).
[14] Ein Beispiel dafür liefert Françoise, die die Grüße von Madame de Villeparisis so wiedergibt: "Sie hat gesagt: 'Sagen Sie ihnen von mir aus guten Tag'" (I, S. 697, dt. S. 917). Das Paradox besteht hier darin, daß diese Wiedergabe sich als ein wörtliches Zitat ausgibt, was Françoise noch dadurch unterstreicht, daß sie die Stimme der Marquise nachahmt. Dennoch liegt eine transponierte Rede vor, und auch die Normen der indirekten Rede wären erfüllt, hätte sich Françoise mit einem "Sie hat gesagt, ihnen von ihr aus guten Tag zu sagen" begnügt.

freier entfalten kann. Doch der wesentliche Unterschied zur wörtlichen Rede liegt im Fehlen eines deklarativen Verbs, was (wenn der Kontext nicht die nötigen Angaben liefert) zu einer doppelten Vermengung führen kann. Zunächst zu der von gesprochener und innerer Rede: In einem Satz wie: "Ich ging zu meiner Mutter: ich mußte Albertine unbedingt heiraten", kann die zweite Aussage sowohl die Gedanken Marcels wiedergeben, der sich gerade zu seiner Mutter begibt, wie auch die Worte, die er an sie richtet. Alsdann und vor allem aber zu der von (gesprochener oder innerer) Personenrede und Erzählerrede. Marguerite Lips[15] hat einige verblüffende Beispiel dafür zitiert, und man weiß, welch großen Nutzen Flaubert aus dieser Zweideutigkeit gezogen hat, die es ihm erlaubt, in seiner eigenen Rede - ohne es völlig bloßzustellen, aber auch ohne es völlig für unschuldig zu erklären - jenes zugleich widerliche und faszinierende Idiom zu gebrauchen, das die Sprache des Anderen darstellt.

3. Die "mimetischste" Form ist ganz offensichtlich die, die Platon verwirft, die also, wo der Erzähler so tut, als rede nicht er, sondern die Person: "Ich sagte zu meiner Mutter (oder: ich dachte): ich muß Albertine unbedingt heiraten". Diese *berichtete* Rede dramatischen Typs wurde, angefangen mit Homer, zur Grundform der Dialoge (und Monologe) in Epos und Roman[16], und Platons Plädoyer zugunsten des rein Narrativen blieb um so wirkungsloser, als Aristoteles schon kurz darauf erfolgreich und mit großer Autorität die Überlegenheit des rein Mimetischen behauptet hat. Man sollte den Einfluß, den diese massive Privilegierung der dramatischen Diktion jahrhundertelang auf die Entwicklung der narrativen Gattungen ausgeübt hat, nicht unterschätzen. Er bekundet sich nicht nur in der Kanonisierung der Tragödie als der höchsten Gattung in der ganzen klassischen Tradition, sondern auch - subtiler und weit über den Klassizismus hinaus - in jener Art Vormundschaft, die das dramatische Vorbild auf das Narrative ausgeübt hat, und die so gut ablesbar ist am Gebrauch des Wortes "Szene" zur Bezeichnung der Grundform romanesken Erzählens. Bis zum Ende des 19. Jahrhunderts wird die romaneske Szene denn auch als blasse Kopie und arme Verwandte der dramatischen Szene aufgefaßt: als Mimesis zweiten Grades, Nachahmung der Nachahmung.

Merkwürdigerweise sollte nun einer der Hauptwege, die zur Emanzipation des modernen Romans führten, gerade darin bestehen, diese Mimesis der Rede bis an ihre äußerste Grenze zu treiben, wobei von Anfang an der Person das Wort überlassen wurde, um so auch noch die letzten Spuren der narrativen Instanz zu tilgen. Man denke sich etwa eine Erzählung, die (aber ohne Anführungszeichen) mit dem Satz beginnt: "Ich muß Albertine unbedingt heiraten ...", und so bis zur letzten Seite fortfährt, sich dabei stets an die Reihenfolge der Gedanken und Wahrnehmungen des Helden haltend. "Der Leser sähe sich von den ersten Zeilen an in das Denken der Hauptperson versetzt, und nur dieser ununterbrochene Fluß ihres Denkens, der die übliche Form der Erzählung vollständig ersetzen würde, würde uns darüber informieren, was die Person tut und was ihr widerfährt." Man hat vielleicht bemerkt, daß es sich bei diesem Zitat um die Beschreibung handelt, die Joyce von *Les*

---

[15] *Le style indirect libre*, Paris 1926, S. 57 f.
[16] Die somit beide eine "gemischte" narrative Gattung vertreten, gemischt aus Diegesis und Mimesis im Platonischen Sinn.

lauriers sont coupés von Édouard Dujardin gibt[17], d. h. um die trefflichste Definition dessen, was man recht ungeschickt den "inneren Monolog" getauft hat, und was man besser *unmittelbare Rede [discours immédiat]*[18] nennen sollte: Denn wesentlich an dieser Rede ist, wie Joyce richtig gesehen hat, nicht so sehr, daß sie eine innere ist, sondern daß sie sich von Anfang an ("von den ersten Zeilen an") von jeder narrativen Vormundschaft befreit und sich sofort in den Vordergrund der "Szene" schiebt.[19]

Es ist bekannt, welches Nachleben diesem merkwürdigen kleinen Buch bei Joyce, Beckett, Nathalie Sarraute oder Roger Laporte beschert war und wie sehr diese neue Form im 20. Jahrhundert die Geschichte des Romans revolutioniert hat.[20] Wir wollen hier nicht weiter darauf eingehen, sondern nur auf die im allgemeinen verkannte Beziehung hinweisen zwischen der unmittelbaren Rede und der "berichteten Rede", die sich formal nur durch das Vorhandensein oder Fehlen einer deklarativen Einleitung voneinander unterscheiden. Wie Molly Blooms Monolog im *Ulysses* oder die drei ersten Teile von *The Sound and the Fury* (die sich ablösenden Monologe von Benjy, Quentin und Jason) zeigen, muß sich der Monolog nicht über das ganze Werk erstrecken, um als "unmittelbar" empfunden zu werden: Unabhängig vom Umfang genügt es, daß er sich selbst präsentiert, also ohne die Vermittlung einer narrativen Instanz, die er zum Schweigen verurteilt und deren Funktion er übernimmt. Hier wird der wichtige Unterschied zwischen unmittelbarem Monolog und erlebter Rede [style indirect libre] deutlich, die man manchmal zu Unrecht miteinander vermengt oder vergleicht: In der erlebten Rede übernimmt der Erzähler die Figurenrede, d. h. die Figur spricht mit der Stimme des Erzählers und die beiden Instanzen werden *vermengt;* in der unmittelbaren Rede tritt der Erzähler völlig zurück und wird durch die Figur *ersetzt*. Im Fall eines vereinzelten Monologs, der nicht die ganze Erzählung ausmacht, wie bei Joyce oder Faulkner, wird die narrative Instanz (wenngleich mit dem nötigen Abstand) durch den Kontext aufrechterhalten: im *Ulysses* also durch alle Kapitel außer dem letzten, in *The Sound und the Fury* durch den vierten Teil; wenn sich der Monolog mit der ganzen Erzählung deckt, wie in *Les lauries,* in *Martereau* oder in *Fugue,* wird die höhere Instanz annulliert, und man hat es mit einer Erzählung im Präsens und "in der ersten Per-

---

[17] Überliefert durch Valery Larbaud im Vorwort zur Ausgabe "10-18" von *Les lauries,* S. 8. Das Gespräch zwischen Joyce und Larbaud fand 1920 oder kurz darauf statt. Dujardins Roman stammt aus dem Jahre 1887.
[18] *A.d.Ü.*: Die natürlich keinesfalls, wie es die Übersetzung leider nahelegt, mit der grammatischen Kategorie der "direkten Rede" [style direct] verwechselt werden darf. Die "direkte Rede" entspricht vielmehr der "berichteten Rede" [discours rapporté].
[19] Dujardin selber betont statt dessen ein stilistisches Kriterium, nämlich den ihm zufolge notwendigerweise formlosen Charakter des inneren Monologs: "eine stumme Rede ohne Zuhörer, durch die eine Person ihr innerstes Denken ausdrückt, so nah wie möglich am Unbewußten, vor jeder logischen Organisation, d. h. *in statu nascendi,* durch Sätze, die auf das syntaktische Minimum reduziert sind, um so den Eindruck des Ungefilterten zu erwecken" *(Le Monologue intérieure,* Paris 1931, S. 59). Die Verbindung der Innerlichkeit des Denkens mit seinem unlogischen und unartikulierten Charakter ist hier ganz offenkundig ein Vorurteil der Zeit. Der Monolog von Molly Bloom entspricht recht gut dieser Beschreibung, aber die der Beckettschen Figuren sind im Gegenteil eher hyperlogische Räsonnements.
[20] Vgl. hierzu L. E. Bowling, "What is the stream of consciousness technique?", *PMLA* 1950; R. Humphrey, *Stream of Consciousness in the modern Novel,* Berkeley 1954; Melvin Friedman, *Stream of Consciousness: a Study in literary Method,* New Haven 1955.

son" zu tun. Damit berühren wir bereits die Probleme der *Stimme*. Halten wir hier vorerst ein und kehren wir zu Proust zurück.

Falls nicht eine bewußte Entscheidung vorliegt (wie bei Platon, wenn er Homer ohne jede berichtete Rede wiedergeben will), versteht es sich von selbst, daß die verschiedenen Formen, die wir soeben in der Theorie voneinander abgegrenzt haben, in der Praxis nicht so deutlich geschieden sind: so konnten wir schon in Platons Fassung (oder wenigstens in ihrer Übersetzung) einen fast unmerklichen Übergang von der erzählten zur transponierten Rede, von der indirekten zur erlebten Rede feststellen. Derartige Übergänge findet man etwa auch im folgenden Passus aus *Un amour de Swann*, wo der Erzähler zunächst im eigenen Namen die Euphorie beschreibt, in die Swann versetzt wird, wenn Odette ihn bei sich zu Haus empfängt, und die so stark kontrastiert mit den Ängsten und Befürchtungen, die er sonst hat: "In solchen Augenblicken [...] *schwanden alle die* aufregenden und furchtbaren *Vorstellungen, die* Swann sich von Odette machte, *dahin und wurden wieder eins* mit der reizvollen Gestalt, die er vor sich sah"; dann, eingeleitet mit der Wendung "Plötzlich schien es ihm so [...]", eine ganze Reihe von Gedanken der Figur, die in indirekter Rede wiedergegeben werden: *"[...] daß* diese bei Odette im sanften Licht der Lampe verbrachte Stunde nicht eine künstliche Veranstaltung für ihn sei [...]; *daß* sie, wenn er nicht dagewesen wäre, Forcheville den gleichen Sessel hingeschoben haben würde [...]; *daß* die von Odette bewohnte Welt nicht jene andere, erschreckende und übernatürliche Welt sei, in der er sie im Geiste unaufhörlich sah und die vielleicht nur in seiner Einbildung existierte, sondern die wirkliche Welt [...]"; danach leiht Marcel seine Stimme in erlebter Rede (und mit den dazugehörigen grammatischen Transpositionen) der inneren Rede Swanns: "Ach! Wenn das Schicksal ihm gestattet hätte *[avait permis]*, ein und dieselbe Wohnung mit Odette zu haben [qu'il pût n'avoir qu'une seule demeure avec Odette], bei ihr zu Hause zu sein [que chez elle *il fût* chez lui], und wenn er die Dienstboten nach dem Menü für das Mittagessen befragte, zu wissen, daß er den Speisezettel Odettes erfuhr [c'eût été le menu d'Odette qu'*il eût* reçu en réponse], oder sobald Odette am Vormittag in der Avenue du Bois de Boulogne spazierengehen wollte, als guter Ehemann sie begleiten zu müssen, auch wenn er keine Lust hätte *[l'avait obligé, n'eût-il pas envie de sortir, à l'accompagner]* [...], wie hätten dann alle die kleine Nichtigkeiten in *Swanns* Leben, die *ihm* jetzt traurig *schienen*, ganz im Gegenteil, weil sie gleichzeitig einen Teil von Odettes Leben bildeten, selbst die persönlichsten [...], eine Art von übermächtiger Süße und geheimnisvoller Intensität in sich aufgenommen!"; dann, nach dieser mimetischen Klimax, kehrt der Text zu den Nebensätzen der indirekten Rede zurück: "Gleichwohl *ahnte er, daß* das, was er ersehnte, diese Ruhe, der Frieden, für seine Liebe keine günstige Atmosphäre bedeutet hätten [...] Und *er sagte sich, daß* er, einmal geheilt, alles, was Odette beträfe, als gleichgültig ansehen werde", um schließlich zum Ausgangsmodus der narrativisierten Rede zurückzukehren *("er fürchtete* eine solche Heilung wie den Tod")", was es ihm erlaubt, unbemerkt zur Erzählung von Ereignissen überzugehen: "Nach diesen ruhigen Abenden war Swanns Argwohn beschwichtigt; er segnete Odette, und am folgenden Morgen schickte er ihr die schönsten Juwelen [...]"[21]

---

[21] I, S. 298-300, dt. S. 395 f.

Diese feinen Abstufungen oder Mischungen von indirekter und erzählter Rede sollten einen aber nicht den charakteristischen Gebrauch verkennen lassen, den die Proustsche Erzählung von der berichteten inneren Rede macht. Ob Marcel oder Swann, der Proustsche Held - und vor allem in seinen Momenten tiefer Ergriffenheit - neigt zur Bühnenrhetorik und äußert seine Gedanken gerne in einem veritablen Monolog. So etwa der zornige Swann: "'Ich bin ja auch zu dumm', sagte er sich, 'ich zahle mit meinem Geld das Vergnügen der anderen. Aber sie wird doch gut tun, den Bogen nicht zu überspannen, denn es könnte dann so weit kommen, daß ich ihr nichts mehr gebe. Auf alle Fälle werde ich im voraus schon einmal alle zusätzlichen Freundlichkeiten unterlassen! Wenn ich bedenke, daß ich gestern erst, als sie davon sprach, sie habe Lust, eine Saison in Bayreuth mitzumachen, so einfältig war, ihr vorzuschlagen, ich könne ja für uns beide eines der hübschen Schlösser des Königs von Bayern in der Umgebung mieten! Dabei schien sie noch nicht einmal so besonders entzückt, sie hat weder ja noch nein gesagt; ich kann nur hoffen, sie verzichtet darauf, großer Gott! Vierzehn Tage lang Wagner mit ihr zu hören, die so viel davon versteht wie die Kuh vom Zitherspielen, das wäre ein Genuß!'"[22] Oder Marcel, der, nachdem Albertine ihn verlassen hat, sich selbst zu beruhigen versucht: "'Alles das bedeutet nichts', sagte ich mir, 'es ist sogar besser, als ich mir vorgestellt hatte, denn da sie nichts von alledem meint, hat sie es offenbar nur geschrieben, um Eindruck auf mich zu machen, damit ich Angst bekomme. Jetzt heißt es das Dringendste zu bedenken, nämlich daß Albertine heute abend wieder zu Hause ist. Traurig ist freilich die Habgier dieser Eheleute Bontemps, die ihre Nichte benutzen, um aus mir Geld herauszupressen. Aber was tut das schon?'"[23] Bei Swann geht die Theatralik einmal sogar so weit, daß er "laut mit sich selbst spricht", und das auch noch auf der Straße, als er wütend zu Fuß nach Hause geht, nachdem man ihn nicht zu dem Ausflug nach Chatou eingeladen hat: "'Was für eine schäbige Art von Belustigung!'sagte er zu sich *mit einer Miene so leidenschaftlichen Abscheus,* daß er selbst ein Gefühl der Muskelverrenkung bis in den gegen den steifen Kragen zurückgedrückten Hals verspürte [...] 'Ich lebe zu viele tausend Meter über diesen Niederungen, wo in solchem schmutzigen Gewäsch herumgeplanscht wird, als daß die Spritzer mich treffen könnten, wenn diese Verdurin ihre dummen Bemerkungen macht', *rief er, hob den Kopf* und straffte die Schultern nach hinten. [...] Seit langem hatte er die Alleen des Bois verlassen, er war jetzt fast bei seinem Hause angelangt, aber noch hielt die Trunkenheit des Schmerzes und die leidenschaftliche Unaufrichtigkeit bei ihm an und strömte ihren Rausch *in dem verlogenen Tonfall und dem künstlich hochgeschraubten Klang seiner eigenen Stimme* immer machtvoller aus; *laut perorierte er* in der Stille der Nacht [...]"[24] Man sieht, daß der Klang der Stimme und der künstliche Tonfall hier einen wesentlichen Bestandteil des Denkens ausmachen, ja nur sie geben letztlich Aufschluß über Swanns wirkliche Gedanken, die er sich selbst nicht eingestehen will und emphatisch verleugnet: "Swanns Stimme war hierin durchaus einsichtiger als er selbst, denn sie lehnte es ab, jene Worte voller Abscheu gegen das Verdurinsche Milieu und voller Freude darüber, daß er endlich mit ihnen fertig sei, anders als in

---

[22] I, S. 300 f., dt. S. 397; dieser Monolog ist übrigens pseudo-iterativ.
[23] III, S. 421 f., dt. S. 3324.
[24] I, S. 286-289, dt. S. 378-381. (Hervorhebungen von mir.)

einem künstlichen Ton wiederzugeben, so als wären sie eher dazu gewählt, seinen Zorn verrauchen zu lassen als um seine Gedanken auszudrücken. Diese waren tatsächlich, während er sich jenen Invektiven überließ, mit etwas ganz anderem beschäftigt [...]": Denn bei all den verächtlichen Reden, die er für sich selber schwingt, denkt er nur daran, wie er bei den Verdurins wieder Gnade finden und doch noch zum Diner in Chatou eingeladen werden kann. Diese nicht gerade seltene Doppelzüngigkeit der inneren Rede tritt besonders kraß zutage in solchen unaufrichtigen Monologen, die mit lauter Stimme regelrecht inszeniert werden, wie eine "Komödie", die man sich selber spielt. Das "Denken" als innere Rede ist ebenso "gewunden" und verlogen wie alle anderen Reden auch, d. h. es hält sich im allgemeinen nicht an die "wirklich empfundene Wahrheit", die folglich kein innerer Monolog wiederherstellen kann, so daß sich der Romancier dazu gezwungen sieht, sie durch jene Masken der Unaufrichtigkeit hindurchscheinen zu lassen, auf die sich das "Bewußtsein" im Grunde reduziert. Ziemlich deutlich gesagt wird dies an einer Stelle in *Le temps retrouvé,* die auf die bekannte Formulierung folgt: "Pflicht und Aufgabe eines Schriftstellers sind die eines Interpreten [traducteur]":

Wenn nun aber das Zurechtrücken der *gewundenen inneren Rede* [...] bereits im Fall der Eigenliebe eine mißliche Sache ist, gegen die unsere Trägheit murrt, so gibt es andere Fälle, wie etwa den der Liebe, in denen dieses gleiche Zurechtrücken eine schmerzvolle Tätigkeit ist. Alle unsere geheuchelte Gleichgültigkeit, unsere Empörung über die so natürlichen Lügen der Geliebten, Lügen, die ganz denjenigen gleichen, die wir selbst anwenden, mit einem Worte, alles was wir jedesmal, wenn wir uns unglücklich oder verraten fühlten, nicht nur unaufhörlich dem geliebten Wesen gesagt haben, sondern sogar, wenn wir darauf warteten, es zu sehen, unendlich oft uns selber sagten – *manchmal mit lauter Stimme in der Stille unseres Zimmers,* in dem nur einige Sätze aufklangen wie: "Nein, wirklich, ein solches Verhalten ist unerträglich" oder "Ich habe dich noch ein letztes Mal bei mir sehen wollen, und ich leugne nicht, daß es mir Qualen bereitet" –, so bedeutet eine Rückführung von alledem auf die wirklich empfundene Wahrheit, von der es sich so weit entfernt hat, die Vernichtung alles dessen, woran wir am meisten festhielten, dessen, was, wenn wir allein mit uns waren, bei dem fieberhaften Planen von Briefen, die wir schreiben, und Schritten, die wir unternehmen wollten, unser *leidenschafterfülltes Selbstgespräch* bildete.[25]

Man weiß im übrigen, daß bei Proust – von dem man vielleicht einen Schritt in diese Richtung erwartet hätte, da er die chronologische Mitte zwischen Dujardin und Joyce hält – so gut wie nichts vorkommt, was mit dem "inneren Monolog" im Sinne der *Lauriers* oder des *Ulysses* vergleichbar wäre.[26] Auch der im Präsens stehende Abschnitt ("Ich trinke einen zweiten Schluck und finde nichts anderes darin als im ersten [...]"), der in die Madeleine-Episode eingefügt ist[27], darf nicht mit einem solchen verwechselt werden, denn seiner ganzen Beschaffenheit nach gemahnt er eher an das narrative Präsens der philosophischen Erfahrung, wie man es zum Bei-

---

[25] III, S. 890 f., dt. S. 3978 f. (Hervorhebungen von mir.)
[26] Vgl. hierzu Michel Raimond, *La crise du roman,* Paris 1967, S. 277-282, der die Behauptung untersucht, die Robert Kemp 1925 aufgestellt hat und wonach Proust den inneren Monolog praktiziert habe. Er kommt zu demselben negativen Ergebnis wie bereits Dujardin selber: "Diese Perspektiven scheinen ihn manchmal an die Grenzen des inneren Monologs zu führen, aber er überschreitet sie nie und meistenteils hält er sich von ihnen fern."
[27] I, S. 45 f., dt. S. 64 f.

spiel bei Descartes oder Bergson findet: Das angebliche Selbstgespräch des Helden wird hier vom Erzähler eindeutig zu Demonstrationszwecken gebraucht, und nichts liegt dem Geist des modernen inneren Monologs ferner, der die Figur in die Subjektivität eines "Erlebnisses" ohne Transzendenz oder Kommunikation einschließt. Die einzige Stelle, wo in der *Recherche* die Form und der Geist des unmittelbaren Monologs sichtbar werden, ist die, auf die J. P. Houston hinweist und die er zu Recht als "echte Seltenheit bei Proust" kennzeichnet, auf der S. 84 (dt. S. 2870) von *La prisonnière*. Doch Houston zitiert nur die ersten Zeilen dieser Stelle, Zeilen, die trotz all ihrer inneren Bewegtheit wohl doch eher zur erlebten Rede gehören; erst die folgenden, die auf jede temporale Transposition verzichten, bilden das echte "joycesche" *hapax legomenon* der *Recherche*. Hier die ganze Stelle, wobei ich die wenigen Sätze hervorhebe, in denen unleugbar ein unmittelbarer Monolog vorliegt:

Die Morgenkonzerte in Balbec lagen nicht weit zurück. Und doch hatte ich mich zu jenem verhältnismäßig nahen Zeitpunkt wenig um Albertine gekümmert. An den ersten Tagen nach meiner Ankunft hatte ich sogar von ihrer Anwesenheit in Balbec nichts gewußt. Durch wen hatte ich sie erfahren? Ach ja, es kam durch Aimé! Es war ebenso schönes Sommerwetter wie heute. Dieser gute Aimé! Er freute sich so, mich wiederzusehen. *Albertine freilich mag er nicht. Nicht alle können sie lieben. Ja, er hat mir mitgeteilt, daß sie in Balbec sei.* Woher wußte er es denn? Richtig! Er war ihr begegnet und hatte gefunden, sie habe sich etwas ungehörig benommen.[28]

Die Proustsche Behandlung der inneren Rede ist also alles in allem sehr klassisch, aber die Gründe dafür sind es weniger. Treibende Kraft ist ein ausgeprägter - und für manch einen vielleicht paradoxer - Widerwille gegen das, was Dujardin das "Ungefilterte" des Geistes nennt, gegen das "Denken *in statu nascendi*", wiedergegeben durch eine Art infra-sprachlichen Fluß, der auf das "syntaktische Minimum" reduziert ist: Nichts ist der Proustschen Psychologie fremder als die Utopie eines authentischen inneren Monologs, dessen Unorganisiertheit angeblich die Transparenz und die Treue zu den tiefsten Schichten des "Bewußtseinsstroms" - oder des Unbewußten - verbürgen soll.

Die einzige scheinbare Ausnahme bildet der Schlußsatz in einem Traum Marcels in Balbec[29] : "Du weißt aber doch, daß ich immer bei ihr sein werde, Hirsch, Hirsch, Francis Jammes, Gabel" - der sich stark von den formvollendet gebildeten Sätzen abhebt, die bis dahin in diesem Traum gesprochen wurden.[30] Doch sieht man genauer hin, so hat noch dieser Kontrast einen sehr genauen Sinn: Gleich nach diesem so inkohärenten Satz fügt der Erzähler hinzu: "Aber schon hatte ich den Fluß mit den düsteren Mäanderwindungen wieder überquert, ich war an die Oberfläche gestiegen, an der sich die Welt der Lebenden auftut: und wenn ich nun wiederholte: 'Francis Jammes, Hirsch, Hirsch', so bot mir die Folge dieser Worte nicht mehr den durchsichtigen Sinn und die Logik dar, die sie so natürlich für mich noch vor einer Sekunde gehabt hatten, an welche ich mich aber nicht mehr zu erinnern vermochte. Ich begriff nicht mehr, weshalb das Wort 'Aias', das mein Vater eben zu

---

[28] III, S. 84, dt. S. 2870.
[29] II, S. 762, dt. S. 2264.
[30] Wie auch in dem von Swann, I, S. 378-381, dt. S. 498-501.

mir gesagt hatte, ohne weiteres bedeutet hatte: 'Paß auf, daß du nicht frierst', so daß kein Zweifel möglich war." Demnach fungiert die infra-sprachliche Sequenz *Hirsch, Francis Jammes, Gabel* hier keineswegs als Beispiel für die Traumsprache als solche, sondern bezeugt nur die Diskontinuität zwischen dieser Sprache und dem wachen Bewußtsein, dem sie dunkel und unverständlich ist. Im Traum ist alles klar und natürlich, die Reden sind von einer perfekten sprachlichen Kohärenz. Erst beim Erwachen, d. h. in dem Moment, wo dieses kohärente Universum einem anderen Platz macht, das einer anderen Logik gehorcht, verliert das, was zuvor "durchsichtig" und "logisch" war, seine Transparenz. Dasselbe passiert, als der Schlafende auf den ersten Seiten von *Swann* aus seinem ersten Schlummer erwacht. Das Traumgeschehen ("es kam mir so vor, als sei ich selbst [...] eine Kirche, ein Quartett, die Rivalität zwischen Franz dem Ersten und Karl dem Fünften") wird ihm "immer weniger greifbar *[commence à lui devenir inintelligible]*, wie nach der Seelenwanderung die Gedanken einer früheren Existenz".[31] Das infra-sprachliche "Ungefilterte" ist also bei Proust nie der Diskurs einer angeblich alogischen Tiefe, auch nicht der des Traums, sondern nur ein Mittel, um durch eine Art vorübergehendes *Nichtverstehenkönnen* im Grenzbereich das strikte Getrenntsein zweier Logiken darzustellen, die aber in sich beide wohlgegliedert sind.

Was die "äußere" Rede betrifft - also das, was man traditionellerweise den "Dialog" nennt, auch wenn mehr als zwei Personen daran beteiligt sind -, so hat sich Proust hier, wie man weiß, völlig von dem Flaubertschen Gebrauch der erlebten Rede verabschiedet. Marguerite Lips hat zwar zwei oder drei Beispiele dafür gefunden[32], aber es bleiben Ausnahmen. Dieses zweideutige Ineinanderfließen der Reden, diese Vermengung der Stimmen ist seiner Diktion wesensfremd, die sich hier stärker an das Balzacsche Vorbild anlehnt, das gekennzeichnet ist durch ein Übergewicht der berichteten Rede und durch das, was Proust selbst die "objektivierte Sprache" nennt, d. h. die den Personen oder wenigstens einigen von ihnen zugebilligte sprachliche Autonomie: "Da Balzac einen unter manchen Aspekten nicht organisiert wirkenden Stil behalten hat, könnte man glauben, er habe nicht versucht, die Sprache seiner Personen zu objektivieren oder, wenn er sie objektiviert hat, er habe sich nicht zurückhalten können, alle Augenblicke anzumerken, was eine Person an Besonderem

---

[31] I, S. 3, dt. S. 9. (Von mir hervorgehoben.)
[32] Eines ist der Speisezettel von Françoise, I, S. 71 (dt. S. 98): "eine Barbe, weil die Händlerin ihr garantiert hatte, daß sie ganz frisch sei, einen Truthahn, weil sie einen schönen auf dem Markt von Roussainville-le-Pin gesehen hatte" usw., wo aber der Zitatcharakter nicht sehr geprägt ist, außer in "eine Hammelkeule, weil der Aufenthalt in der frischen Luft tüchtig hungrig macht und weil man bis sieben Uhr gut schon wieder einen leeren Magen haben konnte" (Lips, S. 46); ein zweites, aufgrund der Interjektion etwas deutlicheres Beispiel ist das folgende: "Wir eilten unmittelbar zu Tante Léonie, um sie zu beruhigen und ihr durch unsern Anblick zu beweisen, daß uns entgegen ihren Befürchtungen nichts zugestoßen war, sondern daß wir nur 'nach der Seite von Guermantes' gegangen waren, und, lieber Gott, meine Tante wußte ja, daß man, wenn man diesen Spaziergang machte, nicht so genau sagen könne, wann man wieder zu Hause war" (I, S. 133, dt. S. 179; Lips, S. 99). Und hier noch ein weiteres, wo das Subjekt der Rede (erneut Françoise) immer spürbarer wird: "Sie war sehr aufgeregt, weil es zu einer furchtbaren Szene zwischen dem Guermantesschen Diener und dem spionierenden Portier gekommen war. Die Herzogin in ihrer Güte hatte einschreiten, einen Scheinfrieden stiften und dem Diener verzeihen müssen. Denn sie war gut, und die Stelle bei ihr ideal gewesen, hätte sie nicht auf 'Tratsch' gehört" (II, S. 307, dt. S. 1661 f.). Man sieht, daß Proust den Wortschatz der Haushälterin nicht ohne Anführungszeichen zu übernehmen wagt: Zeichen einer großen Zurückhaltung im Gebrauch der erlebten Rede.

besaß. Ganz das Gegenteil ist jedoch richtig. Der gleiche Mann, der in naiver Weise seine historischen, künstlerischen und sonstigen Ansichten ausbreitet, verbirgt seine tiefsten Absichten und läßt die Wahrheit der Wiedergabe der Sprache seiner Personen ganz für sich allein sprechen und zwar auf eine so feine Weise, daß sie unbemerkt bleiben kann. Er macht keinerlei Versuch, die Aufmerksamkeit auf sie zu lenken. Wenn er die schöne Madame Roguin sprechen läßt, die trotz ihrem Pariser Esprit für die Leute von Tours die Frau des Provinzpräfekten ist, wie sehr sind da alle ironischen Bemerkungen, die sie über die Einrichtung der Rogrons macht, *von ihr* und nicht von Balzac!"[33] Diese Autonomie ist mitunter angezweifelt worden, und Malraux etwa hält sie für "gänzlich relativ".[34] Es ist zweifellos übertrieben, wie Gaëtan Picon (dem Malraux hier antwortet) zu sagen, Balzac habe "versucht, jeder Figur eine persönliche Stimme zu geben", wenn *persönliche Stimme* soviel meint wie einen eigenen und individuellen Stil. Die "mots de caractère" charakterisieren eine Figur (wie bei Molière) eher durch ihren Sinn als durch ihren Stil, und die ausgeprägtesten Diktionen, der deutsche Akzent von Nucingen oder Schmucke oder die Conciergesprache der Mutter Cibot sind eher Gruppensprachen als persönliche Stile. Dennoch ist der Charakterisierungsversuch unleugbar, und die Redeweise der Personen, ob Idiolekt oder Soziolekt, wird deutlich "objektiviert", mit einer starken Differenzierung zwischen Erzähler- und Figurenrede, was einen Mimesiseffekt hervorruft, der wahrscheinlich intensiver ist als bei allen früheren Romanciers.

Was Proust betrifft, so hat er diesen Effekt noch verstärkt, und allein schon die Tatsache, daß er dessen Vorhandensein bei Balzac unterstrichen und ein wenig übertrieben hat, zeigt deutlich, wie alle seine literaturkritischen Verzerrungen dieser Art, welche Position er selbst bezieht. Zweifellos hat niemand vor ihm und auch nicht nach ihm, jedenfalls in keiner mir bekannten Sprache, die "Objektivierung" - und diesmal in Gestalt einer Individuierung des Figurenstils - so weit getrieben wie er. Ich habe dieses Thema an anderer Stelle angeschnitten[35], dessen ausführlichere Behandlung eine vergleichende stilistische Analyse der Reden von Charlus, Norpois, Françoise usw. erforderlich machen würde, nicht ohne unvermeidliche Bezugnahmen auf die "Psychologie" dieser Personen, - sowie einen Vergleich zwischen der Technik dieser imaginären (oder teilweise imaginären) Pastiches und der der wirklichen Pastiches der *Lemoine-Affäre*. Das ist hier nicht unsere Aufgabe. Es mag genügen, an die Bedeutung dieser Tatsache zu erinnern, aber auch daran, daß die "Individuierung" sehr ungleich verteilt ist. Denn es wäre übertrieben und oberflächlich, zu behaupten, alle Figuren bei Proust hätten einen Ideolekt und dies stets mit derselben Intensität. Wahr ist, daß fast alle wenigstens in einem bestimmten Moment irgendein erratisches Sprachmerkmal aufweisen, verfälschte, dialektbezogene oder schichtenspezifische Wendungen gebrauchen, ein charakteristisches Modewort einfließen lassen, aufschlußreiche sprachliche Schnitzer oder Versprecher begehen usw; auf dieser untersten Ebene sprachlicher Konnotationen werden wohl alle Figuren erfaßt, vielleicht mit Ausnahme des Helden selber, der freilich sowieso recht wenig spricht und hauptsächlich beobachtet, lernt und entziffert. Auf einer zweiten

---

[33] *Contre Sainte-Beuve*, Pléiade, S. 272, dt. *Gegen Sainte-Beuve*, a.a.O., S. 125.
[34] Gaëtan Picon, *Malraux par lui-même*, Paris 1953, S. 40.
[35] *Figures II*, S. 223-294. Vgl. auch Tadié, *Proust et le roman*, Kap. IV.

Ebene findet man Figuren mit einer wiederkehrenden sprachlichen Eigenart, die zu ihnen gehört wie ein Tick oder ein Erkennungszeichen persönlicher und/oder schichtenspezifischer Art: die englischen Wendungen Odettes, der falsche Gebrauch von Redensarten bei Basin, die studentischen Pseudo-Homerismen Blochs, die Archaismen Saniettes, die falschen Betonungen von Françoise oder des Direktors in Balbec, die Wortspiele und mundartlichen Ausdrücke Orianes, der Jargon der Kaste bei Saint-Loup, der Sévignéstil bei der Mutter und der Großmutter des Helden, Aussprachefehler bei der Prinzessin Sherbatoff, bei Bréauté, Faffenheim usw.: hier kommt Proust dem Balzacschen Vorbild am nächsten, und diese Praxis wurde seitdem auch am häufigsten kopiert.[36] Die höchste Ebene dann ist die des durchgehaltenen persönlichen Stils im eigentlichen Sinne[37], der spezifisch auf die Figur zugeschnitten ist, ein Stil, wie man ihn bei Brichot findet (Pedanterie und Leutseligkeit des demagogischen Professors), bei Norpois (hochtrabende offiziöse Gemeinplätze und diplomatische Umschreibungen), bei Jupien (klassische Reinheit), bei Legrandin (dekadenter Stil) und vor allem bei Charlus (tobend-tosende Rhetorik). Diese "stilisierte" Rede ist die Extremform der Mimesis: Der Autor "imitiert" seine Figur hier nicht nur dem wörtlichen Inhalt ihrer Aussagen nach, sondern im Rückgriff auf die hyperbolische Buchstäblichkeit des Pastiche, das den Ideolekt des ursprünglichen Textes immer ein wenig übertreibt, so wie eine "Imitation" durch die Anhäufung und Akzentuierung spezifischer Merkmale immer *überladen* wirkt. So scheinen sich denn auch Legrandin und Charlus ständig selbst zu imitieren, ja am Ende zu karikieren. Der Mimesiseffekt hat hier seinen Gipfelpunkt oder genauer gesagt seine Grenze erreicht: den Punkt, wo das Extrem des "Realismus" ins Irreale umzuschlagen droht. Mit ihrem untrüglichen Spürsinn sagt schon die Großmutter des Erzählers, Legrandin "spreche etwas zu sehr wie ein Buch".[38] Diese Gefahr aber droht jeder allzu perfekten sprachlichen Mimesis, die schließlich nichtig und zirkulär, wie schon Platon bemerkt hat, in der Verdoppelung endet: Legrandin spricht wie Legrandin, d. h. wie Proust, der Legrandin imitiert, und die Rede verweist am Ende zurück auf den Text, der sie "zitiert", d. h. sie de facto konstituiert.

Aus dieser Zirkularität erklärt es sich vielleicht, daß ein so wirksames "Charakterisierungs"-Verfahren wie die stilistische Autonomie bei Proust nicht auf die Erschaffung substantieller und klar bestimmter *Personen* im realistischen Sinne des Worts hinausläuft. Es ist bekannt, daß die Proustschen "Personen" unbestimmt bleiben, ja sogar von Seite zu Seite immer unbestimmbarer, ungreifbarer werden, es sind und bleiben "flüchtige Wesen", und der wesentliche Grund dafür, auf den der Autor eindringlich genug hinweist, liegt in der Inkohärenz ihres Verhaltens. Doch die hyperbolische Kohärenz ihrer Sprache, weit davon entfernt, dieses psychologische Verblassen zu kompensieren, akzentuiert und verstärkt es oft noch. Auch ein Legrandin, ein Norpois und selbst ein Charlus entrinnen nicht völlig dem Schicksal, das in exemplarischer Reinheit die Nebenfiguren trifft wie den Hoteldirektor in

---

[36] Und sei es auch nur durch Malraux, der es nicht versäumt hat, einigen seiner Helden Sprachticks zu geben (die Auslassungen von Katow, das "mon bon" von Clappique, das "Nong" von Tchen, das "concrètement" von Pradas, die Definitionssucht bei Garcia usw.).

[37] Was nicht heißt, daß der Ideolekt hier ohne jede typisierende Funktion ist: Brichot spricht wie ein Sorbonneprofessor, Norpois wie ein Diplomat.

[38] I, S. 67 f., dt. S. 94.

Balbec, Céleste Albaret oder den Dienstboten Joseph Périgot: Sie sind so eins mit ihrer Art des Sprechens, das sie sich letztlich auf ihre Sprache reduzieren. Die stärkste sprachliche Existenz ist hier Zeichen und Beginn eines Verschwindens. An der Grenze der stilistischen "Objektivierung" wird die Proustsche Figur von einer eminent symbolischen Art des Todes ereilt: sie erlischt in ihrer eigenen Rede.

Perspektive

Was wir fürs erste mit einer Metapher die narrative Perspektive nennen - d. h. jener zweite Modus der Informationregulierung, der auf der Wahl (oder Nicht-Wahl) eines einschränkenden "Blickwinkels" beruht -, stellt unter allen Problemen, die die narrative Technik betreffen, dasjenige dar, das seit dem Ende des 19. Jahrhunderts am häufigsten untersucht worden ist, und die Kritik ist dabei durchaus zu stichhaltigen Ergebnissen gelangt, wie die entsprechenden Kapitel bei Percy Lubbock über Balzac, Flaubert, Tolstoi und James zeigen sowie das von Georges Blin über die "Einschränkungen des Feldes" bei Stendhal.[39] Dennoch leiden die meisten theoretischen Arbeiten zu diesem Thema (die im wesentlichen Klassifikationen bieten) meines Erachtens erheblich darunter, daß sie das, was ich hier *Modus* und *Stimme* nenne, miteinander vermengen, d. h. die Frage *Welche Figur liefert den Blickwinkel, der für die narrative Perspektive maßgebend ist?* wird mit der ganz anderen *Wer ist der Erzähler?* vermengt - oder, kurz gesagt, die Frage *Wer sieht?* mit der Frage *Wer spricht?* Weiter unten werden wir auf diese scheinbar evidente, aber fast immer übergangene Unterscheidung zurückkommen. Wenn dieser Unterschied nicht berücksichtigt wird, kommt man wie Cleanth Brooks und Robert Penn Warren[40] - die übrigens für *point of view* das glückliche Äquivalent "focus of narration", narrativer Fokus fanden - zu einer viergliedrigen Typologie, die die folgende Tafel zusammenfaßt:

	Von innen analysierte Ereignisse	Von außen beobachtete Ereignisse
Der Erzähler kommt in der Handlung als Figur vor	1. Der Held erzählt seine Geschichte	2. Ein Zeuge erzählt die Geschichte des Helden
Der Erzähler kommt in der Handlung als Figur nicht vor	4. Der allwissende Autor erzählt die Geschichte	3. Ein außenstehender Autor erzählt die Geschichte

Man sieht sofort, daß nur die vertikale Grenze den (inneren oder äußeren) *point of view* betrifft, während die horizontale auf die Stimme (die Identität des Erzählers) bezogen ist, ohne daß es einen wirklichen Unterschied des Blickwinkels gäbe zwi-

---

[39] *Stendhal et les problèmes du roman*, Paris 1954, II. Teil. Eine nach Sachgebieten gegliederte Bibliographie zu diesem Thema bei F. van Rossum, "Point de vue ou perspective narrative", *Poétique* 4. Zur historischen Entwicklung vgl. R. Stang, *The Theory of the Novel in England 1850-1870*, Kap. III, und M. Raimund, a.a.O., IV. Teil.
[40] *Unterstanding Fiction*, New York 1943.

schen 1 und 4 (sagen wir: zwischen *Adolphe* und *Armance*) und zwischen 2 und 3 (Watson erzählt, was Sherlock Holmes tut, Agatha Christie erzählt, was Hercule Poirot tut). F. K. Stanzel[41] unterscheidet 1955 drei Typen von "Erzählsituationen" im Roman: die *auktoriale Erzählsituation* mit einem "allwissenden" Autor (Typ: *Tom Jones*), die *Ich-Erzählsituation*, in der der Erzähler eine der Figuren ist (Typ: *Moby Dick*), und die *personale Erzählsituation*, wo ebenfalls aus dem Blickwinkel einer Figur, aber "in der dritten Person" erzählt wird (Typ: *The Ambassadors*). Auch hier wieder ist der Unterschied zwischen der zweiten und dritten Situation keiner des *point of view* (anhand dieses Kriteriums lassen sich nur sie beide vom ersten Typ unterscheiden), da Ishmael und Strether de facto in beiden Erzählungen dieselbe fokale Position innehaben, nur daß im einen Fall die fokale Figur selbst der Erzähler ist, während im andern ein in der Geschichte nicht vorkommender "Autor" für sie einspringt. Gleichfalls 1955 legt Norman Friedman[42] eine sehr viel komplexere achtgliedrige Klassifikation vor: zwei Typen "allwissender" Narration, mit oder ohne "Einmischung des Autors" (Fielding, Thomas Hardy), zwei Typen von Narration "in der ersten Person", mit dem Ich als Beobachter (Conrad) oder als Held (Dickens, *Great Expectations*), zwei Typen "selektiv-allwissender" Narration, d. h. mit eingeschränktem Blickwinkel, und zwar entweder mit einem einzigen (Joyce, *Portrait of the Artist*) oder mit mehreren (Virginia Woolf, *To the Lighthouse*), und schließlich zwei Typen rein objektiver Narration, wobei allerdings der zweite Typus hypothetischer Natur ist und sich zudem nur schwer vom ersten unterscheiden läßt: der "dramatische Modus" (Hemingway, *Hills Like White Elephants*) und "die Kamera", d. h. die reine Aufzeichnung ohne Selektion oder Gliederung. Ganz offenkundig unterscheiden sich die Typen drei und vier (Conrad und Dickens) von den anderen nur dadurch, daß sie Erzählungen "in der ersten Person" sind, und auch der Unterschied zwischen den beiden ersten (mit oder ohne Einmischung des Autors) ist einer der Stimme, betrifft also den Erzähler und nicht den *point of view*. Erinnern wir daran, daß Friedman seinen sechsten Typ (*Portrait of the Artist*) beschreibt als "eine von einer Figur, aber in der dritten Person erzählte Geschichte", eine Formulierung, die deutlich zeigt, daß hier die fokale Figur (die James den "Reflektor" nannte) mit dem Erzähler vermengt wird. Dieselbe Gleichsetzung führt, offenbar ganz bewußt, Wayne Booth durch, der 1961 einen Aufsatz "Distance and Point of view"[43] nennt, in dem in Wahrheit Probleme der Stimme behandelt werden (die Unterscheidung zwischen dem *implizierten Autor* und dem *Erzähler, der dargestellt* oder *nichtdargestellt, zuverlässig* oder *unzuverlässig* sein kann), wie er übrigens selbst ausdrücklich erklärt, da er eine "Klassifikation" anstrebt, "die der Artenvielfalt der Autorstimmen besser gerecht wird". "Strether", sagt Booth an einer Stelle, "'erzählt' zum größten Teil seine eigene Geschichte, auch wenn von ihm immer in der dritten Person gesprochen wird": wäre sein Status demnach identisch mit dem von Cäsar in *Der gallische Krieg*? Man sieht zu welchen Schwierigkeiten die Vermengung von Modus und Stimme führt. 1962 schließlich greift Bertil Romberg[44] die Typologie von Stanzel auf und ergänzt sie um einen vierten Typ: die

---

[41] *Die typischen Erzählsituationen im Roman*, Wien Stuttgart 1955.
[42] "Point of view in Fiction", a.a.O.
[43] In: *Essays in Criticism*, 1961.
[44] *Studies in the narrative Technique of the first-person Novel*, Lund 1962.

objektive Erzählung behavioristischen Stils (der siebte Typ von Friedman). So gelangt er zu der Vierteilung in: 1) Erzählung mit allwissendem Autor, 2) Erzählung mit *point of view*, 3) objektive Erzählung, 4) Erzählung in der ersten Person - wo nun der vierte Typ so gar nicht zum Klassifikationsprinzip der drei anderen passen will. Borges würde hier wohl noch eine fünfte und typisch chinesische Klasse hinzufügen, die der Erzählungen, die mit einem sehr feinen Pinsel geschrieben wurden.

Es ist sicher legitim, eine Typologie der "Erzählsituationen" erstellen zu wollen, die sowohl den Modus wie die Stimme berücksichtigt; nicht legitim ist es jedoch, eine solche Klassifikation allein mit der Kategorie des *point of view* durchzuführen oder eine Liste zu erstellen, in der die beiden Bestimmungen auf der Basis einer offenkundigen Vermengung miteinander rivalisieren. Vielleicht sollte man deshalb zunächst einmal nur die rein modalen Bestimmungen betrachten, die also das betreffen, was man üblicherweise den *point of view* nennt oder, mit Jean Pouillon und Tzvetan Todorov, die "Sicht" [vision] bzw. den "Aspekt".[45] Wenn man sich diese Beschränkungen auferlegt, stellt sich leicht ein Konsens über eine dreigliedrige Typologie her, deren erster Typ dem entspricht, was die angelsächsische Kritik eine Erzählung mit allwissendem Erzähler und Pouillon "Übersicht" [vision par derrière] nennt, und was Todorov durch die Formel symbolisisiert: *Erzähler > Figur* (wo der Erzähler also mehr weiß als die Figur, oder genauer, wo er mehr *sagt,* als irgendeine der Figuren weiß); für den zweiten gilt *Erzähler = Figur* (der Erzähler sagt nicht mehr, als die Figur weiß): das ist bei Lubbock die Erzählung mit *point of view,* bei Blin die mit "beschränktem Feld", bei Pouillon die "Mitsicht" [vision avec]; für den dritten Typ schließlich gilt *Erzähler < Figur* (der Erzähler sagt weniger, als die Figur weiß): das ist die "objektive" oder "behavioristische" Erzählung, die Pouillon "Außensicht" [vision du dehors] nennt. Da die Ausdrücke *Sicht, Feld, point of view* allzustark am Visuellen haften, werde ich hier auf den etwas abstrakteren der *Fokalisierung* zurückgreifen[46], der im übrigen dem Ausdruck "focus of narration" von Brooks und Warren entspricht.[47]

Fokalisierungen

Wir werden also den ersten Typus, wie er allgemein von der klassischen Erzählung repräsentiert wird, *unfokalisierte* oder Erzählung mit *Nullfokalisierung* nennen. Der zweite dann ist die Erzählung mit *interner Fokalisierung,* sei diese *fest* (kanonisches Beispiel: *The Ambassadors,* wo alles über Strether läuft, oder besser noch *What Maisie Knew,* wo so gut wie nie der Blickwinkel des kleinen Mädchens verlassen wird, deren "eingeschränktes Feld" besonders spektakulär wirkt in dieser

---

[45] J. Pouillon, *Temps et roman,* Paris 1946; T. Todorov, "Les catégories du récit littéraire", a.a.O.
[46] Den ich bereits in *Figures II,* S. 191, in einer Analyse der Stendhalschen Erzählung verwendet habe.
[47] Es gibt eine gewisse Verwandtschaft dieser Dreiteilung mit der viergliedrigen Klassifikation, die Boris Uspenski *(Poetika Kompozicii,* Moskau 1970) auf der "psychologischen Ebene" seiner allgemeinen Theorie des *point of view* durchgeführt hat (vgl. in *Poétique* 9, Februar 1972, die "Richtigstellung" sowie die von T. Todorov vorgestellten Dokumente). Uspenski unterscheidet in der Erzählung mit *point of view* zwei Typen, je nachdem, ob der Blickwinkel ständig derselbe ist (der einer einzige Figur) oder nicht: etwas, was ich *feste* oder *variable* interne Fokalisierung nennen möchte, wobei es sich für mich aber nur um Unterklassen handelt.

Erwachsenengeschichte, deren Bedeutung ihr entgeht), *variabel* (wie in *Madame Bovary,* wo die fokale Figur zuerst Charles ist, dann Emma, dann wieder Charles[48], oder auch in den Romanen Stendhals, wo der Wechsel sehr viel schneller und kaum wahrnehmbar erfolgt) oder *multipel,* wie in den Briefromanen, wo ein und dasselbe Ereignis von mehreren Briefschreibern, d. h. Figuren mit je eigenem *point of view* geschildert oder interpretiert werden kann[49]; bekanntlich war einige Jahre lang Robert Brownings narratives Gedicht *The Ring and the Book* (das einen Kriminalfall nacheinander unter dem Blickwinkel des Mörders, der Opfer, der Verteidigung, der Anklage usw. erzählt) das Musterbeispiel für diesen Erzähltyp[50], bevor es für uns von dem Film *Rashomon* verdrängt wurde. Unser dritter Typ schließlich ist die Erzählung mit *externer Fokalisierung,* populär geworden zwischen den beiden Weltkriegen durch die Romane von Dashiell Hammett, in denen der Held vor unseren Augen handelt, ohne daß uns je Einblick in seine Gefühle oder Gedanken gewährt würde, sowie durch gewisse Kurzgeschichten Hemingways wie *The Killers* oder mehr noch *Hills Like White Elephants,* wo sich die Zurückhaltung bis zum Rätselspiel steigert. Doch auch andernorts findet dieser narrative Typus Verwendung: Zu Recht weist Michel Raimond darauf hin[51], daß in Abenteuer- oder Entdeckungsromanen, "die den Leser durch ein Geheimnis zu fesseln versuchen", vom Autor "nicht gleich zu Anfang die Karten auf den Tisch gelegt werden", und tatsächlich wird in recht vielen Abenteuerromanen, von Walter Scott über Alexandre Dumas bis Jules Verne, auf den ersten Seiten mit externer Fokalisierung gearbeitet: so wird Philéas Fogg in *Le tour du monde en 80 jours* erst von außen betrachtet, mit den neugierigen Augen seiner Zeitgenossen, und das Geheimnis seiner unmenschlichen Leidenschaftslosigkeit bleibt in Kraft bis zu der Episode, die sein fühlendes Herz offenbart.[52] Doch auch in vielen "ernsthaften" Romanen des 19. Jahrhunderts findet man einen solchen änigmatischen *Introitus:* so bei Balzac in *La peau de chagrin,* in *L'envers de l'histoire contemporaine* und selbst in *Le cousin Pons,* wo der Held lange Zeit wie ein Unbekannter betrachtet und beschrieben wird, von dem man nicht genau weiß, wer er eigentlich ist.[53] Darüber hinaus mögen noch andere Moti-

---

[48] Vgl. hierzu Lubbock, *The Craft of Fiction,* Kap. VI, und Jean Rousset, "Madame Bovary ou le livre sur rien", in: *Forme et signification,* Paris 1962.
[49] Vgl. Rousset, "Le roman par lettres", *Forme et signification,* S. 86.
[50] Vgl. Raimond, *La crise du roman,* Paris 1966, S. 313 f. Proust hat sich übrigens für dieses Buch interessiert: vgl. Tadié, S. 52.
[51] *La crise du roman,* S. 300.
[52] In Form der Rettung der jungen parsischen Witwe Aouda vor dem Verbrennungstod (XII. Kapitel). Natürlich kann dieser externe *point of view* auch noch länger beibehalten werden, so daß die von außen betrachtete Figur bis zum Schluß geheimnisvoll bleibt. Das geschieht bei Melville in *The Confidence-Man* oder bei Conrad in *The Nigger of the Narcissus.*
[53] Diese anfängliche "Unwissenheit" ist zu einem Topos des Romananfangs geworden, auch wenn das Geheimnis oft schon kurz darauf gelüftet wird. So heißt es im vierten Absatz der *Éducation sentimentale:* "Ein junger Mann von achtzehn Jahren, mit langem Haar, verweilt, ein Album unter dem Arm [...]" Scheinbar muß der Autor, um ihn *einzuführen,* zunächst so tun, als würde er ihn nicht kennen; nachdem er dieses Ritual einmal absolviert hat, kann er ohne weiteres Versteckspielen fortfahren: "M. Frédéric Moreau, vor kurzem Bakkalaureus geworden [...]" Die beiden Momente können zwar sehr nahe beieinander liegen, müssen aber deutlich voneinander unterschieden sein. Diese Norm ist zum Beispiel noch in *Germinal* in Kraft, wo der Held zunächst "ein Mann" ist, bis er sich dann selbst vorstellt: "Ich heiße Étienne Lantier"; von diesem Augenblick an nennt Zola ihn Étienne. Nicht mehr in Kraft dagegen ist sie bei James, der sich gleich ins Innenleben seiner Helden stürzt: "Strethers erste Frage nach der Ankunft im Hotel [...]" *(The Ambassadors);* "Kate Croy war-

ve den Rückgriff auf diese narrative Haltung veranlassen, so etwa Gründe des Anstands (oder das verschmitzte Spiel mit der Unanständigkeit) bei der Kutschenszene in *Madame Bovary*, die ausschließlich unter dem Blickwinkel eines äußeren und ahnungslosen Beobachters erzählt wird.[54]

Wie dieses letzte Beispiel schön zeigt, kann sich die gewählte Fokalisierung im Laufe der Erzählung ändern, und die variable interne Fokalisierung, ein immerhin in sich schon sehr dehnbarer Typus, umgreift nicht die ganze *Madame Bovary*: nicht bloß die Kutschenszene hat eine externe Fokalisierung, auch die Schilderung von Yonville, die den zweiten Teil einleitet, ist, wie wir schon erwähnten[55], nicht stärker auf eine Figur fokalisiert als eine der üblichen Balzacschen Beschreibungen. Der Fokalisierungstyp erstreckt sich also nicht immer über ein ganzes Werk, sondern eher über ein bestimmtes narratives Segment, das mitunter sehr kurz sein kann.[56] Andererseits ist die Unterscheidung zwischen den verschiedenen *points of view* nicht immer so klar, wie man meinen könnte, wenn man nur die reinen Typen ins Auge faßt. So läßt sich eine auf eine bestimmte Figur bezogene externe Fokalisierung bisweilen ebensogut als eine interne Fokalisierung auf eine andere Figur auffassen: Die externe Fokalisierung auf Philéas Fogg zum Beispiel ist zugleich eine interne Fokalisierung auf Passepartout, der ganz im Banne seines neuen Herrn steht, und der einzige Grund, die erstere für die wesentliche zu halten, ist die Heldenrolle von Philéas, die Passepartout auf einen Beobachter reduziert; und spürbar ist diese Ambivalenz (oder Reversibilität) selbst dann noch, wenn der Beobachter nicht als Figur vorkommt, sondern ein unpersönlicher und flottierender Zeuge des Geschehens bleibt, wie zu Beginn von *La peau de chagrin*. Ebenso läßt sich bisweilen nur schwer zwischen variabler Fokalisierung und Nullfokalisierung unterscheiden, da die unfokalisierte Erzählung sehr häufig als eine *ad libitum* multifokalisierte Erzählung betrachtet werden kann, nach dem Prinzip *wer mehr kann, kann auch weniger* (denn vergessen wir nicht, daß die Fokalisierung im wesentlichen, wie es in Georges Blins Terminologie heißt, eine *Einschränkung* ist); und doch wird niemand in diesem Punkt die Manier von Fielding mit der von Stendhal oder Flaubert verwechseln.[57]

Zu beachten ist auch, daß das, was wir interne Fokalisierung nennen, nur selten in aller Strenge praktiziert wird. Denn im Prinzip impliziert dieser narrative Modus ja, daß die fokale Figur ungenannt bleibt, nie von außen beschrieben wird, und daß der Erzähler ihre Gedanken oder Wahrnehmungen nie objektiv analysiert. In der folgenden Aussage, wo Stendhal uns mitteilt, was Fabrice del Dongo tut und denkt,

---

tete, daß ihr Vater hereinkäme [...]" *(The Wings of the Dove);* "Der Fürst hatte sein Londen geliebt [...]" *(The Golden Bowl")*. Diese Veränderungen verdienten eine umfassende historische Untersuchung.

[54] III. Teil, 1. Kap. Vgl. Sartre, *L'idiot de la famille*, S. 1277-1282.

[55] S. 72

[56] Vgl. R. Debray, "Du mode narratif dans les *Trois Contes*", in: *Littérature*, Mai 1971.

[57] Balzacs Position ist komplexer. Man ist häufig versucht, in der Balzacschen Erzählung den Prototyp der Erzählung mit allwissendem Erzähler zu sehen, doch das heißt den Anteil der externen Fokalisierung zu vernachlässigen, die oft, wie eben erwähnt, für die Ouvertüre kennzeichnend ist; aber auch subtilere Situationen, wie auf den ersten Seiten von *Une double famille*, wo die Erzählung bald auf Camille und die Mutter fokalisiert ist, bald auf Monsieur de Granville. Jede dieser internen Fokalisierungen dient dazu, das geheimnisvolle Anderssein der jeweils anderen Figur (oder Gruppe) zu akzentuieren: sich abwechselnde Neugierden, die die des Lesers nur um so mehr anstacheln.

liegt also keine interne Fokalisierung im strengen Sinne des Wortes vor: "Ohne zu zögern, wenn auch halbtot vor Ekel, sprang Fabrice vom Pferd, ergriff die Hand des Toten und schüttelte sie kräftig. Dann stand er wie betäubt da. Er spürte, daß er nicht mehr die Kraft hatte, wieder auf sein Pferd zu steigen. Was ihn am meisten entsetzte, war das offene Auge". Hingegen ist die Fokalisierung in der folgenden perfekt, die sich damit begnügt zu beschreiben, was ihr Held sieht: "Eine Kugel war dicht neben der Nase hinein und auf der anderen Seite der Schläfe wieder hinausgefahren und hatte das Gesicht des Toten gräßlich entstellt. Ein Auge stand noch offen".[58] Jean Pouillon arbeitet dieses Paradox sehr schön heraus, wenn er schreibt, daß die Figur in der "Mitsicht" nicht in "ihrem Innenleben [gesehen wird], denn dann müßten wir aus ihr heraustreten, während wir doch völlig in ihr aufgehen, sondern in dem Bild, das sie sich von den anderen macht und durch das sie gewissermaßen hindurchscheint. Wir nehmen sie also letztlich so wahr, wie wir uns selbst wahrnehmen, nämlich nie unmittelbar, sondern immer über die uns umgebenden Dinge und Personen, die allein uns unmittelbar bewußt sind. Daß wir die anderen immer nur in dem Bild sehen, das die zentrale Figur sich von ihnen macht, ist nicht eine Folgeerscheinung des Umstands, daß wir mit den Augen dieser Figur sehen, es ist diese Mitsicht selber."[59] Restlos verwirklicht wird die interne Fokalisierung nur im "inneren Monolog" und - ein Extremfall - in *La jalousie* von Robbe-Grillet[60], wo die zentrale Figur absolut auf ihre fokale Position reduziert wird - und auch nur aus dieser Position *deduziert* werden kann. Wir verwenden diesen Ausdruck also notgedrungen weniger streng und halten uns an das Minimalkriterium von Roland Barthes, der allerdings nicht von interner Fokalisierung, sondern vom *personalen* Modus der Erzählung spricht.[61] Dieses Kriterium besagt, daß es möglich sein muß, das betreffende narrative Segment in der ersten Person wiederzugeben (wenn es nicht ohnehin schon in ihr geschrieben ist), ohne daß "diese Änderung eine andere Modifikation der Rede bewirkt als eben den Wechsel der grammatischen Pronomen": so läßt sich etwa der Satz "James Bond bemerkte einen ungefähr fünfzigjährigen, noch jugendlich wirkenden Mann usw." ohne weiteres in der ersten Person wiedergeben ("Ich bemerkte usw."), und ist daher für uns intern fokalisiert. Dagegen läßt sich ein Satz wie "beim Klirren des Eiswürfels im Glas *schien* Bond plötzlich eine Erleuchtung zu kommen" ganz offensichtlich nicht ohne semantische Inkongruenz in der ersten Person wiedergeben.[62] Hier liegt ein typisches Beispiel für externe Fokalisierung vor, da der Erzähler deutlich zu erkennen gibt, daß er sich über die wirklichen Gedanken des Helden im unklaren ist. Doch die Bequemlichkeit dieses rein praktischen Kriteriums darf uns nicht dazu verleiten, die beiden Instanzen der Fokalisierung und der Narration zu vermengen, die auch in der Erzählung

---

[58] *Chartreuse*, Garnier (Ed. Martineau), S. 38.
[59] *Temps et roman*, S. 79.
[60] Ein entsprechender Extremfall im Kino ist *Lady in the Lake* (1946) von Robert Montgomery, wo die Kamera die Stelle des Protagonisten einnimmt.
[61] "Introduction à l'analyse structurale des récits", in: *Communications* 8, S. 20, dt. "Einführung in die strukturale Analyse von Erzählungen", in: *Das semiologische Abenteuer*, Frankfurt a. M. 1988, S. 127.
[62] Proust weist in *Le lys dans la vallée* jedoch auf einen Satz hin, von dem er sehr schön sagt, daß er sich den Tatsachen, die Balzac erzählen will, *anpaßt, so gut er kann*: "Trotz der Hitze stieg ich in die Ebene hinab, um den Indre und seine Inseln wiederzusehen, das Tal und seine Hänge, *als deren leidenschaftlicher Bewunderer ich erschien*" (*Contre Sainte-Beuve*, Pléiade, S. 270 f., dt. *Gegen Sainte-Beuve*, a. a. O., S. 116).

"in der ersten Person" zwei getrennte bleiben, d. h. auch dann, wenn ein und dieselbe Person beide Instanzen vertritt (einzige Ausnahme: die Erzählung im Präsens im inneren Monolog). Wenn Marcel schreibt: "Ich bemerkte einen großen und beleibten Mann, in den Vierzigern etwa, mit einem schwarzen Schnurrbart, der, während er nervös mit seinem Spazierstock auf seine Hosenbeine schlug, mich mit größter Aufmerksamkeit zu beobachten schien"[63], sind zwar die Fokalisierungsinstanz, d. h. der jugendliche Held, der in Balbec einen Unbekannten bemerkt, und der sehr viel ältere Erzähler, der diese Begebenheit mehrere Jahrzehnte später schildert und ganz genau weiß, daß dieser Unbekannte Charlus war (und was sein Verhalten zu bedeuten hatte), ein und dieselbe "Person", aber diese Identität darf uns nicht täuschen: die Funktion beider und, was uns hier besonders interessiert, ihr Informationsstand sind eben nicht identisch. Auch wenn er selbst der Held ist, "weiß" der Erzähler fast immer mehr als der Held, und folglich bedeutet die Fokalisierung auf den Helden für ihn immer eine künstliche Einschränkung des Feldes, egal ob in der ersten oder der dritten Person erzählt wird. Wir kommen auf diese wichtige Frage gleich zurück, wenn wir die narrative Perspektive bei Proust untersuchen, aber zuvor müssen wir noch zwei für diese Untersuchung unverzichtbare Begriffe definieren.

Alterationen

Die Variationen des *point of view*, die im Laufe einer Erzählung vorgenommen werden, lassen sich als Fokalisierungswechsel auffassen (man erinnere sich an die aus *Madame Bovary*, denen wir vorhin begegnet sind): Wir sprechen dann von variabler Fokalisierung, von Allwissenheit mit partiellen Einschränkungen des Feldes usw. Eine solche narrative Wahl ist sehr wohl zu rechtfertigen, und die von der post-jamesschen Kritik zur Ehrensache erhobene Kohärenznorm ist offenkundig bloße Willkür. Lubbock fordert, daß der Romancier "der einmal getroffenen Wahl treu bleibt und den Grundsatz, den er sich zu eigen gemacht hat, respektiert", aber warum sollte diese Wahl nicht auf die absolute Freiheit und Inkonsequenz fallen? Forster[64] und Booth haben die Nichtigkeit der pseudo-jamesschen Regeln nachgewiesen, und wer wollte Sartres Einwürfe gegen Mauriac[65] heute noch ernstnehmen?

Doch ein Fokalisierungswechsel, vor allem wenn er isoliert in einem kohärenten Kontext auftritt, läßt sich auch als momentaner Verstoß gegen den Code verstehen, der diesen Kontext beherrscht, ohne daß dies die Existenz des Codes in Frage stellen würde, ebenso wie ein momentaner Tonartwechsel oder eine wiederkehrende Dissonanz in einer klassischen Partitur als Modulation oder Alteration aufgefaßt werden, ohne daß dies der Tonart des Ganzen Abbruch täte. Mit dem Doppelsinn des Wortes *Modus*[66] spielend, das uns sowohl auf die Grammatik wie auf die Musik verweist, möchte ich daher diese isolierten Verstöße, solange die Kohärenz des

---

[63] I, S. 751, dt. S. 989.
[64] *Aspects of the Novel*, London 1927.
[65] "M. François Mauriac et la liberté" (1939), in: *Situations* I.
[66] *A.d.Ü.*: mode bedeutet im Französischen auch die "Tonart" allgemein, während *Modus* im Deutschen speziell die "Kirchentonart" bezeichnet.

Ganzen noch stark genug bleibt, um von einem dominanten Modus reden zu können, *Alterationen*[67] nennen. Dabei sind zwei Alterationstypen zu unterscheiden: entweder werden weniger Informationen gegeben, als an sich gegeben werden müßten, oder es werden mehr gegeben, als der Fokalisierungscode, der das Ganze beherrscht, an sich gestattet. Der erste Typ hat in der Rhetorik einen Namen, und wir sind ihm schon bei der Behandlung der kompletiven Anachronien begegnet[68]: ich meine die Lateralauslassung oder *Paralipse*. Der zweite hat noch keinen Namen; wir werden ihn *Paralepse* taufen, denn hier geht es nicht mehr darum, eine Information wegzu*lassen* (-lipse, von *leipô*), die man eigentlich hinzu*nehmen* und geben sollte, sondern im Gegenteil darum, eine Information, die man weg*lassen* sollte, hinzuzu*nehmen* (-lepse, von *lambanô*) und zu geben.

Der klassische Typ der Paralipse, erinnern wir daran, besteht darin, im Code der internen Fokalisierung Handlungen oder Gedanken auszulassen, die für den fokalen Helden wichtig sind, und die sowohl ihm wie dem Erzähler bekannt sein müssen, die der Erzähler dem Leser aber lieber vorenthält. Man weiß, welchen Gebrauch Stendhal von dieser Figur gemacht hat[69], und Jean Pouillon erwähnt diesen Umstand denn auch anläßlich seiner "Mitsicht", deren Hauptschwäche ihm darin zu liegen scheint, daß hier die Figur von vornherein allzu durchsichtig ist und keine Überraschungen mehr bietet - weshalb jener Kunstgriff Anwendung findet, den er für unbeholfen hält: die absichtliche Auslassung. Ein krasses Beispiel: in *Armance* verschweigt uns Stendhal in all den Pseudomonologen des Helden dessen zentralen Gedanken, der ihn ohne Unterlaß beschäftigt: seine Impotenz. Dieses Versteckspiel, sagt Pouillon, wäre normal, wenn Octave von außen gesehen würde, "aber Stendhal bleibt nicht draußen, er stellt psychologische Analysen an, und da wird es absurd, uns etwas zu verbergen, was Octave selber nur zu gut weiß; wenn er niedergeschlagen ist, weiß er warum, und sobald er sich niedergeschlagen fühlt, muß er auch schon daran denken: Stendhal müßte uns also darüber ins Bild setzen. Was er leider nicht tut; so erzielt er einen Überraschungseffekt, wenn der Leser es schließlich begreift, aber das Wesen einer Romanfigur dürfte wohl kaum darin liegen, ein Rebus zu sein".[70] Diese Analyse setzt allerdings voraus, daß eine Frage restlos geklärt ist, die dies mitnichten ist, da Octaves Impotenz im Text nie explizit erwähnt wird, aber darauf soll es uns hier nicht weiter ankommen: Übernehmen wir das Beispiel mitsamt seiner Hypothese. Die Analyse enthält freilich Wertungen, die ich mir keinesfalls zu eigen machen möchte. Doch sie beschreibt sehr schön das Phänomen - das natürlich nicht nur bei Stendhal zu finden ist. Im Blick auf das, was er die "Vermischung von Systemen" nennt, weist Barthes zu Recht auf den "Trick" hin, der bei Agatha Christie darin besteht, eine Erzählung wie *Fünf Uhr fünfundzwanzig* oder *Der Mord an Roger Ackroyd* auf den Mörder zu fokalisieren, dabei aber in dessen Gedankenwelt die Erinnerung an den Mord einfach auszulassen; und bekanntlich verbirgt uns der klassische Kriminalroman, obwohl er im

---

[67] *A.d.Ü.: alteration* bedeutet allgemein "Veränderung", speziell in der Musik die "Tonhöhenveränderung durch Vorzeichen" und noch spezieller, in der Harmonielehre, die "chromatische Veränderung eines Akkordtones".
[68] Oben S. 34
[69] Vgl. *Figures II*, S. 183-185.
[70] *Temps et roman*, S. 90.

allgemeinen auf den Detektiv fokalisiert ist, fast immer einen Teil seiner Entdekkungen und Schlüsse, um uns am Ende desto besser zu überraschen.[71]

Die umgekehrte Alteration, der Informationsüberschuß oder die Paralepse, kann dadurch zustande kommen, daß im Rahmen einer ansonsten extern fokalisierten Erzählung ein Streifzug durch das Bewußtsein einer Figur unternommen wird: als ein solcher können zu Beginn von *La peau de chagrin* Aussagen aufgefaßt werden wie "der junge Mann *begriff* seinen Ruin nicht [...]" oder "er *affektierte* das Benehmen eines Engländers"[72], die mit der bislang durchgehaltenen klaren Parteinahme für die Außensicht kontrastieren und einen stufenweisen Übergang zur internen Fokalisierung einleiten. Es kann sich aber auch, im Rahmen einer internen Fokalisierung, um eine eingestreute Information über die Gedanken einer nicht-fokalen Figur handeln oder über einen Vorfall, den die fokale Figur nicht beobachtet hat. Dies gilt etwas für eine Stelle in *Maisie,* die den Gedanken von Mrs. Farange gewidmet ist, die Maisie nicht kennen kann: "Sie wußte, der Tag nahte, wo sie Maisie lieber in die Arme ihres Vaters treiben würde, statt sie ihm zu entreißen".

Eine letzte allgemeine Bemerkung, bevor wir zu Proust zurückkehren: Man darf die von einer fokalisierten Erzählung gegebene *Information* nicht mit der *Interpretation* verwechseln, die der Leser ihr geben soll (oder ihr gibt, auch wenn er nicht eigens dazu aufgefordert wird). Man hat oft darauf aufmerksam gemacht, daß Maisie Dinge sieht oder hört, die sie nicht versteht, die der Leser aber mühelos entziffert. Wenn Charlus Marcel in Balbec "mit größter Aufmerksamkeit beobachtet", kann dies für den findigen Leser ein Zeichen sein, für das der Held hingegen völlig blind ist, wie überhaupt für das ganze Verhalten des Baron ihm gegenüber bis zu *Sodome I*. Bertil Romberg[73] analysiert den Fall eines Romans von J. P. Marquand, *H. M. Pulham, Esquire,* wo der Erzähler, ein vertrauensseliger Ehemann, Szenen zwischen seiner Frau und einem Freund miterlebt, von denen er ohne jeden Argwohn berichtet, deren Bedeutung aber auch dem dümmsten Leser nicht entgehen kann. Dieser Überschuß der impliziten gegenüber der expliziten Information begründet das ganze Spiel dessen, was Barthes die *Indizien* nennt, ein Spiel, das übrigens bei externer Fokalisierung ebensogut funktioniert: In *Hills Like White Elephants* berichtet Hemingway von dem Gespräch zwischen seinen beiden Figuren, ohne es in irgendeiner Weise zu interpretieren. Allem Anschein nach hat hier also der Erzähler, wie der Held von Marquand, nicht begriffen, was er erzählt: Das hindert den Leser aber keineswegs daran, es gemäß den Absichten des Autors zu interpretieren - ganz so, wie wenn ein Romancier schreibt: "kalter Schweiß lief ihm den Rücken herunter", und wir sofort übersetzen: "er bekam Angst". Die Erzählung sagt immer weniger, als sie weiß, aber sie läßt einen oft mehr wissen, als sie sagt.

---

[71] Eine andere typische Paralipse findet man in *Michel Strogoff:* Vom 4. Kap. des II. Teils an verhehlt uns Jules Verne, was der Held nur zu gut weiß, daß er nämlich durch den glühenden Säbel Ogareffs nicht geblendet wurde.
[72] Garnier, S. 10
[73] A.a.O., S. 119.

Polymodalität

Erinnern wir noch einmal daran: Der Gebrauch der "ersten Person", anders gesagt die personale Identität des Erzählers mit dem Helden[74], impliziert keineswegs eine interne Fokalisierung der Erzählung auf den Helden. Im Gegenteil, der Erzähler "autobiographischen" Typs, ob es sich um eine wirkliche oder fiktive Autobiographie handelt, ist "von Natur aus" eher dazu berechtigt, in seinem eigenen Namen, d. h. *als* Erzähler zu sprechen, als der Erzähler einer Erzählung "in der dritten Person" - eben weil er mit dem Helden identisch ist: Tristram Shandy ist weniger vorwitzig und indiskret, wenn er die Darlegung seiner gegenwärtigen "Meinungen" (und aktuellen Kenntnisse) der Erzählung seines vergangenen "Lebens" untermischt, als es Fielding ist, wenn er die Darlegung der seinigen der Erzählung des Lebens von Tom Jones untermischt. Die unpersönliche Erzählung tendiert also zur internen Fokalisierung infolge der einfachen Neigung (so es sie gibt) zur Diskretion bzw. zum Respekt vor dem, was Sartre die "Freiheit" - d. h. die Unwissenheit - ihrer Figuren nennen würde. Der autobiographische Erzähler hat keinen derartigen Grund, sich im Schweigen zu üben, da er sich selbst gegenüber nicht zur Diskretion verpflichtet ist. Die einzige Fokalisierung, die er zu respektieren hat, wird definiert durch seinen gegenwärtigen Informationsstand als Erzähler und nicht durch seinen vergangenen Informationsstand als Held.[75] Er *kann*, wenn er es wünscht, diese zweite Fokalisierungsform wählen, ist aber keineswegs dazu verpflichtet, und man könnte diese Wahl, sollte er sie treffen, ebensogut als eine Paralipse betrachten, da der Erzähler, um es bei den Informationen bewenden zu lassen, über die der Held im Augenblick der Handlung verfügte, all die späteren unterdrücken muß, die oft ganz wesentlich sind.

Es ist offenkundig (und wir sind einem Beispiel dafür bereits begegnet), daß Proust sich diese übertriebene Einschränkung oft auferlegt hat und daß der narrative Modus der *Recherche* recht oft die interne Fokalisierung auf den Helden ist.[76] Im allgemeinen folgt die Erzählung dem "Blickwinkel des Helden", mit seinen Einschränkungen des Feldes, seinen augenblicklichen Wissenslücken und dem, was der Erzähler von seiner Warte aus als Jugendsünden, als Irrtümer, Naivitäten oder "Illusionen, die man verlieren muß", betrachtet. Proust hat in einem berühmten Brief an Jacques Rivière betont, wie sehr er sich bemüht hat, den Kern seiner Gedanken (die hier mit denen des Erzählers Marcel identisch sind) bis zur Offenbarung am Schluß verborgen zu halten. Die offenen Gedanken auf den letzten Seiten von *Swann* (wo gleichwohl, man erinnert sich, von einer an sich noch ganz frischen Erfahrung berichtet wird) sind, sagt er, "das Gegenteil dessen, was ich zum

---

[74] Oder (wie wir im folgenden Kapitel sehen werden) mit einer Beobachterfigur vom Typ Watson.

[75] Natürlich ist diese Unterscheidung nur für die autobiographische Erzählung klassischen Zuschnitts bedeutsam, in der von den Ereignissen erst erzählt wird, wenn diese schon ziemlich weit zurückliegen, so daß sich der Informationsstand des Erzählers spürbar von dem des Helden abhebt. Wenn mehr oder minder zeitgleich mit der jeweiligen Geschichte erzählt wird (im inneren Monolog, in der Zeitung, im Brief), reduziert sich die interne Fokalisierung auf den Erzähler auf eine Fokalisierung auf den Helden. J. Rousset zeigt dies sehr schön für den Briefroman *(Forme et signification*, S. 70). Wir kommen im folgenden Kapitel auf diesen Punkt zurück.

[76] Man weiß, daß er sich für die Jamessche Technik des *point of view* interessiert hat, speziell für die in *Maisie* (W. Berry, N.R.F., *Hommage à Marcel Proust*, S. 73).

Schluß folgere. Sie sind eine Zwischenstation, scheinbar subjektiv und unverbindlich, auf dem Wege zur objektivsten und zugleich gläubigsten aller Folgerungen. Wenn man daraus schlösse, mein Denken sei nüchterner Skeptizismus, so wäre das genauso, als würde ein Zuschauer, der am Ende des 1. Aktes von *Parsifal* gesehen hat, wie dieser von der feierlichen Zeremonie nichts begreift und von Gurnemantz davongejagt wird, vermuten, Wagner habe damit sagen wollen, die Schlichtheit des Herzens führe zu nichts". Desgleichen wird in *Swann* zwar von der (gleichwohl ebenso frischen) Erfahrung der Madeleine berichtet, aber sie wird nicht erklärt, weil der tiefere Grund für die Freude, die die Erinnerung bereitet, noch nicht enthüllt wird: "Erst am Ende des dritten Bandes werde ich das erklären". Fürs erste muß man die Unwissenheit des Helden respektieren, sich auf die langsame Entfaltung seines Denkens einlassen und darauf warten, daß er der Berufung folgt. "Aber diese Entfaltung eines Denkens wollte ich nicht abstrakt zergliedern, sondern schöpferisch gestalten, zum Leben bringen. Ich bin also gezwungen, die Irrtümer zu schildern, ohne, wie ich glaube, sagen zu dürfen, ich hielte sie für Irrtümer; schlimm genug für mich, wenn der Leser glaubt, ich hielte sie für die Wahrheit. Der zweite Band wird dieses Mißverständnis noch verstärken. Ich hoffe, der letzte wird es beseitigen."[77] Man weiß, daß er es nicht völlig beseitigt hat: Das ist die unleugbare Gefahr der Fokalisierung, gegen die Stendhal sich durch Fußnoten zu wappnen vorspiegelte: "das ist die Ansicht des Helden, der verrückt ist und sich noch eines Besseren belehren lassen wird".

Ganz offensichtlich hat Proust die Fokalisierung auf den Helden mit besonderem Fleiß dort durchgehalten, wo es ums Wesentliche geht, d. h. um die Erfahrung des unwillkürlichen Gedächtnisses und die damit verbundene Berufung zum Schriftsteller: hier hat er sich jeden voreiligen Hinweis, jede Indiskretion untersagt. Die "Beweise" für Marcels Unvermögen zu schreiben, für seinen unheilbaren Dilettantismus, für seinen wachsenden Ekel vor der Literatur häufen sich immer mehr, bis zu der spektakulären Peripetie im Hof des Hôtel de Guermantes - um so spektakulärer, als ihr Eintritt durch eine in diesem Punkt äußerst strenge Fokalsierung stets in der Schwebe blieb. Doch das Prinzip der Nichteinmischung gilt auch für viele andere Sujets, wie etwa für die Homosexualität, die trotz der vordeutenden Szene von Montjouvain für den Leser wie für den Helden - bis sie auf den ersten Seiten von *Sodome* angekommen sind - ein zwar hundertmal berührter, aber nie wirklich erkundeter Kontinent sein wird.

Am stärksten bemerkbar macht sich diese narrative Parteinahme allerdings in der Art und Weise, wie die Liebesbeziehungen des Helden behandelt werden - und auch die des "zweiten" Helden, also Swanns in *Un amour de Swann*. Die interne Fokalisierung erfüllt hier dieselbe psychologische Funktion, die ihr bereits der Abbé Prévost in *Manon Lescaut* gegeben hatte: Die systematische Einnahme des *point of view* einer der beiden amourösen Protagonisten erlaubt es, die wirklichen Gefühle der jeweils anderen Figur fast völlig im dunkeln zu lassen und ihr so ohne besonderen Aufwand eine mysteriöse und zweideutige Persönlichkeit zu verleihen, genau die, für die Proust die Bezeichnung "flüchtiges Wesen" ersinnen wird. Wir wissen,

---

[77] 7. Februar 1914, Auswahl Kolb, S. 197-199; dt. in: *Briefe zum Werk*, Frankfurt a. M. 1964, S. 292-295.

in jeder Phase ihrer Leidenschaft, nicht mehr als Swann oder Marcel über die innere "Wahrheit" einer Odette, einer Gilberte oder einer Albertine, und nichts könnte besser die wesentliche "Subjektivität" der Liebe, wie Proust sie sah, veranschaulichen als dieses ständige Sichentziehen ihres Gegenstands: Das flüchtige Wesen ist per definitionem das geliebte Wesen.[78] Analysieren wir hier nicht noch einmal die Liste (mit der wir es bereits bei den Analepsen mit berichtigender Funktion zu tun hatten) jener Episoden (erste Begegnung mit Gilberte, falsches Geständnis Albertines, Zwischenfall mit dem Jasmin), deren wahre Bedeutung vom Helden - und mit ihm vom Leser - erst viel später erkannt wird. Zu diesen vorläufigen Wissenslücken oder Mißverständnissen kommen noch einige endgültig dunkle Stellen hinzu, an denen die Perspektive des Erzählers mit der des Helden zusammenfällt: So werden wir nie wissen, wie es um die "wahren" Gefühle Odettes für Swann oder Albertines für Marcel bestellt war. Ein Passus aus den *Jeunes filles en fleur* illustriert sehr schön dieses gleichsam interrogative Vorgehen der Erzählung angesichts dieser undurchdringlichen Wesen, wenn Marcel, dem Albertine soeben eine Abfuhr erteilt hat, sich fragt, warum das junge Mädchen ihm nach einer Reihe von so deutlichen Annäherungsversuchen einen Kuß verweigert haben mag:

Mir blieb ihr Verhalten bei dieser Gelegenheit immer noch unverständlich. Was die Hypothese ihrer unbedingten Tugend betraf (dieser hatte ich zunächst die Heftigkeit zugeschrieben, mit der sie ablehnte, sich von mir küssen und umarmen zu lassen, doch spielte die Hypothese der Tugend keineswegs eine entscheidende Rolle in meiner Vorstellung von der Gutherzigkeit und inneren Anständigkeit meiner Freundin), so hatte ich Gelegenheit, sie mehrmals zu revidieren. Diese Hypothese stand so ganz und gar im Widerspruch zu der, die ich am ersten Tage beim Anblick Albertines aufgestellt hatte. Ferner waren viele ihrer Handlungsweisen, alle in Freundlichkeiten mir gegenüber bestehend (einer schmeichelnden, manchmal besorgten, unruhigen, auf meine Vorliebe für Andrée eifersüchtigen Freundschaft), geeignet, die brüske Gebärde, mit der sie damals, um sich mir zu entziehen, nach der Schelle griff, wesentlich abzuschwächen. Warum mochte sie mich aufgefordert haben, den Abend an ihrem Bett zu verbringen? Warum gebrauchte sie dauernd mir gegenüber die Sprache der Zärtlichkeit? Worauf kann der Wunsch beruhen, einen Freund zu sehen, die Furcht, er könne einem eine Freundin vorziehen, das Verlangen schließlich, ihm Freude zu machen, ihm in romantischer Weise zu verstehen zu geben, niemand werde erfahren, daß er den Abend bei einem verbracht hat, wenn man ihm dann doch ein so schlichtes Vergnügen versagt und es für einen selbst auch kein Vergnügen ist? Ich konnte gleichwohl nicht glauben, daß Albertine so tugendhaft war, und fragte mich schließlich, ob ihrer Empörung nicht Koketterie zugrunde gelegen habe, zum Beispiel das Gefühl, mit einem unangenehmen Geruch behaftet zu sein, der mir hätte mißfallen können, oder Ängstlichkeit, die Vorstellung etwa, die sie in ihrer Unkenntnis über die Eigentümlichkeit der Liebe haben mochte, mein Zustand nervöser Schwäche könne sich durch einen Kuß auf sie übertragen.[79]

Als Fokalisierungsindizien muß man auch die Aussagen des Helden über das Seelenleben anderer Personen deuten, die die Erzählung in mehr oder weniger hypothetischer Form vorbringt, so wenn Marcel die Gedanken seiner Gesprächspartner nach deren Gesichtsausdruck zu erraten versucht: "Ich sah an Cottards Augen, die so unruhig umherirrten, als fürchte er, seinen Zug zu versäumen, daß er sich fragte,

---
[78] Zu Marcels Unwissenheit im Hinblick auf Albertine vgl. Tadié, S. 40-42.
[79] I, S. 940 f., dt. S. 1234 f.

ob er nicht aus Versehen in seine natürliche Gutmütigkeit verfallen sei. Er versuchte sich zu erinnern, ob er auch daran gedacht habe, seine eisige Miene anzulegen, wie man nach einem Spiegel sucht, um festzustellen, ob man auch die Krawatte richtig gebunden hat. Im Zweifel hierüber und um auf alle Fälle etwas möglicherweise Versäumtes nachzuholen, gab er grob zurück: [...]"[80] Seit Spitzer[81] hat man oft auf die Häufigkeit jener modalisierenden Wendungen *(vielleicht, wahrscheinlich, als ob, wie es scheint)* hingewiesen, die es dem Erzähler erlauben, hypothetisch zu sagen, was er nicht behaupten könnte, ohne die interne Fokalisierung zu verlassen, und die Marcel Muller also nicht zu Unrecht als "Ausflüchte und Entschuldigungen des Romanciers"[82] betrachtet, der in etwas scheinheiliger Form seine Wahrheit vorträgt - jenseits aller Ungewißheiten des Helden und vielleicht auch des Erzählers: Denn auch hier wieder ist die Unwissenheit wohl beiden gemeinsam, oder genauer gesagt, die Zweideutigkeit des Textes erlaubt es uns nicht zu entscheiden, ob das "vielleicht" bloß aus der indirekten Rede resultiert und ob mithin das Schwanken, das es bezeichnet, nur eines des Helden ist. Beachten muß man dabei allerdings, daß der oft *multiple* Charakter dieser Hypothesen ihre Funktion als heimliche Paralepsen stark abschwächt und statt dessen ihre Rolle als Fokalisierungsindikatoren betont. Wenn uns die Erzählung, eingeleitet durch drei "vielleicht", drei Erklärungen zur Auswahl stellt, warum Charlus Madame de Gallardon so kurz angebunden abfertigt[83], oder wenn das Schweigen des Liftboys von Balbec ohne Gewichtung auf acht mögliche Ursachen zurückgeführt wird[84], sind wir nicht besser "informiert", als wenn Marcel sich vor uns fragt, warum ihm Albertine den Kuß verweigert hat. Und hier wird man Muller kaum folgen können, wenn er Proust vorwirft, "das Geheimnis jedes menschlichen Wesens durch eine Reihe kleiner Geheimnisse"[85] zu ersetzen, indem er beim Leser den Eindruck erweckt, daß das wahre Motiv sich notwendigerweise unter denen befindet, die er aufzählt, so als ließe sich "das Verhalten einer Person stets vernünftig erklären": Die Vielfalt der Hypothesen legt viel eher die Unlösbarkeit des Problems nahe, auf jeden Fall aber die Unfähigkeit des Erzählers, es zu lösen.

Wir haben bereits auf den stark subjektiven Charakter der Proustschen Beschreibungen hingewiesen[86], die immer mit einer Wahrnehmungstätigkeit des Helden verbunden sind. Die Proustschen Beschreibungen sind streng fokalisiert: Nicht nur überschreitet ihre "Dauer" nie die Dauer der wirklichen Beobachtung, auch ihr Inhalt geht nie über das hinaus, was der Beobachter wirklich wahrgenommen hat. Wir wollen jedoch nicht auf dieses Thema zurückkommen, das im übrigen recht gut aufgearbeitet ist[87], sondern bloß daran erinnern, welche hohe symbolische Bedeutung in der *Recherche* Szenen zukommt, in denen sich dem Helden, oft durch einen

---

[80] I, S. 498, dt. S. 657. Vgl. eine ähnliche Szene mit Norpois, I, S. 478 f, dt. S. 631 f.
[81] "Zum Stil Marcel Proust's" (1928), in: *Stilstudien*, Bd. 2, Darmstadt 1961, S. 451-454.
[82] *Voix narratives*, S. 129.
[83] II, S. 653, dt. S. 2118.
[84] "Doch er gab keine Antwort, sei es aus Staunen über meine Worte, Konzentration auf seine Tätigkeit, aus Gründen der Etikette, Schwerhörigkeit, Ehrfurcht vor dem Ort, an dem wir uns befanden, Angst vor Gefahr, Trägheit des Verstandes oder einfach deshalb, weil es der Direktor verbot" (I, S. 665, dt. S. 875).
[85] A.a.O., S. 128.
[86] S. 72-76
[87] Zum "Perspektivismus" der Proustschen Beschreibung vgl. Raimond, S. 338-343.

wunderbaren Zufall, ein Schauspiel darbietet, von dem er aber nur einen Teil wahrnimmt - woraufhin dann die Erzählung peinlich genau die visuelle oder auditive Einschränkung beachtet: Das gilt für Swann vor jenem Fenster, das er für das von Odette hält, und wo er "durch die schrägen Latten der Läden" nichts sehen kann, sondern "nur das Murmeln von Stimmen in der Stille der Nacht hört"[88]; für Marcel in Montjouvain, der durchs Fenster die Szene zwischen den beiden jungen Mädchen beobachtet, wo er alle Bewegungen Mademoiselle Vinteuils sieht, ohne daß sie ihn sieht, aber nicht hört, was deren Freundin ihr ins Ohr flüstert, und für den das Schauspiel aufhört, als Mademoiselle Vinteuil "mit einer müden, hilflosen, redlich bemühten und traurigen Miene" die Fensterläden schließt[89]; nochmals für Marcel, der erst von der Treppe, dann vom Nachbarladen aus der "Vereinigung" von Charlus und Jupien beiwohnt, deren zweiter Teil sich für ihn auf ein reines Hörerlebnis reduziert[90]; und ein drittes Mal für Marcel, der in der Maison Jupien durch "ein kleines Fensterchen an der Seite des Zimmers" plötzlich zum Zeugen der Flagellation von Charlus wird.[91] Man betont oft und zu Recht die Unwahrscheinlichkeit dieser Situationen[92] und die verhüllte Deformation, der sie das Prinzip des *point of view* aussetzen; aber zunächst sollte man erkennen, daß darin, wie in jedem heimlichen Regelverstoß, eine implizite Anerkennung und Bestätigung des Codes enthalten ist: Diese akrobatischen Indiskretionen mit ihren so starken Einschränkungen des Feldes bezeugen vor allem die Schwierigkeiten, die der Held hat, seine Neugier zu stillen und in das Leben anderer einzudringen. Sie lassen sich also durchaus auf das Konto der internen Fokalisierung verbuchen.

Wir wir bereits feststellen konnten, steigert sich die Einhaltung dieses Codes mitunter bis zu jener Form der Hypereinschränkung des Feldes, die die Paralipse darstellt: Das Ende von Marcels Leidenschaft für die Herzogin, der Tod Swanns, die Episode mit der kleinen Cousine in Combray haben uns schon ein paar Beispiele dafür geliefert. Gewiß, daß es diese Paralipsen überhaupt gibt, wissen wir nur, weil uns der Erzähler dann später doch einen Hinweis gibt, folglich durch einen Eingriff, der seinerseits als Paralepse aufzufassen wäre, wenn man denn die Fokalisierung auf den Helden als etwas betrachtete, was durch die autobiographische Form erzwungen wird. Wir sahen aber bereits, daß dem nicht so ist und daß diese weit verbreitete Vorstellung nur Ausdruck einer ebenso weit verbreiteten Vermengung der beiden Instanzen ist. Die einzige Fokalisierung, die die Erzählung "in der ersten Person" logisch impliziert, ist die Fokalisierung auf den Erzähler, und wir werden sehen, daß dieser zweite narrative Modus in der *Recherche* mit dem ersten koexistiert.

Ganz deutlich zeigt sich diese neue Erzählperspektive in den *Vorgriffen,* denen wir in dem Kapitel über die Ordnung begegnet sind: Wenn über die Szene von Mont-

---

[88] I, S. 272-275, dt. S. 360-364.
[89] I, S. 159-163, dt. S. 212-217.
[90] II, S. 609 f., dt. S. 2055 f.
[91] III, S. 815, dt. S. 3872.
[92] Angefangen mit Proust selber, der offensichtlich bemüht ist, der Kritik zuvorzukommen (und den Verdacht zu entkräften): "Tatsächlich trugen Dinge dieser Art, denen ich beiwohnte, in ihrer Inszenierung jeweils den Stempel größter Unvorsichtigkeit und Unwahrscheinlichkeit, als sollten solche Enthüllungen immer nur Lohn einer gefahrvollen, gleichzeitig aber teilweise geheimen Unternehmung sein" (II, S. 608, dt. S. 2054).

jouvain gesagt wird, sie werde später einen entscheidenden Einfluß auf das Leben des Helden haben, kann dieser Hinweis natürlich nicht vom Helden stammen, sondern muß einer des Erzählers sein, und dies gilt allgemein für alle Formen der Prolepse, die stets (wenn nicht gerade das Übernatürliche interveniert, wie in den prophetischen Träumen) die Erkenntnisfähigkeiten des Helden übersteigen. Solchermaßen antizipativ gehen etwa jene ergänzenden Informationen vor, die durch Wendungen wie: *später erfuhr ich ...*[93] eingeleitet werden, und die die spätere Erfahrung des Helden, d. h. die des Erzählers voraussetzen. Falsch wäre es jedoch, solche Eingriffe auf das Konto des "allwissenden Romanciers" zu verbuchen[94]: Sie stellen einfach den Anteil des autobiographischen Erzählers bei der Darlegung von Fakten dar, die dem Helden noch unbekannt sind, von denen ersterer aber meint, ihre Erwähnung nicht aufschieben zu können, bis letzterer von ihnen Kenntnis erlangt hat. Zwischen dem Wissen des Helden und der Allwissenheit des Romanciers gibt es das Wissen des Erzählers, der nach seinem Ermessen darüber verfügt und bestimmte Informationen nicht zurückhält, wenn er einen klaren Grund dafür sieht. Der Kritiker kann die Opportunität dieser ergänzenden Informationen bestreiten, nicht aber ihre Legitimität oder Wahrscheinlichkeit, sofern es sich um eine Erzählung in autobiographischer Form handelt.

Man muß sich nun allerdings noch klarmachen, daß dies nicht nur für die expliziten und klar gekennzeichneten informativen Prolepsen gilt. Marcel Muller weist selbst darauf hin, daß eine Formulierung wie "ich wußte nicht..."[95], die mit der Fokalisierung auf den Helden wahrlich nicht zu vereinbaren ist, "soviel bedeuten kann wie *später erfuhr ich,* und mit diesen beiden *ich* blieben wir unbestritten auf der Ebene des Protagonisten. Häufig genug", fügt er hinzu, "herrscht eine gewisse Zweideutigkeit, und die Wahl zwischen dem Romancier und dem Erzähler bei der Zuschreibung einer mitgeteilten Begebenheit ist oft willkürlich".[96] Die richtige Methode scheint mir hier darin zu bestehen, dem - allwissenden - "Romancier", wenigstens fürs erste, nur das zuzuschreiben, was man dem Erzähler beim besten Willen nicht zuschreiben kann. Man sieht dann, daß einige der Informationen, die Muller dem "Romancier, der durch Wände geht"[97], zuschreibt, ohne weiteres Teil des späteren Wissens des Protagonisten sein können: Das gilt zum Beispiel für Charlus' Besuche der Vorlesungen Brichots, für die Szene, die sich bei der Berma abspielt, während Marcel der Matinee Guermantes beiwohnt, und sogar für das Gespräch zwischen den Eltern am Abend von Swanns Besuch, wenn es denn stimmt, daß der Held es damals tatsächlich nicht hat mitanhören können.[98] Desgleichen können viele Details der Beziehung zwischen Charlus und Mo-

---

[93] I, S. 193, dt. S. 258; II, S. 475, 579, 1006, dt. S. 1884, 2019, 2593; III, S. 182, 326, 864, dt. S. 3002, 3200, 3941 usw. Anders verhält es sich mit Informationen vom Typ *man hatte mir erzählt, daß ...* (wie im Falle von *Un amour de Swann),* die im Wissenshorizont des Helden liegen, der durch Hörensagen davon erfahren hat.
[94] Wie M. Muller richtig gesehen hat: "Wir lassen natürlich die recht zahlreichen Fälle beiseite, in denen der Erzähler etwas antizipiert, was für den Helden noch in der Zukunft, für ihn, den Erzähler, aber in der Vergangenheit liegt. In solchen Fällen kann von einer Allwissenheit des Romanciers keine Rede sein" (S. 110).
[95] II, S. 554, 1006, dt. S. 1986, 2593.
[96] A.a.O., S. 140 f.
[97] A.a.O., S. 110.
[98] III, S. 291 f., dt. S. 3152 f.; III, S. 995-999, dt. S. 4122-4127; I, S. 35, dt. S. 50 f.

rel dem Erzähler auf die eine oder andere Weise bekannt geworden sein.[99] Und dasselbe gilt auch für die Treuebrüche Basins, seine Konversion zum Dreyfusianismus, seine späte Liaison mit Odette, für die unglücklichen Liebschaften von Monsieur Nissim Bernard usw.[100], ebensoviele Indiskretionen, ob wahre oder falsche, jedenfalls im Proustschen Universum keineswegs unwahrscheinliche Klatschgeschichten. Erinnert sei schließlich daran, daß die Kenntnis des Helden von den vergangenen Liebeshändeln zwischen Swann und Odette einem derartigen "Bericht" zugeschrieben wird, wobei diese Kenntnis allerdings so präzise ist, daß der Erzähler meint, sie auf eine Art entschuldigen zu müssen, die eher unbeholfen wirkt[101] - und die im übrigen nicht die einzige Hypothese zu ersparen hilft, die imstande ist, die Fokalisierung auf Swann in dieser Erzählung in der Erzählung erklärbar zu machen: daß nämlich, über welche Zwischenstationen auch immer, die ursprüngliche Quelle nur Swann selber sein kann.

Die wahren Schwierigkeiten beginnen, wenn uns die Erzählung im Verlauf einer Szene, in der der Held selbst zugegen ist, unmittelbar und ohne erkennbaren Umweg die Gedanken einer anderen Figur mitteilt: die von Madame de Cambremer in der Oper, die des Dieners, der auf der Soiree Guermantes die Gäste ankündigt, die des Historikers der Fronde und die des Archivars bei der Matinee Villeparisis, die von Basin und Bréauté während des Diners bei Oriane.[102] Desgleichen haben wir, ohne sichtbare Zwischenstation, Zugang zu den Gefühlen Swanns für seine Frau oder zu denen Saint-Loups für Rachel[103], ja selbst zu den letzten Gedanken des sterbenden Bergotte[104], die - man hat es oft betont - Marcel unmöglich hinterbracht worden sein können, da ja niemand von ihnen etwas wissen konnte. Hier liegt wirklich einmal eine unaufhebbare Paralepse vor, die auch beim besten Willen nicht auf den Informationsfundus des Erzählers zurückführbar ist, und die wir wohl oder übel dem "allwissenden" Romancier zuschreiben müssen - und die ausreichen würde, um zu beweisen, daß Proust fähig ist, die Grenzen seines eigenen narrativen "Systems" zu verletzen.

Doch kann man natürlich den Anteil der Paralepse nicht auf diese eine Szene beschränken, bloß weil hier eine geradezu physikalische Unmöglichkeit vorliegt. Das entscheidende Kriterium ist nicht so sehr die materielle Möglichkeit, nicht einmal die psychologische Wahrscheinlichkeit, sondern die textuelle Kohärenz und die narrative Tonalität. So schreibt Michel Raimond dem allwissenden Romancier jene Szene zu, in deren Verlauf Charlus Cottard in ein abgelegenes Gemach führt, um sich dort ohne Zeugen mit ihm zu unterhalten[105]: Nichts spricht freilich prinzipiell dagegen, daß dieser Dialog, wie andere auch[106], Marcel von Cottard selber hinterbracht worden ist, aber immerhin legt die Lektüre dieser Stelle sehr stark den

---

[99] Auch die überaus heikle Szene im Haus in Maineville, wo übrigens eigens bezeugt ist, daß die Begebenheit dem Erzähler hinterbracht wurde (II, S. 1082, dt. S. 2696).
[100] II, S. 739, dt. S. 2234; III, S. 115-118, dt. S. 2912-2916; II, S. 854 f., dt. S. 2388 f.
[101] I, S. 186, dt. S. 247.
[102] II, S. 56 f., 636, 215, 248, 524, 429 f., dt. S. 1325 f., 2095, 1539, 1583, 1947, 1824 f.
[103] I, S. 522-525, dt. S. 689-692; II, S. 122, 156, 162 f., dt. S. 1414, 1458 f., 1466 f.
[104] III, S. 187, dt. S. 3009.
[105] II, S. 1071 f., dt. S. 2682 f.
[106] So das Gespräch der Verdurins über Saniette, III, S. 326, dt. S. 3200.

Gedanken einer direkten Narration ohne Zwischenstation nahe, und dasselbe gilt für alle die, die ich im letzten Absatz zitiert habe, wie für einige andere auch, wo Proust die Fiktion des autobiographischen Erzählers und die dazugehörige Fokalisierung offenkundig vergißt oder vernachlässigt und a fortiori die Fokalisierung auf den Helden, die deren hyperbolische Form darstellt, um seine Erzählung in einem dritten Modus abzufassen, bei dem es sich augenscheinlich um die Nullfokalisierung handelt, d. h. um die Allwissenheit des klassischen Romanciers. Was, nebenbei gesagt, unmöglich wäre, wenn die *Recherche*, wie einige immer noch meinen, tatsächlich eine Autobiographie wäre. Von daher jene Szenen, die für jeden Puristen des *point of view* einfach skandalös sein müssen, in denen *ich* und die anderen gleichbehandelt werden, so als stände der Erzähler zu einer Cambremer, einem Basin, einem Bréauté in exakt derselben Beziehung wie zu seinem eigenen vergangenen "Ich": "Madame de Cambremer erinnerte sich, daß sie Swann hatte bemerken hören [...] / Ich selbst, der ich aus dem Namen Guermantes das Leben und Denken der beiden Cousinen ableitete [...] / Madame de Cambremer versuchte festzustellen [...] / Ich selbst hingegen zweifelte nicht [...]"[107]: Ein solcher Text basiert offenkundig auf der Antithese zwischen den Gedanken von Madame de Cambremer und denen Marcels, und dies so, als gäbe es für meine Gedanken und die der anderen irgendwo ein gemeinsames Maß: Gipfel der Entpersönlichung, der das Bild des berühmten Proustschen Subjektivismus ein wenig trübt. Denkwürdig in dieser Hinsicht ist auch die Montjouvain-Szene, deren sehr strenge Fokalisierung (auf Marcel) im Bereich des Sichtbaren und Hörbaren wir bereits betont haben, die dafür aber, was die Gedanken und Gefühle betrifft, vollständig auf Mademoiselle Vinteuil fokalisiert ist[108]: "sie hatte offenbar das Gefühl [...] sie dachte [...] sie fand sich unbescheiden, das Zartgefühl ihres Herzens regte sich [...] sie tat so [...] sie erriet [...] sie war sich klar darüber" usw. Allem Anschein nach kann der Beobachter zwar weder alles sehen noch alles hören, dafür aber sämtliche Gedanken erraten. In Wahrheit jedoch liegen hier einfach zwei konkurrierende Codes vor, die zu zwei Wirklichkeitsebenen gehören, die - ohne sich irgendwo zu überschneiden - einander entgegengesetzt sind.

Diese *doppelte Fokalisierung*[109] entspricht hier, wie es aussieht, dem Gegensatz, der für den ganzen Passus bestimmend ist (aber auch für die Persönlichkeit von Mademoiselle Vinteuil, "schüchterne Jungfrau" und "derber Draufgänger" zugleich), zwischen der rohen Unmoral der Handlungen (die der Beobachter-Held wahrnimmt) und der extremen Zartheit der Gefühle, die nur ein allwissender Erzähler aufdecken kann, der wie Gott selber imstande ist, durch das äußere Verhalten hindurch ins Innere der Herzen zu blicken.[110] Doch diese fast unvorstellbare Ko-

---

[107] II, S. 57, dt. S. 1326.
[108] Mit Ausnahme eines Satzes (I, S. 163, dt. 217), der auf ihre Freundin fokalisiert ist, und mit der Einschränkung eines "offenbar" (S. 161, dt. 214) und eines "vielleicht" (S. 162, dt. 217).
[109] B. G. Rodgers, *Proust's narrative techniques*, S. 108, spricht anläßlich der Konkurrenz zwischen dem "subjektiven" Helden und dem "objektiven" Erzähler von einer "doppelten Sicht".
[110] Zu den technischen und psychologischen Aspekten dieser Szene vgl. den exzellenten Kommentar von Muller, S. 148-153, der insbesondere schön zeigt, wie die Mutter und die Großmutter des Helden zwar indirekt, aber doch sehr eng mit diesem Akt des filialen "Sadismus" zusammenhängen, der bei Proust sehr viel Persönliches anklingen läßt, und den man natürlich vergleichen muß mit der "Confession d'une jeune fille" aus *Les plaisirs et les jours*, sowie den "Sentiments filiaux d'un parricide" aus *Pastiches et mélanges* (dt. "Das

existenz mag uns zudem als Emblem für die gesamte narrative Praxis von Proust dienen, der bedenkenlos und scheinbar völlig unbekümmert drei Fokalisierungsmodi zugleich einsetzt und nach Belieben aus dem Bewußtsein seines Helden in das des Erzähler hinüberwechselt, aber auch abwechselnd in das der verschiedensten Figuren schlüpft. Diese dreifache narrative Position läßt sich auf gar keinen Fall mit der einfachen Allwissenheit im klassischen Roman vergleichen, da sie nicht nur, wie Sartre Mauriac vorwarf, den Bedingungen für eine realistische Illusion hohnspricht: Sie überschreitet ein "Gesetz des Geistes", dem zufolge man nicht gleichzeitig innen und außen sein kann. Um noch einmal an die weiter oben gebrauchte musikalische Metapher anzuknüpfen, könnte man sagen, daß die *Recherche* eine Art Zwischenglied darstellt zwischen einem tonalen (oder modalen) System, dem gegenüber sich alle Verstöße (Paralipsen und Paralepsen) als Alterationen auffassen lassen, und einem atonalen (amodalen?) System, in dem es keinen herrschenden Code mehr gibt und der Begriff des Verstoßes allen Sinn verliert: Die *Recherche* ist pluraler Natur, vergleichbar einem polytonalen (polymodalen) System, wie es für einige Zeit, und zwar ebenfalls im Jahre 1913, *Le sacre du printemps* begründet hat. Natürlich darf man diesen Vergleich nicht zu wörtlich nehmen[111]; doch immerhin verdeutlicht er uns schön diesen typischen und sehr verwirrenden Zug der Proustschen Erzählung, den wir ihre *Polymodalität* nennen möchten.

Denn diese zweideutige, besser gesagt komplexe und offen anomische Position kennzeichnet nicht nur - darauf sei zum Abschluß dieses Kapitels nochmals hingewiesen - das Fokalisierungssystem, sondern die gesamte modale Praxis der *Recherche*: Die größte mimetische Intensität koexistiert auf paradoxe Weise mit einer Präsenz des Erzählers, die an sich, jedenfalls auf der Ebene der Erzählung von Handlungen, jeder romanesken Mimesis abträglich ist; es dominiert die direkte Rede, die durch die stilistische Autonomie der Figuren einen Gipfel an dialogischer Mimesis erreicht, doch am Ende schlägt das Ganze um, und die Figuren verschwinden in einem gewaltigen Spiel mit der Sprache, das einen Gipfel an literarischer Willkür und das genaue Gegenteil zum Realismus darstellt; und schließlich konkurrieren theoretisch unvereinbare Fokalisierungen miteinander, was die gesamte Logik der narrativen Repräsentation erschüttert. Wie wir des öfteren sahen, hängt diese Subversion des Modus mit der Aktivität oder besser gesagt mit der Präsenz des Erzählers zusammen, damit, daß die narrative Quelle oder die Narration störend in der Erzählung interveniert. Diese letzte Instanz - die der *Stimme* - müssen wir nun, nachdem wir ihr so oft schon ungewollt begegnet sind, für sich selbst betrachten.

Bekenntnis eines jungen Mädchens", in: *Freuden und Tage*, a.a.O., "Sohnesgefühle eines Muttermörders", in: *Nachgeahmtes und Vermischtes*, a.a.O.).

[111] Man weiß (Painter, II, S. 537 f.), mit welch einem Fiasko im Mai 1922 die Begegnung zwischen Proust und Stravinsky (und Joyce) endete. Man könnte Prousts narrative Praxis übrigens auch mit den in einem Bild vereinten multiplen und übereinandergelagerten Ansichten desselben Sujets vergleichen, wie sie, ebenfalls zur selben Zeit, im Kubismus zu finden sind. Bezieht sich Proust vielleicht auf ein derartiges Porträt, wenn er in seinem Vorwort zu Jacques-Émile Blanches *Propos de peintre* (1919) schreibt: "der bewundernswürdige Picasso, der alle Züge von Cocteau in einem Bild von so edler Strenge konzentriert [...]" *(Contre Sainte-Beuve*, Pléiade, S. 580, dt. "Vorwort zu "Propos de peintre"", in: *Essays*, a.a.O., S. 381)?

5. Stimme

Die narrative Instanz

"Lange Zeit bin ich früh schlafen gegangen": Ganz offensichtlich läßt sich eine solche Aussage - im Unterschied zu, sagen wir, "Wasser kocht bei hundert Grad" oder "Die Summe der Winkel im Dreieck ist gleich zwei rechten" - nur dann entziffern, wenn man weiß, wer hier spricht und in welcher Situation er spricht; *ich* ist nur in bezug auf ihn, den Sprecher, identifizierbar, und die abgeschlossene Vergangenheit der erzählten "Handlung" ist eine solche nur von dem Moment an, wo er von ihr erzählt. Um die bekannten Ausdrücke von Benveniste aufzugreifen: Die *Geschichte* geht hier mit einem gewissen Anteil von *Diskurs* einher, und es ließe sich unschwer zeigen, daß es sich fast immer so verhält.[1] Selbst die historische Erzählung vom Typ "Napoleon starb auf Sankt Helena" impliziert mit ihrem Präteritum eine Vorgängigkeit der Geschichte gegenüber der Narration, und ich bin mir nicht sicher, ob das Präsens in "Wasser kocht bei hundert Grad" (iterative Erzählung) wirklich so zeitlos ist, wie es scheint. Wie auch immer, die Bedeutung oder die Rolle dieser Implikationen variiert sehr stark, und diese Variabilität mag die folgenden Unterscheidungen und Gegensätze rechtfertigen bzw. nötig machen, die für uns zumindest einen operativen Wert haben werden. Wenn ich *Gambara* oder *Le chef-d'oeuvre inconnu* lese, bin ich an der jeweiligen Geschichte interessiert und kümmere mich wenig darum, wer sie - wo und wann - erzählt; wenn ich *Facino Cane* lese, werde ich hingegen die Präsenz des Erzählers in der Geschichte, die er erzählt, auch nicht einen Moment lang aus den Augen verlieren; lese ich *La maison Nucingen*, lenkt der Autor selbst meine Aufmerksamkeit auf die Person des Causeurs Bixiou und auf die Gruppe von Zuhörern, an die er sich wendet; lese ich *L'auberge rouge*, achte ich sicher nicht so sehr auf den vorhersehbaren Ablauf der Geschichte, die von Hermann erzählt wird, sondern auf die Reaktionen eines Zuhörers namens Taillefer, da die Erzählung auf zwei Ebenen spielt, und erst auf der zweiten - dort, *wo erzählt wird* - wird das Drama spannend.

Derartige Phänomene wollen wir im folgenden unter der Kategorie der *Stimme* betrachten. "Die Stimme", sagt Vendryès, "ist ein Aspekt der verbalen Handlung, sofern diese in ihren Beziehungen zum Subjekt betrachtet wird" - wobei das Subjekt hier nicht nur das ist, das die Handlung vollzieht oder erleidet, sondern ebenso das (dasselbe oder ein anderes), das von ihr berichtet: letztlich also alle Subjekte, die, sei es auch nur passiv, an dieser narrativen Aktivität beteiligt sind.[2] Wie man weiß,

---

[1] Vgl. hierzu *Figures II*, S. 61-69.
[2] *A.d.Ü.:* Als grammatischer Terminus bezeichnet *voix* das "Genus verbi" *(voix active* - "Aktiv", *voix passive* - "Passiv"). Der *Wahrig* definiert wie folgt: "Auf Verben bezogen bezeichnet der Begriff Genus die Handlungsart, im Deutschen Aktiv und Passiv. Man kann eine Handlung, eine Tätigkeit oft von zwei Punkten aus betrachten, einmal von dem Punkt, von dem sie ausgeht, zum anderen von dem, auf den sie sich richtet [...]. Was im Aktiv Tätigkeit ist, erscheint im Vorgangspassiv als Geschehen. Es handelt sich also bei der sprachli-

152 *Diskurs der Erzählung*

hat die Linguistik einige Zeit gebraucht, um sich daranzumachen, das aufzuklären, was Benveniste die *Subjektivität in der Sprache*³ genannt hat, d. h. um von der Analyse der Aussagen [énoncés] überzugehen zu der der Beziehungen zwischen diesen Aussagen und ihrer Produktionsinstanz - was man heute den *Aussagevorgang [énonciation]* nennt. Die Poetik scheint vergleichbare Schwierigkeiten zu haben, zur Produktionsinstanz des narrativen Diskurses vorzudringen, eine Instanz, der wir - entsprechend zu Aussagevorgang [énonciation] - den Namen *Narration [narration]* geben. Diese Schwierigkeiten machen sich vor allem in einem, sicherlich unbewußten, Zögern bemerkbar, die Autonomie oder auch nur die Spezifität dieser Instanz anzuerkennen und zu respektieren: Einerseits, wie wir bereits erwähnt haben, reduziert man die Fragen des narrativen Aussagevorgangs auf die des *point of view;* andererseits identifiziert man die narrative Instanz mit der "Schreib"-Instanz, den Erzähler mit dem Autor und den Adressaten der Erzählung mit dem Leser des Werks.⁴ Eine Vermengung, die vielleicht berechtigt ist im Fall einer historischen Erzählung oder einer wirklichen Autobiographie, nicht aber, wenn es sich um eine Fiktionserzählung handelt, in der auch der Erzähler eine fiktive Rolle ist, selbst wenn diese unmittelbar vom Autor übernommen werden sollte, und in der die zugrunde liegende Erzählsituation [situation narrative] eine ganz andere sein kann als die des realen Akts des Schreibens (oder Diktierens): Nicht der Abbé Prévost erzählt die Liebesgeschichte von Manon und des Grieux, nicht einmal der Marquis de Renoncour, der angebliche Autor der *Mémoires d'un homme de qualité;* es ist des Grieux selber, in einer mündlichen Erzählung, in der "ich" nur ihn bedeuten kann, und in der "hier" und "jetzt" auf die raum-zeitlichen Koordinaten dieser Narration hinweisen und keineswegs auf die der Abfassung von *Manon Lescaut* durch ihren wirklichen Autor. Auch die Bezugnahmen in *Tristram Shandy* auf die Schreibsituation zielen auf den (fiktiven) Akt Tristrams und nicht auf den (realen) Sternes; und auf eine zugleich subtilere und radikalere Weise "ist" der Erzähler von *Père Goriot* trotz allem nicht Balzac, selbst wenn er hier und da dessen Meinungen zum Ausdruck bringt, denn dieser Autor-Erzähler ist jemand, der die Pension Vauquer mit ihrer Wirtin und ihren Gästen "kennt", während Balzac sie sich nur ausdenkt: und in diesem Sinne ist die narrative Situation einer Fiktionserzählung natürlich nie mit ihrer Schreibsituation identisch.

Diese narrative Instanz haben wir nun also noch zu betrachten, und zwar im Hinblick auf die Spuren, die sie in dem narrativen Diskurs, den sie angeblich hervorgebracht hat, (angeblich) hinterlassen hat. Doch es versteht sich von selbst, daß diese Instanz im Verlauf ein und desselben narrativen Werks nicht identisch und invariabel bleibt: Das meiste in *Manon Lescaut* wird von des Grieux erzählt, aber einige Seiten gehen auf Monsieur de Renoncour zurück; umgekehrt wird in der *Odyssee* das meiste von "Homer" erzählt, aber die Gesänge IX bis XII gehen auf Odysseus zurück; und der Barockroman, *Tausendundeine Nacht* oder *Lord Jim*

---

chen Gestaltung desselben Vorgangs um zwei Blickrichtungen, und man hat deshalb den Ausdruck Genus verbi mit Handlungsrichtung verdeutscht."
³ *Problèmes de linguistique générale,* Paris 1966, S. 258-266, dt. a.a.O., S. 287-297.
⁴ So Todorov, *Communications* 8, S. 146 f.

haben uns mit sehr viel komplexeren Situationen vertraut gemacht.[5] Die narrative Analyse muß solche Modifikationen natürlich untersuchen - desgleichen aber auch auffällige Nicht-Modifikationen oder Permanenzen: Denn ebenso bemerkenswert wie die Tatsache, daß die Abenteuer des Odysseus von zwei verschiedenen Erzählern erzählt werden, ist der Umstand, daß die Lieben von Swann und Marcel von ein und demselben Erzähler erzählt werden.

Eine Erzählsituation ist, wie jede andere auch, ein komplexes Ganzes, in dem die Analyse - oder auch bloß die Beschreibung - nur dadurch *Unterschiede* kenntlich machen kann, daß sie ein Gewebe von engen Beziehungen zwischen dem narrativen Akt, seinen Protagonisten, seinen raum-zeitlichen Bestimmungen, seinem Bezug auf andere Erzählsituationen in derselben Erzählung usw. zerreißt. Die Erfordernisse der Darlegung zwingen uns zu diesem Gewaltakt, einfach deshalb, weil der Diskurs der Kritik, wie jeder andere auch, nicht alles zugleich sagen kann. Wir werden also auch hier wieder bestimmte Elemente, die in Wirklichkeit gleichzeitig in der Erzählung fungieren, nacheinander betrachten, indem wir sie im wesentlichen auf folgende drei Kategorien verteilen: 1. *Zeit der Narration,* 2. *narrative Ebene* und 3. *"Person",* worunter die Beziehungen des Erzählers - und eventuell seines (oder seiner) narrativen Adressaten [narrataire(s)][6] - zu der von ihm erzählten Geschichte fallen.

Zeit der Narration

Aufgrund einer Dissymmetrie, deren tiefere Gründe für uns im verborgenen liegen, die aber den Strukturen der Sprache eingeschrieben ist (oder doch wenigstens den großen "Kultursprachen" des Okzidents), kann ich ohne weiteres eine Geschichte erzählen, ohne genau anzugeben, an welchem Ort sie spielt und ob dieser Ort mehr oder weniger weit von dem Ort entfernt ist, wo ich sie erzähle, während es mir so gut wie unmöglich ist, sie nicht zeitlich in bezug auf meinen narrativen Akt zu situieren, da ich sie notwendigerweise in einer Zeitform der Gegenwart, Vergangenheit oder Zukunft erzählen muß.[7] Daraus erklärt es sich vielleicht, daß die zeitli-

---

[5] Zu *Tausendundeine Nacht* vgl. Todorov, "Les hommes-récits", in: *Poétique de la prose,* Paris 1971, dt. "Erzählpersonen", in: *Poetik der Prosa,* Frankfurt a. M. 1982: "Den Rekord an Einbettungen scheint die 'Geschichte vom Buckligen' zu liefern. Denn hier erzählt Scheherazade, daß der Schneider erzählt, daß der Barbier erzählt, daß sein Bruder erzählt, daß ... Die letzte Geschichte ist eine Geschichte fünften Grades" (S. 83, dt. S. 82). Aber der Ausdruck "Einbettung" wird hier nicht ganz der Tatsache gerecht, daß jede dieser Geschichten tatsächlich auf einer höheren "Stufe" angesiedelt ist als die vorige, so daß ihr Erzähler eine Figur dieser vorigen ist; denn auch auf gleicher Stufe kann eine Erzählung von einer anderen "eingebettet" werden, etwa im Fall einer bloßen Abschweifung, ohne daß sich dadurch die narrative Instanz änderte: Man denke an die Parenthesen von Jacques in *Jacques le fataliste.*
[6] *"Narrataire"* nenne ich im Anschluß an R. Barthes *(Communications* 8, S. 10, dt. "Einführung in die strukturale Analyse von Erzählungen", in: *Das semiologische Abenteuer,* a.a.O., S. 125) und nach dem Muster von A. J. Greimas verwendeten Gegensatzes von *Adressant* [destinateur] und *Adressat* [destinataire] *(Sémantique structurale,* Paris 1966, dt. *Strukturale Semantik,* Braunschweig 1971) den Adressaten der Erzählung.
[7] Gewisse Verwendungsweisen des Präsens konnotieren natürlich die zeitliche Unbestimmtheit (und nicht die Gleichzeitigkeit von Geschichte und Narration), aber sie scheinen merkwürdigerweise sehr partikulären

chen Bestimmungen der narrativen Instanz offenkundig viel wichtiger sind als ihre räumlichen. Mit Ausnahme der Narrationen zweiter Stufe, deren Rahmen im allgemeinen vom diegetischen Kontext abgesteckt wird (Odysseus am Hof der Phaiaken, die Wirtin von *Jacques le fataliste* in der Herberge), wird der narrative Ort nur sehr selten spezifiziert und ist eigentlich auch nie von Belang[8]: Wir wissen in etwa, wo Proust die *Recherche du temps perdu* geschrieben hat, aber wir wissen nicht, wo Marcel sein Leben erzählt haben soll, und interessieren uns im großen und ganzen auch herzlich wenig dafür. Hingegen ist es für uns beispielsweise sehr wichtig zu wissen, wieviel Zeit zwischen der ersten Szene der *Recherche* (dem "Drama des Zubettgehens") und dem Augenblick vergangen ist, wo sie mit den Worten evoziert wird: "Alles das liegt jetzt Jahre zurück. Die Wand des Treppenhauses, auf dem ich den Schein seiner Kerze immer näher rücken sah, existiert längst nicht mehr" usw.; denn dieser Zeitenabstand und das, was ihn ausfüllt, mit Leben erfüllt, sind hier ein entscheidendes Element für die Bedeutung der Erzählung.

Die wichtigste Zeitbestimmung der narrativen Instanz ist offensichtlich eine relationale, nämlich ihre Position im Verhältnis zur erzählten Geschichte. Es scheint sich von selbst zu verstehen, daß die Narration nur nach dem kommen kann, was sie erzählt, aber diese Evidenz sieht sich schon seit Jahrhunderten in Frage gestellt von der Existenz der "prädiktiven Erzählung"[9] in ihren verschiedenen Formen (prophetische, apokalyptische, orakelhafte, astrologische, chiromantische, kartomantische, oneiromantische Erzählung usw.), deren Ursprung sich im Dunkel der Zeiten verliert - aber auch, spätestens seit *Les lauriers sont coupés,* durch die Praxis der Erzählung im Präsens. Berücksichtigen muß man ferner, daß sich die Narration in Vergangenheitsform gewissermaßen aufsplittern kann, um sich als eine Art mehr oder weniger unmittelbare Reportage zwischen die verschiedenen Momente der Geschichte zu schieben[10]: Eine gängige Praxis in Briefen und Tagebüchern und von daher auch in den ihnen entsprechenden Romanformen *(Wuthering Heights, Journal d'un curé de campagne).* Man hätte demnach, allein unter dem Blickwinkel der relationalen Zeitposition, vier Narrationstypen zu unterscheiden: die *spätere* Narration (die klassische Position der Erzählung in Vergangenheitsform, zweifellos die bei weitem häufigste), die *frühere* Narration (die prädiktive Erzählung, die im allgemeinen im Futur steht, die aber auch im Präsens vorgetragen werden kann, wie der Traum von Jocabel in *Moyse sauvé),* die *gleichzeitige* Narration (Erzählung im

---

Erzählformen vorbehalten zu sein ("histoire drôle", Rätselspruch, wissenschaftliches Problem oder Experiment, Resümee der Handlung) und fallen literarisch kaum ins Gewicht. Wieder anders liegt der Fall des "narrativen Präsens" mit Präteritumsbedeutung.

[8] Er kann es zwar sein, allerdings nicht so sehr aus räumlichen Gründen im engeren Sinne: Daß eine Erzählung "in der ersten Person" im Gefängnis, auf einem Krankenhausbett oder in einer psychiatrischen Anstalt vorgetragen wird, kann einen entscheidenden Vorgriff auf ihre Auflösung darstellen: siehe*Lolita*.

[9] Ich übernehme diesen Ausdruck von Todorov, *Grammaire du Décaméron,* Den Haag 1969, S. 48, um jede Art von Erzählung zu bezeichnen, in der die Narration der Geschichte vorhergeht.

[10] Die Rundfunk- oder Fernsehreportage ist ohne Frage die unmittelbarste Form dieses Erzähltyps. Die Narration ist hier der Handlung so nah auf den Fersen, daß beide praktisch als gleichzeitig betrachtet werden, woraus sich der Gebrauch des Präsens erklärt. Auf eine merkwürdige literarische Verwendung der Simultanerzählung stößt man im 29. Kapitel von *Ivanhoe,* wo Rebecca dem verwundeten Ivanhoe die Schlacht schildert, die am Fuße des Schlosses stattfindet, und die sie vom Fenster aus beobachtet.

Präsens, die Handlung simultan begleitend) und die (zwischen die Momente der Handlung) *eingeschobene* Narration.

Der letztgenannte Typus ist a priori der komplexeste, da es sich um eine Narration mit mehreren Instanzen handelt und da sich die Geschichte und die Narration hier dergestalt verwickeln können, daß letztere auf erstere reagiert: Dies geschieht insbesondere im Briefroman mit mehreren Briefschreibern[11], wo der Brief bekanntlich gleichzeitig Medium der Erzählung und Element der Handlung ist.[12] Er kann auch zum heikelsten Typus werden, der eine Analyse kaum noch zuläßt, wenn etwa die Form des Tagebuchs immer freier wird, um schließlich in eine Art nachträglichen Monolog mit unbestimmter, ja inkohärenter Zeitposition einzumünden: Die aufmerksamen Leser von *L'étranger* hatten sicher mit diesen Ungewißheiten zu kämpfen, die, wenn auch vielleicht unbeabsichtigt, eine der Kühnheiten dieser Erzählung sind.[13] Und schließlich bewirkt die sehr große Nähe zwischen Geschichte und Narration hier sehr oft[14], wenn ich so sagen darf, einen sehr subtilen Reibungseffekt zwischen der leichten Zeitverschiebung in der Erzählung von Ereignissen ("heute ist mir dies und das passiert") und der strikten Gleichzeitigkeit in der Mitteilung der Gedanken und Gefühle ("heute abend denke ich so und so darüber"). Das Tagebuch und der vertrauliche Brief verknüpfen ständig das, was man in der Rundfunksprache Direktübertragung und Übertragung zu einem späteren Zeitpunkt [le direct et le différé] nennt, eine Art inneren Monolog mit einem nachträglichen Bericht. Der Erzähler ist hier, und zwar zugleich, *noch* der Held und *schon* ein anderer: Die Ereignisse des Tages sind schon vergangen, und der *point of view* kann sich seitdem verändert haben; die Gefühle und Ansichten am Abend oder am folgenden Tag jedoch gehören völlig zur Gegenwart, und hier ist die Fokalisierung auf den Erzähler gleichzeitig eine Fokalisierung auf den Helden. Cécile Volanges schreibt an Madame de Merteuil, um ihr zu erzählen, wie sie in der Nacht zuvor von Valmont verführt worden ist, und um ihr ihre Gewissensbisse mitzuteilen; die Verführungsszene ist Vergangenheit und mit ihr die Verwirrung der Gefühle, die Cécile nicht mehr spürt und sich nicht einmal mehr vorstellen kann; bleibt die Scham und eine Art von Bestürzung, die Verständnislosigkeit und Versuch der Selbsterkenntnis zugleich ist: "Was ich mir am meisten vorwerfe, was ich Ihnen noch sagen muß, daß ich fürchte, ich habe mich doch nicht genug verteidigt, so wie ich es hätte tun können. Ich weiß nicht, wie es geschah. Sicher liebe ich Herrn von Valmont nicht, ganz im Gegenteil, nur gab es Momente, wo mir war, als liebte ich ihn ..."[15] Die Cécile von gestern, noch ganz nah und schon fern, wird gesehen und beurteilt von der Cécile von heute. Wir haben hier zwei aufeinanderfolgende Hel-

---

[11] Zu einer Typologie der Briefromane auf der Basis der Anzahl von Briefschreibern vgl. J. Rousset, "Une forme littéraire: le roman par lettres", in: *Forme et signification*, sowie B. Romberg, a.a.O., S. 51 f.
[12] So etwa, wenn Madame de Volanges in *Les liaisons dangereuses* im Schreibtisch ihrer Tochter die Briefe von Danceny entdeckt; eine Entdeckung, deren Konsequenzen Danceny im 62. Brief, Musterfall eines "performativen" Akts, klargemacht werden. Vgl. Todorov, *Littérature et signification*, S. 44-46.
[13] Vgl. B. T. Fitch, *Narrateur et narration dans* L'étranger *d'Albert Camus*, Paris (1960) 1968, vor allem S. 12-26.
[14] Es gibt allerdings auch *aufgeschobene* Formen [formes différés] der Tagebuchnarration: so das "erste Heft" der *Symphonie pastorale* oder den komplexen Kontrapunkt von *L'emploi du temps*.
[15] Brief 98.

dinnen, von denen (nur) die zweite (auch) Erzählerin ist und ihren *point of view* durchsetzt: den der unmittelbaren *Nachträglichkeit* [après coup][16], der gerade weit genug zeitverschoben ist, um eine Dissonanz zu bewirken. Bekanntlich hat der Roman des 18. Jahrhunderts, von *Pamela* bis *Oberman*, diese Erzählsituation - die des kleinsten Zeitenabstands - sehr weit ausgebeutet, bietet sie doch Gelegenheit zu den subtilsten und "kokettesten" Kontrapunkten.

Der dritte Typ hingegen, die gleichzeitige Narration, ist im Prinzip der einfachste, weil die strenge Koinzidenz von Geschichte und Narration Interferenzen und temporale Spielereien ausschließt. Man muß jedoch beachten, daß diese "Verschmelzung" der beiden Instanzen sich auf zwei unterschiedliche Weisen auswirken kann, je nachdem, ob der Akzent auf die Geschichte oder die Erzählrede [discours narratif] gelegt wird. Eine Erzählung "behavioristischen" Typs im Präsens, die nur den Ablauf der Ereignisse schildert, mag einem wie der Gipfel an Objektivität vorkommen, weil auch noch die letzte Spur des Aussagevorgangs, die in der Erzählung Hemingwayschen Stils erhalten blieb - nämlich der deutliche Zeitenabstand zwischen Geschichte und Narration, den der Gebrauch des Präteritums unweigerlich mit sich bringt -, in einer absoluten Transparenz der Erzählung verschwindet, die sich am Ende zugunsten der Geschichte auslöscht. Genau in diesem Sinne nahm man im allgemeinen die Werke des französischen "Nouveau Roman" auf, und besonders die ersten Romane von Robbe-Grillet[17]: "objektive Literatur", "Schule des Blicks", solche Bezeichnungen geben gut den Eindruck einer absoluten Durchlässigkeit [transitivité] der Narration wieder, der vom generalisierten Gebrauch des Präsens unterstützt wurde. Wenn jedoch umgekehrt die Narration akzentuiert wird, wie in den Erzählungen, die sich des "inneren Monologs" bedienen, wirkt sich die Koinzidenz zugunsten der Rede [discours] aus, und alsdann scheint sich die Handlung auf einen bloßen Vorwand zu reduzieren, um am Ende ganz abgeschafft zu werden: Ein schon bei Dujardin spürbarer Effekt, der sich dann immer weiter verstärkt bei Beckett, Claude Simon, Roger Laporte. Allem Anschein nach hat also der Gebrauch des Präsens, der die beiden Instanzen ganz nah aneinanderrückt, gerade zur Folge, daß das Gleichgewicht zwischen ihnen zerbricht, denn er erlaubt es der Erzählung im ganzen, je nach noch so zarter Akzentverschiebung, ganz stark zur Geschichte hin, oder ganz stark zur Narration, d. h. zum Diskurs hin zu tendieren: und die Leichtigkeit, mit der der französische Roman in den letzen Jahren von einem Extrem zum anderen gewechselt hat, scheint mir diese Ambivalenz und Reversibilität recht gut zu illustrieren.[18]

Der zweite Typ, die frühere Narration, ist bislang literarisch sehr viel seltener zum Einsatz gekommen als die anderen, und bekanntlich wird selbst von den Zu-

---

[16] Man vgl. dies mit dem 48. Brief, den Valmont im Bett von Émilie "in Direktübertragung" an Tourvel schreibt, also, wenn ich so sagen darf, *mitträglich* [auf der Stelle - *sur le coup*].

[17] Alle im Präsens geschrieben, mit Ausnahme von *Le voyeur*, dessen zeitliches System bekanntlich komplexer ist.

[18] Eine noch frappierendere Illustration stellt *La jalousie* dar, die man *ad libitum* ganz objektivistisch lesen kann, so als gäbe es gar keinen Eifersüchtigen, oder im Gegenteil als den puren inneren Monolog eines Ehemanns, der seiner Frau nachspioniert und sich ausmalt, was sie wohl gerade treiben mag. Man weiß, welche Schlüsselrolle dieses 1959 veröffentlichte Werk gespielt hat.

kunkftsromanen, von Wells bis Bradbury, die doch zweifellos zur prophetischen Gattung gehören, die narrative Instanz fast immer vordatiert, liegt also noch weiter in der Zukunft als die in der Zukunft spielende Geschichte - was sehr schön die Autonomie dieser fiktiven Instanz gegenüber dem Moment des realen Schreibakts illustriert. Die prädiktive Erzählung taucht in der Literatur fast nur auf der zweiten Ebene auf: so im *Moyse sauvé* von Saint-Amant die prophetische Erzählung von Aaron (VI. Teil) oder der lange Traum von Jocabel (IV., V. und VI. Teil), beide bezogen auf die Zukunft von Moses.[19] Das gemeinsame Merkmal dieser Erzählungen zweiter Stufe ist offenbar, daß sie hinsichtlich ihrer unmittelbaren narrativen Instanz (Aaron, Traum Jocabels) prädiktiv sind, nicht aber hinsichtlich der letzten Instanz (dem impliziten Autor von *Moyse sauvé,* der übrigens explizit mit Saint-Amant identifiziert wird): manifeste Beispiele also für eine nachträgliche Voraussage.

Die spätere Narration (der erste Typ) beherrscht die große Mehrzahl aller Erzählungen, die bislang hervorgebracht wurden. Der Gebrauch einer Zeitform der Vergangenheit genügt, um sie als solche kenntlich zu machen, auch wenn dadurch noch nichts Genaueres über den Zeitenabstand gesagt ist, der den Moment der Narration von dem der Geschichte trennt.[20] In der klassischen Erzählung "in der dritten Person" bleibt dieser Abstand meist mehr oder minder unbestimmt, und die Frage ist auch nicht weiter von Belang. Das Präteritum markiert hier eine Art alterslose Vergangenheit[21]: Die Geschichte kann datiert werden, wie fast immer bei Balzac, während die Narration undatiert bleibt.[22] Dennoch wird mitunter eine gewisse Zeitgenossenschaft der Handlung durch den Gebrauch des Präsens deutlich gemacht, sei es am Anfang, wie in *Tom Jones*[23] oder in *Le père Goriot*[24], sei es am Ende wie in *Eugénie Grandet*[25] oder *Madame Bovary*[26]. Diese zuweilen sehr grellen Effekte einer abschließenden Konvergenz machen sich die Tatsache zunutze, daß die Dauer

---

[19] Vgl. *Figures II,* S. 210 f.
[20] Sieht man einmal vom Passé composé ab, das im Französischen eine relative Nähe des berichteten Geschehens konnotiert: "Das Perfekt schafft eine lebendige Verbindung zwischen dem vergangenen Ereignis und der Gegenwart, in der es evoziert wird. Es ist das Tempus desjenigen, der die Tatsachen als Zeuge, als Teilnehmer berichtet; es ist also auch das Tempus, das jeder wählen würde, der das berichtete Ereignis bis zu uns widerhallen und es mit unserer Gegenwart verbinden will" (Benveniste, *Problèmes ...,* S. 244, dt. a.a.O., S. 272). Man weiß, wie viel *L'étranger* dem Gebrauch dieses Tempus verdankt.
[21] Käte Hamburger *(Die Logik der Dichtung,* Stuttgart 1957) ist soweit gegangen, dem "epischen Präteritum" alle temporale Bedeutung abzusprechen. In dieser extremen Position, gegen die mancherlei Einwände erhoben wurden, liegt eine gewisse hyperbolische Wahrheit.
[22] Stendhal hingegen liebt es bekanntlich, die narrative Instanz seiner Romane zu datieren, genauer gesagt, sie aus Gründen der politischen Vorsicht zurückzudatieren: *Le rouge et le noir* (geschrieben 1829/30) aufs Jahr 1827, *La chartreuse* (geschrieben 1839) aufs Jahr 1830.
[23] "In dem westlichen Teil unseres Königreichs, der gemeinhin Somersetshire heißt, *lebte vor nicht langer Zeit und lebt vielleicht noch heute* ein Gentleman namens Allworthy [...]"
[24] "Madame Vauquer, geborene Conflans, *ist* eine alte Frau, die seit vierzig Jahren in Paris eine kleine Pension *führt* [...]"
[25] "Ihr Gesicht *ist* bleich, gefaßt und ruhig, ihre Rede *ist* freundlich und gesammelt, ihr Benehmen *ist* einfach [...]"
[26] "[Monsieur Homais] *hat* eine riesige Praxis. Die Behörden *drücken ein Auge zu,* und die öffentliche Meinung *schützt* ihn. *Kürzlich hat* er das Kreuz der Ehrenlegion *bekommen."* Erinnern wir daran, daß schon ganz Anfang *("Wir waren* im Arbeitszimmer bei den Schulaufgaben [...]") darauf hingewiesen wird, daß der Erzähler ein Zeitgenosse, sogar ein Mitschüler des Helden ist.

der Geschichte nach und nach den Abstand verringert, der sie vom Moment der Narration trennt. Doch die besondere Stärke dieser Effekte beruht auf der unerwarteten Enthüllung einer bis dahin verborgenen - oder, im Fall von *Madame Bovary*, schon lange wieder vergessenen - zeitlichen (und infolgedessen, in einem gewissen Maße, auch diegetischen) Isotopie zwischen der Geschichte und ihrem Erzähler. Diese Isotopie liegt dagegen von Anfang an offen zutage in der Erzählung "in der ersten Person", wo der Erzähler gleich zu Beginn als Figur der Geschichte auftritt und die abschließende Konvergenz beinahe die Regel ist[27], auf eine Weise, für die paradigmatisch der letzte Absatz von *Robinson Crusoe* stehen mag: "Und jetzt, entschlossen, mich keinen aufreibenden Mühen mehr auszusetzen, rüste ich mich zu der Reise, die länger dauern wird als alle die bisherigen. Ich bin zweiundsiebzig Jahre alt, habe ein unendlich abwechslungsreiches Leben hinter mich gebracht und den Wert der Muße sowie den Segen, meine Tage in Frieden zu beschließen, zur Genüge schätzen gelernt".[28] Kein dramatischer Effekt also, es sei denn, die Situation am Schluß stellt in sich selbst eine gewaltsame Auflösung dar, wie in *Double Indemnity* von James M. Cain, wo der Held die letzte Zeile seines Bekenntnis-Berichts niederschreibt, bevor er mit seiner Komplizin ins Meer stürzt, wo ein Hai sie erwartet: "Ich habe nicht gehört, wie sich die Tür der Kabine öffnete, aber sie ist neben mir, während ich schreibe. Ich spüre sie. Der Mond ist aufgegangen".

Damit die Geschichte so am Ende die Narration wieder einholt, darf die Dauer der letzteren die der ersteren natürlich nicht überschreiten. Man kennt die groteske Aporie von Tristram: Da es ihm nach einem Jahr Schreiben gerade mal gelungen ist, den ersten Tag seines Lebens zu erzählen, stellt er fest, daß er um 364 Tage in Verzug geraten ist, also eher Rückschritte gemacht hat statt voranzukommen, und daß daraus, daß er 364 mal so schnell lebt wie schreibt, folgt, daß ihm, je mehr er schreibt, desto mehr zu schreiben übrig bleibt, sein Unternehmen also hoffnungslos ist.[29] Ein tadelloses Schluß, und auch seine Prämissen sind keineswegs absurd. Erzählen braucht Zeit (Scheherazades Leben hängt einzig und allein an diesem Faden), und wenn ein Romancier - auf zweiter Stufe - eine mündliche Narration inszeniert, versäumt er es nur selten, diesen Umstand zu berücksichtigen: Es passiert eine ganze Menge in der Herberge, während die Wirtin von *Jacques* die Geschichte des Marquis des Arcis erzählt, und der erste Teil von *Manon Lescaut* schließt mit der Beobachtung, daß der Chevalier mehr als eine Stunde auf seine Erzählung verwandt habe und es für ihn nun höchste Zeit sei fürs Souper, damit "er sich ein wenig erholt". Wir haben allen Anlaß zu der Vermutung, daß Prévost selbst sehr viel länger als eine Stunde gebraucht hat, um diese ca. hundert Seiten zu

---

[27] Der spanische Picaro-Roman scheint eine bemerkenswerte Ausnahme zu dieser "Regel" darzustellen: zumindest der *Lazarillo*, der am Ende alles in der Schwebe läßt ("Zu dieser Zeit befand ich mich in meinem besten Wohlsein und auf dem Gipfel meines Glücks"). Der *Guzman* und der *Buscon* tun dies auch, versprechen allerdings - ohne das Versprechen einzulösen - "Fortsetzung und Schluß".
[28] Oder, etwas ironischer, der von *Gil Blas*: "Drei Jahre sind seitdem verstrichen, freundlicher Leser, und ich führe ein herrliches Leben im Kreis so lieber Menschen. Als Gipfel der Erfüllung hat der Himmel geruht, mir zwei Kinder zu schenken, deren Erziehung das Vergnügen meiner alten Tage sein wird und deren Vater zu sein ich mich in frommem Glauben schmeichle".
[29] IV. Buch, Kap. 13.

schreiben, und wir wissen zum Beispiel, daß Flaubert fast fünf Jahre gebraucht hat, um *Madame Bovary* zu schreiben. Gleichwohl scheint, was denn doch ein wenig verwundert, die fiktive Narration dieser Erzählung, wie in fast allen Romanen mit Ausnahme von *Tristram Shandy,* keinerlei Dauer in Anspruch genommen zu haben, oder genauer gesagt, die Frage ihrer Dauer scheint belanglos zu sein: Eine der Fiktionen der literarischen Narration, und vielleicht die stärkste, da man sie fast nicht bemerkt, ist die, daß es sich hierbei um einen instantanen Akt ohne zeitliche Ausdehnung handelt. Manchmal wird er zwar datiert, aber gemessen wird er nie: Wir wissen, daß Monsieur Homais gerade das Kreuz der Ehrenlegion bekommen hat, als der Erzähler diesen letzten Satz niederschreibt, wissen aber nicht, was in dem Moment geschah, als er den ersten schrieb. Dafür wissen wir um so besser, daß die Frage als solche absurd ist: Was diese beiden Momente der narrativen Instanz voneinander trennt, ist ja bloß der unzeitliche Raum der Erzählung als Text. Im Gegensatz zur gleichzeitigen oder eingeschobenen Narration, die von ihrer Dauer und den Beziehungen zwischen dieser Dauer und derjenigen der Geschichte lebt, lebt die spätere Narration von dem Paradox, daß sie zugleich eine zeitliche Stelle hat (in bezug auf die vergangene Geschichte) und ein unzeitliches Wesen, da sie über keine eigene Dauer verfügt.[30] Wie die Proustsche Erinnerung ist sie von der "Dauer eines Blitzes", eine Ekstase, eine übernatürliche Synkope, eine "der Zeitordnung enthobene Minute".

Die narrative Instanz der *Recherche* entspricht offensichtlich diesem letzten Typus: Wir wissen, daß Proust länger als zehn Jahre an seinem Roman geschrieben hat, doch Marcels Narrationsakt weist keinerlei Zeichen von Dauer oder auch nur einer Unterteilung auf: er ist instantan. Die Gegenwart des Erzählers, auf die wir fast auf jeder Seite stoßen und die den verschiedenen Vergangenheiten des Helden untergemischt wird, ist ein einziger unteilbarer Moment, ein Fortschreiten gibt es nicht. Marcel Muller meint zwar, aus Germaine Brée die Hypothese einer doppelten narrativen Instanz herauslesen zu können: vor und nach der abschließenden Offenbarung, doch diese Hypothese hat kein Fundament in der Sache, und Mullers Irrtum dürfte sich daraus erklären, daß Germaine Brée das Wort "Erzähler" fälschlich (wenn auch wie so viele andere auch) für *Held* gebraucht.[31] Was die auf den letzten Seiten von *Swann* geäußerten Ansichten betrifft, von denen wir wissen, daß sie mit der abschließenden Überzeugung des Erzählers nicht übereinstimmen, so zeigt Muller selbst sehr schön[32], daß sie keineswegs die Existenz einer narrativen Instanz beweisen, die der Offenbarung vorherginge: Der bereits zitierte Brief an Jacques Rivière[33] zeigt im Gegenteil, daß es Proust hier darauf ankam, den Diskurs des Erzählers den "Irrtümern" des Helden anzupassen, darauf also, ihm eine Meinung zuzuschreiben, die nicht die seine ist, um zu vermeiden, sein eigenes Denken

---

[30] Zeitangaben der Art "wir haben *bereits* gesagt", "wir werden *später* sehen" usw. beziehen sich in Wirklichkeit nicht auf die Zeitlichkeit der Narration, sondern auf den Raum des Textes (= *wir haben oben gesagt, wir werden unten sehen ...*) und die Zeitlichkeit der Lektüre.
[31] Muller, S. 45; G. Brée, *Du temps perdu au temps retrouvé,* Paris 1969, S. 38-40.
[32] A.a.O., S. 46.
[33] S. 142

zu früh zu enthüllen. Selbst die Erzählung Marcels über seine Anfänge als Schriftsteller nach der Matinee Guermantes (Abgeschiedenheit, erste Entwürfe, erste Reaktionen der Leser), die notwendigerweise die Dauer des Schreibens berücksichtigt ("Was ich selbst zu schreiben hatte, war anderes und längeres, und es richtete sich auch an mehr als nur eine Person. Ja, es war lang, was ich zu schreiben hatte [long à écrire]. Am Tage höchstens würde ich versuchen können zu schlafen. Wenn ich arbeitete, würde es nur nachts geschehen können, aber es würde vieler Nächte bedürfen, vielleicht hunderter, vielleicht tausender"[34]) wie auch die Angst vor der Unterbrechung des Todes, selbst diese Erzählung widerspricht nicht der fiktiven Instantaneität ihrer Narration: Denn das Buch, das Marcel jetzt *in der Geschichte* zu schreiben beginnt, darf de jure nicht mit dem Buch verwechselt werden, das Marcel *als Erzählung* fast zu Ende geschrieben hat, - d. h. mit der *Recherche* selber. Das fiktive Buch als Gegenstand der Erzählung ist wie jedes Buch "long à écrire". Doch das wirkliche Buch, das Buch qua Erzählung, kennt seine eigene "Länge" nicht: es beseitigt seine Dauer.

Die Gegenwart der Proustschen Narration korrespondiert - zwischen 1909 und 1922 - einer Vielzahl von Schreib-"Gegenwarten", und wir wissen, daß fast ein Drittel der *Recherche,* darunter gerade auch die letzten Seiten, bereits 1913 geschrieben war. Der fiktive Moment der Narration hat sich also de facto im Verlauf der realen Abfassung verschoben, und er ist heute nicht mehr derselbe, der er 1913 war, in dem Moment, als Proust glaubte, sein Werk, wie es bei Grasset erscheinen sollte, sei abgeschlossen. So haben sich die Zeitenabstände, die ihm vorschwebten und die er deutlich machen, signifizieren wollte - als er etwa über die Szene des Zubettgehens schrieb: "alles das liegt jetzt viele Jahre zurück", oder über die Auferstehung Combrays aus dem Geschmack der Madeleine: "ich spüre dabei den Widerstand und das Rauschen und Raunen der durchmessenen Distanzen" -, um mehr als zehn Jahre vergrößert, einfach deshalb, weil die Zeit der Geschichte länger geworden ist: Das Signifikat dieser Sätze ist nicht mehr dasselbe. Von daher einige irreduzible Widersprüche wie der folgende: Das *Heute* des Erzählers liegt für uns natürlich nach dem Krieg, aber das "heutige Paris" auf den letzten Seiten von *Swann* bleibt seinen historischen Bestimmungen bzw. seinem referentiellen Gehalt nach ein Vorkriegs-Paris, so wie es damals gesehen und beschrieben wurde. Das romanimmanente *Signifikat* (der Moment der Narration) ist in etwa zum Jahr 1925 geworden, doch der historische *Referent,* der dem Moment des Schreibens entspricht, ist nicht mitgekommen und sagt weiter: 1913. Die narrative Analyse muß derartige Verschiebungen - und die Dissonanzen, die möglicherweise daraus resultieren - als Auswirkungen der realen Genese des Werks zur Kenntnis nehmen; doch die narrative Instanz ist für sie am Ende gleichwohl die, die sich aus dem letzten Zustand des Textes ergibt: ein einziger Moment ohne Dauer, notwendigerweise mehrere Jahre nach der letzten "Szene", also nach dem Krieg gelegen, ja sogar, wie wir sahen[35], nach dem Tod von Marcel Proust. Dies Paradox, erinnern wir daran, ist keins: Marcel ist nicht Proust, und nichts zwingt ihn dazu, mit ihm zu sterben.

---

[34] III, S. 1043, dt. S. 4188 f.
[35] S. 65

Erzwungenermaßen dagegen muß Marcel nach 1916 "viele Jahre" in einem Sanatorium verbringen, was seine Rückkehr nach Paris und die Matinee Guermantes frühestens ins Jahr 1921 fallen läßt und seine Begegnung mit der "etwas schwach im Kopf" gewordenen Odette ins Jahr 1923.[36] Eine notwendige Folge.

Der Abstand zwischen diesem einen unteilbaren narrativen Augenblick und den verschiedenen Momenten der Geschichte ist notwendigerweise variabel. Während die Szene des Zubettgehens schon "sehr viele Jahre" zurückliegt, fängt der Erzähler erst "seit kurzem" wieder an, das Schluchzen des Kindes wahrzunehmen, und der Abstand, der ihn von der Matinee Guermantes trennt, ist offensichtlich kleiner als der, der ihn von seiner ersten Ankunft in Balbec trennt. Das System der Sprache und der gleichförmige Gebrauch der Vergangenheitsform erlauben es nicht, diese progressive Verkürzung unmittelbar im Gewebe des narrativen Diskurses kenntlich zu machen, aber wir sahen, daß es Proust doch in einem gewissen Maße gelungen ist, sie durch Modifikationen im temporalen System der Erzählung spürbar zu machen: durch das allmähliche Verschwinden des Iterativs, die Verlängerung der singulativen Szenen, die zunehmende Diskontinuität, die Akzentuierung des Rhythmus - so als tendierte die Zeit der Geschichte dazu, sich immer mehr zu dehnen und zu singularisieren, je näher sie ihrem Ende kommt, *das zugleich ihre Quelle ist.*

Nach gängiger Praxis könnte man, wie wir gesehen haben, erwarten, daß die "autobiographische" Narration ihren Helden bis an den Punkt führt, wo der Erzähler auf ihn wartet, so daß diese beiden Hypostasen am Ende zusammentreffen und eins werden. Das hat man etwas übereilt auch für die *Recherche* behauptet.[37] Tatsächlich aber, wie Marcel Muller schön zeigt, "erstreckt sich zwischen dem Tag des Empfangs bei der Prinzessin und dem, an dem der Erzähler über diesen Empfang berichtet, eine ganze Ära, die zwischen dem Helden und dem Erzähler ein Intervall aufrechterhält, das keineswegs übersprungen werden darf: Die Tempora am Schluß des *Temps retrouvé* sind allesamt solche der Vergangenheit".[38] Der Erzähler führt die Geschichte seines Helden - seine eigene Geschichte - genau bis zu dem Punkt, wo, wie Jean Rousset sagt, "der Held zum Erzähler werden wird"[39] - oder, wie ich sagen würde, *beginnt,* zum Erzähler *zu werden,* da er sich jetzt ernsthaft an die Arbeit des Schreibens macht. Muller schreibt, daß "der Held den Erzähler nur im Unendlichen trifft, d. h. asymptotisch: der trennende Abstand tendiert gegen null, verschwindet aber nie". Dieses Bild erinnert allerdings an ein Sternesches Spiel mit den beiden Dauern, das es so bei Proust nicht gibt: Die Erzählung hört einfach an dem Punkt auf, wo der Held die Wahrheit und den Sinn seines Lebens gefunden hat, d. h. dort,

---

[36] Diese Episode spielt (III, S. 951, dt. S. 4061) "weniger als drei Jahre" - also mehr als zwei Jahre - nach der Matinee Guermantes.
[37] So vor allem Louis Martin-Chauffier: "Wie in den Memoiren tendieren der, der die Feder hält, und der, dessen Leben uns gezeigt wird, und die durch die Zeit voneinander getrennt sind, dazu, am Ende eins zu werden; sie streben dem Tag entgegen, wo der Weg des handelnden Helden an jenem Tisch endet, an dem ihn der Erzähler, jetzt ohne Erinnerungsintervall, dazu einlädt, sich neben ihn zu setzen, damit sie gemeinsam das Wort schreiben: Ende." ("Proust ou le double 'Je' de quatre personnes" *(Confluences,* 1943), wiederabgedruckt in: Bersani (Hrsg.), *Les Critiques de notre temps et Proust,* Paris 1971, S. 56.)
[38] A.a.O., S. 49 f. Weisen wir jedoch darauf hin, daß einige Antizipationen (wie die letzte Begegnung mit Odette) einen Teil dieser "Ära" abdecken.
[39] *Forme et signification,* S. 144.

wo diese "Geschichte einer Berufung" endet, die, um noch einmal darauf hinzuweisen, der explizite Gegenstand der Proustschen Erzählung ist. Das übrige, dessen Ablauf und Ausgang uns schon durch den Roman selber bekannt ist, der hier endet, gehört nicht mehr zur "Berufung", sondern zu der Arbeit, die auf sie folgt, und muß hier also nur angedeutet werden. Das Thema der *Recherche* ist der "zum Schriftsteller werdende Marcel" und nicht der "Schriftsteller Marcel": Die *Recherche* bleibt ein Bildungsroman, und es hieße ihre Absichten zu verfälschen und ihren Sinn zu entstellen, wollte man in ihr einen "Roman des Romanciers" sehen wie in *Les faux-monnayeurs;* es ist ein Roman des künftigen Romanciers. Was auf den *Bildungsroman** folgt, so Hegel, hat nichts Romanhaftes mehr an sich; eine Formel, die Proust sicher unterschrieben hätte: Das Spezifische des Romans ist die Suche - die *Recherche* -, die mit einem Fund (der Offenbarung) endet, nicht aber der Gebrauch, der hernach von diesem Fund gemacht wird. Die abschließende Begegnung mit der Wahrheit, die späte Entdeckung der Berufung kann - wie das Glück der endlich vereinten Liebenden - nur die Auflösung, nicht aber ein Abschnitt der Geschichte sein; so gesehen ist das Thema der *Recherche* durchaus ein traditionelles. Es ist also nötig, das die Erzählung abbricht, ehe der Held mit dem Erzähler eins geworden ist, es ist undenkbar, daß sie zusammen das Wort "Ende" schreiben. Mit dem letzten Satz des Erzählers ist der Held endlich bei seinem ersten angekommen. Der Abstand zwischen dem Ende der Geschichte und dem Moment der Narration ist also die Zeit, die der Held noch braucht, um dieses Buch zu schreiben, das dasjenige ist und auch wieder nicht ist, welches uns der Erzähler, anders als der Held, im Nu eines blitzhaften Augenblicks offenbart.

Narrative Ebenen

Wenn des Grieux am Ende seiner Erzählung erklärt, daß er soeben von New Orleans nach Le Havre und von Le Havre nach Calais gesegelt sei, um seinen Bruder zu treffen, der ihn ein paar Meilen entfernt erwarte, verringert sich allmählich der zeitliche (und räumliche) Abstand, der bis dahin die erzählte Handlung vom narrativen Akt trennte, und reduziert sich schließlich auf Null: Die Erzählung ist beim *Hier* und *Jetzt* angelangt, die Geschichte hat die Narration eingeholt. Dennoch liegt zwischen diesen letzten Episoden der Liebesabenteuer des Chevaliers und dem von Gästen gefüllten Saal im *Lion d'or*, wo er spät abends nach dem Essen diese Abenteuer dem Marquis de Renoncour erzählt, immer noch ein Abstand, der allerdings weder zeitlicher noch räumlicher Natur ist: Er beruht auf einem Unterschied der Beziehungen, die die verschiedenen Personen und Geschehnisse zu der Erzählung von des Grieux unterhalten: Beziehungen die man reichlich oberflächlich und daher etwas forciert so unterscheiden kann, daß man sagt, daß die einen innen sind (in der Erzählung natürlich), die anderen außen. Was sie voneinander trennt, ist weniger ein Abstand als vielmehr eine Art Schwelle, die von der Narration selber gebildet wird, ein Unterschied der *Ebene*. Der *Lion d'or*, der Marquis und der Chevalier in seiner Eigenschaft als Erzähler sind für uns in einer bestimmten Erzählung, nicht in der von des Grieux, sondern in der des Marquis, in den *Mémoires d'un homme de qualité;* die Rückkehr aus Louisiana, die Reise von Le Havre nach Calais, der Chevalier als Held sind in einer anderen Erzählung, diesmal in der von des Grieux, die in der ersten *enthalten* ist, nicht nur insofern, als diese sie mit einer Einleitung und einem Schlußwort (das hier übrigens fehlt) umrahmt, sondern auch insofern, als der Erzähler der zweiten Erzählung bereits eine Figur der ersten ist, und weil der Narrationsakt, der sie hervorbringt, ein Ereignis ist, von dem in der ersten erzählt wird.

Wir wollen diesen Ebenenunterschied wie folgt definieren: *Jedes Ereignis, von dem in einer Erzählung erzählt wird, liegt auf der nächsthöheren diegetischen Ebene zu der, auf der der hervorbringende narrative Akt dieser Erzählung angesiedelt ist.* Monsieur de Renoncours Abfassung seiner fiktiven Mémoires ist ein (literarischer) Akt, der auf einer ersten Ebene vollzogen wird, die wir extradiegetisch nennen wollen; die Ereignisse, von denen in diesen Mémoires erzählt wird (und zu denen auch der narrative Akt von des Grieux gehört), spielen in dieser ersten Erzählung, wir werden sie daher als diegetische oder intradiegetische Ereignisse bezeichnen; die Ereignisse schließlich, von denen in der Erzählung von des Grieux, einer Erzählung zweiter Stufe also, erzählt wird, wollen wir metadiegetische nennen.[40] Desgleichen ist Monsieur de Renoncour als "Autor" der Mémoires extradiegetisch: Er wendet sich, wenn auch fiktiv, an das wirkliche Publikum, ganz so wie Rousseau oder Michelet; derselbe Marquis als Held derselben Mémoires ist diegetisch oder intradiegetisch und mit ihm auch der Erzähler des Grieux in der Herberge zum Lion d'or, wie übrigens auch Manon, sofern der Marquis sie während der ersten Begegnung in Pacy kurz zu Gesicht bekommt; doch des Grieux als Held seiner eigenen Erzählung sowie Manon als deren Heldin, ihr Bruder usw. sind metadiegetische Figuren: diese Ausdrücke bezeichnen keine festen Wesen, sondern relationale Situationen und Funktionen.[41]

Die narrative Instanz einer ersten Erzählung ist also per definitionem extradiegetisch, die narrative Instanz einer zweiten (metadiegetischen) Erzählung per definitionem diegetisch usw. Betonen wir die Tatsache, daß der möglicherweise fiktive Charakter der ersten Instanz diese Situation ebensowenig modifiziert wie der möglicherweise "reale" der folgenden Instanzen: Monsieur de Renoncour ist nicht "Figur" in einer Erzählung, die der Abbé Prévost vorträgt, er ist der *fiktive Autor* von Memoiren, von denen wir auf der anderen Seite wissen, daß Prévost ihr realer Autor

---

[40] Diese Ausdrücke wurden bereits in *Figures II*, S. 202, eingeführt. Das Präfix *meta-* meint hier natürlich, wie in "Metasprache", den Übergang zur zweiten Stufe: Die *Metaerzählung* ist eine Erzählung in der Erzählung, und die *Metadiegese* ist das Universum dieser zweiten Erzählung, so wie die *Diegese* (nach jetzt recht verbreitetem Sprachgebrauch) das Universum der ersten Erzählung bezeichnet. Man muß sich jedoch klarmachen, daß dieser Ausdruck gerade in der Gegenrichtung zu seinem logisch-linguistischen Vorbild funktioniert: Die Metasprache ist eine Sprache, in der man über eine andere Sprache spricht, die Metaerzählung müßte demnach die erste Erzählung sein, innerhalb deren man eine zweite erzählt. Doch es schien mir besser, der ersten Stufe die einfachere und geläufigere Bezeichnung vorzubehalten und somit die Schachtelungsperspektive umzukehren. Eine etwaige dritte Stufe wäre dann natürlich eine Meta-Metaerzählung, mit ihrer Meta-Metadiegese usw.

[41] Dieselbe Figur kann übrigens zwei identische (parallele) narrative Funktionen auf unterschiedlichen Ebenen erfüllen: so wird der extradiegetische Erzähler in *Sarrasine* selber zum intradiegetischen Erzähler, wenn er seiner Gefährtin die Geschichte Zambinellas erzählt. Er erzählt uns also, daß er diese Geschichte erzählt, deren Held er im übrigen nicht ist: das genaue Gegenstück zu der (sehr viel geläufigeren) Situation in *Manon*, wo der erste Erzähler auf der zweiten Ebene zum Zuhörer einer anderen Figur wird, die ihre eigene Geschichte erzählt. Die Situation des *doppelten Erzählers* kommt meines Wissens nur in *Sarrasine* vor.

ist, ganz so wie Robinson Crusoe der fiktive Autor des Romans von Defoe ist, der seinen Namen als Titel trägt: beide sind demnach Figuren in ihren jeweils eigenen Erzählungen. Weder Prévost noch Defoe berühren irgendwie den Raum unserer Frage, die, erinnern wir noch einmal daran, die narrative und nicht die literarische Instanz betrifft. Monsieur de Renoncourt und Crusoe sind Autoren-Erzähler, und als solche befinden sie sich auf derselben narrativen Ebene wie ihr Publikum, d. h. auf der, auf der Sie und ich uns befinden. Dies gilt hingegen nicht für des Grieux, der sich nie an uns wendet, sondern nur an den geduldigen Marquis; und umgekehrt: sollte dieser fiktive Marquis in Calais zufällig einer realen Person begegnet sein, sagen wir dem reisenden Sterne, so wäre diese Person, wenn auch real, gleichwohl eine diegetische Figur - genauso wie Richelieu bei Dumas, Napoleon bei Balzac oder die Prinzessin Mathilde bei Proust. Kurzum, man darf weder den extradiegetischen Charakter mit der realen historischen Existenz verwechseln noch den diegetischen (oder auch metadiegetischen) Charakter mit der Fiktion: Paris und Balbec befinden sich auf derselben Ebene, obwohl das eine real und das andere fiktiv ist, und wir alle sind täglich, wenn schon nicht Helden von Romanen, Gegenstände von Erzählungen.

Aber nicht jede extradiegetische Erzählung gibt sich unbedingt als literarisches Werk aus, und ihr Protagonist muß nicht unbedingt ein Autor-Erzähler sein, der sich wie der Marquis de Renoncour an ein Publikum wendet, das ausdrücklich als solches bezeichnet wird.[42] Ein Roman in Tagebuchform wie das *Journal d'un curé de campagne* oder die *Symphonie pastorale* hat im Prinzip keinerlei Publikum, ja eigentlich überhaupt keinen Leser im Blick, und entsprechendes gilt für den Briefroman, mag er nur einen einzigen Briefschreiber aufweisen wie in *Pamela*, *Werther* oder *Oberman*[43], oder mehrere wie in der *Nouvelle Héloise* oder den *Liaisons dangereuses*: Bernanos, Gide, Richardson, Goethe, Senancour, Rousseau oder Laclos treten hier als bloße "Herausgeber" auf, und die fiktiven Autoren dieser Tagebücher oder Briefe betrachten sich offenkundig (im Unterschied zu Renoncourt, Crusoe oder Gil Blas) nicht als "Autoren". Mehr noch, die extradiegetische Narration gibt sich nicht einmal notwendigerweise als schriftliche Narration aus: Nichts deutet darauf hin, daß Meursault oder Malone den Text, den wir als ihren inneren Monolog lesen, geschrieben haben, und es versteht sich von selbst, daß der Text von *Les lauriers sont coupés* nur ein - weder geschriebener, ja nicht einmal gesprochener - "Bewußtseinsstrom" sein kann, auf geheimnisvolle Weise von Dujardin "abgehört" und aufgezeichnet: Die Eigentümlichkeit der unmittelbaren Rede liegt gerade darin, daß sie jede Formbestimmung der von ihr konstituierten narrativen Instanz ausschließt.

Umgekehrt geht nicht jede intradiegetische Narration unbedingt, wie die von des Grieux, mit einer mündlichen Erzählung einher: Sie kann auch ein Text sein, wie etwa die Niederschrift, die Adolphe ohne erkennbaren Adressaten verfaßt hat, oder gar ein fiktiver literarischer Text als Werk im Werk wie die "Geschichte" vom *Tö-*

---

[42] Vgl. den "Hinweis des Autors", der *Manon Lescaut* vorangestellt ist.
[43] Diese, wie Rousset sagt, "Briefmonodien" werden oft als verkappte Tagebücher betrachtet, aber immerhin existiert hier ein (wenn auch stummer) Adressat, der seine Spuren im Text hinterläßt.

richten Vorwitz - *El curioso impertinente* im *Don Quijote,* die der Pfarrer in einem
Mantelsack entdeckt, oder die Novelle *L'ambitieux par amour,* veröffentlicht in
einer fiktiven Zeitschrift vom Helden von *Albert Savarus,* intradiegetischer Autor
eines metadiegetischen Werks. Doch ebenso wie die extradiegetische Narration
kann auch die zweite Erzählung weder mündlich noch schriftlich sein und statt
dessen, ob offen oder nicht, die Form eines inneren Monologs, einer *inneren Erzählung* annehmen: so der Traum von Jocabel in *Moyse sauvé* oder, häufiger und weniger übernatürlich, die erinnerten Erinnerungen einer (träumenden oder wachenden) Figur: Auf diese Weise (und man weiß, wie sehr Proust von diesem Detail
beeindruckt war) präsentiert sich im zweiten Kapitel von Nervals *Sylvie* die Episode
(eine "halb geträumte Erinnerung") mit dem Gesang Adriennes: "Ich kehrte wieder
zum Bett zurück und konnte dort keine Ruhe finden. Im Halbschlaf zog in meiner
Erinnerung meine ganze Jugend an mir vorüber. [...] Ich sah ein Schloß Henri IV.
vor mir [...]".[44] Schließlich kann die Rolle der zweiten Erzählung auch von einer
nonverbalen (und zumeist visuellen) Darstellung übernommen werden, die der Erzähler dann narrativisiert, indem er dieses ikonographische Dokument entweder
selbst beschreibt (dies gilt für das Gemälde, das in *Die Hochzeit von Peleus und
Thetis* [Catull, *Epithalamium Pelei et Thetidos,* in: *Carmina,* Nr. 64] die verlassene
Ariadne darstellt, oder für den Wandteppich mit der Sintflut in *Moyse sauvé*) oder,
seltener, von einer Figur beschreiben läßt, wie die Bilder mit dem Leben Josephs,
die, ebenfalls in *Moyse sauvé,* Amram kommentiert.

Die metadiegetische Erzählung

Die Erzählung zweiter Stufe ist eine Form, die bis in die Anfänge der epischen
Narration zurückreicht, denn in den Gesängen IX bis XII der *Odyssee* findet sich ja,
wie wir wissen, jene Erzählung, die Odysseus vor den versammelten Phaiaken vorträgt. Über die Zwischenstationen Vergil, Ariost und Tasso wird dieses Verfahren
(das auch in *Tausendundeine Nacht* ständig zur Anwendung kommt) im Barockzeitalter fester Bestandteil der Romantradition, und ein Werk wie *L'astrée* etwa
besteht in der Hauptsache aus Erzählungen, die von dieser oder jener Figur vorgetragen werden. Die Praxis wird im 18. Jahrhundert weiter gepflegt, trotz der Konkurrenz neuer Formen wie der des Briefromans; deutlich erkennbar ist sie in *Manon
Lescaut,* in *Tristram Shandy* oder *Jacques le fataliste,* und auch das Aufkommen
des Realismus hindert sie nicht daran, bei Balzac *(La maison Nucingen, Autre étude
de femme, L'auberge rouge, Sarrasine, La peau de chagrin)* und Fromentin
(Dominique) zu überleben; man kann sogar eine gewisse Überspitzung dieses Topos

---

[44] Hier liegt also eine metadiegetische Analepse vor, ein Attribut, das natürlich nicht zu jeder Analepse gehört.
So wird zum Beispiel, ebenfalls in *Sylvie,* die Retrospektion in den Kapiteln IV, V und VI vom Erzähler selbst
vorgenommen, ohne daß dabei auf das Gedächtnis des Helden zurückgegriffen würde: "Erinnern wir uns,
während der Wagen bergauf fährt, an die Zeit, als ich so oft hierherkam." Die Analepse ist hier eine rein
diegetische - oder, wenn man die Gleichheit der narrativen Ebene noch mehr verdeutlichen will, eine *isodiegetische.* (Prousts Kommentar in *Contre Sainte-Beuve,* Pléiade, S. 235, dt. *Gegen Sainte-Beuve,* a.a.O., S. 44,
und in der *Recherche,* III, S. 919, dt. S. 4018.)

bei Barbey beobachten oder auch in *Wuthering Heights* (Isabelle erzählt Nelly etwas, was diese Lockwood berichtet, der es dann in sein Tagebuch einträgt), vor allem aber in *Lord Jim,* wo die Verschachtelung an die Grenzen des normal Verständlichen stößt. Eine formale und historische Untersuchung dieses Verfahrens würde den Rahmen unserer jetzigen Thematik weit überschreiten, aber zumindest müssen wir für das Folgende die wesentlichen Beziehungstypen unterscheiden, die die metadiegetische Erzählung mit der ersten Erzählung, in die sie sich einfügt, verbinden können.

Der erste Typ ist ein unmittelbares Kausalverhältnis zwischen den Ereignissen der Metadiegese und denen der Diegese, das der zweiten Erzählung eine *explikative* Funktion verleiht. Es ist das Balzacsche "c'est pourquoi", das hier aber von einer Figur vorgebracht wird, ob nun die Geschichte, die sie erzählt, die eines anderen ist *(Sarrasine)* oder, wie in den allermeisten Fällen, ihre eigene (Odysseus, des Grieux, Dominique). Alle diese Erzählungen antworten, ob explizit oder nicht, auf eine Frage vom Typ "Welche Ereignisse haben die gegenwärtige Situation herbeigeführt?". Meistens ist die Neugier der intradiegetischen Zuhörerschaft nur ein Vorwand, um die des Lesers zu befriedigen, wie in der Exposition des klassischen Theaters, und die metadiegetische Erzählung ist eine bloße Variante der explikativen Analepse. Dadurch ergeben sich gewisse Dissonanzen zwischen der vorgeblichen und der wirklichen Funktion, die im allgemeinen zugunsten der letzteren aufgelöst werden: so unterbricht Odysseus im XII. Gesang der *Odyssee* seine Erzählung an der Stelle, wo er die Insel der Kalypso erreicht, obwohl die meisten seiner Zuhörer nicht wissen, wie es weitergeht; der vorgeschobene Grund ist der, daß er es tags zuvor Alkinoos und Arete schon summarisch erzählt hat (VII. Gesang); der wahre Grund ist natürlich der, daß der Leser schon detailliert Bescheid weiß durch die direkte Erzählung im V. Gesang; "Widerwärtig ist es mir", sagt Odysseus, "deutlich Gesagtes noch einmal zu erzählen": Dieser Widerwille ist zunächst der des Dichters selber.

Der zweite Typ besteht in einer rein *thematischen* Beziehung, die folglich keinerlei raumzeitliche Kontinuität zwischen Metadiegese und Diegese impliziert: Zum einen haben wir die Kontrastbeziehung (das Leid der verlassenen Ariadne inmitten der fröhlichen Hochzeit von Thetis), zum anderen die der Ähnlichkeit (so wenn Jocabel in *Moyse sauvé* zögert, dem göttlichen Befehl zu folgen, und Amram ihm die Geschichte von Abraham und Isaak erzählt). Die berühmte *en abyme*-Struktur, die im "Nouveau Roman" der sechziger Jahre so beliebt war, ist offenkundig eine Extremform dieser Ähnlichkeitsbeziehung, die hier fast die Grenze zur Identität überschreitet. Die thematische Beziehung kann im übrigen, wenn sie von den Zuhörern bemerkt wird, einen Einfluß auf die diegetische Situation haben: Die Erzählung Amrams bewirkt (und bezweckt) unmittelbar, daß Jocabel folgsam wird, sie ist ein *exemplum* mit persuasiver Funktion. Bekanntlich beruhen ganze Gattungen, wie die Parabel oder der Apolog (die Fabel), auf dieser mahnenden Wirkung der Ähnlichkeit: Vor den aufgebrachten Plebejern erzählt Menenius Agrippa die Geschichte von den *Gliedern und dem Bauch;* indem er dann, fährt Livius fort, "zeigte, wie *ähnlich* der innere Aufruhr des Körpers dem Zorn der Plebs gegen die

Patrizier sei, habe er die Menschen umgestimmt".⁴⁵ Bei Proust werden wir eine weniger erbauliche Illustration für diese *Kraft des Exempels* finden.

Der dritte Typ weist keinerlei explizite Beziehung zwischen den beiden Geschichtsebenen auf: Ohne Rücksicht auf den metadiegetischen Inhalt erfüllt vielmehr der Narrationsakt als solcher eine Funktion in der Diegese, und zwar eine Funktion der Zerstreuung und/oder des Hinauszögerns. Das berühmteste Beispiel ist hier natürlich *Tausendundeine Nacht*, wo Scheherazade den Tod durch Erzählungen hinausschiebt, welcher Art auch immer diese sein mögen (wenn sie nur den Sultan fesseln). Es fällt auf, das - vom ersten zum dritten Typ - die Bedeutung der narrativen Instanz immer mehr zunimmt. Beim ersten Typ ist die Beziehung zwischen diegetischem und metadiegetischem Geschehen direkt, wird nicht durch die Erzählung vermittelt und könnte gut auf sie verzichten: ob Odysseus davon erzählt oder nicht, der Sturm hat ihn nun einmal ans Ufer der Phaiaken geworfen, und die Modifikation, die seine Erzählung bewirkt, ist rein kognitiver Natur. Beim zweiten Typ ist die Beziehung indirekt, vollständig durch die Erzählung vermittelt, die für die Verbindung von Diegetischem und Metadiegetischem unverzichtbar ist: Die Geschichte vom Bauch und den Gliedern beruhigt die Plebs *unter der Voraussetzung*, daß Menenius sie erzählt. Beim dritten besteht die Beziehung nur noch zwischen dem narrativen Akt und der gegenwärtigen Situation, der metadiegetische Inhalt ist (fast) so unwichtig wie der eines Bibelzitats in einem Rednergefecht im Parlament. Diese letzte Beziehung zeigt noch einmal, wenn dies noch nötig sein sollte, daß die Narration ein *Akt* ist, eine Handlung wie jede andere auch.

Metalepsen

Der Übergang von einer narrativen Ebene zur anderen kann prinzipiell nur von der Narration bewerkstelligt werden, einem Akt, der genau darin besteht, in einer bestimmten Situation erzählend - durch einen Diskurs - eine andere Situation zu vergegenwärtigen. Jede andere Übergangsform ist, wenn nicht überhaupt unmöglich, so doch zumindest eine Art Transgression. Cortazar erzählt⁴⁶ die Geschichte eines Mannes, der von einer der Personen des Romans ermordet wird, den er gerade liest: das ist eine umgekehrte (und extreme) Form jener narrativen Figur, die die Klassiker die *Metalepse des Autors* nannten und die darin besteht, so zu tun, als "bewirke der Dichter selbst die Dinge, die er besingt"⁴⁷, etwa wenn man sagt, daß Vergil Dido im IV. Gesang der *Äneis* "sterben läßt", oder wenn Diderot, etwas zweideutiger, in *Jacques le fataliste* schreibt: "Was könnte mich hindern, den Herrn zu verheiraten und ihn zum Hahnrei zu machen", oder auch, an den Leser gewandt, "Wird Ihnen seine Geschichte Vergnügen bereiten oder nicht? Wenn ja, dann setzen wir

---

⁴⁵ *Ab urbe condita*, II. Buch, Kap. 32.
⁴⁶ "Continuidad de los Parques", in: *Final del Juego*, dt. "Park ohne Ende", in: *Ende des Spiels*, Frankfurt a. M. 1977.
⁴⁷ Fontanier, *Commentaire des Tropes*, S. 116. Der *Moyse sauvé* veranlaßt Boileau *(Art poétique,* I, v. 25 f.) zu der bösen Metalepse: *Et [Saint-Amant] poursuivant Moïse au travers des déserts / Court avec Pharaon se noyer dans les mers.*

die Bäuerin wieder auf die Kruppe hinter den Lenker des Rosses, lassen die beiden ziehen und kehren zu unserem Reisenden zurück".[48] Sterne ging dabei so weit, den Leser aufzufordern, doch bitte die Tür zu schließen oder Mister Shandy ins Bett zu bringen, aber das Prinzip ist dasselbe: Jedes Eindringen des extradiegetischen Erzählers oder narrativen Adressaten ins diegetische Universum (bzw. diegetischer Figuren in ein metadiegetisches Universum usw.) oder auch, wie bei Cortazar, das Umgekehrte, zeitigt eine bizarre Wirkung, die mal komisch ist (wenn man die Sache, wie Sterne oder Diderot, in scherzhaftem Ton präsentiert), mal phantastisch.

Wir wollen den Ausdruck *narrative Metalepse*[49] so weit fassen, das er alle diese Transgressionen abdeckt. Einige, ebenso banal und unschuldig wie die der klassischen Rhetorik, spielen mit der doppelten Zeitlichkeit von Geschichte und Narration; so Balzac in einer bereits zitierten Stelle aus den *Illusions perdues*: "Während der ehrwürdige Geistliche in Angoulême die Stufen emporsteigt, dürfte es nicht verkehrt sein, ein Wort über das Interessengeflecht zu verlieren [...]", als erfolgte die Narration zeitgleich mit der Geschichte und müßte deren ereignislose Stellen füllen. Nach diesem sehr verbreiteten Muster schreibt auch Proust zum Beispiel: "Ich habe nicht mehr die Zeit, um *vor meiner Abreise nach Balbec* mit Schilderungen der Gesellschaft zu beginnen [...]" oder: "Ich begnüge mich hier, *während die 'Blindschleiche' hält und der Schaffner Doncières, Grattevast, Maineville usw. ausruft*, niederzuschreiben, was diese kleinen Küstenorte oder jene Garnison mir in Erinnerung rufen" oder auch: "*Aber es ist Zeit, den Baron wieder einzuholen*, der [...] seine Schritte zur Tür der Verdurins lenkt".[50] Man weiß, daß die temporalen Spiele bei Sterne etwas gewagter, d. h. etwas *literaler* ausfallen, so etwa wenn die Abschweifungen des (extradiegetischen) Erzählers Tristram seinen Vater (in der Diegese) dazu zwingen, seinen Mittagsschlaf um mehr als eine Stunde zu verlängern[51], aber auch hier wieder ist das Prinzip dasselbe.[52] In gewisser Weise ist der Pirandellismus von *Sechs Personen suchen einen Autor* oder von *Heute abend wird aus dem Stegreif gespielt*, wo dieselben Akteure abwechselnd Helden und Schauspieler sind, nur eine gewaltige Metalepse, und dasselbe gilt auch für alles, was sich in Genets Theaterstücken aus dieser Tradition herleitet. Ein weiteres Beispiel sind die drastischen Ebenenwechsel bei Robbe-Grillet: Man denke an die Personen, die plötzlich einem Gemälde, einem Buch, einem Zeitungsausschnitt, einer Photographie, einem Traum, einer Erinnerung, einem Phantasma usw. entspringen. Alle diese Spiele bezeugen durch die Intensität ihrer Wirkungen die Bedeutung der Grenze, die sie mit allen Mitteln und selbst um den Preis der Unglaubwürdigkeit überschreiten möchten, und *die nichts anderes ist als die Narration (oder die Aufführung des Stücks) selber;* eine bewegliche, aber heilige Grenze zwischen zwei

---

[48] Garnier, S. 495 und 497.
[49] *Metalepse* gehört hier zum selben System wie *Prolepse, Analepse, Syllepse* und *Paralepse*, mit dem spezifischen Sinn: "auf*nehmen* (erzählen) und dabei die Ebene wechseln".
[50] II, S. 742, 1076, dt. S. 2237, 2689; III, S. 216, dt. S. 3049. Oder auch, II, S. 1011, dt. S. 2600: "Sagen wir ganz einfach jetzt im Augenblick, *während Albertine mich erwartet* [...]".
[51] III, Kap. 38, und IV, Kap. 2.
[52] Früh vertraut gemacht mit dem metaleptischen Spiel wurde ich durch den, vielleicht beabsichtigten, Lapsus eines Geschichtslehrers: "Wir werden nun das Zweite Kaisserreich vom Staatsstreich bis zu den Osterferien behandeln."

Welten: zwischen der, in der man erzählt, und der, von der erzählt wird. Von daher die Unruhe, die Borges so richtig benannt hat: "Solche Spiegelungen legen die Vermutung nahe, daß, sofern die Figuren einer Fiktion auch Leser und Zuschauer sein können, wir, ihre Leser und Zuschauer, fiktiv sein können".[53] Das Verwirrendste an der Metalepse liegt sicherlich in dieser inakzeptablen und doch so schwer abweisbaren Hypothese, wonach das Extradiegetische vielleicht immer schon diegetisch ist und der Erzähler und seine narrativen Adressaten, d. h. Sie und ich, vielleicht auch noch zu irgendeiner Erzählung gehören.

Eine weniger kühne Figur, die man aber ebenfalls der Metalepse zuschlagen kann, besteht darin, eine Erzählung, die man anfangs, sozusagen an ihrer Quelle, als metadiegetische kenntlich gemacht hat (oder die doch leicht als solche erkennbar ist), plötzlich auf der narrativen Ebene des Kontextes, d. h. diegetisch vorzutragen: So als ergriffe der Marquis de Renoncourt, nachdem er zuvor deutlich gemacht hat, daß des Grieux ihm die Geschichte seiner Liebesabenteuer berichtet hat (oder er ihn sogar ein paar Seiten lang hat selber reden lassen), auf einmal das Wort, um diese Geschichte jetzt im eigenen Namen zu erzählen, ohne länger, wie Platon sagen würde, "so zu tun, als sei er des Grieux". Der Archetyp für dieses Vorgehen ist zweifellos der *Theaitetos,* von dem wir wissen, daß er aus einem Gespräch zwischen Sokrates, Theodoros und Theaitetos besteht, das Sokrates selber dem Eukleides erzählt hat, der es Terpsion erzählt. Doch um, wie Eukleides sagt, "die ins Gespräch eingefügten Nachweisungen zu vermeiden, wie wenn Sokrates über sich selbst sagt 'Da sprach ich' oder 'Darauf sagte ich', und über den Antwortenden 'Das gab er zu' oder 'Darin wollte er nicht beistimmen'", wurde das Gespräch so wiedergegeben, "als ob Sokrates unmittelbar mit Theodoros und Theaitetos redete".[54] Diese Narrationsformen, in denen die metadiegetische Zwischenstation, ob sie explizit erwähnt wurde oder nicht, sogleich zugunsten des ersten Erzählers ausgeschaltet wird, so daß man sich gewissermaßen eine (oder zuweilen mehrere) narrative Ebenen erspart, wollen wir *reduziert metadiegetische* (nämlich aufs Diegetische reduzierte) oder *pseudo-diegetische* nennen.

Allerdings fällt diese Reduktion nicht immer in die Augen, oder genauer gesagt, der Unterschied zwischen metadiegetischer und pseudo-diegetischer Narration ist im literarischen Text nicht immer erkennbar, der (anders als der Film) nicht über Merkmale verfügt, die den metadiegetischen Charakter eines Segments anzeigen könnten[55], sieht man einmal vom Wechsel der grammatischen Person ab: Wenn Monsieur de Renoncourt den Platz von des Grieux einnähme, um dessen Abenteuer zu erzählen, würde die Ersetzung sofort deutlich durch den Übergang vom *Ich* zum *Er;* doch wenn der Held von *Sylvie* im Traum einen Moment seiner Jugend nacherlebt, läßt sich nicht entscheiden, ob die Erzählung jetzt Erzählung dieses Traums ist oder, unmittelbar und unter Wegfall der Trauminstanz, Erzählung dieses Moments.

---

[53] *Befragungen,* S. 57 (in: *Gesammelte Werke,* Bd. 5/II, München Wien 1981).
[54] 143 c.
[55] Wie durch den Weichzeichner, die Zeitlupe, die Stimme aus dem Off, den Übergang von Farbe zu Schwarzweiß oder umgekehrt, usw. Man hätte entsprechende Konventionen natürlich auch für die Literatur einführen können (Kursivierung, Fettdruck usw.).

Von Jean Santeuil *zur* Recherche, *oder der Triumph des Pseudo-Diegetischen.*

Nach diesem erneuten Umweg wird es uns leichter fallen, die narrative Wahl zu charakterisieren, die Proust, bewußt oder unbewußt, in der *Recherche du temps perdu* getroffen hat. Doch zunächst muß daran erinnert werden, worauf seine Wahl in seinem ersten großen narrativen Werk fiel, oder genauer gesagt in der ersten Fassung der *Recherche,* d. h. in *Jean Santeuil.* Die narrative Instanz dort ist eine doppelte: Der extradiegetische Erzähler, der keinen Namen hat (aber eine erste Hypostase des Helden ist, und dem wir in Situationen begegnen, in die später Marcel geraten wird), verbringt seine Ferien mit einem Freund an einem Ort nahe der Bucht von Concarneau; die beiden jungen Leute freunden sich mit einem Schriftsteller namens C. an (zweite Hypostase des Helden), der ihnen auf ihren Wunsch hin jeden Abend die tagsüber geschriebenen Seiten eines Romans vorliest, an dem er gerade arbeitet. Diese vorgelesenen Fragmente werden nicht in den Text eingearbeitet, aber einige Jahre darauf, nach dem Tod von C., entscheidet sich der Erzähler, der, man weiß nicht wie, über eine Abschrift des Romans verfügt, diese zu veröffentlichen: es ist *Jean Santeuil,* dessen Held offenkundig eine dritte Erscheinungsform von Marcel ist. Diese verschachtelte Struktur wirkt einigermaßen altertümlich, weist aber gegenüber der von *Manon Lescaut* repräsentierten Tradition immerhin zwei Nuancen auf: Der intradiegetische Erzähler schildert hier nicht seine eigene Geschichte, und seine Erzählung ist nicht mündlicher, sondern schriftlicher, ja literarischer Natur, da es sich um einen Roman handelt. Auf den ersten Differenzpunkt, der das Problem der (grammatischen) "Person" betrifft, kommen wir weiter unten zurück, hier aber interessiert uns vor allem der zweite Unterschied, der - zu einer Zeit, da solche Verfahren schon ziemlich aus der Mode sind - von einer gewissen Schüchternheit gegenüber der romanesken Schreibweise zeugt sowie von einem offenkundigen Bedürfnis nach "Distanznahme" von dieser Biographie Jeans - die sehr viel mehr von einer Autobiographie an sich hat als die *Recherche.* Und verstärkt wird die narrative Verdoppelung noch durch den literarischen, ja - was mehr ist - "fiktiven" (da romanhaften) Charakter der metadiegetischen Erzählung.

Von dieser ersten Werketappe bleibt festzuhalten, daß Proust die Praxis des "Schubladen"-Romans nicht fremd war, und er mit ihrer Versuchung zu kämpfen hatte. In *La fugitive* spielt er sogar einmal deutlich darauf an: "Romanschriftsteller stellen gern in einer Einleitung die Dinge so dar, als seien sie auf der Reise in irgendeinem Lande einem Fremden begegnet, der ihnen die Lebensgeschichte einer Person erzählt habe. Sie überlassen diesem Zufallsbekannten dann das Wort, und der Bericht, den er gibt, bildet den Roman. So wurde das Leben des Fabrice del Dongo Stendhal von einem Paduaner Domherrn erzählt. Wie gern würden wir, wenn wir lieben, das heißt wenn die Existenz einer anderen Person für uns Geheimnisse zu bergen scheint, einen solchen wohlunterrichteten Erzähler finden! Und sicherlich existiert er auch. Schildern wir selbst nicht häufig ganz leidenschaftslos das Leben dieser oder jener Frau einem unserer Freunde oder einem

Fremden, die nichts von ihren Liebesgeschichten gewußt haben und uns gespannt zuhören?"[56] Wie man sieht, zielt diese Bemerkung nicht nur auf die literarische Schöpfung, sondern erstreckt sich auf die gewöhnlichste narrative Tätigkeit, die eine Tätigkeit unter anderen im Leben Marcels ist: Derartige Erzählungen über Dritte sind grundlegend für das Gewebe unserer "Erfahrung", die zu einem großen Teil narrativer Natur ist.

Diese Vorbemerkungen und diese Anspielung Prousts lassen aber ein dominantes Merkmal der Narration in der *Recherche* nur um so deutlicher hervortreten, nämlich *die fast systematische Eliminierung der metadiegetischen Erzählung*. Zunächst verschwindet die Fiktion des bloß herausgegebenen fremden Manuskripts zugunsten einer direkten Narration, in der der Erzähler-Held seine Erzählung offen als literarisches Werk präsentiert und somit, wie Gil Blas oder Robinson, in die Rolle des (fiktiven) Autors schlüpft, der sich unmittelbar ans Publikum wendet. Von daher der Gebrauch der Ausdrücke "dieses Buch" oder "dieses Werk"[57], zur Bezeichnung seiner Erzählung; von daher auch die akademischen Plurale[58], die Adressen an den Leser[59], ja selbst der scherzhafte Pseudodialog in der Weise eines Sterne oder Diderot: "Alles dies, wird der Leser sagen, sagt uns nichts über [...] – Das ist in der Tat sehr bedauernswert, verehrter Leser. Und trauriger noch als Sie glauben [...] – Also kurz und gut, hat Madame d'Arpajon Sie nun eigentlich dem Prinzen vorgestellt? – Nein, aber so schweigen Sie doch, und lassen Sie mich nunmehr weiterberichten".[60] Der fiktive Romancier von *Jean Santeuil* hätte sich so etwas nicht erlaubt, und dieser Unterschied läßt ermessen, welche Fortschritte die Emanzipation des Erzählers gemacht hat. Sodann fehlen die metadiegetischen Einfügungen in der *Recherche* so gut wie ganz: Man kann hier eigentlich nur Swanns Bericht an Marcel über sein Gespräch mit dem zum Dreyfusard gewordenen Prinzen von Guermantes nennen[61], Aimés Mitteilungen über Albertines früheres Gebaren[62] und vor allem den den Goncourts zugeschriebenen Bericht über ein Diner bei den Verdurins.[63] Sieht man genauer hin, fällt auf, daß in allen drei Fällen die narrative Instanz im Vordergrund steht und die berichteten Ereignisse daneben fast verblassen: Die naive Parteilichkeit Swanns interessiert Marcel viel mehr als der Sinneswandel des Prinzen; der Schreibstil Aimés mit seinen regelwidrig gebrauchten Klammern und Anführungszeichen ist ein imaginäres Pastiche; und die pseudogoncourtsche Erzählung, ein wirkliches Pastiche, ist hier als ein Stück Literatur und als Zeugnis für die Eitelkeit der Literaten viel stärker von Belang denn als Doku-

---

[56] III, S. 551, dt. S. 3502.
[57] "Die unsichtbare Berufung, deren Geschichte *dieses Werk* hier ist" (II, S. 397, dt. S. 1782); "Der Umfang *dieses Werks* [...]" (II, S. 642, dt. S. 2103); "In *diesem Buche*, in dem keine einzige Tatsache berichtet wird, die nicht erfunden ist [...]" (III, S. 846, dt. S. 3915).
[58] *"Wir nehmen an,* daß Monsieur de Charlus [...]" (III, S. 1010, dt. S. 2599).
[59] "Wobei *dem Leser* mitgeteilt sei [...]" (III, S. 40, dt. S. 2811); "Bevor wir zu Jupiens Laden zurückkehren, legt der Verfasser Wert darauf zu sagen, wie schmerzlich es ihm wäre, wenn *der Leser* an so seltsamen Schilderungen Anstoß nähme" (III, S. 46, dt. S. 2819).
[60] II, S. 651 f., dt. S. 2115 f.
[61] II, S. 705-712, dt. S. 2188-2198.
[62] III, S. 515 f., 524 f., dt. S. 3452 f., 3465 f.
[63] III, S. 709-717, dt. S. 3722-3733.

ment über den Salon der Verdurins. Aus diesen verschiedenen Gründen war es daher unmöglich, diese metadiegetischen Erzählungen zu *reduzieren*, d. h. sie dem Erzähler in den Mund zu legen.

Überall sonst aber befleißigt sich die *Recherche* einer Erzählpraxis, die wir "pseudo-diegetisch" genannt haben, d. h. eine anfänglich zweite Erzählung wird sofort auf die erste Ebene zurückgeführt und, was auch immer ihre Quelle sein mag, dem Erzähler-Helden in den Mund gelegt. Die meisten der im ersten Kapitel verzeichneten Analepsen gehen entweder auf erinnerte Erinnerungen des Helden zurück und damit auf eine Art *innere Erzählung* im Stile Nervals oder auf Mitteilungen Dritter. Zum ersten Typ gehören zum Beispiel die letzten Seiten der *Jeunes filles en fleurs*, wo die sonnigen Vormittage in Balbec evoziert werden, dies aber nicht unmittelbar, sondern über eine Erinnerung, die der Held an sie hatte, nachdem er nach Paris zurückgekehrt war: "Was ich unverändert immer wieder vor mir sah, wenn ich an Balbec dachte, waren die Augenblicke, in denen jeden Morgen während der schönen Jahreszeit [...]"[64] ; worauf dann die dazwischenliegende Erinnerung vergessen und ohne diesen Vorwand bis zur letzten Zeile in direkter Erzählung fortgefahren wird, so daß viele Leser den raumzeitlichen Umweg über sie gar nicht bemerken und meinen, sie hätten es mit einer einfachen isodiegetischen "Rückwendung" zu tun, ohne Wechsel der narrativen Ebene; oder, während des Aufenthalts in Paris 1916, die Rückkehr ins Jahr 1914, die mit dem Satz beginnt: *"Ich dachte darüber nach, daß* ich ja nun seit langem schon keiner der Personen wiederbegegnet war, von denen in diesem Werk die Rede ist. Nur 1914 hatte ich [...]"[65] ; worauf eine direkte Erzählung dieser ersten Rückkehr nach Paris folgt, so als handelte es sich gar nicht um eine während der zweiten evozierte Erinnerung oder als wäre diese Erinnerung hier bloß ein narrativer Vorwand, etwas, was Proust ganz richtig ein "Verfahren des Übergangs" nennt; ein paar Seiten weiter endet die Passage über den Besuch Saint-Loups bei Marcel[66] , die wie eine isodiegetische Analepse beginnt, mit einem Satz, der nachträglich ihre Erinnerungsquelle enthüllt: *"Während ich mich in dieser Weise* an den Besuch Saint-Loups *erinnerte* [...]" Vor allem aber muß man daran erinnern, daß *Combray I* der Wachtraum eines Schlaflosen ist, *Combray II* eine "unwillkürliche Erinnerung", die der Geschmack der Madeleine hervorgerufen hat, und daß alles Folgende, ab *Un amour de Swann*, wieder Erinnerungen des Insomniaque sind: Die ganze *Recherche* also ist de facto eine gewaltige pseudo-diegetische Analepse in Gestalt von Erinnerungen des "intermediären Subjekts", die aber sogleich vom "finalen" Erzähler vorgetragen werden.

Zum zweiten Typ - Analepsen, die auf Mitteilungen Dritter zurückgehen - gehören alle Episoden, die im vorigen Kapitel anläßlich der Fokalisierungsprobleme erwähnt wurden. Diese Episoden haben sich in Abwesenheit des Helden ereignet, und der Erzähler kann also nur durch eine *intermediäre Erzählung* von ihnen erfahren haben: so von den näheren Umständen der Heirat Swanns, von den Machen-

---

[64] I, S. 953, dt. S. 1251.
[65] III, S. 737, dt. S. 3761.
[66] III, S. 756-762, dt. S. 3788-3796.

schaften zwischen Norpois und Faffenheim, vom Tod Bergottes, vom Verhalten Gilbertes nach Swanns Tod, von dem trostlosen Empfang bei der Berma.[67] Wie wir sahen, wird die Informationsquelle zwar teils explizit genannt, teils läßt sie sich erschließen, doch jedesmal verleibt Marcel seiner Erzählung eifersüchtig alles ein, was er von Cottard, Norpois, der Herzogin oder Gott weiß wem erfahren hat, als ertrüge er es nicht, auch nur den geringsten Teil seines narrativen Privilegs einem anderen abzutreten.

Der typischste und natürlich auch wichtigste Fall ist hier *Un amour de Swann*. Ihrem Ursprung nach ist diese Erzählung doppelt metadiegetisch, denn erstens werden ihre Details Marcel von einem unbekannten Erzähler zu einem unbekannten Zeitpunkt berichtet und zweitens erinnert er sich an diese Details im Verlauf einiger schlafloser Nächte: Erinnerungen an frühere Erzählungen also, auf deren Basis der extradiegetische Erzähler sich dann aber unmittelbar ans Werk macht, um die ganze Geschichte, die sich vor seiner Geburt ereignet hat, im eigenen Namen zu erzählen, nicht ohne hier und da ein paar subtile Hinweise auf seine spätere Existenz zu geben[68], Hinweise, die einer Signatur gleichen und den Leser daran hindern, den Erzähler allzulange zu vergessen: ein schönes Beispiel für narrativen Egoismus. Nachdem Proust in *Jean Santeuil* von den etwas altmodischen Freuden des Metadiegetischen gekostet hat, scheint er sich geschworen zu haben, nicht mehr darauf zurückzukommen und sich (oder seinem Sprachrohr Marcel) die Totalität der narrativen Funktion vorzubehalten. Hätte Swann *Un amour de Swann* selbst erzählt, so hätte dies der Einheit der Instanz und dem Monopol des Helden Abbruch getan. Swann, die ehemalige Verkörperung Marcels[69], darf im endgültigen Haushalt der *Recherche* nur noch ein unglücklicher und unvollkommener Vorläufer sein: Er hat also kein Recht auf die "Rede" [parole], d. h. auf die Erzählung - und erst recht nicht (wir werden darauf zurückkommen) auf den Diskurs, der sie trägt, begleitet und ihr ihren Sinn gibt. Und deshalb muß in letzter Instanz Marcel, Marcel allein und auf Kosten aller anderen, dieses Lebensabenteuer erzählen, das nicht das seine ist.

Das das seine aber, wie jedermann weiß, präfiguriert und in gewisser Hinsicht determiniert. Hier stoßen wir wieder auf den weiter oben analysierten indirekten Einfluß gewisser metadiegetischer Erzählungen: Swanns Liebe zu Odette hat im Prinzip keine unmittelbaren Auswirkungen auf Marcels Schicksal[70], und insofern wäre diese Liebesgeschichte nach klassischer Norm als eine rein *episodische* einzustufen; aber ihr indirekter Einfluß, der darauf basiert, daß man Marcel diese Liebes-

---

[67] I, S. 467-471, dt. S. 616-622; II, S. 257-263, dt. S. 1595-1603; III, S. 182-188, 574-582, 995-998, dt. S. 3002-3010, 3535-3547, 4122-4127.
[68] "Noch Jahre später, als *ich* anfing, mich für seine Wesensart wegen der Ähnlichkeiten zu interessieren, die sie auf ganz anderem Gebiet mit der *meinigen* hatte, habe *ich* mir oft erzählen lassen [...]" (S. 193, dt. S. 258); "Er aber hatte nicht wie *ich* in *meiner* Kindheit in Combray [...]" (S. 295, dt. S. 391); "so wie *ich selbst* es ein paar Jahre später tun sollte [...]" (S. 297, dt. S. 393); "*mein* Großvater" (S. 194, 310, dt. S. 259, 410); "*mein* Onkel" (S. 311 f., dt. S. 412) usw.
[69] In *Jean Santeuil* scheinen die beiden Figuren zu verschmelzen; auch noch in einigen Entwürfen der *Cahiers*. Vgl. etwa Maurois, S. 153.
[70] Es sei denn, man dächte hier an Gilberte, die "Frucht" dieser Liebe ...

geschichte erzählt hat, ist dafür um so größer, und Marcel selber weist in *Sodome* darauf hin:

> Ich mußte jetzt an alles zurückdenken, was ich über Swanns Liebe zu Odette und über die Art gehört hatte, wie er sein Leben lang zum besten gehalten worden war. Alles in allem war, wenn ich mich recht zurückerinnere, die Voraussetzung dafür, daß ich mir allmählich den gesamten Charakter Albertines so und nicht anders zurechtkonstruierte und auf eine so schmerzhafte Art jeden Augenblick eines Lebens deutete, das sich meiner lückenlosen Überwachung entzog, nichts anderes als die Erinnerung, die fixe Idee vom Charakter Madame Swanns, so wie man ihn mir beschrieben [raconté] hatte. Diese *Erzählungen* trugen dazu bei, daß sich im weiteren Verlauf meine Einbildungskraft dem Spiel überließ, mir einmal vorzustellen, Albertine könnte, anstatt das brave junge Mädchen zu sein, das sie war, der gleichen Unmoral und Täuschungsbereitschaft huldigen, wie eine ehemalige Kokotte, und ich dachte an alle Leiden, die mich in diesem Falle erwarteten, wofern ich sie jemals liebte.[71]

Diese Erzählungen trugen dazu bei ...: Denn *wegen* der Erzählung einer Liebesgeschichte von Swann wird sich Marcel eines Tages tatsächlich eine Albertine vorstellen können, die Odette ähnlich ist: untreu, lasterhaft, undurchschaubar - und sich gerade *deshalb* in sie verlieben. Das weitere ist bekannt. Seltsame Macht der Erzählung ...

Vergessen wir bei dieser Gelegenheit auch nicht, daß Ödipus das, wovon andere, wie es heißt, nur träumen, bloß deshalb getan hat, weil ihm ein Orakel zuvor *erzählt* hat, daß er eines Tages seinen Vater töten und seine Mutter heiraten werde: Ohne das Orakel kein Verlassen Korinths, also kein Inkognito, also kein Vatermord und kein Inzest. Das Orakel im *König Ödipus* ist eine futurische metadiegetische Erzählung, deren bloßer Aussageakt die "Höllenmaschine" in Gang setzt, die fähig ist, es zu bewahrheiten. Es ist keine Prophezeiung, die in Erfüllung geht, sondern eine Falle in Form einer Erzählung, die "zuschnappt". Wie gesagt, seltsame Macht (und List) der Erzählung. Einige von ihnen lassen leben (Scheherazade), einige von ihnen töten. Und man wird *Un amour de Swann* solange nicht richtig verstanden haben, wie man nicht erkannt hat, daß diese *erzählte* Liebesgeschichte ein Werkzeug des Schicksals ist.

Person

Vielleicht ist dem einen oder anderen aufgefallen, daß wir die Ausdrücke "Erzählung in der ersten - bzw. dritten - Person" immer nur mit den Schutzhandschuhen der Anführungszeichen verwendet haben. Denn diese geläufigen Wendungen scheinen mir insofern inadäquat zu sein, als sie den Akzent der Variation auf das de facto invariante Element der Erzählsituation legen, nämlich auf die explizite oder implizite Präsenz der "Person" des Erzählers, der doch in seiner Erzählung, wie jedes Subjekt des Aussagevorgangs in seiner Aussage, nur in der "ersten Person" vorkommen kann - von einer konventionellen Enallage wie der Cäsars in sei-

---

[71] II, S. 804, dt. S. 2321.

nen *Commentarii* einmal abgesehen: Und so legt denn der auf die "Person" gelegte Akzent in der Tat den Gedanken nahe, daß die Wahl des Erzählers immer von derselben Art ist wie die Cäsars, wenn er sich entschließt, seine Aufzeichnungen "in" dieser oder jener Person [personne] zu schreiben, also eine rein grammatische und rhetorische Wahl. Doch man weiß natürlich, daß das Problem in Wahrheit ein anderes ist. Der Romancier wählt nicht zwischen zwei grammatischen Formen, sondern zwischen zwei narrativen Einstellungen (deren grammatische Formen nur eine mechanische Konsequenz sind): Er kann die Geschichte von einer ihrer "Personen" [personnages][72] erzählen lassen oder von einem Erzähler, der selbst in dieser Geschichte nicht vorkommt. Die Anwesenheit von Verben in der ersten Person innerhalb eines narrativen Textes kann also auf zwei sehr verschiedene Situationen hindeuten, die die Grammatik vermengt, die die narrative Analyse jedoch auseinanderhalten muß: einerseits darauf, daß der Erzähler sich selbst als solchen bezeichnet, so wenn Vergil schreibt: "Arma virumque *cano* [...]", andererseits darauf, daß der Erzähler mit einer der Figuren [personnages] der Geschichte personal identisch ist, so wenn Crusoe schreibt: "1632 wurde *ich* in York geboren [...]". Der Ausdruck "Erzählung in der ersten Person" meint ganz offensichtlich nur die zweite dieser Situationen, und diese Dissymmetrie bestätigt seine Untauglichkeit. Sofern sich der Erzähler jederzeit *als solcher* in die Erzählung einmischen kann, steht jede Narration per definitionem virtuell in der ersten Person (sei es auch in der Form des akademischen Plurals, so wenn Stendhal schreibt: *"Wir* gestehen, daß *wir* die Geschichte *unseres* Helden [...]"). Das eigentliche Problem aber ist: Kann der Erzähler die erste Person verwenden, um *eine seiner Figuren* zu bezeichnen oder kann er es nicht? Man wird hier also zwei Typen von Erzählungen unterscheiden: solche, in denen der Erzähler in der Geschichte, die er erzählt, nicht vorkommt, abwesend ist (Beispiele: Homer in der *Ilias,* Flaubert in der *Éducation sentimentale),* und solche, in denen der Erzähler als Figur in der Geschichte, die er erzählt, anwesend ist (Beispiele: *Gil Blas, Wuthering Heights).* Aus evidenten Gründen nenne ich den ersten Typ *heterodiegetisch,* den zweiten *homodiegetisch.*

Aber die gewählten Beispiele machen schnell deutlich, daß der Status dieser beiden Typen ein jeweils anderer ist: Homer und Flaubert sind in ihren Erzählungen beide vollständig und somit selbstredend *im gleichen Maße* abwesend; hingegen kann man nicht sagen, daß Gil Blas und Lockwood in ihren Erzählungen beide im gleichen Maße anwesend sind: Gil Blas ist unleugbar der Held der von ihm erzählten Geschichte, Lockwood ist es ebenso unleugbar nicht (und man fände leicht Beispiele für eine noch schwächere "Anwesenheit": ich komme gleich darauf zurück). Die Abwesenheit ist absolut, die Anwesenheit hat ihre Grade. Man muß daher innerhalb des homodiegetischen Typs zumindest zwei Spielarten unterscheiden: ein-

---

[72] Dieser Ausdruck wird hier in Ermangelung eines neutraleren bzw. extensiveren gebraucht, der nicht mißlicherweise, wie dieser hier, konnotieren würde, daß die narrative Instanz ein "menschliches Wesen" sei, da diese Rolle im Bereich der Fiktion ebensogut einem Tier *(Mémoires d'un âne)* oder sogar einem "leblosen" Gegenstand überlassen werden kann (ich weiß nicht, ob man die abwechselnden "Erzähler" der *Bijoux indiscrets* unter diese Kategorie fallen lassen kann ...). [A.d.Ü.: Im Unterschied zu *la personne,* das die grammatische Person und die Person ganz allgemein bezeichnet, meint *le personnage* vor allem die "Romanperson" und wird in der Übersetzung meist mit "Figur" wiedergegeben.]

mal die, wo der Erzähler der Held seiner Erzählung ist *(Gil Blas)*, und dann die, wo er nur eine Nebenrolle spielt, die fast immer die eines Zeugen oder Beobachters ist: so der schon genannte Lockwood, der anonyme Erzähler von *Louis Lambert*, Ishmael in *Moby Dick*, Marlow in *Lord Jim*, Carraway in *Great Gatsby*, Zeitblom in *Doktor Faustus* - ohne den berühmtesten und typischsten zu vergessen, den durchsichtig-unsichtbaren (aber indiskreten) Dr. Watson bei Conan Doyle.[73] Allem Anschein nach kann der Erzähler in seiner Erzählung nicht eine gewöhnliche Nebenfigur sein: entweder er ist der Star oder ein bloßer Zuschauer. Für die erste Spielart (die sozusagen den höchsten Grad des Homodiegetischen repräsentiert), schlagen wir den naheliegenden Ausdruck *autodiegetisch* vor.

Die so definierte Beziehung des Erzählers zur Geschichte ist im Prinzip invariabel: selbst wenn Gil Blas oder Watson für kurze Zeit als Figuren in den Hintergrund treten, wissen wir doch, daß sie zum diegetischen Universum ihrer Erzählung gehören und früher oder später wiederauftauchen werden. Und der Leser, vorausgesetzt, er merkt es, empfindet es denn auch als einen Verstoß gegen eine implizite Norm, wenn dem einmal nicht so ist und der Erzähltyp gewechselt wird: Man denke zum Beispiel an das (unauffällige) Verschwinden des anfänglichen Beobachter-Erzählers von *Le rouge et le noir* oder von *Madame Bovary* oder an das (viel grellere) des Erzählers von *Lamiel* (Stendhal), der ganz offen die Diegese verläßt, "um Schriftsteller zu werden. So Adieu denn, lieber Leser, von mir werden Sie nichts mehr hören".[74] Einen noch stärkeren Regelverstoß stellt der Wechsel der grammatischen Person dar, wenn gleichwohl ein und dieselbe Figur gemeint ist: so geht Bianchon in *Autre étude de femme* plötzlich vom "Ich" zum "Er" über[75], als gäbe er die Erzählerrolle mit einem Mal auf, während der Held in *Jean Santeuil* umgekehrt vom "Er" zum "Ich" übergeht.[76] Im Bereich des klassischen Romans und auch noch bei Proust gehören solche Effekte zweifellos zu einer Art narrativen Pathologie, sind nur erklärbar durch hastige Überarbeitungen oder einen teilweise unvollendeten Zustand des Textes; doch bekanntlich hat der zeitgenössische Roman diese Grenze, wie so viele andere, überschritten und schreckt nicht davor zurück, eine variable oder flottierende Beziehung zwischen Erzähler und Figur(en) herzustellen, d. h. er überläßt sich einem Taumel der Pronomen, der mit einer freieren Logik sowie mit einer komplexeren Idee der "Personalität" einhergeht. Die avanciertesten Formen dieser Emanzipation[77] sind aber vielleicht nicht die augenfälligsten, und zwar deshalb, weil die klassischen Attribute der "Person" [personnage] - Eigenname, Aussehen, Charakter - hier verschwunden sind und mit ihnen die Anhaltspunkte für das grammatische Wechselspiel. Das spektakulärste Beispiel für diesen Regelverstoß bietet uns zweifellos Borges - eben weil er bei ihm in einem durch und durch tradi-

---

[73] Eine Variante dieses Typs ist die Erzählung mit einem kollektiven Beoachter-Erzähler: die Besatzung des *Nigger of the Narcissus*, die Einwohner der kleinen Stadt in *A Rose for Emily*. Man erinnere sich daran, daß auch die ersten Seiten von*Madame Bovary* in diesem Stil geschrieben sind.

[74] Divan 1948, S. 43. Der umgekehrte Fall, das unvermittelte Auftauchen eines autodiegetischen *ich* in einer heterodiegetischen Erzählung, scheint seltener vorzukommen. Die Stendhalschen "ich glaube" (*Leuwen*, S. 117, *Chartreuse*, S. 76) können auch weiterhin auf das Konto des Erzählers als solchen gehen.

[75] Skira, S. 75-77.

[76] Pléiade, S. 319, dt. a.a.O., S. 213.

[77] Vgl. etwa J. L. Baudry, *Personnes*, Paris 1967.

tionellen narrativen System erfolgt, das den Kontrast verstärkt - in seiner Erzählung mit dem Titel *Die Narbe*[78], wo der Erzähler von seiner niederträchtigen Tat zunächst so berichtet, als sei er selbst das Opfer, bevor er bekennt, daß er in Wahrheit *der andere* ist, jener feige Verräter, der bis dahin, mit der nötigen Verachtung, in der "dritten Person" beschrieben wurde. Den "ideologischen" Kommentar zu diesem narrativen Vorgehen gibt Moon selbst: "Was ein Mensch tut, ist so, als täten es alle Menschen. [...] Ich bin die anderen, jeder Mensch ist alle Menschen." Die Borgessche Phantastik, darin sinnbildlich für einen ganzen Zweig der modernen Literatur, verfährt *ohne Ansehen der Person*.

Ich will die Proustsche Narration nicht zu einem Vorläufer dieser modernen Richtung machen, auch wenn die Zersetzung der "Person" [personnage] darin (bekanntermaßen) weit fortgeschritten ist. Die *Recherche* ist ihrem Wesen nach eine autodiegetische Erzählung, in der der Erzähler-Held, wie wir gesehen haben, sein Privileg auf die narrative Funktion eifersüchtig hütet. Wichtig ist hier aber nicht so sehr das Vorhandensein dieser durch und durch traditionellen Form, sondern in erster Linie die Umwandlung *(Jean Santeuil/Recherche)*, aus der sie resultiert, und dann die Schwierigkeiten, auf die sie in einem Roman wie diesem hier stößt.

"Verkappte Autobiographie"? Es scheint im allgemeinen ganz natürlich und fast selbstverständlich zu sein, daß die *Recherche* eine Erzählung in autobiographischer Form ist, geschrieben "in der ersten Person". Diese Natürlichkeit ist indes von einer trügerischen Evidenz, denn anfänglich - wie Germaine Brée bereits 1948 vermutete und die Veröffentlichung von *Jean Santeuil* seitdem bestätigt hat - schwebte Proust diese narrative Wahl höchstens für die ersten Seiten der Einleitung vor. *Jean Santeuil* ist, erinnern wir daran, von ganz entschieden heterodiegetischer Form. Es geht also keineswegs an, die narrative Form der *Recherche* als unmittelbare Konsequenz eines an sich und zunächst persönlichen Diskurses zu begreifen, wobei die Abweichungen vom wirklichen Leben Marcel Prousts nur sekundärer Natur wären. "Die Erzählung in der ersten Person", schreibt Germaine Brée völlig richtig, "ist die Frucht einer bewußten ästhetischen Wahl und nicht das Zeichen der vertraulichen Mitteilung, des Bekenntnisses oder der Autobiographie".[79] Wenn Proust also "Marcels" Leben von "Marcel" selbst erzählen läßt, nachdem er zuvor dasjenige "Jeans" vom Schriftsteller "C." erzählen ließ, so liegt hier eine ebenso deutliche und bedeutsame - wenn nicht, des Umwegs wegen, noch bedeutsamere - Wahl vor wie im Falle von Defoe für *Robinson Crusoe* oder in dem von Lesage für *Gil Blas*. Darüber hinaus aber drängt sich einem die Beobachtung auf, daß diese Umwandlung des Heterodiegetischen ins Autodiegetische die bereits erwähnte andere Umwandlung des Metadiegetischen ins Diegetische (oder Pseudo-Diegetische) begleitet und vervollständigt. Von *Jean Santeuil* zur *Recherche* hätte der Held ja auch vom "Er" zum "Ich" übergehen können, ohne daß deshalb die Schichtung der narrativen Instanzen hätte verschwinden müssen: es hätte genügt, dem "Roman" von C. eine autobiographische oder auch bloß autodiegetische Form zu geben. Und umgekehrt

---

[78] *Fiktionen*, in: *Gesammelte Werke*, Bd. 3/I, München Wien 1981, S. 182-188.
[79] A.a.O., S. 27.

hätte die doppelte Instanz reduziert werden können, ohne daß man deshalb die Beziehung zwischen Held und Erzähler hätte ändern müssen: es hätte genügt, das Vorwort wegzulassen und mit etwas zu beginnen wie: "Lange Zeit ist Marcel früh schlafen gegangen [...]". Der Übergang vom narrativen System von *Jean Santeuil* zu dem der *Recherche* geht also mit einer doppelten Umwandlung einher, die wir jetzt in ihrer ganzen Tragsweite betrachten müssen.

Wenn man, ganz allgemein, den Status des Erzählers sowohl durch seine narrative Ebene (extra- oder intradiegetisch) als auch durch seine Beziehung zur Geschichte (hetero- oder homodiegetisch) definiert, kann man die vier fundamentalen Erzählertypen wie folgt in einer Tafel mit doppeltem Eingabewert zusammenfassen: 1) *extradiegetisch-heterodiegetisch,* Beispiel: Homer, Erzähler erster Stufe, der eine Geschichte erzählt, in der er nicht vorkommt; *extradiegetisch-homodiegetisch,* Beispiel: Gil Blas, Erzähler erster Stufe, der seine eigene Geschichte erzählt; 3) *intradiegetisch-heterodiegetisch,* Beispiel: Scheherazade, Erzählerin zweiter Stufe, die Geschichten erzählt, in denen sie im allgemeinen nicht vorkommt; 4) *intradiegetisch-homodiegetisch,* Beispiel: Odysseus in den Gesängen IX bis XII, Erzähler zweiter Stufe, der seine eigene Geschichte erzählt. In diesem System gehört der (zweite, aber wesentliche) Erzähler von *Jean Santeuil,* der fiktive Romancier C., als intra-heterodiegetischer in dasselbe Kästchen wie Scheherazade, während der (erste und einzige) Erzähler der *Recherche* als extra-homodiegetischer in das - wie auch immer man die Eingabewerte anordnet - diametral (diagonal) entgegengesetzte Kästchen von Gil Blas gehört:

EBENE BEZIEHUNG	*Extradiegetisch*	*Intradiegetisch*
Heterodiegetisch	Homer	Scheherazade *C.*
Homodiegetisch	Gil Blas *Marcel*	Odysseus

Wir haben es hier mit einer absoluten Umkehrung zu tun, da von einer Situation, die durch das unverbundene Nebeneinander der Instanzen gekennzeichnet ist (erster Erzähler-extradiegetischer Autor: "ich" - zweiter Erzähler, intradiegetischer Romancier: "C." - metadiegetischer Held: "Jean"), zur genau entgegengesetzten Situation übergegangen wird, die durch die Vereinigung der drei Instanzen in einer einzigen "Person" gekennzeichnet ist: Marcel ist Held, Erzähler und Autor in einem. Die offenkundigste Bedeutung dieser Wende liegt darin, daß erst spät und nach reiflicher Überlegung die *Form* der unmittelbaren Autobiographie gewählt wird, was man aber sofort vor dem Hintergrund betrachten muß, daß - scheinbar im Widerspruch dazu - der narrative Inhalt der *Recherche* bei weitem nicht so unmittelbar autobiographisch ist wie der von *Jean Santeuil*[80] : so als hätte Proust zunächst eine gewisse Selbstbezüglichkeit überwinden müssen, sich von sich selbst lösen müssen, um das Recht zu erwerben "ich" zu sagen, oder genauer gesagt das Recht, jenen Helden "ich" sagen zu lassen, der weder ganz er selbst noch ganz ein anderer ist. Dieses spät errungene *Ich* ist also nicht Rückkehr zu sich und Selbstgegenwart, ein Sich-einrichten in der Bequemlichkeit der "Subjektivität"[81], sondern vielleicht gerade das Gegenteil: die schwierige Erfahrung eines Selbstbezugs, der als (leichte) Distanz und Dezentrierung erlebt wird, ein Bezug, den die höchst diskrete und fast zufällige Semi-Homonymie von Erzähler-Held und Signatar aufs schönste illustriert.[82]

Aber diese Erklärung betrifft, wie man sieht, vor allem den Übergang vom Heterodiegetischen zum Autodiegetischen, während sie die Beseitigung der metadiegetischen Ebene ein wenig im dunkeln läßt. Die schroffe Vereinigung der Instanzen kündigte sich vielleicht bereits auf jenen Seiten von *Jean Santeuil* an, wo das "Ich" des Erzählers (aber welchen Erzählers?) gleichsam aus Versehen an die Stelle des "Er" des Helden trat: Eine Folge von Ungeduld, gewiß, aber es ist nicht so sehr eine Ungeduld des "Sich-ausdrücken-" oder "Von-sich-erzählen-Wollens", indem man endlich die Maske der romanesken Fiktion fallen läßt, sondern eher der Ärger über die Hindernisse und Schikanen, die die Trennung der Instanzen der Konsistenz des Diskurses entgegensetzt, der bereits in *Jean Santeuil* nicht bloß ein narrativer ist. Denn nichts stört einen Erzähler, der so sehr darauf aus ist, seine "Geschichte" durch eine Art fortlaufenden Kommentar zu rechtfertigen, mehr als dieser Zwang, ständig die "Stimme" zu wechseln, muß er doch erst die Erfahrungen des Helden "in der dritten Person" erzählen, um sie dann - durch eine sich ständig wiederholende und immer dissonant wirkende Einmischung - im eigenen Namen zu kommentieren. Von daher die Versuchung, das Hindernis aus dem Weg zu räumen und die Erfahrungen des Helden schließlich für sich selbst zu beanspruchen, wie in dem folgenden Passus, wo der Erzähler, nachdem er die von Jean "wiedergefundenen Eindrücke" geschildert hat, als dieser durch den Genfer See an das Meer bei Beg-Meil erinnert wird, mit seinen eigenen Erinnerungen fortfährt und seinen Entschluß

---

[80] Vgl. Tadié, S. 20-23.

[81] Der berühmte Proustsche "Subjektivismus" ist alles andere als ein Sichausruhen auf der Subjektivität. Auch Proust selbst zeigte sich irritiert von den allzu naiven Schlüssen, die man aus seiner narrativen Wahl gezogen hatte: "Da ich mein Buch unglücklicherweise mit einem *Ich* begonnen habe, woran nun nichts mehr zu ändern ist, gelte ich *in aeternum* als 'subjektiv'. Hätte ich statt dessen mit 'Roger Mauclair bewohnte ein kleines Schlößchen' angefangen, hätte man mich 'objektiv' genannt" (an J. Boulanger, 30. 11. 1921, *Correspondance générale*, III, S. 278).

[82] Zu dieser umstrittenen Frage vgl. M. Suzuki, "Le 'je' proustien", in: *BSAMP* 9 (1959), H. Waters, "The Narrator, not Marcel", in: *French Review*, Febr. 1960, und Muller, a.a.O., S. 12 und 164 f. Bekanntlich sind die beiden einzigen Stellen, an denen dieser Vorname in der *Recherche* vorkommt (III, S. 75, 157, dt. S. 2857, 2968), realtiv spät, und die erste Stelle ist einigermaßen zweideutig ("[Albertine] sagte: 'Mein', gefolgt von meinem Taufnamen, was, wenn man dem Erzähler denselben Vornamen verliehe, den der Verfasser dieses Buches trägt, ergeben hätte 'Mein Marcel'"). Dennoch scheint mir dies kein ausreichendes Argument gegen "Marcel" zu sein. Wo käme man hin, wollte man alles in Abrede stellen, was nur einmal gesagt worden ist. Andererseits, wenn der Held Marcel genannt wird, so wird er deshalb natürlich noch lange nicht mit Proust identifiziert; aber gleichwohl ist diese partielle und fragile Koinzidenz von hoher symbolischer Bedeutung.

bekräftigt: "nur dann zu schreiben, wenn eine Vergangenheit plötzlich in einem Duft, einem Anblick wiedererstand, den sie *mir* blitzartig von innen erhellte, während der Flügelschlag der Phantasie sich schon darüber regte und diese Freude *mich* dann mit Eingebungen beschenkte".[83] Man sieht, daß es sich hier nicht mehr um bloße Unachtsamkeit handelt: Die narrative Entscheidung im ganzen, die in *Jean Santeuil* getroffen wurde, erweist sich als inadäquat und gibt schließlich den Notwendigkeiten und den tiefsten *Instanzen*[84] des Diskurses nach. Derartige "Versehen" deuten sowohl auf das baldige Scheitern oder besser Abbrechen von *Jean Santeuil* hin wie auch auf die spätere Neubearbeitung in und mit der einen Stimme der *Recherche*, der der direkten autodiegetischen Narration.

Aber, wie wir im Kapitel über den Modus gesehen haben, auch diese neue Entscheidung bringt gewisse Schwierigkeiten mit sich, da diesmal einer Erzählung in autobiographischer Form eine ganze Gesellschaftschronik integriert werden muß, die oft das Feld der unmittelbaren Kenntnisse des Helden übersteigt und manchmal, wie im Fall von *Un amour de Swann*, selbst mit denen des Erzählers nur schwer vereinbar ist. Tatsächlich gelingt es, wie B. G. Rodgers[85] schön gezeigt hat, dem Proustschen Roman nur unter großen Mühen, zwei widersprüchliche Forderungen miteinander zu vereinigen: diejenige eines allgegenwärtigen theoretischen Diskurses, der sehr schlecht zur klassischen "objektiven" Narration paßt und es nötig macht, daß die Erfahrung des Helden mit der Vergangenheit des Erzählers zusammenfällt, der sie so ohne aufdringliche Einmischungen kommentieren kann (deshalb schließlich die Wahl einer unmittelbaren autodiegetischen Narration, in der die Stimmen des Helden, des Erzählers und des Autors, der sich an ein zu belehrendes und zu überzeugendes Publikum wendet, miteinander vermischt und verschmolzen werden können) - und diejenige eines sehr umfangreichen narrativen Inhalts, der die innere Erfahrung des Helden bei weitem übertrifft und mitunter einen fast schon "allwissenden" Erzähler nötig macht, woraus sich die komplexen Fokalisierungsprobleme erklären, denen wir bereits begegnet sind.

Die narrative Entscheidung von *Jean Santeuil* war zweifellos unhaltbar, und daß sie aufgegeben wurde, erscheint uns im nachhinein "gerechtfertigt"; die der *Recherche* paßt besser zu den Bedürfnissen des Proustschen Diskurses, doch auch sie ist durchaus nicht von mustergültiger Kohärenz. Tatsächlich konnte weder die eine noch die andere Wahl Prousts Absichten völlig gerecht werden: weder die allzu reservierte "Objektivität" der heterodiegetischen Erzählung, die die Erzählerrede [discours du narrateur] auf Distanz zur "Handlung" und damit zur Erfahrung des Helden hielt, noch die "Subjektivität" der autodiegetischen Erzählung, zu persönlich und gewissermaßen zu eng, um ohne den Anschein der Unwahrscheinlichkeit einen narrativen Inhalt zu umfassen, der diese Erfahrung weit übersteigt. Gemeint ist hier natürlich, um es klar zu sagen, die fiktive Erfahrung *des Helden*, die Proust aus bekannten Gründen beschränkter konzipiert hat als seine eigene. In gewisser Hinsicht übersteigt nichts in der *Recherche* die Erfahrung Prousts, aber alles von ihr,

---

[83] Pléiade, S. 401, dt. a.a.O, S. 336.
[84] *A.d.Ü.: les instances* bedeutet im Französischen auch soviel wie "Drängen, Ersuchen".
[85] *Proust's narrative Techniques*, S. 120-141.

was er Swann, Saint-Loup, Bergotte, Charlus, Mademoiselle Vinteuil, Legrandin und noch vielen anderen meint zuschreiben zu müssen, übersteigt offensichtlich diejenige Marcels: eine bewußte Dispersion des autobiographischen "Stoffs" also, eine Zersplitterung, die für gewisse narrative Schwierigkeiten verantwortlich ist. So mag es - um hier nur auf die beiden flagrantesten Paralepsen zurückzukommen - einigermaßen befremden, daß Marcel von den letzten Gedanken Bergottes erfahren haben soll, nicht aber, daß Proust von ihnen wußte, hat er sie doch selbst an einem Tag im Mai 1921 im Jeu de Paume "erlebt"; desgleichen mag es erstaunlich wirken, daß Marcel über die zweideutigen Gefühle von Mademoiselle Vinteuil in Montjouvain so gut Bescheid weiß, doch weniger erstaunt es, denke ich, daß Proust sie ihr zu geben vermochte. All das und noch vieles mehr geht auf Proust zurück, und wir werden in der Abneigung gegen den "Referenten" nicht so weit gehen, sein Vorhandensein zu leugnen. Aber all das, wie wir auch wissen, wollte er "loswerden", indem er seinen Helden davon befreite. Er braucht daher sowohl einen "allwissenden" Erzähler, der imstande ist, gelassen über einer jetzt *objektivierten* moralischen Erfahrung zu stehen, wie auch einen autodiegetischen Erzähler, der imstande ist, die geistige Erfahrung, die allem übrigen erst seinen abschließenden Sinn gibt und das Privileg des Helden bleibt, mit seinem Kommentar persönlich zu beglaubigen (durch seine Identität mit dem Helden) und zu erläutern. Daraus erklärt sich die paradoxe und für einige auch skandalöse Situation einer Narration "in der ersten Person", die gleichwohl mitunter allwissend ist. Auch hier wieder verübt die *Recherche*, ohne es zu wollen, vielleicht ohne es zu wissen, und aus Gründen, die mit dem tiefen - und zutiefst widersprüchlichen - Wesen ihrer Zielsetzung zusammenhängen, einen Anschlag auf die am besten eingebürgerten Konventionen der romanesken Narration, wobei sie nicht nur deren traditionelle "Formen" aufbricht, sondern auch - eine untergründigere und damit entscheidendere Erschütterung - die Logik ihres Diskurses.

Held/Erzähler

Wie in jeder Erzählung in autobiographischer Form[86] sind die beiden Aktanten, die Spitzer *erzählendes Ich** und *erzähltes Ich** nannte, auch in der *Recherche* durch einen Alters- und Erfahrungsunterschied getrennt, der es ersterem ermöglicht, letzteren mit einer Art herablassender oder ironischer Überlegenheit zu behandeln, sehr auffällig etwa in der Szene, wo Marcel so felsenfest davon überzeugt ist, daß Elstir ihn gleich Albertine vorstellen wird, daß er die Gelegenheit schließlich ungenutzt verstreichen läßt, oder auch in der Szene des verweigerten Kusses.[87] Aber die Besonderheit der *Recherche*, durch die sie sich von fast allen anderen, ob wirklichen oder fiktiven, Autobiographien deutlich abhebt, liegt darin, daß zu diesem essentiell variablen Unterschied, der ja, je mehr Fortschritte der Held in der "Lehre" des Le-

---

[86] Womit hier die klassische Autobiographie mit nachträglicher Narration gemeint ist, nicht jedoch der innere Monolog im Präsens.
[87] I, S. 855 f., 933 f., dt. 1123 f., 1124 f.

bens macht, immer geringer wird, ein radikaler und gewissermaßen absoluter Unterschied hinzukommt, der nicht auf einen bloß quantitativen Erfahrungsvorsprung reduzierbar ist: aus der abschließenden Offenbarung er resultiert, also aus der entscheidenden Erfahrung des unwillkürlichen Gedächtnisses und der ästhetischen Berufung. Hier trennt sich die *Recherche* von der Tradition des *Bildungsromans**, um sich gewissen Formen der religiösen Literatur zu nähern wie etwa den *Konfessionen* des hl. Augustinus: Der Erzähler weiß nicht bloß - rein empirisch - *mehr* als der Held; er *weiß* im absoluten Sinne, er kennt die Wahrheit - eine Wahrheit, der sich der Held nicht schrittweise und kontinuierlich nähert, sondern die ihn ganz im Gegenteil, trotz diverser Vorzeichen und Ankündigungen, gerade in dem Moment ergreift, wo er in gewisser Weise weiter von ihr entfernt ist denn je zuvor: "Man hat an alle Pforten geklopft, die auf gar nichts führen, vor der einzigen aber, durch die man eintreten kann, und die man vergeblich hundert Jahre hätte suchen können, steht man, ohne es zu wissen, und sie tut sich auf".[88]

Diese Besonderheit der *Recherche* wirkt sich entscheidend auf die Beziehungen zwischen dem Diskurs des Helden und dem des Erzählers aus. Bis zu diesem Moment der Wahrheit nämlich standen die beiden Diskurse nebeneinander oder waren locker verflochten, nie aber, von zwei oder drei Ausnahmen abgesehen[89], völlig eins: Die Stimme des Irrtums und des Leids kann unmöglich mit der der Erkenntnis und der Weisheit identisch sein: die von Parsifal nicht mit der von Gurnemanz. Von der - um den von Proust auf *Sodome I* gemünzten Ausdruck umzukehren - *letzten Offenbarung* an hingegen können die beiden Stimmen verschmelzen und eins werden bzw. sich in ein und demselben Diskurs abwechseln, weil sich nunmehr das *ich glaubte* des Helden auch schreiben läßt als "ich begriff", "ich erriet", "ich fühlte", "ich wußte", "ich erkannte gut", "mir wurde klar", "ich war bereits zu diesem Schluß gekommen", "ich begriff auf einmal" usw.[90], d. h. mehr oder minder mit dem *ich weiß* des Erzählers koinzidiert. Von daher die plötzliche Zunahme der indirekten Rede [discours indirect] und ihr gegensatz- und kontrastloser Wechsel mit der präsentischen Erzählerrede. Wie wir bereits erwähnt haben, ist der Held der Matinee zwar noch nicht *in actu* mit dem endgültigen Erzähler identisch, da das geschriebene Werk des letzteren für den ersteren noch in der Zukunft liegt, doch die beiden Instanzen treffen in "Gedanken", d. h. im Wort bereits zusammen, da sie dieselbe Wahrheit teilen, die jetzt ohne Berichtigung und sozusagen ohne Reibung vom einen Diskurs zum anderen, von einem Tempus (dem Imperfekt des Helden) zum anderen (dem Präsens des Erzählers) gleiten kann: wie es der so geschmeidige und freie oder, wie Auerbach sagen würde, *jederzeitige* letzte Satz der *Recherche* zeigt, der sich aufs schönste selbst illustriert: "Wenigstens *würde* ich, wenn mir

---

[88] III, S. 866, dt. S. 3944.
[89] Wobei es sich meistenteils um Momente ästhetischer Meditation handelt, über Elstir (II, S. 419-422, dt. S. 1811-1815), über Wagner (III, S. 158-162, dt. S.2970-2975) oder über Vinteuil (III, S. 252-258, dt. S. 3098-3106), in denen der Held dunkel ahnt, was ihm die abschließende Offenbarung bestätigen wird. In *Sodome I*, das in gewisser Hinsicht eine erste Offenbarungsszene darstellt, fallen die beiden Diskurse zwar streckenweise ebenfalls zusammen, doch der Erzähler achtet darauf, wenigstens an einer Stelle, einen Irrtum des Helden zu korrigieren (II, S. 630 f., dt. S. 2086 f.). Eine umgekehrte Ausnahme stellen die letzten Seiten von *Swann* dar, wo der Erzähler so tut, als teilte er den Blickwinkel der Figur.
[90] III, S. 869-899, dt. S. 3948-3990.

noch Kraft genug *bliebe,* um mein Werk zu vollenden, in ihm die Menschen (und wenn sie daraufhin auch wahren Monstern *glichen)* als Wesen beschreiben, die neben dem so beschränkten Anteil an Raum, der für sie ausgespart *ist,* einen im Gegensatz dazu unermeßlich ausgedehnten Platz - da sie ja gleichzeitig wie Riesen, die, in die Tiefe der Jahre getaucht, ganz weit auseinanderliegende Epochen *streifen,* zwischen die sich unendlich viele Tage *geschoben haben* - einnehmen in der ZEIT." ["Du moins, si elle [la force] m'*était laissée* assez longtemps pour accomplir mon œuvre, ne *manquerais*-je pas d'abord d'y décrire les hommes (cela *dût*-il les faire ressembler à des êtres monstrueux) comme occupant une place si considérable, à côté de celle si restreinte qui leur *est* réservée dans l'espace, une place au contraire prolongée sans mesure - puisqu'ils *touchent* simultanément, comme des géants plongés dans les années, à des époques si distantes, entre lesquelles tant de jours *sont venus* se placer - dans le Temps."]

Funktionen des Erzählers

Diese abschließende Modifikation der "Offenbarung" hat also einen sehr spürbaren Einfluß auf eine der wesentlichen Funktionen des Proustschen Erzählers. Auf den ersten Blick mag es befremdlich erscheinen, einem Erzähler, welcher auch immer es sei, eine andere Rolle zuzuschreiben als die der Narration im eigentlichen Sinne, d. h. die, seine Geschichte zu erzählen, aber de facto wissen wir recht gut, daß die Erzählerrede, ob im Roman oder anderswo, auch andere Funktionen erfüllen kann. Vielleicht verlohnt es die Mühe, hier rasch einen Überblick zu bieten, um besser die Spezifität würdigen zu können, die der Proustschen Narration in diesem Punkt zukommt. In etwa so, wie Jakobson die Funktionen der Sprache unterteilt[91], kann man auch, wir mir scheint, diese Erzählfunktionen unterteilen, und zwar nach Maßgabe der verschiedenen Aspekte der Erzählung (im weiten Sinne des Wortes), auf die sie sich beziehen.

Der erste dieser Aspekte ist natürlich die *Geschichte,* und die darauf bezügliche Funktion ist die *narrative Funktion* im eigentlichen Sinne, der kein Erzähler den Rücken zukehren kann, ohne gleichzeitig seine Erzählereigenschaft zu verlieren, auf die er aber, wie es einige amerikanische Romanciers auch getan haben, seine Rolle durchaus beschränken kann. Der zweite Aspekt ist der narrative *Text,* auf den sich der Erzähler in einem gewissermaßen metasprachlichen (hier metanarrativen) Diskurs beziehen kann, um dessen Gliederungen, Verbindungen und wechselseitigen Bezüge, kurz seine innere Organisation deutlich zu machen: Diese "Organisatoren" des Diskurses[92], die Georges Blin "Regiebemerkungen" nannte[93], gehören zu einer zweiten Funktion, die man *Regiefunktion* nennen kann.

Der dritte Aspekt ist die *Erzählsituation* selber, deren beide Protagonisten der - anwesende, abwesende oder virtuelle - narrative Adressat und der Erzähler sind.

---

[91] *Essais de linguistique générale,* S. 213-220.
[92] R. Barthes, "Le discours de l'histoire", in: *Information sur les sciences sociales,* August 1967, S. 66.
[93] *Stendhal et les problèmes du roman,* S. 222.

Der Ausrichtung des Erzählers auf den Adressaten, seinem Bemühen, einen Kontakt zu ihm herzustellen oder aufrechtzuerhalten, vielleicht gar einen Dialog mit ihm zu führen (einen realen wie in *La maison Nucingen* oder einen fiktiven wie in *Tristram Shandy)*, entspricht eine Funktion, die sowohl an die "phatische" Funktion (Bestätigung des Kontakts) wie an die "conative" Funktion (Einwirkung auf den Adressaten) Jakobsons erinnert. Rodgers nennt diese Erzähler [narrateurs] vom Shandyschen Typ, die ständig dem Publikum zugewandt sind und an ihrer Beziehung zu ihm mehr interessiert zu sein scheinen als an ihrer eigentlichen Geschichte, "raconteurs".[94] Früher hätte man sie "Plauderer" [causeurs] genannt, und vielleicht sollte man die Funktion, die ihnen besonders am Herzen zu liegen scheint, *Kommunikationsfunktion* nennen; man weiß, welche Bedeutung ihr im Briefroman zukommt und vor allem in jenen Formen, die Jean Rousset "Briefmonodien" nennt, etwa, ein sehr schlagendes Beispiel, in den *Lettres portugaises,* in denen die abwesende Anwesenheit des Adressaten zum dominierenden, ja obessiven Element des Diskurses wird.

Die Ausrichtung des Erzählers auf sich selbst schließlich geht mit einer Funktion einher, die sehr stark derjenigen gleicht, die Jakobson, etwas unglücklich, die "emotive" nennt: sie gibt Aufschluß darüber, wieviel Anteil der Erzähler an seiner Geschichte nimmt und in welchem Verhältnis er zu ihr steht: in einem affektiven, gewiß, aber des weiteren auch in einem moralischen oder intellektuellen, das die Form einer bloßen Verifizierung oder Bekräftigung des Berichteten annehmen kann, so wenn der Erzähler den Präzisionsgrad seiner Erinnerungen angibt oder die Quelle, aus der er seine Informationen hat, oder auch die Gefühle beschreibt, die irgendeine vergangene Episode in ihm wachruft[95] - etwas, was man die *testimoniale* oder *Beglaubigungsfunktion* nennen könnte. Aber die direkten oder indirekten Einmischungen des Erzählers in die Geschichte können auch die didaktischere Form eines autorisierten Kommentars der Handlung annehmen: Hier haben wir dann etwas, was man die *ideologische Funktion* des Erzählers nennen könnte[96], und man weiß, wie sehr beispielsweise Balzac auf diese Form des erklärenden und rechtfertigenden Diskurses zurückgegriffen hat, bei ihm, wie bei so vielen anderen, ein Mittel im Dienste des Realismus.

Diese Einteilung in fünf Funktionen darf natürlich nicht allzu starr und pedantisch aufgefaßt werden: Keine dieser Kategorien ist völlig rein und frei von jeder Querverbindung zu den anderen, keine außer der ersten ist völlig unverzichtbar, und zugleich ist keine von ihnen, so sehr man sich auch darum bemühen mag, vollständig vermeidbar. Es handelt sich eher um eine Frage des Akzents und der relativen

---

[94] A.a.O., S. 55.
[95] "Während ich dieses niederschreibe, fühle ich, wie mein Puls noch jetzt schneller zu schlagen beginnt; auch wenn ich hunderttausend Jahre lebte, würde ich diese Augenblicke nie vergessen" (Rousseau, *Confessions,* bereits zitiert, oben S. 48). Das Zeugnis des Erzählers kann indes auch Ereignisse aus der Zeit des Narrationsakts betreffen, die mit der Geschichte, die erzählt wird, nichts zu tun haben: Man denke an die Stellen im *Doktor Faustus* über den Krieg, der wütet, während Zeitblom seine Erinnerungen an Leverkühn niederschreibt.
[96] Die nicht unbedingt die des Autors ist: Die Urteile von des Grieux sind für den Abbé nicht a priori verpflichtend, und auch die des fiktiven Autor-Erzählers *Leuwen* oder die der *Chartreuse* sind für Henry Beyle keineswegs bindend.

Gewichtung: Jedermann weiß, daß Balzac sich mehr in seine Erzählung "einmischt" als Flaubert, daß Fielding sich öfter an den Leser wendet als Madame de La Fayette, daß die "Regiebemerkungen" bei Fenimore Cooper[97] oder Thomas Mann[98] aufdringlicher sind als bei Hemingway usw., aber man wird daraus keine völlig überladene Typologie ableiten wollen.

Ebensowenig wollen wir auf die verschiedenen schon anderswo behandelten extra-narrativen Funktionen des Proustschen Erzählers zurückkommen: Adressen an den Leser, Organisation der Erzählung durch Vor- und Rückgriffe, Quellenangaben, Beglaubigungen durch das Gedächtnis. Betont werden muß hier allerdings das Quasi-Monopol des Erzählers auf das, was wir die ideologische Funktion genannt haben, da dieses Monopol keineswegs selbstverständlich ist, sondern auf einer bewußten Entscheidung beruht. Von allen extra-narrativen Funktionen ist diese nämlich die einzige, die nicht zwangsläufig dem Erzähler zukommt. Man weiß, wie sehr große "ideologische" Romanciers wie Dostojewski, Tolstoi, Thomas Mann, Broch oder Malraux darauf bedacht waren, einigen ihrer Figuren die Aufgabe des Kommentars und des didaktischen Diskurses zu übertragen - in einem Maße, das einige der Szenen in den *Dämonen*, im *Zauberberg* oder in *L'espoir* nachgerade zu Theoriekolloquien geworden sind. Nichts dergleichen bei Proust, der sich außer Marcel keinen "Sprecher" geschaffen hat. Ein Swann, ein Saint-Loup, ein Charlus sind bei all ihrer Intelligenz Gegenstände der Beobachtung, nicht Werkzeuge der Wahrheit, nicht einmal echte Gesprächspartner (man weiß im übrigen, wie Marcel über die intellektuellen Tugenden des Gesprächs und der Freundschaft denkt): Ihre Irrtümer und Lächerlichkeiten, ihre Fehlschläge und Niedrigkeiten sind lehrreicher als ihre Ansichten. Selbst die Gestalten des künstlerischen Schaffens - Bergotte, Vinteuil, Elstir - melden sich nicht mit einem autorisierten theoretischen Diskurs zu Wort: Vinteuil bleibt stumm, Bergotte sträubt sich oder verliert sich in Nichtigkeiten, und das Nachdenken über ihr Werk fällt Marcel zu[99] ; Elstir kommt bezeichnenderweise zunächst mit den albernen Dürftigkeiten eines Monsieur Biche zu Wort, und was er in Balbec zu sagen hat, ist nicht so wichtig wie die stumme Lehre seiner Bilder. Das geistreiche Gespräch ist eine Gattung, die dem Proustschen Geschmack ganz offenkundig zuwider ist. Bekannt ist die Verachtung, die er allem entgegenbringt, was "denkt", wie es ihm zufolge Victor Hugo in seinen ersten Gedichten getan hat, "anstatt sich wie die Natur damit zu begnügen, zu denken zu geben".[100] Die ganze

---

[97] "Um den Leser nicht durch eine allzu weitschweifige Erzählung zu ermüden, bitten wir ihn, sich vorzustellen, zwischen der Szene, mit der das vorige Kapitel endete, und den Ereignissen, mit deren Bericht wir in diesem hier unsere Geschichte fortführen wollen, sei eine Woche verflossen"; "Es ist ratsam, unseren Erzählfluß für einen Moment zu unterbrechen, um die Ursachen darzulegen, deren Wirkungen das einzigartige Abenteuer zur Folge hatten, von dem wir soeben berichtet haben. Wir werden uns mit dieser Abschweifung nicht allzulange [...] usw. *(The Prairie*, Kap. VII, XV).
[98] "Da der vorige Abschnitt ohnedies über Gebühr angeschwollen ist, tue ich gut, einen neuen zu eröffnen [...]"; "Auch der eben geschlossene Abschnitt ist für meinen Geschmack viel zu sehr angeschwollen [...]"; "Ich blicke nicht zurück und hüte mich nachzuzählen, wieviel Blätter ich aufgehäuft zwischen der vorigen römischen Ziffer und der soeben gesetzten [...]"*(Doktor Faustus*, Kap. IV, V, IX).
[99] Und nicht Swann, selbst bei der Sonate nicht: "War es das? War das wohl das Glück, welches das kleine Thema der Sonate Swann angeboten hatte, der sich *täuschte*, als er zu den Freuden der Liebe in Beziehung setzte, im künstlerischen Schaffen aber *nicht zu finden vermochte* [...]" (III, S. 877, dt. S. 3960).
[100] II, S. 549, dt. S. 1979.

Menschheit, von Bergotte bis Françoise und von Charlus bis Madame Sazerat breitet sich vor ihm aus wie eine "Natur", die das Denken anregen, nicht ausdrücken soll. Ein extremer Fall von intellektuellem Solipsismus. Letzten Endes und auf seine Weise ist Marcel ein Autodidakt.

Infolgedessen hat niemand, außer zuweilen der Held unter den obengenannten Bedingungen, das Recht oder die Macht, dem Erzähler sein Privileg auf den ideologischen Kommentar streitig zu machen: Von daher das bekannte Ausufern dieses "auktorialen" Diskurses, um von den deutschsprachigen Kritikern diesen Ausdruck zu übernehmen, der gleichzeitig die Anwesenheit des (realen oder fiktiven) Autors und die souveräne *Autorität* dieser Anwesenheit in seinem Werk benennt. Die quantitative und qualitative Bedeutung dieses psychologischen, historischen, ästhetischen und metaphysischen Diskurses ist, allen Leugnungen zum Trotz[101], so groß, daß ihm die Verantwortung - und in gewissem Sinne das Verdienst - dafür zukommt, das traditionelle Gleichgewicht der Romanform in diesem Werk und durch dieses Werk aufs nachhaltigste erschüttert zu haben: Wenn die *Recherche du temps perdu* von allen als ein Werk empfunden wird, das "nicht mehr ganz ein Roman" ist, das in seinem Bereich die Geschichte der Gattung (der Gattungen) zum Abschluß bringt und, zusammen mit ein paar anderen, den grenzenlosen und unbestimmten Raum der modernen *Literatur* eröffnet, so verdankt sie dies offenkundig - und einmal mehr den "Intentionen des Autors" zum Trotz und infolge einer um so unwiderstehlicheren Bewegung, als sie unbeabsichtigt war - diesem Überschwemmtwerden der Geschichte durch den Kommentar, des Romans durch den Essay, der Erzählung durch ihren eigenen Diskurs.

Der narrative Adressat

Ein derartiger theoretischer Imperialismus, eine derart selbstgewisse Wahrheit könnten den Gedanken nahelegen, daß die Rolle des Adressaten hier rein passiv ist, daß er bloß eine Botschaft empfängt, die er sich zu Herzen nehmen kann oder auch nicht, und nachträglich ein Werk "konsumiert", das fern von ihm und ohne ihn vollendet wurde. Nichts wäre den Proustschen Überzeugungen, seiner eigenen Lesepraxis und den Anforderungen, die sein Werk stellt, stärker entgegengesetzt.

Bevor wir diese letzte Dimension der Proustschen narrativen Instanz ins Auge fassen, noch ein paar allgemeine Bemerkungen zu dieser Figur, die wir den narrativen Adressaten [le narrataire] genannt haben und deren Funktion in der Erzählung so variabel zu sein scheint. Wie der Erzähler ist der narrative Adressat eines der Elemente der Erzählsituation, und er befindet sich notwendigerweise auf derselben diegetischen Ebene wie er; d. h. er ist a priori ebensowenig mit dem (sei es auch virtuellen) Leser eins, wie der Erzähler nicht notwendigerweise mit dem Autor eins ist.

---

[101] "Daraus erklärt sich die kräftig auftretende Versuchung für den Schriftsteller, intellektuelle Werke zu schreiben, was einen großen Mangel an Verfeinerung dokumentiert. Ein Buch, das Theorien enthält, ist wie ein Gegenstand, an dem noch das Preisschild hängt" (III, S. 882, dt. S. 3966). Weiß der Leser der *Recherche* vielleicht nicht doch, was es kostet?

Zum intradiegetischen Erzähler gehört ein intradiegetischer narrativer Adressat, und die Erzählung von des Grieux oder Bixiou richtet sich nicht an den Leser von *Manon Lescaut* oder *La maison de Nucingen*, sondern allein an Monsieur de Renoncourt bzw. allein an Finot, Couture und Blondet, auf die allein sich im Text eventuell vorkommende "zweite Personen" beziehen, ganz so wie sich die, die man in einem Briefroman findet, nur auf den Briefpartner beziehen können. Wir, die Leser, können uns mit diesen fiktiven narrativen Adressaten nicht identifizieren, ebenso wie es diesen intradiegetischen Erzählern unmöglich ist, sich an uns zu richten, ja von unserer Existenz überhaupt etwas zu ahnen.[102] Schließlich können wir weder Bixiou unterbrechen noch an Madame de Tourvel schreiben.

Der extradiegetische Erzähler hingegen kann nur auf einen extradiegetischen narrativen Adressaten zielen, der hier mit dem virtuellen Leser zusammenfällt, mit dem sich dann jeder reale Leser identifizieren kann. Dieser virtuelle Leser bleibt prinzipiell unbestimmt, auch wenn sich Balzac mitunter mehr an den Leser aus der Provinz, mitunter mehr an den Pariser Leser wendet, und Sterne ihn zuweilen Frau oder Herr Kritik nennt. Der extradiegetische Erzähler kann auch, wie Meursault, so tun, als wendete er sich an niemanden, doch diese im zeitgenössischen Roman recht verbreitete Haltung vermag natürlich nichts gegen die Tatsache, daß sich eine Erzählung, wie jeder Diskurs, notwendigerweise an jemanden richtet, insgeheim immer an einen Adressaten appelliert. Während uns also die Existenz eines intradiegetischen narrativen Adressaten auf Distanz hält, weil dieser immer zwischen den Erzähler und uns tritt, so wie Finot, Couture und Blondet zwischen Bixiou und dem indiskreten Zuhörer hinter der Trennwand stehen, für den diese Erzählung nicht bestimmt war (aber, wie Bixiou sagt, "es gibt immer Leute nebenan"), ist es für uns, die realen Leser, um so leichter, besser gesagt geradezu unvermeidlich, uns mit der virtuellen Rezeptionsinstanz zu identifizieren bzw. sie auszufüllen, je transparenter diese ist und je stillschweigender sie in der Erzählung evoziert wird.

Genau diese Beziehung, trotz einiger seltener und höchst überflüssiger Apostrophen, auf die bereits hingewiesen wurde, unterhält die *Recherche* zu ihren Lesern. Jeder von ihnen weiß, daß er der mit Bangen erwartete virtuelle narrative Adressat dieser in sich selbst kreisenden Erzählung ist, die, um in ihrer Wahrheit zu existieren, mehr als jede andere nach narrativer Offenheit verlangt, nicht auf eine "abschließende Botschaft" festgelegt werden darf, um statt dessen endlos die zirkuläre Bewegung fortzusetzen, die sie stets vom Werk auf die Berufung zurückverweist, von der darin "erzählt" wird, und von der Berufung auf das Werk, das sie hervorruft, und so weiter ohne Unterlaß.

Wie schon die Wortwahl in dem berühmten Brief an Rivière zeigt[103], machen der "Dogmatismus" und die "Konstruktion" des Proustschen Werks die ständige Mitarbeit des Lesers nicht überflüssig: sie wollen vielmehr von ihm "erraten" wer-

---

[102] Ein Sonderfall ist der des metadiegetischen literarischen Werks vom Typ *Der törichte Vorwitz* oder *Jean Santeuil*, das eventuell auf einen Leser zielen kann, der aber selber ein prinzipiell fiktiver Leser ist.
[103] "Endlich finde ich einen Leser, der *errät*, daß mein Buch ein dogmatisches Werk und eine Konstruktion ist" (Choix Kolb, S. 197, dt. a.a.O., S. 292).

den, ehe sie ausformuliert sind, und sobald sie offen vor Augen liegen, soll er sie interpretieren und wieder in die Bewegung zurückversetzen, die sie gleichzeitig erzeugt und mit sich fortreißt. Proust fällt selbst unter die Regel, die er im *Temps retrouvé* formuliert, und die dem Leser das Recht gibt, das Universum des Werks in seine eigene Sprache zu übersetzen, denn dies "allein gestattet ihm, später in allem, was er liest, eine ausreichende Allgemeinheit zu finden": welche Textuntreue auch immer er begehen mag, "der Leser muß auf eine bestimmte Weise lesen, wenn er recht lesen will; der Autor darf sich daran nicht stoßen, sondern muß dem Leser möglichst viel Freiheit lassen", denn das Werk ist letztlich nur, wie Proust selber sagt, ein optisches Instrument, das der Autor dem Leser darreicht, um diesem zu helfen, in sich selbst zu lesen. "Der Schriftsteller gebraucht nur ganz unaufrichtig in der Sprache der Vorreden und der Widmungen gewohnheitsmäßig die Wendung: 'Mein lieber Leser.' In Wirklichkeit ist jeder Leser, wenn er liest, ein Leser nur seiner selbst".[104]

Das ist der schwindelerregende Status des narrativen Adressaten bei Proust: Er soll nicht, wie Nathanael, "das Buch wegwerfen", sondern es neuschreiben, völlig untreu und doch auf wunderbare Weise exakt, so wie Pierre Ménard, der den *Don Quijote* Wort für Wort neuerfindet. Jeder begreift, was diese Fabel, die zwischen Proust und Borges zirkuliert und in den kleinen benachbarten Salons der *Maison Nucingen* so vortrefflich illustriert wird, besagt: Der wahre Autor der Erzählung ist nicht nur der, der sie erzählt, sondern auch, und mitunter noch mehr, der, der sie hört. Und das ist nicht unbedingt der, an den man sich wendet: es gibt immer Leute nebenan.

---

[104] III, S. 910 f., dt. S. 4006 f.

Nachwort

Um ohne überflüssige Rekapitulationen zum Schluß zu kommen, noch einige selbstkritische, oder, wenn man so will, apologetische Worte. Die hier vorgeschlagenen Kategorien und Analyseverfahren sind auch für mich sicher nicht über jeden Einwand erhaben: es ging wie so oft darum, zwischen verschiedenen Nachteilen abzuwägen. Auf einem Gebiet, das gewöhnlich der Intuition und dem Empirismus überlassen bleibt, wird der hier getriebene begrifflich-terminologische Aufwand gewiß so manch einen irritiert haben, und ich erwarte von der "Nachwelt" nicht, daß sie an allzu vielen dieser Vorschläge festhält. Dieses Arsenal wird so gut wie jedes andere schon in ein paar Jahren veraltet sein, und das um so schneller, je ernster es genommen, d. h. je mehr es diskutiert, im Gebrauch erprobt und revidiert wird. Eines der Merkmale dessen, was man die *Bemühung um Wissenschaftlichkeit* nennen kann, besteht darin zu wissen, daß man aus Wesensgründen immer schon veraltet und überholt ist: Ein gewiß völlig negatives Merkmal und für den "literarischen" Geist eher Anlaß zur Melancholie, rechnet dieser doch immer auf irgendeinen Nachruhm, aber wenn der Kritiker wenigstens auf ein Werk zweiter Ordnung hoffen darf, so weiß der Poetologe, daß er im - besser gesagt am - Ephemeren arbeitet und ein von vornherein ums Werk gebrachter Werktätiger ist.

Ich denke also und hoffe sogar, daß diese ganze technische Terminologie, die den Freund der schönen Literatur ganz gewiß barbarisch anmutet mit ihren Prolepsen, Analepsen, iterativen oder metadiegetischen Erzählungen, Fokalisierungen, Paralipsen usw., morgen schon zu den groben Anfängen zählt und wie so manches andere in der Rumpelkammer der Poetik landet: zu wünschen ist nur, daß sie in der Zwischenzeit wenigstens von einigem Nutzen ist. Bereits besorgt wegen der zunehmenden intellektuellen Umweltverschmutzung, untersagte Ockham es, die *entia rationis*, die theoretischen Gegenstände, wie wir heute sagen würden, ohne zwingenden Grund zu vermehren. Gegen dieses Prinzip habe ich wohl zu meinem Bedauern verstoßen, glaube aber andererseits, daß einige der hier definierten und terminologisch fixierten literarischen Formen durchaus noch weitere Untersuchungen verdienen, die hier, aus evidenten Gründen, nur ganz kurz angeschnitten werden konnten. Ich hoffe also, der Literaturtheorie - und der Literaturgeschichte - einige Untersuchungsgegenstände geliefert zu haben, die zwar untergeordneter Natur sein mögen, dafür aber nicht mehr ganz so grob sind wie die traditionellen Objekte wie "der Roman" oder "die Dichtung".

Noch schockierender war vielleicht die spezifische Anwendung dieser allgemeinen Kategorien und Analyseverfahren auf die *Recherche du temps perdu,* und ich kann nicht leugnen, daß in dieser Arbeit fast das genaue Gegenteil von dem getan wird, was eine kürzlich erschienene und glänzende Studie über die Kunst des Romans bei Proust gleich eingangs zur Maxime erhebt, eine Maxime, die zweifellos bei vielen Beifall finden wird: "Wir wollen das Werk von Proust nicht Kategorien aussetzen, die ihm äußerlich sind, einer allgemeinen Idee vom Roman oder von der

Weise, in der man einen Roman zu untersuchen hat; dies ist keine Abhandlung über den Roman, die die *Recherche* zu Illustrationszwecken heranzöge, ihre Begriffe sind vielmehr aus dem Werk geschöpft und erlauben es, Proust so zu lesen, wie dieser Balzac und Flaubert gelesen hat. Literaturtheorie ist nur möglich als Kriktik des einzelnen Werks."[1]

Man kann sicher nicht behaupten, daß die hier verwendeten Begriffe ausschließlich "aus dem Werk geschöpft" sind, und unsere Beschreibung der Proustschen Erzählung wird wohl kaum als etwas durchgehen, was der Vorstellung entspricht, die sich Proust selber von ihr machte. Eine solche Distanz zwischen der *immanenten Theorie* des Werks und der Methodologie der Kritik mag wie alle Anachronismen unvernünftig erscheinen. Dennoch denke ich, daß man sich nicht blind der expliziten Ästhetik eines Schriftstellers anvertrauen darf, mag dieser auch ein so genialer Kritiker gewesen sein wie der Autor des *Contre Sainte-Beuve*. Das ästhetische Bewußtsein eines Künstlers ist, wenn er ein großer Künstler ist, so gut wie nie auf dem Niveau seiner Praxis, und das ist nur ein weiteres Beispiel für das, was Hegel in das Bild vom späten Flug des Vogels der Minerva kleidete. Wir verfügen nicht über den hundertsten Teil des Proustschen Genies, haben ihm gegenüber aber den Vorteil (der ein wenig dem des lebenden Esels gegenüber dem toten Löwen gleicht), ihn auf der Basis dessen zu lesen, was er mit ins Leben gerufen hat - jene moderne Literatur, die ihm so viel verdankt -, und so in seinem Werk deutlicher zu erkennen, was dort erst im Keim vorhanden war, um so mehr, als die Überschreitung von Normen und die ästhetische Erfindung bei ihm zumeist unwillkürlich und mitunter unbewußt vonstatten gingen: seine Absicht war eine andere, und dieser Verächter der Avantgarde ist fast immer wider Willen revolutionär (ich würde sogar sagen, daß dies die beste Art ist, revolutionär zu sein, wenn ich nicht den vagen Verdacht hätte, daß es die einzige ist). Um es noch einmal und nach so vielen anderen zu wiederholen, wir lesen die Vergangenheit im Lichte der Gegenwart, und las so nicht auch Proust selber Balzac und Flaubert, oder meint man wirklich, er habe seine kritischen Begriffe aus der *Comédie humaine* oder der *Éducation sentimentale* geschöpft?

Ebenso hat uns, wie ich hoffe, das systematische *Absuchen* mit den Schweinwerfern unserer Begrifflichkeit, dem die *Recherche* hier "ausgesetzt" worden ist, vielleicht erlaubt, in diesem neuen künstlichen Licht Umrisse sichtbar werden zu lassen, die Proust selber und bislang auch der Proustkritik verborgen geblieben sind (die Bedeutung der iterativen Erzählung oder des Pseudo-Diegetischen zum Beispiel), oder uns geholfen, bereits bekannte Wesenszüge präziser zu charakterisieren, wie etwa die Anachronien oder die multiplen Fokalisierungen. Das so übel beleumundete "Raster" ist kein Instrument des Dingfestmachens, der Beschneidung oder Gleichmacherei, sondern eine Entdeckungshilfe und ein Werkzeug der Beschreibung.

Das bedeutet nicht - vielleicht hat man es schon bemerkt -, daß sein Benutzer sich jede ästhetische Parteinahme, jedes Vorurteil untersagt. Es dürfte aufgefallen sein,

---

[1] Tadié, *Proust et le roman*, S. 14.

daß die Neugierde und Vorliebe des Analytikers so gut wie immer den *Abweichungen* der Proustschen Erzählung vom allgemeinen System der *narrativen Möglichkeiten* galt, ihren spezifischen Verstößen, ihren ersten Ansätzen zu einer künftigen Entwicklung. Diese systematische Valorisierung der Originalität und Innovation hat vielleicht etwas Naives und mag letztlich ein romantisches Überbleibsel sein, aber niemand wird sich dem heute gänzlich entziehen können. Roland Barthes liefert in *S/Z*[2] eine sehr überzeugende Rechtfertigung dafür: "Warum ist das Schreibbare (das, was heute geschrieben werden kann) unser Wert? Weil es das Vorhaben der literarischen Arbeit (der Literatur als Arbeit) ist, aus dem Leser nicht mehr einen Konsumenten, sondern einen Textproduzenten zu machen." Die Vorliebe für das, was im Proustschen Text nicht nur "lesbar" (klassisch), sondern "schreibbar" (grob gesagt: modern) ist, drückt vielleicht den Wunsch des Kritikers und Poetologen aus, im Kontakt mit den ästhetisch "subversiven" Punkten des Textes eine irgendwie aktivere Rolle zu spielen als die des bloßen Beobachters und Analytikers. Der Leser glaubt hier, an der Erschaffung des Werks teilzunehmen und nimmt vielleicht auch tatsächlich daran teil, einfach indem er Merkmale an ihm erkennt und ins Licht rückt, die es oft ohne Wissen seines Autor hervorgetrieben hat, so daß er sogar in einem winzigen, aber doch entscheidenden Maße ins Werk eingreift, zu seiner Erschaffung *beiträgt*. Dieser Beitrag war, erinnern wir noch einmal daran, für Proust durchaus etwas Legitimes. Auch der Poetologe ist "Leser seiner selbst", und entdecken (wie uns auch die moderne Wissenschaft lehrt) heißt immer ein wenig erfinden.

Ein anderes Vorurteil, diesmal allerdings ein entschlossen zurückgewiesenes, macht vielleicht deutlich, warum dieses "Schlußwort" keins ist - will sagen, warum man hier keine abschließende "Zusammenfassung" findet, in der sämtliche im Laufe dieser Untersuchung verzeichneten Wesensmerkmale der Proustschen Erzählung vereinigt und gegenseitig gerechtfertigt würden. Wenn solche Konvergenzen oder Korrelationen sich unabweisbar aufdrängten (so etwa zwischen dem Verschwinden des Summarys und dem Auftauchen des Iterativs oder zwischen der Beseitigung des Metadiegetischen und der Polymodalität), haben wir natürlich deutlich auf sie hingewiesen. Doch ich hielte es für fatal, um jeden Preis nach der "Einheit" zu suchen und dadurch die Kohärenz des Werks zu *forcieren* - bekanntlich eine der stärksten Versuchungen der Kritik, eine der banalsten (um nicht zu sagen vulgärsten) wie auch eine, der sich besonders leicht Genüge tun läßt, da es nur einer gewissen Rhetorik der Interpretation bedarf.

Wenn man aber Proust den Willen zur Kohärenz und die Bemühung um eine Konstruktion nicht absprechen kann, so ist doch ebenso unleugbar, daß es in seinem Werk einen Widerstand des Stoffes und auch viel Unkontrolliertes, vielleicht Unkontrollierbares gibt. Hingewiesen wurde schon auf den *retroaktiven* Charakter, der - hier wie bei Balzac oder Wagner - eine Einheit kennzeichnet, die einem heterogenen und ursprünglich nicht paßgenauen Material erst später abgerungen wurde. Ebenso evident ist jene Unvollendetheit, die sich der gewissermaßen supplementären Arbeit am Werk verdankt, die durch den zufälligen Publikationsaufschub von

---

[2] S. 10, dt. S. 8.

1914 möglich wurde. Die *Recherche du temps perdu* war, für Proust wenigstens, ohne Zweifel ein "vollendetes" Werk: jedenfalls 1913, und die perfekte Triptychon-Komposition der damaligen Zeit *(Côté de chez Swann, Côté de Guermantes, Temps retrouvé)* bestätigt das. Aber man weiß, was daraus geworden ist, und niemand kann behaupten, daß die heutige Struktur der *Recherche* etwas anderes sei als das Ergebnis äußerer Umstände: des Krieges einerseits, des Todes des Autors andererseits. Natürlich ist es ein Leichtes, das Faktum des Zufalls zu rechtfertigen, indem man "beweist", daß die *Recherche* am 18. November 1922 endlich das exakte Gleichgewicht und perfekte Ebenmaß gefunden hat, das ihr bis dahin fehlte, aber gerade diese Leichtigkeit macht uns mißtrauisch. Wenn die *Recherche* irgendwann einmal vollendet war, so ist sie es heute nicht mehr, und daß sie danach noch so sehr an Umfang gewinnen konnte, zeigt, daß diese provisorische Vollendung, wie jede Vollendung, nur eine retrospektive Illusion war. Dieses Werk bedarf der eigenen Unvollständigkeit, des Schauders des Unbestimmten, denn nur im *Imperfekt(en)* kann es atmen. Die *Recherche* ist kein in sich geschlossener Gegenstand, sie ist überhaupt kein Gegenstand.

Auch hier wieder reicht die (unwillkürliche) Praxis Prousts über seine Theorie und seine Absicht hinaus - oder sagen wir, sie entspricht besser unseren Vorlieben. Das harmonische Triptychon aus dem Jahre 1913 nimmt am Ende eine doppelt so große Fläche ein, wobei der Zuwachs aber nur auf einer Seite erfolgte, denn der erste Flügel entspricht zwangsläufig, da schon publiziert, weiterhin dem ursprünglichen Plan. Dieses Ungleichgewicht oder diese Dezentrierung, sie gefallen uns als solche und in ihrer *Unvorsätzlichkeit,* und wir werden uns hüten, sie zu begründen, indem wir eine nichtexistente Geschlossenheit oder eine illusorische Konstruktion "aufweisen", denn das käme einer ungebührlichen Reduktion dessen gleich, was Proust bei anderer Gelegenheit die "Kontingenz der Erzählung"[3] nannte. Die "Gesetze" der Proustschen Erzählung sind, wie diese Erzählung selber, partieller und defektiver Natur: zufällige und gänzlich empirische Gesetze eines Gewohnheitsrechts also, die man nicht zum Kanon hypostasieren sollte. Der Code[4] wartet hier, ebenso wie die Botschaft, mit Lücken und Überraschungen auf.

Doch zweifellos ist diese Weigerung, das Ungleichgewicht zu begründen, auf ihre Weise selbst eine Begründung. Jeder Signifikant drängt auf sein Signifikat: Das semiotische Universum hat einen *horror vacui,* und wer die Kontingenz *nennt,* gibt ihr damit bereits eine Funktion und einen Sinn. Selbst - oder vor allem? - wenn er schweigt, sagt der Kritiker immer schon zuviel. Am besten wäre es vielleicht, wie die Proustsche Erzählung nie zu "enden", d. h. in einem gewissen Sinne nie zu beginnen.

---

[3] *Jean Santeuil,* Pléiade, S. 314, dt. a.a.O., S. 207.
[4] *A.d.Ü.:* Im Französischen bedeutet *code* auch "Gesetzbuch".

II. Neuer Diskurs der Erzählung

1. Vorbemerkung

Wie schon sein Titel hinreichend klarmachen dürfte, ist dieses schmale Buch nur eine Art Postskriptum zum *Diskurs der Erzählung*. Veranlaßt wurde ich dazu, jetzt, nach zehn Jahren, durch eine kritische Selbstlektüre im Lichte der Kommentare, die dieser "methodologische Versuch" hervorgerufen hat, sowie durch die Fortschritte - oder Rückschritte -, die die *Narratologie* seither gemacht hat.

Dieser Ausdruck, vorgeschlagen 1969 von Tzvetan Todorov, hat mitsamt der "Disziplin", die er bezeichnet, mittlerweile eine weite Verbreitung gefunden - nicht so sehr in Frankreich, wo man oft nach Stimulierenderem verlangt, um so mehr jedoch in anderen Ländern wie den Vereinigten Staaten, den Niederlanden oder Israel: Die Bibliographie am Schluß zeigt dies deutlich.

Der Erfolg dieser Disziplin betrübt einige (bisweilen auch mich selbst), die an ihrer "seelenlosen", zum Teil geistlosen Technizität Anstoß nehmen sowie an ihrem Anspruch auf die Rolle einer "Leitwissenschaft" im Feld literarischer Studien. Gegen dieses Mißtrauen ließe sich einwenden, daß die literarischen Texte, unter Einschluß der poetischen, in ihrer ganz überwiegenden Mehrzahl narrative sind, so daß es also nur gerecht und richtig ist, wenn die Narrativität sich hier den Löwenanteil sichert. Ich vergesse allerdings nicht, daß ein narrativer Text auch unter anderen Aspekten (etwa thematischen, ideologischen oder stilistischen) betrachtet werden kann. Die beste - oder schlimmste -, auf jeden Fall die stärkste Rechtfertigung dieser vorübergehenden Hegemonie scheint mir aber nicht in der Bedeutung des Gegenstands zu liegen, sondern im Grad der Reife und der methodologischen Ausarbeitung. Ein berühmter Wissenschaftler hat, wenn ich mich nicht irre zu Beginn dieses Jahrhunderts, im Scherz erklärt: "Es gibt die Physik, dann gibt es die Chemie, die eine Unterart der Physik ist, und dann gibt es noch das Sammeln von Briefmarken." Überflüssig zu erwähnen, daß Rutherford selber Physiker war und zudem Brite. Seitdem ist bekanntlich auch die Biologie zu einer Unterart der Chemie geworden und sogar (wenn ich Monod richtig verstanden habe) zu einer Art von Mechanik. Wenn (ich sage *wenn*) jede Erkenntnis tatsächlich zwischen diesen beiden Polen situiert ist, die von der strengen Mechanik und jener Mischung aus Empirismus und Spekulation symbolisiert werden, die die Philatelie darstellt, kann man sicherlich die Behauptung wagen, daß die literarischen Studien heute zwischen dem Briefmarkensammeln der werkauslegenden Kritik und der Mechanik der Narratologie oszillieren: eine Mechanik, die, denke ich, alles andere ist als eine allgemeine Philosophie, sich aber zu ihrem Vorteil hervortut durch ihren *Respekt vor den Mechanismen des Textes*. Ich behaupte zwar nicht, daß der "Fortschritt" in der Poetik darauf hinausläuft, daß diese sich immer mehr und schließlich vollständig auf die Mechanik der Narratologie reduziert, aber zumindest verdient der hier in Rede stehende Respekt seinerseits unseren Respekt, unsere - sei es auch nur periodische - Aufmerksamkeit. Nachdem ich die Narratologie (nicht aber die Poetik) für mehr als zehn Jahre habe brachliegen lassen, denke ich, daß es an der Zeit ist, in Übereinstimmung mit den impliziten Versprechungen bzw. Drohungen in meinem

"Nachwort", für einen Augenblick zu ihr zurückzukehren, wobei ich den etwaigen Leser um Nachsicht gegenüber jenem Narzißmus bitte, den das hier gewählte Vorgehen unausweichlich mit sich bringt. Sich selbst mit Blick auf seine Kritiker zu lesen, ist leider eine allzu einfache Übung: Ständig hat man die Wahl zwischen einer triumphierenden Entgegnung ("Ich hatte eben doch recht"), einer nicht weniger selbstschmeichlerischen öffentlichen Abbitte ("Ja, ich hatte unrecht, doch seht her, ich gebe es zu") und einer jubelnden Selbstkritik ("Ich hatte mich geirrt, aber außer mir hat es wieder keiner gemerkt, ich bin der Größte"). Doch hören wir mit diesen selbst suspekten Vorweg-Entschuldigungen auf, denn die Selbstgefälligkeit kennt unendlich viele Schleichwege.[1] Bevor wir nun zur Sache kommen, sei nur noch darauf hingewiesen, daß diese Bestandsaufnahme der narrativen Studien sich im wesentlichen an die aus *Diskurs der Erzählung* bekannte Reihenfolge hält: Allgemeine Vorfragen (1 bis 3), Probleme der Zeit (4 bis 6), des Modus (7 bis 12), der Stimme (13 bis 16), und schließlich Themen, die damals nicht angeschnitten wurden, mir heute aber einer Prüfung wert zu sein scheinen, sei es auch nur, um sie begründet abzulehnen (17 bis 19).

---

[1] Zu diesen Schleichwegen vgl. Philippe Lejeune, 1982. Aber alles in allem mag diese Übung, der sich die amerikanische Kritik sehr viel lieber hingibt als die unsere (vgl. die "Second Thougths Series" der Zeitschrift *Novel),* doch mehr Vorzüge als Nachteile haben.

2. Vorwort

Der Titel *Diskurs der Erzählung* war absichtlich zweideutig gewählt: Diskurs, d. h. Abhandlung über die Erzählung, aber auch (analysierter) Diskurs der Erzählung, den man (wie in der englischen Übersetzung geschehen) den *narrativen Diskurs* nennen kann [oder im Deutschen die *Erzählrede;* A.d.Ü.]. Zumindest was diese zweite Lesart betrifft, war er sogar noch äquivoker, schwankt doch das *discours* in *Discours du récit* zwischen Singular und Plural: Die Erzählung besteht höchst selten aus *einer* Rede, sondern meist aus *mehreren* Reden, man denke nur an Bachtins Dia- oder Polylogismus oder auch, etwas technischer, an die von Lubomir Doležel betonte Evidenz, auf die ich zurückkommen werde, wonach die Erzählung im ganzen aus zwei Texten besteht, von denen der eine fast immer ein in sich selbst multipler ist: aus dem obligatorischen Text des Erzählers und den fakultativen Texten der Person(en). Diese doppelte Zweideutigkeit des Titels wird von mir also, ob ich will oder nicht, beseitigt, indem ich für den neuen Titel ein Adjektiv vorschalte: *Nouveau discours du récit,* was - im Singular - nur noch die erste Lesart festhält, eine Abhandlung über die Erzählung also. Man möge aber dennoch auch die zweite Lesart mitsamt ihrer pluralischen Nuance im Auge behalten.

Eine andere Zweideutigkeit, die im Vorwort eigens herausgestellt wurde, betraf die doppelte Zielsetzung meines Vorhabens: Es ging mir sowohl um eine Theorie (der Erzählung im allgemeinen) wie auch um eine Kritik (der Proustschen Erzählung in der *Recherche).* Diese Dualität verdankte sich, wie alles im Leben, zum Teil einem äußeren Umstand: Im Winter (Februar-April) 1969 in New Harbour, Rhode Hampshire, zwangen mich Schneestürme oft dazu, "zu Hause" zu bleiben, und mir kam der Gedanke, gewisse Kategorien, mit denen ich hier und da schon experimentiert hatte[1], anhand des einzigen Textes zu erproben und zu systematisieren, über den ich "daheim" verfügte: anhand der dreibändigen Pléiadeausgabe der *Recherche -* sowie der erratischen Trümmer eines schon recht angeschlagenen literarischen Gedächtnisses. Ein verwegener, wohl auch etwas dreister und natürlich zum Scheitern verurteilter Versuch, mit Erich Auerbach zu wetteifern, dem es, nachdem er sich (auf ganz andere Weise) seiner Bibibliothek beraubt sah, souverän gelang, eines Tages *Mimesis* zu schreiben. Mögen mir meine Kollegen von der Harkness University, die zu Recht auf eine der besten literarischen Bibliotheken der Welt stolz sind und sich auch bei noch so schlechtem Wetter dorthin begeben, mir diesen doppelt unpassenden Vergleich verzeihen, der hier nur aus Liebe zum "petit fait vrai" figuriert.

Welches auch immer die Gründe waren, diese doppelte Zielsetzung stört mich heute mehr als damals. Der systematische Rückgriff auf das Beispiel Proust ist offenkundig für gewisse Verzerrungen verantwortlich: zum Beispiel für eine über-

---

[1] "Frontières du récit", "Vraisemblance et motivation", "Stendhal", "D'un récit baroque", in: *Figures II,* Paris 1969.

mäßige Betonung der Zeitprobleme (Ordnung, Dauer, Frequenz), die weit mehr als die Hälfte der Abhandlung für sich beanspruchen, und andererseits für eine zu geringe Aufmerksamkeit für "modale" Sachverhalte wie den inneren Monolog oder die erlebte Rede, die in der *Recherche* ja so gut wie keine Rolle spielen. Diesen Nachteilen stehen natürlich ein paar Vorteile gegenüber: Kein anderer Text hätte uns die Rolle der iterativen Erzählung besser vor Augen führen können. Alles in allem aber wurden die eigentlich proustologischen Resultate dieser Arbeit von den Spezialisten - aus Nachsicht oder Gleichgültigkeit? - kaum angezweifelt, so daß ich mich hier also vornehmlich mit der Erörterung der allgemeineren Fragen beschäftigen kann, die bei den Kritikern ungleich mehr Aufmerksamkeit fanden.

3. Einleitung

Auf die heute allgemein anerkannte Unterscheidung zwischen *Geschichte* (die Gesamtheit der erzählten Ereignisse), *Erzählung* (der schriftliche oder mündliche Diskurs, der von ihnen erzählt) und *Narration* (der reale oder fiktive Akt, der diesen Diskurs hervorbringt, also die Tatsache des Erzählens als solche) komme ich nur zurück, um der oft durchgeführten Parallelisierung zwischen der Unterscheidung *Geschichte/Erzählung* und dem formalistischen Gegensatz *Fabel/Sujet* meinen Segen zu geben: allerdings mit zwei geringfügigen Einwänden: Vom terminologischen Gesichtspunkt aus scheint mir mein Paar sprechender und transparenter zu sein als das russische (wenigstens soweit es seine Übersetzung betrifft), da dessen Termini so unglücklich gewählt sind, daß ich mir auch heute noch zuweilen unsicher bin, was der eine und was der andere bezeichnen soll; und vom gedanklichen Gesichtspunkt aus scheint mir unsere komplette Triade dem Gesamtphänomen des Narrativen besser gerecht zu werden. Eine duale Aufteilung in Geschichte und Erzählung führt unvermeidlich dazu, daß man jene Sachverhalte, die ich jeweils dem *Modus* und der *Stimme* zurechne, nicht auseinanderhält. Auch besteht die Gefahr, daß dieses Paar, wie in der Tat oft geschehen, mit dem verwechselt wird, das Benveniste zuvor in Umlauf brachte: *Geschichte/Diskurs,* ein Paar, das ich zwischenzeitlich[1], zwar nicht zu Unrecht, aber doch ziemlich unglücklich in *Erzählung/Diskurs* umbenannt hatte. Nun ja, *Geschichte/Diskurs, Erzählung/Diskurs, Geschichte/Erzählung,* da kann man schon durcheinanderkommen, es sei denn, daß man den jeweiligen Kontext beachtet und aufpaßt, daß jedes dieses Paare seine eigenen Kühe hütet bzw. seine eigenen Schäfchen zählt, wodurch sich die Narratologie als Mittel gegen Einschlafprobleme empfiehlt. Benvenistes Unterscheidung *Geschichte/Diskurs,* auch oder besonders wenn sie zu *Erzählung/Diskurs* revidiert wird, hat auf dieser Ebene nichts zu suchen; der formalistische Gegensatz *Fabel/Sujet* gehört, wenn man so sagen darf, zur Prähistorie der Narratologie und hat für uns ausgedient; und das Paar *Geschichte/Erzählung* hat nur Sinn in der Triade *Geschichte/Erzählung/Narration,* deren größter Mangel die Reihenfolge ist, die keiner realen oder fiktiven Genese entspricht. Die tatsächliche Reihenfolge in einer nicht-fiktiven (beispielsweise historischen) Erzählung ist natürlich *Geschichte* (die vergangenen Ereignisse) - *Narration* (der narrative Akt des Historikers) - *Erzählung:* das Produkt dieses Akts, das diesen selbst eventuell oder virtuell als geschriebener Text, als Tonbandaufzeichnung oder im menschlichen Gedächtnis überdauern kann. Nur dieses Zurückbleiben oder Überdauern berechtigt einen dazu, die Erzählung für etwas Späteres als die Narration zu halten: In ihrer ersten mündlichen oder schriftlichen Ausprägung ist die Erzählung mit der Narration völlig zeitgleich, und ihrer beider Unterscheidung ist weniger eine der Zeit als des

---

[1] *Figures II*, S. 61 f.

Aspekts, sofern *Erzählung* den vorgebrachten Diskurs bezeichnet (syntaktischer und semantischer Aspekt bei Morris), *Narration* die Situation, *in* der er vorgebracht wird (pragmatischer Aspekt). Auch in der Fiktion wird diese reale narrative Situation vorgetäuscht (und genau diese Vortäuschung oder *Simulation* - vielleicht die beste Übersetzung des griechischen *mimêsis* - definiert das Fiktionswerk), aber die wirkliche Reihenfolge dürfte eher etwas sein wie Narration "zuerst" und dann das simultane Erscheinen von (erfundener) Geschichte und Erzählung, die hier nicht voneinander zu trennen sind. Aber gibt es so etwas wie reine Fiktion? Oder reine Nicht-Fiktion?

Die Antwort fällt natürlich in beiden Fällen negativ aus, und der halbautobiographische Text der *Recherche* ist ein gutes Beispiel für die Mixtur, die gewöhnlich unsere Erzählungen ausmacht, seien diese nun literarisch oder nicht. Man kann natürlich durch Idealisierung die beiden reinen Typen gewinnen, und die literarische Narratologie hat sich ein wenig einäugig auf die Untersuchung der Fiktionserzählung festgelegt, als verstünde es sich von selbst, daß jede literarische Erzählung immer auch reine Fiktion sein müßte. Wir kommen auf dieses Problem zurück, das mitunter eine sehr genau umrissene Rolle spielt: So hat die typisch modale Frage "Woher weiß der Autor das?" in der Fiktion eine andere Bedeutung als in nicht-fiktiven Texten. In letzteren muß der Historiker Zeugnisse und Dokumente anführen, der Autobiograph Erinnerungen und vertrauliche Mitteilungen ausbreiten; im ersten Fall kann der Romancier, der Märchen- oder Ependichter - außerhalb der Fiktion allerdings! - oft sagen: "Ich weiß es, weil ich es erfinde." Innerhalb der Fiktion freilich (jedenfalls in ihrer üblichen und kanonischen Form, zu der *Tristram Shandy, Jacques le fataliste* und eine Anzahl moderner Erzählungen gerade nicht gehören) wird vorausgesetzt, daß er nicht erfindet, sondern berichtet: denn, noch einmal, die Fiktion besteht in jener Simulation, die Aristoteles *Mimesis* nannte.

Was nun den Gebrauch des Ausdrucks *Narratologie* angeht, so weist dieser seinerseits, wenigstens scheinbar, eine gewisse Sonderbarkeit auf. Bekanntlich begann die moderne Analyse der Erzählung (bei Propp) mit Untersuchungen, die vor allem die *Geschichte* betrafen, die (soweit es ging) für sich selbst betrachtet wurde und ohne allzusehr auf die Art und Weise zu achten, wie sie erzählt wird - so sie nicht gar (wie im Kino, Comic-strip, Photoroman usw.) auf extra-narrativem Weg übermittelt wird, wenn man denn, wie ich es tue, die Erzählung *stricto sensu* als *sprachliche* Übermittlung definiert; bekannt ist auch, daß auf diesem Gebiet immer noch fleißig geforscht wird (vgl. Claude Bremond, Todorov in seiner *Grammaire du Décaméron,* Greimas und seine Schule und viele andere außerhalb Frankreichs) und daß die beiden Untersuchungstypen erst seit kurzem getrennte Wege gehen: die *Introduction à l'analyse des récits* von Roland Barthes (1966) und die *Poétique* von Todorov (1968) widmeten sich noch beiden.[2] Demnach gäbe es scheinbar Raum für zwei Narratologien: die eine wäre thematisch im weiten Sinne (eine Analyse der Geschichte oder der narrativen Inhalte), die andere formal oder besser modal: eine

---

[2] Das Buch von S. Chatman, 1978, das von G. Prince, 1982 b, und das von S. Rimmon, 1983, tun es *wieder*, im Zuge eines *a posteriori* unternommenen Versuchs einer didaktischen Synthese.

Analyse der Erzählung als eines Modus der "Darstellung" von Geschichten, in Abhebung von nicht-narrativen Modi wie etwa dem dramatischen, ganz zu schweigen von solchen außerhalb des Feldes der Literatur. Es ist nun aber so, daß die Analysen des Inhalts - die narrativen Grammatiken, Logiken und Semiotiken - bislang kaum den Namen "Narratologie" für sich beansprucht haben[3], der so das (vorläufige?) Eigentum der Analytiker des narrativen Modus bleibt. Diese Eingrenzung scheint mir letztlich legitim zu sein, da das einzige Spezifikum des Narrativen in seinem Modus liegt und nicht in seinem Inhalt, der ebensogut dramatisch, zeichnerisch oder sonstwie "dargestellt" werden kann. Tatsächlich gibt es gar keine "narrativen Inhalte": es gibt Verknüpfungen von Handlungen und Ereignissen, die sich so oder anders darstellen lassen (man denke an die Geschichte des Ödipus, von der Aristoteles sagte, daß sie als Erzählung dieselbe tragische Wirkung entfalte wie im Schauspiel), und die man nur deshalb "narrative" nennt, weil man ihnen in einer narrativen Darstellung begegnet. Diese Metonymie ist verständlich, aber höchst unwillkommen; ohne mir freilich Illusionen zu machen, plädiere ich deshalb für einen Gebrauch, der streng *auf den Repräsentationsmodus bezogen* bleibt, und das nicht nur bei dem (technischen) Ausdruck *Narratologie,* sondern auch bei den Worten *Erzählung* oder *narrativ*[4], die bislang ja auch recht vernünfig gebraucht wurden, seit einiger Zeit aber von der Inflation bedroht sind.

Der Gebrauch des Wortes *Diegese,* partielles Äquivalent für *Geschichte*[5], gab ebenfalls Anlaß zu Verwirrung, die ich seitdem zu beheben versucht habe.[6] Die Diegese in dem Sinne, wie Souriau diesen Ausdruck 1948 im kinematographischen Kontext eingeführt hat (das diegetische Universum als Ort des Signifikats im Gegensatz zum *Leinwand*universum als Ort des filmischen Signifikanten), ist eher ein ganzes *Universum* als eine Verknüpfung von Handlungen (Geschichte): Die Diegese ist mithin nicht die Geschichte, sondern das Universum, in dem sie spielt, in etwa so, wie man sagt, daß Stendhal nicht im selben Universum lebt wie Fabrice. Man sollte also nicht, wie es heute allzuoft geschieht, *Geschichte* durch *Diegese* ersetzen, wenn sich auch das Adjektiv *diegetisch* geradezu aufdrängt als Ersatz für einen Gebrauch von "geschichtlich", der einen noch viel stärker verwirren würde. Weitere Verwirrung stiftet die äußere Ähnlichkeit der Ausdrücke *Diegese* und *Diegesis*. Die *Diegesis* stammt aus der Platonischen Theorie der Darstellungsmodi, wo sie der *Mimesis* entgegengesetzt ist. *Diegesis* ist die reine (dialogfreie) Erzählung im Ge-

---

[3] Die einzige derartige Inanspruchnahme, die mir bekannt geworden ist, ist die, die der Titel (und der Inhalt) des Buches von Prince, 1982 b, formuliert, und sein Aufsatz, 1982 a, näher erläutert.

[4] Der Gebrauch also, den ein Titel wie *Syntaxe narrative des tragédies de Corneille* (T. Pavel, Paris 1976) vom Adjektiv "narrativ" macht, ist mir höchst unlieb. Die Syntax einer Tragödie kann für mich nur eine "dramatische" sein. Aber vielleicht sollte man zwischen dem Thematischen und dem Modalen eine dritte Ebene freihalten für die Untersuchung dessen, was man in der Terminologie Hjelmslevs die Form des (narrativen oder dramatischen) *Inhalts* nennen könnte: Ich denke etwa an die Unterscheidung (auf die ich gleich zurückkommen werde) zwischen dem, was Forster *history* und *plot* nennt (erstere episodisch aufgebaut, vom epischen oder pikaresken Typ, letzterer mit umgreifender Handlungsführung, vom Typ *Tom Jones*), sowie an die Untersuchung der dazugehörigen Techniken.

[5] Vgl. *Diskurs der Erzählung,* [oben] S. 16, Anm. 2 ("partiell" deshalb, weil es auf S. 313 präziser definiert wird).

[6] *Palimpsestes,* Paris 1982, S. 341 f., dt. *Palimpseste,* Frankfurt a. M., 1993, S. 404 f. Vgl. J. Pier, Stichwort "Diegesis", in *Encyclopedic Dictionary of Semiotics,* hrsg. von T. Sebeok.

gensatz zur *Mimesis* der dramatischen Darstellung und zu allem, was von ihr in Form von Dialogpartien Einlaß in die Erzählung findet, die dadurch unrein, ein *Mixtum* wird. *Diegesis* hat also nichts mit *Diegese* zu tun; oder, wenn man so will, *Diegese* ist (und ich kann nichts dafür) keineswegs die Übersetzung des griechischen *diêgêsis*. Komplizierter wird es noch bei den Adjektiven (und leider auch bei der Übersetzung ins Englische, wo es nur das eine Wort "diegesis" gibt, woraus sich so grobe Fehldeutungen erklären wie die in Wayne Booth, 1983 a, S. 438). Für mich jedenfalls (wie natürlich auch für Souriau) leitet *diegetisch* sich immer von *Diegese* her, nie von *Diegesis*; andere, wie Mieke Bal, mögen nicht auf das Oppositionspaar *diegetisch/mimetisch* verzichten, aber dafür trage ich keine Verantwortung.

Der Begriff einer *Minimalerzählung* stellt einen vor ein Definitionsproblem, das gar nicht so leicht zu lösen ist. Als ich schrieb: *"Ich gehe, Pierre ist gekommen,* sind für mich Minimalformen der Erzählung"[7], habe ich bewußt eine weite Definition gewählt, an der ich hier festhalte. Für mich liegt, sobald es auch nur eine einzige Handlung oder ein einziges Ereignis gibt, eine Geschichte vor, denn damit gibt es bereits eine Veränderung, einen Übergang vom Vorher zum Nachher. "Ich gehe" setzt einen Anfangs- und einen Endzustand voraus (und sich beiden entgegen). Eine ganze Geschichte also, und für Beckett gäbe es hier vielleicht schon zuviel zu erzählen oder zu inszenieren. Aber es gibt natürlich auch stärkere und folglich engere Definitionen. Evelyne Birge-Vitz setzt meinem "Marcel wird Schriftsteller" eine Definition der Geschichte entgegen, die viel mehr erfordert: nicht nur eine Veränderung, sondern eine *erwartete* oder *herbeigewünschte* Veränderung.[8] Zwar gibt es auch umgekehrte Spezifizierungen (eine befürchtete Veränderung, wie in *Ödipus heiratet am Ende seine Mutter),* aber es stimmt schon, daß die meisten Erzählungen, ob volkstümliche oder klassische, eine spezifische Veränderung erfordern, sei es eine erfüllende *(Marcel wird schließlich, nach so vielen Irrwegen, doch noch der Schriftsteller, der er immer sein wollte)* oder sei es eine enttäuschende, die jedoch vielleicht auf zweiter Stufe für den Leser oder, wer weiß, für den Helden dennoch erfüllender Natur ist: *Marcel wird Klempner.* Meines Erachtens allerdings sind diese spezifizierten und folglich schon komplexen Formen solche der, sagen wir, *interessanten* Geschichte. Aber eine Geschichte muß nicht interessant sein, um eine Geschichte zu sein. Und im übrigen: interessant für wen? *Ich gehe* interessiert, wenn überhaupt, wohl nur mich, doch es kommt auch auf den Tag an: Nach einem einmonatigen Klinikaufenthalt mag es an ein Wunder grenzen. Umgekehrt mag es auch Menschen geben, denen die spezifizierte Erzählung *Marcel wird schließlich doch noch Schriftsteller* nur ein müdes "Wie schön für ihn" entlockt. Man sollte also, wie mir scheint, Komplexitätsgrade der Geschichte unterscheiden (mit oder ohne Verwicklung, Peripetie, Wiedererkennung und Auflösung), deren Wahl den

---

[7] Oben S. 18 f.; dem argwöhnischen Leser sei versichert, daß es sich bei "Pierre ist gekommen" *nicht* um ein Resümee des Romans von Melville handelt und bei "ich gehe" *nicht* um ein Resümee der *Rêveries du promeneur solitaire.*
[8] 1977; vgl. *Palimpsestes,* S. 280, dt. S. 332. Was die betrifft, die jedes Resümee im Vergleich zum resümierten Werk *zu trocken* finden und folglich einer Reduktion vorwerfen, reduktiv zu sein, so weiß ich wirklich nicht, was ich ihnen antworten soll.

Gattungen, Epochen und Autoren (aber auch dem Publikum) überlassen bleibt. Dies war in etwa auch die Ansicht von Aristoteles oder E. M. Forster[9] mit seiner berühmten Unterscheidung von Geschichte *(story:* "*The king died and then the queen died*") und Fabel *(plot:* "*... of grief*"). Es gibt Orte und Zeiten für die Geschichte und solche für die Fabel. Und sogar solche für die geheimnisvolle Fabel: "*The queen died, no one knew why*". Meine Minimalerzählung ist zweifellos noch ärmer, aber Armut ist keine Untugend, sowenig wie laut Forster die Geschichte. "*The king died*" - nicht mehr und nicht weniger. Für eine Schlagzeile reicht dies allemal. Und wenn das Volk Einzelheiten will, so wird man sie schon liefern.

---

[9] *Aspects of the Novel,* 1927, S. 31 und 82. Vgl. Rimmon, 1983, S. 15-19.

4. Ordnung

Die Untersuchung der Zeitordnung beginnt mit einem Abschnitt *(Zeit der Erzählung?)*, der in Wahrheit nur Fragen der "Dauer" betrifft, und ich werde in diesem Zusammenhang darauf zurückkommen. Ansonsten hat dieses Kapitel eigentlich nur von einer Seite Kritik erfahren, die allerdings massiv ausfiel. Sie zielt zwar nur auf die Untersuchung der Analepsen, ließe sich aber genausogut - oder genausoschlecht - auf die der Prolepsen anwenden. Es handelt sich um einen Aufsatz von C. J. van Rees, erschienen 1981 in *Poetics* (S. 49-89) unter dem Titel: "Some Issues in the Study of Conceptions of Literature: A Critique of the Instrumentalist View of Literary Theories". Wie der Titel schon sagt, stößt sich der Autor an der "instrumentalistischen" Auffassung der Literaturtheorie. Diese Sichtweise, die er für die meine hält, besteht darin, die Theorie als ein *organon* zu behandeln, d. h. als ein Instrument zur Untersuchung der Texte. Sie verkennt van Rees zufolge die elementaren Prinzipien der Methodologie im allgemeinen, illustriert - ohne es zu wollen und ohne es zu ahnen - eine bestimmte "Auffassung der Literatur", d. h. ein bestimmtes System von Normen und Werten, und dient dazu, ideologischen Ansichten über das Wesen literarischer Texte institutionelle Weihen zu geben. Van Rees spricht von einer "generativen" Poetik, die von der Existenz einer angeborenen "poetischen Kompetenz" überzeugt sei. Die Anführungsstriche stehen in seinem Text, doch ich weiß nicht, ob er meint, daß ich für diesen pseudo-chomskyschen Phantombegriff verantwortlich bin. Für ihn jedenfalls ist diese Kompetenz, die es für ihn also durchaus gibt, *erworben* (was ich ohne weiteres zugäbe, wenn ich denn wüßte, worum es hier geht), heterogen (was wohl soviel wie "variabel" heißen soll) und *class-bound,* was sich wohl nur mit "gebunden an die Zugehörigkeit zu einer Klasse" übersetzen läßt, im marxistischen Sinne des Wortes: Demnach gibt es also, nehme ich an, eine bürgerliche poetische Kompetenz, eine proletarische, eine feudale usw. (Usw.? Ich habe die offizielle Liste vergessen.) Das klärt nun immerhin über die Herkunft dieser Kritik auf und wirft implizit *(a contrario)* Licht auf die Ideologie, von der meine "Auffassung der Literatur" abhängig sein soll: "Ich werde anhand einer detaillierten Analyse der drei ersten Kapitel zu zeigen versuchen [in Wahrheit wird nur ein Abschnitt des ersten Kapitels herangezogen, und ich überlasse dem Leser das Urteil darüber, ob es legitim ist, eine Abhandlung von 215 Seiten auf der Basis einer Probe von 15 Seiten zu bewerten], inwiefern das terminologische System Genettes von einer bestimmten Auffassung der Literatur abhängig ist und welche besonderen Merkmale diese Konzeption aufweist" (S. 67); über diese "besonderen Merkmale" schweigt sich das Folgende dann aus, was mich aber keineswegs beruhigt: Je diffuser ein Verbrechen, um so zäher hängt es einem an, und auf ideologischem Gebiet scheint mir (wenn überhaupt) nur die Wahl zwischen bürgerlich und feudal zu bleiben. Was tun? Der einzige Anhaltspunkt, den ich habe, der einzige Bezugspunkt, den van Rees für meine "Auffassung der Literatur" angibt (man wird inzwischen bemerkt haben, daß es schon schlimm genug ist, überhaupt eine zu haben), ist ... Wellek und Warren, was mir kaum weiterhilft: Es ist ein wenig zu spät, sie über ihre Klassenzugehörigkeit zu befragen, und der Lektüre ihres Werks allein kann ich sie nicht entnehmen, da mir jede Fähigkeit zu dieser Art von Tiefendeutung abhanden gekommen ist. Doch diese ungewiß bleibende ideologische Verortung ist zum Glück - oder Unglück - nur das Vorspiel zu einer methodologischen Kritik des Anachroniebegriffs.

Van Rees wirft mir besonders den Gebrauch des Präfixes *pseudo-* vor, wobei er den Ausdruck "Pseudo-Zeit", den ich für die Dauer der Erzählung verwende, mit dem Ausdruck (und das ist fast sein einziger Ausflug über meine S. 45 hinaus) "Pseudo-Iterativ" auf eine Stufe stellt, der bestimmte Szenen der *Recherche* näher kennzeichnet. Diese beiden Begriffe haben indes offenkundig nicht denselben epistemologischen Stellenwert: Die Zeit der (schriftlichen) Erzählung ist insofern eine "Pseudo-Zeit", als sie für den Leser empirisch in einem textuellen Raum besteht, den allein die Lektüre in Dauer (zurück)verwandeln kann; der Pseudo-Iterativ ist insofern *pseudo,* als er - durch den Gebrauch des Imperfekts - als ein Iterativ präsentiert wird, obgleich das in ihm Erzählte ganz eindeutig singulärer Natur ist: vgl. die S. 86 f., wo ich in diesem Zusammenhang von *narrativer Freiheit* und *Figur* spreche und den Pseudo-Iterativ als eine *Hyperbel*[1] charakterisiere, da der Autor darin die Ähnlichkeit zwischen zwei vergleichbaren Szenen bis zu ihrer Identität übertreibt, ohne allerdings zu beanspruchen, daß man dies buchstäblich nimmt. Natürlich ist auch der Iterativ selber immer mehr oder minder figürlich, es sei denn, er beschränkt sich auf sehr schematische Aussagen ("Jeden Tag machten wir einen Spaziergang") oder solche sehr dürftigen Inhalts ("Zwanzigmal am Tag wasche ich mir die Hände"). Für van Rees (S. 69) liegt eine "petitio principii" vor, wenn man angesichts von Ereignissen, die die Erzählung als identische präsentiert, von bloßer Ähnlichkeit spricht, da die "Minimalbedingungen für die Ähnlichkeit" nicht definiert werden. Aber ich bin es ja auch gar nicht, der hier definiert: Der Text definiert oder *setzt* eine Identität, die ich dann abschwäche zu einer bloßen Ähnlichkeit, die wiederum der Text selber mir nahelegt, indem er recht oft ein ganzes Spektrum von Varianten angibt (Spaziergänge bei schönem Wetter, wenn es bedeckt ist, usw.). Doch lassen wir diesen vorsichtigen Vorbehalt einmal beseite und nehmen wir den Iterativ für bare Münze: "Jeden Samstag passiert immer wieder rein dasselbe" (so in etwa Proust): Das ändert aber rein gar nichts an meiner Definition des Iterativs und, falls eine Steigerung hier noch möglich ist, erst recht nichts an der Tatsache, daß er seinen iterativen, d. h. synthetischen Charakter selber angibt, ganz so wie im klassischen Roman (in *Madame Bovary* zum Beispiel, aber auch noch bei Proust) auch die Anachronien ihren Anachroniecharakter *selbst anzeigen*. In all diesen Punkten wirft mein Rezensent mir Willkür vor: Ich würde angeblich diesen oder jenen Passus einfach als iterativ, analeptisch oder proleptisch hinstellen, ohne jeden *Beweis*. Aber ich muß nichts beweisen, der Text selbst stellt es so hin. Allerdings kümmert

---

[1] Catherine Kerbrat-Orecchioni definiert ihn ihrerseits als eine "aspektuelle Enallage" (ein Imperfekt für ein Passé simple): vgl. "L'ironie comme trope", *Poétique* 41, S. 116, sowie *La connotation,* Lyon 1977, S. 193. Beide Charakterisierungen sind natürlich miteinander vereinbar.

sich van Rees herzlich wenig um den Text, und mit dem der *Recherche* jedenfalls scheint er auch nicht sehr vertraut zu sein.

Doch zurück zu den Analepsen, die allein seine Aufmerksamkeit gefunden haben. Van Rees wirft mir Definitionen von inkohärenter Vielfalt vor, und meine terminologischen Vorschläge sollen angeblich nur ad hoc auf Interpretationspostulate reagieren: Demnach hat er also meine, gewiß etwas schwerfälligen, Seiten 22 bis 31 einfach überschlagen, wo ich auf der Grundlage von Beispielen aus der *Ilias*, dem *Jean Santeuil* und der *Recherche* ein Verfahren vorstelle, um Anachronien zu erkennen, zu analysieren und zu definieren. Diese Methode mag vielleicht kritisierbar sein, aber man kann nicht sagen, daß van Rees überhaupt versucht hätte, sie zu prüfen: er ignoriert sie völlig, wie so vieles andere auch.

Was die inkohärente Vielfalt der Definitionen betrifft, so zitiert van Rees (S. 72), um mir eine allzugroße Nachlässigkeit in bezug auf den Status der Anachronien nachzuweisen, einen Satz aus *Diskurs der Erzählung* (S. 32), unterschlägt aber ganz bewußt ein Wort, das alles verändert: "So definiert", sagte ich damals, "*scheint* es sich beim Status der Anachronien nur um eine Frage des Mehr oder Weniger zu handeln, um eine jeweils einzelne Zeitmessung, die theoretisch nicht weiter von Interesse ist." Van Rees unterschlägt das Wort *scheint*, das hinreichend deutlich macht, daß ich diese abfällige Bewertung nicht teile. Ich weiß zwar, daß van Rees faktisch mit der englischen Übersetzung arbeitet, aber die ist hier sehr genau: "*The status of anachronies* seems *to be [...]*" (S. 48). Kurz darauf stützt er sich auf eine schon eher angreifbare Übersetzung von "wichtige Momente" (wichtig, um die Anachronien zu klassifizieren) durch "*certain 'higher' moments of narrative*", mit der Begründung, daß der Übersetzer hier den Sinn der Stelle besser als ich erkannt habe: "*... the tenor which, for a critical reader, is implied in this passage*". Man beachte das unparteiische und von allen "Interpretationspostulaten" freie Vorgehen. Im selben Geist stützt van Rees, acht Seiten weiter (S. 80), seinen Inkohärenzvorwurf erneut auf ein arg verfälschtes Zitat. Es geht um die Analepse in der *Odyssee*, die davon berichtet, wie sich sich Odysseus seine Narbe zuzog. Ich schrieb (S. 32): "Natürlich können die Verschachtelungen auch komplexer sein, und eine Anachronie kann in bezug auf eine andere, die von ihr getragen wird, selbst als Basiserzählung [récit premier, first narrative] fungieren. Prinzipiell und in einem allgemeinen Sinn kann der gesamte Kontext einer Anachronie als Basiserzählung betrachtet werden. Die Erzählung von der Verwundung des Odysseus bezieht sich eindeutig auf eine Episode, die dem zeitlichen Ausgangspunkt der 'Basiserzählung' der *Odyssee* vorausliegt, *selbst wenn* man, dem genannten Prinzip zufolge, zu ihr die retrospektive Erzählung des Odysseus am Hofe der Phaiaken hinzurechnet, die bis zum Fall von Troja zurückreicht" (auch hier wieder ist die englische Übersetzung sehr genau, das "selbst wenn" wird mit "*even if*" wiedergegeben). Und so zitiert van Rees die Stelle: "*First he states:'We allow first narrative to include the retrospective tale Ulysses tells the Phaeacians [...]'*". Anders gesagt, er zitiert einen konzessivhypothetischen Nebensatz, als wäre es ein Hauptsatz: "*We allow [...]*", und unterschlägt so einfach den konzessiven Charakter der Hypothese, der zufolge man unter bestimmten Umständen den analeptischen Charakter der Erzählung des Odysseus vernachlässigen und sie der "Basiserzählung" der *Odyssee* eingliedern kann. Konzessiv, weil der Argumentationsgang folgender ist: *Selbst* gegenüber einer Basiserzählung, die mit dem Fall von Troja beginnt, bleibt die Erzählung der Verwundung des Odysseus (die vor dem Krieg spielt) eine externe Analepse; will sagen: *a fortiori* gegenüber einer Erzählung, die mit dem Verlassen der Insel der Kalypso beginnt. Ein Dreijähriger verstünde diesen Gedankengang, aber ums Verstehen ist es van Rees offensichtlich nicht zu tun.

Derartige Vorgehensweisen brechen über einen Kritiker den Stab. Doch die grundsätzliche Frage, die hier aufgeworfen wird, geht über die Person dessen, der sie stellt oder besser gesagt berührt, ohne sie wirklich zu stellen, hinaus. Es ist die Frage nach der Stichhaltigkeit und den Gültigkeitsebenen von wissenschaftlichen Definitionen, Unterscheidungen und Aussagen ganz allgemein. Van Rees wirft mir vor, mitunter anderswo erarbeitete Begriffe zu vernachlässigen, dann wieder anderswo aufgestellte Gegensätze zu neutralisieren usw., für ihn ein Zeichen von Inkohärenz und eben von Nachlässigkeit. Ich könnte hier ein Recht auf Nachlässigkeit postulieren, aber die Wahrheit ist, daß der intellektuelle Ernst selber es verlangt, daß man von gewissen Gegebenheiten abzusehen versteht. Ich verweise hier den Leser auf einige berühmte Stellen in Bachelards *La formation de l'esprit scientifique* über das Übermaß an Präzision als epistemologisches Hemmnis. Dies gilt, denke ich, erst recht für ein Übermaß an Starrheit im Gebrauch der Kategorien und Definitionen, deren Wert immer nur ein *operativer* ist. Auf einer bestimmten Ebene ist das Atom ein System von Elementarteilchen und die Erde dreht sich um die Sonne; auf einer anderen Ebene sagt man lieber, wie in der guten alten Zeit, daß das Atom unteilbar ist und die Sonne auf- und untergeht. Auf einer bestimmten Analyseebene und gegenüber der primären Erzählung der *Odyssee* (der des epischen Erzählers) ist die Erzählung des Odysseus bei den Phaiaken eine Analepse; auf einer anderen Ebene und gegenüber einer Analepse zweiter Ordnung kann sie der primären Erzählung eingegliedert werden, indem man diese Differenz *vernachlässigt*. Die Starrheit ist die Strenge der Pedanten, die nie etwas vernachlässigen können. Wer aber nichts vernachlässigt, bringt auch nichts zuwege.

Was den Rest der van Reesschen Kritik betrifft, so beruht sie auf zwei Irrtümern oder Fehldeutungen, an denen ich nicht ganz unschuldig bin, und die auf zwei Schwächen meiner Arbeit hinweisen. Die erste Fehldeutung betrifft die Untersuchung der homodiegetischen internen Analepsen, und sie besteht darin, mir zu unterstellen, daß ich jede Form von Redundanz oder Überschneidung zwischen dem narrativen Inhalt dieser Analepsen und dem der "Basiserzählung" prinzipiell geringschätze. An dieser Stelle (S. 82-85) wird mir auch eine literarische Ästhetik unterstellt, die laut van Rees die von Wellek und Warren gewesen sein soll: *"Genette simply assumes that redundancy is not present in a good writer."* In Wahrheit ist mein Vorurteil, so ich eins habe (ich habe sogar mehrere), hier gerade entgegengesetzter Natur, und wenn ich dieses (zu lange) Kapitel über die Analepsen heute wieder lese, fällt mir auf, daß es im ganzen so angelegt ist, daß mit der fortlaufenden Kette der Unterscheidungen (externe/interne, partielle/komplette, heterodiegetische/homodiegetische Analepsen) die (seltenen) Fälle einer "Gefahr" der Überschneidung oder Wiederholung immer deutlicher in den Blick gerückt werden. Das zweimal (S. 33) gebrauchte Wort "Gefahr" ist natürlich eine mißliche Konzession an die geläufige Ästhetik, die ich nicht unbedingt Wellek und Warren zuschreiben würde, und die verlangt, daß man Wiederholungen (und Widersprüche) vermeidet. Für mich aber war das, was die Proustsche Erzählung in diese Richtung trieb, ein Element der Übertretung klassischer Normen und damit etwas, was ich durchaus nicht geringschätze. Heute freilich wäre ich in diesem Punkt, wie auch in einigen anderen (vgl. etwa die achronischen Strukturen (S. 54-59), das "Spiel mit der Zeit" (S. 110-114) oder die "Polymodalität" (S. 148-149)), nicht mehr so enthusiastisch, und es kommt mir sogar ein wenig lächerlich vor, die Werke der Vergangenheit nach dem Grad zu bewerten, in dem sie unseren gegenwärtigen Geschmack vorwegnehmen, - eine kindliche Form des Glaubens an den Fortschritt in der Kunst, so als bestünde das Verdienst von A immer nur darin, B anzukündigen, dessen eigener Wert nur darin läge, C anzukündigen, der seinerseits usw. Joyce, Nabokov oder Robbe-Grillet haben ihren Wert in sich, und auch Proust hat den seinen, der sich nicht darin erschöpft, auf andere Werte vorauszudeuten. Doch selbst vom Standpunkt einer Ästhetik aus, die weniger subjektiv und anachronistisch wäre als stellenweise die des *Diskurses der Erzählung,* darf das Wiederholungs- oder "Überschneidungs"vermögen einer Erzählung nicht *a priori* geringgeschätzt werden, im Gegenteil.[2] Die Literatur, zumindest die Prosaerzählung, hat von den Möglichkeiten der internen Variation immer einen sehr viel schüchterneren Gebrauch gemacht als die anderen Künste, inbesondere die Musik, und das bedeutete zweifellos eine Verarmung. Wenn ein Text wie die *Recherche* - wenn auch unbeabsichtigt - in diesem Punkt etwas kühner ist, ist es also erlaubt, sich darüber zu freuen. Jedenfalls ist es mir nie eingefallen, Proust dafür zu tadeln, und ich denke, daß dies auch jedem redlichen Leser deutlich geworden ist.

Der zweite Irrtum von van Rees besteht in der Annahme, das, was ich die "Basiserzählung" nenne, besäße (für mich) einen thematischen Vorrang vor den anachronistischen Segmenten.[3] Es sollte sich eigentlich von selbst verstehen, daß dem nicht so ist, habe ich doch, wir mir scheint, recht klar gezeigt (S. 28-31), daß fast die ganze *Recherche* aus jener riesigen Analepse besteht, die im dritten Teil von Swann (I, S. 383, dt. S. 507) beginnt, wo die Reiseträume des jungen Marcel evoziert werden. Doch auch hier wieder bin ich an dem Irrtum nicht ganz unschuldig, da Ausdrücke wie *(passim) "Basis*erzählung" oder (S. 33) "*Haupt*strang der Geschichte" vielleicht etwas ungeschickt gewählt sind. Allerdings wurde dieser letztere Ausdruck nicht im Blick auf den anachronistischen Charakter der fraglichen Episoden geprägt, sondern allein im Blick auf deren *heterodiegetischen* Charakter gegenüber dem, was ich für den (thematischen - und nicht temporalen! -) Hauptstrang der *Recherche* halte, nämlich die Erfahrungen und die Lehre des Helden. Hier könnte van Rees natürlich mit einer hübschen metakritischen Beckmesserei aufwarten ("Was *beweist* Ihnen denn, daß die Erfahrungen des Helden wichtiger sind als die Heirat des jungen Cambremer?"), aber wir haben wohl schon genug Zeit verloren. Bei alledem mag der Ausdruck "Basiserzählung" [récit premier] vielleicht wirklich ein Werturteil implizieren, und heute würde ich ihn durch *primäre* Erzählung ersetzen, was, zumindest im Französischen, neutraler klingt. Dieser Ausdruck

---

[2] Das habe ich übrigens, denke ich, an einer späteren Stelle auch recht deutlich gemacht, im Kapitel "Frequenz", wo von der repetitiven Erzählung vom Robbe-Grilletschen Typ die Rede ist (S. 82), deren ästhetisches Hauptverdienst, wenn man denn daran erinnern muß, gerade darin liegt, wie sie sich wiederholt.
[3] S. 76 und 81. Derselbe Irrtum bei H. Mosher, 1976, S. 81.

wird uns übrigens noch nützlich werden, wenn wir uns den Fragen nach der narrativen Ebene zuwenden.[4]

Die Untersuchung der Prolepsen wirft natürlich ähnliche Probleme auf, und ich denke nicht, daß man darauf noch einmal zurückkommen muß, denn ohnehin sind die Analepsen von größerer Bedeutung: Die Erzählung, auch die literarische oder die moderne, bedient sich offensichtlich seltener der Antizipation als der Retrospektion, auch wenn ich (S. 23) den kanonischen Charakter der letzteren etwas übertrieben habe, als ich die Anachronie am Anfang der *Ilias* für traditionsbildend erklärte, indem ich schrieb, "daß dieser *in medias res*-Beginn, gefolgt von einem erläuternden Schritt zurück, einer der formalen *topoi* der epischen Gattung geworden ist". In Wahrheit ist dieser Rückblick am Anfang der *Ilias,* der vom Umfang her übrigens sehr begrenzt ist, keineswegs charakteristisch für die *Ilias* als solche, die im großen und ganzen vielmehr chronologisch erzählt, und der formale Topos der metadiegetischen Analepse ist nur für die *Odyssee* und später (einfach aufgrund der Nachahmung) für die *Aeneis* kennzeichnend. Selbst klassische Epen wie *Das befreite Jerusalem* verzichten auf ihn, und auch die "Chansons de geste" kümmern sich kaum darum. Es handelt sich keineswegs um ein typisches Merkmal der epischen Diktion im allgemeinen, und die Formel *"in medias res"* wird von Horaz *(Ars poetica,* V. 148) auch gar nicht verwendet, um dieses Vorgehen der *Odyssee* zu charakterisieren, sondern um die *Ilias* dafür zu loben, daß sie - ohne deshalb gleich mit einer kompletiven Analepse bis zum Ei der Leda *(ab ovo gemino)* zurückzugehen - ihre Zuhörer mitten in eine bekannte Handlung (den Trojanischen Krieg) hineinversetzt, um sofort zum eigenen Thema zu kommen: dem Zorn des Achilleus. Ich habe also durch übereilte Generalisierung gesündigt, indem ich mich zu sehr auf die Meinung von Huet[5] verlassen habe, die eher den Kanon des griechischen und barocken Romans illustriert als den des Epos.[6]

Um den Problemkreis der narrativen Ordnung zu verlassen, abschließend noch ein Wort zu einer Bemerkung von Dorrit Cohn[7], die eine "enge Entsprechung zwischen der temporalen Begrifflichkeit Lämmerts und den Kapiteln von Genette über Ordnung und Dauer" festgestellt haben will. Dieser Vergleich zwischen dem *Diskurs der Erzählung* und den *Bauformen des Erzählens* scheint mir - allerdings nur, soweit es um Fragen der Ordnung, d. h. um die Untersuchung der Anachronien geht - durchaus zuzutreffen: Der zweite Teil von Lämmerts Werk ist in der Tat gänzlich dem gewidmet, was er *Rückwendungen** (Retrospektionen) und *Voraus-*

---

[4] In diesem Problemzusammenhang verwendet ihn auch L. Danon-Boileau, 1982, S. 37.
[5] Die zweifellos schon in der Renaissance verbreitet war, da Amyot 1547 im Vorwort zu seiner Heliodorübersetzung schreibt: "Er beginnt in der Mitte seiner Geschichte, wie die Heldendichter."
[6] "Studierte man die zeitliche Abfolge der Ereignisse in der *Ilias,* so stieße man auf eine streng chronologische Ordnung, vom Anfang (dem Streit) bis zum Ende: dem Begräbnis von Hektor" (Rodney Delasanta, *The Epic Voice,* Den Haag 1967, S. 46). Meir Sternberg, der diese Behauptung zitiert (1978, S. 37), hält sie für zu absolut und setzt ihr zu Recht Analepsen wie den Schiffskatalog und die Erinnerungen Nestors entgegen. Aber das berechtigt noch lange nicht dazu, die *in medias res*-Formel im modernen Sinne des Wortes, den auch Sternberg sehr klar vom Horazischen Sinn unterscheidet, auf die *Ilias* anzuwenden. Man kann die Zeitstruktur der *Ilias* nicht ernsthaft mit der der *Odyssee* gleichsetzen wollen, die Sternberg selber übrigens sehr überzeugend in den Kapiteln III und IV seines Buchs analysiert.
[7] 1981 b, S. 159, Anm. 3.

deutungen* (Antizipationen) nennt. Mir war Lämmerts Arbeit in den Hauptzügen bekannt, als ich an der meinen schrieb, und natürlich hätte ich mich stärker darauf beziehen sollen. Doch die beiden Systeme atmen einen sehr unterschiedlichen Geist. Lämmerts Klassifikation ist im wesentlichen funktional, sie teilt die Anachronien nach ihrem traditionellen Platz ein (festgelegt - am Anfang bzw. am Schluß - oder frei) sowie nach ihrer Rolle: der Exposition, der Gleichzeitigkeit, der Abschweifung oder der Retardation bei den Analepsen; der zukunftsgewissen oder -ungewissen Vorausdeutung, der unmittelbaren oder langfristigen Verkündigung bei den Prolepsen. Trotz ihres großen Apparats an Kategorien und Unterteilungen ist diese lange Studie (92 Seiten) in gewissem Sinne weniger analytisch als die meine: sie hält sich "synthetisch" an kanonische Formen, die durch ihren Platz und ihre Funktion bestimmt sind (einführende Vorausdeutung im Titel, aufbauende Rückwendung, Phasenvorausdeutung, Ausgangsvorausdeutung usw.). Die beiden Vorgehensweisen ergänzen sich also. Nur scheint es mir, daß die Ordnung, in der sie aufeinander folgten, selbst anachronistisch bzw. verkehrt war, sofern die ästhetische Synthese vor der textuellen Analyse kam: Genette also ignoriert Lämmert, weil er diesem logisch vorhergeht, dieser ignoriert Genette aus einem sehr viel einfacheren und zwingenderen Grund. Eine weitere Ordnungs-Widrigkeit, ein weiteres *chassé-croisé* derselben Art wird uns weiter unten davon überzeugen, daß die Zeit der Geschichte, hier wie auch anderswo, manchmal rückwärts läuft.

5. Geschwindigkeit

Die Schwierigkeit, die "Dauer" einer Erzählung zu messen, ist keine essentielle Schwierigkeit, da ja eine mündliche Erzählung, ob literarisch oder nicht, ihre feste und sehr gut meßbare Dauer hat. Eine schriftliche Erzählung hingegen, die in dieser Form natürlich keine Dauer hat, findet ihre "Rezeption" und damit ihre volle Existenz erst in einem performativen Akt stummen oder lauten Lesens, der seinerseits durchaus eine Dauer hat, wenn diese auch von Fall zu Fall verschieden sein mag: und genau das nenne ich die *Pseudo*-Zeitlichkeit der (schriftlichen) Erzählung.

Diese Schwierigkeit läßt sich zwar nicht völlig beheben, wohl aber *vernachlässigen,* indem man eine mittlere oder optimale Lektüredauer festlegt, die unter Umständen sogar der Text selber bestimmt, wenn er die (diegetische) Dauer einer reinen Dialogszene angibt - doch handelt es sich auch hier nur um einen Mittelwert: Durch Beschleunigungen und Verzögerungen im Detail gibt es tausend verschiedene Arten, eine Seite in drei Minuten zu lesen, und niemand kann sagen, welches die "richtige" ist. Die Schwierigkeit ist allerdings um so eher zu vernachlässigen, als es für unsere Zwecke auf diese Performanzgeschwindigkeit (soviel Seiten *in* der Stunde) gar nicht ankommt. Entscheidend ist vielmehr die narrative Geschwindigkeit, die durch das Verhältnis der Länge der Erzählung zur Dauer der Geschichte gemessen wird: soviel Seiten *für* eine Stunde. Der Vergleich der beiden Dauern (Geschichte und Lektüre) setzt faktisch zwei Umwandlungen voraus: Die Dauer der Geschichte muß in Textlänge verwandelt werden, diese dann in die Dauer der Lektüre. Die zweite Umwandlung kann man sich jedoch ersparen, es sei denn, man will die *Isochronie* einer Szene verifizieren, die freilich immer nur eine approximative und *konventionelle* sein kann - und niemand, außer vielleicht van Rees, wird mehr von ihr verlangen.

Entscheidend ist also die Geschwindigkeit der Erzählung, und deshalb hätte ich, wie ich heute meine, dieses Kapitel nicht *Dauer,* sondern *Geschwindigkeit* überschreiben sollen, bzw. - da wohl keine Erzählung immer exakt dasselbe konstante Tempo hat - *Geschwindigkeiten*. Bei einer Erzählung, die die zeitlichen Grenzen ihrer Geschichte angibt oder doch erschließen läßt (was nicht immer der Fall ist), läßt sich die Durchschnittsgeschwindigkeit dieser Erzählung als ganzer recht leicht ermitteln. Geht man etwa davon aus (was mir am vernünftigsten zu sein scheint), daß die Handlung von *Eugénie Grandet* 1789 beginnt und 1833 endet[1], kommt man zu dem Schluß, daß diese Erzählung auf 172 Seiten[2] 44 Jahre abdeckt, mit

---

[1] Pléiade, S. 1030: "Monsieur Grandet war 1781 ein gutsituierter Böttchermeister [...]"; S. 1199: Eugénie ist siebenunddreißig, "seit einigen Tagen ist von einer neuen Heirat für sie die Rede", dies ist die letzte *im Text* datierte Seite vom September 1833 (ein Datum, das nicht unbedingt dem wirklichen Abfassungsdatum entspricht, worauf es hier aber nicht ankommt).

[2] Pléiadeseiten, die ich auch für die *Recherche* zugrunde lege.

einer Seite also ungefähr 90 Tage. Die *Recherche* deckt auf 3130 Seiten 47 Jahre ab, also mit einer Seite etwa 5,5 Tage. Der Dreijährige, der mir immer noch zur Seite steht, schließt daraus, daß die *Recherche* im Durchschnitt und grosso modo sechzehnmal langsamer ist als *Eugénie Grandet,* was, wie man so sagt, niemanden überrascht, aber wer hätte es richtig geraten?

Dieser externe Vergleich beansprucht keine große Bedeutung für sich, aber vielleicht wäre es ja interessant, ihn einmal, soweit es geht, auf einige andere große narrative Texte auszudehnen. Der *interne* Vergleich besteht darin, mehr oder minder detailliert die Tempovariationen eines einzelnen narrativen Textes zu untersuchen. Die im *Diskurs der Erzählung* für die *Recherche* durchgeführte Messung, so grob (und in einigen Punkten konjektural) sie auch sein mag, zeigt zumindet die immense *Variabilität* der Proustschen Erzählung: Von einer Seite für eine Minute reicht die Skala zu einer Seite für ein Jahrhundert, und mein Dreijähriger vermeldet stolz ein Verhältnis von 1/50 000 000. Ein kombinierter (externer und interner) Vergleich würde es erlauben, ein Verhältnis von Verhältnissen zu berechnen, um zum Beispiel die Beschleunigungs- und Verzögerungskapazitäten von Proust mit denen von Balzac zu vergleichen – ein sehr nützlicher Vergleich für eine Prüfstelle, bei der sich der Liebhaber von *action* über passenden Lesestoff informieren könnte.

Auf diese rein quantitativen Betrachtungen muß eine stärker qualitative Untersuchung folgen, die an den klassischen Gegensatz zwischen Summary und Szene anknüpft, zu denen man noch, wie ich vorschlug, die Ellipse und die Pause hinzunehmen sollte. Nur die drei letzten "Tempi" (im musikalischen Sinne) haben eine klar festgelegte Geschwindigkeit: diese ist isochron für die Szene, null für die Pause und unendlich für die Ellipse. Das Summary ist variabler, aber auch hier wieder bedürfte es einer statistischen Erhebung, um seine Variabilität zu messen, die vielleicht doch nicht so groß ist, wie man *a priori* meinen möchte. Die meisten Schwierigkeiten macht freilich der Begriff der Pause, denn was genau fällt darunter? Ich habe ihn (S. 67, Anm. 11) restriktiv definiert und seinen Gebrauch praktisch den Beschreibungen vorbehalten, genauer gesagt den Beschreibungen, die der Erzähler vornimmt und die die Handlung zum Stillstand bringen, d. h. die Zeit der Geschichte anhalten: Pause also als deskriptive Pause im Stil – wie man mit der nötigen Oberflächlichkeit sagen kann – von Balzac. Die Proustschen Beschreibungen indes, wie auch schon einige bei Flaubert, erreichen durch ihren fokalisierten Charakter fast das Tempo der Szene.[3] Dies ist nicht das einzige Mittel, um eine Beschreibung zu narrativisieren, wie man seit Lessing weiß, auf den ich kurz angespielt habe (S. 72, Anm. 30). Zu Unrecht allerdings habe ich die narrativisierte Beschreibung des Schilds des Achilleus einem angeblichen "deskriptiven Kanon" des Epos entgegengesetzt: Im Homerischen Epos gibt es insgesamt jedoch nur sehr wenige Beschreibungen, und statt eine Ausnahme in einem Homerischen deskriptiven Corpus zu bilden, scheint der Schild eher der einzige detailliert beschriebene

---

[3] Zola nimmt hier eine Mittelposition ein, da er sich recht systematisch einer vordergründigen Fokalisierung befleißigt, die ich *Pseudo-Fokalisierung* nennen möchte, indem er, wie Philippe Hamon schön gezeigt hat, eine Zuschauer-Figur vorschiebt, dann aber dieses In-Szene-Setzen fast immer überreizt und dadurch unwahrscheinlich macht.

Gegenstand bei Homer zu sein.[4] Seine Nachahmer, wie Vergil und Quintus Smyrnaeus, übernehmen zwar fromm den Topos des Schildes, aber die Narrativisierung (die Erzählung der Etappen seiner Herstellung) verschwindet bei ihnen, so daß die Beschreibung hier eine Pause darstellt - auch wenn der beschriebene Gegenstand seinerseits Werkzeug einer Narration zweiten Grades ist, die bei Quintus das Bild einfach verlebendigt und bei Vergil sogar eine eigene Handlung aufweist, da der Schild des Aeneas die Geschichte seiner Nachkommen "erzählt" und insbesondere die Seeschlacht von Actium: es gibt also durchaus eine Narrativität, die aber gänzlich dem beschriebenen Gegenstand inhäriert und in keiner Weise die Pause tilgt.[5] Tilgen würde sie sie nur, wenn der Erzähler ständig auf die Wahrnehmungstätigkeit des Zuschauers und deren Dauer hinwiese, was auf die uns schon bekannte Narrativisierung durch Fokalisierung hinauslaufen würde, die bei Vergil in Ansätzen vorhanden ist.

Kurz, nicht jede Beschreibung stellt eine Pause dar; andererseits jedoch sind gewisse Pausen eher digressiv, extradiegetisch und gehören mehr zum Kommentar und zur Reflexion als zur Narration: erinnert sei nur an die essayistischen Kapitel, die jedes der Bücher von *Tom Jones* eröffnen, oder an die langen historisch-philosophischen Erörterungen in *Krieg und Frieden*. Man kann hier nicht wie bei der deskriptiven Pause sagen, daß die Erzählung stehenbleibt und die Zeit ihrer Geschichte anhält, um statt dessen ihren diegetischen Raum zu erkunden: vielmehr unterbricht sie sich, um einer ganz anderen Art von Diskurs Platz zu machen.[6] Wie man hoffentlich leicht sieht, entziehen sich solche Parenthesen unserer gewohnten Messung der Geschwindigkeit, weil sie völlig aus der Dauer der Geschichte herausfallen.

Gleichwohl modifiziert ihr Vorhandensein das narrative Tempo (und zwar, um die musikalische Metapher über Gebühr weiterzuspinnen: mehr nach Art eines Orgelpunkts als nach der eines *rallentendo*), und vielleicht wäre es besser, bei dessen Untersuchung auch diesem fünften Tempotyp, der Digression oder Reflexion, einen Platz einzuräumen: das wenigste, was man sagen kann, ist, daß er in der *Recherche* nicht fehlt. Zu bedenken bleibt jedoch, daß sich diese Art von Pause zwar im Prinzip sehr deutlich von der deskiptiven Pause unterscheiden läßt, es in der Praxis und im Detail aber oft Probleme gibt. Zu welchem Typ gehört etwa der Satz aus der *Chartreuse:* "Clélia war eine kleine Fanatikerin des Liberalismus"?

---

[4] Die gängige Meinung, wonach es im Epos von Deskriptionen nur so wimmelt, erklärt sich sicherlich aus der Gewohnheit der klassischen Poetologen, alles "Beschreibung" zu nennen, was als mehr oder minder dekorative Episode nicht unmittelbar zum allgemeinen Gang der Handlung gehört, wie zum Beispiel die Begräbnisfeierlichkeiten.
[5] *Aeneis*, VIII; *Posthomerica*, V; vgl. R. Debray-Genette, 1980.
[6] Der Unterschied zwischen dem kommentierenden und dem narrativen Diskurs ist meines Erachtens also größer als der zwischen dem narrativen und dem deskriptiven; oder anders gesagt, das Deskriptive (in einer Erzählung) ist für mich nur ein Aspekt oder eine Abwandlung des Narrativen. Ich habe dies bereits gesagt, aber wie wir sehen werden, hat man diesen Punkt nicht recht verstanden.

6. Frequenz

Das Kapitel über die Frequenz ist kaum kritisiert worden, sieht man einmal von van Rees kleinen Beckmessereien ab, die bereits erwähnt wurden. Dorrit Cohn, die in den beiden ersten Kapiteln kaum einen eigenständigen Beitrag zu entdecken vermag, charakterisiert dieses dritte sehr nachsichtig als *"special and outstanding genettean preserve"*[1], was vielleicht etwas ungerecht ist gegenüber der wichtigen literaturkritischen Studie von J. P. Houston, in der zehn Jahre vor mir auf den entscheidenden Punkt hingewiesen wurde, nämlich auf die Bedeutung des Proustschen Iterativs.[2] Ich habe diesem Thema hier nur wenig hinzuzufügen und kann nur wiederholen, daß Proust diesen Erzähltyp zwar keineswegs erfunden hat, ihn aber als erster - genauer gesagt als zweiter, nach dem Flaubert der *Madame Bovary*[3] - von der funktionalen Unterordnung (unter den Singulativ natürlich) befreit hat, die das narrative System des klassischen Romans für den Iterativ vorsah. Eine Befreiung, die in der *Recherche* bis zum völligen Rollentausch führt, etwa wenn im sogenannten Pseudo-Iterativ ein eindeutig singuläres Ereignis grammatisch iterativisiert wird oder wenn ein singuläres Ereignis herangezogen wird, um eine iterative Norm zu illustrieren, sei es als Beispiel für diese Norm ("so geschah es einmal ...") oder als Ausnahme ("einmal jedoch ...").

Philippe Lejeune[4] weist völlig zu Recht darauf hin, daß die autobiographische Erzählung, seit Rousseau oder Chateaubriand, häufiger auf den Iterativ zurückgreift als die Fiktionserzählung, vor allem (und wie es sich von selbst versteht) bei der Schilderung von Kindheitserinnerungen. Daß der Iterativ bei Proust so wichtig ist, würde sich folglich aus der Nachahmung des autobiographischen Modells und/oder dem wirklichen autobiographischen Anteil erklären, aber man muß daran erinnern, daß er nicht nur in *Combray* oder *Balbec I* eine so wichtige Rolle spielt, sondern ebensosehr in *Un amour de Swann*, wo von "Kindheitserinnerungen" nicht mehr die Rede sein kann. Lejeune bemerkt ferner, daß einige Kapitel im III. Buch der *Mémoires d'outre-tombe* (Leben in Combourg) - ganz so wie die Schilderung des Sonntags in Combray - mit einer Kombination aus interner und externer Diachronie arbeiten, so daß sich der Ablauf eines Tages mit dem Vorbeiziehen der Jahreszeiten und dem Altern des Helden vermischt. All das ist, wie mir scheint, bei Proust sehr viel ausgeprägter, aber man weiß, wie sehr er sich in Chateaubriand wiedererkannte, was die Rolle des Gedächtnisses betrifft - vielleicht also auch in narrativen Fragen?

---

[1] A.a.O.
[2] In französischer Übersetzung jetzt zugänglich in dem Sammelband *Recherche de Proust*, Paris 1980.
[3] Wo die Verwendung dieses Erzähltyps infolge der narrativen Inkompetenz einiger Leser mitunter zu Mißverständnissen geführt hat: da es ihm nicht gegeben war, eine iterative Erzählung zu decodieren, scheint Sartre zeit seines Lebens geglaubt zu haben, daß Emma nur zweimal mit jemandem geschlafen hat: einmal mit Rodolphe, einmal mit Léon *(L'arc* 79, S. 40). Flaubert hätte ja auch wirklich etwas drastischer werden können ... Und doch war Sartre sicher nicht der dümmste Leser - vielleicht nur der voreingenommenste: Emma sollte für ihn gar nicht *wirklich* sinnlich sein.
[4] 1975, S. 114.

Andererseits findet Danièle Chatelain Beispiele für die "interne Iteration" *(Diskurs der Erzählung,* S. 85) bereits in mehreren Szenen klassischer Romane (Balzac, Flaubert) und mehr noch bei Saint-Simon. Die Geistesverwandtschaft liegt auch hier auf der Hand, aber man sollte nicht - wie ich selbst es anläßlich der Matinee Guermantes getan habe - zuviel der internen Iteration zuschreiben, was, natürlicher und einfacher, zum deskriptiven Imperfekt gehört. Die berühmte Beschreibung des morgendlichen Meeres in den *Jeunes filles en fleurs* bietet, konzentriert auf zwei Seiten[5], eine gute Gelegenheit, die beiden Formen voneinander zu unterscheiden und des weiteren die interne Iteration ("Unaufhörlich [à tous moments] kehrte ich [...] an das Fenster zurück [...]") von der externen (und im vorliegenden Fall proleptischen): "Durch dieses Fenster sollte ich künftig jeden Morgen spähen [...]".

Abschließend noch ein Wort, um die formalistische Parteinahme im letzten Abschnitt ("Das Spiel mit der Zeit") in etwas milderem, "stilistischerem" Licht darzustellen: Die zentrale Figur der Proustschen Behandlung der narrativen Zeitlichkeit ist zweifellos die, die ich *Syllepse* genannt habe - im Blick auf den Iterativ, doch dasselbe ließe sich auch im Blick auf die charakteristischen Ordnungsstrukturen von *Combray* sagen, die die Ereignisse thematisch neugruppieren unter Mißachtung ihrer "wirklichen" chronologischen Abfolge, welch letztere allerdings immer noch als solche im Text erkennbar ist, sich zumindest aus Indizien wie dem Alter und den Beschäftigungen des Helden erschließen läßt. Zeitliche Syllepsen also - und die Erinnerung ist gleichsam eine Art erlebter Syllepse. Die Metapher aber ist (in diesem Sinne) eine Syllepse durch Ähnlichkeit, was es ihr erlaubt, die Erinnerung zu *figurieren*. Die Syllepse könnte man daher vielleicht als etwas betrachten, was Spitzer das Proustsche stilistische *Etymon* genannt hätte.[6]

---

[5] I, S. 672 f., dt. S. 885 ff.
[6] Auf der Seite 82 habe ich die Hypothese einer "anaphorischen" Erzählung aufgestellt, Sonderfall der singulativen, die ein sich wiederholendes Ereignis so oft erzählen würde, wie es einträte. Shlomith Rimmon, 1983, S. 57, hat ein schönes Beispiel dafür im 20. Kapitel von *Don Quijote* gefunden, wo Sancho Pansa detailliert schildert, wie jedes einzelne der dreihundert Tiere einer Ziegenherde den Guadiana in einem Boot überquert. Don Quijote unterbricht ihn im Namen der Rechte (und Pflichten) der iterativen Zusammenfassung: "'Nimm an, er habe sie alle übergesetzt', sagte Don Quijote, 'und fahre nicht ewig so hinüber und wieder herüber, sonst wirst du in einem ganzen Jahr nicht fertig mit dem Übersetzen dieser Ziegen'". Sancho, der weder Heraklit noch van Rees gelesen hat, verfällt nicht auf den Einwand, daß keine der dreihundert Überfahrten völlig identisch mit irgendeiner anderen ist, und verliert den Faden seiner Erzählung.

7. Modus

Die Wahl des Ausdrucks *Modus,* um die Fragen zusammenzufassen, die sich auf die verschiedenen Verfahren zur "Regulierung der narrativen Information" beziehen, war bequem und, wie mir scheint, legitim, trotz des offenkundig metaphorischen Charakters des Paradigmas *Zeit/Modus/Stimme.* Ihr Nachteil kam erst nachträglich ans Licht, als ich den wirklich unumgänglichen Gegensatz betonen mußte[1] zwischen Erzählung und dramatischer Darstellung, die man kaum anders bezeichnen kann denn als die beiden grundlegenden *Modi* sprachlicher "Repräsentation" (auf die Protest anmeldenden Anführungstriche komme ich gleich zurück). Daraus erklärt sich der mißliche Umstand, auf den ich bereits hingewiesen habe[2], daß ein und derselbe Ausdruck zwei unterschiedliche und ineinandergeschachtelte Begriffe bezeichnet, sofern der *Modus* im Sinne des *Diskurses der Erzählung* nur einen Aspekt des Modus im Sinne der *Introduction à l'architexte* darstellt. Ähnlich wie die Frau mit dem Kessel möchte ich mich so rechtfertigen: Erstens gab es keine andere Wahl, in beiden Fällen drängte sich das Wort von selbst auf; sodann habe ich ganz recht daran getan, denn zufällig sind die Fragen des Modus im engeren Sinne des Wortes am charakteristischsten für den narrativen Modus im weiten Sinne und es sind auch die, in denen sich - da die Erzählung fast[3] immer eine Mischform ist - der Gegensatz zwischen den rein narrativen Aspekten der Erzählung (Diegesis) und, durch den Dialog, ihren dramatischen Aspekten (Mimesis im Platonischen Sinn) noch einmal im Kleinen, gleichsam *en abyme* ausprägt. Die terminologische Überschneidung ist hier also bedeutungsschwer und geradezu willkommen.

Ich habe (erneut) "Regulierung der narrativen Information" gesagt, obwohl diese ziemlich technische Formulierung manch einem, mir zum Beispiel, Zähneknirschen verursacht. Zwei oder drei Zähne werde ich ziehen, indem ich präzisiere, daß ich von *Information* spreche, um nicht das Wort *Repräsentation* zu gebrauchen, das mir bei all seinem Erfolg ein scheinheiliger Ausdruck zu sein scheint, ein zwittriger Kompromiß zwischen *Information* und *Nachahmung.* Aber aus tausendmal (und nicht nur von mir) dargelegten Gründen glaube ich nicht, daß es in der Erzählung Nachahmung gibt, weil die Erzählung, wie alles oder fast alles in der Literatur, ein sprachlicher Akt ist, so daß es folglich in der Erzählung im besonderen nicht mehr Nachahmung geben kann als in der Sprache im allgemeinen.[4] Eine Erzählung

---

[1] 1979, *passim.*
[2] 1982, S. 332, dt. S. 393.
[3] Fast: mit diesem Vorbehalt möchte ich einen Schnitzer aus *Architexte* korrigieren, wo ich (S. 28) jede Möglichkeit einer langen Erzählung (Epos oder Roman) ohne Dialog ausschloß. Die Möglichkeit ist jedoch evident, und das Prinzip von Buffon: "alles, was sein kann, ist", sollte einen zur Vorsicht mahnen: so gibt es, wenn ich mich nicht wieder täusche, in den *Mémoires d'Hadrien* keine einzige Dialogzeile.
[4] Der Freund von Etymologien tröstet sich vielleicht mit dem Gedanken, daß lat. *dico* mit gr. *deiknymi* verwandt ist, so daß folglich (?) gilt: *sagen = zeigen.* Ich fürchte jedoch, daß diese Verwandtschaft eher das

kann, wie jeder sprachliche Akt, nur *informieren,* d. h. Bedeutungen übermitteln. Die Erzählung "repräsentiert" nicht eine (reale oder fiktive) Geschichte, sie *erzählt* sie, d. h. signifiziert sie durch die Sprache - mit Ausnahme der *bereits sprachlichen* Elemente dieser Geschichte (Dialoge, Monologe), die sie aber auch nicht nachahmt, und zwar diesmal nicht etwa deshalb, weil sie es nicht könnte, sondern einfach deshalb, weil sei es nicht braucht, kann sie sie doch unmittelbar reproduzieren, d. h. einfach transkribieren. Es gibt in der Erzählung keinen Platz für die Nachahmung, denn die Erzählung ist immer diesseits (als eigentliche Erzählung) oder jenseits von ihr (im Dialog). Das Paar *Diegesis/Mimesis* hinkt also, es sei denn, man benutzt, wie Platon, den Ausdruck *Mimesis* als Äquivalent für *Dialog,* so daß er nicht *Nachahmung* bedeutet, sondern Transkription oder, neutraler noch und hier am passendsten, *Zitat.* Diese Bedeutung aber konnotiert das griechische Wort für uns nicht, weshalb man es vielleicht (wenn man denn unbedingt griechisch reden will) durch *rhêsis* ersetzen sollte. In einer Erzählung gibt es nur *rhêsis* und *diêgêsis* - oder klarer und einfacher gesagt: Personentext und Erzählertext. In etwa das versuchte ich mit dem Gegensatz "Erzählung von Worten" und "Erzählung von Ereignissen" zu sagen, aber diese beiden Oppositionspaare, ich komme darauf zurück, decken sich nicht völlig.

Trotz der terminologischen Ungeschicklichkeit bedauere ich es daher nicht, auf diesem Weg die modale Kategorie der *Distanz* geprägt zu haben, d. h. die der quantitativen Modulation ("wieviel?") der narrativen Information - deren qualitative Modulation ("über welchen Kanal?") unter dem Begriff der *Perspektive* abgehandelt wird.

---

ursprüngliche Unvermögen der Sprache symbolisiert, dasjenige, was sie ohne jede begleitende Gebärde bezeichnet, auch zu "repräsentieren": *Um sicher zu gehen, zeigen Sie mit Finger auf das, wovon Sie reden.*

8. Distanz?

Meine Untersuchung der modalen Distanz war, wie bereits ersichtlich, im wesentlichen kritisch ausgerichtet; sie richtete sich gegen den alten Begriff der *Mimesis* und vor allem gegen sein modernes Äquivalent des *showing* - und in eins damit gegen die Oppositionspaare, in denen sie figurieren. Dieser negative Aspekt, recht ähnlich dem, der die *Rhetoric of Fiction* von Wayne Booth inspiriert hat, ist wohl nicht deutlich genug betont worden, da sich einige Leser darin getäuscht haben, wie etwa Mieke Bal, die mir vorwirft[1], ein paar Seiten einer "überflüssigen" Kategorie zu widmen. Ich halte sie auch für überflüssig, aber ihr immenser Erfolg zu verschiedenen Zeiten machte eine einigermaßen klare Erörterung des Problems dringend erforderlich.

Es wäre übrigens verfehlt zu meinen, die den hier fraglichen Gegensatzpaaren inhärente Valorisierung hätte sich immer in derselben Richtung oder auf dieselbe Weise ausgewirkt. Zum einen verstehen die Anhänger der Mimesis unter diesem Ausdruck oder einem seiner Äquivalente nicht immer dieselbe narrative Haltung: Susan Ringler zeigt schön, wie - mit einem halben Jahrhundert Abstand - Lubbock und Chatman im Namen des *showing* zwei so unterschiedlich angelegte Texte wie *The Ambassadors* und *The Killers* rühmen[2], und heute kann man sich nur wundern, daß ersterer seine Formulierung "die Geschichte erzählt sich selbst" auf einen so wenig zurückhaltenden narrativen Stil wie den von James anwandte.[3] Zum anderen wurde die Valorisierung des Realismus (denn auf die eine oder andere Weise läuft es immer darauf hinaus) periodisch durch die umgekehrte Valorisierung bekämpft: Platon gegen Aristoteles (ich weiß); Walzel und Friedemann gegen Spielhagen; Forster, Tillotson, Booth gegen James, Beach[4], Lubbock usw. Ich will mich hier nicht so sehr dieser Gegenwertung anschließen (ich schätze Flaubert, James oder Hemingway ebensosehr wie Fielding, Sterne oder Thomas Mann[5]), sondern lieber versuchen, der Debatte allererst eine feste Grundlage zu geben: Denn noch einmal,

---

[1] 1977, S. 26-28.
[2] "Chatman spricht bei *The Killers* von 'showing', weil dieser Text seinen Normen einer realistischen Erzählkunst gehorcht, Lubbock tut dies bei *The Ambassadors*, weil er den seinen gehorcht" (1981, S. 28). Dieselbe S. Ringler hat auch dem Ursprung des Paars *telling/showing* nachgeforscht, den jedermann - explizit oder, wie ich auf S. 116, implizit - in der Jamesschule verortet. Sie zeigt, daß das Paar in Wahrheit weder bei James noch bei Lubbock oder bei Beach vorkommt, und vermutet, daß Wellek und Warren es eingeführt haben. Aber es geht hierbei natürlich nur um die Worte.
[3] Zugegebenermaßen nur indirekt: An den beiden besonders charakteristischen Stellen *(The Craft of Fiction,* S. 62 und 113) zielt die Formulierung auf Flaubert und Maupassant. Auf der S. 113 wird sie übrigens nuancierter vorgebracht ("Die Geschichte *scheint* sich selbst zu erzählen"), auf der S. 62 aber kommt sie sehr viel absoluter daher: "Die Erzählkunst beginnt erst dort, wo der Romancier seine Geschichte als einen zu *zeigenden* Gegenstand begreift: Sie muß sich selbst erzählen".
[4] Dessen Buch *The XXth Century Novel*, 1932, beginnt mit einem Kapitel, das den Charakter eines Manifestes hat und den deutlichen Titel trägt: "Exit Author". Worauf W. Kayser später standhaft und scharfsinnig (ich weiß) antworten wird: "Der Tod des Erzählers ist der Tod des Romans."
[5] Um aufrichtig zu sein: nicht ganz so sehr.

das einzig vorstellbare Äquivalent zu *Diegesis/Mimesis* ist *Erzählung/Dialog* (narrativer Modus/dramatischer Modus), was sich auf keinen Fall durch *erzählen/zeigen* wiedergeben läßt, denn ein Zitieren von Worten wird man wohl kaum als ein "Zeigen" ansprechen dürfen.

Der Gegensatz *Diegesis/Mimesis* führt einen also zu der Aufteilung in Worte und Ereignisse, wo er klarere Bemessungsgrundlagen erhält: In der Erzählung von Worten bemißt er sich an dem Grad der Buchstäblichkeit in der Wiedergabe der Reden; in der Erzählung von Ereignissen an dem Grad des Zurückgreifens auf gewisse Verfahren (oder, weniger intentional gesprochen, der Anwesenheit gewisser Merkmale) zur Erzeugung der *mimetischen Illusion*. Diese Merkmale oder Verfahren sind, denke ich, und das vielleicht in der Reihenfolge wachsender Leistungsfähigkeit:

1. Die vorgebliche Ausschaltung der narrativen Instanz, das Schweigen des Erzählers, das auf ein Faktum der Stimme verweist (vgl. hierzu allerdings unser Gegenbeispiel Proust[6]).

2. Der Detailreichtum der Erzählung, der seinerseits auf ein Faktum der Geschwindigkeit verweist: Es versteht sich von selbst, daß eine detaillierte Erzählung im Tempo einer "Szene" dem Leser einen stärkeren Eindruck von Präsenz verschafft als ein rasches und dabei weit in die Vergangenheit zurückgreifendes Summary wie das zweite Kapitel von *César Birotteau*. "An dieser Vielzahl kleiner Dinge", so Diderot, "hängt die Illusion".[7]

3. Schließlich, und das ist vielleicht die Hauptsache, erzeugen diese Details eine um so größere "Illusion", als sie funktional überflüssig zu sein scheinen. Das ist der berühmte "Wirklichkeitseffekt" von Roland Barthes, dessen ästhetische Funktion (denn das Fehlen der pragmatischen Funktion[8] setzt eine andersartige Funktion frei) George Orwell in seiner Studie über Dickens hervorgehoben hat: "The outstanding, unmistakable mark of Dicken's writing is the *unnecessary detail* [...] The unmistakable Dickens touch, the thing nobody else would have thought of, is [in der Geschichte des kleinen Jungen, der die Halskette seiner Schwester verschluckt hat, in *The Pickwick Papers*] the baked shoulder of mutton and potatoes under it. How does this advance the story? The answer is that it doesn't. It is something totally unnecessary, a florid little squiggle on the edge of the page; only, it is by just these squiggles that the special Dickens atmosphere is created [...] The unity of the novel suffers. Not that it matters very much, because Dickens is obviously a writer whose parts are greater than his wholes."[9] Und Michael Riffaterre weist anläßlich eines Shakespeareverses[10] auf die beiden für ihn fundamentalen Merkmale eines "realistischen" Verses hin: "Zunächst ist er präzis [mein Merkmal 2, die detaillierte

---

[6] M. Bal (1977, S. 26) macht die Formel "Informant + Information=K" implizit zu der meinen, obwohl ich sie nur vorgestellt habe, um sie zurückzuweisen - in erlebter Rede, deren Ironie ich zu Unrecht für erkennbar hielt.

[7] *Éloge de Richardson*, Garnier, S. 35.

[8] Unter pragmatisch verstehe ich hier (wie in *Palimpsestes*) das, was auf die Handlung bezogen ist. Die Funktionen (par excellence) Propps oder die des Barthes der *Introduction à l'analyse des récits* sind pragmatische Funktionen.

[9] "Charles Dickens", in: *Collected Essays*, London 1961, S. 75 f. und 80.

[10] *And maidens bleach their summer smocks (Love's Labour's Lost);* vgl. Riffaterre, 1982, S. 102.

Erzählung]; alsdann schildert er eine Handlung, ohne deren Ursachen oder Ziele anzugeben, so daß wir die Sache selbst vor uns zu sehen vermeinen."

Die Übereinstimmung dieser drei Autoren (Orwell, Barthes, Riffaterre), die sonst so gar nichts miteinander gemein haben, scheint mir auf eine Evidenz hinzudeuten - auf die, die der gesunde Menschenverstand gewöhnlich in die Formel kleidet: "So etwas kann man nicht erfinden".[11] Allerdings wird es immer Ultrafunktionalisten geben - die im übrigen eine ziemlich engstirnige Auffassung vom Funktionalismus haben, da sie keine andere Funktion als die pragmatische zulassen -, die die pragmatische Afunktionalität solcher Details (die Hammelschulter in *Pickwick*, das Barometer in *Un coeur simple* oder das tosende Ufer der *Ilias*) bestreiten werden: So führt Mieke Bal aus, daß das Ufer in der *Ilias* tosen muß, *damit* sich die Natur, die die Stimme und das Gebet des Alten untermalt, mit Chryses solidarisiert ... Doch solche Begründungen (und worum sonst handelt es sich hier?) sind eine Folge desselben semantischen *horror vacui* - bzw. der Unfähigkeit, die Kontingenz zu ertragen - wie die völlig abstrusen (aber immer leicht zu habenden) Worterklärungen eines Kratylos.[12]

Mitgerissen von ihrem hyperfunktionalistischen Elan geht Mieke Bal sogar so weit, mir "das alte Vorurteil" zuzuschreiben, "wonach der Beschreibung keine narrative Funktion im eigentlichen Sinne zukommt" (S. 26). Abgesehen davon, daß diese Position, wie sie selbst zugesteht, dem entgegengesetzt wäre, was ich selbst an anderer Stelle geschrieben habe[13], scheint mir hier das "Narrative im eigentlichen Sinne" ungemein eng aufgefaßt zu werden: Wenn die Beschreibung bloß dazu diente, "wirklichkeitsgetreuer" oder auch nur "anmutiger" zu machen, so wäre dies schon nicht nichts. Aber schließlich habe ich nichts dergleichen gesagt: Nicht jede Beschreibung, um es noch einmal zu sagen, ist ein Wirklichkeitseffekt, und umgekehrt ist nicht jeder Wirklichkeitseffekt zwangsläufig deskriptiver Natur - Beispiel: "Er schneuzte sich heftig und sprach: ...", oder auch der von Riffaterre zitierte Shakespearevers. Ein für "die Handlung überflüssiges" Detail kann sehr wohl eine Handlung sein.

Ein ernsthafterer Einwand scheint mir folgender zu sein: *Im ersten Moment*, d. h. beim ersten Lesen, kann man nicht wissen, ob das Detail nicht später doch noch

---

[11] Der Gebrauch dieser Wirklichkeitseffekte ist sicher nicht auf die Literatur beschränkt. Bouvard und Pécuchet, die Walter Scott lesen, "ohne die Vorbilder zu kennen, fanden diese Schilderungen sehr wirklichkeitsgetreu, und die Illusion war perfekt" (Kap. V); Valéry *(Oeuvres*, II, S. 622) weist auf das Pendant dazu in der Malerei hin, wo uns viele Porträts "wirklichkeitgetreu" vorkommen, deren Modell uns (ansonsten) unbekannt ist: ihnen haften einfach Realismus-Zeichen an wie ausgeprägte Gesichtszüge, Silberblick, kleine Warzen, die niemand, meint man, erfinden könnte. Letzten Endes braucht etwas nur häßlich zu sein, um echt zu wirken. Umgekehrt scheint uns eine Raffaelsche Jungfrau Maria nie irgendwem "ähnlich" zu sein, obwohl es sich vielleicht um das getreue Porträt einer jungen Römerin mit rei nen Gesichtszügen handelt.

[12] Man hat mir sogar zu verstehen gegeben, das tosende Ufer werde hier, wie später von Demosthenes, als Mittel der Sprecherziehung eingesetzt ...

[13] *Figures II*, S. 56-61. Doch die Formel *ancilla narrationis* ist bisweilen widersinnig interpretiert worden, indem man sonderbarerweise das Mägdehafte mit Überflüssigkeit gleichgesetzt hat. So etwa L. Holmshawi: "Die Theorie [Genettes] spricht der Beschreibung jede echte narrative Funktion ab. Die Beschreibung ist ein überflüssiges Beiwerk, das auf einen "Wirklichkeitseffekt" abzielt, und sie spielt in der Erzählung nur die Rolle einer Magd" (1981, S. 23). Die *ancilla* hat jedoch mehr als einmal ihre Fähigkeit, wenn nicht gar ihre Berufung, *serva padrona* zu werden, unter Beweis gestellt.

eine pragmatische Funktion erfüllt: Das Barometer von Madame Aubain könnte eines Tages auf Virginie fallen und sie töten.[14] Seine Rolle eines Mimesisiserzeugers kann es also nur *retroaktiv* spielen, bei einem zweiten Lesen oder in einer späteren Erinnerung, was sich aber kaum mit dem Unmittelbarkeitseffekt verträgt, den es bewirken soll. Dieser Einwand ist nicht ganz unbegründet, aber mir scheint, daß eine gewisse stilistisch-narrative Kompetenz dem Leser helfen kann, intuitiv zu erkennen, ob ein Detail einen pragmatischen Charakter hat oder nicht. Es gibt hier einen gewissen Code, d. h. "man muß einfach wissen", daß ein Barometer oder auch eine Pistole bei Flaubert kaum dieselbe Funktion hat wie bei Agatha Christie.

---

[14] "Wenn am Anfang einer Novelle gesagt wird, daß ein Nagel in der Wand ist, muß sich [wie Tschechow meint] der Held am Ende an diesem Nagel erhängen" (B. Tomachevski, "Thématique", in *Théorie de la littérature*, S. 282).

9. Erzählung von Worten

Der Abschnitt über die "Erzählung von Worten" (S. 120-132) ließe sich vorteilhaft umbenennen in: "(Re)produktionsweisen der Rede und des Denkens der Figuren in der schriftlichen literarischen Erzählung". *(Re)produktion* deshalb, um auf den fiktiven oder nicht-fiktiven Charakter des sprachlichen Vorbilds hinzuweisen, je nachdem, welche Gattung vorliegt: Die Geschichte, die Biographie oder die Autobiographie sollen Reden reproduzieren, die tatsächlich gesprochen wurden; das Epos, der Roman, das Märchen oder die Kurzgeschichte dagegen sollen die Reproduktion nur fingieren und in Wahrheit *produzieren* sie ihre Reden, die also rein erfundene sind. *Sollen:* dies sind die Gattungskonventionen, die natürlich nicht unbedingt der Wirklichkeit entsprechen: Titus Livius kann sich eine feierliche Ansprache ausdenken, Proust kann einem seiner Helden einen Satz in den Mund legen, der vor (oder hinter) ihm von irgendeiner realen Person ausgesprochen wurde. Läßt man solche Normverstöße beiseite, so ist die für die Fiktion typische Redenproduktion eine fiktive Reproduktion, die fiktiv dieselben Konventionen voraussetzt - und fiktiv dieselben Schwierigkeiten aufwirft - wie die authentische Reproduktion. Dieselben Konventionen: Anführungszeichen zum Beispiel deuten auf ein wörtliches Zitat hin (und verpflichten zur Wörtlichkeit), eine Ergänzung in indirekter Rede dagegen gestattet mehr Freiheit usw. Dieselben Schwierigkeiten: Der wörtlichen (Re)produktion kann - oder im fiktiven Fall: soll angeblich - eine Übersetzung vorgeschaltet sein, wie den Reden der römischen Führer bei Polybios oder Plutarch oder den Reden der Helden aus *La chartreuse de Parme* oder *L'espoir,* was die Wörtlichkeit dieser (Re)produktion ein wenig beeinträchtigt. Und auf jeden Fall neutralisiert der "Übergang" vom Mündlichen zum Schriftlichen fast unwiderruflich die Eigenheiten der Aussprache: Klang, Betonungen, Akzent usw. *Fast:* Der Romancier oder der Historiker kann äußere Hilfsmittel anwenden (Beschreibung des Klangs der Stimme) oder innere: phonetische Notationen wie bei Balzac, Dickens oder Proust. Der Ausdruck "(Re)produktion" darf also selbst nicht allzu wörtlich genommen werden - und einige der genannten Einschränkungen betreffen auch die mündlichen Erzählformen: Kein Erzähler [conteur] kann etwa den Klang der Stimme einer seiner Figuren exakt reproduzieren. Die Wörtlichlichkeitskonvention betrifft also immer nur den *wörtlichen Inhalt* der Reden.

Diese Beschränkungen, ich wiederhole es, sind nur für eine der Weisen der (Re)produktion von Bedeutung, für die, die ich "berichtete Rede" genannt habe. Die beiden anderen ("transponierte" und "narrativisierte" Rede) stehen von Rechts wegen diesseits jeder solchen Problematik, da sie auf einen "Mimetismus", d. h. auf Wörtlichkeit gar nicht aus sind. An dieser Dreiteilung, die bis auf die Termini ja auch gang und gäbe ist, ist im ganzen nichts ausgesetzt worden, wohl aber wurden einige Einzelaspekte von Dorrit Cohn[1] kritisiert.

---

[1] 1981 a und b.

Läßt man eine rein terminologische Unstimmigkeit, auf die ich noch zurückkommen werde, außer acht, bleiben bei Cohn drei wichtige Kritikpunkte übrig. Die erste Kritik besagt, daß ich die Untersuchung dessen, was ich die "unmittelbare Rede" genannt habe, nicht weit genug vorangetrieben habe, und Dorrit Cohn schlägt zu Recht vor, hier lieber von einem *autonomen Monolog* zu sprechen: Gemeint ist hier jener Typ von Rede, der seit Dujardin traditionellerweise "innerer Monolog" genannt wird. Diese Kritik ist offenkundig begründet: Ich widme dieser Form kaum zwei Seiten (123 f.). Und zwar, wie ich bereits gesagt habe, weil Proust so selten von ihr Gebrauch macht. Doch tröste ich mich über diese Lücke leicht hinweg, wenn ich an das exzellente sechste Kapitel von *Transparent Minds* denke, das sie besser schließt, als ich es je gekonnt hätte: ich kann den Leser also nur darauf verweisen.

Die zweite von Dorrit Cohn namhaft gemachte und behobene Unzulänglichkeit: Der zu kurze Absatz, der in *Diskurs der Erzählung* (S. 122 f.) der "erlebten Rede" [style indirect libre] gewidmet ist, die ich als eine bloße "Variante" der indirekten Rede vorstelle, um dann bloß noch, wie andere vor mir, auf ihre doppelte Zweideutigkeit hinzuweisen: Vermengung von Rede und Denken, von Figur und Erzähler. Auch hier wieder bin ich im wesentlichen deshalb so zurückhaltend, weil diese Form bei Proust so selten ist. Ein zweiter Grund wird die Spezialisten heute lächeln lassen: Ich dachte, das Thema wäre unter stilistischem und grammatischem Gesichtspunkt seit seiner "Entdeckung" um die Jahrhundertwende erschöpfend behandelt worden (ich zitierte einzig und allein das Buch von Marguerite Lips, das mir immer noch der befriedigendste Beitrag der Genfer Schule zu sein scheint). Seit 1972 ist die Bibliographie zum Thema beachtlich angewachsen - erinnert sei unter anderem an das Buch von Roy Pascal (1977), an das Kapitel III von Dorrit Cohn sowie an die große Kontroverse, die ein Aufsatz von Ann Banfield (1973) hervorgerufen hat. Ich sehe keinen Anlaß, hier auf diese lange Geschichte zurückzukommen, die wahrscheinlich noch nicht abgeschlossen ist und in der sich mehrere linguistische Schulen über eine grammatisch-stilistische Form gestritten haben (Vosslerscher Psychologismus, Saussurescher Strukturalismus, Bachtinscher Neo-Hegelianismus und diverse Strömungen der transformativen Grammatik), ein Streit, über den ich mich nicht zum Richter aufwerfen will. In der stark selektiven Bibliographie zu diesem schmalen Werk hier findet man immerhin gut zwanzig Titel, die darauf Bezug nehmen, und für nähere Auskünfte über die aktuelle Forschungslage verweise ich auf Brian McHale (1978). Um nur ein kleines Körnchen Salz hinzuzufügen, beschränke ich mich auf zwei oder drei Anmerkungen. Was die im engeren Sinn grammatische Beschreibung des Phänomens angeht, scheint mir die transformative Grammatik in diesem wie auch in einigen anderen Punkten nur einen methodologischen Wasserkopf geschaffen zu haben, der effektiv wenig beiträgt, und ich denke, daß das Wesentliche (Consecutio temporum, Konversion der Pronomen, Fehlen der Rektion, Beibehaltung deiktischer Adverbien der zeitlichen Nähe, Beibehaltung der direkten Frage sowie gewisser interjektiver und expressiver Züge) seit Bally und Lips gesagt worden ist und daß der Konsens, von methodischen Einzelfragen abgesehen, hier sehr groß ist. Die Consecutio temporum ist jedoch wohl kaum eine absolute Regel, sofern es auf einem Feld, das der stilistischen Eigeninitiative soviel Raum läßt wie die erlebte Rede, überhaupt eine solche gibt. Das

Aussprechen einer Ansicht, die auf einem Wissen beruht (oder meint, dies zu tun), oder das Aussprechen einer zeitlosen Wahrheit kann den Übergang zum epistemischen oder gnomischen Präsens nach sich ziehen. So etwa in *Bouvard et Pécuchet*: "Sie wollten Hebräisch lernen, das die Ursprache des Keltischen *ist*, sofern es nicht seinerseits vom Keltischen *abstammt*", oder: "Die Verwaltungsgerichtsbarkeit war eine Ungeheuerlichkeit, denn die Verwaltung mit ihren Gunstbezeigungen und Drohungen *regiert* ihre Beamten ungerecht". Marie-Thérèse Jacquet, deren Beispiele ich hier übernehme, hat die Bedeutung, die dieser Form in *Bouvard et Pécuchet* zukommt, schön herausgearbeitet. Doch ihr Ausdruck "integrierte direkte Rede" scheint mir diese Zwischenform fälschlich der direkten Rede zuzuschlagen, und ich möchte sie denn doch lieber in der Sphäre der erlebten Rede ansiedeln, etwa durch eine Bezeichnung wie "erlebte Rede ohne Consecutio temporum". Man sollte diese Form etwas eingehender erforschen, auf die Flaubert sicher nicht das Monopol hat, wenn ihr auch der manisch-enzyklopädische Kontext von *Bouvard et Pécuchet* einen besonders guten Nährboden bietet.

Was die stilistische Heimat der erlebten Rede betrifft, so scheint mir ihr wesenhaft literarischer Charakter - trotz einiger ebenso marginaler wie evidenter Ausnahmen und Nuancen - unbestreitbar zu sein; Ann Banfield betont dieses Merkmal allerdings so sehr, daß sie die erlebte Rede zum Zeichen eines nicht-kommunikativen Sprachmodus macht, der die erste und vor allem die zweite Person völlig ausschließen soll[2], was aber heißt, daß man die unbestreitbare Anwesenheit von erlebter Rede in der autodiegetischen Narration einfach ausblendet; ein (berühmtes) Beispiel bei Dickens: *"My dream was out; my wild fancy was surpassed by sober reality; Miss Havisham was going to make my fortune on a grand scale"*[3], wo sich kurz darauf ganz deutlich zeigt, daß es sich um (irrige) Gedanken des Helden und nicht des Erzählers handelt. Ein anderes Beispiel bei Balzac, diesmal aus dem Mund einer Figur[4], die ihre eigene frühere Rede berichtet: "Ich hatte ihm so rührende Dinge gesagt: 'Ich war eifersüchtig, eine Treulosigkeit brächte mich um [...]'".

Was ihre historische Heimat betrifft, so liegt sie - auch hier wieder von einigen Ausnahmen (La Fontaine, Rousseau) abgesehen - im Gebiet des "modernen" psycho-realistischen Romans von Jane Austen bis Thomas Mann, weil hier jener narrative Modus zur Anwendung kommt, den ich "interne Fokalisierung" nenne und der mit großer Vorliebe auf das Instrument der erlebten Rede zurückgreift. Ich bin glücklicherweise nicht der erste, der dies feststellt: Von der Terminologie abgesehen, tat Stanzel dies bereits 1955. Diese Bemerkung soll natürlich überleiten zu einem letzten Aspekt, dem für uns wesentlichen, nämlich zur narrativen Funktion der erlebten Rede. Man hat oft behauptet (früher die Vosslerschule und heute Cohn, Pascal, Banfield), diese "Rede" eigne sich besser zum Ausdruck der inneren Gedan-

---

[2] In ihrem jüngst erschienenen Buch (1982) verficht Banfield allen Einwänden zum Trotz eine noch extremere, von ihr bis zur Karikatur zugespitzte These, wonach die erlebte Rede, die der gesprochenen Sprache fremd und unzugänglich sei *(unspeakable)*, ganz so wie die gleichfalls "unsprechbaren" Aussagen im Passé simple die völlige Abwesenheit des Erzählers implizieren soll. Ich komme in Kapitel 15 darauf zurück.
[3] *Great Expectations*, Kap. XVIII.
[4] Hortense Hulot in *La Cousine Bette*, Kap. LXVI.

kenwelt als zur Wiedergabe gesprochener Worte. Die Affinität ist vielleicht relativ größer, aber keineswegs handelt es sich um eine Konsubstantialität, und das Werk Flauberts weist schlagende Gegenbeispiele in Hülle und Fülle auf. Betont wurde auch oft (wieder von der Vosslerschule, von Hernadi und Pascal) die hier obwaltende Empathie zwischen Erzähler und Figur, die berühmte Zweideutigkeit also: dem halten Bally und Bronzwaer jedoch zu Recht die fast durchgängige Anwesenheit vereindeutigender Indizien entgegen sowie den häufig ironischen Gebrauch dieser Redeform (Flaubert, Mann).[5] Definitiv unentscheidbare Aussagen[6] sind in der Tat sehr selten, und Banfield[7] sagt ganz richtig, daß solche Zweideutigkeiten weniger auf eine Identität im Denken von Erzähler und Figuren hinweisen als vielmehr auf eine unmögliche Wahl zwischen zwei *gleichwohl inkompatiblen* Deutungsmöglichkeiten, ganz so wie in den berühmten Vexierbildern, die Gombrich analysiert hat: Daraus, daß der Text nicht immer sagt, ob gerade die Figur oder der Erzähler spricht, folgt nicht zwangsläufig, daß sie dasselbe denken.

Der letzte kontroverse Punkt betrifft das mimetische Vermögen der erlebten Rede, ihre Fähigkeit zur wörtlichen (Re)produktion: Auch hier wieder scheint mir das Wesentliche über jede Diskussion erhaben zu sein, nämlich daß das diesbezügliche Vermögen der erlebten Rede geringer ist als das der direkten, aber größer als das der indirekten: "Ein Zwischending", wie McHale richtig sagt, "nicht nur vom grammatischen, sondern auch vom mimetischen Gesichtspunkt aus". Hernadi ersetzt deshalb den traditionellen Gegensatz Diegesis/Mimesis durch eine dreigliedrige Abstufung, in der die erlebte Rede unter dem Namen "substitutive Narration" in der Mitte steht. McHale schlägt eine komplexere vor, deren sieben aufsteigende "Mimetismus"-Stufen in etwa so aussehen: 1. das "diegetische Summary", das den sprachlichen Akt erwähnt, ohne seinen Inhalt zu spezifizieren, Beispiel (wie die folgenden von mir): "Marcel sprach eine Stunde lang mit seiner Mutter"; 2. das "weniger rein diegetische Summary", das den Inhalt spezifiziert: "Marcel teilte seiner Mutter seinen Entschluß mit, Albertine zu heiraten"[8]; diese beiden ersten Stufen entsprechen meiner "narrativisierten Rede"; 3. "indirekte Paraphrase des Inhalts" (regierte indirekte Rede): "Marcel erklärte seiner Mutter, daß er Albertine heiraten wolle"; 4. die "partiell mimetische regierte indirekte Rede", die in bestimmten stilistischen Punkten der (re)produzierten Rede treu bleibt: "Marcel erklärte seiner Mutter, er wolle dieses kleine Luder Albertine heiraten"; 5. erlebte Rede [discours indirect libre]: "Marcel vertraute sich seiner Mutter an: er mußte Albertine unbedingt heiraten"; diese drei Stufen entsprechen meiner "transponierten Rede"; 6.

---

[5] Daß solche Ironien von inkompetenten oder übelwollenden Lesern nicht immer bemerkt werden, gehört zu den Risiken des Metiers: E. Lerch nimmt - vielleicht etwas übertrieben, aber nicht grundlos - an, daß der Immoralitätsprozeß gegen *Madame Bovary* auf Gedanken Emmas in erlebter Rede zurückgeht, die dann Flaubert unterstellt wurden.

[6] Ein (natürlich erfundenes) Beispiel wäre: "Ich beschloß, Albertine zu heiraten: ich war unsterblich [décidément] in sie verliebt." Hingegen würde ein "Ich war jetzt endgültig [définitivement] in sie verliebt" im weiteren Verlauf des Romans vereindeutigt werden (sich als alleinige Naivität des Helden erweisen, da der Erzähler es immer schon besser wußte).

[7] 1978 a, S. 305.

[8] Ein echtes Beispiel bei Balzac: "Zehn Minuten lang schrie er seinen Zorn aus sich heraus" *(La cousine Bette,* Kap. XX).

direkte Rede: "Marcel sagte zu seiner Mutter: 'Ich muß Albertine unbedingt heiraten!'"; 7. "freie direkte Rede" [discours direct libre], der *autonome* Zustand der "unmittelbaren Rede", ohne abgrenzende Zeichen: "Marcel geht zu seiner Mutter. Ich muß Albertine unbedingt heiraten" (diese Form ist bei Proust schwer vorstellbar, aber seit Jocye gang und gäbe); die beiden letzten Stufen entsprechen meiner "berichteten Rede".

Diese Einteilung scheint mir sehr vernünftig zu sein, und ich schließe mich ihr gern an, mit dem einen Vorbehalt, daß der Ausdruck "discours direct libre" eine etwas trügerische und erkünstelt wirkende Symmetrie zwischen den verschiedenen Abwandlungen der direkten und indirekten Rede nahezulegen scheint. Diese auch schon von anderen Kritikern[9] hergestellte Symmetrie wurde von Strauch noch weiter entwickelt, der in beiden Fällen zwischen einem regierten und einem unregierten Zustand unterscheidet: Diese Unterscheidung, die bei der indirekten Rede natürlich wichtig ist, hat in der direkten aber nichts zu suchen, die per definitionem nie *regiert* wird, sondern nur durch ein deklaratives Verb eingeleitet und/oder durch Anführungsstriche bzw. einen Gedankenstrich signalisiert wird. Die "freie direkte Rede" ist nur insofern frei, als sie ohne grammatische Änderungen, d. h. ohne Rektion, auf diese Kennzeichen einfach verzichtet. So verstanden ist der Ausdruck natürlich nützlich, um die emanzipiertesten und charakteristischsten Formen des modernen Romans in Dialog und Monolog zu bezeichnen: *Ulysses* ist voll davon.

Eine weiterer Vorbehalt richtet sich gegen die scheinbar unaufhaltsam-automatische Steigerung in dieser Stufenfolge von Mimesiseffekten. Die Gültigkeit dieser Skala ist jedoch eher die einer statistischen Norm, die je nach Kontext Ausnahmen und Abweichungen zuläßt: Die Wörtlichkeitskonvention, die mit dem Gebrauch der direkten Rede einhergeht, wird nicht immer respektiert und kann vom narrativen Kontext aufgekündigt werden, während sich umgekehrt hinter einer scheinbaren Paraphrase ein wörtliches Zitat verstecken kann. Einige Beispiele für dieses Paradox findet man in dem jüngsten Aufsatz von Meir Sternberg (1982), eine nützliche Warnung gegen jede dogmatische oder mechanistische Einstellung auf diesem Gebiet.

---

[9] Vgl. McHale, 1978, S. 259.

10. Erzählung von Gedanken?

Der dritte Kritikpunkt von Dorrit Cohn[1] betrifft den Umstand, daß ich - zumindest unter dem Gesichtspunkt seiner narrativen Behandlung - das Denken mit der Rede gleichsetze, d. h. das gesamte "Seelenleben" so auffasse, als wäre es eine innere Rede. Diese Kritik ist nicht zu trennen von ihrer eigenen Arbeit, die es sich gerade zum Ziel setzt, der "Repräsentation des Seelenlebens" den ihr gebührenden Platz einzuräumen, so daß ich also auf ihr Buch im ganzen eingehen muß, um auf diese Kritik zu antworten.

Ich erinnere zunächst daran, daß die drei fundamentalen Techniken dieser Repräsentation für Dorrit Cohn die folgenden sind: 1. der Gedankenbericht oder die "Psycho-Erzählung" *(psycho-narration)*, eine Analyse der Gedanken der Figur, die direkt vom Erzähler vorgenommen wird; 2. der "berichtete Monolog" *(quoted monologue)*, eine wörtliche Wiedergabe dieser Gedanken, wie sie in der inneren Rede bereits verbalisiert sind (und der "innere Monolog" ist bloß die autonome Variante davon); 3. schließlich der "narrativisierte Monolog" *(narrated monologue)*, ein Monolog, den der Erzähler in indirekter oder erlebter Rede wiedergibt. Abgesehen vom Umfang - denn Cohn schließt die lauten Selbstgespräche von ihrer Betrachtung aus - sind also ihre und meine Kategorien vollständig konvertibel, doch werden bei diesem Konvertiervorgang drei Differenzen sichtbar.

Die erste betrifft die gewählten Ausdrücke: ihre *psycho-narration* ist meine "narrativisierte Rede", ihr "berichteter Monolog" ist meine "berichtete Rede" und ihr "narrativisierter Monolog" ist meine "transponierte Rede". Ich sehe freilich nicht, welchen Nutzen diese Umbenennung haben soll: "narrativisiert" scheint mir ein zu starkes (und zu sehr an *psycho-narration* anklingendes) Wort zu sein, um die indirekte Rede zu bezeichnen, und ich bleibe dabei, es den Formen (vom Typ "ich beschloß, Albertine zu heiraten") vorzubehalten, die die Rede oder das Denken als ein Ereignis behandeln[2], während ich bei indirekten Reden weiter von "transponiert" spreche, dessen grammatische Konnotation sehr deutlich ist. Die zweite Differenz betrifft die jeweilige Reihenfolge. Dorrit Cohn bezeichnet ihren "narrativisierten Monolog" mehrmals als *intermediären Modus*: Dann verstehe ich aber nicht, warum sie ihn an die dritte Stelle setzt, und lasse ihn lieber an der zweiten Stelle, die er als "transponierte Rede" bei mir in einer Reihe einnimmt, die wirklich eine Stufenfolge ist.

---

[1] 1981 a, S. 24 und *passim*.
[2] Flaubert riet dazu (Brief an A. Bousquet, *Correspondance*, Ed. Conard, V, S. 321), die *Reden* [paroles] einer Nebenfigur zu "erzählen". Dieser Ausdruck stützt zwar ein wenig meinen Gebrauch von "narrativisiert", aber man weiß nicht so recht, ob Flaubert ihn hier für die Narrativisierung im eigentlichen Sinne verwendet (wie sie etwa in *Madame Bovary* vorliegt, wenn aus "Sie haben unrecht, sagte die Gastgeberin, er ist ein guter Mensch" der Satz wird: "Die Gastgeberin stellte sich hinter ihren Pfarrer") oder bloß für die indirekte Rede, wie er es meist tut: kurz, ob er sich meiner Terminologie oder der von Dorrit Cohn bedient. Vgl. Claudine Gothot-Mersch, 1983.

Die dritte Uneinigkeit beruht auf der radikalen Trennung, die Dorrit Cohn zwischen Erzählungen "in der dritten" und solchen "in der ersten Person" vornimmt, und auf der entscheidenden strategischen Rolle, die diese Trennung für sie spielt, sofern sie eine Zweiteilung ihres Buches bewirkt (I. Das Innenleben in der Erzählung in der 3. Person; II. Das Innenleben in der Erzählung in der 1. Person) und sie teilweise dazu verführt, dieselben Formen doppelt zu behandeln, je nachdem, ob sie in einer hetero- oder homodiegetischen Narration auftreten. Es scheint mir jedoch, daß die übergeordnete Erzählsituation im Grunde nichts am Status der Rede oder des evozierten Seelenzustands ändert. Ich vermag (abgesehen von der grammatischen Person natürlich) kaum zu sehen, was zum Beispiel die *auto-*(psycho-)*narration* von der *psycho-narration* unterscheidet, den auto-narrativisierten Monolog vom (hetero-)narrativisierten. Vor allem verstehe ich nicht, warum für Dorrit Cohn der innere oder autonome Monolog ganz selbstverständlich zur Erzählung in der ersten Person gehört: *Ulysses* im ganzen ist meines Wissens kein Roman in der ersten Person; und sollte es etwa deshalb geschehen, weil Molly Blooms Monolog *für sich genommen* in der ersten Person steht, so ist dies kein stichhaltiger Grund, denn dies gilt ja ebensogut für die (nicht autonomen) berichteten Monologe im klassischen heterodiegetischen Roman, die Cohn denn auch ganz richtig im ersten Teil abhandelt. Diese bizarre Aufteilung scheint mir einfach auf einen irregeleiteten Klassifizierungswunsch zurückzugehen, genauer gesagt auf eine Überschätzung des Kriteriums der grammatischen Person.[3] Anläßlich der Stimme werden wir auf dieses große Streitthema zurückkommen.

Die vierte und letzte Differenz basiert, wie schon gesagt und um darauf zurückzukommen, auf meiner Gleichsetzung von "Seelenleben" mit innerer Rede, die Dorrit Cohn mit gutem Grund zurückweist. Cohn legt zu Recht Wert darauf, auch den non-verbalen Formen des inneren Lebens eine Stelle einzuräumen, und sicher hatte ich unrecht, eine Aussage wie "Ich beschloß, Albertine zu heiraten" der Kategorie "narrativisierte innere *Rede*" zu subsumieren, denn nichts deutet darauf hin, daß diese Aussage ein verbalisiertes Denken wiedergibt. *A fortiori* gilt dies für etwas so Diffuses wie "Ich verliebte mich in Albertine". Von den drei Repräsentationsweisen, die Cohn unterscheidet, scheint mir indes nur die erste einen Raum für diese Frage zu eröffnen; "berichteter Monolog" und "narrativisierter Monolog" fassen das Denken ohnehin als Rede auf, bei ihr so gut wie bei mir (und darum scheint mir, um es noch einmal zu sagen, "narrativisiert" hier schlecht gewählt bzw. schlecht plaziert zu sein). Nur die *psycho-narration* kann - vorausgesetzt, daß es ein solches Denken gibt[4] - auf ein non-verbales Denken angewendet werden (sich in Albertine oder irgendeine andere verlieben, ohne *sich es zu sagen*, ohne sich dessen überhaupt bewußt zu werden). Aber mit Bedacht sage ich: *kann*.

---

[3] Daß die Probleme identisch sind, egal ob eine hetero- oder homodiegetische Erzählsituation vorliegt, erkennt Dorrit Cohn übrigens selbst an mehreren Stellen an (S. 29, 167, 183, 194), und der eigentlich entscheidende Gegensatz zwischen Konsonanz und Dissonanz (von Figur und Erzähler) spielt in beiden Teilen ihres Buchs dieselbe Rolle.
[4] Hier geht es natürlich nicht darum, in der angestaubten Vorlesungsfrage "Gibt es ein Denken ohne Sprache?" Farbe zu bekennen, sondern nur darum, Formen der "Repräsentation", die diese Frage nicht negativ beantworten, einen Platz einzuräumen.

Denn sich in Albertine oder die Nachbarin verlieben *kann auch* in einer inneren Rede bestehen, und der psycho-narrative Gedankenbericht läßt einen darüber im ungewissen, es sei denn, er läßt es sich angelegen sein, den unbewußten Charakter des repräsentierten Zustands zu verdeutlichen: Wenn ein Erzähler schreibt: *"Ohne es zu merken,* hatte sich Marcel in Albertine verliebt", stellt er ausnahmsweise klar, daß der Satz "Sieh an, jetzt bin ich in Albertine verliebt" in Marcels innerer Rede nicht vorkommt - was natürlich noch nicht heißt, daß eine solche Rede völlig fehlt, sondern nur, daß eben andere Sätze darin vorkommen, inbesondere etwa dieser: "Ich bin *nicht* in Albertine verliebt", den der scharfsichtige Erzähler dann für den blinden Marcel decodiert. Kurz, Dorrit Cohns berechtigter Vorbehalt zugunsten eines unter Umständen nicht verbalisierten Innenlebens gilt nur für *eine* ihrer drei Kategorien und auch dort nur *zum Teil*. Beziffern wir diesen Teil willkürlich mit 1/2: Cohns Vorbehalt gilt dann für 1/6 ihres eigenen Systems. Ich werde daraus nicht kleinlich folgern, daß ich zu 5/6 gegen sie im Recht bin; ich schließe daraus vielmehr, daß sich die Erzählung von Gedanken (denn darum geht es ja im Grunde) immer und restlos zurückführen läßt, sei es, wie ich es allzu brutal getan habe, auf eine Erzählung von Worten, sei es, wie ich es in den Fällen hätte tun sollen, wo sie diese Gedanken nicht *durch ihr Verfahren selbst* als verbale kenntlich macht, auf eine *Erzählung von Ereignissen*. Noch einmal, die Erzählung kennt nur Ereignisse oder Reden (die eine besondere Art von Ereignissen sind, die einzige, die unmittelbar in einer verbalen Erzählung *zitiert* werden kann). Auch das "Seelenleben" kann daher für sie nur eins von beiden sein, Ereignis oder Rede.

Dieser schroffen Dichotomie stellen Doležel und Schmid eine andere an die Seite, auf die ich bereits angespielt habe: Es gibt, sagen sie, in einer Erzählung nur zwei Arten von Text: Erzählertext* oder Personentext*, *tertium non datur*. Man könnte versucht sein, diese beiden Gegensatzpaare als äquivalent aufeinander abzubilden: was Pierre van den Heuvel macht. Aber so einfach ist es nicht: Meine Dichotomie resultiert *aus dem Gegenstand,* die von Doležel *aus dem Modus,* und sie sind nicht aufeinander reduzierbar, denn eine Person kann eine Erzählung von Ereignissen vornehmen und der Erzähler eine von Worten. Es ist also besser, diese Kriterien zu trennen und sie auf eine jener hübschen Tabellen mit doppeltem Eingabewert zu verteilen, die dieses schmale Werk bislang so schmerzlich entbehren mußte. Man erhält so 1. die Erzählung von Ereignissen in der Erzählerrede (primäre Erzählung mit extradiegetischem Erzähler) bzw. 2. in der Personenrede (sekundäre Erzählung mit intradiegetischem Erzähler, d. h. der Erzähler tritt selbst als Figur auf) sowie 3. die Erzählung von Worten in der Erzählerrede (narrativisierte oder transponierte Rede) bzw. 4. in der Personenrede (berichtete oder transponierte Rede). Hier die Tabelle:

Gegenstand \ Modus	Erzählerrede	Personenrede
Ereignisse	primäre Erzählung	sekundäre Erzählung
Worte	narrativisierte Rede und transponierte Rede	berichtete Rede und transponierte Rede

Man sieht, daß ich die "transponierte Rede" (indirekte und erlebte Rede) gleich in zwei Kästchen eingetragen habe: Ich habe geschwankt und anfangs sogar, ein allzu trister Ausweg, an ein drittes Kästchen gedacht. Aber alles in allem denke ich, daß sie durch ihre "duale" Stimme diese doppelte Eintragung verdient.

Zum anderen habe ich, standhaft im Irrtum, der Erzählung von Gedanken keine dritte Reihe eingeräumt. Ich habe weiter oben gesagt, weshalb, möchte es aber gern wiederholen: Die Erzählung führt die Gedanken immer auf Reden oder Ereignisse zurück; ein Drittes gibt es für sie nicht, und zwar, um es noch einmal zu sagen, einfach aufgrund ihrer sprachlichen Natur, d. h. weil sie - nicht ich - unfähig ist, weiter zu nuancieren. Die Erzählung, die Geschichten erzählt, hat es nur mit Ereignissen zu tun; einige dieser Ereignisse sind sprachliche; in diesem Ausnahmefall kann sie abwechslungshalber dazu übergehen, sie zu *reproduzieren*. Sie hat allerdings keine weitere Wahlmöglichkeit, wir also auch nicht.

11. Perspektive

Auf die heute, wenigstens in ihrem Prinzip, allgemein anerkannte Unterscheidung zwischen den beiden Fragen "Wer sieht?" (Frage des Modus) und "Wer spricht?" (Frage der Stimme) komme ich nur zurück, um die rein visuelle und daher viel zu enge Formulierung der erstgenannten Frage zu bedauern: Das Ende der Szene zwischen Charlus und Jupien in *Sodome I* zum Beispiel ist zwar auf Marcel fokalisiert, aber diese Fokalisierung ist auditiv. Es war wohl kaum der Mühe wert, *Blickwinkel* oder *point of view* umständlich durch *Fokalisierung* zu ersetzen, nur um gleich wieder ins alte Gleis zu geraten; man muß also die Frage *wer sieht?* durch die allgemeinere Frage *wer nimmt wahr?* ersetzen. Doch vielleicht muß man noch weiter gehen, da allein schon die äußere Symmetrie zwischen den beiden Fragen etwas irreführend ist: Die Stimme des Erzählers ist immer als die einer Person gegeben, mag sie auch anonym sein, aber die fokale Position, wenn es eine gibt, ist nicht immer an einer Person festzumachen: so etwa, wie mir scheint, in der externen Fokalisierung. Vielleicht wäre es daher besser, sich auf neutralere Weise zu fragen, *wo liegt das Zentrum, der Fokus der Wahrnehmung?* - wobei (ich komme darauf zurück) dieser Fokus in einer Person verkörpert sein kann oder auch nicht.

Meine Kritik an früheren Klassifizierungen (Brooks-Warren, Stanzel, Friedman, Booth, Romberg) richtet sich natürlich gegen deren Vermengung von Modus und Stimme, sei es, daß sie (Friedman, Booth) eine fokale Figur "Erzähler" nennen, die nie den Mund aufmacht[1], sei es, daß sie komplexe Erzählsituationen (Modus + Stimme) nur unter der einen Rubrik des *point of view* abhandeln, wie Brooks-Warren, Friedman und Booth es tun und in geringerem Maße auch Stanzel und Romberg, die Unterschiede der Narration zwar berücksichtigen, sie jedoch sofort wieder gleichsetzen mit Unterschieden des *point of view*.

Aber die übliche, manchmal recht grobe Vermengung von Modus und Stimme, von Fokalsierung und Narration ist eine Sache; eine andere Sache ist die Herstellung einer Beziehung zwischen Modus und Stimme im komplexeren (synthetischen) Begriff "Erzählsituation". Ich habe diese Synthese legitim genannt (S. 134), es aber zu Recht abgelehnt, sie "hier", d. h. allein mit der Kategorie des *point of view* durchzuführen. Damit habe ich implizit versprochen, es anderswo zu tun, und dieses Versprechen wurde in *Diskurs der Erzählung* nicht gehalten. Ich werde weiter unter versuchen, diese Lücke zu füllen.

Die Untersuchung der Fokalisierungen hat viel Tinte fließen lassen und sicherlich ein wenig zu viel. Im Grunde ging es nur um eine Umformulierung, deren Hauptvorteil darin bestand, klassische Begriffe neu zu systematisieren: 1. *Nullfokalisie-*

---

[1] Man sollte, sagt Dorrit Cohn zu Recht (1981 b, S. 171), "endlich Schluß machen mit der schlampigen *(sloppy)* Gewohnheit, die Protagonisten von Romanen mit interner Fokalisierung, wie Stephen, Samsa oder Strether, zu 'Erzählern' ihrer Geschichte zu erklären".

rung für "Erzählung mit allwissendem Erzähler" oder "Übersicht" [vision par derrière], 2. *interne Fokalisierung* für "Erzählung mit *point of view*, mit Reflektor, mit selektiver Allwissenheit, mit eingeschränktem Feld", oder "Mitsicht" [vision avec], 3. *externe Fokalisierung* für "objektive[2], behavioristische Technik" oder "Außensicht" [vision du dehors]. Mein eigener Beitrag dürfte eher in der Untersuchung der "Alterationen" bestehen, die am dominanten Fokalisierungsmodus einer Erzählung vorgenommen werden, d. h. in der Untersuchung der *Paralipse* (Zurückhaltung einer Information, die der gewählte Typ logisch impliziert) und der *Paralepse* (Information, die die Logik des gewählten Typs überschreitet).

Man hat auch bei mir ein oder zweimal eine Vermengung von Modus und Stimme festgestellt, eine "prägenettesche" Sünde, wie Mieke Bal sagt, die ich als letzter begehen dürfte - oder eher, wenn die Geschichte einen Sinn hat, als erster nicht mehr begehen dürfte. Gesündigt habe ich durch Verschweigen und Ungenauigkeit. Und zwar zunächst, bei den Beispielen, die ich für die multiple Fokalisierung zitiert habe (Briefroman, *The Ring and the Book),* durch Verschweigen: Hier geht der Fokuswechsel, und das hätte ich wenigstens erwähnen müssen, ganz deutlich einher mit einem Erzählerwechsel, und die Transfokalisierung ließe sich von daher als eine bloße Folge der Transvokalisierung auffassen. Ich kenne übrigens kein einziges Beispiel für eine reine Transfokalisierung, wo "dieselbe Geschichte" nacheinander unter verschiedenen Gesichtspunkten vom selben heterodiegetischen Erzähler erzählt würde. Dies wäre gleichwohl der interessantere Fall, denn die so gewährleistete Objektivität der Narration würde, wie im Kino, den Dissonanzeffekt zwischen den verschiedenen Versionen noch verschärfen: Man sollte ein solches Werk also unbedingt in Angriff nehmen. Sodann die Ungenauigkeit: Anläßlich der externen Fokalisierung bei Hammett hätte ich präzisieren sollen, daß sie teils im Rahmen einer heterodiegetischen Narration vorgenommen wird *(Der gläserne Schlüssel, Der Malteser Falke),* teils in dem einer homodiegetischen *(Rote Ernte).* Ich komme darauf zurück, aber dies ist für mich natürlich gerade ein Beweis für die relative Autonomie der Modus- gegenüber der Stimmenwahl und umgekehrt. Entsprechendes gilt für die berühmte Paralipse von *Roger Ackroyd:* Shlomith Rimmon[3] wirft mir vor, diesen Roman als Beispiel für eine Fokalisierung auf den Helden (Mörder) zu zitieren, "ohne zu erwähnen, daß der fokale Mörder zugleich der Erzähler ist, während doch gerade darin der Witz dieses Romans liegt". Ich teile diese Einschätzung nicht: Der Witz oder Kniff liegt hier in der Paralipse, d. h. in der Unterschlagung einer wichtigen Information, die

---

[2] Auf die Bedeutung dieses typisch modernen Modus wurde in Frankreich, soweit ich weiß, zum ersten Mal von Claude-Edmonde Magny hingewiesen in *L'âge du roman américain,* im Kapitel "Die objektive Technik". Diese Studie, der die gebührende Anerkennung bis heute versagt blieb, aus der man oft abschreibt, ohne es zu sagen, zuweilen ohne es überhaupt nur zu ahnen, war in vielerlei Hinsicht der Ausgangspunkt der französischen Narratologie, die diesem Werk die stimulierende Begegnung mit dem amerikanischen Roman und der Technik des Films verdankt. Daß es in der Bibliographie von *Diskurs der Erzählung* nicht auftaucht, ist höchst bezeichnend und um so weniger zu rechtfertigen, als ich, der ich es gleich beim ersten Erscheinen mit Bewunderung gelesen habe, dieses Buch im Dossier der Nr. 8 von *Communications* angezeigt habe. Zeitweiliger Gedächtnisausfall.
[3] 1976 a, S. 59.

aufgrund der Fokalisierung auf den Mörder geliefert werden müßte; die Tatsache, das ihm auch die Narration überlassen wird, akzentuiert und bekräftigt nur diese Fokalisierung - und damit diese Paralipse[4]; oder anders gesagt, eine *heterodiegetische* interne Fokalisierung, wie sie besonders rein in *The Ambassadors* oder im *Portrait of the Artist* vorliegt, hätte meines Erachtens dieselbe Wirkung erzielt.

Die externe Fokalisierung war gewiß keine Erfindung des amerikanischen Romans der Zwischenkriegszeit; neu war nur, daß sie jetzt für die Dauer einer ganzen - wenn auch meist kurzen Erzählung - beibehalten wurde. Ich habe auf den *introduktiven* Gebrauch hingewiesen (S. 135), den der klassische Roman von ihr gemacht hat, und habe dieser Praxis, der man "noch" in *Germinal* begegnet, die des späten James entgegengesetzt, der die Person, mit der die Handlung beginnt, sofort als bekannt voraussetzt und sich in ihr Innenleben stürzt. Damit habe ich eine historische Entwicklung angedeutet, die mir bestenfalls intuitiv vor Augen stand; zudem habe ich mich damit naiv zu einem delikaten und bereits erforschten Thema geäußert. Dazu vielleicht zwei Anmerkungen.

Die von mir zum Desiderat erklärte historische Untersuchung wurde meines Wissen nur für die Anfänge moderner Romane in Angriff genommen, und zwar von Jaap Lintvelt in Groningen. Mir schwebte jedoch vor allem eine Bestätigung (oder Widerlegung) meiner historischen Hypothese vor, wonach in der zweiten Hälfte des 19. Jahrhunderts ein Wandel eingetreten ist, und ich habe deshalb - mit Hilfe eines Dreijährigen - eine Blitzerhebung bei einigen großen Romanen des 18. bis 20. Jahrhunderts durchgeführt. Stellt man grob zwei *Incipit*-Typen gegenüber, so geht Typ A davon aus, daß der Leser die Person nicht kennt, und betrachtet sie - gleichsam in Übernahme dieser Unkenntnis - zunächst von außen, um sie erst später ausdrücklich vorzustellen (Typ *Peau de chagrin);* Typ B dagegen setzt die Person von Anfang an als bekannt voraus und nennt sie sogleich beim Namen oder Vornamen bzw. bezeichnet sie mit einem Pronomen oder einem "vertraut-machenden"[5] bestimmten Artikel. Man kann nun in der Geschichte des modernen Romans eine bedeutsame Entwicklung beobachten, die grosso modo vom Typ A, der bis zu Zola vorherrschend war (Zola selber allerdings nicht mitgerechnet, abgesehen von einigen letzten Spuren dieses Typs in *La Fortune des Rougon, Nana, Pot-Bouille* und *Germinal),* zu Typ B führte, wie man ihn schon in *La curée* findet (und im Gesamtkomplex der *Rougon-Macquart* in vierzehn - sehr deutli-

---

[4] Das entspricht in etwa der Ansicht, die Roland Barthes in seiner *Introduction à l'analyse structurale des récits* vertritt: "Das Verfahren [sagt er, nachdem er es zuvor am Beispiel von *Fünf Uhr fünfundzwanzig* beschrieben hat, wo Agatha Christie denselben paraliptischen Trick "in der dritten Person" vorführt] ist noch plumper in *Der Mord an Roger Ackroyd,* da der Mörder darin freimütig *ich* sagt" (1977, S. 41 und 56, dt. S. 128 und 142). Im *Degré zéro* teilt Barthes eher die Einschätzung von Rimmon: "Es gibt einen Roman von Agatha Christie, in dem die ganze Erfindung darin besteht, den Mörder hinter der ersten Person der Erzählung zu verstecken. Der Leser sucht den Täter hinter jedem *Er* der Handlung; er verbirgt sich hinter dem *Ich.* Agatha Christie wußte sehr wohl, daß im gewöhnlichen Roman das *Ich* Zeuge ist und das *Er* der Handelnde" (Paris 1972, S. 28, dt. *Am Nullpunkt der Literatur,* Hamburg 1959, S. 36).

[5] Bronzwaer, zitiert bei Stanzel, 1981, S. 11 (mit einem sehr metonymischen, aber sprechenden Ausdruck nennen Damourette und Pichon, glaube ich, den bestimmten Artikel einmal "notorisch"). Zur fokalisierenden Rolle der Personenbezeichnungen vgl. Boris Uspenski. Es steht außer Zweifel, daß man unterschiedliche Vertrautheitsgrade des Erzählers und/oder die Wahl dieser oder jener fokalen Figur dadurch ausdrücken kann, daß man seine Heldin *Madame Bovary,* bloß *Madame* oder gar *Emma* nennt.

chen - Fällen von insgesamt zwanzig). Bei James ist der Übergang sehr schroff: Bis zu den *Bostonians* (1885) dominiert Typ A, ab *The Princess Casamassima* (ebenfalls 1885) und bis zum Ende dann Typ B. Der Wendepunkt, vielleicht ein vorläufiger, fällt also in etwa - nur um ein einprägsames Datum zu haben - ins Jahr 1885. Im 20. Jahrhundert springt der Gebrauch von Typ B geradezu in die Augen, man denke an Romane wie *Ulysses, Der Prozeß* oder *Das Schloß, Les Thibault, La condition humaine* oder *Aurélien,* und die Kurzgeschichte geht im Verzicht auf eine förmliche Vorstellung der Person soweit, daß sie sich mit dem bloßen Pronomen oder bestimmten Artikel bescheidet *(Hills Like White Elephants:* "*The* American and *the* girl [...]"). Seltener kommt dies zwar im Roman vor, aber immerhin geschieht es in *Wem die Stunde schlägt* ("*He* lay flat [...]")[6], und bereits 1900 ließ Conrad *Lord Jim* mit einem *Er* beginnen, aus dem erst zwei Seiten weiter ein sehr zurückhaltendes *Jim* wird: "Jim hatte immer einen guten Verdienst [...] einfach Jim - nichts weiter. Er hatte natürlich noch einen anderen Namen, aber er war darauf bedacht, daß dieser nicht laut wurde" - und, wenn mich nicht irre, wird er tatsächlich nie genannt.

Diese Anfangspartien mit Pronomen wurden von J. M. Backus untersucht, der von *"non-sequential sequence-signals"* spricht: referentielle Zeichen ohne Referenz, anaphorische ohne Präzedenz, deren Funktion aber genau darin besteht, eine Referenz durch ihre Simulation zu *konstituieren,* um sie dem Leser als vermeintliche Selbstverständlichkeit aufzuzwingen. R. Harweg[7], der diese Ausdrücke von Pike übernimmt, stellt den "emischen" Anfängen mit Personennamen die "etischen" Anfänge mit bloßen Pronomen gegenüber. Doch die Frage geht über den Gebrauch von Pronomen oder bestimmten Artikeln hinaus: Ein bloßer Vorname ist natürlich "etischer" als eine vollständige Namensnennung (Name und Vorname), diese wiederum "etischer" als eine förmliche Präsentation, die sich wie im Balzacschen Roman in einer langsamen Kamerafahrt immer näher auf die Person zubewegt. Es gibt in Wirklichkeit eine ganze Stufenfolge mit subtilen und je nach Kontext variablen Nuancen, die vom eplizitesten Pol (à la Balzac: "Am 15. Juni 1952 um fünf Uhr, verließ eine junge Frau ein elegantes herrschaftliches Haus in der Rue de Varennes 54 usw. (nach ein paar Seiten Beschreibung:) ... Diese elegante Spaziergängerin war keine andere als die Marquise de ... usw.") zum implizitesten Pol reicht, à la Duras: "Sie sah, daß es fünf Uhr war. Sie verließ das Haus ..." - und Valéry hat natürlich eine Zwischenstufe gewählt: "Die Marquise". Welche Marquise? Der etische oder implizite Pol hängt, wie Stanzel bemerkt[8], ganz offensichtlich mit dem zusammen, was er den "personalen" narrati-

---

[6] Zu dem "Vertrautmachen", auf das dieses narrative Verfahren beim Leser zielt, vgl. Walter Ong, 1975, S. 12-15. Diese allusiven (pseudo-anaphorischen oder pseudo-deiktischen) Bezeichnungen zwingen dem Leser, wie Ong schön zeigt, eine enge Komplizenschaft mit dem Autor auf, denn die latente Einschüchterung, die in jeder angeblichen Selbstverständlichkeit liegt, hält den Leser davon ab, eine so wenig "kooperative" Frage zu stellen wie "Wer, *er*? Welcher Amerikaner? Welches Mädchen?"
[7] 1968, S. 152-166 und 317-323.
[8] 1981, S. 11.

ven Typ nennt, d. h. mit der internen Fokalisierung und folglich mit einer gewissen erzählerischen Modernität.

Die Untersuchung ist damit natürlich noch nicht abgeschlossen, denn sie müßte auch individuelle oder gattungsspezifische Besonderheiten berücksichtigen: Die Kurzgeschichte ist, wie wir sahen, und aus evidenten Gründen, elliptischer als der Roman; der historische Roman wiederum kann elliptischer sein als der rein fiktionale, da einige seiner Personen als "allgemein bekannt" vorausgesetzt werden können. Aber auch formale Besonderheiten müßte man berücksichtigen: so hat die homodiegetische Narration hier insofern einen Sonderstatus, als das Pronomen *ich* gleichzeitig etisch und emisch ist, denn man weiß immerhin, daß es den Erzähler bezeichnet. Aber alles in allem scheint die Entwicklung doch dieselbe zu sein: von der förmlichen Präsentation im pikaresken Roman "Vor allen Dingen erfahre Euer Gnaden, daß ich Lazaro von Tormes heiße, Sohn des Thomas Gonzales [...]" - über die ungezwungene Vertraulichkeit eines Melville: *"Call me Ishmael ... "* - bis zur Proustschen Ellipse.

12. Fokalisierungen

Die Definition der Fokalisierungstypen ist von Mieke Bal kritisiert und revidiert worden, dies allerdings, wie mir scheint, auf der Basis eines irregeleiteten Willens, die Fokalisierung zur *narrativen Instanz* zu machen. Mieke Bal scheint zu meinen - und mir mitunter den Gedanken zu unterstellen[1] -, daß zu jeder narrativen Aussage eine *fokalisierende* und eine *fokalisierte* Figur gehört. Bei der internen Fokalisierung wäre die fokalisierte Figur gleichzeitig fokalisierend ("die 'fokalisierte'Figur sieht"), bei der externen Fokalisierung hingegen wäre sie nur fokalisiert ("sie sieht nicht, sie wird gesehen"), und diese Dissymmetrie hätte ich verdeckt durch den "nachlässigen" Gebrauch des Ausdrucks "Fokalisierung auf" anstelle von "Fokalisierung durch". Diese "Nachlässigkeit" hätte mich dazu verleitet, "Philéas und seinen Diener als beinahe austauschbare Instanzen zu behandeln, da ich sowohl das Subjekt (Passepartout) wie das Objekt (Philéas) als 'fokalisiert' behandle". Mir fällt es sehr schwer, mich an dieser Diskussion zu beteiligen, denn bereits in der Darlegung meiner Position arbeitet Mieke Bal mit Begriffen *(fokalisierende* und *fokalisierte Figur),* die ich nie verwenden würde, da sie mit meiner Auffassung der Sache unvereinbar sind. Für mich gibt es keine fokalisierende oder fokalisierte Figur: *fokalisiert* kann nur die Erzählung selber sein, und *fokalisieren* kann demnach nur der, der die Erzählung fokalisiert (oder nicht fokalisiert), d. h. der Erzähler oder, außerhalb der Konventionen der Fiktion betrachtet, der *Autor* selber, der sein Fokalisierungsvermögen an den Erzähler delegiert (oder auch nicht). In ihrer Diskussion mit Bronzwaer[2] behauptet Mieke Bal, daß es für mich keine "unfokalisierten Stellen" gibt, da diese Kategorie, wie sie ausführt, nur auf Erzählungen im ganzen angewendet werden darf. Das bedeutet offensichtlich, daß die Analyse einer "unfokalisierten" Erzählung diese stets auf ein Mosaik verschieden fokalisierter Segmente reduzieren können muß, daß also gilt: *"Nullfokalisierung" = variable Fokalisierung.* Gegen diese Formel hätte ich weiter nichts einzuwenden, aber es scheint mir, daß die klassische Erzählung ihren "Fokus" zuweilen an einem so unbestimmten oder fernen Ort hat, mit einem so weiten Blickfeld (der berühmte *"point of view* Gottes" oder des Sirius, von dem man sich immer wieder einmal fragt, ob es wirklich ein *point of view* ist), daß er unmöglich der einer Figur sein kann, weshalb der Ausdruck Nicht-Fokalisierung oder Nullfokalisierung hier wohl doch der passendere sein dürfte. Im Unterschied zum Filmemacher ist der Romancier nicht gezwungen, irgendwo seine Kamera aufzustellen: er hat keine.[3] Die rich-

---

[1] Zum Beispiel, 1977, S. 37. Die wesentlichen Punkte der Diskussion findet man im ersten Kapitel ("Narration et focalisation", S. 19-58) dieses Werks, auf das ich mich im Folgenden implizit beziehe.
[2] 1981 b.
[3] Allerdings kann er heute, Folge der Rückwirkung eines Mediums auf das andere, so tun, als hätte er eine. Zum Unterschied zwischen Fokalisierung und "Okularisierung" (Information und Wahrnehmung) sowie zur Bedeutung dieser Unterscheidung für die Technik des Films und des Nouveau Roman vgl. F. Jost, 1983 a und 1983 b, Kap. III ("La mobilité narrative"). Die Arbeit von Jost, die von diesen Grenzfäl-

tige Formel wäre also eher: *Nullfokalisierung = variable und zuweilen Null-Fokalisierung.* Hier wie anderswo ist die Wahl rein operativ. Diese Laxheit wird sicherlich einige schockieren, aber ich wüßte nicht, warum die Narratologie ein Katechismus werden sollte, der auf jede Frage mit einem ankreuzbaren Ja oder Nein zu antworten erlaubt, wo die richtige Antwort oft genug lautet: das hängt vom Tag, vom Zusammenhang und von der Windgeschwindigkeit ab.

Unter Fokalisierung verstehe ich also eine Einschränkung des "Feldes", d. h. eine Selektion der Information gegenüber dem, was die Tradition *Allwissenheit* nannte, ein Ausdruck, der, wörtlich genommen, im Bereich der Fiktion absurd ist (der Autor braucht nichts zu "wissen", da er alles erfindet) und den man besser ersetzen sollte durch *vollständige Information* - durch deren Besitz dann der Leser "allwissend" wird. Das Instrument dieser (eventuellen) Selektion ist ein *situierter Fokus*, d. h. eine Art Informationsschleuse, die nur durchläßt, was die Situation erlaubt: Marcel, der in der Montjouvain-Szene von der Böschung aus durchs Fenster blickt. Bei der internen Fokalisierung fällt der Fokus mit einer Figur zusammen, die alsdann zum fiktiven "Subjekt" aller Wahrnehmungen wird, einschließlich derer, die sie selbst als Objekt betreffen: Die Erzählung *kann* uns dann alles sagen, was diese Figur wahrnimmt und denkt (tut es aber nie, sei es, daß sie unwichtige Informationen nicht geben will, sei es, daß sie die eine oder andere wichtige Information absichtlich zurückhält (Paralipse), wie in *Roger Ackroyd* das Verbrechen und die Erinnerung daran); und prinzipiell *darf* sie auch nichts anderes sagen; wenn sie es doch tut, ist dies erneut eine Alteration (Paralepse), d. h. ein gewollter oder ungewollter Verstoß gegen die momentane modale Wahl, so wenn Marcel die Gedanken von Mademoiselle Vinteuil in Montjouvain "wahrnimmt" und nicht *errät*. Bei der externen Fokalisierung wird der Fokus an einem vom Erzähler gewählten Punkt des diegetischen Universums situiert, der mit keiner der Figuren koinzidiert, was folglich die Möglichkeit ausschließt, daß wir irgend etwas über die Gedanken irgendeiner Person erfahren - wodurch dieser Fokalisierungstyp der "behavioristischen" Überzeugung einiger moderner Romanciers sehr entgegenkommt. Man kann die beiden Typen also im Prinzip nicht verwechseln, es sei denn, der Autor hat seine Erzählung nicht bloß inkohärent, sondern konfus angelegt (fokalisiert). Dennoch kann es vorkommen, daß die beiden Wahlmöglichkeiten *unter dem Gesichtspunkt der wichtigen Information* äquivalent sind. Genau das ist der Fall in dem strittigen Beispiel der ersten Kapitel von *Le tour du monde en 80 jours:* Ich habe nie, wie Mieke Bal mir vorwirft, Philéas und Passepartout "als beinahe austauschbare Instanzen" behandelt (ich sehe im übrigen keinen Grund, sie "Instanzen" zu nennen, doch das ist eine andere Frage, auf die wir noch zurückkommen werden), und nie habe ich gesagt, daß die Wahl von Jules Verne *ad libitum* als externe Fokalisierung auf Philéas oder interne Fokalisierung auf Passepartout (oder irgendeinen anderen Beobachter) definiert werden kann; ich denke, daß diese beiden Wahlmöglichkeiten alternieren und daß - in Ermangelung hinreichend scharfer Definitionen - einige Segmente unentscheidbar bleiben können, werde dem aber nicht weiter nachfor-

---

len zum normalen System der Erzählung zurückkehrt, scheint mir der wichtigste Beitrag zur Debatte um die Fokalisierung zu sein und bringt die notwendige Klärung dieses Begriffs eines gutes Stück voran.

schen, da der springende Punkt gar nicht hier liegt, sondern darin, daß die beiden Möglichkeiten, *sofern es unsere Information über Philéas betrifft,* völlig *äquivalent* sind, weshalb man *in dieser Hinsicht* ihre Unterscheidung *vernachlässigen* kann. Ich ertappe mich dabei, daß ich Mieke Bal mit denselben Kursivierungen antworte wie van Rees, und kann mir gut vorstellen, daß ihr diese Nähe wenig Freude macht, aber was soll ich tun? Der Vorworf der "Nachlässigkeit" findet sich bei beiden, und in beiden Fällen ist meine Entgegnung dieselbe: ohne Vernachlässigung von Details, die für die momentane Fragestellung unwichtig sind, gibt es schlichtweg keine Forschung, denn die Forschung ist nur eine Reihe von Fragen, und wesentlich ist, sich nicht in der Frage zu irren. Entscheidend im Fall von *Le tour du monde* ist, daß Philéas, *sobald er Objekt der Erzählung ist*[4], von außen gesehen wird; ob der *point of view* dann der von Passepartout ist oder der eines anonymen Beobachters oder sonstwo liegt, ist nur von zweitrangiger Bedeutung, d. h. *für den Augenblick vernachlässigbar.*

Der Rest der Balschen Theorie der Fokalisierungen hat seine eigene Logik, basierend auf jener Innovation (Bildung einer *Fokalisierungsinstanz,* die sich aus fokalisierender und fokalisierter Figur zusammensetzt, zu denen sich auf S. 40 noch ein "Adressat der Fokalisierung" hinzugesellt), deren Nutzen ich nicht sehe und deren Resultate mich ratlos machen, wie etwa der Gedanke einer *Fokalisierung zweiter Stufe.* So sollen die beiden folgenden Sätze aus *La chatte* von Colette eine Fokalisierungsschachtelung aufweisen: "Sie beobachtete ihn beim Trinken und wurde plötzlich unruhig [...]. Er aber war so müde, daß er von ihrer Unruhe nichts wissen wollte". Für Mieke Bal wird Alain "auf zweiter Stufe durch den fokalisierten Fokalisator (Camille) fokalisiert". Für mich liegt hier nur ein Fokuswechsel vor, d. h. der Fokus verlagert sich von Camille im ersten zu Alain im zweiten Satz, mit einem ausgesparten, aber für die Kohärenz der Stelle unverzichtbaren Element, nämlich dem, daß Alain die Unruhe von Camille *wahrnimmt,* was voraussetzt, daß er sieht, wie sie ihn beobachtet: Wenn man so will eine - allerdings in sich schon sehr metaphorische! - Schachtelung von Blicken, nicht aber von Fokalisierungen. Natürlich können in einer Erzählung derartige Blickschachtelungen vorkommen, wo jemand beobachtet, daß man ihn beobachtet usw., ich glaube aber nicht, daß der *Fokus* der Erzählung an zwei Punkten *zugleich* sein kann. Das kann ich natürlich nicht beweisen, aber Mieke Bal obliegt es, daß Gegenteil zu beweisen, und ich wüßte nicht, daß sie es getan hätte.[5]

Eine letzte Bemerkung zu diesem Kapitel über die Fokalisierungen: Ich gebrauche wenigstens zweimal (S. 145 und 155) eine Wendung, die meinen eigenen Definitionen einigermaßen heterodox gegenübersteht, nämlich die einer "Fokalisierung auf den Erzähler", von der ich behaupte, sie werde durch die Erzäh-

---

[4] Der Ausdruck *Held,* den ich auf S. 136 gebrauchte, war natürlich ungeschickt, und nicht zu Unrecht weist Mieke Bal darauf hin: Das Objekt der Erzählung muß nicht immer die "Hauptperson" sein: so Charles zu Beginn von *Madame Bovary.*

[5] Diesen und einige andere methodologische Fehler von Mieke Bal scheint mir P. Vitoux in seinem Aufsatz (1982) recht passabel korrigiert zu haben. Aber man muß dabei unausweichlich an das Ptolemäische System denken, das, um zu funktionieren, so viele Zusätze nötig machte, daß es am Ende zweckmäßiger war, darauf zu verzichten. Fragt sich jetzt nur, wer hier Ptolemäus ist - hält sich doch jeder gern für Kopernikus.

lung "in der ersten Person" logisch impliziert. Gemeint ist damit natürlich die Einschränkung der narrativen Information auf das, was ein Erzähler "in der ersten Person" wirklich "wissen" kann, d. h. ihre Einschränkung auf die Informationen des Helden im Moment der Geschichte, *ergänzt um dessen spätere Informationen* - während der zum Erzähler gewordene Held über die narrative Information im ganzen verfügt. Nur der erste Komplex verdient *stricto sensu* die Bezeichnung "Fokalisierung"; beim zweiten dagegen handelt es sich um eine extradiegetische Information, und nur die Identität (der "Person") von Held und Erzähler berechtigt einen dazu, hier *per analogiam* von "Fokalisierung" zu reden. Hier liegt also in der Tat einmal eine jener Korrelationen zwischen Modus und Stimme vor, die zu vernachlässigen man mir zu Recht vorgeworfen hat (denn man darf nicht *alles* vernachlässigen): Die homodiegetische Narration hält sich im allgemeinen (ob aus Wesensgründen oder aus Konvention, sei dahingestellt) sehr viel genauer an das Muster der Autobiographie als die heterodiegetische Narration an dasjenige der historischen Erzählung. Der heterodiegetische Erzähler muß in der Fiktionserzählung über die Herkunft seiner Informationen keine Rechenschaft ablegen, seine "Allwissenheit" ist Teil des Vertrags, und seine Devise könnte folgende Replik einer Figur von Prévert sein: "Was ich nicht weiß, errate ich, und was ich nicht errate, erfinde ich".[6] Vom homodiegetischen Erzähler indes wird erwartet, daß er alle Informationen rechtfertigen kann ("Woher weißt du das?"), die er den Lesern über Szenen gibt, in denen "er" als Figur nicht anwesend war, oder über die Gedanken anderer, usw., und jeder Verstoß dagegen stellt eine Paralepse dar: Man denke an die letzten Gedanken Bergottes, die außer dem Sterbenden niemand gekannt haben dürfte, aber auch - weniger drastisch - an die Gedanken vieler anderer, wo es ebenfalls unwahrscheinlich ist, daß Marcel von ihnen irgendwann etwas sollte erfahren haben. Man könnte also sagen, daß mit der vokalen Wahl der homodiegetischen Erzählung a priori eine modale Einschränkung einhergeht, die sich nur durch Verstöße (oder höchst unwahrscheinliche Rechtfertigungen) aufheben läßt. Vielleicht sollte man, um diesen Zwang zu bezeichnen, von *Präfokalisierung* sprechen? Und schon ist es geschehen.

---

[6] Meir Sternberg (1978, Kap. VIII und IX) unterscheidet bei den allwissenden Erzählern treffend zwischen den *omnikommunikativen* Erzählern, die den Lesern scheinbar alle Informationen mitteilen, über die sie verfügen (Beispiel: die Romane von Trollope), und den *suppressiven* Erzählern, die - mit den Mitteln der Ellipse oder Paralipse - einen Teil davon zurückhalten, ob ausdrücklich oder unausdrücklich, endgültig oder provisorisch, usw. (Beispiel: *Tom Jones*). Aber selbstverständlich läßt sich diese Unterscheidung auch auf fokalisierte Erzählungen anwenden (Beispiel: *Roger Ackroyd*).

13. Stimme

Das Kapitel über die Stimme ist zweifellos dasjenige, das für mich die heikelsten Diskussionen ausgelöst hat, vor allem soweit es um die Kategorie der *Person* geht. Auf die allgemeinen Ausführungen über die narrative Instanz und die Überlegungen, die die Zeit der Narration betreffen, komme ich nur kurz im Blick auf die sogenannte "spätere" Narration zurück, um ein wenig meine Behauptung[1] zu nuancieren, daß der Gebrauch des Präteritums "unweigerlich" die Vorzeitigkeit der Geschichte markiere. Diese Evidenz, ich selbst erwähnte es, wurde von Käthe Hamburger schon vor einem Vierteljahrhundert lebhaft bestritten, worin ihr übrigens Roland Barthes vorausging, der im *Degré zéro* darauf hinwies, daß der Gebrauch des Passé simple eher die Literarität der Erzählung konnotiert als daß er die Vergangenheit der Handlung denotiert. Für Käthe Hamburger hat das "epische Präteritum" bekanntlich keinerlei temporale Qualität: es markiert nur die Fiktivität der Fiktion. Diese These ist sicherlich nicht buchstäblich zu nehmen und schon gar nicht läßt sie sich auf jede Art von Erzählung in Vergangenheitsform anwenden. Bereits Hamburger selber will sie nicht auf die homodiegetische Erzählung angewendet wissen, die sie entschlossen außerhalb der Sphäre der Fiktion ansiedelt: In der Tat versteht es sich von selbst, daß eine Erzählung in der ersten Person - jedenfalls dann, wenn es sich um eine ausgewachsene Autobiographie handelt[2] - ihre Geschichte eindeutig in einer vollendeten Vergangenheit situiert, wodurch die Narration dieser Geschichte deutlich als später gekennzeichnet ist.

Entsprechendes würde ich aber auch von gewissen heterodiegetischen Erzählungen sagen, die den Vergangenheitscharakter ihrer Handlung nicht weniger eindeutig durch einen Epilog im Präsens markieren, der alles Vorangehende unweigerlich zu Früherem macht: vgl. *Tom Jones, Eugénie Grandet* oder *Madame Bovary*. Ein Einwand wäre hier natürlich der partiell homodiegetische Charakter dieser letztgenannten Erzählung, der bekanntlich im ersten Kapitel recht ausgeprägt ist und in ihren letzten, im Präsens verfaßten Sätzen implizit wiederkehrt. Ich denke allerdings, daß jede Schlußpartie im Präsens (und jede Anfangspartie im Präsens, wenn sie nicht rein deskriptiv ist, sondern bereits inszeniert wie in *Le père Goriot* oder *Le rouge et le noir*) eine Dosis, nur zu, an *Homodiegetizität* in die Erzählung einführt, weil sie den Erzähler zum Zeitgenossen, also mehr oder weniger zum Beobachter macht: Hier liegt zweifellos eine Übergangsform zwischen diesen beiden Typen von Erzählsituationen vor. So gesehen lassen sich also die Punkte, an denen die These von Käte Hamburger nicht greift, auf einen einzigen zurückführen.

---

[1] S. 156 und zuvor bereits S. 17.
[2] Weniger evident ist dies bei einigen kurzen homodiegetischen Erzählungen, wie bei *50 000 dollars* oder den Kurzgeschichten von Hammett, deren narratives System im ganzen nur sehr schwach von der Präsenz eines extrem nüchternen und mithin unpersönlichen *Ich* geprägt ist (ich komme darauf noch zurück).

Eine dritte Ausnahme beträfe schließlich noch die sogenannte - fiktionale - "historische" Erzählung. Dieser Ausdruck ist sicher sehr vage, zumindest denke ich, daß man ihn hier in seiner weitesten Bedeutung nehmen muß, wo er jede Art von Erzählung umfaßt, die eindeutig situiert ist, sei es auch nur durch ein einziges Datum in einer - sei es auch noch so jungen - historischen Vergangenheit, zu deren Historiker und folglich, um ein ganz schwaches Oxymoron zu riskieren, *späterem Beobachter* sich der Erzähler allein durch diese eine Zeitangabe macht. Überflüssig zu erwähnen, daß fast alle klassischen Romane, von *La princesse de Clèves* bis zu den *Géorgiques* unter diese Rubrik fallen.[3] Und überflüssig auch die Bemerkung, daß diese dritte Ausnahme eng mit den beiden anderen zusammenhängt: Ein späterer Beobachter ist immer noch ein Beobachter, und der "historische Romancier", so weit entfernt die Diegese auch von seiner Erzählung sein mag, steht stets in irgendeiner raum-zeitlichen Beziehung zu ihr (und sei es auch eine der Distanz).

Letzten Endes beansprucht die These von Hamburger nur für die reine Fiktion Geltung, und die Fiktion ist nur selten rein - seltener jedenfalls als diese These annimmt: alle Typen, die ich soeben aufgezählt habe, sind "unreine" Fälle. Denn unter dem Gesichtspunkt, der hier für uns wichtig ist und der natürlich nichts mit dem mehr oder weniger realistischen Charakter einer Erzählung zu tun hat (ein Roman kann bei aller Phantastik doch zugleich in der "wirklichen" Geschichte situiert sein: vgl. *Vathek* oder *Die Handschrift von Saragossa)*, wäre eine reine Fiktion eine Erzählung, die keinerlei Bezug auf den historischen Rahmen hätte. Dies ist bei Romanen, wie gesagt, nur selten und bei epischen Erzählungen wohl so gut wie nie der Fall; das "es war einmal" der Märchen scheint mir ein untrügliches Indiz für die - wenn auch eindeutig mythische - Vorzeitigkeit der Geschichte zu sein. Zweifellos ist es die Kurzgeschichte, die die Zeitlosigkeit der reinen Fiktion am besten verkörpert, und bei gewissen Präterita Hemingways kann man gut beobachten, wie sie sich dem Idealzustand eines zeit- und distanzlosen Aorists nähern.

Jaap Lintvelt weist, wenn auch in anderem Zusammenhang[4], auf ein weiteres unfehlbares Indiz für die spätere Narration hin: es ist das für den von ihm auktorial genannten Erzähltyp charakteristische Vorhandensein von "zukunftgewissen Vorausdeutungen" im Sinne Lämmerts: Ein Erzähler, der wie der von *Eugénie Grandet* ankündigt, daß "in drei Tagen etwas Schreckliches passieren wird", macht damit unzweideutig klar, daß sein narrativer Akt später zu datieren ist als die Geschichte, die er erzählt, später zumindest als derjenige Punkt in der Geschichte, auf den er vorausdeutet.

Der Gebrauch des Präsens scheint a priori am geeignetsten zu sein, um Zeitlosigkeit zu fingieren; diese Funktion erfüllt er (zumindest im Französischen) in einem sehr weit verbreiteten Typ von Erzählung, der sich im allgemeinen außerhalb jeder historischen Wirklichkeit ansiedelt: die "histoire drôle". Doch schaut man genauer hin, spielt hierbei die *Person* eine entscheidende Rolle: Im heterodiegetischen Bericht *(Les gommes)* mag das Präsens durchaus diese Zeitlosigkeitsbedeu-

---

[3] "Alle meine Romane sind historische", sagte Aragon, "auch wenn es keine Historienschinken sind" (Vorwort zu *La Semaine sainte)*.
[4] 1981, S. 54.

tung haben, aber im homodiegetischen *(Aufzeichnungen aus einem Kellerloch,* die Romane Becketts, *Dans le labyrinthe)* rückt die Gleichzeitigkeitsbedeutung in den Vordergrund, die Erzählung tritt hinter der Erzählrede, dem narrativen Diskurs zurück und scheint jeden Moment in den "inneren Monolog" umzuschlagen. Ich habe mich kurz dazu geäußert (S. 156), aber für eine detailliertere und schärfere Analyse dieses Effekts kann ich nur auf das Kapitel "Von der Erzählung zum Monolog" in *Transparent Minds* verweisen.

Schaut man noch genauer hin, kann man einen ähnlichen Effekt übrigens auch im heterodiegetischen Bericht entdecken: Wenn eine Anfangspartie *(Père Goriot)* oder eine Schlußpartie *(Eugénie Grandet)* im Präsens genügt, um einer entschieden heterodiegetischen Erzählung ein Tröpfchen Homodiegetizität unterzumischen, wäre es paradox, diesen Effekt bei einer heterodiegetischen Narration, die vollständig im Präsens angelegt[5] ist *(Les gommes, Le vice-consul),* leugnen zu wollen. "Paradox" heißt allerdings nicht unbedingt *irrig,* da man ja behaupten könnte, daß der deiktische Wert des Präsens (das *Jetzt,* das ein *Ich* suggeriert) in einer durchgehenden Simultan-Narration schwächer wird oder verschwindet, da es am Kontrast fehle, den nur ein Kontext in Vergangenheitsform böte. Dennoch denke ich, daß der, wenn ich so sagen darf, *Homodiegetisierungs*-Effekt in einer Erzählung im Präsens nie völlig ausbleibt, da dieses Tempus stets, wenn auch mit unterschiedlicher Intensität, einen Erzähler konnotiert, der - denkt sich der Leser unweigerlich - mit einer Handlung, die er aus solcher Nähe schildert, doch wohl selbst irgendwie zu tun haben wird. Hier haben wir zweifellos eines der Elemente des *Jalousie*-Effekts. Zusammenfassend kann man sagen, daß ich die narrative Auswirkung des Gebrauchs des Präteritums wohl etwas überschätzt habe - denn nicht immer erzeugt dieses Tempus im Leser den Eindruck einer späteren Narration -, während ich diejenige des Gebrauchs des Präsens unterschätzt habe, da dieses Tempus fast unwiderstehlich eine Präsenz des Erzählers in der Diegese suggeriert.

---

[5] Ich sage *angelegt* und nicht (ganz und gar) *abgefaßt,* weil das basale Präsens Analepsen im Passé simple oder Prolepsen im Futur nicht ausschließt.

14. Ebene

So wie die Theorie der Fokalisierungen nur eine Verallgemeinerung des klassischen Begriffs des *point of view* war, ist auch die Theorie der narrativen Ebenen nur eine Systematisierung des traditionellen Begriffs der "Schachtelung", dessen Hauptnachteil darin lag, nur unzureichend die narrative *Schwelle* zwischen den einzelnen Diegesen zu markieren, d. h. den Umstand, daß man von einer Diegese zur nächsten nur über eine Erzählung gelangt, die in der ersten situiert ist und die zweite produziert. Der Fehler dieses Abschnitts, zumindest das Hindernis zu seinem rechten Verständis, ist zweifellos darin zu sehen, daß man leicht und häufig die Eigenschaft *"extradiegetisch"*, eine Ebenenqualität, mit der Eigenschaft *"heterodiegetisch"* verwechselt, d. h. mit einer Qualität der "Person", die auf das Verhältnis des Erzählers zur Geschichte bezogen ist *(homodiegetisch:* der Erzähler kommt in der von ihm erzählten Geschichte *als Figur* vor, *heterodiegetisch:* er kommt *als Figur* nicht in ihr vor). Gil Blas ist ein extradiegetischer Erzähler, weil er - *als Erzähler!* - nie in einer Diegese auftritt, sondern, mag er auch fiktiv sein, unmittelbar dem (realen) extradiegetischen Publikum gleichgestellt ist; da er aber seine eigene Geschichte erzählt, ist er gleichzeitig ein homodiegetischer Erzähler. Umgekehrt ist Scheherazade eine intradiegetische Erzählerin, weil sie, noch ehe sie überhaupt den Mund aufmacht, bereits Figur in einer Erzählung ist, die nicht die ihre ist; da sie aber nicht ihre eigene Geschichte erzählt, ist sie gleichzeitig eine heterodiegetische Erzählerin. "Homer" oder "Balzac" sind zugleich extra- und heterodiegetisch, Odysseus oder des Grieux sind zugleich intra- und homodiegetisch. Die Verwechslung basiert zweifellos auf einem Mißverständnis des Präfixes *extra-* in *"extra*diegetisch", und immerhin wirkt es zunächst auch paradox, dieses Adjektiv einem Erzähler beizulegen, der, wie Gil Blas, (als Figur) in der Geschichte, die er (als Erzähler natürlich) erzählt, durchaus vorkommt. Worauf es hier aber ankommt, ist, daß er *als Erzähler* außerhalb der Diegese steht, und mehr besagt dieses Adjektiv nicht. Am besten lassen sich diese Ebenenverhältnisse oder Verschachtelungen von Erzählungen vielleicht durch kleine Strichmännchen darstellen, die, wie im Comic strip, mittels Sprechblasen reden. Nehmen wir an, ein extradiegetischer Erzähler (und keine Figur, denn da wäre dieses Attribut sinnlos) A (zum Beispiel der primäre Erzähler von *Tausendundeine Nacht)* produzierte eine erste Sprechblase, d. h. eine primäre Erzählung mitsamt ihrer Diegese, in der sich eine (intra-)diegetische Figur B (Scheherazade) befände, die ihrerseits zum - immer noch intradiegetischen Erzähler - einer metadiegetischen Erzählung werden könnte, in der eine metadiegetische Figur C (Sindbad) vorkäme, die eventuell ihrerseits usw.:

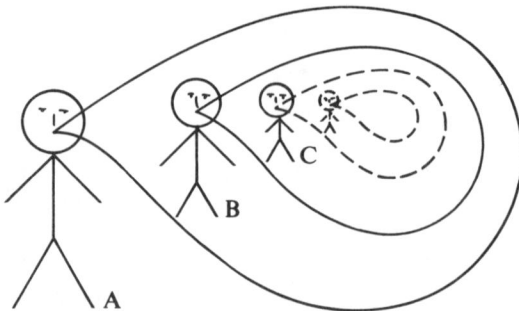

Noch einmal, die Verhältnisse der "Person" können mit den Ebenenverhältnissen nach Belieben interferieren, ohne daß es zu einer Verwischung der Konturen kommt: In *Manon Lescaut* zum Beispiel sind der intradiegetische Erzähler und die metadiegetische Figur ein und dieselbe Person, des Grieux, der daher die Bezeichnung "homodiegetischer Erzähler" verdient. Diese Situation wird im Schema durch eine Verdoppelung des Indexbuchstabens B symbolisiert, wobei der Buchstabe A den extradiegetischen Erzähler Renoncour bezeichnet:

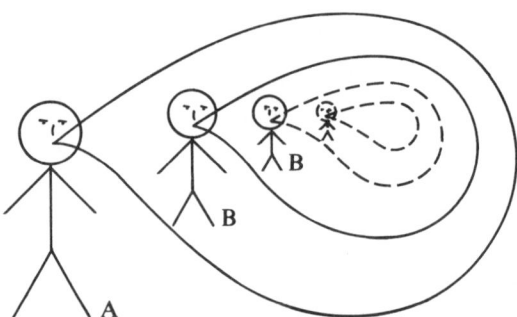

Dieser Abschnitt über die *Ebene* wurde meines Wissens in dreierlei Hinsicht kritisiert. Die erste Kritik war grundsätzlicher Natur, aber ich erwähne sie nur des Gedenkens halber, denn sie wurde von ihrer Urheberin schon nach kurzer Zeit zurückgezogen. In ihrer exzellenten Besprechung von *Diskurs der Erzählung*[1] vertrat Shlomith Rimmon die Ansicht, daß die Bestimmung der primären Ebene (extradiegetische Narration) in gewissen Fällen problematisch werden könne und daß mein System dafür kein Entscheidungskriterium liefere: "Was zum Beispiel ist die primäre Erzählung in *The Real Life of Sebastian Knight* von Nabokov? Ist es das nachgezeichnete Leben von Sebastian (seine Biographie) oder sind es die Vorstudien, die der Erzähler anstellt, um diese Biographie seines Halbbruders zu schreiben? Jede Entscheidung setzt eine Interpretation voraus, und deren objektive Kriterien liegen nicht auf der Hand. Überdies könnte es sein, daß die Struktur des Werks es unmöglich macht zu entscheiden, welche Fiktionsebene die primäre und

---

[1] 1976 a, S. 59.

welche die sekundäre ist, eine Unmöglichkeit, die die narrative Zweideutigkeit unaufhebbar machen würde. Der Analyse Genettes fehlt es an einem Komplex von Merkmalen, mit deren Hilfe sich die primäre Erzählung identifizieren ließe und die im Falle einer narrativen Zweideutigkeit auf die beiden verschiedenen narrativen Ebenen gleichermaßen zuträfen." Einige Monate später[2], als sie die Probleme der narrativen Stimme in *Sebastian Knight* noch einmal eingehend untersucht hatte, erklärte sie schließlich, daß die Kriterien des *Diskurses der Erzählung* für ihre Analyse doch ausreichend wären. In der Tat scheint es mir problemlos zu sein, die primäre Ebene dieses Romans zu bestimmen - ganz offensichtlich ist es die Erzählung von V. Ein Problem gibt es nur, wenn man in klassischer Verwechslung "primäre Erzählung" (oder "Basiszählung") im Sinne von "thematisch wichtiger" interpretiert. In diesem Fall, der indes nicht ins Ressort der Narratologie gehört, bedürfte es tatsächlich einer "Interpretation". (Und hier würde ich - meine derzeitige Rolle kurz verlassend und sorgsam Klammern setzend - sagen, daß wohl Sebastian die *wichtigste* Figur ist - die, in die Nabokov das meiste seiner Arroganz hineinlegt. Aber es bleibt noch genug davon übrig für seinen Biographen.)

Ich behaupte natürlich nicht, daß die Methode des *Diskurses der Erzählung* mit dieser Eigenkorrektur von Shlomith Rimmon bereits über alle Schwierigkeiten erhaben ist, denn es gibt sicherlich komplexere und verdrehtere Erzählsituationen als die von *Sebastian Knight:* Zum Beispiel die in der *Menelaiade* von John Barth[3], die nicht weniger als sieben narrative Ebenen aufweist; sie scheint mir dennoch nicht mehr Schwierigkeiten zu machen: auf der primären Ebene wendet sich ein extradiegetischer Erzähler, ganz wie es sich gehört und ohne jede Zweideutigkeit, an einen ebenfalls extradiegetischen narrativen Adressaten. Die "narrative Zweideutigkeit", die Shlomith Rimmon im Blick hatte, läßt sich vielleicht gar nicht so einfach herstellen, zweifellos weil die Strukturen der Sprache und die Konventionen des Schreibens kaum Platz für sie lassen. Eine Erzählung kann eine andere kaum "einschachteln", ohne dies zu markieren, d. h. ohne sich selbst als primäre Erzählung zu bezeichnen. Könnten diese Markierung und diese Bezeichnung so still und heimlich erfolgen, daß man sie nicht bemerkt? Ich gestehe, daß ich mir eine derartige Situation weder vorstellen noch reale Beispiele dafür finden kann, aber vielleicht verrät dies nur meine geringen Kenntnisse, meinen Mangel an Einbildungskraft oder die Geistesträgheit der Romanciers, wenn nicht gar alles zusammen. Was der Sache in den uns bekannten Erzählungen vielleicht noch am nächsten kommt, ist jene bewußte Überschreitung der Schachtelungsschwelle, die wir *Metalepse* nennen: Wenn ein Autor (oder sein Leser) in die fiktive Handlung seiner Erzählung eingreift (in sie hineingezogen wird) oder eine Figur dieser Fiktion sich in die extradiegetische Existenz des Autors oder Lesers einmischt, wird die Unterscheidung der Ebenen durch solche Übergriffe zu einer verwirrenden Angelegenheit. Diese Verwirrung ist so stark, daß sie weit mehr beinhaltet als eine bloße technische "Zweideutigkeit": Man begegnet ihr nur auf dem Gebiet des Humors (Sterne, Diderot) oder des Phantastischen (Cortazar, Bioy Casares) oder in einer

---

[2] 1976 b, S. 489.
[3] In: *Lost in the Fun-House*, 1968; vgl. *Palimpsestes*, S. 391 f., dt. S. 462 f.

Mischung von beidem (Borges natürlich[4]) - oder aber sie wird geradezu zum Sinnbild der schöpferischen Einbildungskraft: so ganz deutlich auf den ersten Seiten von *Noé,* wo Giono beschreibt, wie die Figuren und das Dekor von *Un roi sans divertissement* seine Dachstube heimsuchen, während er an diesem Roman schreibt.

Shlomith Rimmon sieht noch eine andere Schwierigkeit, es sei denn, es handelt sich bloß um eine andere Formulierung derselben: "Was", fragt sie, "soll die [extra]diegetische[5] Ebene von Romanen sein, in denen es nur einen intradiegetischen Erzähler gibt?" Auf den ersten Blick, und weil sie kein Beispiel anführt, sehe ich nicht recht, woran sie dabei denkt und welchen Sinn die Frage haben soll: Denn ein Erzähler ist nur dann erkennbar intradiegetisch, wenn er von einer Erzählung, in der er figuriert, dazu gemacht wird, und diese Erzählung stellt genau jene Ebene dar, die Rimmon angeblich sucht. Allerdings kann diese Rahmenerzählung, zumindest in der modernen Literatur, einer vollständigen Ellipse zum Opfer fallen: Dies geschieht etwa in *La chute,* wo der Monolog, den Clamence in Anwesenheit seines stummen Zuhörers führt, nur implizit in eine Rahmenerzählung "eingeschachtelt" werden kann, die nie offen ans Licht tritt, aber gleichwohl deutlich erschließbar ist aus all jenen Aussagen dieses Monologs, die sich nicht auf die darin erzählte Geschichte beziehen, sondern auf die Umstände dieser Narration. Bleibt diese implizite Einschachtelung aus, gehört *La chute* überhaupt nicht mehr zum narrativen Modus[6], denn dann besteht das Ganze nur aus einem Figurenmonolog, oder genauer (da diese Figur nicht allein ist, sondern sich an einen stummen Zuhörer wendet) aus einer langen "Tirade" ohne Replik: ein Text im dramatischen Modus also, den man, wenn dies nicht schon geschehen ist, ohne ein Wort daran zu ändern auf die Bühne bringen könnte. Derselbe Effekt läßt sich auch auf eine brutalere und unerwartetere Weise erzielen, indem man auf das, was bis dahin eine Erzählung mit extradiegetischem Erzähler (und Adressat) gewesen zu sein schien, eine Replik folgen läßt, die *in extremis* enthüllt, daß es sich um eine intradiegetische Erzählung handelte, die sich an einen anwesenden Zuhörer richtete: vgl. die letzte Zeile von *Portnoy.*[7]

---

[4] Oder Woody Allen: Mit der Hilfe eines Zauberers, des Professors Kugelmass, läßt er sich in die Diegese von *Madame Bovary* versetzen und wird Emmas Liebhaber, die er ins New York des 20. Jahrhunderts entführt: als er, wie Rodolphe und Léon, ihrer schließlich überdrüssig wird, schickt er sie zurück nach Yonville; ein Jahr später versetzt sein Zauberer ihn irrtümlich in eine neue und sehr wenig romaneske Diegese (?): in die einer spanischen Grammatik, wo ihn äußerst unregelmäßige Verben erwarten. "Unglaublich", sagt während der metaleptischen Idylle ein Professor aus Stanford, der seine Klassiker wiederliest, "erst diese merkwürdige Figur namens Kugelmass ... und jetzt ist auf einmal *sie* aus dem Roman verschwunden! Aber das ist eben das Große an den großen Klassikern: Man kann sie tausendmal lesen und entdeckt doch immer wieder etwas Neues" ("Wie ich Madame Bovary für zwanzig Dollar verführte", in: *Nebenwirkungen,* München 1981).
[5] Sie schreibt (S. 489) *diegetisch,* aber das ist zweifellos ein Versehen, denn "diegetisch" ist gleichbedeutend mit *"intra*diegetisch".
[6] Narrativer *Modus* sage ich - und nicht *Gattung* Roman: Beider Grenzen fallen nicht zusammen, denn der Roman, eine "Misch"-Form, wie Platon vom Epos sagte, kann eine rein dramatische Form annehmen: Es genügt, daß er ausschließlich aus Dialogszenen besteht, die keinerlei Präsentation umrahmt; soweit ich mich erinnere, war dies, zu Beginn dieses Jahrhunderts, in einigen Gesellschaftsromanen von Gyp der Fall und wohl auch in einigen anderen.
[7] "So *(sagte der Arzt).* Dann wollen wir mal anfangen. Ja?" Gewiß, im Verlauf des Textes wird hier und da schon angedeutet, daß der Psychoanalytiker Spielvogel der narrative Adressat ist, aber es bleibt unklar, daß hier, wie in *La chute,* mündlich *in seiner Anwesenheit* erzählt wird - eher hält man ihn für den privilegierten

Die zweite Kritik stammt ebenfalls von Shlomith Rimmon, die in ihrer Besprechung hinzufügte: "Der Ausdruck 'erste oder Basiserzählung' ist vielleicht auch etwas irreführend, da er den Eindruck erwecken kann, die wichtigste Ebene zu bezeichnen, während faktisch die metadiegetische Ebene oft wichtiger ist als die primäre Erzählung, die ein bloßer Vorwand sein kann (vgl. die *Canterbury Tales*). Vielleicht sollte man Ausdrücke wie 'erste' und 'zweite Erzählung' lieber meiden und statt dessen von den narrativen Ebenen in einem Vokabular der Unterordnungsstufen sprechen." Rimmon hat natürlich Recht, daran zu erinnern, wie ich es vorhin auch schon getan habe, daß die "eingeschachtelte" Erzählung thematisch wichtiger sein kann als die umrahmende (das ist sogar meist so), und damit stehen wir wieder vor demselben Problem, dem wir bereits begegnet sind, als es um Fragen der Ordnung ging. Ich schlug dort vor, meine frühere "erste Erzählung" jetzt *primäre Erzählung* zu nennen. Das dürfte aber sicher nicht ausreichen, denn Shlomith Rimmon kritisiert hier "erste" [récit *premier*] in der englischen Form *primary*, womit man zweifellos auch "primär" [primaire] übersetzen würde[8], aber ich wüßte kaum eine Lösung für dieses terminologische Problem - sowenig wie die Grammatiker eine für den Umstand gefunden haben, daß ein "Nebensatz" [proposition subordonnée] wichtiger als der "Hauptsatz" sein kann. Und es bleibt allemal wahr, daß die eingeschachtelte Erzählung der einschachtelnden narrativ untergeordnet ist, denn sie beruht auf ihr und verdankt ihr ihre Existenz. Der Gegensatz *primär/sekundär* gibt diese Tatsache auf seine Weise wieder, und man muß, denke ich, den Widerspruch zwischen der unleugbaren narrativen Unterordnung und dem möglichen thematischen Vorrang einfach akzeptieren.

Dieser Vorrang hindert mich indes daran (ich komme zur dritten Kritik), einen Korrekturvorschlag von Mieke Bal zu akzeptieren, die sich daran stößt, daß ich das Adjektiv *"metadiegetisch"* gebrauche, um damit die von einem intradiegetischen Erzähler produzierte Erzählung zu bezeichnen. Auf den Nachteil dieses Ausdrucks wies ich in der Anmerkung auf S. 163 selber hin: Das Präfix *"meta-"* funktioniert hier gerade umgekehrt wie im logisch-linguistischen Gebrauch, wo eine Metasprache eine Sprache ist, in der man über eine (andere) Sprache spricht, während in meinem Vokabular eine Metaerzählung eine Erzählung ist, die in einer (anderen) Erzählung erzählt wird. Um diese Umkehrung zu vermeiden, schlägt Mieke Bal vor, statt dessen den Ausdruck *Hypoerzählung* zu verwenden, der, wie sie meint, schön die hierarchische Unterordnung der einen unter die andere wiedergibt.[9] Mein Einwand ist, daß er sie zu stark und vor allem durch ein falsches räumliches Bild markiert, denn wenn es auch stimmt, daß die sekundäre Erzählung von der primären *abhängig ist,* so doch eher in dem Sinne, wie die zweite Etage eines Hauses oder

---

Portnoy ausruft: "That's me, folks". Das "Schlußwort" sorgt also für einen Überraschungseffekt in dieser Erzählsituation, die ein bißchen auf Täuschung angelegt ist, denn das "folks" verträgt sich nur schlecht mit dem analytischen Tête-à-tête.

[8] *A.d.Ü.:* Im Deutschen scheinen die Nuancen gerade umgekehrt verteilt zu sein: "erste" und "zweite Erzählung" wirkt neutraler als "primäre" und "sekundäre" Erzählung. Da andererseits "Basiserzählung" stärker klingt als "primäre" und eine *chassé-croisé*-Übersetzung von *prémier* durch *primär* und *primaire* durch *erste* auch ihr Mißliches hätte - und nicht zuletzt aus Bequemlichkeit -, bleibt die Übersetzung so, wie sie ist.

[9] 1977, S. 24, 35 f., sowie 1981 a. Rimmon, 1983, gebraucht im selben Geist das Adjektiv *"hypodiegetisch"* (S. 92).

die zweite Stufe einer Rakete auf der ersten *beruht*. Für mich ist die "Hierarchie" (ein Wort, das ich nicht sehr mag) der primären, sekundären usw. Ebenen eine aufsteigende, und auf der S. 163 habe ich gesagt, daß jede Erzählung auf der "nächst*höheren*" Ebene zu der der Erzählung spielt, von der sie abhängt und die sie trägt. Sollte ich also auf *meta-* verzichten, so natürlich und erwartungsgemäß nicht zugunsten von *hypo-*, sondern von *hyper-*. Doch diese vertikale Darstellung mißfällt mir so oder so, und ich ziehe ihr das Inklusionsschema vor, daß soeben von meinen Strichmännchen mit ihren Sprechblasen veranschaulicht wurde. Als mustergültige Terminologie für dieses Schema böte sich zwar an: *extradiegetisch, intradiegetisch, intra-intradiegetisch* usw., aber *metadiegetisch* scheint mir doch klar genug zu sein, und vor allem hat es für mich den wichtigen Vorzug, gut den systematischen Zusammenhang mit *Metalepse* zu verdeutlichen. Was den Widerspruch zum linguistischen Gebrauch angeht, kann ich damit leben, und die Linguisten kümmert er offenbar herzlich wenig; überhaupt hat *meta-* verschiedene Verwendungsweisen, und weder meint *Metaphysik* einen Diskurs über die Physik noch *Metathese* die Besprechung einer These (ein bißchen Böswilligkeit gehört nun einmal zur Kontroverse dazu, ist gewissermaßen Gattungsnorm).

Auf den Seiten 166 f. habe ich eine Typologie der metadiegetischen Erzählungen vorgestellt, nach Maßgabe der "wesentlichen Beziehungstypen", die sie mit der primären Erzählung unterhalten. Dabei handelte es sich de facto um Typen thematischer Beziehungen: Man könnte natürlich ganz anders unterteilen, etwa nach der Narrationsweise (mündlich wie in *Tausendundeine Nacht*, schriftlich wie im *Törichten Vorwitz*, "plastisch" wie in *Moyse sauvé*), aber auch die thematische Beziehung selber wurde schon auf etwas andere Weise (und unabhängig von meiner Arbeit, die er nicht kannte) von John Barth unterteilt[10], ein, wie wir bereits sahen, Meister in dieser Materie.

Ich habe drei fundamentale Typen unterschieden, je nachdem, ob die metadiegetische Erzählung, indem sie darüber aufklärt, wie es zur aktuellen diegetischen Situation gekommen ist, eine explikative Funktion erfüllt (Odysseus bei den Phaiaken: "So hat es mich hierher verschlagen"); oder ob sie eine Geschichte erzählt, die mit derjenigen der Diegese durch eine - rein thematische - Beziehung (des Kontrastes oder der Ähnlichkeit) verbunden ist, die, wenn sie vom narrativen Adressaten erkannt wird, sich eventuell auf die diegetische Situation und den weiteren Ablauf der Ereignisse auswirken kann (Apolog des Menenius Agrippa); oder ob sie, ohne jede thematische Anknüpfung, nur kraft des narrativen Akts an sich eine Rolle in der Diegese spielt (Scheherazades Hinausschieben des Todes durch Erzählungen). Was mich hierbei interessierte und für die Anordnung meiner drei Typen bestimmend war, war die (zunehmende) Bedeutung des narrativen Akts. Barth interessiert sich vor allem dafür, wie stark die thematische Beziehung zwischen den beiden Handlungen ist. Er unterscheidet von daher einen ersten Typ, mit einer Nullbeziehung ("Erzählen Sie uns doch eine Geschichte, bis der Regen aufhört"); einen

---

[10] 1981. Vgl. Liebow, 1982.

zweiten Typ, mit einer rein thematischen Beziehung (der erste Fall meines Typs 2); und einen dritten Typ, mit einer "dramatischen" Beziehung, d. h. wo die thematische Beziehung, wird sie vom narrativen Adressaten erkannt, Folgen für die primäre Handlung hat: der zweite Fall meines Typs 2. Seine drei Typen entsprechen also meinen beiden letzten, d. h. meinen Typ 1 hat er offenkundig übersehen, unterteilt dafür aber, und wie mir scheint zu Recht, meinen Typ 2 viel deutlicher, als ich es tat. Was indes seinen ersten Typ angeht (meinen dritten), so scheint er mir hier eine Tatsache unterzubewerten, die ihm als fleißigem Leser von *Tausendundeiner Nacht* sicher nicht unbekannt ist, die nämlich, daß der intradiegetische Narrationsakt unter Umständen eine höchst bedeutsame diegetische Funktion erfüllen kann: also nicht nur die, die Zeit totzuschlagen (was immerhin schon was ist), sondern mitunter (wie bei Scheherazade) auch die, Zeit zu gewinnen und dadurch seinen Kopf zu retten.

Indem man meine Typologie unter Heranziehung der Barthschen verbessert, kann man jetzt eine detailliertere, wenn nicht gar erschöpfende Einteilung der "Beziehungstypen" vornehmen, die ich klarer als seinerzeit mit funktionalen Ausdrücken definieren werde:

1. die explikative Funktion (durch metadiegetische Analepse, mein früherer Typ 1);

2. eine Funktion, an die weder Barth noch ich gedacht haben, und die mir jetzt in den Sinn kommt: die prädiktive Funktion einer metadiegetischen Prolepse, die nicht mehr auf die früheren Ursachen, sondern die späteren Folgen der diegetischen Situation hinweist, wie etwa der Traum von Jocabel über die Zukunft von Moses in *Moyse sauvé;* hierher gehören alle prophetischen Träume oder Erzählungen, das Orakel des Ödipus, die Hexen von Macbeth usw.;

3. die rein thematische Funktion, der Typ 2 von Barth und der erste Fall meines früheren Typs 2, wofür, ich erinnere daran, die *mise en abyme* nur ein besonders drastisches Beispiel ist;

4. die persuasive Funktion: der zweite Fall meines ehemaligen Typs 2 und der ("dramatische") Typ 3 von Barth;

5. die distraktive Funktion: Typ 1 von Barth;

6. die obstruktive Funktion: mein früherer Typ 3. Bei den beiden letzten Typen muß man aber im Auge behalten, daß die Funktion nicht von einer thematischen Beziehung zwischen den beiden Diegesen abhängt, sondern allein vom narrativen Akt als solchen, der im Extremfall ein völlig bedeutungsloser Sprechakt sein kann - wie in der parlamentarischen Obstruktion oder wie jene Bibelverse und Liedstrophen, die die beiden Reporter Harry Blount und Alcide Jolivet am Telegraphenschalter von Kolyvan aufgeben, um die Leitung solange besetzt zu halten, bis sie endlich ihre wichtigen Nachrichten haben.[11]

---

[11] *Michel Strogoff,* Kap. XVII. Das ist allerdings wirklich ein Grenzfall: Denn sowohl bei Scheherazade wie auch in der Erzählung zum Zeitvertreib hängt der Obstruktions- oder Distraktionseffekt durchaus von einem Interesse am metadiegetischen Inhalt ab. Wobei man jedoch *Interesse* nicht mit *thematischer Beziehung* verwechseln darf: Die fesselndste Erzählung ist nicht immer die, die besonders eng an die Situation anknüpft, in der man sie erzählt, sondern oft gerade die, die am besten davon "ablenkt" - ein Wort, das sowohl Typ 5 wie Typ 6 sehr schön charakterisiert.

Abschließend noch zwei oder drei selbstkritische Anmerkungen zu meinen Ausführungen über die narrative Ebene in Diskurs der Erzählung. Die Behauptung (S. 165), wonach "die Erzählung zweiter Stufe eine Form ist, die bis in die Anfänge der epischen Narration zurückreicht, weil sich in den Gesängen IX bis XII der Odyssee jene Erzählung findet, die Odysseus vor den Phaiaken vorträgt" ist noch verfehlter (ja völliger Unsinn) als die - bereits einer Selbstkritik unterzogene -, die vom hohen epischen Alter der Analepsen sprach - mit der sie übrigens eng zusammenhängt, da die Analepse in der Odyssee metadiegetisch ist. Man kann nicht sagen, daß es in der Ilias von sekundären Erzählungen nur so wimmelt; und erst recht kann man nicht sagen, daß die Odyssee von den "Anfängen der epischen Narration" zeugt; eher deutet sich in ihr, wie ich damals auch schon sagte, ein - formaler und thematischer - Übergang vom Epos zum Roman an. Das Dunkel der Zeiten liegt wahrlich etwas weiter zurück.

Ein anderer Schnitzer (S. 166, aber schon S. 152) betrifft Lord Jim, dessen narrative Komplexität oder "Verschachtelung" ich zweimal zu hoch angesetzt habe. Es gibt hier aber alles in allem bloß einen primären Erzähler, einen sekundären Erzähler (Marlow) und, von diesem vorgetragen, einige Erzählungen dritter Stufe; man ist hier also weit entfernt von den Rekorden in Tausendundeine Nacht, in der Handschrift von Saragossa oder in der Menelaiade. Ich muß wohl eine Dunkelheit anderer Art auf die narrative Struktur projiziert haben.

Die massivste Kritik jedoch, die man an diesem Abschnitt über die Ebene üben könnte, wäre vielleicht die, daß sein bloßes Vorhandensein dazu verführt, diese Kategorie überzubewerten, insbesondere im Vergleich zu der der Person, und die Tabelle auf S. 178 krankt denn auch daran, daß sie zwei Gegensätze von sehr ungleichem Gewicht kombiniert. Ebenso wie der narrative oder dramatische Charakter einer Dialogszene vom bloßen Vorhandensein oder Fehlen einiger einleitender Sätze abhängt, ist auch der intradiegetische Charakter einer Narration recht häufig - wie man deutlich bei Maupassant sehen kann, aber auch noch in Jean Santeuil - nur ein Präsentationskunstgriff, ein in vielerlei Hinsicht vernachlässigbares Klischee. Und umgekehrt würde ein einleitender (oder, wie in Portnoy, abschließender) Satz genügen, um - ohne daß es irgendeiner sonstigen Modifikation bedürfte - aus einer extradiegetischen eine eingeschachtelte Narration zu machen. So zum Beispiel:

"In einem Pariser Salon plauderten drei Männer vor dem Kamin. Plötzlich sagte einer von ihnen:
- Mein lieber Marcel, Sie müssen doch ein aufregendes Leben gehabt haben. Wollen Sie uns nicht davon erzählen?
- Sehr gern, antwortete Marcel, aber setzen Sie sich doch, es könnte etwas länger dauern.

Während die Zuhörer es sich in ihren Sesseln bequem machten, räusperte sich Marcel und begann:
- Lange Zeit bin ich früh schlafen gegangen ..."[12]

---

[12] Dieses unveröffentlichte Incipit, ein eher mittelmäßiges Maupassant-Pastiche, findet sich *nicht* in den Cahiers der Bibliothèque nationale, N.A.F. 16 640 bis 16 702. Seine Mitteilung verdanke ich einem privaten Sammler aus Olivet (Loiret), der, was sein gutes Recht ist, lieber anonym bleiben möchte.

15. Person

Ein Wechsel der "Person", d. h. also eine Änderung der Beziehung zwischen dem Erzähler und seiner Geschichte - oder, kurz und konkret gesagt, ein Erzählerwechsel -, erfordert offenkundig einen massiveren und nachhaltigeren Eingriff als ein Ebenenwechsel und hat sicher auch weitreichendere Folgen als er. Dorrit Cohn[1], die Einspruch erhebt gegen die Behauptung von Wayne Booth, wonach die Kategorie der Person in der traditionellen Narratologie *"most overworked"* gewesen sei, ist der Ansicht, daß sie bei den französischen Narratologen *"decidely* under*worked"* sei und inbesondere beim Autor des *Diskurses der Erzählung*. Diese Kritik ist nicht ganz unbegründet, obwohl ich gegen andere und, wie schon gesagt, vor allem gegen die Autorin von *Transparent Minds* an dem Boothschen Vorwurf der Überbewertung festhalte: Das rechte Gleichgewicht in dieser Materie ist nur schwer zu finden. Dorrit Cohn, die mir zugute hält, daß ich diese Kategorie "unter dem Blickwinkel der hetero- und homodiegetischen Erzähltypen" ein wenig rehabilitiert habe, meint, daß ich ihr gleichwohl zu wenig Aufmerksamkeit geschenkt habe und diese zu spät, um die "Person" dem System meiner übrigen Grundkategorien einzugliedern, und stellt, wie zuvor schon Shlomith Rimmon[2] und Mieke Bal[3], mit Bedauern fest, daß keinerlei "Korrelation mit der Fokalsierung" hergestellt wird. Dies ist der wesentliche Punkt, auf den ich länger eingehen werde, doch hier schon sei festgehalten, daß sich die Bedeutung der *Person,* und zwar auch und gerade in den Augen ihrer feurigsten Verfechter, nach ihrer Beziehung auf die Fragen des Modus zu bemessen scheint, was unfreiwillig bestätigt, welch wichtige Rolle diese letzteren spielen.

Zunächst möchte ich daran erinnern, daß es meinerseits nur ein Zugeständnis an den allgemeinen Sprachgebrauch ist, wenn ich hier noch am Terminus "Person" festhalte, denn für mich steht jede Erzählung, ob explizit oder nicht, "in der ersten Person", da ihr Erzähler sich selbst jederzeit, so es ihn danach gelüstet, mit diesem Pronomen bezeichnen kann. Der klassische Roman läßt sich diese Chance auch nicht entgehen, wie diese, wie man so sagt, (fast) zufällig gewählten Beispiele zeigen: *"Ich,* Chariton aus Aphrodisias, Schreiber des Rhetors Athenagoras, werde eine Liebesgeschichte erzählen, die sich in Syrakus zutrug"; "An einem Orte der Mancha, an dessen Name *ich* mich nicht erinnern will, lebte vor nicht langer Zeit ein Junker [...]"; *"Ich* habe meinem Leser im vorigen Kapitel erzählt, daß Mr. Allworthy ein großes Vermögen erbte [...]". Das erste war das Incipit des frühesten unserer erhaltenen Romane, *Chaireas und Kallirhoe,* das zweite wird jeder erkannt haben, und das dritte ist der Anfangssatz des III. Kapitels von *Tom Jones.* Die übliche Unterscheidung zwischen Erzählungen "in der ersten" und "in der dritten" Person wird also innerhalb dieser unausweichlich "persönlichen" Atmosphäre jeder Er-

---

[1] 1981 b, S. 163.
[2] 1976 a, S. 59.
[3] 1977, S. 112 f.

zählrede vorgenommen, und zwar nach Maßgabe der Beziehung (Anwesenheit oder Abwesenheit) des Erzählers zu der von ihm erzählten Geschichte: "erste Person" bedeutet dann, daß er als erwähnte Figur[4] darin anwesend ist, "dritte Person", daß er dies nicht ist. Eben dies bezeichne ich mit den technischeren, aber meines Erachtens weniger zweideutigen Ausdrücken "homo"- bzw. "heterodiegetische Narration".

Eingehend kritisiert wurden die traditionellen Ausdrücke auch von Nomi Tamir[5] und Susan Ringler.[6] Doch die Position von Ringler ist extrem radikal, denn sie ist der Ansicht, daß gewisse Erzählungen, wie *The Portrait of the Artist* zum Beispiel, schlicht und einfach *keinen Erzähler haben*. Vom Gattungsgesichtspunkt aus bleibt der Gültigkeitsbereich dieser Behauptung allerdings allzu unbestimmt: Für Ringler scheint die Erzählung "mit allwissendem Erzähler" Balzacschen Typs ebenso darunter zu fallen wie die "personale" Erzählung mit fester interner Fokalisierung, aber weder Balzac noch der James der *Ambassadors* verzichten darauf, einen mitunter ziemlich aufdringlichen Erzähler auftreten zu lassen. Und vom deskriptiven Gesichtspunkt aus scheint mir die Formel *Erzählung ohne Erzähler* nur - und nur sehr hyperbolisch (bei Joyce oder Hemingway zum Beispiel) - das stets relative Schweigen eines Erzählers bezeichnen zu können, der soweit wie möglich in den Hintergrund tritt und darauf achtet, sich nie selbst zu bezeichnen (was den objektivistischen Proklamationen Flauberts zum Trotz in *Madame Bovary* bekanntlich nicht der Fall ist). Doch die Hyperbel scheint mir hier einfach falsch zu sein.

Der Mythos einer Erzählung ohne Erzähler oder einer Geschichte, die sich selbst erzählt, läßt sich wenigstens, ich erinnere daran, bis zu Percy Lubbock zurückverfolgen, dessen Formulierungen fast wörtlich (aber sicher in Unkenntnis der Lubbockschen Ausführungen) bei Benveniste wiederauftauchen, anläßlich seiner Kategorie *"Geschichte"* (vs. *"Diskurs"*). Ich habe die Sätze von Lubbock weiter oben[7] zitiert und muß jetzt an die von Benveniste erinnern, obwohl sie eigentlich jedem bekannt sein dürften: "Genaugenommen gibt es dann selbst keinen Erzähler mehr. Die Ereignisse werden so dargestellt, wie sie sich zugetragen haben, in dem Maße, in dem sie am Horizont der Geschichte erscheinen. Niemand spricht hier; die Ereignisse scheinen sich selbst zu erzählen".[8] Wie man sieht, schwächt Benveniste den Gedanken, daß die Ereignisse sich selbst erzählen, durch ein *scheinen* ab, aber die Abwesenheit des Erzählers wird nicht im geringsten nuanciert. Selten hat eine unvorsichtige Formulierung, die sofort buchstäblich genommen wurde, mehr Schaden angerichtet. Und da ich selbst dazu beigetragen habe, sie im Feld der Poetik allgemein bekannt zu machen, muß ich die Dinge hier wohl zurechtrücken.

In "Frontières du récit"[9] habe ich diesen Text mit voller Zustimmung zitiert: "eine vortreffliche Beschreibung dessen, was die Erzählung im Reinzustand ist, d.

---

[4] Ich setze "erwähnt" hinzu, weil man sich eine Geschichte vorstellen könnte, in der der Erzähler, wenngleich implizit als Figur präsent, nie erwähnt würde, da er nie eine Rolle spielt. Allerdings dürfte die erste Person Plural in einer solchen Erzählung nur schwer zu vermeiden sein.
[5] 1976 b.
[6] S. 158 f.
[7] S. 221.
[8] *Problèmes de linguistique générale*, S. 241, dt. a.a.O., S. 269.
[9] *Figures II*, S. 62-64.

h. in ihrem radikalen Gegensatz zu jeder Form von persönlichem Ausdruck des Sprechers. [...] völlige Abwesenheit nicht nur des Erzählers, sondern auch der Narration selber [...] der Text ist da, ohne von jemandem gesprochen zu werden" usw. Ich hätte sicherlich besser daran getan, mir an jenem Tag das Handgelenk zu verstauchen, aber ich habe (statt dessen) immerhin sofort hinzugefügt, daß der Gegensatz zwischen "Erzählung" und Diskurs nie wirlich absolut ist, daß sich weder die eine noch der andere je im Reinzustand befindet (was ich unmittelbar an dem von Benveniste für die "reine" Erzählung angeführten Beispiel von *Gambara* gezeigt habe), und vor allem, daß der Gegensatz nicht einer zwischen symmetrischen Extremen ist, sondern zwischen einem allgemeinen Zustand (dem Diskurs) und einem besonderen Zustand, gekennzeichnet durch Ausschlüsse oder Weglassungen: dem der Erzählung, die für mich also nur eine *Form des Diskurses* war (und ist), die die Kennzeichen des Aussagevorgangs stets nur vorläufig und auf Widerruf suspendiert (und wie ich hätte hinzufügen sollen: *nur sehr partiell,* denn schließlich ist jede Aussage in sich selbst die Spur eines Aussagevorgangs: dies ist, denke ich, eine der Lehren der Pragmatik). Seither hat sich der Mythos mit der unwiderstehlichen Verführungskraft exzessiver Formulierungen verbreitet, und wir finden ihn zum Beispiel, wie schon gesagt, bei Ann Banfield wieder (1982), wo die Verführungskraft sich nicht zuletzt aus der imperialen Selbstgewißheit der Chomskyschen Linguistik speist.

Banfields Ausgangspunkt ist die richtige (wenn auch nicht originelle) Beobachtung, daß gewisse charakteristische Formen der schriftlichen Erzählung wie der Aorist (das französische Passé simple) und die erlebte Rede der gesprochenen Sprache fast völlig unbekannt sind. Aus diesem faktischen Ausschluß extrapoliert sie eine prinzipielle Unmöglichkeit: Solche Sätze sollen grundsätzlich "unsprechbar" *(unspeakable)* sein. Ein für dic generative Grammatik charakteristischer Übergang, die immer gern für "inakzeptabel" erklärt, was noch nicht akzeptiert ist. Diese supponierte "Unsprechbarkeit" verleitet Banfield zu dem beherzten Schluß, daß Texte, in denen solche Aussagen vorkommen, von niemandem gesprochen werden können, *also* auch von niemandem gesprochen *werden.* Niemand also spricht darin, und deshalb ist Ihr Töchterlein stumm, die Kommunikationsfunktion beseitigt, der Autor und mit ihm der Erzähler "definitiv aus dem Text verschwunden" (S. 222), die Sprache ist "objektives Wissen" geworden, "ihre subjektiven Aspekte verlieren sich im Dunkeln" (S. 271). Diese Metamorphose des Diskurses entspricht, scheint es, "der neuzeitlichen Dualität von Geschichte und Bewußtsein, Objekt und Subjekt. Die Erzählung ist folglich die literarische Form, die die innerste Struktur des neuzeitlichen Denkens offenlegt" (S. 254) - d. h., ihre Neuentwicklungen entspringen demselben Zeitgeist wie das Denken eines Descartes oder die Huygensche Erfindung der exakten Uhr und des Teleskops: " Es ist sicher kein Zufall, daß in einem Zeitalter der Geistesgeschichte, das manchmal das Cartesische genannt wird, in Frankreich der Gebrauch eines historischen Tempus aufkommt, das der gesprochenen Sprache fremd ist, und zugleich, in den Fabeln von La Fontaine, der Gebrauch der erlebten Rede, und daß zur selben Zeit die Pendeluhr und das Teleskop erfunden wurden" (S. 273). Ganz sicher nicht.

Ann Banfield zitiert etwas verächtlich (S. 68 f.) Autoren wie Barthes oder Todorov, die im Gegenteil die Unmöglichkeit einer Erzählung ohne Erzähler behauptet haben. Ich geselle mich jedoch ohne zu zögern diesem bedauernswerten Häuflein bei, denn der wesentliche Punkt im *Diskurs der Erzählung,* angefangen mit seinem Titel, beruht gerade auf der Annahme jener Aussageinstanz, die die Narration bildet, mit ihrem Erzähler und ihrem narrativen Adressaten, die - seien sie fiktiv oder nicht, repräsentiert oder nicht, schweigsam oder geschwätzig - immer in dem präsent sind, was für mich, kaum wage ich es zu sagen, ganz eindeutig ein kommunikativer Akt ist. Die so oft geäußerte Behauptung - Nachfolgerin des alten *showing* und der noch viel älteren *Mimesis* -, der zufolge niemand in der Erzählung spricht, resultiert meines Erachtens also, von der Macht des Klischees einmal abgesehen, aus einer erstaunlichen Text-Taubheit. Noch in der nüchternsten Erzählung spricht jemand zu mir, erzählt mir eine Geschichte, fordert mich auf, sie so zu verstehen, wie er sie erzählt, und diese Aufforderung - ob still vertraulich oder drängend - ist das untrügliche Zeichen dafür, daß es Narration und folglich einen Erzähler [narrateur] gibt: Selbst der erste Satz von *The Killers,* diesem Paradebeispiel der "objektiven" Erzählung, *"The door of Henry's lunch-room opened [...]",* setzt einen narrativen Adressaten voraus, der imstande ist, sich auf die Fiktion *einzulassen,* d. h. er muß die fiktive Vertraulichkeit eines "Henry" akzeptieren können, die Existenz des Eßzimmers, den Umstand, daß dieses nur eine Tür hat, usw. Ob Fiktionserzählung oder historische Erzählung, immer handelt es sich um einen Diskurs, denn mit Sprache kann man nur einen Diskurs hervorbringen - und selbst in einer so "objektiven" Aussage wie *L'eau bout à 100 degrés* kann und muß jeder im Gebrauch des "notorischen" Artikels[10] einen unmittelbaren Appell an seine Kenntnis des feuchten Elements vernehmen. Die Erzählung ohne Erzähler, die Aussage ohne Aussageakt scheinen mir weiter nichts als Hirngespinste zu sein, die als solche nie zu falsifizieren sind. Wer hat je die Existenz eines Hirngespinstes widerlegt? Ihren getreuen Anhängern kann ich also nur das betrübte Bekenntnis entgegenhalten: "Eure Erzählung ohne Erzähler existiert vielleicht, aber in den siebenundvierzig Jahren, seit denen ich Erzählungen lese, bin ich ihr nirgends begegnet". *Betrübt* ist natürlich bloß eine Höflichkeitsfloskel, denn sollte ich einer solchen Erzählung je begegnen, würde ich mich sofort aus dem Staub machen: Ob Erzählung oder nicht, ein Buch schlage ich nur auf, damit der Autor *zu mir spricht.* Und da ich bislang weder taub noch stumm bin, kommt es manchmal sogar vor, daß ich ihm widerspreche.

Die sekundäre Unterscheidung zwischen der homodiegetischen Erzählung mit Protagonisten-Erzähler ("Held") und derjenigem mit Beobachter-Erzähler ist alt, denn man findet sie bereits 1955 in dem Aufsatz von Friedman. Von mir stammt nur der Ausdruck *autodiegetisch,* um den ersten Fall zu bezeichnen, und die etwas übereilte Behauptung, daß der Erzähler nur die Wahl zwischen diesen beiden extremen Rollen habe. Ich muß zugeben, daß diese Hypothese keinerlei theoretisches Fundament hat und daß *a priori* nichts dagegen spricht, daß eine *aktive* Nebenfigur der Geschichte die Erzählung übernimmt. Beispiele dafür sind mir allerdings nicht bekannt, oder genauer gesagt, die Frage scheint sich so gar nicht zu stellen: Alles in

---

[10] *A.d.Ü.:* Dieser Artikel fällt im Deutschen allerdings weg, wo es nur heißt: *Wasser kocht bei 100 Grad.*

allem sind Watson, Carraway oder Zeitblom ja durchaus so etwas wie Deuter- oder Tritagonisten in der Geschichte, die sie erzählen und in der sie nicht die ganze Zeit über hinter einem Schlüsselloch stehen. Doch wie es aussieht scheint ihre Erzählerrolle, d. h. ihre Aufgabe, *als Erzähler* den Helden ins Licht zu rücken, dazu beizutragen, ihr eigenes Handeln ins Dunkel zu hüllen, oder genauer gesagt, es - und damit ihre ganze Person - durchsichtig-unsichtbar zu machen: So wichtig ihre Rolle in dem einen oder anderen Augenblick der Geschichte auch sein mag, ihre diegetische Funktion wird von ihrer narrativen Funktion ausgelöscht. Dieser unwiderstehlichen Auslöschung entgeht nur der Held, der niemanden hat, hinter dem er zurücktreten könnte, obwohl, wie ich hinzufügen möchte, *selbst er* ... Denn auch der autobiographische Held ist recht oft in einer Beobachterposition, und der Begriff *Beobachter-Held* ist vielleicht nicht so widersprüchlich, wie es *a priori* scheinen mag: Der Picaro beobachtet oft mehr als er teilnimmt, des Grieux gehorcht seiner Leidenschaft und dem unvorhersehbaren Verhalten seiner Gefährtin, und Marcel ist bis zur abschließenden Offenbarung, die ihn mit seiner Aufgabe betraut, kaum mehr als ein passiver Held.[11] Der "Roman in der ersten Person" ist, als fiktive Autobiographie, zumeist ein Bildungsroman, der Roman einer Lehre, die im wesentlichen darin besteht, zuzusehen und zuzuhören oder seine seelischen Wunden zu lecken. (Natürlich will ich damit nicht sagen, daß die erste Person für einen Bildungsroman die obligate "Stimme" ist: *Wilhelm Meister* ist ein zu eklatantes Gegenbeispiel. Andererseits gibt es wenigstens ein Beispiel für einen Bildungsroman, in dem die Narration einem äußeren Beobachter übertragen wird: *The Way of All Flesh*. Auch *Doktor Faustus,* der nur die Lehrzeit ein wenig über ihre gewohnten Grenzen verlängert, kommt dem recht nahe.)

Ich weiß nicht, ob ich heute noch an dem Gedanken einer unüberschreitbaren Grenze zwischen dem hetero- und homodicgetischen Erzähltyp festhalten soll. Franz Stanzel[12] hat nämlich in einer für mich oft überzeugenden Weise betont, daß man die Möglichkeit einer allmählichen Abstufung einräumen muß: sei es auf seiten der (fokalisierten) "personalen" Narration, wo gewisse Autoren, wie der Thackeray des *Henry Esmond* abwechselnd das *Ich* und das *Er* gebrauchen; sei es auf seiten des "auktorialen" Typs, wo Texte wie *Madame Bovary, Vanity Fair* oder *Die Brüder Karamasow,* mit ihrem Mitbürger-und-Zeitgenossen-Erzähler, sehr stark mit dem homodiegetischen Erzähltyp mit Beobachter-Erzähler liebäugeln. Das reinste Beispiel hierfür dürfte wohl der Erzähler der *Dämonen* sein, ein sehr - wenn auch nicht ständig - präsenter Erzähler, der keine wirkliche Rolle in der Handlung spielt und nie (im Unterschied zu Watson oder Zeitblom) ganz aus der Anonymität heraustritt. ("Das ist Herr G-w, ein Mann von klassischer Bildung und mit Beziehungen zur höchsten Gesellschaft": so stellt ihn Liputin in Kapitel III, 9 des 1. Teils vor.) Etwas weiter oben habe ich gesagt, daß allein das Vorhandensein eines Epilogs im Präsens eine Erzählung homodiegetisch machen kann, und ich sehe keinen Grund, von dieser Behauptung abzurücken: Im Unterschied zum Präsens des Kommentars oder

---

[11] Ich erinnere an die sicherlich übertriebene, aber doch nicht ganz unwahre Behauptung aus *Le Degré zéro:* "Im gewöhnlichen Roman ist das *Ich* Beobachter und das *Er* der Handelnde."
[12] Vgl. unten Kap. 17.

dem der bloßen Bezugnahme auf den Augenblick der Narration markiert dieser Gebrauch des Präsens unzweideutig eine Beziehung des Erzählers zu seiner Geschichte, die eine der Zeitgenossenschaft ist. Von daher wird man oft zu Recht zögern, ob eine Homodiegese oder eine Heterodiegese zu diagnostizieren ist, insbesondere wenn man bedenkt, daß bereits die Definition dieser Begriffe letztlich alles andere als absolut ist. Diese Unschärfen machen mich heute geneigt, in derartigen Grenzfällen dem Stanzelschen Abstufungsgedanken zuzustimmen, trotz des grammatikalischen Vorbehalts von Dorrit Cohn: "Kein Text", sagt sie, "kann *auf* der Grenze angesiedelt sein, die Narrationen in der ersten von solchen in der dritten Person trennt, aus dem einfachen Grund, daß die grammatische Differenz zwischen den Personen nicht relativ, sondern absolut ist".[13] Der "Grund" ist unanfechtbar, aber die Folgerung ist es oder ist es nicht, je nachdem, welche Bedeutung man dem Wort *Text* gibt: Für einen *Satz* dürfte es schwer sein, gleichzeitig in beide Bereiche zu fallen, doch ein umfangreicherer Text kann alternieren, wie *Henry Esmond* oder *La route des Flandres,* oder sich, wie *Madame Bovary* oder *Die Brüder Karamasow,* so nah an der Grenze befinden, daß man nicht mehr genau weiß, auf welcher Seite er situiert ist, oder aber mit dem (Dis)simulationsvermögen des Erzählers spielen, wie es Borges in *Die Narbe* macht (bei mir auf S. 177 zitiert) oder Max Frisch in *Stiller*. Dorrit Cohns Überlegungen sind hier etwas zu stark dem Begriff *"grammatische Person"* verhaftet, der, wie bereits gesagt, als Kriterium nicht viel taugt. Wenn man ihn jedoch zugunsten des Gegensatzes Homodiegese/Heterodiegese aufgibt, muß man wohl oder übel anerkennen, daß es (gemischte oder zweideutige) Grenzsituationen geben kann und tatsächlich gibt: die des zeitgenössischen Chronisten, für die ich soeben einige Beispiele genannt habe, der immer kurz davorsteht, in die Handlung einzugreifen oder doch wenigstens in ihr vorzukommen, was ihn in die Nähe des Beobachter-Erzählers rückt; oder, seltener und subtiler, die des späteren Historikers, der, wie der Erzähler von *Die Brüder Karamasow*, Ereignisse berichtet, die sich "in seinem Bezirk" zugetragen haben (geographische Nähe), aber bereits vor seiner Geburt (zeitliche Distanz), die er also nur aufgrund der Zeugnisse und Beobachtungen anderer kennt. Das ist auch die Situation des primären Erzählers von *Un roi sans divertissement*, der die Zweideutigkeit seiner Situation selbst sehr schön zum Ausdruck bringt: "Danach verbrachten wir [on] ein paar sehr schöne Tage. Ich sage wir [on], obwohl ich natürlich nicht dabei war, denn all dies geschah 1843, aber um mich ein bißchen über die Hintergründe zu informieren, mußte ich so viele Fragen stellen und mich so sehr in die Geschichte vertiefen, daß ich schließlich mit dazu gehörte."[14] Giono nannte diese Erzählung bekanntlich eine *Chronik*, doch der Status dieser "Gattung" ist bei ihm sehr unbestimmt, denn neben *Un roi sans divertissement* umfaßt sie auch eine autodiegetische Erzählung wie *Noé* oder eine zeitgenössische Chronik wie *Le moulin de Pologne*. Diese etwas freizügige Benennung darf uns also nicht davon abhalten, den Ausdruck *Chronist* dem zeitgenössischen Erzähler von *Karamasow* oder *Le moulin* vorzubehalten und den Erzähler von *Un roi* statt dessen einen (natürlich

---

[13] 1981 b, S. 168.
[14] Pléiade, S. 471.

fiktiven) *Historiker* zu nennen. Die - reichlich unklare - Grenze zwischen der Homo- und der Heterodiegese verläuft dann vielleicht zwischen diesen beiden Typen, vorausgesetzt, hier ist genügend Platz, um eine imaginäre Linie zu ziehen, oder aber, nicht weit davon entfernt, zwischen dem Typ *Karamasow* und dem Typ *Dämonen*. Ich würde daher nicht mehr wie früher sagen: "Die Abwesenheit ist absolut, die Anwesenheit hat ihre Grade". Auch die Abwesenheit hat ihre Grade, und nichts gleicht so sehr einer schwachen Abwesenheit wie eine unscheinbare Anwesenheit. Oder einfacher: von welcher *Distanz* an beginnt man, abwesend zu sein?

Das bedeutet aber keineswegs, daß die diegetische Situation des Erzählers völlig unabhängig ist von der Wahl der (grammatischen) Person. Im Gegenteil, die Entscheidung für ein *Ich*, um eine der Figuren zu bezeichnen, scheint mir mechanisch und unumgänglich zur homodiegetischen Beziehung zu führen, d. h. zu der Gewißheit, daß diese Figur der Erzähler ist; und umgekehrt, aber ebenso streng, impliziert die Entscheidung für ein *Er,* daß diese Figur *nicht* der Erzähler ist.

Diese zweite Behauptung ist zweifellos weniger einleuchtend als die erste, denn infolge einer geläufigen Verwechslung von Autor und Erzähler scheint sie von einer bekannten, ja allgemein üblichen Praxis widerlegt zu werden: von der, die Philippe Lejeune "Autobiographie in der dritten Person" nennt.[15] Ich sage "allgemein üblich", weil es sicherlich jedem von uns im täglichen Leben schon passiert ist, von sich in der dritten Person zu reden, und sei es auch nur (warum dies eigentlich so ist, weiß ich nicht[16]) beim Sprechen mit kleinen Kindern, wo sich der Gebrauch dieser Person oft sogar auf den Adressaten erstreckt: "Mimi wird jetzt hübsch brav sein: Papa ist in fünf Minuten wieder da." Angemerkt sei noch, daß viele im Alter - wo sie vielleicht alle, mit denen sie reden, als junge Hüpfer betrachten - diesen Sprachgebrauch verallgemeinern und sich selbst den "Opa" oder die "Oma" nennen. Was literarische Texte betrifft, so verweise ich auf die unvermeidlichen *Commentarii* Cäsars und auf die von Lejeune zitierten Beispiele, wo dieser eigentümliche Brauch teilweise (Gide, Leiris, Barthes) oder durchgängig (Henry Adams, Norman Mailer) praktiziert wird. Derartige Texte oder Aussagen scheinen mir, wie es Lejeune ungefähr ausdrückt, Fälle einer fiktiven oder figuralen[17] Dissoziation von auktorialer, narratorialer und aktorialer Instanz darzustellen: Man weiß oder errät, daß der Held der Autor "ist", doch der gewählte Narrationstyp gibt vor, daß der Erzähler nicht der Held ist. Deshalb sollte man hier von *heterodiegetischer Autobiographie*[18] reden, obwohl dieser Ausdruck (wie auch schon, wenngleich weniger

---

[15] 1980, Kap. II.
[16] Gewiß liegt hier eine Art demonstrativer oder pädagogischer Gebrauch der Sprache vor; ohne es zu wollen, gewöhnt man Kleinkinder sogar daran, von sich selbst in der dritten Person zu sprechen, sicherlich weil diese Form es dem Kind erlaubt, die Sätze der Erwachsenen ohne grammatikalische Veränderungen einfach zu übernehmen: "Mimi ist ein großer Junge, er ißt schön seinen Teller leer".
[17] Lejeune spricht von einer "Narrationsfigur" [figure d'énonciation] (1980, S. 34); ich selbst sprach auf S. 174 von einer "konventionellen Enallage", was auf dasselbe hinausläuft: Die Enallage von *Ich* in *Er* ist ja nichts anderes als eine Narrationsfigur [figure d'énonciation].
[18] Bei einem Roman wie *Gil Blas* handelt es sich natürlich, und um dem Geist des Systems Genüge zu tun, um eine autodiegetische Heterobiographie. In diesem Fall um eine fiktive, doch gibt es auch andere, die enger an die historische oder "persönliche" Wirklichkeit anknüpfen: *Robinson Crusoe* ist, trotz der Namensänderung, ein wenig (ein ganz klein wenig) eine Biographie von Selkirk, und die Pseudo-Autobiographien realer Perso-

kraß, Lejeunes eigener Ausdruck "Dissoziation") gegen die Lejeunesche Definition der Autobiographie verstößt, die besagt, daß in ihr die drei Instanzen "Autor", "Erzähler" und "Held" identisch sind.

Diese fiktive Dissoziation kann, wie mir scheint, auf zweierlei (genauer gesagt dreierlei) Art vonstatten gehen: Entweder der Autor tut so (und der Leser erkennt dies), als spräche er - während er in Wahrheit von sich selbst spricht - von jemand anderem (so Stendhal von "Dominique" oder "Salviati", Gide von "Fabrice" oder "X"); oder der Autor tut so (und der Leser erkennt es wieder), als spräche - während in Wahrheit er von sich selbst spricht - ein anderer von ihm: so Gide, der das Wort mitunter einem imaginären Biographen namens Édouard gibt, und, sehr viel spektakulärer, Gertrude Stein, die so tut, als ließe sie sich ihre Biographie von Alice Toklas schreiben. Im ersten Fall sind Autor und Erzähler eins, und fiktiv dissoziiert wird die Figur; im zweiten Fall sind Autor (der Unterzeichner des Textes) und Figur eins (dieses von Gertrude Stein unterzeichnete Buch erzählt das Leben von Gertrude Stein), und fiktiv dissoziiert wird der Erzähler (Toklas). In beiden Fällen jedoch wird der Erzähler von der Figur dissoziiert, so daß die Narration folglich heterodiegetisch ist. Schließlich und drittens kann es noch vorkommen, insbesondere dann, wenn die verschiedenen Instanzen nicht (alle) namentlich genannt und dadurch personal differenziert werden, daß der Leser zu Recht zwischen diesen beiden Lesarten schwankt, da nicht klar ist, welche Instanz dissoziiert wird: Dieser Fall tritt meines Erachtens auf den heterodiegetischen Seiten von *Roland Barthes par Roland Barthes* ein, wo man nicht recht weiß (um die Ausführungen von Lejeune über Leiris aufzugreifen[19]), ob der Autor von sich selbst spricht, indem er 1. so tut, als spräche er von jemand anderem (wie Balzac, der sich beschreibt, wenn er über Marcas und Savarus schreibt), oder indem er 2. so tut, als spräche ein anderer über ihn (wie Gertrude Stein, die sich selbst beschreibt, wenn sie Alice Toklas schreiben läßt). Diese konstitutive Unbestimmtheit muß offensichtlich als solche respektiert werden. Auch für sie scheint es mir übrigens alltagssprachliche Beispiele zu geben: Bei "Mimi hat Bumm gemacht" (durchs Fenster im vierten Stock) läßt sich nur schwer sagen, ob ein Sprecher-Mimi als Erzähler einen Akrobaten-Mimi dissoziiert, oder ob er als Akrobat den Erzähler dissoziiert, indem er die Sprache der anderen imitiert. Mimi, hiernach befragt, weist die Problematik von sich: Auch die Freundlichkeit eines Dreijährigen hat ihre Grenzen. Dieselbe Ungewißheit, wenn Mimis Großvater sagt: "Opa wird langsam alt."

---

realer Personen vom Typ *Mémoires de d'Artagnan* (von Courtilz de Sandras), *Mémoires d'Hadrien* (von Marguerite Yourcenar) oder *L'allée du roi* (Pseudo-Memoiren der Madame de Maintenon von Françoise Chandernagor) sind auf der Ebene der "referentiellen" Erzählung das exakte Gegenstück zu Henry Adams *The Education of Henry Adams*.
[19] 1980, S. 34.

16. Person (Fortsetzung)

Dorrit Cohn meint[1], die ständige Bezugnahme auf Proust hätte mich dazu verleitet, dem homodiegetischen System mehr Aufmerksamkeit zu schenken als dem heterodiegetischen. Die Erklärung klingt plausibel, aber ich glaube nicht, daß die Beobachtung stimmt. Tatsächlich behandeln von den etwa acht Seiten, die ich der "Person" in der Proustschen Erzählung widme, mehr als die Hälfte nicht deren (letzten Endes) homodiegetischen Charakter, sondern den Übergang von der dritten Person in *Jean Santeuil* zur ersten Person in der *Recherche*, so daß ich also im voraus den klugen Rat von Dorrit Cohn beherzigt habe: "Ganz offensichtlich muß man immer hin und her pendeln, um sich die Unterschiede und regionalen Besonderheiten klarzumachen."

Nun ja, nicht ganz, denn Proust folgend habe ich die Grenze nur einmal überschritten. Aber immerhin habe ich auch Erzählungen in der dritten Person gelesen, und zumindest mental habe ich ein rasches *commuting* von einem System zum anderen durchgeführt, über die Grenze hüpfend wie Charlie Chaplin am Ende von ich weiß nicht welchem Film.[2] Ich habe sogar einige - reale oder imaginäre - *Transvokalisierungs*fälle betrachtet[3], d. h. Fälle eines Umschreibens von Erzählungen von der ersten Person in die dritte oder umgekehrt. Wie auch immer, Dorrit Cohn ergänzt meine "einfache Fahrt" sehr schön durch einige Beispiele für den scheinbar häufigeren Übergang in der Gegenrichtung, d. h. von der ersten in die dritte Person[4]: so verfuhren Dostojewski in *Schuld und Sühne*, James in *The Ambassadors*, Kafka in *Das Schloß*. Diese vier Beispiele (das von Proust mit eingerechnet) zeigen wohl deutlich genug, daß eine narrative Konversion (ein Wechsel der "Person") nicht ganz unmotiviert erfolgt, da diese Autoren das eine oder das andere System für überlegen und vorteilhafter hielten, zumindest für den jeweiligen Umständen angemessener - und auf jeden Fall zeigen sie uns, daß hier eine wichtige Frage vorliegt. (Natürlich könnte jemand bestreiten, daß *Jean Santeuil* in der *Recherche* transvokalisiert und umgeschrieben wurde, und behaupten, es seien doch zwei völlig verschiedene Werke - eine interessante Kontroverse. Gleichwohl hat der Autor beim Übergang vom einen Roman zum anderen eine narrative Konversion vollzo-

---

[1] 1981 b, S. 163.
[2] *A.d.Ü.*: The Pilgrim (1922). "Charlie entfernt sich [am Schluß des Films] gegen den Horizont, wobei er immer mit einem Bein in den Vereinigten Staaten, mit dem anderen in Mexiko auftritt, denn im einen Land erwartet ihn die Polizei, im anderen die Revolution, und beiden ist er nicht hold", U. Gregor/E. Patalas, *Geschichte des Films*, Reinbek 1976, Bd. 1. S. 130.
[3] *Palimpsestes*, S. 335-339, dt. S. 397-401.
[4] 1981 a, S. 194-197; auch Stanzel (1981) erwähnt zwei Fälle, einen bei Jane Austen *(Sense and Sensibility)* und einen bei Joyce Cary *(Prisoner of Grace);* J. Petit zwei andere bei Mauriac *(Le désert de l'amour* und *Le baiser au lépreux);* die andere Richtung (die von Proust) schlug bekanntlich Gottfried Keller ein, der, fünfundzwanzig Jahre nach der Erstveröffentlichung, den ganzen *Grünen Heinrich* in die erste Person umschrieb.

gen, und man könnte noch schlagendere Beispiele bei anderen Autoren finden, die im Lauf ihrer Karriere eine Vorliebe gegen die andere ausgetauscht haben: so, grosso modo jedenfalls, Hammett, der von der ersten zur dritten Person überwechselte.)

Nicht sicher bin ich mir hingegen, ob man aus diesen wenigen Beispielen schon eine klare Vorstellung von der Antwort gewinnen kann, d. h. davon, worin genau der Vorteil besteht, den diese Konversionen mit sich bringen sollen. Ein Blick auf die Varianten und diversen Vorarbeiten mag einen skeptisch machen gegenüber der gängigen und etwas zu optimistischen Meinung, daß der Endzustand im allgemeinen der bessere sei - hängt eine solche Bewertung doch allzuoft von der berühmten nachträglichen Begründung ab. Die (narrative) Konversion bei Dostojewski ist scheinbar völlig kommentarlos vollzogen worden, und von der Urfassung ist nicht die geringste Spur übriggeblieben. Von den Jamesschen Konversionen, die *Maisie* und *The Ambassadors* betreffen, wissen wir nur, weil James später in Vorworten davon berichtet hat; die Schwierigkeit, die er für *Maisie* anführt, ist zwar recht deutlich (das begrenzte Vokabular des kleinen Mädchens), aber wenig überzeugend (Maisie hätte diese Geschichte auch viele Jahre später erzählen können); was die *Ambassadors* angeht, so ist James' Kommentar ebenso unklar wie pathetisch: er stilisiert die homodiegetische Versuchung zu einem "Schlund", dem er gerade noch entronnen sei, zum "finstersten Abgrund der Romanschriftstellerei" (diese alten Knaben müssen doch das wenige, was in ihrem Leben passiert, immer übertreiben). Das einzige unter diesen Beispielen, das einen Vergleich erlaubt, ist das des *Schlosses,* und an Dorrit Cohns Kommentar läßt sich gut ablesen, wie zweideutig der Fall gelagert ist: Sie zeigt zunächst, wie leicht die Veränderung vonstatten ging (einfaches Austauschen der Pronomen) und daß die ursprüngliche autodiegetische Fassung modal mit der heterodiegetisch vokalisierten Endfassung übereinstimmt; dann aber verursacht ihr ihre eigene Feststellung Gewissensbisse und sie fügt hinzu: "Dennoch wäre es ein schwerer Irrtum, sich auf *Das Schloß* zu berufen, um die Behauptung zu stützen, daß die grammatische Person für die Struktur und Leistungsfähigkeit einer Erzählung bedeutungslos sei." Hier müßten nun doch wohl, denke ich, die Vorteile der endgültigen Wahl beschrieben werden; doch Cohn nimmt sofort Zuflucht zum zirkulären Argument der unfehlbaren Entscheidung des Autors: "Kafka hätte sich sicher nicht die Mühe gemacht, mitten in der Abfassung seines Buches so viele kleine Korrekturen durchzuführen, wenn es sich dabei um ein bedeutungsloses Detail gehandelt hätte." Genausogut könnte man das Gegenteil behaupten: "Kafka hätte sicher nicht mitten in der Abfassung seines Buches solche Korrekturen durchgeführt, wenn er der Ansicht gewesen wäre, daß sie beträchtliche Veränderungen nach sich zögen" - ganz abgesehen davon, daß Kafkas letzter Wille (sein Wunsch, man möge seine Manuskripte verbrennen), nicht gerade dazu ermuntert, alle seine Entscheidungen gutzuheißen. Wie auch immer, wir drehen uns hier im Kreis, aus dem sich Dorrit Cohn, so gut wie jeder andere, nur durch eine Mutmaßung herauszuhelfen weiß: *"Sicherlich* war ihm *mehr oder weniger* deutlich bewußt geworden, daß 'K.' seinen Absichten dienlicher war als 'ich', und die Nachteile der retrospektiven Techniken, wenn es darum geht, das innere Leben zu schildern, *mögen* bei seiner Entscheidung *eine* Rolle gespielt haben" (die zweifelnden oder ausweichenden Formulierungen von mir hervorgehoben). Zuletzt sucht man seine Zuflucht also wieder bei Lubbock und seiner Beschreibung der "Nachteile", die mit dem (zwangsläufig?) "retrospektiven" Charakter der Erzählung in der ersten Person verbunden sein sollen.[5]

Ich muß zugeben, daß ich gegenüber all diesen Beschreibungen *a priori* und Rechtfertigungen *a posteriori* ziemlich skeptisch bin. Die modalen Konsequenzen (denn um sie geht es hier im wesentlichen) der narrativen Wahl scheinen mir weder so gravierend und erst recht nicht so unausbleiblich zu sein, wie oft gesagt wird. Dorrit Cohn hat selber am Beispiel von Knut Hamsuns *Hunger* gezeigt, daß eine "retrospektive" homodiegetische Erzählung ebenso streng auf den Helden fokalisiert sein kann wie eine "personale" Erzählung, und Proust beweist dies ebenfalls auf vielen Seiten der *Recherche*. Ich glaube also nicht unbedingt, daß ein Umschreiben von *Schuld und Sühne,* von *The Ambassadors* oder *Das Schloß* in die erste Person eine solche Katastrophe wäre (eine harte Strafarbeit, gewiß, aber ich will sie auch wirklich niemandem auferlegen). Umgekehrt mag auch der - ebenfalls rein mutmaßliche - Grund, den ich für Prousts endgültige Wahl anführe (die Notwendigkeit, den ideologischen Gehalt der *Recherche* in der Erzählerrede auszubreiten), recht fragil erscheinen: die "dritte Person" erlegt in dieser Hinsicht scheinbar keine allzu starken Beschränkungen auf, man denke an Mann, Broch oder Musil. Meine verschiedenen - realen oder imaginären - Transvokalisierungsexperimente haben mich von fünf Dingen überzeugt: 1. der dehnbare Gebrauch der vokalen Positionen bewirkt, daß diese unter dem Gesichtspunkt ihrer modalen Konsequenzen fast äquivalent sind; 2. die einzige im Prinzip unvermeidbare Konsequenz, nämlich die Unmöglichkeit, auf eine Figur zu fokalisieren, nachdem man zuvor auf eine andere vokalisiert (und damit präfokalisiert) hat, läßt sich durch mehr oder minder geschickte paraleptische Verstöße umgehen; 3. wie James, Lubbock *et al.* richtig gesehen haben, *kann* die heterodiegetische Narration also, auf natürlichem Wege und ohne Verstoß, *mehr* als die homodiegetische; 4. *aber* ein Künstler wiederum kann, wie man weiß, die stimulierenden Nachteile des Zwangs den sedativen Kräften der Freiheit vorziehen; 5. und zu guter Letzt muß man nicht immer mit Gewalt nach irgendeinem Vor- oder Nachteil modaler oder temporaler Natur suchen, da die vokale Wahl auch einfach einer Laune entsprungen sein kann, so daß ihre Bedeutung nur in ihr selbst liegt: Der Schriftsteller, könnte ich mir denken, hat mal Lust, eine Erzählung in der ersten Person zu schreiben, dann wieder ist ihm mehr nach einer in der dritten. Einige sind auch monoman und lehnen die andere Möglichkeit prinzipiell ab, einfach so, weil sie es ist, weil sie es sind: Warum schreiben einige mit schwarzer, andere lieber mit blauer Tinte? (Das wird Gegenstand einer anderen Untersuchung sein.) Der Leser jedenfalls bekommt die Erzählung nie ohne ihre vokale Position zu Gesicht, die so untrennbar zu ihr zu gehören scheint, wie die Farbe zu den Augen, die er liebt[6], und die einfach deshalb am besten zu ihnen paßt, weil sich keine Gegenprobe machen läßt. Kurz, der tiefste (am wenigsten an Bedingungen geknüpfte) Grund wäre hier, wie auch sonst so oft: "weil es eben so ist". Alles übrige ist nachträgliche Begründung.

---

[5] *The Craft of Fiction,* S. 144 f.; vgl. aus etwas jüngerer Zeit Mendilow, zitiert in *Diskurs der Erzählung,* S. 120.
[6] Zum Beispiel die von Gilberte, deren Blau Marcel nur deshalb so sehr liebt, weil sie schwarz sind (I, S. 141, dt. S. 188).

17. Erzählsituationen

Dieser Vorbehalt gegen einen angeblichen Einfluß der Stimme auf den Modus beantwortet freilich noch nicht die in der Schwebe gelassene Frage, wie es um deren gemeinsame Betrachtung unter dem Gesichtspunkt dessen steht, was man gewöhnlich eine "Erzählsituation" nennt. Dieser komplexe Begriff wurde vor über einem Vierteljahrhundert von Franz Stanzel geprägt, der seine dazugehörige Klassifikation von 1955 seitdem mehrmals überarbeitet und revidiert hat. Dorrit Cohn[1] wirft mir und der gesamten "französischen Narratologie" zu Recht vor, den Beitrag dieses bedeutenden Poetologen verkannt zu haben, und eine aufmerksame Lektüre seines ersten Buches hätte uns in den sechziger Jahren sicherlich einige verspätete "Entdeckungen" erspart. Hier ist nicht der Ort für ein Referat, das an den Ufern der Seine gewiß nicht überflüssig wäre, aber an anderer Stelle schon von Dorrit Cohn geliefert wurde, und zwar auf eine bemerkenswerte Weise, die uns unmittelbar berührt, weil ihre Besprechung der *Theorie des Erzählens* streckenweise einen Vergleich dieses Werks mit dem *Diskurs der Erzählung* durchführt. Ich verweise den Leser also auf diesen sehr dichten Aufsatz und natürlich auf die beiden Hauptwerke von Stanzel, *Die typischen Erzählsituationen* und *Theorie des Erzählens*.

Wie Dorrit Cohn sagt und schön zeigt, liegt der wesentliche methodologische Unterschied zwischen Stanzel und mir darin, daß ersterer "synthetisch" vorgeht, ich dagegen (wie ich des öfteren betont habe) analytisch.[2] "Synthetisch" ist vielleicht nicht ganz das richtige Wort, denn es legt den Gedanken nahe, daß Stanzel nachträglich zu einer Synthese von Elementen schreitet, die er zuvor einzeln für sich untersucht hätte. Das Gegenteil ist der Fall: 1955 geht er von einer umfassenden Anschauung einer gewissen Anzahl komplexer Sachverhalte aus (doch dieses Attribut stammt bereits von mir), die er "Erzählsituationen" nennt: die *auktoriale* (die ich in meiner Terminologie nur analytisch beschreiben kann als nicht-fokalisierte heterodiegetische Narration, Beispiel *Tom Jones*), die *personale*, die später auch *figural* genannt wird (heterodiegetisch mit interner Fokalisierung, Beispiel *The Ambassadors*), und die *Ich-Erzählung* (homodiegetisch, Beispiel *Moby Dick*). "Synkretistisch" wäre also eine bessere Bezeichnung, wenn sie nicht leicht pejorativ klänge. Zum Ausgangspunkt seiner Erörterungen macht Stanzel jedenfalls die unbezweifelbare empirische Beobachtung, daß sich die überwältigende Mehrzahl der literarischen Erzählungen auf diese drei Situationen verteilt, die er zu Recht "typisch" nennt. Erst später, und vor allem in seinem letzten Buch, versucht er,

---

[1] 1981 b, S. 158-160. Auf diesen Aufsatz beziehe ich mich hier das ganze Kapitel über.
[2] Die weiteren von Cohn namhaft gemachten Unterschiede sind: mein ständiger Rückgriff auf die Proustsche Erzählung, während Stanzel sofort den Standpunkt der allgemeinen Theorie einnimmt; seine ständige Suche nach Abstufungen, deren Sinnbild seine kreisförmigen Schemata sind, denen meine eckigen Tabellen mit ihren undurchlässigen Kästchen gegenüberstehen; seine Gleichgültigkeit gegenüber Fragen der narrativen Ebene (sein System, sagt Cohn, ist "unidiegetisch"); und natürlich die Tatsache, daß er sich nicht mit Fragen der Zeitlichkeit beschäftigt.

diese Situationen nach drei elementaren oder grundlegenden Kategorien zu analysieren, die er *Person, Modus* und *Perspektive* nennt *(Person:* erste oder dritte; *Modus:* laut Dorrit Cohn in etwa das, was ich "Distanz" nenne: Dominanz des Erzählers oder eines "Reflektors" im Sinne von James; *Perspektive:* was ich im Prinzip ebenso nenne, doch beschränkt sich Stanzel auf einen Gegensatz "Innenperspektive/Außenperspektive", durch den das, was ich die externe Fokalisier-ung nenne, faktisch der Nullfokalisierung subsumiert wird[3]). Nicht nachzeichnen werde ich hier Dorrit Cohns sehr detaillierte Darlegung der Vor- und Nachteile dieser Kategorientriade, deren dritte ihr überflüssig zu sein scheint; für mich ist dies natürlich eher die zweite, sowohl, weil mir der Distanzbegriff *(Diegesis/Mimesis)* schon seit langem suspekt ist, wie auch deshalb, weil Stanzels Spezifikation des Modus (Erzähler/Reflektor) mir ohne weiteres auf unsere gemeinsame Kategorie der Perspektive reduzierbar zu sein scheint. Ich werde mich auch nicht mit Cohn in das kreisförmige Labyrinth jener wundervollen Rosette[4] begeben, mit der Stanzel - in alter germanischer Tradition (Goethe, Petersen) - die Abstufung der Erzählsituationen illustriert, und die mit ihren wunderlich verflochtenen Achsen, Grenzen, Naben, Speichen, Kardinalpunkten, Felgen und Schläuchen den (derzeit) letzten Zustand seines Systems konkretisiert. Ich habe anderswo ausgeführt, welche gemischten Gefühle ich dieser Art von Phantasie entgegenbringe, der wir hier aber, unter anderem, stimulierende Antithesen wie auch fruchtbare und unerwartete Querverbindungen verdanken. Dorrit Cohn spricht im Blick auf diese Verbildlichung von einem *"encirclement"* der Erzählung; ich, dem man mitunter vorwirft, die Literatur in Tabellen und Kästen einzusperren, wäre der letzte, der diese Art, ihr Feld zu vermessen, verurteilen würde, die nicht schlechter ist als irgendeine andere. Stanzels Hauptverdienst liegt jedoch nicht in diesen allumfassenden Verbildlichungen, sondern im Detail der "Analysen", d. h. der Lektüren. Wie jeder Poetologe, der etwas auf sich hält, ist Stanzel zunächst ein Kritiker. Aber mit diesem Aspekt seiner Arbeit können wir uns hier natürlich nicht beschäftigen.

Die ganze Komplexität (und manchmal Unentwirrbarkeit) seines letzten Systems rührt von seinem Willen her, die drei "Erzählsituationen" jeweils auf eine Konfiguration seiner drei analytischen Kategorien zurückzuführen (auch hier wieder treibt die trinitarische Obsession ihre seltsamen Blüten). Ein kombinatorischer Geist würde bei drei Gegensatzpaaren (der Person, des Modus und der Perspektive) naturgemäß auf eine Tabelle mit zwei mal zwei mal zwei, d. h. acht komplexen Situationen kommen. Doch sein kreisförmiges Schema und seine diametralen Konfigurationen führen Stanzel zu einer Aufteilung in *sechs* Grundsegmente, die sich wie folgt abbilden läßt (dieser von mir vereinfachte Typenkreis, ich weise ausdrücklich darauf hin, kommt nirgends bei ihm vor). Wie man sieht, tauchen zwischen den drei grundlegenden "typischen" Erzählsituationen drei ebenfalls recht kanonische Zwischenformen auf: innerer Monolog, erlebte Rede und "periphere" Erzählung. Doch abgesehen von der letztgenannten, die sich im wesentlichen auf die Situation eines

---

[3] 1955 wurde die externe Fokalisierung von Stanzel noch berücksichtigt, da er als spezielle Variante der "personalen Erzählsituation" eine sogenannte "neutrale Erzählsituation" unterschied. Seit 1964 scheint er diese Kategorie aber völlig fallengelassen zu haben.
[4] *Theorie des Erzählens*, S. 334; Cohn, S. 162.

"Beobachter-Ich" reduziert, scheinen mir derartige Lückenfüller in einem Schema der Erzählsituationen kaum akzeptabel zu sein, denn die beiden anderen sind nur Typen der Personenrede.

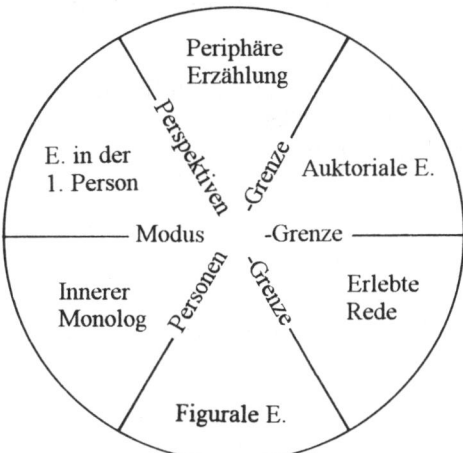

Von dieser Sechsteilung ebenfalls unbefriedigt, beruft sich Dorrit Cohn auf einen Satz von Stanzel, wo dieser selber "die enge Verbindung zwischen Innen*perspektive* und erzählerdominantem *Modus*" betont, und schlägt vor, die überflüssige Kategorie der Perspektive zu eliminieren, was das System mit einem Schlag auf eine Überkreuzung zweier Gegensätze reduziert: Person und Modus. Das neue kreisförmige Schema sieht dann so aus:

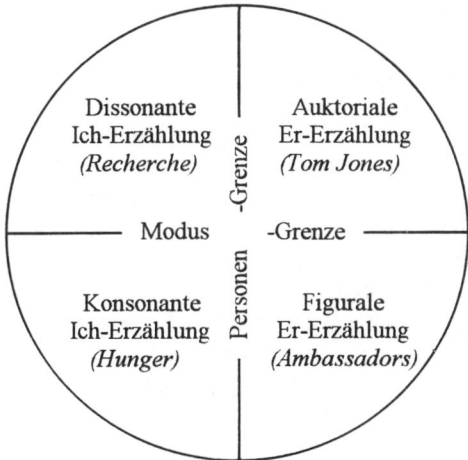

Die Ausdrücke "dissonant" und "konsonant" stammen von Dorrit Cohn, die sie bereits in *Transparent Minds* verwendet hat, doch es sind natürlich die Gegenstücke zu den Stanzelschen Ausdrücken "auktorial" (Dominanz des Erzählers) und "figural" (Dominanz der Figur als "Reflektor" oder Fokus der Narration). Die in

Klammern angegebenen Beispiele stammen für die rechte Hälfte von Stanzel, für die linke von Cohn (aus *Transparent Minds*). Aus, wie ich hoffe, evidenten Gründen möchte ich, wie es bereits Alain Bony in seiner Übersetzung des Cohnschen Buches getan hat, den Ausdruck "auktorial" durch den von Roy Pascal stammenden *"narratorial"* ersetzen.

Nachdem ich einmal angefangen habe, die Modifikation Stanzels durch Cohn meinerseits zu modifizieren, komme ich jetzt zu der für mich wohl schicksalhaften Tabelle mit doppeltem Eingabewert:

Modus \ Person	1.	3.
Narratorial	A *Recherche*	B *Tom Jones*
Figural	C *Hunger*	D *The Ambassadors*

Dieser wacklige Kompromiß, via Dorrit Cohn, zwischen der Stanzelschen Typologie und dem, was man als Ansatz zu meiner eigenen betrachten könnte, dient mir fürs erste dazu, auf den Umstand hinzuweisen, daß sich die drei typischen Situationen aus Stanzel-1955 mit der Zeit vermehrt haben: Cohn, die nicht ohne Grund die allzu heterogenen sechs Typen aus Stanzel-1979 ablehnt, macht einen Schritt in die Gegenrichtung, kehrt aber nicht ganz zurück, denn zu den drei ursprünglichen Typen (B, D, A + C) fügt sie einen hinzu, indem sie C von A trennt. Man kann diesen Zusatz als Fortschritt werten, denn dadurch wird auf eine recht glückliche Weise eine Ausgangstypologie diversifiziert, die schon deshalb etwas zu arm war, weil sie sich nur an die "häufigsten" Situationen hielt. Man mag den Fortschritt jedoch für unzureichend halten und sich eine neue Erweiterung der Tabelle wünschen (mit oder ohne Korrektur). An dieser Stelle sollte man vielleicht an die anderen Typologisierungsversuche erinnern, die in *Diskurs der Erzählung* (S. 132 ff.) erwähnt wurden und zuweilen zu Recht Typen berücksichtigten, die hier nicht vorkommen: So berücksichtigten Brooks und Warren im Blick auf einen Fokalisierungsmodus, der äußerlicher ist als die von Stanzel ins Auge gefaßten, den Typ *Beobachter-Ich* sowie die "objektive" Narration im Stile Hemingways, die auch Romberg als vierten Typ der Stanzelschen Triade hinzufügte.[5]

Man sieht also, daß die genannte Triade nacheinander Gegenstand zweier Modifikationen war: Romberg fügte einen Typ hinzu (in meiner Sprache: die heterodiegetische Narration mit externer Fokalisierung), Dorrit Cohn einen anderen (in

---

[5] Das ist offenkundig die "neutrale Erzählsituation" aus Stanzel-1955. Die acht Typen Friedmans, in einer späteren Version (1975, Kap. VIII) auf sieben reduziert, lassen sich ohne Schwierigkeiten auf diese Vierteilung zurückführen, wenn man die sekundären Unterscheidungen vernachlässigt, die, wie mir scheint, nur Untertypen hervorbringen.

meiner Sprache: die homodiegetische Narration mit interner Fokalisierung). Es ist eine große Versuchung (und wie jeder weiß, sollte man allem widerstehen, nur nicht der Versuchung), diese beiden Zusätze zu verbinden, was eine Liste mit *fünf* Typen ergäbe.

Zu genau diesem Ergebnis gelangt, wenngleich nur implizit und auf anderem Wege (den letzten Vorschlag von Dorrit Cohn konnte er auch gar nicht kennen), der derzeit letzte Typologe der Erzählsituation, Jaap Lintvelt.[6] Zunächst nimmt er eine Zweiteilung der Person vor, wo er zwischen hetero- und homodiegetischer *Narration* unterscheidet; dann schreitet er zu einer Dreiteilung der *narrativen Typen* nach Maßgabe des sogenannten "Orientierungszentrums" der Aufmerksamkeit des Lesers, das eine Art Synthese darstellt zwischen meinen Fokalisierungen und den Stanzelschen Modi: *auktorialer* Typ (= Nullfokalisierung), *aktorialer* Typ (= interne Fokalisierung), *neutraler* Typ (= externe Fokalisierung: hier haben wir wieder den neutralen Untertyp aus Stanzel-1955). Diese beiden Unterscheidungen sind bei Lintvelt[7] Gegenstand separater Tabellen, die sich gegenseitig zu ignorieren scheinen und nicht verbunden werden. Erneut werde ich also zu einer Modifikation schreiten und wieder einmal in Gestalt einer Tabelle mit doppeltem Eingabewert, in der die beiden "Narrationen" und die drei "narrativen Typen" sich kreuzen, und in die ich gleich, um Zeit (und Raum) zu sparen, die traditionellen Beispiele eintrage (die von Stanzel, Romberg und Cohn) sowie, in Klammern, jene Ausdrücke, die bei mir in etwa jenen Lintvelts entsprechen:

Typ (Fokal.) / Narration (Beziehung)	Auktorial (Null-Fokal.)	Aktorial (Interne Fokal.)	Neutral (Externe Fokal.)
Heterodiegetisch	A *Tom Jones*	B *The Ambassadors*	C *The Killers*
Homodiegetisch	D *Moby Dick*	E *Hunger*	

In dieser "synthetischen" Tabelle erkennt man leicht die ursprüngliche Triade (die Kästchen A, B, D + E), den Zusatz von Cohn (Kästchen E) und den Zusatz von Lintvelt (Kästchen C), der dem Zusatz von Romberg entspricht. Und man erkennt auch, wie ich hoffe, worauf ich hinauswill: Es gibt in dieser Tabelle ein leeres Kästchen, in dem Platz ist für eine sechste Situation, für die einer neutralen homodiegetischen Narration. Diesen sechsten Typ erwähnt Lintvelt nur, um ihn zurückzuweisen, meint er doch, "daß eine solches theoretisches Konstrukt die realen Möglichkeiten der narrativen Typen überschreiten würde".[8] Solche Enthaltsamkeit mag

---

[6] 1981, Zweiter Teil, "Pour une typologie du discours narratif".
[7] S. 39.
[8] S. 84.

einem wie die Weisheit selber vorkommen, doch ich frage mich, ob nicht vielleicht noch mehr Weisheit (zugegeben ganz anderer Art) in jenem Grundsatz von Borges liegt, wonach "die bloße Möglichkeit eines Buches hinreichend ist für sein Dasein".[9] Übernimmt man diese optimistische Einstellung, sei es auch nur, um sich Mut zu machen, wird das fragliche Buch (Erzählung vom Typ sechs) wohl schon irgendwo in den Regalen der Bibliothek von Babel stehen.

Ich habe es dort also gesucht (diese Bibliothek ist im Winter denn doch leichter zu erreichen als die anfangs erwähnte Pound Library und sehr viel entgegenkommender als unsere Bibliothèque nationale, wenn es darum geht, in den Regalen herumzustöbern) und habe es dort auch gefunden, und das gleich in mehreren Exemplaren. Dazu gehören, neben vielen seiner Kurzgeschichten, etwa die Romane von Hammett in der ersten Person sowie die seiner zahlreichen Nachfolger in der Gattung *"thriller"*. Aber auch, aus demselben Jahr wie *Rote Ernte* (1929), der Monolog von Benjy in *The Sound and the Fury*[10], und später dann (1942), denke ich, *L'étranger* von Camus.

Das ist natürlich schnell gesagt und muß ein wenig nuanciert oder präzisiert werden. Denn immerhin wird diese Einstufung des *Étranger*, die ich im Grunde von Claude-Edmonde Magny übernehme[11], von Lintvelt abgelehnt, der diesen Roman unter Berufung auf die Analysen von B. T. Fitch[12] zum Teil seinem auktorialen, zum Teil seinem aktorialen Typus subsumiert. Und es ist auch nur zu deutlich, daß die behavioristische Position bei Camus so gut wie bei Hammett[13] oder Chandler manchmal kurzzeitig aufgegeben wird, etwa am Ende des ersten Teils, wo Meursault sich - eine Lieblingsstelle der psychologisierenden Camuskritik - ein paar Erläuterungen oder symbolische Interpretationen gestattet. Die zweite Präzisierung läßt sich in Lintvelts eigenen Ausdrücken formulieren, der seine narrativen Typen

---

[9] *Fiktionen*, in: *Gesammelte Werke*, Bd. 3/I, München, Hanser, 1981, S. 152.
[10] Vgl. J. Pier, 1983, Kap. III.
[11] Zu Hammett vgl. *L'âge du roman américain*, S. 50-54; zum *Étranger* und zum Vergleich mit Hammett und Cain, S. 74-76. Man müßte diese Seiten in voller Länge zitieren; um mich an das Wesentliche zu halten: "Die geschickte Filterung bei Camus besteht darin, einen Helden zu präsentieren, der *ich* sagt, obwohl er uns nur das berichtet, was eine dritte Person über ihn sagen könnte [...] Das technische Paradox der Camusschen Narration beruht darauf, daß sie nur scheinbar introspektiv ist [...], ganz so wie bei dem Erzähler von *Rote Ernte*, der seine Handlungen für uns so unparteiisch wie möglich protokolliert [...] Die von *Rote Ernte* erzielte Wirkung ist kaum unterscheidbar von der, wie sie sonst von einer Erzählung in der dritten Person wie *Der Malteser Falke* erzielt wird." Allerdings stützt sie selbst sich hierbei, ohne es zu sagen, auf den 1943 erschienenen Aufsatz von Sartre, "Explication de *L'étranger*", in dem das anonyme Scherzwort: "Ein Kafka, wie ihn Hemingway geschrieben hätte" kolportiert und zum Teil gerechtfertigt wurde. Das hier beschriebene "technische Paradox" ist natürlich das einer externen Fokalisierung in der ersten Person.
[12] Vgl. Lintvelt, S. 84-88. Doch weder Fitch noch Lintvelt erwähnen Magny, deren Position ihnen unbekannt zu sein scheint.
[13] So in *Rote Ernte*: "Viel lieber wäre ich ja nüchtern gewesen, aber ich war's nicht. Wenn in dieser Nacht noch mehr Arbeit auf mich wartete, wollte ich sie wenigstens nicht in Angriff nehmen, während der Alkoholspiegel absackte. Das Schlückchen möbelte mich prächtig auf" (Kap. V). In Kapitel XXI wird sogar ein Traum erzählt. Dennoch bleibt der Ton des Ganzen der eines *hard-boiled* Erzähler-Helden, der sich scheut, über Gefühle zu reden, und dessen Verachtung aller Psychologie ihn im allgemeinen von jeder vertraulichen Mitteilung oder Introspektion abhält - und zwar über das Maß der Gattung hinaus, denn ohnehin muß jeder Krimi die Gedanken des Detektivs zum Teil verbergen. Die Gründe für die Verschwiegenheit von Meursault sind offensichtlich andere - wenn es denn welche gibt.

Eine solche Erzählung müßte natürlich, obgleich sie aus dem Mund des Helden käme[17], diesen wie auch alles übrige vom *point of view* eines (anonymen) äußeren Beobachters aus betrachten, dem nicht nur die Gedanken des Helden unbekannt wären, sondern der zudem auch ein anderes Wahrnehmungsfeld hätte. Eine derartige narrative Einstellung wird im allgemeinen, um nicht zu sagen einhellig, für unvereinbar mit den logisch-semantischen Normen der Erzählrede gehalten. Aus diesem Grund wohl erklärte Barthes, daß ein Satz wie "Beim Klirren des Eiswürfels im Glas schien Bond plötzlich eine Erleuchtung zu kommen" nicht in die erste Person übersetzbar sei.[18] Ein Satz wie "Beim Klirren des Eiswürfels schien *mir* eine Erleuchtung zu kommen" wäre demnach also unmöglich oder, präziser und im Vokabular von Chomsky, "inakzeptabel".[19] Doch es scheint mir, mir sage ich, daß man es mit diesen Unakzeptierbarkeitsdekreten nicht übertreiben sollte. In einem Kolloquium an der Johns Hopkins University im Oktober 1966 hatte Roland Barthes in bezug auf dasselbe Beispiel kategorischer und unvorsichtiger erklärt: "Man *kann* nicht sagen: *"Beim Klirren des Eiswürfels schien mir eine plötzliche Erleuchtung zu kommen"*, und etwas später: "Ich *kann* nicht sagen: *Ich bin tot."* Jacques Derrida wandte sofort ein, daß das Problem der logischen Unmöglichkeit in der Sprache wohl doch etwas komplexer sei und brachte als Beispiel das "Ich bin tot" von Herrn Valdemar aus Edgar A. Poe.[20] Unter dem Gesichtspunkt, der uns hier beschäftigt, war der Einwand vielleicht nicht radikal genug, denn die Frage ist nicht so sehr, *inwiefern (in welchem Sinne)* solche Aussagen "absurd"[21] sind (ein logisches Problem), sondern 1. ob es *möglich* ist oder nicht, absurde Sätze zu äußern (absurd in welchem Sinne auch immer): eine, wenn ich so sagen darf, *literarische* Frage, deren Antwort natürlich positiv ausfällt, wie, unter anderem und gleich zweimal, der Satz von Barthes selber beweist - weshalb der wahrhaft radikale, wenn auch grobschlächtige Einwand der gewesen wäre: "Sie haben es doch soeben gesagt"; und 2. ob solche Aussagen auf die eine oder andere (nicht unbedingt gleich "figürlich" zu nennende) Weise für den Leser oder Hörer akzeptabel sind - trotz oder in gewissem Sinne gerade wegen ihrer derzeitigen Anomalie. Denn was das "Sprachgefühl", das immer einen Satz zu spät kommt, heute ablehnt, könnte es morgen schon unter dem Druck der stilistischen Innovation akzeptieren. Und letztlich - und um zu unserer (bislang noch) inexistenten homodiegetischen Narration mit externer Fokalisierung zurückzukehren - akzeptiert und praktiziert die Umgangssprache ja täglich (an

---

[17] Oder des "Beobachters", im Fall einer "peripheren" Erzählung. Man hätte dann einen Zeitblom, der, während er Leverkühn von außen betrachtet, so erzählt, als würde auch er von außen betrachtet. Nicht einfach, aber das sollte niemanden entmutigen.
[18] 1966, S. 41., dt. S. 127.
[19] Susan Ringler, S. 176. Ich sprach vorsichtiger, S. 137, von "semantischer Inkongruenz".
[20] R. Macksey und E. Donato, 1970, S. 140, 143, 155 f. Barthes berücksichtigte diesen Einwand in seiner Analyse von *Der Fall Valdemar*, die er einige Jahre später vornahm (1973).
[21] Die beiden Beispiele von Barthes sind es offenkundig nicht im selben Sinne: "Ich bin tot" ist, wörtlich genommen, einfach *falsch*, wie jeder Satz, dessen Aussagevorgang dem Ausgesagten widerspricht; er provoziert sofort den Einwand: "Wenn das, was Sie sagen, stimmen würde, könnten Sie es nicht sagen." Der Satz "ich schien ..." ruft eher den Einwand hervor: "Wie können Sie das wissen?" Doch vom narratologischen Gesichtspunkt aus kann der Unterschied vernachlässigt werden: *tot sein* und *scheinen* sind zwei Zustände, die per definitionem nur von außen wahrgenommen werden können. Und was heißt im übrigen tot sein, wenn nicht dies, daß man für jemand anderen (z. B. den, der den Totenschein ausstellt) *tot zu sein scheint?*

Gelegenheiten dazu fehlt es wahrlich nicht) Sätze wie "Ich sah aus wie ein Idiot." Es wäre also, wie mir scheint, bloß Vermessenheit gegenüber der Zukunft, wollte man diese Form von den "realen Möglichkeiten der narrativen Typen"[22] ausscheiden. Bei Cézanne, Debussy und Joyce gibt es viel, was Ingres, Berlioz und Flaubert noch zweifellos für "inakzeptabel" erklärt hätten - und so weiter. Niemand weiß, wo die realen oder theoretischen "Möglichkeiten" von was auch immer aufhören. Man sollte also, scheint mir, für den Fall, der uns hier interessiert, ein Kästchen "vorsehen", d. h. freihalten, auch wenn L'étranger es fürs erste nur provisorisch und mit einem Fragezeichen versehen ausfüllt. Der freundliche Leser möge, wenn es soweit ist, selbst den Titel nachtragen.

Damit sind wir also von den drei "typischen Erzählsituationen" aus Stanzel 1955 zu sechs Typen gelangt, die sicher unterschiedlich stark vertreten sind, aber alle irgendeiner Kombination in einer Tabelle "narrativer Möglichkeiten" entsprechen, die fürs erste nur zwei Kategorien umfaßt, die der "Person" und die der Perspektive.

Man könnte sich eine komplexere Tabelle vorstellen, die die narrative Ebene berücksichtigte, die temporale Position (spätere, frühere oder gleichzeitige Narration), wenn es denn sein muß die "Distanz", und noch weitere Parameter der Ordnung, Geschwindigkeit oder Frequenz. In diesem Stadium angelangt, könnte die Tabelle natürlich nicht mehr ganze Werke erfassen (streng genommen kann das keine), sondern nur dieses oder jenes - mitunter sehr kurze - Segment, denn nur die *Beziehung* ("Person") bleibt eine ganze Erzählung über einigermaßen konstant. Es würde überdies sehr schwierig, eine solche Tabelle auf einer Buchseite darzustellen. Ich begnüge mich hier also damit, nur um ein Beispiel zu geben und indem ich die Möglichkeiten des zweidimensionalen Raums so gut es geht ausnutze, in einer einzigen Tabelle die drei Parameter der Fokalisierung, der Beziehung und der Ebene zu kombinieren.

Ebene → Beziehung ↓	Extradiegetisch			Intradiegetisch		
Fokalisierung →	0	Intern	Extern	0	Intern	Extern
Heterodiegetisch	*Tom Jones*	*The Portrait of the Artist*	*The Killers*	*Der törichte Vorwitz*	*L' ambitieux par amour*	
Homodiegetisch	*Gil Blas*	*Hunger*	*L' étranger?*		*Manon Lescaut*	

Ich behalte die traditionellen Beispiele bei, benutze aber wieder meine eigene Terminologie. Die linke Hälfte ist mit der vorigen Tabelle identisch, nur daß der

---

[22] Gerald Prince, 1982 a, S. 183, gibt folgendes Beispiel für einen bislang noch nicht realisierten narrativen Typ, der vielleicht auch nie realisiert werden wird: "ein Roman in der dritten Person, in Tagebuchform, geschrieben im Futur und die Ereignisse nicht in chronologischer Reihenfolge wiedergebend". Das nenne ich eine Herausforderung, und wenn ich nur die Zeit hätte ...

Étranger jetzt, versehen mit dem nötigen Fragezeichen, seinen Platz darin einnimmt. Die rechte Hälfte greift dieselben sechs Typen wieder auf, nur diesmal im Rahmen einer intradiegetischen Narration und somit einer metadiegetischen Erzählung. Ich gebe drei recht typische Beispiele und lasse drei Kästchen leer, teils aus Faulheit, teils um dem Scharfsinn des Lesers Ehre zu erweisen: Es sollte nicht allzu schwer sein, einen Fall von nicht (oder kaum) fokalisierter homo-metadiegetischer Erzählung zu finden; problematischer dürfte es bei der rechten Spalte werden, denn hier müßte man zwei - bis heute jedenfalls - historisch kaum zu vereinbarende narrative Einstellungen miteinander kombinieren: die metadiegetische Erzählung, die - von der *Odyssee* bis zu *Lord Jim* - ein Merkmal des "Klassischen" (oder besser: "Barocken") ist, und die externe Fokalisierung, die - von Hemingway bis Robbe-Grillet - die "Moderne" kennzeichnet. Doch man darf vielleicht auf die synkretistischen Fähigkeiten - böse Zungen würden sagen, den Eklektizismus - der "postmodernen" Erzählkunst vertrauen, für die diese Spalte wie geschaffen ist; sie sollte sie so rasch wie möglich ausfüllen, solange sie noch die Kraft dazu hat.

Man wird, hoffe ich, diesen Vorschlag nicht allzu wörtlich nehmen. Das Wesentliche liegt für mich nicht in dieser oder jener tatsächlichen Kombination, sondern im kombinatorischen Prinzip selbst, dessen Hauptverdienst darin besteht, die verschiedenen Kategorien in eine freie und keinem Apriori unterworfene Beziehung zu setzen: also weder einseitige *Determination* (im Hjelmslevschen Sinne: "diese Wahl der Stimme führt zu jener Position beim Modus usw.") noch *Interdependenz* ("diese Wahl der Stimme und diese Wahl des Modus bedingen sich wechselseitig"), sondern bloße *Konstellationen,* in denen *a priori* jeder Parameter mit jedem anderen zusammentreten kann - wobei es dem Poetologen überlassen bleibt, hier und da Wahlverwandtschaften [affinités (s)électives] ausfindig zu machen und auf die mehr oder weniger großen technischen oder historischen Vereinbarkeiten hinzuweisen, ohne deshalb gleich definitive Unvereinbarkeiten zu proklamieren: Natur und Kultur bringen täglich Tausende von "Ungeheuern" hervor, die sich bester Gesundheit erfreuen.

18. Der narrative Adressat

Etwas rasch habe ich die *Funktionen des Erzählers* abgehandelt (S. 183-186). Indem ich aber unterschied zwischen einer *narrativen* Funktion, die nach aller Logik bereits in dem, was vorausging, untersucht worden war, sowie vier *extra-narrativen* Funktionen, die, ebenfalls nach aller Logik, in einer Arbeit über den narrativen Diskurs nichts zu suchen haben, war und bleibe ich davon dispensiert, mehr dazu zu sagen (die Logik hat doch wirklich ihr Gutes).

Dennoch zwei ergänzende Bemerkungen, um noch einmal klarzustellen, was sich im übrigen von selbst versteht. Die extra-narrativen Funktionen treten stärker im "narratorialen" oder, wie wir ihn nennen würden, nicht-fokalisierten Typ auf: eine strenge Fokalisierung, ob intern wie in *The Portrait of the Artist* oder extern wie bei Hemingway schließt im Prinzip jede Einmischung des Erzählers aus, der sich darauf beschränkt, zu erzählen, ja sogar so tut, um die alte Formel aufzugreifen, als erzählte die Geschichte sich selber; der kommentierende Diskurs ist eher das Privileg des "allwissenden" Erzählers. Die sogenannte "testimoniale" Funktion kommt, aus evidenten Gründen, eigentlich nur in der homodiegetischen Narration vor - deren Variante "Beobachter-Ich" [je-témoin], wie der Name schon sagt, sogar eine einzige große Bezeugung ist: "Ich war dabei, die Dinge haben sich so und so abgespielt." Doch vielleicht sollte man auch jene Fiktionstypen berücksichtigen, deren Erzähler als Chronist oder Historiker auftritt, d. h. als retrospektiver Zeuge, wie in *Die Brüder Karamasow* oder in der primären Erzählung von *Un roi sans divertissement:* hier muß der Erzähler, wie jeder gute Historiker, zumindest die Zuverlässigkeit seiner Quellen oder Gewährsleute nachweisen: "Ich war nicht dabei, aber folgendes hat sich vor einem Jahrhundert bei uns im Dorf abgespielt, und die mündliche Überlieferung sagt ..."[1]

Der sicherlich zu kurze Abschnitt über den narrativen Adressaten [narrataire] wurde schon bald sehr schön ergänzt durch den Aufsatz von Gerald Prince "Introduction à l'étude du narrataire", den ich am liebsten so wie er ist annektieren würde, von drei Vorbehalten abgesehen. Der erste Vorbehalt ist der, daß es sich tatsächlich nur um eine Einleitung handelt, die selbst recht knapp und manchmal etwas ungeordnet ist. Der zweite ist der, daß die notwendige Trennung zwischen narrativem Adressaten und Leser zu sehr auf die leichte Schulter genommen wird, da nicht klar unterschieden wird zwischen intradiegetischen Adressaten (wie M. de Renoncourt in *Manon Lescaut*[2]) und extradiegetischen (wie dem von *Le père Go-*

---

[1] S. Suleiman, 1983, S. 197, macht den sehr vernünftigen Vorschlag, "ideologische Funktion" durch das neutralere *interpretative Funktion* zu ersetzen.
[2] Der doppelte Status von Renoncourt (und vieler anderer desselben Typs) scheint nicht jedem deutlich zu sein; und doch ist es so einfach: Renoncourt ist *intradiegetisch als narrativer Adressat [narrataire]* von des Grieux und *extradiegetisch als Erzähler [narrateur]* (fiktiver Autor) der primären Erzählung von *Manon Lescaut*. Und beides kann er nur sein, weil er ein *homodiegetischer* Erzähler ist, d. h. als Figur (unter ande-

riot). Denn der extradiegetische Adressat ist nicht, wie der intradiegetische, eine "Zwischenstation" zwischen dem Erzähler und dem virtuellen Leser: er ist mit dem virtuellen Leser (mit dem der reale Leser sich identifizieren kann oder auch nicht) absolut eins. Mit anderen Worten, was der Erzähler zu seinem extradiegetischen Adressaten sagt, kann der reale Leser unmittelbar *auf sich beziehen,* während er sich (in diesem Sinne) nie mit dem intradiegetischen Adressaten identifizieren kann, der letztlich nur eine *Figur* wie die anderen auch ist. Wenn des Grieux zu Renoncour sagt: "Sie haben es in Pacy selbst miterlebt. Ihre Begegnung war ein glücklicher und befreiender Augenblick für mich, den mir das Schicksal gewährte, usw.", so fühle ich, der "reale" Leser, mich dadurch nicht angesprochen: des Grieux spricht mit Renoncourt (und das aus gutem Grund) wie eine Figur zu einer anderen, die diese Worte völlig zu Recht allein auf sich bezieht, da sie nur an sie gerichtet sein können.[3] Doch wenn der Erzähler des *Père Goriot* schreibt: "Sie, die Sie dieses Buch in Ihren sauberen Händen halten, gemütlich in einem weichen Sessel sitzen und sich sagen: Vielleicht ganz interessant", darf ich durchaus (mental) einwenden, daß meine Hände so sauber nicht sind oder mein Sessel nicht so weich, was bedeutet, daß ich diese Worte völlig zu Recht auf mich beziehe. Und wenn Tristram mich bittet, ihm zu helfen, Mr. Shandy in sein Bett zu tragen, besteht diese Metalepse genau darin, einen extradiegetischen narrativen Adresaten so zu behandeln, als wäre er intradiegetisch. So wichtig und richtig also die prinzipielle Unterscheidung von narrativen Adressaten und Leser ist, so sehr muß man auch Fälle einer Synkrese berücksichtigen.[4] Entsprechend ist natürlich der extradiegetische Erzähler völlig eins mit dem Autor - und zwar nicht, wie allzuoft gesagt wird, mit einem "impliziten", sondern durchaus mit einem expliziten und genannten. Was nun allerdings nicht heißt, mit einem "realen"; sondern mal (selten) mit einem realen wie, sagen wir, dem Giono von *Noé,* erkennbar an seinem "aus einer knallroten Pferdedecke geschneiderten" Hausmantel und anderen autobiographischen Details; mal mit einem fiktiven (Robinson Crusoe); mal mit einem merkwürdigen Zwitter aus beiden, wie dem Erzähler-Autor von *Tom Jones,* der nicht Fielding "ist", aber trotzdem ein oder zweimal seine verstorbene Charlotte beweint. Aber ich will nicht dem nächsten Kapitel vorgreifen, das dieser heiklen Frage schonungslos auf den Leib rücken bzw. ihr elegant ausweichen wird.

Mein letzter Vorbehalt betrifft eine andere Synkrese, die von Prince nicht behandelt wurde, obwohl sie es dem narrativen Adressaten erlaubt, eine neue Rolle zu

---

rem als narrativer Adressat) in der von ihm erzählten Erzählung vorkommt. Jeder extra-homodiegetische Erzähler ist intradiegetisch als Figur und extradiegetisch als Erzähler. Klar?

[3] Das gilt natürlich nicht für alles, was des Grieux zu Renoncourt sagt. Wenn diesem versprochen wird: "Sie werden Tiberge im Verlauf meiner Geschichte noch kennenlernen", können wir zusammen mit ihm gespannt sein und warten. Nach dem Prinzip *wer mehr kann, kann auch weniger,* kann beim intradiegetischen Adressaten die starke Rolle eines aktiven Zuhörers (er begegnet des Grieux) mit der schwächeren (nämlich unseren) Rolle eines passiven Zuhörers einhergehen, weil auch ihm die Geschichte, die erzählt wird, unbekannt ist (er kennt Tiberge nicht).

[4] Bedeutsam in dieser Hinsicht ist, daß Prince in einem anderen Aufsatz, der, wenn man so sagen darf, dem "Leser" gewidmet ist (1980), implizit darauf verzichtet, ihn vom narrativen Adressaten (vom extradiegetischen natürlich) zu unterscheiden. Die Überarbeitung des Aufsatzes von 1973 in dem Buch 1982 b, S. 16-26, betont etwas deutlicher den Unterschied zwischen den (intradiegetischen) "Adressaten, die als Figuren vorkommen", und den übrigen narrativen Adressaten, zieht aber nicht alle Konsequenzen daraus.

spielen: die Identität *von Adressat und Held,* d. h. die Situation einer "Narration in der zweiten Person", wie sie für gewisse forensische oder akademische Erzählungen charakteristisch ist und natürlich (?) für literarische Werke wie *La modification* ("Sie") oder *Un homme qui dort* ("Du"), die mir durch diese Formel vollständig definiert zu sein scheinen. Dieser seltene, aber sehr einfache Fall ist eine Variante der heterodiegetischen Narration - immerhin ein Beweis dafür, daß dieser Begriff einen weiteren Umfang hat als der einer "Erzählung in der dritten Person". Heterodiegetisch ist per definitionem jede Narration, die - ob wirklich oder nur gespielt - nicht in der ersten Person steht.[5] Doch außer dem *Ich* gibt es eben nicht nur das *Er/Sie,* sondern auch das *Du/Sie,* wobei man im übrigen nicht nur die Personen im Singular berücksichtigen sollte. Es gibt ja auch, immer noch heterodiegetisch, Erzählungen in der zweiten und dritten Person Plural. Wie es auch Erzählungen in der ersten Person Plural gibt, deren Fall scheinbar komplexer gelagert ist, gilt doch *wir = ich + er* oder *ich + du* (usw.), d. h. *ego + aliquis.* Dem ist aber keineswegs so, da eine Erzählung bereits dann homodiegetisch ist, wenn *ego* in ihr als Figur vorkommt. Käme es ganz allein darin vor, läge die Extremform einer absolut autodiegetischen Erzählung vor. Crusoe vielleicht, der zu Freitag spricht? Thoreau in Walden? Wohl kaum. Das Tier in Kafkas *Bau?* Nicht ganz. Malone? Auch noch nicht ...

---

[5] Was folglich den von Lejeune, 1980, S. 36, erwähnten Fall einer "Autobiographie in der zweiten Person" mit einschließt, der sehr schön, wenngleich in Versen, von Apollinaires *Zone* illustriert wird. Da er mit den Mitteln einer, wie Lejeune sagt, sehr alltäglichen "Sprechsituation" arbeitet (denen des inneren Dialogs), scheint dieser autobio-heterodiegetische Erzähltyp weniger stark figural oder fiktiv zu sein als sein Gegenstück in der dritten Person. Tatsächlich aber ist er komplexer, weil er den narrativen Adressaten in sein Spiel mit einbezieht: die Figur *ist* der Adressat, sie *ist nicht* der Erzähler, und wieder einmal weiß man nicht genau, auf welcher Seite der Autor sich ansiedelt, bzw. weiß oder ahnt natürlich, daß er da wie dort ist.

19. Implizierter Autor, implizierter Leser?

Bleiben noch zwei oder drei Lücken zu füllen bzw. zu rechtfertigen, die mir hier und da angekreidet wurden, insbesondere von Shlomith Rimmon. Ich sage bewußt zwei oder drei, denn eine der drei bestand im Fehlen einer Korrelation zwischen dem, was Rimmon die "verschiedenen Aspekte der Erzählung" nennt (Zeit, Modus, Stimme), und diesen Mißstand habe ich vorhin halbwegs behoben. Eine andere Lücke soll den Begriff der *Figur* als solchen betreffen, und Rimmon führt sie darauf zurück, daß ich mich ausschließlich um die Handlung als wesentlichen Gegenstand der Erzählung gekümmert habe - so daß die Figuren, nach alter Aristotelischer Lehre, nur noch als *Träger* der Handlung in den Blick rücken. Daran ist sicherlich viel Wahres, denn eine Figur, die nicht in eine Handlung verwickelt ist, hat in einer Erzählung wenig zu suchen (sondern gehört ins Porträt, in die Charakterschilderung usw.); hinzufügen möchte ich aber, daß sich, radikaler noch und wie (einmal mehr) sein Titel sagt und die Einleitung ausdrücklich betont, der *Diskurs der Erzählung* auf den narrativen *Diskurs,* die Erzähl*rede* bezieht und nicht auf die *Gegenstände* der Erzählung. Die Figur jedoch gehört eindeutig zu dieser letzteren Kategorie, selbst wenn sie in der Fiktion natürlich nur ein *Pseudo-Gegenstand* ist, wie alle Fiktionsgegenstände vollständig konstituiert durch den Diskurs, der vorgibt, sie zu beschreiben und von ihren Handlungen, Gedanken und Reden [paroles] zu berichten. Sicher ein Grund mehr, sich stärker für den konstituierenden Diskurs als für den konstituierten Gegenstand zu interessieren, dieses "Wesen ohne Fleisch und Blut", das hier (anders als beim Historiker oder Biographen) nur ein Effekt des Textes ist.[1] Übrigens kommt Shlomith Rimmon selbst[2] mehr oder minder ungewollt, nachdem sie der Figur als Gegenstand ein eher zögerlich-fragendes Kapitel gewidmet hat ("Story: characters"), später - und diesmal sehr viel bestimmter - unter dem Gesichtspunkt des Diskurses auf sie zurück ("Text: characterisation"). Die *Charakterisierung* ist ganz offensichtlich die Technik der Figurenkonstitution durch den narrativen Text. Ihre Untersuchung scheint mir die weitestgehende Konzession zu sein, die eine Narratologie im strengen Sinne hinsichtlich der Figur als solcher machen kann. Doch ich bedaure nicht, sie verpönt zu haben, bzw. von meiner Warte aus gar nicht an sie gedacht zu haben, weil sie mir einer Sache, die nur ein "Effekt" unter anderen ist, *zuviel* zu konzedieren scheint, wenn sie ihr das Privileg zugesteht, die Analyse des narrativen Diskurses zu gliedern und dadurch zu bestimmen. Ich halte es für zwar nur relativ, aber doch entschieden besser (für "narratologischer"), die Untersuchung der "Charakterisierung" in die ihrer Bestandteile oder konstitutiven Mittel aufzulösen (die aber nicht unbedingt nur von ihr verwendet werden): namentliche Nennung, Deskription, Fokalisierung, Erzählung von Worten und/oder von Gedanken, Beziehung zur narrativen Instanz usw.

---

[1] Vgl. Hamon, 1977 und 1983.
[2] 1983.

Die dritte "Lücke" macht etwas längere Ausführungen nötig. Am besten dürfte es sein, zunächst Shlomith Rimmon ungekürzt zu zitieren: "Das (wieder einmal stillschweigende) Übergehen des 'implizierten Autors' *(implied author)* scheint mir sowohl an sich ärgerlich zu sein als auch vor allem wegen der teilweise falschen Symmetrie zwischen Erzähler und narrativem Adressaten, die daraus resultiert. Falsch nämlich ist diese Symmetrie im extradiegetischen Fall. Der extradiegetische Erzähler ist eine Stimme im Text, während der extradiegetische Adressat ein implizierter Leser ist und insofern kein Element des Textes, sondern ein mentales Konstrukt, das auf dem Text im ganzen basiert. In Wahrheit enspricht diesem implizierten Leser der implizierte Autor, der ebenfalls ein mentales Konstrukt ist, das auf dem Text im ganzen basiert, und der streng zu unterscheiden ist vom realen Autor, den Genette zu Recht von seiner Untersuchung ausschließt. Ohne den implizierten Autor aber wird es schwierig, die 'Normen' des Textes zu analysieren, vor allem dann, wenn es andere sind als die des Erzählers."[3]

Diese Bemerkung ist, wie man sieht, nicht "leer dahingesprochen": Die Begriffe sind höchst präzis, und es fehlt nicht am Tüpfelchen auf dem i. Eine bequeme Antwort bestände natürlich darin, nicht nur den realen, sondern auch den "implizierten" Autor vom narratologischen Feld auszuschließen oder genauer gesagt das Problem (denn für mich ist es eins) seiner Existenz. Eine bequeme und gerechtfertigte Antwort, denn meines Erachtens muß die Narratologie nicht über die narrative Instanz hinausgehen, und die Instanzen des *implied author* und des *implied reader* liegen nun einmal jenseits von ihr. Aber wenn diese Frage für mich auch nicht ins Ressort der Narratologie fällt (sie betrifft übrigens nicht nur die Erzählung, und Rimmon spricht hier zu Recht vom *Text* im allgemeinen), so fällt sie doch offenkundig ins größere Ressort der Poetik, und vielleicht sollten wir sie abschließend an dieser Grenze, an die wir hier gelangt sind, doch noch ins Auge fassen. Zu diesem Zweck aber muß man versuchen, die ziemlich stark verschlungenen Fäden zu entwirren, und ich bitte im voraus um Nachsicht für diese undankbare Übung.

Zunächst sei ein Punkt betont, in dem Rimmon und ich uns einig sind, nämlich der, daß der intradiegetische Erzähler und der intradiegetische Adressat nicht unter diese Problematik fallen: Es besteht keine Gefahr, daß des Grieux und sein intradiegetischer Adressat Renoncour irgendwie mit den Instanzen des (implizierten) Autors oder Lesers interferieren, von denen sie durch zwei andere Instanzen getrennt sind, durch den extradiegetischen Erzähler Renoncourt und dessen extradiegetischen Adressaten; sie leben abgeschottet in ihrer diegetischen Sprechblase, lassen wir sie also dort. Die falsche Symmetrie besteht nach Rimmon darin, den Status des extradiegetischen Erzählers mit dem des extradiegetischen Adressaten zu parallelisieren, wo es sich doch vielmehr so verhalte, daß letzterer zwar mit dem "implizierten" Leser eins ist (den ich lieber *virtuellen* Leser nenne, aber wenigstens diese beide werden doch, wie ich hoffe, ein und derselbe sein), ersterer aber keineswegs mit dem implizierten Autor, was sich durch folgendes Schema darstellen läßt:

---

[3] 1976 a, S. 58. Ohne an die Implikationen des Ausdrucks zu denken, habe ich übrigens doch an einer Stelle (S. 157) vom "impliziten Autor" gesprochen, allerdings nur, um ihn sofort mit einem realen Autor (Saint-Amant) zu identifizieren.

nach Maßgabe dessen definiert, was er die "psychisch-perzeptive" Ebene nennt. Für dieses Pärchen dürfte es ein Gewinn sein, wenn man es hier trennt in eine perzeptive und eine psychische Ebene (diese naive Unterscheidung wird die Philosophen amüsieren, aber jeder soll seinen Spaß haben). Der narrative Modus des *Étranger* ist dann auf der "psychischen" Ebene "objektiv", da der Erzähler-Held seine (etwaigen) Gedanken für sich behält; er ist es jedoch nicht auf der perzeptiven Ebene, denn man kann nicht sagen, daß Meursault "von außen" gesehen wird, im Gegenteil, die Außenwelt und die anderen Figuren kommen nur insoweit vor, als sie von ihm wahrgenommen werden. Ähnlich verhält es sich, nur noch etwas strenger durchgehalten, in *The Sound and the Fury*: "Sie hielten mich fest. Es war heiß auf meinem Kinn und auf meinem Hemd. 'Trink!' sagte Quentin. Sie hielten mir den Kopf fest. Es wurde mir heiß im Leib, und ich fing wieder an. Jetzt war es Weinen, und ich weinte noch mehr, und sie hielten mich fest, bis es vorbei war. Dann war ich still. Es ging noch rundherum, und dann fingen die Gestalten an [...]"[14] So gesehen ist der Modus von *Rote Ernte*, von *The Sound and the Fury* und von *L'étranger* natürlich eher der einer internen Fokalisierung, und die passendste Formel wäre vielleicht etwas wie "interne Fokalisierung mit fast totaler[15] Paralipse der Gedanken". Sehr passend, aber doch recht unhandlich - wie eine Beschreibung von *F-Dur* der Art: "*C-Dur*, aber immer mit einem b statt des h." Unhandlich und vor allem tendenziös, denn sie geht willkürlich davon aus, daß Meursault etwas denkt. Die umgekehrte Annahme indes, die alles vereinfachen würde (es ist in etwa die von Sartre, dem zufolge wir alles sehen, was diese Glasscheibe sieht, die Meursaults Bewußtsein ist, "nur daß diese so konstruiert wurde, daß sie die Dinge hindurchläßt, nicht aber die Bedeutungen"[16]), scheint mir ebenso willkürlich zu sein. Verzichten wir also auf jede Interpretation und überlassen wir diese Erzählung ihrer Unentschiedenheit, die sich am besten in die Formel fassen läßt: "Meursault erzählt, was er tut, und beschreibt, was er wahrnimmt, aber er sagt nicht (nicht: *was er darüber denkt*, sondern:) *ob er etwas darüber denkt.*" Diese Erzählsituation - oder hier besser: narrative *Einstellung* - scheint fürs erste am besten, jedenfalls nicht am schlechtesten, einer "neutralen" homodiegetischen Narration zu entsprechen, d. h. einer mit externer Fokalisierung. Ich sage bewußt "fürs erste", d. h. im Bereich der zur Zeit existierenden Literatur (soweit mir diese bekannt ist). Das aber ist nur eine faktische Gegegebenheit, die die höhere oder "theoretischere" Frage unbeantwortet läßt: Ist eine homodiegetische Narration mit externer Fokalisierung *möglich?*

---

[14] Benjy *nimmt* zwar *wahr*, daß es erst an, dann in seinem Körper heiß wird, aber er kann nicht "denken" (deuten), daß man ihn zwingt, zu trinken. Diese narrative Position ist bekanntlich durch den Umstand motiviert, daß hier ein "Idiot" erzählt. Doch Hammetts Held ist gewiß kein Idiot, und in seinem Fall ist das implizite Motiv, an das ich erinnert habe, ein ganz anderes. Wo zwischen den beiden hat man Meursault anzusiedeln?
[15] Im Gegensatz zu *Roger Ackroyd*, wo sie (bei aller Wichtigkeit) sehr partiell ist.
[16] *Situations I*, S. 115. Doch Sartres Formulierung bleibt zweideutig, denn sie sagt nicht, auf welcher Seite der Scheibe Meursault steht - oder, um die Metapher zu verlassen, ob die Undurchlässigkeit seines "Bewußtseins" für Bedeutungen darin besteht, daß er sie nicht rezipiert, oder darin, daß er sie nicht weitergibt.

Extradiegetischer Erzähler	→	Extradiegetischer Adressat
≠ implizierter Autor		= implizierter Leser

Mithin ein zweiter Punkt, in dem wir uns einig sind: Der extradiegetische Adressat ist eins mit dem implizierten oder virtuellen Leser. Damit haben wir zur großen Freude von Ockham eine Entität (eine Instanz) weniger, und solche kleinen Ersparnisse sind in der heutigen Zeit nicht zu verachten. Die Debatte betrifft also ausschließlich die Unterscheidung - die Shlomith Rimmon vornimmt und die ich nicht vorgenommen habe - zwischen extradiegetischem Erzähler und impliziertem Autor. (Eine kleinere Unstimmigkeit betrifft vielleicht Rimmons Auffassung von der Verankerung des extradiegetischen Adressaten im Text: er sei "ein mentales Konstrukt, das auf dem Text im ganzen basiert"; mir scheint es mindestens ebensosehr auf einem Netz punktueller und lokalisierter Indizien zu basieren, wofür Prince einige sehr schöne Beispiele gegeben hat. Sicher handelt es sich nicht, wie beim Erzähler, um eine *Stimme,* wohl aber um ein Ohr, das manchmal mit großer Liebe und Genauigkeit skizziert wird.)

Dieser Begriff, ich erinnere daran, wurde 1961 von Wayne Booth in die Debatte geworfen, in der englischen Form *implied author,* was wir im Französischen zu Unrecht mit "auteur implicite" wiedergegeben haben, da das Adjektiv die Tendenz hat, etwas zu fixieren und zu hypostasieren, was im Englischen nur ein Partizip war.[4] Bei Booth ist dieser in Opposition zum Begriff des realen Autors gebildete Begriff weitgehend mit dem des Erzählers identisch, und an einer Stelle gebraucht Booth sogar den Ausdruck "implizierter Erzähler" als Synonym.[5] Zu einer Zeit, da die Trennung von (realem) Autor und Erzähler [narrateur] noch nicht sonderlich geläufig war, diente der *implied author* dazu, ihre Differenz kenntlich zu machen, also etwa dazu, von Henry Fielding die verschiedenen Erzähler [énonciateurs] von *Tom Jones, Joseph Andrews* oder *Amelia* zu unterscheiden. Im wesentlichen ergab dies für jede Erzählung *zwei* Instanzen: den realen Autor und den implizierten Autor, d. h. das Bild dieses Autors, wie es sich (vom Leser natürlich) auf der Basis des Textes konstruieren ließ. Seither hat man den Akzent mehr und mehr auf die Aktivität des Erzählers gelegt, und wenn man an der Instanz des implizierten Autors festhält, kommt man auf *drei* Instanzen - woraus jenes "komplette" Schema resultiert, das man in verschiedenen Varianten bei Chatman, Bronzwaer, Schmid, Lintvelt und Hoek findet:

[Realer Aut. [impl. Aut. [Erzähler [Erzählung] Adressat] impl. Leser] realer Leser]

Schon eine Menge Leute für eine einzige Erzählung. Ockham steh mir bei!

Die Frage ist also - um hier nur die linke Seite des Schemas zu betrachten - folgende: Ist der *implizierte Autor* eine notwendige und (folglich) rechtsgültige Instanz zwischen dem Erzähler und dem realen Autor?

---

[4] Wahr ist allerdings, daß Booth selbst ein- oder zweimal von einem *implicit author* spricht.
[5] 1952, S. 164.

Als faktische Instanz offenkundig nicht: Eine Fiktionserzählung wird fiktiv von ihrem Erzähler produziert und faktisch von ihrem (realen) Autor; zwischen ihnen wird kein Dritter aktiv, und jegliche textuelle Performanz kann nur dem einen oder dem anderen zugeschrieben werden, je nachdem, welche Ebene man wählt. Der Stil von *Joseph und seine Brüder* zum Beispiel kann nur (fiktiv) dem himmlischen Erzähler zugeschrieben werden, der von Natur aus diese pseudo-biblische Sprache sprechen soll, oder aber Thomas Mann, dem Schriftsteller deutscher Zunge, Nobelpreisträger usw., der ihn so sprechen läßt. Der Stil des *Étranger* ist in der Fiktion die Art, wie Meursault sich ausdrückt, in Wirklichkeit die Art, wie ihn ein Autor sich ausdrücken läßt, den von Albert Camus, Schriftsteller französischer Zunge usw., zu unterscheiden, man keinerlei Recht oder Anlaß hat. Es gibt hier keinen Raum für die Aktivität eines Dritten, keinen Grund, den realen Autor von seinen faktischen Verantwortlichkeiten zu entlasten (solchen ideologischer, stilistischer, technischer oder sonstiger Natur) - es sei denn, man riskiert den schweren Sturz vom Formalismus in den Angelismus.

Nur als ideale Instanz ist der implizierte Autor demnach denkbar, und sowohl sein Erfinder Wayne Booth als auch eine Kritikerin von ihm wie Mieke Bal[6] definieren ihn denn auch als ein *Bild* des (realen) Autors, das der Text konstruiert und der Leser als solches wahrnimmt. Die Funktion dieses Bildes scheint im wesentlichen ideologischer Natur zu sein: für Shlomith Rimmon, wir sahen es, erlaubt (nur) dieses Bild eine Analyse der "Normen" des Textes; und für Mieke Bal war der "Begriff [des implizierten Autors] deshalb so populär, weil er etwas versprach, was er [M. Bal] zufolge nicht einlösen konnte, nämlich eine vom realen Autor unabhängige Instanz für die Ideologie des Textes zu liefern. Diese hätte es erlaubt, einen Text zu verurteilen, ohne seinen Autor zu verurteilen und umgekehrt - ein sehr verführerischer Gedanke für die Linke der sechziger Jahre".[7]

Wir kommen auf diesen Aspekt der Frage noch zurück. Zunächst schlage ich vor, die Definition des implizierten Autors als Bild des Autors im Text zu akzeptieren. Sie scheint mir meiner eigenen Lektüreerfahrung zu entsprechen: Wenn ich zum Beispiel *Joseph und seine Brüder* lese, so vernehme ich eine Stimme, die des fiktiven Erzählers, und etwas (aber was?) sagt mir, daß diese Stimme nicht die von Thomas Mann ist; ich konstruiere also - auch wenn ich kaum über extratextuelle Anhaltspunkte verfüge - hinter dem expliziten Bild dieses naiven und gottesfürchtigen Erzählers so gut es geht das von dieser Fiktion implizierte Bild des Autors, von dem ich *a contrario* annehme, daß er "durchtrieben" und "freidenkerisch" ist. Es ist dies ein induzierter Autor, wie ich ihn aus seinem Text erschließe, ein Bild des Autors, das mir dessen Text suggeriert.

Nach aller Logik (sie wieder) hat ein Bild nur dann andere Merkmale als sein Vorbild, verdient also nur dann eigens erwähnt zu werden, wenn es untreu, d. h.

---

[6] Booth: "An implicit *picture* of the author who stands behind the scenes", *Distance and point of view*, S. 64; Bal: "The implied author [...] is the *image* of the overall subject", 1981 b, S. 209. In diesem Aufsatz behauptet Mieke Bal gegen Bronzwaer, und nicht ohne Grund, daß der Begriff des implizierten Autors unvereinbar ist mit dem von mir vertretenen Typ von Narratologie, insbesondere mit dem Gegensatz intra/extradiegetisch.
[7] 1981 a, S. 42. Man achte nebenbei darauf, daß eine ideologische Analyse im wesentlichen darin zu bestehen scheint, einen Text zu "verurteilen".

unrichtig ist. Die Berichtigung des Bildes "implizierter Autor" kann (nur) von zwei Faktoren abhängen, die mit dessen Produktion oder Rezeption zusammenhängen. (Ich werde sehr schematisch vorgehen.) Der eine Faktor ist die Kompetenz des Lesers. Es versteht sich von selbst, daß ein imkompetenter oder stumpfsinniger Leser auf der Basis des Textes ein höchst untreues Bild des Autors konstruieren kann: er kann etwa meinen, daß Albert Camus ein verstörter und unartikuliert denkender Mensch gewesen sein muß oder daß Daniel Defoe achtundzwanzig Jahre auf einer einsamen Insel verbracht hat.[8] Um solche individuellen Fehldeutungen auszuschließen, müssen wir beim Leser also aus methodischen Erwägungen eine perfekte Kompetenz voraussetzen. Was - Keine Angst! - nicht unbedingt heißt, daß er einen übermenschlichen Verstand haben muß, sondern nur, daß er über ein Minimum an Scharfsinn verfügt und die fraglichen Codes, zu denen natürlich auch die Sprache als solche gehört, einigermaßen beherrscht. *Einigermaßen* aber bedeutet, denke ich, zumindest in dem Maße, wie der Autor dies für seine Zwecke (einen klassischen Kriminalroman zum Beispiel) voraussetzt.

Der andere Faktor, der jetzt, wo die Kompetenz des Lesers "methodisch" gewährleistet ist, als einziger übrigbleibt, ist die Performanz des (realen) Autors, und unsere Frage läßt sich also so formulieren: Wie kann ein Autor - in seinem Text - ein untreues Bild seiner selbst produzieren?

Die Verfechter des implizierten Autors weisen selber darauf hin, daß es hier zwei Möglichkeiten gibt. Die erste Hypothese ist die einer *unwillentlichen Offenbarung einer unbewußten Persönlichkeit* (im Sinne einer "Psychopathologie des literarischen Lebens"). Zwei Beispiele werden zur Illustration herangezogen[9] : Das eine ist das Selbstzeugnis von Proust, der bekanntlich erklärt hat: "Ein Buch ist das Produkt eines *anderen Ich* [eines *"second self"*, würde Booth sagen] als desjenigen, das wir in unseren Gewohnheiten, in der Gesellschaft, in unserem Leben offenbaren [...]" Das andere ist die berühmte "marxistische" Analyse (die Zola bereits 1870 antizipiert hatte), wonach Balzac - ohne es zu wollen - in der *Comédie humaine* ganz andere politische und gesellschaftliche Ansichten zum Ausdruck gebracht habe als die, die er im Leben vertrat. Hier, zitiert nach Lintvelt, Lukács' Darlegung dieser These aus dem Jahr 1951: "Engels zeigte, daß Balzac, obwohl politisch Legitimist, in seinen Werken gerade zur Entlarvung des royalistisch-feudalen Frankreich, zur mächtigsten, dichterisch hohen Gestaltung des Zum-Tode-verurteilt-Seins der feudalen Ordnung gelangt ist [...] Dieser Widerspruch gipfelt bei dem Legitimisten Balzac darin, daß die einzigen wahren und reinen Helden seiner figurenreichen Welt die entschlossenen Kämpfer gegen Feudalismus und Kapitalismus sind: Jakobiner und Märtyrer der Barrikadenkämpfe."[10]

---

[8] "Obwohl die Sache sich eigentlich jeder Diskussion entzieht, können es auch heute noch viele Menschen nicht lassen, einen Schriftsteller für die Ansichten verantwortlich zu machen, die er seinen Figuren beilegt; und wenn er *ich* sagt, sind fast alle versucht, ihn für den Erzähler zu halten" (Balzac, Vorwort zu *Le lys dans la vallée*).
[9] Ich folge im wesentlichen der Argumentation von Lintvelt, S. 18-22.
[10] *Balzac und der französische Realismus*, Berlin 1952, S. 13 und 16, zitiert bei Lintvelt, S. 20.

Man könnte das Ganze sicher ausgefeilter und geschickter formulieren[11], aber wie auch immer: Nehmen wir einfach an, das Beispiel sei gültig und Balzac habe sich in seinen Werken weniger konservativ gezeigt als in seinen bewußt ausgedrückten Ansichten, so daß sich also hinter seinem Rücken ein ideologischer Widerspruch vollzogen hat und das, was Engels den "Sieg des Realismus" nennt. Was aber folgt daraus? Daraus und aus all den anderen Fällen, die die Psycho- und Soziokritik täglich aufarbeitet? Offensichtlich doch wohl dies, daß das vom (kompetenten) Leser konstruierte Bild *treuer* ist als die Vorstellung, die der Autor sich von sich selbst machte; Proust spricht in diesem Zusammenhang übrigens von einem "moi profond", das, so wird man annehmen dürfen, *wahrer* ist als das "oberflächliche" Ich des Bewußtseins. So gesehen also *ist der implizierte Autor der* authentische *reale Autor*. Schreiben wir, damit es wissenschaftlicher aussieht: IA = RA. Damit aber wird IA, das treue und folglich transparente Bild, zu einer überflüssigen Instanz. Exit IA.

Die zweite Hypothese ist die einer bewußten Simulation, d. h. der reale Autor täuscht in seinem Werk vor, er habe eine andere Persönlichkeit als die, die er in Wirklichkeit hat oder zu haben meint (doch nehmen wir einmal an, um die Dinge nicht unnötig zu komplizieren, daß die vermeinte Persönlichkeit mit der wirklichen identisch ist).

Hier muß man natürlich unterscheiden, denn von vornherein von der Betrachtung ausschließen kann man alle Erzählungen mit einem expliziten oder, wie Booth sagt, "dramatisierten" homodiegetischen Erzähler, wie *Tristram Shandy,* die *Recherche* oder *Doktor Faustus*: Alles Simulieren oder Fingieren betrifft in ihnen stets nur die Gestalt des Erzählers, nie aber das Bild des Autors, und nur der imkompetente Leser, auf den Balzac hinwies, und der Engels vielleicht war, kann Tristram mit L. Sterne oder Zeitblom mit Th. Mann verwechseln (der Fall der *Recherche* ist bekanntlich etwas verwickelter). Es gibt hier einen expliziten-extradiegetisch-homodiegetischen-Erzähler-und-fiktiven-Autor (Tristram) und dahinter einen implizierten Autor, den vom realen Autor zu unterscheiden weder Anlaß noch, möchte ich hinzufügen, überhaupt die Möglichkeit besteht. Auch hier wieder also IA = RA, und exit IA. Subtiler und interessanter ist der Fall der heterodiegetischen Erzähler, denn hier haben wir einen anonymen und dadurch impliziten (impliziteren) Autor-Erzähler, dessen Persönlichkeit in der Tat eine andere als die des realen Autors sein kann, wobei die Veränderung meist in Form einer Ironisierung erfolgt: Man denke an den naiv-jovial aus dem vollen schöpfenden Erzähler von *Tom Jones,* den

---

[11] Leider kann man die Formulierung nicht dem Zeitgeist von 1951 zurechnen, dem denkbar schlechten Jahrgang also, aus dem dieses Vorwort stammt: Die Argumentation findet man bereits in Texten aus dem Jahr 1935, die unmittelbar an Engels anschließen und diesen fortschreiben, für den "die einzigen Leute, von denen er [Balzac] immer mit unverhohlener Bewunderung spricht, seine schärfsten politischen Gegner sind, die republikanischen Helden vom Cloître Saint-Méry, die Männer, die zu dieser Zeit (1830-1836) in der Tat die Vertreter der Volksmassen waren" (Brief vom April 1888 an Margaret Harkness, in *MEW,* Bd. 37, S. 44). Gemeint ist offenbar der Michel Chrestien aus den *Illusions perdus* und aus *Cadignan,* über den Arthez sagt: "Ich wüßte unter allen Helden des Altertums keinen, der ihm überlegen wäre". Daraus aber zu folgern, daß *Balzac* ihn mehr bewunderte als irgendeinen anderen seiner Helden, ist ein Schluß, zu dem man Anm. 8, S. 287 vergleiche. Und warum sollte ein Legitimist zur Zeit der Julimonarchie unbedingt die Republikaner für seine "schärfsten politischen Gegner" halten?

"justemilieu"-Erzähler von *Lucien Leuwen* oder den gottesfürchtigen von *Joseph und seine Brüder*.[12] Diese Ironien sind wie alle Ironien dazu da, erkannt zu werden, wenn schon nicht von allen, so doch wenigstens von den *happy few*, da sonst der Witz dahin wäre: allein ist nicht gut lachen. Wir haben hier also zwei implizite Instanzen, doch die eine ist der extradiegetische Erzähler, die andere das Bild des Autors, das der Leser durch Erkennen der Ironie aus dem Text gewinnt, und ich sehe keinen Grund, warum dieses Bild untreu sein sollte. Auch hier also wieder: IA = RA, und exit IA.

IA scheint mir daher *im allgemeinen* eine Art Schatteninstanz zu sein (eine "residuale", wie Mieke Bal sagt), die durch zwei Unterscheidungen konstituiert wird, die sich wechselseitig ignorieren: 1) IA ist nicht der Erzähler, 2) IA ist nicht der reale Autor - wobei übersehen wird, daß es sich in 1) um den realen Autor handelt und in 2) um den Erzähler, so daß hier nirgends Platz ist für eine dritte Instanz, die *weder* der Erzähler *noch* der reale Autor wäre.

Ich behaupte jedoch nicht, daß dieses Prinzip keinerlei Ausnahme duldet, d. h. es mag vielleicht doch die eine oder andere Situation geben, in der das vom Text suggerierte Bild des Autors wesensmäßig untreu ist. Ich habe also, wenn auch ungern, die Rolle des Advocatus diaboli übernommen und gewissenhaft nach einigen Beispielen gesucht. Zunächst dachte ich, mehrere im Felde dessen gefunden zu haben, was ich die Hypertextualität nenne[13], wo das von einem einzigen Autor signierte Werk de facto auf der unfreiwilligen Mitarbeit eines oder mehrerer anderer Autoren beruht. Bei näherem Hinsehen scheint mir indes die Hypertextualität nicht auszureichen, um ein unrichtiges auktoriales Bild zu erzeugen, denn in den meisten Fällen ist die hypertextuelle Situation klar gekennzeichnet, auf jeden Fall aber ist der Leser, ob ihm paratextuelle Hinweise dabei helfen oder nicht, durch die Gattungskonvention dazu *angehalten*, die (inter)auktoriale Beziehung richtig wahrzunehmen. So muß er in einer Parodie hinter dem parodistischen Text den parodierten identifizieren und folglich dessen Autor. Der Leser des *Chapelain décoiffé* muß darin sowohl den Hypotext *Le Cid* und folglich den hypotextuellen Autor Corneille erkennen wie auch dessen parodistische Transformation und folglich einen Parodisten (mag dessen Identität bekannt sein oder nicht). Der Leser des *Virgile travesti* muß darin sowohl Vergil wie auch seinen Travestisseur wahrnehmen; der optimale Leser von *Vendredi* muß darin unter Tournier Defoe wiedererkennen usw.[14] Desgleichen muß der Leser eines Pastiche den nachgeahmten

---

[12] Ich sage *Persönlichkeit* und nicht *Identität*, denn die Identität eines extra-heterodiegetischen Erzählers wird prinzipiell ganz einfach nicht erwähnt, und nichts zwingt einen dazu - nichts folglich aber auch berechtigt dazu -, sie von der des Autors zu unterscheiden; wenn demnach der Erzähler von *Joseph Andrews* einmal seinen "Freund Hogarth" erwähnt und der von *Tom Jones* ein- oder zweimal seine verstorbene Charlotte, so signiert hier durchaus Henry Fielding. Der Erzähler *ist* also Fielding selber, nur daß er zum Teil eine Persönlichkeit fingiert, die nicht die seine ist.
[13] Vgl. 1982, *passim*.
[14] In diesem letzteren Fall sage ich spezifischer: "der *optimale* Leser", weil das selbständigere Werk von Tournier leichter als die Texte von Boileau oder Scarron auch ohne eine Identifizierung des Hypotextes auskommt: es gibt Grade in der Intensität des hypertextuellen Bezugs. Doch selbst hier, denke ich, steht die

Autor identifizieren (wobei ihm der Nachahmer meist hilft) und im Pastiche folglich die doppelte Gegenwart von Nachahmer und Nachgeahmten wahrnehmen. In all diesen Fällen also wird die Duplizität der auktorialen Instanz vom Leser im Prinzip deutlich wahrgenommen, und der doppelte "implizierte Autor" entspricht dann einfach dem doppelten realen Autor. Auch hier also wieder IA = RA, exit IA.

Eine wirkliche Ausnahme scheint mir nur in zwei Situationen vorzuliegen, die übrigens darin übereinstimmen, daß wir es jeweils mit Fälschungen zu tun haben, mit Texten also, die dem Leser, und zwar ohne jedes Korrektiv, ein untreues Bild des Autors suggerieren, ihn kurz gesagt betrügen. Die eine Situation ist die des *Apokryphs*, d. h. die eines perfekten Imitats ohne warnenden Paratext: Der Leser des Apokryphs soll natürlich gerade nicht die Duplizität seiner auktorialen Instanz identifizieren; in einer perfekten Rimbaudfälschung soll er nur einen einzigen Autor wahrnehmen, Rimbaud. Der Text enthält einen implizierten Autor - oder einfacher gesagt: der Text impliziert einen Autor -, und dieser ist Rimbaud; der reale Autor aber ist (zum Beispiel) Tartempion; hier also endlich gilt: IA ≠ RA.

Die andere Betrugssituation ist die, die die französische Umgangssprache mit einem etwas rassistischen Wort belegt, ich meine die des *nègre*. Wenn eine Berühmtheit aus Film oder Politik ein Buch mit ihrem Namen signiert, das ein anonymer Ghostwriter gegen Bezahlung geschrieben hat, soll der Leser auch hier nicht beide auktorialen Instanzen wahrnehmen, sondern nur eine, die falsche; und abermals gilt: IA ≠ RA.

Das wäre fürs erste alles, und, geben wir's zu, es ist wenig und nur am Rande von Interesse. Es ist sogar noch weniger, denn den zweiten Fall soll es ja eigentlich gar nicht geben (und ich habe auch, wie man bemerkt haben wird, kein Beispiel genannt) und den ersten gibt es nur als Ideal: Ich kenne kein wirklich perfektes und definitiv gelungenes Apokryph.[15] Doch es gibt wenigstens noch einen dritten Fall solch dissoziierter Instanzen, nämlich den der gemeinsam verfaßten Werke, man denke an die Romane der Brüder Goncourt oder Tharaud, an die von Erckmann-Chatrian oder von Boileau-Narcejac.[16] Nur schwer vorstellbar, daß der bloße *Text* dieser Werke die Duplizität ihrer auktorialen Instanz angibt oder verrät. Ein Leser, der nicht über die paratextuelle Angabe des Namens der Autoren verfügte[17], würde von sich aus also das Bild eines einzigen Autors konstruieren, und wieder hätten wir: IA ≠ RA. Der Fall ist nicht sehr aufregend, aber immerhin einer, der nicht die

---

hyptertextuelle Lektüre *höher* (ist den Intentionen des Autors und damit dem Programm des Textes angemessener) als eine naive Lektüre, die diesen Aspekt übersieht.

[15] Wie sich von selbst versteht, denn gäbe es welche, würde sie per definitionem niemand ke nnen.

[16] Nicht in diese Klasse gehören indes die nicht-fiktiven homodiegetischen (zu deutsch: autobiographischen) Erzählungen wie das Tagebuch derselben Goncourt, wo die auktoriale Duplizität von Anfang aus der aktorialen erschließbar ist, d.h. aus dem *Wir*.

[17] Eine Angabe, die allerdings zweideutig sein kann wie bei "Erckmann-Chatrian" oder "Boileau-Narcejac", die man für Doppelnamen halten könnte, oder auch trügerisch wie bei "Delly" oder "Ellery Queen", von deren jeweils realer Doppelidentität wohl nur wenige Leser etwas wissen - und wenn, dann nur aus einer extratextuellen Quelle. Bei "Delly" gingen die beiden realen Autoren, Marie und Frédéric Petitjean de la Rosière, in der Verhüllung der Identität so weit, daß sie ihr erstes Buch (*Une femme supérieure*, 1907) "meinen Eltern" widmeten, was dem Versteckspiel des Pseudonyms ein völlig neues Feld eröffnete. Immerhin waren sie wenigstens Bruder und Schwester ...

Grenzen der Legalität überschreitet. Und ich sehe auch wirklich keine anderen Fälle, aber die Jagd ist freigegeben.

Meine Einstellung zum "implizierten Autor" bleibt also - in einem bestimmten Sinn - wesentlich negativ. In einem anderen Sinn allerdings ist sie wesentlich positiv. Alles hängt von dem Status ab, den man diesem Begriff geben will. Meint man damit, daß der narrative Text, wie jeder andere auch, durch verschiedene punktuelle oder globale Anzeichen über den Erzähler (selbst den extradiegetischen) hinaus eine *Vorstellung* [idée] (ein besserer Ausdruck als "Bild") *vom Autor* induziert, so meint man damit etwas völlig Evidentes, dem ich nur zustimmen kann, und *in diesem Sinne* schließe ich mich gerne der Formulierung von Bronzwaer an: "Das Feld der narrativen Theorie [ich würde vorsichtiger sagen: der Poetik] schließt den realen Autor aus, den implizierten aber schließt es ein".[18] Der implizierte Autor ist all das, was uns der Text über den Autor mitteilt, und sowenig wie jeder andere Leser sollte der Poetologe ihn vernachlässigen. Will man aus dieser *Vorstellung vom Autor* aber eine "narrative Instanz" machen, so bin ich dagegen, da ich immer noch der Ansicht bin, daß man die Instanzen nicht ohne Not vermehren sollte - und diese scheint mir eben, *als solche,* nicht notwendig zu sein. In der Erzählung, oder eher hinter oder vor ihr, gibt es jemanden, der erzählt, den Erzähler. Jenseits des Erzählers gibt es jemanden, der schreibt und für alles, was diesseits von ihm liegt, verantwortlich ist. Dies ist, welche große Neuigkeit, schlicht und einfach der Autor, und mir scheint, wie schon Platon sagte, daß dies genügt.

Genausoviel oder genausowenig läßt sich meines Erachtens über den Leser sagen. Ein Leser ist im Text in einem mehr oder weniger hohen Maße impliziert. In der extradiegetischen Narration fällt er mit dem narrativen Adressaten zusammen und besteht aus all den kleinen Indizien, die ihn implizieren, mitunter designieren. In der intradiegetischen Erzählung wird der implizierte Leser vom narrativen Adressaten verdeckt und kein punktuelles Indiz kann auf ihn hinweisen: des Grieux kann sich an niemanden *hinter* Renoncour wenden. Tatsächlich aber bleibt er global allein schon durch die sprachliche und narrative Kompetenz impliziert, die der Text voraussetzen muß, wenn er gelesen werden will: des Grieux spricht nur zu Renoncour, Renoncourt jedoch wartet auf einen Leser. Die große Dissymmetrie in all dem beruht auf der *Vektorialität* der narrativen Kommunikation: Der Autor einer Erzählung wendet sich, wie jeder Autor, an einen Leser, den es in dem Moment, wo er sich an ihn wendet, noch nicht gibt und vielleicht nie geben wird.[19] Im Gegensatz zum implizierten Autor, der, im Kopf des Lesers, die Vorstellung von einem *wirklichen* Autor ist, ist der implizierte Leser, im Kopf des realen Autors, die Vorstellung von einem *möglichen* Leser. Zu Recht also bestreitet Bronzwaer[20], daß Renoncour, "obgleich fiktiv, sich ganz so wie Rousseau oder Michelet an ein wirkliches Publikum wendet". Unmöglich ist dies aber nicht, wie er meint, weil eine fiktive Person sich nicht an ein reales Publikum wenden kann, sondern weil gar kein Autor, auch Rousseau oder Michelet nicht, sich auf dem Schriftweg an einen wirklichen Leser

---

[18] 1978, S. 3.
[19] Der orale Erzähler ist in dieser Hinsicht besser dran, aber dieses "besser" ist gänzlich relativ: Der Zuhörer ist natürlich da (sonst würde nicht erzählt), aber hört er auch wirklich zu?
[20] S. 7.

wenden kann, sondern nur an einen möglichen. Selbst ein Brief ist nur unter der Voraussetzung an einen realen und genau bestimmten Empfänger gerichtet, daß dieser ihn auch liest. Er könnte aber, wie es durchaus vorkommt, sterben, bevor er ihn erhält. Bis dahin - und folglich auch für den Schreiber, während er schreibt - bleibt er, so real er als Person auch sein mag, als Leser virtuell. Vielleicht wäre es daher in der Tat besser, den "implizierten Leser" *"virtuellen Leser"* zu nennen.[21] Daraus resultiert dann folgende revidierte Fassung des allzu verbreiteten Schemas der narrativen "Instanzen":

$$RA\ (IA) \rightarrow Er \rightarrow Eg \rightarrow At \rightarrow (VL)\ RL$$

Mein VL bedeutet also *virtueller Leser* und mein IA soll (was man ihm leider nicht ansieht) *induzierter Autor* bedeuten. Die übrigen Kürzel überlasse ich der hermeneutischen Kompetenz meines VL.

Diese Auseinandersetzung mit Wayne Booth oder jedenfalls mit dem meines Erachtens[22] maßlosen Gebrauch, den man von dem Begriff macht, den er geprägt hat, nehme ich zum Anlaß, kurz auf seine Kritik an *Diskurs der Erzählung* zu antworten. Kein besonders geschickter Anlaß, aber ein anderer wäre auch nicht viel besser gewesen, denn diese Kritik ist sehr allgemein gehalten und betrifft kein Kapitel im besonderen. Skizziert im *Nachwort* zur zweiten Auflage von *The Rhetoric of Fiction* wurde sie kurze Zeit später in einem Aufsatz breiter entwickelt.[23]

Dieser Aufsatz, mehr als nachsichtig gegen mich, ist in Wahrheit nur ein Element in dem großen Streit zwischen Booth als Vertreter der Gruppe der neoaristotelischen *Chicago critics* und dem, was er die Prager Schule, den "Dekonstruktivismus" oder allgemeiner noch die französische "strukturalistische und poststrukturalistische" Strömung nennt. Von Savigny-sur-Orge aus gesehen springt die Notwendigkeit dieser Polemik nicht unbedingt in die Augen. Die "dekonstruktivistische" Literaturkritik, dieses so typisch amerikanische Produkt einer bestimmten Derridalektüre, raubt dort drüben scheinbar einigen Leuten den Schlaf, die darin eine Destruktion aller Kritik und Literatur heraufziehen sehen. Und da man den Ansteckungsherd nicht genau verorten kann, ist für sie gleich die gesamte europäische Nachkriegskritik, egal ob marxistischer, freudianischer oder strukturalistischer Herkunft, der Sophistik und des Nihilismus verdächtig. Verglichen mit diesem schwarzen Sumpf der Anarchie erscheint *Diskurs der Erzählung* als ein Hafen der Nüchternheit, der Methode und des Rationalismus, als ein Buch, wie Booth sagt, "in dem man fast auf jeder Seite lernt, wie die Literatur und die Kritik *beschaffen sind*".

---

[21] Zu diesem stets virtuellen oder "konjekturalen" Charakter des Lesers sowie zu den verschiedenen und im Lauf der Jahrhunderte variablen Arten, in denen der Autor versucht hat, ihn zu "fiktionalisieren", vgl. den exzellenten und bereits zitierten Aufsatz von W. Ong, dessen bloßer Titel schon eine heilsame Warnung für alle ist, was auch immer sie schreiben mögen: *The Writer's Audience is Always a Fiction* - will sagen: auch außerhalb der Fiktion und der Literatur.
[22] Und, wie es scheint, auch seines, da er heute, je mehr Kommentare er zu seinem Vorschlag liest, "immer weniger damit zufrieden ist" (1983 a, S. 422).
[23] 1983 a, S. 439 und 441, und 1983 b.

Ein Kompliment wird immer gern gehört, und ich muß nicht sagen, wie sehr mich das Lob einer Kritikers vom Schlage eines Wayne Booth ehrt, insbesondere weil ich seinen Enthusiasmus wie auch seinen Ärger in weiten Strecken teile. Aber letztlich macht mich jede Übereinstimmung, die partiell auf einem Mißverständnis beruht, doch ein wenig unruhig. Probleme macht mir vor allem das Paar (der Eintopf) "Strukturalismus/Poststrukturalismus": Ich höre aus dem *Post-* des Poststrukturalismus, wie er in den USA im Schwange ist, etwas wie "Überwindung" heraus, weshalb ich ihn nicht mit dem *Strukturalismus* in einen Topf werfen möchte. So wie die Postmoderne (siehe die Architektur) vor allem eine antimodernistische Reaktion und eine Flucht in einen manierierten Neo-Eklektizismus ist, kann der Poststrukturalismus, wenn er etwas ist, nur eine Ablehnung des Strukturalismus sein - zugunsten wovon ist mir einstweilen noch unklar. Oder sollte bereits der "offene Strukuralismus", wie ich selbst ihn zuweilen propagiere, eine Spielart des Poststrukturalismus sein?

Kurz, es gibt durchaus - zumindest in unserer unterschiedlichen Bewertung des Strukturalismus - normative Dissonanzen zwischen mir und Booth, und die Vorbehalte des letzteren gegen mich beruhen offensichtlich auf dem Widerstand, den *Diskurs der Erzählung* (um von dem, was später kam, ganz zu schweigen) einem Annektierungsversuch entgegensetzt, den auch Booth selbst für hoffnungslos hält. Er wundert sich zum Beispiel darüber, daß ich im *Nachwort* die "fehlende Einheit" der *Recherche* zu einem Wert erkläre und daß ich der Barthesschen Wertschätzung des "Schreibbaren" beipflichte. Und es ärgert ihn, daß ich gegen Proust, dessen eigene Formel parodierend, das formalistische Paradox vertrete, daß "die Ansicht von der Welt auch eine Frage des Stils oder der Technik sein kann". Zwar habe ich weiter oben auf einige avangardistische Vorurteile hingewiesen, die ich mittlerweile abgelegt habe, aber soweit, daß ich anfange zu psychologisieren und zu moralisieren, bin ich denn doch noch nicht.

Genau in diese Richtung aber zielt der Hauptvorwurf von Booth: *Diskurs der Erzählung,* sagt er, zeigt gut, *wie* die Proustsche Erzählung *beschaffen ist,* sagt aber nicht, *wozu sie dient,* d. h. welche Funktion die diversen Verfahren haben, die ich jeweils für sich definiert habe: Erneut also der funktionalistische Vorwurf, auf den zu antworten ich hier schon Gelegenheit hatte. Noch einmal, ich bin mir nicht sicher, daß jedes Merkmal eine genau angebbare Funktion hat, vor allem aber sehe ich mich - im Blick auf die *Recherche* - außerstande, mir die Lektüreperspektive zu eigen zu machen, die für den Funktionalismus von Booth bestimmend ist. Für ihn nämlich ist meine Lektüre der *Recherche* zu intellektualistisch und "szientifisch", zu sehr zentriert auf Begriffe wie narrative *Information* oder *Signifikation,* und auf seiten des Lesers würde ich nur die intellektuelle Neugier berücksichtigen, nicht aber "die moralische und affektive Bindung an die Figuren", insbesondere an den Erzähler: ich würde mich nicht genug darum kümmern, wie der Proustsche narrative Modus dazu dient, unsere "Sympathie" oder "Antipathie" gegenüber denen zu steigern, die man "trotz des ruhigen und nicht melodramatischen Tons [dieser Erzählung] durchaus als Helden und Schufte betrachten muß".

Es fällt mir in der Tat schwer, dieses manichäische Kriterium auf die *Recherche* zu applizieren. Nicht weil es darin kein axiologisches System gäbe, sondern eher weil Proust ihr gleich mehrere gegeben hat (ein moralisches, ein gesellschaftliches, ein ästhetisches), die bei denselben Figuren oder Figurengruppen zu jeweils unterschiedlichen Bewertungen führen, so daß es meines Erachtens unmöglich ist, in diesem instabilen und kaleidoskopartigen Mikrokosmos, der ständig in Veränderung begriffen ist, "Gute" und "Böse" auseinanderzuhalten. Was den Helden betrifft, so glaube ich Proust nicht zu nahe zu treten, wenn ich sage, daß dieser, der fast nur negative und manchmal lächerliche Erfahrungen macht, ehe ihm zum Schluß eine - wesentlich intellektuelle! - Offenbarung zuteil wird, in mir nur sehr laue Gefühle weckt. Doch das ist natürlich nicht der wesentliche Punkt, und was ich über ihn zu sagen habe, würde gewiß ebensogut für ein Werk mit einer eindeutigeren Axiologie gelten, wie das von Stendhal - denn ich leugne keineswegs, daß es solche Werke gibt, sehr große sogar, und daß eine der Haupttriebfedern ihres Funktionierens in dem Spiel besteht, beim Leser selektive Identifikationen, Sympathien und Antipathien, Hoffnungen und Ängste, oder, wie unser gemeinsamer Urahn sagte, Schrekken und Mitleid zu bewirken. Ich glaube aber nicht, daß die Verfahren der Erzählrede [discours narratif] wesentlich dazu beitragen, diese affektiven Regungen zu spezifizieren. Die Sympathie oder die Antipathie für eine Figur hängen vornehmlich von den psychologischen oder moralischen (oder auch körperlichen!) Merkmalen ab, die der Autor ihr verleiht, von den Worten und Taten, die er ihr zuschreibt, und nur sehr wenig von den Techniken der Erzählung, in der die Figur vorkommt. Der genannte Urahn stellte bereits fest, daß die Geschichte von Ödipus einen gleichermaßen rührt, egal ob sie erzählt oder auf der Bühne aufgeführt wird, weil sie dies allein kraft ihrer Handlung tut; ich möchte dem nur hinzufügen, daß sie dies auch tut, egal auf welche (treue) Weise man sie erzählt. Das ist vielleicht etwas übertrieben, und sicherlich habe ich diesen psychologischen Wirkungen zu wenig Aufmerksamkeit geschenkt; wenn ich das heute jedoch auf Booths Anregung hin nachhole, sehe ich außer den Fokalisierungseffekten kaum etwas, was wirksam zu ihnen beitragen könnte: Oriane oder Saint-Loup gewinnen sicher viel dadurch, daß sie durch das naive Auge des jungen Erzählers gesehen werden, Odette oder Albertine verlieren ebensoviel dadurch, daß es eifersüchtige und, wie Swann selbst sagt, "neuropathische" Liebhaber sind, die ihren Spionageblick auf sie werfen. Ich habe dies übrigens kurz angesprochen, aber ich bin mir nicht sicher, ob sich solche Effekte nicht mitunter gegen ihre Funktion kehren: Der Leser ist nicht so dumm, als daß er derart parteiische *points of view,* die auch noch explizit als solche vorgestellt werden, einfach vorbehaltlos "übernehmen" würde. Ganz allgemein gesprochen dürften sich die narrativen Subtilitäten des modernen Romans seit Flaubert und James - erlebte Rede, innerer Monolog, multiple Fokalisierung - auf die Identifikationswünsche des Lesers eher negativ auswirken: sie legen falsche Spuren, verleiten zu irrigen "Bewertungen", bringen Sympathien und Antipathien ins Wanken.

Um es ein letztes Mal zu wiederholen, *Diskurs der Erzählung* behandelt die Erzählung und die Narration, nicht die Geschichte, und die Qualitäten oder Fehler, die Liebenswürdigkeit oder Unliebenswürdigkeit der Helden gehören im wesentlichen weder zur Erzählung noch zur Narration, sondern zur Geschichte, d. h. zum Inhalt oder, hier darf man es einmal sagen, zur *Diegese*. Ihm vorzuwerfen, sie zu vernachlässigen, heißt ihm die Wahl seines Themas vorzuwerfen. Eine derartige Kritik ist ja auch gut vorstellbar: Warum reden Sie mir so viel von den Formen, wo mich doch allein der Inhalt interessiert? Doch so legitim die Frage auch sein mag, die

Antwort ist nur zu evident: Jeder beschäftigt sich mit dem, was ihm liegt, und wenn die Formalisten nicht da wären, um die Formen zu untersuchen, wer wollte es an ihrer Stelle tun? Es wird immer genug Psychologen geben, um zu psychologisieren, genug Ideologen, um zu ideologisieren, und genug Moralisten, um uns Moralpredigten zu halten: Man lasse den Ästheten also ihre Ästhetik und erwarte nicht Dinge von ihnen, die sie nicht leisten können. Es gibt ein Sprichwort hierüber, wahrscheinlich sogar mehrere.

Ein letztes Wort noch zum "impliziten" Autor. Dieser schattenhafte Doppelgänger erinnert mich, ich weiß nicht weshalb, an eine Geschichte von Bernard Shaw (oder war es Oscar Wilde), die man in etwa derselben Form auch bei Mark Twain findet: Wie jedermann weiß, wurde das Werk von Shakespeare nicht von Shakespeare geschrieben, sondern von einem seiner Zeitgenossen, der zufälligerweise auch Shakespeare hieß. Weniger bekannt sind die Umstände, die dazu führten. Hier sind sie: Shakespeare hatte einen Zwillingsbruder. Als man sie eines Tages in derselben Wanne badete, rutschte einer von ihnen aus und ertrank. Da sie absolut ununterscheidbar waren, fand man nie heraus, wer von den beiden *Hamlet* geschrieben hatte und wer von ihnen als Kind mit dem Bade ausgeschüttet wurde: derselbe vielleicht?

20. Nachwort

Ich habe nicht allzuviel Lust, mein damaliges "Nachwort" zu kommentieren, das selbst schon ein retrospektives Postskriptum war. Der Narzißmus hat irgendwo seine - zumindest technischen - Grenzen, und ich möchte mich hier also nicht in dritter Stufe mich selbst kommentierend kommentieren. Im übrigen habe ich hier und da schon meine Ansicht zu den an anderen Stellen impliziten Motiven geäußert, die in jenem Nachwort explizit gemacht wurden, und zu denen ich mich im wesentlichen immer noch bekenne, bis auf zwei, besser gesagt eineinhalb Ausnahmen, wozu ich nun also noch ein (letztes) Wort verliere.

Die erste Ausnahme betrifft die Ablehnung einer "Synthese" oder Zusammenfassung (S. 191 f.) der verschiedenen Kategorien der Zeit, des Modus und der Stimme, genauer gesagt die Begründung dieser Ablehnung, denn ich fürchtete, dies könnte darauf hinauslaufen, dem Werk von Proust eine künstliche Einheit zu geben. Diese zwanghafte Suche nach einer "Kohärenz", die die interpretierende Kritik geheimnisvollerweise stets erfolgreich abschließt, widerstrebt mir auch heute noch, und ich denke, daß der immer originalgetreuere, d. h. immer unvollkommenere Zustand des Textes der *Recherche*, den wir der Untersuchung seiner Entstehung verdanken, immer mehr dazu beiträgt, das Bild eines in sich geschlossenen und homogenen Werks zu dekonstruieren und zu destabilisieren. Der Proustsche Text zerfasert zusehends mehr unter unseren Augen, und es ist nicht Aufgabe der Narratologie, das, was die Textologie zerlegt, wieder zusammenzusetzen. Doch, wie Shlomith Rimmon richtig beobachtet hat[1], habe ich diese Ablehnung einer gewaltsamen Synthese ein wenig als Vorwand mißbraucht, um der notwendigen Aufgabe auszuweichen, eine Korrelation zwischen den konstitutiven Parametern der verschiedenen Erzählsituationen herzustellen, ob bei Proust oder anderswo. Diese Kategorien in einer umfassenden Tabelle zu kombinieren, heißt nicht, daß man ihnen damit *a priori* einheitsstiftende Fähigkeiten unterstellt oder zuwachsen läßt. Weiter oben habe ich versucht, diese Lücke zu schließen, ohne dabei allerdings bis ans Ende zu gehen, denn eine vollständige Tabelle aller möglichen Kombinationen wäre nicht nur lächerlich und fast unmöglich zu realisieren, sie wäre sicher auch eher steril als stimulierend: ein Schema muß *immer* offen bleiben.[2]

Der zweite Vorbehalt betrifft die "systematische Valorisierung" der innovativen oder "subversiven" Aspekte eines Werks, ob es sich um das von Proust oder irgendein anderes handelt. Ich habe weiter oben schon die allzu simple Auffassung von der Geschichte der Kunst - vielleicht von der Geschichte überhaupt - zurückgewie-

---

[1] 1976 a, S. 57.
[2] "Es macht wenig, daß es unvollständig ist", sagt Philippe Lejeune mit Blick auf ein anderes Schema, "der Vorteil eines Schemas ist, das es die Dinge vereinfacht und bildlich darstellt. Es soll inspirieren. Wäre es komplizierter, wäre es gewiß "richtiger", aber so unübersichtlich, daß man nichts mehr mit ihm anfangen könnte" (1982, S. 23).

sen, die ein solches Vorurteil impliziert, stelle jetzt aber fest, daß diese Zurückweisung sich auf S. 191 bereits angedeutet findet, wo ich auf den "naiven" und "romantischen" Charakter dieses Standpunkts hinwies. Ich muß diese Andeutung also nur schärfer fassen, aber das ist nicht so einfach, da ich mich der Barthesschen Valorisierung des "Schreibbaren", auf die ich mich berief, immer noch sehr verbunden fühle - und das nicht aus posthumer Frömmigkeit. Nur würde ich ihr, was natürlich allein auf mein Konto geht, heute einen etwas anderen Akzent geben. Ich würde das "Schreibbare" dem "Lesbaren" nicht mehr gegenüberstellen wie das Moderne dem Klassischen oder das Abweichende dem Kanonischen, sondern eher wie das Virtuelle dem Realen, als ein noch nicht verwirklichtes Mögliches, dem die Theorie im voraus einen genau umrissenen Platz anweisen kann (das berühmte leere Kästchen). Das "Schreibbare" ist also nicht bloß das *bereits Geschriebene,* an dessen *récriture* die Lektüre beteiligt ist und zu der sie durch ihre Lektüre beiträgt. Es ist ebensosehr das Neue, das *Ungeschriebene,* dessen Virtualität die Poetik durch die Allgemeinheit ihres Vorgehens entdeckt und näher kennzeichnet, und das zu realisieren sie uns ermuntert. Was heißt "uns"? Richtet sich die Ermunterung an den Leser oder soll gar der Poetologe selber zur Tat schreiten?

Ich weiß es nicht genau. Vielleicht sollte die Ermunterung auch bloß Ermunterung bleiben, ein bloßes Desiderat, eine Anregung ohne unmittelbare Folge - wenn auch nicht unbedingt ohne Einfluß. Wie auch immer, die Poetik im allgemeinen und die Narratologie im besonderen darf sich nicht damit begnügen, die existierenden Formen oder Themen *aufzuklären.* Sie muß auch das Feld des Möglichen, ja des *"Unmöglichen"* erforschen, ohne sich über die Grenze dazwischen allzuviele Gedanken zu machen oder gar zu versuchen, sie festzulegen. Die Kritiker haben die Literatur bislang nur verschieden interpretiert, es kommt darauf an, sie zu verändern. Das ist sicherlich nicht allein Sache der Poetologen, ihr Beitrag dazu ist ohne Zweifel fast verschwindend gering, aber was wäre die Theorie wert, wenn sie nicht auch dazu diente, *die Praxis zu erfinden?*

Nachwort des Herausgebers

Daß der Rhein bisweilen schwieriger zu überqueren ist als der Atlantik - jedenfalls für Bücher und Ideen -, ist keine Neuigkeit (und gilt übrigens in beiden Richtungen). Es ist aber auch keine Entschuldigung, ja nicht einmal eine hinreichende Erklärung dafür, daß die deutsche Literaturwissenschaft, und speziell die germanistische, die literaturtheoretischen und poetologischen Studien von Gérard Genette so lange und weitgehend, fast möchte man sagen: so hartnäckig, ignoriert hat. Allenfalls läßt sich nachvollziehen, daß seine strikt textorientierten, also literatur"immanenten", ja "formalistischen" Untersuchungsziele und Vorgehensweisen in den siebziger Jahren, unter der Dominanz ideologiekritischer und sozialgeschichtlicher Paradigmen, abseitig oder antiquiert erscheinen konnten.[1]

Erstaunlicher ist es (zunächst), daß Genette auch von der steigenden Importquote französischer bzw. franko-amerikanischer Theorie in den achtziger Jahren nicht profitierte. Der Grund dafür dürfte in den gleichen "Defiziten" bzw. "Qualitäten" zu finden sein: Genette betrachtet die Literatur als relativ autonomes Phänomen, als ein Universum von Texten. Wie solche Texte, im Einzelfall oder regelmäßig, *funktionieren*; wie sie sich in einem sehr weiten Feld mehr oder weniger systematisch *verteilen*; und wie sie schließlich in historischer Dimension aufeinander *reagieren*, - das sind drei Grundrichtungen seines Forschungsinteresses, das er ohne Zögern mit dem ehrwürdigen, für manche Ohren etwas verstaubt klingenden Namen *Poetik* deklariert. Es ist für Genette undenkbar, Literatur als Weltanschauung oder Philosophie-Ersatz zu benutzen oder auch Literaturtheorie in "Theorie" schlechthin aufzulösen. Die Präzision seiner Analysen korrespondiert insofern mit den klaren Zielsetzungen und Abgrenzungen, die er jeweils vorgibt.

Genette geht stets von den einfachsten, grundlegenden Kategorien und Unterscheidungen (z. B. aus dem Arsenal der Grammatik, Rhetorik, Poetik oder auch der Linguistik) aus, - auch und gerade, wo er zur differenzierten Darlegung hochkomplexer Sachverhalte gelangen will. Er setzt ein großes Maß an Logik und eine nicht ganz geringe Portion Rhetorik daran, seine Argumentation nachvollziehbar und seine Darstellung im besten Sinne "lesbar" zu machen. (Daß sie darüber hinaus an vielen Stellen vergnüglich, ja witzig ist - nehmen wir es als willkommene Zugabe für diejenigen, die nichts dabei finden, sich mit einem theoretischen Text auch zu *amüsieren*.)

Wie auch immer - so wenig Genette mit seiner "altfranzösischen" Mischung von Rationalität und *ésprit* von jener neufranzösischen Konjunktur profitiert hat, so wenig kann ihm nun deren unvermeidlicher Rückgang anhaben. Tatsächlich sind in jüngster Zeit die meisten seiner großen Arbeiten auf deutsch erschienen - mehr oder weniger in rückläufiger Ordnung, was den Kenner der narrativen Anachronien aber nicht stören, sondern allenfalls amüsieren sollte. Gewiß sind die beiden jüngsten Werke - *Paratexte. Das Buch*

---

[1] Notabene: "Jeder beschäftigt sich mit dem, was ihm liegt, und wenn die Formalisten nicht da wären, um die Formen zu untersuchen, wer wollte es an ihrer Stelle tun? Es wird immer genug Psychologen geben, um zu psychologisieren, genug Ideologen, um zu ideologisieren, und genug Moralisten, um uns Moralpredigten zu halten: Man lasse den Ästheten also ihre Ästhetik und erwarte nicht Dinge von ihnen, die sie nicht leisten können. Es gibt ein Sprichwort hierüber, wahrscheinlich sogar mehrere." (S.295)

vom *Beiwerk des Buches* (Frankfurt/M. 1992; frz. "Seuils", 1987) und *Palimpseste. Die Literatur auf zweiter Stufe* (Frankfurt/M. 1993; frz. 1982) - hervorragend geeignet, Genettes Einfallsreichtum und Belesenheit dem deutschen Publikum ebenso bekannt (und hoffentlich sympathisch) zu machen wie seine methodische Stringenz. Vor allem aber widerlegen beide das mögliche Vorurteil von der Enge und Borniertheit des poetologischen Ansatzes - weil sie aus der Logik ihres jeweiligen Gegenstandes heraus der Poetik neue Untersuchungsfelder erschließen und die Anschlußstellen zu anderen Disziplinen, Methoden und Betrachtungsweisen ganz deutlich markieren: in diesem Fall vor allem zur Literatursoziologie (für *Paratexte*) und zur Rezeptionsgeschichte (für *Palimpseste*).

Und dennoch - meine persönliche Vorliebe und paratextuelle Fürsorge (denn das Nachwort, habe ich aus Genettes *Paratexten* gelernt, ist nichts als Variante des Vorworts, das heißt des wichtigsten Paratextes überhaupt) - meine Vorliebe und Fürsorge also gelten dem ältesten seiner Versuche, der nun als (vorerst) letzter zu uns kommt. Es ist müßig, darüber zu spekulieren, ob Genettes *Discours du récit* international schneller und intensiver rezipiert worden wäre, hätte er diese über 200 Seiten lange und in vieler Hinsicht grundsätzliche Studie nicht in einem Sammelband mit Gelegenheitsarbeiten (*Figures III*, 1972) versteckt. Und es ist nurmehr wissenschaftsgeschichtlich interessant, daß es sich dabei um die ebenso gründliche wie subtile, theoretisch anspruchsvolle und zugleich "textnahe" Ausarbeitung eines Forschungsprogramms handelte, dessen Grundlinien schon in der Skizze *Frontières du récit* erkennbar sind. Sie stand 1966 neben ihrerseits innovativen (und heute "klassischen") Aufsätzen von Barthes, Greimas, Brémond, Eco, Todorov, Metz, im achten Heft der Zeitschrift *Communications* (Reprint 1981), das heute als Gründungsdokument einer "französischen Schule" der strukturalen Erzählanalyse oder *Narratologie* gilt. Inzwischen ist es ebenso gerechtfertigt, Genettes *Diskurs der Erzählung* als "Höhepunkt der strukturalistischen Erzählforschung" danebenzustellen, wie es etwa Jonathan Culler im Vorwort der amerikanischen Übersetzung (immerhin schon 1980) getan hat.

Ein solcher Rückblick wirft allerdings auch unvermeidlich, gewissermaßen als Kehrseite der wissenschaftshistorischen Bedeutung, die Frage nach der gegenwärtigen Relevanz und nach dem *Gebrauchswert* einer deutschen Übersetzung auf. Kommt sie nicht wirklich zu spät? - Sicher wird niemand erwarten, daß ich diese Frage bejahe, schon gar nicht im Nachwort des Buches, dem sie gilt. Ich antworte also: Nein! - oder, genauer gesagt, *dreimal* Nein:

Erstens. Genettes *Diskurs der Erzählung* ist, ziemlich genau ein Vierteljahrhundert nach seiner Abfassung, nach wie vor die theoretisch anspruchsvollste, ausgewogenste und kohärenteste, - zugleich aber auch eine hochgradig "praktikable" Theorie der literarischen Erzählung und insofern ein "Studienbuch" im besten Sinn des Wortes. Dies Werk, schreibt Culler (und ich erlaube mir eine parasitär-paratextuelle Übersetzung aus seinem Vor- in mein Nachwort), "ist unschätzbar, weil es den dringenden Bedarf einer systematischen Theorie der Erzählung befriedigt. Als bislang gründlichster Versuch, die Grundlagen und Techniken des literarischen Erzählens zu analysieren, zu benennen und zu veranschaulichen, wird es allen unverzichtbar werden, die sich mit erzählender Literatur auseinandersetzen. Sie werden hier nicht nur Begriffe für vieles finden, was sie bei der Romanlektüre bemerkt haben; ihre Aufmerksamkeit wird vielmehr auf Strukturen und Techniken der Fiktion gelenkt, die sie vorher nicht wahrgenommen oder deren Bedeutung sie nicht erkannt haben. Jeder Genette-Leser (jede Leserin) wird bemerken, daß er (sie) die Erzählliteratur genauer und scharfsichtiger analysiert als zuvor." - Dem ist wenig hinzuzufügen - aus deutscher Sicht höchstens die Bemerkung, daß man sich hier aus erster Hand und *einem* Buch informieren kann, während man bisher verschiedene erzähltheoretische Teilstücke zu synthetisieren hatte oder sich gar mit schon vorliegenden, ziemlich schwerfälligen Kompilationen[2] behelfen mußte.

Ein *zweites* Argument für die deutsche Ausgabe (und damit eine zweite Ebene ihrer Brauchbarkeit) ergibt sich dialektischerweise aus eben dieser Verspätung (auch wenn es vielleicht übertrieben wäre, gleich von einer Gnade der späten Übersetzung zu reden). Immerhin ist es nun möglich, Genettes *Neuen Diskurs der Erzählung* (frz. 1983) im gleichen Band abzudrucken, was forschungsgeschichtlich wie auch systematisch eine wichtige Erweiterung des narratologischen Blickfeldes bewirkt oder sie jedenfalls erleichtert. Diese allzu bescheiden als "Postskriptum" avisierte Studie ist "kritische Selbstlektüre" und -reflexion, gelegentlich auch Selbstverteidigung; sie ist temperamentvolle und präzise Auseinandersetzung mit Kritikern und Kritikerinnen von *Diskurs der Erzählung* (vor allem aus dem englischsprachigen Raum) - und wird damit, wie nebenbei, zu einer außerordentlich souveränen Bestandsaufnahme der internationalen Erzählforschung vor und nach *Diskurs der Erzählung*.

Deutsche Leserinnen und Leser können daraus einen doppelten Nutzen ziehen. Da ist einmal der Hinweis auf und die kritische Diskussion von neueren internationalen Arbeiten, etwa von Mieke Baal, Shlomit Rimmon, Dorrit Cohn u. a., die dem germanozentrischen Blick sonst allzu leicht entgehen könnten. Fast wichtiger scheint mir aber, daß Genette in dieser retrospektiven Diskussion auch erste, energische und vorbildliche Schritte tut, um die narratologische Rheingrenze (oder gar: Maginotlinie?) durchlässiger zu machen. Wenn Culler mit einigem Recht Genettes expliziten und systematischen Bezug auf die einschlägige angelsächsische Forschung betont hat, so ist andererseits nicht zu übersehen, daß dessen Fragestellungen auch in der deutschsprachigen Erzählforschung seit den fünfziger Jahren auf ähnliche Weise, mit manch frappierenden Parallelen, zweifellos auch mit signifikanten Unterschieden, abgehandelt wurden. Genette arbeitet also ein wenig auch eigene (oder französische) Informationsdefizite auf, wenn er sich nun explizit auf Käte Hamburgers *Logik der Dichtung*, auf Eberhard Lämmerts *Bauformen des Erzählens* oder Franz K. Stanzels *Typische Formen des Romans* rückbezieht. Zugleich treibt er in einer ebenso unvoreingenommenen wie sachlich präzisen und insistierenden Diskussion von Stanzels späterer *Theorie des Erzählens* oder von Dorrit Cohns bedeutendem Buch *Transparent Minds* auch seine eigene Analyse und Kategorienbildung über den Stand von 1972 hinaus. Damit vermag er nicht nur einige leicht erkennbare (und selbst erkannte) Schwachstellen des ursprünglichen Konzepts - besonders im Feld von Personenrede und Bewußtseinswiedergabe - nachzubessern, sondern rückt nochmals eine zentrale Maxime seines "*offenen Strukturalismus*" in den Blick: daß nämlich der Wert aller analytischen Kategorien "immer nur ein *operativer* ist".

Drittens aber, wenn es denn noch nötig ist, könnte man hier den Hinweis einfügen, daß die narratologische Debatte noch weiter - und also notwendig auch über die Grenzen dieses Buches hinausgeht. In dem Sammelband *Fiktion und Diktion*, der - noch eine kleine editorische Anachronie - schon seit einiger Zeit auch deutsch vorliegt (München

---

[2] Für ein oder zwei von ihnen, darunter auch Jochen Vogts *Aspekte erzählender Prosa* (wenn auch erst seit der 7. Auflage: 1991) kann entlastend immerhin vorgebracht werden, daß sie Genettes Konzept in ihre Zusammenstellung einbezogen und auf seine Wichtigkeit hingewiesen haben.

1993, frz. 1991), hat Genette einige kurze Studien zusammengestellt, die seine narratologische Recherche noch einmal weitertreiben. Das gilt für den Versuch, in Auseinandersetzung mit der Sprechakttheorie den "logischen Status der (fiktionalen) Erzählrede" neu zu bestimmen - wobei im Rückblick noch einmal ein interessantes Schlaglicht auf Käte Hamburgers Bestimmung der erzählerischen Fiktion fällt. Oder auch für die Unterscheidung von "fiktionaler" und "faktualer" Erzählung, die auf plausible Art eine störende Lücke in der Terminologie schließt und hoffentlich zu weiteren, textorientierten Untersuchungen gerade im Feld des nicht-fiktionalen Erzählens anregen wird.

Eine Besonderheit von *Diskurs der Erzählung* liegt darin, daß er seine erzähltheoretischen Kategorien ganz überwiegend an einem einzigen - einzigartigen - Romanwerk erprobt und demonstriert: an Marcel Prousts *Auf der Suche nach der verlorenen Zeit*. Daraus lassen sich einige der oben erwähnten "Schwachstellen" erklären, das könnte aber auch - für deutsche Leserinnen und Leser - eine gewisse Erschwernis der Rezeption bedeuten. Diese Befürchtung ist nicht ohne weiteres von der Hand zu weisen; wohl aber lassen sich gute Gründe dagegen und also für Genettes durchgängige Proust-Referenz vorbringen. Und zwar, wie Zufall und Symmetrie es wollen, wiederum drei:

Erstens könnte man (bei Bedarf) diese (relative) Schwierigkeit einfach als Einladung auffassen, *Proust zu lesen*: ein Ziel, das ohnehin (fast) alle Mittel heiligt. Ernsthafter gesagt: Genettes *Diskurs der Erzählung* ist nicht nur ein wichtiger Beitrag zur Proust-Forschung, er läßt sich auch vorzüglich als Plan und Führer durch das erzählerische Universum der *Verlorenen Zeit* benutzen.

Zweitens kann man sehen, daß der Proust-Bezug weder hinderlich noch beliebig (noch auch bloßer Ausdruck narratologischer Eitelkeit) ist, sondern für die Untersuchung selbst produktiv wird. Die Spannung zwischen analytischen Kategorien, die wie gesagt von einfachsten Aspekten - beispielsweise von der Grammatik des Verbs: *Tempus, Modus* und *Person* - ausgehen, und einem denkbar komplexen, in sich vielfach geschichteten und perspektivisch gebrochenen narrativen Referenztext, - diese Spannung steigert die Reichweite und Trennschärfe des analytischen Modells, das logischerweise immer komplexere, "eigenartigere" Varianten und Verwendungsweisen narrativer Grundstrukturen erfassen und unterscheiden muß. So wirkt der literarische Text als produktive Herausforderung der Literaturtheorie ("Genie = Theorie + x" oder so ähnlich würde Genette definieren). Wir erleben - anders gesagt - Erzähltheorie als Prozeß, der sich trotz eines beträchtlichen terminologischen Aufwands niemals verselbständigt, dessen Kategorien und Kriterien immer *operativ* bleiben.

Damit wird nicht nur auf vorbildliche Weise das produktive Zusammenspiel, das Aufeinander-Angewiesensein von Literaturtheorie einerseits, Textanalyse, Kritik und Interpretation andererseits demonstriert. Denn es zeigt sich, *drittens*, - und dies ist eine der (nicht ganz) versteckten Pointen von Genettes Untersuchung - daß Prousts Erzählweise *de facto* immer wieder die Logik, die Spielregeln des narrativen Systems sprengt oder verletzt, die Regularitäten mißachtet, die wir mit soviel Scharfsinn und Mühe gerade erstellt haben. Proust erzählt in mehr als einem Sinn "ordnungswidrig". Das muß man einerseits wohl als Warnung vor narratologischer Überheblichkeit ("Theorie + x"!) verstehen. Andererseits zeigt sich eben auch, daß selbst solche Regelverstöße und Grenzüberschreitungen noch erfaßt und in gewissem Sinn "erklärt", also die Grenzen des Systems mit dessen eigenen Mitteln bestimmt werden können, wenn - ja wenn man mit dem narratologischen Werkzeugkasten, den Gérard Genette uns gefüllt und bereitgestellt hat, auch nur halbwegs so geschickt umzugehen lernt wie der Meister selbst.

Ein amerikanischer Kollege und Sympathisant Genettes (der übrigens einige seiner Qualitäten teilt), Robert Scholes, also hat ihn augenzwinkernd als "low structuralist" charakterisiert und mit dem "high structuralism" eines Roland Barthes verglichen (in: *Structuralism in Literature. An Introduction*, 1974). Im gleichen Zusammenhang bemerkt er, Genette besitze alle notwendigen Eigenschaften - vor allem ein seltenes Maß an *common sense*, dazu eine kräftige Prise Humor und Selbstironie -, um ohne Geschmacksverlust, "wie die besten französischen Weine", den Atlantik zu überqueren. Das hat sich, wie gesagt, schon seit längerer Zeit bestätigt. Freuen wir uns, daß er es nun endlich auch über den Rhein geschafft hat.

Essen, am 14. Juli 1994   *Jochen Vogt*

Bibliographie

Bibliographie zum *Diskurs der Erzählung*

1. *Werke von Proust*

A la recherche du temps perdu, hrsg. von Pierre Clarac und André Ferré, Pléiade, Paris: Gallimard, Bd.1: Nov. 1955; II: Jan. 1956; III: Mai 1956.
Jean Santeuil, précédé des *Plaisirs et les Jours,* hrsg. von Pierre Clarac und Yves Sandre, Pléiade, Paris: Gallimard 1971.
Contre Sainte-Beuve, précédé de *Pastiche et Mélanges* et suivi de *Essais et Articles,* hrgs. von Pierre Clarac und Yves Sandre, Pléiade, Paris: Gallimard 1971.
Correspondance générale, Paris: Plon 1930-1936.
Choix de lettres, présenté par Philip Kolb, Paris: Plon 1965.

Für diverse Varianten oder erste Entwürfe der Recherche:

Du côté de chez Swann, Paris: Grasset 1914.
Chroniques, Paris: Gallimard 1927.
Contre Sainte-Beuve, suivi de *Nouveaux Mélanges,* hrsg. von Bernard de Fallois, Paris: Gallimard 1927.
Textes retrouvés, gesammelt und vorgestellt von Philip Kolb und L. B. Price, Urbana: Univ. of Illinois Press 1968; und *Cahiers Marcel Proust,* Paris: Gallimard 1971.
André Maurois, *A la recherche de Marcel Proust,* Paris: Hachette 1949.
Maurice Bardèche, *Marcel Proust romancier,* I, Paris: Les Sept Couleurs 1971.

Deutsche Proust-Übersetzungen:

Auf der Suche nach der verlorenen Zeit, dt. von Eva Rechel-Mertens, 3 Bd., Frankfurt a. M.: Suhrkamp 1967.
Jean Santeuil, hrsg. von Mariolina Bongiovanni Bertini, dt. von Eva Rechel-Mertens, revidiert und ergänzt von Luzius Keller, Frankfurter Ausgabe (hrsg. von Luzius Keller) III, 1-2, Frankfurt a. M.: Suhrkamp 1992.
Freuden und Tage, dt. von Luzius Keller ("Der Gleichgültige" übersetzt von Elisabeth Borchers), Frankfurter Ausgabe (hrsg. von Luzius Keller) I, 1, Frankfurt a. M.: Suhrkamp 1988.
Gegen Sainte-Beuve, dt. von Helmut Scheffel, Frankfurt a. M.: Suhrkamp 1962.
Essays, Chroniken und andere Schriften, dt. von Henriette Beese, Luzius Keller und Helmut Scheffel, Franfurter Ausgabe (hrsg. von Luzius Keller) I, 3, Frankfurt a. M.: Suhrkamp 1992.
Nachgeahmtes und Vermischtes, dt. von Henriette Beese, Ludwig Harig und Helmut Scheffel, Frankfurter Ausgabe (hrsg. von Luzius Keller) I, 2,Frankfurt a. M.: Suhrkamp 1989.
Briefe zum Werk, ausgewählt und hrsg. von Walter Boehlich, dt. von Wolfgang A. Peters, Frankfurt a. M.: Suhrkamp 1964.

2. *Literaturkritk und Literaturtheorie*

Aristoteles, *Poetik,* übers. und hrsg. von Manfred Fuhrmann, Stuttgart: Reclam 1982.
Auerbach, Erich, *Mimesis,* Bern: Franke 1946.
Balzac, Honoré de, *Études sur M. Beyle* (1840), Genf: Skira 1943.

Bardèche, Maurice, *Marcel Proust romancier*, I, Paris: Les Sept Couleurs 1971.
Barthes, Roland, "Introduction à l'analyse structurale des récits", in: *Communications* 8; dt. "Einführung in die strukturale Analyse von Erzählungen", in: *Das semiologische Abenteuer*, übers. von Dieter Hornig, Frankfurt a. M.: Suhrkamp 1988.
- "Le discours de l'Histoire", in: *Information sur les sciences sociales*, August 1976.
- "L'effet de réel", in: *Communications* 11.
- *S/Z*, Paris: Seuil 1970; dt. *S/Z*, übers. von Jürgen Hoch, Frankfurt a. M.: Suhrkamp 1976.
Bentley, Phyllis, "Use of summary", in: *Some observations on the art of narrative*, 1947, wiederabgedruckt in Philip Stevick, Hrsg., *The Theory of the Novel*, New York: The Free Press 1967.
Benveniste, Émile, *Problèmes de linguistique générale*, Paris: Gallimard 1966; dt. *Probleme der allgemeinen Sprachwissenschaft*, übers. von Wilhelm Bolle, München: List 1975.
Blin, Georges, *Stendhal et les Problèmes du roman*, Paris: Corti 1954.
Borges, Jorge Luis, "Befragungen", in: *Gesammelte Werke*, Bd. 5/II, München Wien: Hanser 1981.
- "Diskussionen", in: *Gesammelte Werke*, Bd. 5/I, München Wien: Hanser 1981.
Booth, Wayne, "Distance and Point of view", in: *Essays in Criticism*, 1961.
- *The Rhetoric of Fiction*, Univers. of Chicago Press 1961; dt. *Die Rhetorik der Erzählkunst*, Heidelberg 1974.
Bowling, L. E., "What is the stream-of-consciousness technique?", in: *PMLA*, 1950.
Brée, Germaine, *Du temps perdu au temps retrouvé* (1950), Paris: Les Belles Lettres 1969.
Brooks, Cleanth & Warren, Robert Penn, *Understanding Fiction*, New York 1943.
Daniel, Georges, *Temps et Mystification dans* A.L.R.T.P., Paris: Nizet 1963.
Debray-Genette, Raymonde, "Les figures du récit dans *Un coeur simple*", in: *Poétique* 3.
- "Du mode narratif dans les *Trois Contes*", in: *Littérature* 2.
Dujardin, Édouard, *Le Monologue intérieur*, Paris: Messein 1931.
Feuillerat, Albert, *Comment Proust a composé son roman*, New Haven: Yale Univ. Press 1934.
Fitch, Bryan T., *Narrateur et Narration dans l'Étranger d'Albert Camus*, Archives des Lettres modernes (1960), Paris 1968.
Forster, E. M., *Aspects of the Novel*, London 1927.
Friedman, Melvin, *Stream of Consciousness: a Study in literary Method*, New Haven: Yale Univ. Press 1955.
Friedman, Norman, "Point of view in Fiction", in: *PMLA*, 1955, wiederabgedruckt in Stevick, Hrsg., *The Theory of the Novel*, New York: The Free Press 1967.
Genette, Gérard, *Figures*, Paris: Seuil 1966.
- *Figures II*, Paris: Seuil 1969.
Greimas, A. J., *Sémantique structurale*, Paris: Larousse 1966; dt. *Strukturale Semantik*, übers. von Jens Ihwe, Braunschweig: Vieweg 1971.
Guiraud, Pierre, *Essais de stylistique*, Paris: Klincksiek 1971.
Hachez, Willy, "La chronologie et l'âge des personnages de *A.L.R.T.P.*", in: *Bulletin de la Société des amis de Marcel Proust*, 1956; "Retouches à une chronologie", ebd., 1961; "Fiches biographiques de personnages de Proust", ebd., 1965.
Hamburger, Käthe, *Die Logik der Dichtung*, Stuttgart: Klett 1957.
Houston, J. P., "Temporal patterns in *A.L.R.T.P.*", in: *French Studies*, Januar 1962.
Huet, J. B., *Traité de l'origine des romans*, 1670.
Jakobson, Roman, "A la recherche de l'essence du langage", in: *Problèmes du langage (Diogène* 51), Paris: Gallimard 1966.
Jauß, H. R., *Zeit und Erinnerung in Marcel Prousts A.L.R.T.P.* (1965), Heidelberg: Carl Winter 1970, Neuauflage Frankfurt a. M.: Suhrkamp 1986.
Lämmert, Eberhart, *Bauformen des Erzählens*, Stuttgart: Metzler 1955.
Lefebvre, Maurice-Jean, *Structure du discours de la poésie et du récit*, Neuchâtel: La Baconnière 1971.

Lips, Marguerite, *Le Style indirect libre*, Paris: Payot 1926.
Lubbock, Percy, *The Craft of Fiction*, London 1921.
Martin-Chauffier, Louis, "Proust et le double 'Je' de quatre personnes", in: *Problèmes du roman (Confluences)*, 1943, teilweise wiederabgedruckt in: Jacques Bersani, Hrsg., *Les Critiques de notre temps et Proust*, Paris: Garnier 1971.
Maurois, André, *A la recherche de Marcel Proust*, Paris: Hachette 1949.
Mendilow, A. A., *Time and the Novel*, London 1952.
Metz, Christian, *Essais sur la signification au cinéma*, I, Paris: Klincksiek 1968.
Müller, Günther, "Erzählzeit und erzählte Zeit", in: *Festschrift für P. Kluckhorn*, Tübingen 1948, wiederabgedruckt in: *Morphologische Poetik*, Darmstadt: Wissenschaftliche Buchgesellschaft 1968.
Muller, Marcel, *Les Voix narratives dans* A.L.R.T.P., Genf: Droz 1965.
Painter, G. D., *Marcel Proust* (1959 und 1965), dt. von Christian Enzensberger (Bd. I) und Ilse Wodtke (Bd. II), Frankfurt a. M.: Suhrkamp 1980.
Picon, Gaëtan, *Malraux par lui-même*, Paris: Seuil 1953.
Platon, *Politeia*, dt. von Friedrich Schleiermacher, Hamburg: Rowohlt 1958.
Pouillon, Jean, *Temps et Roman*, Paris: Gallimard 1946.
Raible, Wolfgang, "Linguistik und Literaturkritik", in: *Linguistik und Didaktik* 8, 1971.
Raimond, Michel, *La Crise du roman, des lendemains du naturalisme aux années 20*, Paris: Corti 1966.
Ricardou, Jean, *Problèmes du nouveau roman*, Paris: Seuil 1967.
Richard, Jean-Pierre, *Proust et le monde sensible*, Paris: Seuil 1974.
Rodgers, B. G., *Proust's narrative Techniques*, Genf: Droz 1965.
Romberg, Bertil, *Studies in the narrative Technique of the first person Novel*, Lund 1962.
Rossum-Guyon, Françoise Van, "Point de vue ou perspective narrative", in: *Poétique* 4.
- *Critique du roman*, Paris: Gallimard 1970.
Rousset, Jean, *Forme et Signification*, Paris: Corti 1962.
Sartre, Jean-Paul, "M. François Mauriac et la liberté" (1939), in: *Situations I*, Paris: Gallimard 1947.
- *L'Idiot de la famille*, Paris: Gallimard 1971.
Spitzer, Leo, "Zum Stil Marcel Proust's", in: *Stilstudien II*, Darmstadt: Wissenschaftliche Buchgesellschaft 1961.
Stang, R., *The Theory of the Novel in England 1850-1870*, New York London 1959.
Stanzel, Friedrich K., *Die typischen Erzählsituationen im Roman*, Wien Stuttgart 1955.
Suzuki, M., "Le 'je' proustien", in: *BSAMP*, 1959.
Tadié, Jean-Yves, *Proust et le Roman*, Paris: Gallimard 1971.
Todorov, Tzvetan, "Les catégories du récit littéraire", in: *Communications* 8.
- *Littérature et Signification*, Paris: Larousse 1967.
- "Poétique", in: *Qu'est-ce que le structuralisme?*, Paris: Seuil 1968; dt. "Poetik", in: *Einführung in den Strukturalismus*, übers. von Eva Moldenhauer, Frankfurt a. M.: Suhrkamp 1973.
- *Grammaire du Décaméron*, Den Haag: Mouton 1969.
- *Poétique de la prose*, Seuil, Paris 1971, dt. *Poetik der Prosa*, Frankfurt a. M.: Athenäum 1972.
- "La poétique en U.R.S.S.", in: *Poétique* 9.
Uspenski, Boris, *Poétika Kompozicii*, Moskau 1970; vgl. "Poétique de la composition", in: *Poétique* 9.
Vigneron, Robert, "Genèse de *Swann*", in: *Revue d'histoire de la philosophie*, Januar 1937; "Méthodes de composition: Proust, Balzac, Wagner", in: *French Review*, Mai 1946; "Structure de Swann: prétentions et défaillances", in: *Modern Philology*, November 1946; "Structure de *Swann: Combray* ou le cercle parfait", ebd., Februar 1948.
Waters, Harold, "The Narrator, not Marcel", in: *French Review*, Februar 1960.
Wellek, René & Warren, Austin, *Theory of Literature* (1949), Harmondsworth 1970.
Zeraffa, Michel, *Personne et Personnage, le romanesque des années 1920 aux années 1950*, Paris: Klincksiek 1969.

Bibliographie zum *Neuen Diskurs der Erzählung*

Authier, J., "Les formes du discours rapporté", in: *DRLAV* 17, 1978.
Bachellier, Jean-Louis, "La poétique lézardée", in: *Littérature* 12, Dezember 1973.
Backus, Joseph M., "'He came into her line of vision walking backward': Non Sequential Sequence-signals in Short Story Openings", in: *Language Learning: A journal of Applied Linguistics* 15, 1965.
Bachtin, Michail, "Discours indirect libre en français, en allemand et en russe", in: *Le Marxisme et la Philosophie du langage* (1929), Paris: Minuit 1979.
Bal, Mieke, *Narratologie*, Paris: Klincksiek 1977.
- *De theorie van vertellen en verhalen: Inleiding in de narratologie*, Muiderberg: Coutinho 1978.
- "Notes on Narrative Embedding", in: *Poetics Today* 2, 2, Winter 1981 a.
- "The Laughing Mice, or: On Focalization", ebd., 1981 b.
Bally, Charles, "Le style indirect libre en français moderne", in: *GRM* 4, 1912.
- "Figures de pensée et formes linguistiques", in: *GRM* 6, 1914.
Banfield, Ann, "Narrative Style and the Grammar of Direct and Indirect Speech", in: *Foundations of Language* 10, 1973.
- "The Formal Coherence of Represented Speech and Thougt", in: *PTL* 3, 1978 a.
- "Where Epistemology, Style and Grammar Meet Literary History: The Development of Represented Speech and Thought", in: *New Literary History* 9, 1978 b.
- "Reflective and Non-Reflective Consciousness in the Language of Fiction", in: *Poetics Today* 2, 2, Winter 1981.
- *Unspeakable Sentences: Narration and Representation in the Language of Fiction*, Boston London: Routledge & Kegan Paul 1982.
Bann, Stephen, Besprechung von *Narrative Discourse*, in: *London Review of Books*, Oktober 1980.
Barth, John, "Tales Within Tales Within Tales", in: *Antaeus* 43, Herbst 1981.
Barthes, Roland, "Introduction à l'analyse structurale des récits" (1966), in: *Poétique du récit*, Paris: Seuil 1977; dt. "Einführung in die strukturale Analyse von Erzählungen", in: *Das semiologische Abenteuer*, übers. von Dieter Hornig, Frankfurt a. M.: Suhrkamp 1988.
- "L'effet de réel" (1968), in: *Littérature et Réalité*, Paris: Seuil 1982.
- "To Write: An Intransitive Verb?", in: Macksey & Donato, 1970.
- "Analyse textuelle d'un conte d'Edgar Poe", in: C. Chabrol, *Sémiotique narrative et textuelle*, Paris: Larousse 1973.
Beach, Joseph Warren, *The Method of Henry James*, Yale U. Press 1918.
- *The XXth Century Novel, Studies in Technique*, 1932.
Berendsen, Marjet, *The Teller and the Observer: G. Genette's and M. Bal's Theories on Narration and Focalization Examined*, unveröffentlichte Arbeit, Hertogenbosch 1979.
Bickerton, Derek, "Modes of Interior Monologue: A Formal Definition", in: *Modern Language Quarterly* 28, 1967.
- "J. Joyce and the Development of Interior Monologue", in: *Essays in Criticism* 18, 1, 1968.
Birge-Vitz, Evelyne, "Narrative Analysis of Medieval Texts", in: *Modern Language Notes* 92, 1977.
Bonnycastle, S. & Kohn, A., "G. Genette and S. Chatman on Narrative", in: *Journal of Practical Structuralism* 2, 1980.
Bony, Alain, "La notion de *persona* ou *d'auteur implicite:* problèmes d'ironie narrative", in: *L'Ironie, Linguistique et Sémiologie* 2, P. U. Lyon 1978.
Booth, Wayne C., "The Self-conscious Narrator in Comic Fiction before *Tristram Shandy*", in: *PMLA*, 1952.
- "Distance et point de vue", in: *Poétique du récit*, Paris: Seuil 1977; amerik. Orig. in: *Essays in Criticism* IX, 1961.
- *The Rhetoric of Fiction*, Second Edition, The Universitiy of Chicago Press, 1983 a; dt. Übers. der 1. Auflage, *Die Rhetorik der Erzählkunst*, Heidelberg 1974.

- "Rhetorical Critics Old and New: the Case of Gérard Genette", in: Laurence Lerner, Hrsg., *Reconstructing Literature*, Basil Blackwell 1983 b.
Bronzwaer, W. J. M., *Tense in the Novel*, Groningen 1970.
- "Implied Author, Extradiegetic Narrator and Public Reader: G. Genette's Narratological Model and the Reading Version of *Great Expectations*", in: *Neophilologus* 62, 1978.
- "M. Bal's Concept of Focalization", in: *Poetics Today* 2, 2, Winter 1981.
Brooke-Rose, Christine, *A Rhetoric of the Unreal*, Cambridge U. Press 1981.
Bruss, Elizabeth, *Autobiographical Acts*, J. H. U. Press 1977.
Charles, Michel, *Rhétorique de la lecture*, Paris: Seuil 1977.
Chatelain, Danièle, "Itération interne et scène classique", in: *Poétique* 51, September 1982.
Chatman, Seymour, *Story and Discourse: Narrative Structure in Fiction and Film*, Cornell U. Press 1978.
- Besprechung von *Narrative Discourse*, in: *Journal of Aesthetics and Art Criticism*, Winter 1980.
Cohn, Dorrit, "Narrated Monologue: Definition of a Fictional Style", in: *Comparative Literature* 18, 1966.
- "K. enters *The Castle:* On the Change of Person in Kafka's Manuscript", in: *Euphorion* 62, 1968.
- *Transparent Minds: Narrative Modes for Presenting Consciousness in Fiction*, Princeton U. Press 1978; fr. Übers., *La Transparence intérieure*, Paris: Seuil 1981 a.
- "The Encirclement of Narrative", in: *Poetics Today* 2, 2, Winter 1981 b.
Crosman, Inge, *Metaphoric Narration*, U. of. N. Carolina Press 1978.
Culler, Jonathan, *Structuralist Poetics*, Cornell U. Press 1975.
- "Foreword" to Genette, *Narrative Discourse*.
Dällenbach, Lucien, *Le Récit spéculaire*, Paris: Seuil 1977.
Danon-Boileau, Laurent, *Produire le fictif*, Paris: Klincksiek 1982.
Debray-Genette, Raymonde, "La pierre descriptive", in: *Poétique* 43, September 1980.
- "Traversées de l'espace descriptif", in: *Poétique* 51, September 82.
Demoris, René, *Le Roman à la première personne*, Paris: Colin 1975.
Dillon, G. L. & Kirchoff, F., "On the Form and Function of Free Indirect Style", in: *PTL* 1, 3, 1976.
Doležel, Lubomir, "The Typology of the Narrator: Point of View in Fiction", in: *To Honor R. Jakobson*, Den Haag: Mouton 1967.
- *Narrative Modes in Czech Literature*, Toronto U. Press 1973.
Fitch, Brian T., *Narrateur et Narration dans l'"Étranger"*, Paris: Minard 1960.
Friedemann, Käte, *Die Rolle des Erzählers in der Epik*, Leipzig 1910.
Friedman, Norman, *Form and Meaning in Fiction*, Georgia U. Press 1975, Kap. VIII (neue Fassung von "Point of View in Fiction").
Genette, Gérard, *Figures III*, Paris: Seuil 1972 [besteht in der Hauptsache aus dem hier übersetzten *Discours du récit*].
- *Introduction à l'architexte*, Paris: Seuil 1979, dt. *Einführung in den Architext*, Stuttgart: Legeuil 1990.
- *Narrative Discourse* (engl. Übers. von *Discours du récit* durch Jane E. Lewin), Cornell U. Press & Basil Blackwell 1980.
- *Palimpsestes, La littérature au second degré*, Paris: Seuil 1982; dt. *Palimpseste, Die Literatur auf zweiter Stufe*, übers. von Wolfram Bayer und Dieter Hornig, Frankfurt a. M.: Suhrkamp 1993.
Glowinski, Michal, "Der Dialog im Roman", in: *Poetica*, 1976.
- "On the First-Person Novel", in: *New Literary History* 9, 1, Herbst 1977.
Gothot-Mersch, Claudine, "La parole des personnages" (1981), in: *Travail de Flaubert*, Paris: Seuil 1983.
Guirard, Pierre, "Modern Liguistics Looks at Rhetoric: Free Indirect Style", in: J. Strelka, Hrsg., *Patterns of Literary Style*, Penn State U. Press 1971.
Hamburger, Käte, *Die Logik der Dichtung*, Stuttgart: Klett 1957.
Hamon, Philippe, "Pour un statut sémiologique du personnage" (1972), in: *Poétique du récit*, Paris: Seuil 1977.
- "Sur quelques concepts narratologiques", in: *Les Lettres romanes* 33, 1, 1979.
- *Introduction à l'analyse du descriptif*, Paris: Hachette 1981.

- *Le Personnel du roman*, Genf: Droz 1983.
Harweg, Roland, *Pronomina und Textkonstitution*, München 1968.
Hayman, David, Besprechung von *Diskurs der Erzählung*, in: *Novel*, 1973.
Hernadi, Paul, "Dual Perspective: Free Indirect Discourse and Related Techniques", in: *Comparative Literature* 24, 1972.
Hoek, Leo H., *La Marque du titre, Dispositifs sémiotiques d'une pratique textuelle*, Den Haag: Mouton 1982.
Holmshawi, Lorraine, "Les exilés de la narratologie", in: *French Studies in Southern Africa*, 1981.
Iser, Wolfgang, *Der implizite Leser*, München: Fink 1972; engl. Übers., *The Implied Reader*, J. H. U. Press 1978.
- *Der Akt des Lesens*, München: Fink 1976; engl. Übers., *The Act of Reading*, J. H. U. Press 1978.
Jacquet, Marie-Thérèse, "La fausse libération du dialogue ou le 'style direct intégré' dans *Bouvard et Pécuchet*", in: *Annali della Facolta di Lingue et Letterature straniere dell' Universita di Bari* 1, 1, 1980.
Jost, François, "Narration(s): en deça et au-delà", in: *Communications* 38, 1983 a.
- *Du nouveau roman au nouveau romancier. Questions de narratologie*, Thèse EHESS, Paris 1983 b.
Kalepky, Theodor, "Mischung indirekter und direkter Rede [...]", in: *Zeitschrift für romanische Philologie* 23, 1889.
Kalik-Teljatnicova, A., "De l'origine du prétendu style indirect libre", in: *Le Français moderne* 33, 1965/66.
Kayser, W., "Wer erzählt den Roman?", in: *Die Vortragsreise*, Bern 1958; fr. Übers., "Qui raconte le roman?", in: *Poétique du récit*, Paris: Seuil 1976.
Kuroda, S. Y., "Where Epistemology, Style and Grammar Meet", in: Kiparsky, Hrsg., *Festschrift for Morris Halle*, New York 1973; fr. Übers., "Où l'épistémologie [...]", in: *Aux quatre coins de la linguistique*, Paris: Seuil 1979.
- "Reflections on the Foundations of Narrative Theory from a Linguistic Point of View", in: Van Dijk, Hrsg., *Pragmatics of Language and Literature*, Amsterdam New York 1976; fr. Übers., "Réflexions sur les fondements de la théorie de la narration", in: *Langue, Discours, Société*, Paris: Seuil 1975.
Lejeune, Philippe, *Le Pacte autobiographique*, Paris: Seuil 1975.
- *Je est un autre*, Paris: Seuil 1980.
- "Le pacte autobiographique (bis)", in: *Actes du IIe colloque international sur l'autobiographie [...]*, Presses de l'Université de Provence 1982.
Lerch, Eugen, "Die stylistische Bedeutung des Imperfekts der Rede", in: *GRM* 6, 1914.
- "Ursprung und Bedeutung der sog. 'Erlebten Rede'", in: *GRM* 16, 1928.
Lerch, G., "Die uneigentlich direkte Rede", in: *Idealistische Philologie*, Heidelberg 1922.
Liebow, Cynthia, *La Transtextualité dans* The Sot-Weed Factor *de John Barth*, Thèse EHESS, Paris 1982.
Lintvelt, Jaap, *Essai de typologie narrative: le point de vue*, Paris: Corti 1981.
Lyotard, Jean-François, "Petite économie libidinale d'un dispositif narratif", in: *Les dispositifs pulsionnels*, Paris: UGE 10/18 1973.
Macksey, Richard & Donato, Eugenio, Hrsg., *The Languages of Criticism and the Sciences of Man*, J. H. U. Press 1970.
Magny, Claude-Edmonde, *L'âge du roman américain*, Paris: Seuil 1948.
McHale, Brian, "Free Indirect Discourse: A Survey of Recent Accounts", in: *PTL* 3, 2, April 1978.
- Besprechung von Roy Pascal, *The Dual Voice*, ebd.
- "Islands on the Stream of Consciousness", in: *Poetics Today* 2, 2, 1981.
- "Unspeakable Sentences, Unnatural Acts", in: *Poetics Today* 1, 1983.
Molinié, Georges, *Du roman grec au roman baroque*, Univ. de Toulouse-Le Mirail 1982.
Mosher, Harold, "The Structuralism of G. Genette", in: *Poetics* 5, 1, 1976.
- "A Reply to Some Remarks on Genette's Structuralism", in: *Poetics* 7, 3, 1978.
- "Recent Studies in Narratology", in: *PLL*, 1981.
Nöjgaard, Morten, Besprechung von *Diskurs der Erzählung*, in *Revue Romane* 9, 1, 1974.
Ong, Walter J., "The Writer's Audience is Alwayse a Fiction", in: *PMLA* 90, 1, Januar 1975.

Orwell, George, "Charles Dickens" (1940), in: *Selected Essays*, London 1961.
Pascal, Roy, "Tense and Novel", in: *Modern Language Review* 57, 1962.
- *The Dual Voice: Free Indirect Speech and its Functioning in the XIXth Century European Novel*, Manchester U. Press 1977.
Petit, Jacques, "Une relecture de Mauriac [...]", in: *Edition et Interprétation des manuscrits littéraires*, Bern 1981.
Pier, John, *L'instance narrative du récit à la première personne*, PhD, NYU 1983.
- Article *Diegesis*, in: T. Sebeok et al., *Encyclopedic Dictionary of Semiotics*, Den Haag: Mouton 1986.
Plénat, M., "Sur la grammaire du style indirect libre", in: *Cahiers de grammaire* 1, Toulouse-Le Mirail, Oktober 1979.
Pratt, Mary-Louise, *Toward a Speech Act Theory of Literary Discourse*, Indiana U. Press 1977.
Prince, Gerald, "Introduction à l'étude du narrataire", in: *Poétique* 14, April 1973 a.
- *A Grammar of Stories*, Den Haag: Mouton 1973 b.
- "Notes on the Text as Reader", in: Suleiman, Susan & Crosman, Inge, Hrsg., *The Reader in the Text*, Princeton U. Press 1980.
- "Reading and Narrative Competence", in: *L'Esprit créateur* 21, 2, Sommer 1981.
- "Narrative Analysis and Narratology", in: *New Literary History* 13, 2, Winter 1982 a.
- *Narratology: The Form and Function of Narrative*, Den Haag: Mouton 1982 b.
Puech, Jean-Benoît, *L'Auteur supposé, Essai de typologie des écrivains imaginaires en littérature*, Thèse EHESS, Paris 1982.
Ricardou, Jean, *Nouveaux Problèmes du roman*, Paris: Seuil 1978.
Ricoeur, Paul, et al., *La Narrativité*, Ed. du CNRS 1980.
Riffaterre, Michael, "L'illusion référentielle" (1978), in: *Littérature et Réalité*, Paris: Seuil 1982.
Rimmon, Shlomith, "A Comprehensive Theory of Narrative: G. Genette's *Figures III [=Diskurs der Erzählung]* and the Structuralist Study of Fiction", in: *PTL* 1, 1, Januar 1976 a.
- "Problems of Voice in V. Nabokov's *The Real Life of Sebastian Knight*", in: *PTL* 1, 3, Oktober 1976 b.
- *Narrative Fiction: Contemporary Poetics*, Methuen 1983.
Ringler, Susan, *Narrators and Narrative Contexts in Fiction*, PhD, Stanford 1981.
Ron, Moshe, "Free Indirect Discourse, Mimetic Language Games and the Subject of Fiction", in: *Poetics Today*, 2, 2, Winter 1981.
Rousset, Jean, *Narcisse romancier, Essai sur la première personne dans le roman*, Paris: Corti 1973.
Schmid, Wolf, *Der Textaufbau in den Erzählungen Dostoevskys*, München: Fink 1973.
Scholes, Robert, *Structuralism in Literature*, Yale U. Press 1974.
- *Semiotics and Interpretation*, Yale U. Press 1982.
Searle, John R., "The Logical Status of Fictional Discourse", in: *New Literary History* 6, 2, Winter 1975.
Sörensen, Kathrine, *La Théorie du roman, Thèmes et modes*, Thèse EHESS, Paris 1983.
Souriau, Etienne, "La structure de l'univers filmique et le vocabulaire de la filmologie", in: *Revue internationale de filmologie*, 7-8, S. 231-240.
Spielhagen, Friedrich, *Beiträge zur Theorie und Technik des Romans*, Leipzig 1883.
- *Neue Beiträge zur Theorie und Technik der Epik und Dramatik*, Leipzig 1898.
Stanzel, Franz K., *Die typischen Erzählsituationen im Roman*, Wien Stuttgart 1955; engl. Übers. *Narrative Situations in the Novel*, Indiana U. Press 1971.
- *Typische Formen des Romans*, Göttingen 1964.
- *Theorie des Erzählens*, Göttingen 1979.
- "Teller-Characters and Reflector-Characters in Narrative Theory", in: *Poetics Today* 2, 2, Winter 1981.
Sternberg, Meir, *Expositional Modes and Temporal Ordering in Fiction*, Johns Hopkins Univ. Press 1978.
- "Proteus in Quotation-Land, Mimesis and the Forms of Reported Discourse", in: *Poetics Today* 3, 2, Frühjahr 1982.
Strauch, G., "De quelques interprétations récentes du style indirect libre", in: *Recherches anglaises et américaines*, 1974.

Suleiman, Susan, Besprechung von *Diskurs der Erzählung*, in: *French Review*, Oktober 1974.
- *Le Roman à thèse*, Paris: PUF 1983.
Tamir, Nomi, "Some Remarks on a Review of G. Genette's Structuralism", in: *Poetics* 5, 4, 1976 a.
- "Personal Narrative and its Linguistic Foundation", in: *PTL* 1, 3, Oktober 1976 b.
Thibaudet, Albert, *Gustave Flaubert*, Paris: Gallimard 1935.
Tillotson, K., *The Tale and the Teller*, London 1959.
Tobler, A., "Vermischte Beiträge zur französischen Grammatik", in: *Zeitschrift für romanische Philologie* 11, 1887.
Todorov, Tzvetan, *Poétique*, Paris: Seuil 1973 (neue Fassung von "Poétique", 1968).
Ullman, Stephen, *Style in the French Novel*, Cambridge U. Press 1957.
Uspenski, Boris, *Poetika Kompozicii*, Moskau 1970; fr. Teilübers., "Poétique de la composition", in: *Poétique* 9, Februar 1972; engl. Übers., *A Poetics of Composition*, Univ. of California Press 1973.
Van den Heuvel, Pierre, "Le discours rapporté", in: *Neophilologus* 57, 1, 1978.
Van Rees, C. J., "Some Issues in the Study of Conceptions of Literature: A Critique of the Instrumentalist View of Literary Theories", in: *Poetics* 10, 1981.
Verschoor, J. A., *Étude de grammaire historique et de style sur le style direct et les styles indirects en français*, Groninigen 1959.
Vitoux, Pierre, "Le jeu de la focalisation", in: *Poétique* 51, September 1982.
Walzel, Oskar, "Von 'erlebter' Rede', in: *Zeitschrift für Bücherfreunde*, 1924.
- *Das Wortkunstwerk*, Leipzig 1926.
Weissman, Frida S., "Le monologue intérieur: à la deuxième ou à la troisième personne?", in: *Travaux de Linguistique et de Littérature* 14, 2, 1976.

Sachregister

Aufgeführt sind hier die tradierten oder neugeprägten Begriffe, die ich in einem technischen Sinne verwendet habe. Die Seitenangaben verweisen nur auf die wichtigsten Stellen, bloße Erwähnungen wurden nicht berücksichtigt. Kursivierte Zahlen geben die Seiten an, auf denen man eine explizite oder implizite Definition findet: Dieses Register erfüllt somit indirekt die Aufgabe eines terminologischen Glossars.

Achronie, achronische Struktur: *57*-59
Adressat, narrativer: *153*, 186-188
Alteration: *138*-140; s. Paralepse, Paralipse.
amorce: s. Vorhalt.
Anachronie: *23-25*, 59; s. Analepse, Prolepse.
Analepse (oder Retrospektion/Rückwendung): *25*-45
— externe: *32*-33
— interne: *32*-41
— — heterodiegetische: *33*
— — homodiegetische: *33*-41
— — — kompletive (oder Rückblende): *34*-36
— — — repetitive (oder Rückgriff): *36*-41, 83
— partielle: *42*-43
— komplette: *42*, 43-45
anaphorisch (-er Singulativ): *82*
Anisochronie: *61* f. -80
Antizipation: s. Prolepse.
autodiegetisch: *176*

Dauer (oder Geschwindigkeit): *22*, 61-80
Determination: 91
— interne: 93-95, 97 f.
Diegese: s. Geschichte, intradiegetisch.
Diegetisch: für gewöhnlich bezeichnet "Diegese" das raumzeitliche Universum der Erzählung; in diesem allgemeinen Sinne verstehen wir daher in unserer Terminologie unter "diegetisch" das, was zur Geschichte gehört, sich auf sie bezieht; in einem spezifischeren Sinne gilt: diegetisch = intradiegetisch; vgl. dort.
Diskurs: s. Rede.
Distanz: *115*, 116-132

Ebene, narrative: *162* f.-174, 177-181, 186 f.
Ellipse: 34-36, 42, *67* f., 76-78
— unbestimmte: *76*
— bestimmte: *76*
— explizite: *76*
— gekennzeichnete: *76* f.
— implizite: *77*
— hypothetische: *78*

Erzählung: *15* f.
Extension: *92*-100
extradiegetisch (-e Ebene): *162* f.-164

Fokalisierung: *134*-149
— Null: *134*, 147 f.
— interne: *134*
— — feste: *134*
— — — auf den Helden: 141-145
— — — auf den Erzähler: 145-147
— — variable: *135*
— — multiple: *135*
— externe: *135*-136
Frequenz: Geschichte (oder Diegese): *22, 81*-114

Geschichte der Diegese: 16
Geschwindigkeit: s. Dauer.

heterodiegetisch (-e Erzählung): *33* (Analepsen), *48* (Prolepsen), 175-177
homodiegetisch (-e Erzählung): *33*-41 (Analepsen), *48*-53 (Prolepsen), 175-181

intradiegetisch (oder diegetisch) (-e Ebene) (oder Diegese): *162* f., 164 f.
Isochronie (der Erzählung): *61*
isodiegetisch: *165*, 172
Iterativ (iterative Erzählung): *83*-110
Iteration, externe (oder generalisierende): *85*
— interne (oder zusammenfassende): *85*

leurre: 52

metadiegetisch (-e Ebene) (oder Metadiegese): *162* f., 165-167
— reduziert: s. pseudo-diegetisch.
Metalepse: 72, *168*
Modus: *18-20, 115* f., 117-149

narrataire: s. Adressat.
Narration: *16*, 151-188
— spätere: *154*, 157-162
— frühere: *154*, 156 f.
— gleichzeitige: *154*, 156
— eingeschobene: 155
Ordnung: *22*-59

Paralepse: *139* f., 147 f.
Paralipse: *34 f., 139 f.*
Pause, deskriptive: *67*, 71-76
Person: *174* f.-181
Perspektive: *115*, 132-149
prädiktive Erzählung: 154
Prolepse (oder Antizipation/Vorausdeutung): *25, 45*-54

Sachregister

- externe: 46-48
- interne: 48-53
  - — heterodiegetische: 48
  - — homodiegetische: 48-53
    - — kompletive: 48-50
    - — repetitive (oder Vorgriff): 50-53, 82, 145
- komplette: 53
- partielle: 53

pseudo-diegetisch (oder reduziert metadiegetisch): *169*-174
Pseudo-Iterativ: 86 f.
Reichweite (einer Anachronie): *31*, 32-41 (Analepsen), 46-53 (Prolepsen).
Rede (Personenrede): 120-132
- berichtete: *121*, 123-132
- transponierte: *122*
- erzählte (oder narrativisierte): *121* f.

repetitive Erzählung: 83
Retrospektion: s. Analepse.
Rückblende: s. Analepse.
Rückgriff: s. Analepse.
Rückwendung: s. Analepse.

Singulativ (singulative Erzählung): *82*-110
- anaphorischer: 82
- integrierter: *100*

Spezifikation: *92*
- interne: 95-99

Stimme: *19* f., *151* f.-188
Summary: *67*, 68-71
Syllepse: *58*, 80, 83, 85 f., 110 f.
Szene: *62 f.*, *67*, 78-80

Tempo: 67-80

Umfang (einer Anachronie): *31*, 41-45 (Analepsen), 53 (Prolepsen).

Vorausdeutung: s. Prolepse.
Vorgriff: s. Prolepse.
Vorhalt: *51*-53

Zeit: 19, 21-*22*, 114
- der Narration: *153* f.-162

Personenregister
(Die kursiven Zahlen beziehen sich auf Fußnoten)

Allen, W.: *251*
Amyot, J.: *210*, 221
Aragon, L.: *246*
Ariost, L.: 165
Aristoteles: 41, 116, 123, 200, 201, 203
Auerbach, E.: 41, 47, 48, 182, 197
Augustinus, A.: 182
Bachelard, G.: 208
Bachtins, M.: 197
Backus, J. M.: 238
Bal, M.: 202, 221, *222*, 223, 236, 241-243, 253, 257, 286, 289
Balzac, H. de: 23, 42, 43, 45, 70, 71, 72, 79, 83, *106*, *112*, 119 , 129, 131, 132, 135, 136, *137*, 152, 157 165, 168, 184, 187, 190-191, 214, 218, 225, 227, 238, 257, 264, 287-288,
Banfield, A.: 226 - 228, 259
Barbey d'Aurevilly, J.: 166
Bardèche, M.: 41
Barth, J.: 251, 254, 255
Barthes, R.: 38, 50, *52, 53, 62*, 118, 137, 139, 140, *153*, 191, 200, 222, *222*, 223, 245, 258, 259, 263, 276, 293, 298
Beach, J. W.: 221, *221*
Beckett, S.: 124, 156, 202, 247
Bentley, Ph.: 69
Benveniste, E.: *19*, 151, 152, 157, 257, 258
Bergson, H.: 128
Bernanos, G.: 164
Bioy Casares, A.: 251
Birge-Vitz, E: 202
Blin, G.: 132, 134, 136, 183
Boileau-Despréau, N: 167
Boileau-Narcejac: 290
Booth, W.: 116, 133, 138, 202, 221, 235, 257, 285-288, 292-294
Borges, J. L.: 68, 69, 134, 169, 176, 177, 188, 251, 262, 274
Bradbury, R.: 157
Brée, G.: 159, 177
Bremond, Cl.: 200
Broch, H.: 185, 267

Bronzwaer, W. J. M.: 228, 242, 285, *286*, 291
Brooks, C.: 132, 134, 235, 272
Browning, R.: 135
Caine, J. M.: 158, *274*
Camus, A.: 274, 286-287
Cäsar, J.: 133, 174, 175, 263
Catull: 165
Cervantes, M.: 87
Chandler, R.: 274
Chaplin, C.: 265
Chateaubriand, F. R. de: 217
Chatelain, D.: 218
Chatman, S.: 221, 285
Choderlos de Laclos, P. A. F.: 164
Chomsky, N.: 98, 276
Christie, A.: 139, 224
Cocteau, J.: 149
Cohn, D.: 210, 217, 225, 228, 231-233, 235, 257, 262, 265, 266, 267, 269-273
Coleridge, S. T: 87
Colette, G.-S.: 243
Conrad, J.: 133, *135, 238*
Cooper, F.: 185
Corneille, P.: 289
Cortazar J.: 167, 168, 251
Daniel, G.: 64, *78*
Defoe, D.: 164, 177, 287, 289
Delasanta, R.: *210*
Derrida, J.: 276, 291
Descartes, R.: 128
Dickens, C.: 45, 119, 133, *135, 222, 225, 227*
Diderot, D.: 167, 168, 171, 222, 251
Doležel, L.: 197, 233
Dostojewski, F.: 119, 185, 265, 266
Doyle, C.: 176
Dujardin, E.: 124, 127, 128, 156, 164, 226
Dumas, A.: 135
Duras, M.: 238
Engels, F.: 287-288
Erckmann-Chatrian: 290
Faulkner, W.: 124

Fénelon, F. de: 118
Fielding, H.: 69, 133, 136, 141, 185, 221, 280, 285, 289
Fitch, B. T.: 274
Flaubert, G.: 72, 84, 110, 113, 118, 119, 123, 129, 136, 159, 175, 185, 190, 214, 217, 217, *221*, 224, 227, 228, *231*, 257, 277, 294
Forster, E. M.: 138, *201*, 203, 221
Friedemann, K.: 221
Friedman, N.: 120, 133, 134, 235, 260, *272*
Frisch, M.: 262
Fromentin, E.: 165
Gautier, Th.: *72*
Genet, J.: 168
Gide, A.: 164, 263, 264
Giono, J.: 252, 262, 280
Goethe, J. W. v.: 164
Gombrich, E. H.: 228
Goncourt: 290
Greimas, A. J.: 98, *153*, 200
Hachez, W.: 64
Hamburger, K.: 157, 245, 246
Hammett, D.: 135, 236, *245*, 266, 274-275
Hamon, Ph.: *214*
Hamsun, K.: 267
Hardy, T.: 133
Harweg, R.: 238
Hegel, G. W. F.: 162
Hemingway, E.: 118, 133, 221, 246, 257, *272*, *274*, 278-279
Hernadi, P.: 228
Hjelmstev, L.: 98, *201*
Holmshawi, L.: *223*
Homer: 15, 16, *23*, 24, 117, 121, 123, 125, 152, 175, 178, 214, 215
Horaz: 210
Houston, J. P.: 58, 80, 101, 108, 109, 128, 218
Huet, P. D.: *23*, *210*
Hugo, V.: 185
Jacquet, M.-Th.: 227
Jakobson, R.: 76, 82, 183, 184
Jamblich: 23
James, H.: 18, 116, 118, 120, 132, 133, *135*, 138, 140, *141*, 156, 185, 221,*221*, 237, 238, 257, 265-267, 270, 294
Jankélévitch, V.: 49
Jauß, H. R.: 64

Jost, F.: *241*
Joyce, J.: 123, 124, 127, 128, 133, *149*, 229, 257, 277
Kafka, F.: 265, 266, *274*
Kayser, W.: *221*
Kemp, R.: *127*
La Bruyère, J. de: 84
La Fayette, Mme de: 185
La Fontaine, J. de: 227, 259
Lämmert, E.: 36, 210, 211, 246
Laporte, R.: 124, 156
Leiris, M.: 263, 264
Lejeune, P.: 217, 263, 264, *282*, *297*
Lerch, E.: *228*
Lesage, A.-R.: 177
Lessing, G. E.: 214
Lintvelt, J.: 237, 246, 273-275, 285, 287
Lips, M.: 123, 129, 226
Livius: 166, 225
Lubbock, K. P.: 69, *116*, 117, 120, 132, 134, 138, 221, *221*, 257, 266, 267
Lukács, G.: 287
Magny, C. E.: *236*, 274
Mailer, N.: 263
Malraux, A.: 130, *131*, 185
Mann, T.: 185, 221, 227, 228, 267, 285, 288
Marquand, J. P.: 140
Martin-Chauffier, L.: *161*
Maupassant, G. de: *221*, 254
Mauriac, F.: *68*, 138, 149
McHale, B.: 226, 228
Melville, H.: *135*
Metz, Ch.: *21, 62*
Michelet, J.: 16, 163, 291
Molière, F: 132
Montgomery, R.: *137*
Morris, Ch. W.: 200
Müller, G.: *21, 62*
Muller, M.: *19*, 28, 119, 144, 146, *148*, 159, 161
Musil, R.: 267
Nabokov, V.: 250, 251
Nerval, G. de: 113, 165, 172
Ong, W.: *238*, *292*
Orwell, G.: 222, 223
Pascal, R.: 226, 228, 272
Peirce, Ch. S.: 76
Picasso, P.: 149
Picon, G.: 130
Pike: 238

Pirandello, L.: 168
Platon: 16, 18, *41*, 116, 117, 118, 121, 123, 125, 169, 201, 220, 221, *252*
Plutarch: 225
Poe, E. A.: 276
Polybios: 225
Pouillon, J.: 134, 137, 139
Prévert, J.: 244
Prévost d'Exilers,A.-F.: 142,152,158,163
Adams, H.: 263
Prince, G.: *277*, 279, *280*, 285
Propp, V.: 200, *222*
Quinet, E.: *58*
Racine, J.: 118
Raimond, M.: *127*, 135, 147
Ricardou, J.: 61
Richard, J. P.: 53
Richardson, S.: 164
Riffaterre, M.: 222, 223
Rimmon, S.: *218*, 235, 250-253, 257, 283-286, 297
Ringler, S.: 221, 257
Rivière, J.: 141, 159, 187
Robbe-Grillet, A.: 22, 82, 137, 156, 168, *209,* 278
Rodgers, B.G.: *148*, 180, 184
Romberg, B.: 133, 140, 235, 272-273
Rousseau, J.-J.: 46, 47, *48*, 163, *184*, 217, 227, 291
Rousset, J.: *141,* 161
Rousset, J.: 184
Saint-Amant: 157, 167
Saint-Simon: 218
Sarraute, N.: 124
Sartre, J. P.: 138, 141,149, *274*, 275
Saussure, F. de: 81
Scarron, P.: *289*
Schmid, W.: 233, 285
Scott, W.: 135
Senancour, E. P.: 164
Shakespeare, W.: 295
Shaw, G. B.: 295
Shlovskij, V. B.: 113
Simon, C.: 156

Smyrnaeus, Q.: 215
Souriau, E.: 201, 202
Spielhagen, F.: 221
Spinoza, B. de: 17
Spitzer, L.: 144, 181, 218
Stanzel, F. K.: *19*, 133, 134, 227, 235, 238, 261, 262, 269-273
Stein, E.: 264
Stendhal: 23, 30, *58*, 72, 77, 132, *134*, 135, 136, 139, 142, 157, 170, 175-176, 264, 294
Sternberg, M.: *210*, 229, *244*
Sterne, L.: 152, 161, 168, 171, 187, 221, 251, 288
Strauch, G.: 229
Stravinsky, I.: *148*
Tadie, J. Y.: *78*
Tasso, T.: 165
Thackeray, W. M.: 261
Tharaud: 290
Tilotson, K.: 221
Todorov, T.: *16*, 18, 45, 134, *152, 153*, 154, 195, 200, 260
Tolstoi, L.: 45, 132, 185
Tomachevski, B.: *224*
Tournier, M.: 289
Tschechow, A.: *224*
Urfe, H. d': 72, 118
Uspenski, B.: *134*
Valéry, P.: *223*, 238
Van den Heuvel, P.: 233
Van Rees, C. J.: 205-209, 214, 217, 243
Vendryès, E:: 19, 151
Vergil: 165, 167, 175, 289
Verne, J.: 135, *140*, 242
Vigneron, R.: 103, 104, 105, *107*
Wagner, R.: 106, 109, *113*, 142, 191
Walzel, O.: 221
Warren, R. P.: 132, 134, 206, 208, *221*, 235, 272
Wellek, R.: 206, 208, *221*
Wells, H. G.: 157
Woolf, V.: 133
Zola, E.: *135*, *214*, 237, 287

Faillibilisme 134, 235